吴世达　仲伟鉴　主编

建设项目
卫生学评价

化学工业出版社
·北京·

本书系统地介绍了建设项目职业病危害评价、工业通风工程防护效果评价、重点行业职业病危害评价、公共场所卫生学评价、公共场所集中空调通风系统卫生学评价的依据、原理、方法和过程以及评价质量控制，并辅之大量的实例。同时还介绍了与上述评价密切相关的一些内容，以供读者借鉴与参考。

　　本书文字简洁易懂，科学性、实用性和示范性强，是从事建设项目卫生学评价与安全评价工作者、职业卫生管理、职业卫生监测、厂矿职业卫生工作人员以及大专院校相关专业师生的实用参考书。

图书在版编目（CIP）数据

建设项目卫生学评价/吴世达，仲伟鉴主编．—北京：
化学工业出版社，2009.2
ISBN 978-7-122-04167-8

Ⅰ．建…　Ⅱ．①吴…②仲…　Ⅲ．①建筑业-职业病-
评价②建筑业-公共卫生-评价　Ⅳ．R135　TU714

中国版本图书馆 CIP 数据核字（2008）第 200216 号

责任编辑：杜进祥　周永红　　　　　　　　　装帧设计：张　辉
责任校对：陶燕华

出版发行：化学工业出版社（北京市东城区青年湖南街 13 号　邮政编码 100011）
印　　刷：北京永鑫印刷有限责任公司
装　　订：三河市前程装订厂
787mm×1092mm　1/16　印张 22¾　字数 558 千字　2009 年 3 月北京第 1 版第 1 次印刷

购书咨询：010-64518888（传真：010-64519686）　售后服务：010-64518899
网　　址：http://www.cip.com.cn
凡购买本书，如有缺损质量问题，本社销售中心负责调换。

定　价：69.00 元　　　　　　　　　　　　　　　　　　版权所有　违者必究

《建设项目卫生学评价》编写人员

名誉主编：张胜年

主　　编：吴世达　仲伟鉴

副主编：张　霞　陈　健　徐　景

编　　者：（按姓氏笔画为序）

　　　　　王　凯　王　磊　石峻岭　宁　勇　仲伟鉴　孙广文

　　　　　吴世达　张　霞　张莉萍　陈　健　郑毅鸣　倪　骏

　　　　　徐　景　高金平　唐　颖　翟　清

主　　审：卢　伟　郭常义

序

　　人类生活中，需要在不同的场所从事职业、社会活动，而工作和公共场所是其主要的活动场所。由于各种原因，工作与公共场所往往存在着一些健康影响因素，对劳动者或公众的生命安全与健康构成威胁。因此，在工作与公共场所建设期间，如何从公共卫生的角度审视建设项目的可行性和安全性，从源头上消除或控制健康危害因素，是卫生部门不可回避的职责。

　　作为公共卫生的一个组成部分，建设项目卫生学评价依据我国有关公共卫生方面的法律、法规、规章、标准和技术规范，应用职业卫生学、环境卫生学、放射卫生学、卫生检验学、卫生毒理学、病原生物学、卫生工程学以及建筑工程学等专业理论及相关知识，对建设项目建成运行期间存在的健康危害因素进行识别；对产生健康危害因素的环节以及可能造成的危害程度进行分析；对健康危害防护措施的有效性和合理性进行评价并提出改进意见。通过卫生学评价形成的评价报告是建设单位设计、施工的技术资料，也是卫生行政部门进行项目审批验收的技术依据。

　　本书编者是上海市疾病预防控制中心从事建设项目卫生学评价的专业人员，且大多为年轻人。编者集建设项目卫生学评价之实践经验，并多方收集资料，从浩瀚的文献中汲取养分，经过认真编撰、反复推敲、多次修改而成。可以说，本书虽然存在诸多瑕疵，但一字一句都饱含着每位编者的热诚和心血。

　　建设项目卫生学评价的发展有赖于各方的积极参与和齐心协力，本书的编写也体现了这种精神。疾病预防控制机构作为政府在公共卫生方面重要的技术支撑机构，有着多学科、多人才的综合优势，因此，充分利用这一平台，推进建设项目卫生学评价的学科建设，是疾病预防控制机构义不容辞的责任。

上海市疾病预防控制中心主任
上海市预防医学研究院院长
2008 年 11 月

前　言

建设项目卫生学评价是基于卫生审批需要而发展起来的一门学科，其最大的特点是，通过评价形成的评价报告具有课题研究的指导性和法律文件的严肃性。因此，如何规范和发展建设项目卫生学评价，使建设项目能够满足公共卫生方面的需要以及卫生行政部门的审批要求，是每个评价机构必须面对的现实。

建设项目按照不同的用途，可以分为多种类型，如工业、商业、交通、学校、医院、办公楼、居住楼等，这其中都可能存在卫生学问题。目前，全国各地开展的建设项目卫生学评价主要为职业病危害评价、公共场所卫生学评价、集中空调通风系统卫生学评价。但是开展的类别、方式不同，评价的范围、深度不一，而且大多分散在不同的机构或机构内不同的部门，各自探索、各自发展、没有整合在一起。其实职业病危害评价、公共场所卫生学评价和集中空调通风系统卫生学评价之间是不能截然分开的，可以说既有共性，也有其独特性。工业建设项目中往往包含着公共场所的内容，如办公楼、会议室的评价要引用公共场所的卫生标准；公共场所建设项目则大多存在职业危害，如锅炉房、变电站等场所；集中空调通风系统更是与工业建设项目和公共场所建设项目密不可分。因此，如何借鉴不同类别的卫生学评价特点和经验，充实和发展建设项目卫生学评价，是一个值得探讨的命题。

本书系统介绍了建设项目职业病危害评价、公共场所卫生学评价、集中空调通风系统卫生学评价的依据、原理、方法和过程以及评价质量控制等内容，并辅之以大量的实例。本书还介绍了与上述评价密切相关的一些内容，如工程基本知识和图纸的读识、工业通风工程卫生评价等。本书的内容大多是编者在评价实践中积累的心得和体会，同时也参考了众多的文献资料。编者殷切期望本书的出版，能起到抛砖引玉的效果，引起各位专家、学者和同行的关注，并得到批评和指正。

由于编者水平有限，积累的经验不多，查阅的文献不广，编写时难免存在疏漏之处，敬请读者谅解，不吝赐教。本书编写过程中，化学工业出版社给予了始终如一的支持、关心和帮助，在此表示衷心感谢！

编者
2008 年 11 月

目　　录

第一章　总　　论

第二章　建设项目工程图纸的读识

第三章　建设项目职业病危害评价

第四章　工业通风工程卫生学评价

第七章　公共场所集中空调通风系统卫生学评价

第八章　建设项目卫生学评价质量管理

附录 职业与公共场所建设项目卫生学评价相关的文件、标准目录

第一章　总　论

第一节　建设项目卫生学评价概述

随着我国国民经济和社会文明的飞速发展，公众和劳动者的健康越来越受到政府和社会各方面的关注和重视，这些人群的健康状况已成为体现我国社会和谐与文明程度的重要因素之一。改革开放以来，由于发展的需要，我国新的建设项目大量涌现，其中不乏大型工业企业和公共场所项目。值得注意的是，工业和公共场所类建设项目的大量增加，在促进经济发展和社会繁荣的同时，也产生了一系列的健康危害隐患；新产品、新材料、新技术和新工艺的大量使用，在原有的健康危害因素基础上，又增添了一些新的健康危害因素。这些健康危害因素时刻威胁着人类的健康，轻者引起身体不适，重者导致各种疾病的发生。因此，在职业与公共场所建设期间，从可行性论证阶段到竣工验收阶段进行卫生学评价，从公共卫生的角度审视建设项目的可行性和安全性，这有助于从源头上加以消除或控制健康危害因素，以达到保护人群身心健康的目的。

一、建设项目卫生学评价的定义

建设项目卫生学评价是依据国家、地方有关公共卫生方面的法律、法规、规章、标准和技术规范，应用职业卫生学、环境卫生学、放射卫生学、卫生检验学、毒理学、卫生工程学以及建筑工程学等专业理论及相关知识，在职业与公共场所建设项目建成运行期间，对存在的健康危害因素进行识别；对产生健康危害因素的环节以及可能造成的危害程度进行分析；对健康危害防护措施的有效性和合理性进行评价，并提出改进意见。

二、建设项目卫生学评价的目的

建设项目卫生学评价的目的是保护人群健康及相关权益，促进社会经济发展，但不同类别的建设项目开展的卫生学评价在目的上又有着各自的特点和针对性。工业建设项目卫生学评价（职业病危害评价）的目的是为了消除或控制工作场所的职业病危害因素，保护劳动者的健康，并促进用人单位提高职业病防治和职业卫生管理水平；公共场所建设项目卫生学评价的目的是为了消除或控制公众活动场所的健康危害因素，为公众提供一个安全、卫生和舒适的活动场所，保护社会人群的健康，并促进经营单位提高防病意识和卫生管理水平；集中空调通风系统卫生学评价也是为了保证使用集中空调通风系统的职业与公共场所的卫生与安全。

三、建设项目卫生学评价的意义

（一）从源头上控制建设项目的健康危害隐患

在建设项目可行性论证阶段，通过卫生学评价，识别可能存在的健康危害因素，预测健康危害的程度，评价拟采取的控制健康危害的措施，综合提出相应的补偿措施和建议，并从公共卫生角度评估建设项目的是否可行；在建设项目竣工验收阶段，通过卫生学评价，识别存在的健康危害因素，检测健康危害因素的浓度或水平，评价控制健康危害因素措施的效果，综合提出相应的改进措施和建议，并从公共卫生角度审视建设项目是否符合卫生要求。通过以上两个阶段的卫生学评价，可以从源头上控制建设项目的健康危害隐患，保障人群的健康。

（二）为建设项目卫生审核提供科学依据

随着我国法制建设的不断加强以及"以人为本"理念的深入发展，我国的公共卫生法规标准体系的不断完善，建设项目的卫生行政审核也日趋严格。在卫生行政部门审查建设项目的过程中，通过科学、规范、准确的卫生学评价形成的卫生学评价报告书，已成为不可或缺的重要的技术资料。因此，可以说建设项目卫生学评价是建设项目卫生行政审核的技术保障和科学依据。

（三）增强建设单位的法制观念和健康意识

建设单位在进行建设项目卫生学评价的过程中，可以逐步了解和掌握我国公共卫生政策以及相应的法律法规、卫生标准及技术规范，增强卫生法制观念。同时，卫生学评价的根本目的是保护人群的健康，这一目的也将引导建设单位在日后的生产或经营中贯彻"以人为本"的思想和理念，运用科学的手段，从设施设置、制度管理等方面着力营造安全、卫生和舒适的环境和氛围，树立绿色的健康意识。

（四）提高建设单位的社会效益和经济效益

建设单位通过建设项目卫生学评价，可以避免盲目追求经济利益而出现的安全与健康隐患，有效降低发生健康危害事故或事件的风险，在充分保障劳动者与公众的生命健康与安全的同时，也避免了因发生健康危害事故而可能产生的高额医疗费用和赔偿金额。另外，一个生产经营单位长期安全、卫生地运行，会在社会上塑造具有良好社会责任的企业形象，这为企业的长期发展带来巨大的潜能。如果一家工厂企业片面追求经济利益，忽略劳动者的健康权益，生产场所环境恶劣，卫生防护设施和个人防护用品欠缺，一旦引起急性或慢性职业病，则必须为劳动者承担昂贵的治疗和康复费用，从而给劳动者、用人单位、社会都造成巨大损失。试想，如果可以选择的话，哪个人愿意在这样一家工厂工作呢？同样的道理，如果一家公共场所，卫生状况差、空气浑浊，哪个人愿意在这样一个场所进行公众活动呢？因此，建设单位通过建设项目卫生学评价，在取得社会效益的同时，势必会带来潜在的经济效益。

第二节　建设项目卫生学评价的分类

一、按建设项目评价对象分类

建设项目的卫生学评价按评价对象分类，主要包括作业场所、公共场所、办公场所和居住场所等类别，本节主要介绍作业场所中的工业企业和公共场所的建设项目。工业企业建设项目可能产生职业病危害的，必须依法进行职业病危害评价；公共场所建设项目根据卫生行政审核的需要，按公共场所的类别进行卫生学评价；其中存在集中空调通风系统的建设项目，还应该进行集中空调通风系统的卫生学评价。

（一）建设项目职业病危害评价

2002 年 5 月 1 日，我国正式实施了《中华人民共和国职业病防治法》（以下简称《职业病防治法》），国家从法律层面建立了建设项目职业病危害评价制度。《职业病防治法》第十五条中明确规定："新建、扩建、改建建设项目和技术改造、技术引进项目（以下统称建设项目）可能产生职业病危害的，建设单位在可行性论证阶段应当向卫生行政部门提交职业病危害预评价报告。"第十六条中明确规定："建设项目在竣工验收前，建设单位应当进行职业病危害控制效果评价。"

为了保证建设项目职业病危害评价制度能够落到实处，国家还建立了建设项目职业病危害评价的准入制度，《职业病防治法》第十七条中明确规定："职业病危害预评价、职业病危害控制效果评价由依法设立的取得省级以上人民政府卫生行政部门资质认证的职业卫生技术服务机构进行。"为此，卫生部颁布了《职业卫生技术服务机构管理办法》（卫生部令第 31号）和《建设项目职业病危害分类管理办法》（卫生部令第 49 号），对建设项目职业病危害评价活动进行了规范。

（二）公共场所卫生学评价

公共场所是指提供公众共同使用，或为公众提供服务并有一定维护结构的场所。依据国家 1987 年颁布的《公共场所卫生管理条例》，列入公共场所监督对象的分为 7 类 28 种，有旅店类、美洁类、娱乐类、体育类、文化类、商店类、等候室类。公共场所是人群相对集中的活动区域，卫生状况的好坏会影响人群的健康。因此，为了保护公众的健康，《公共场所卫生管理条例》规定国家对公共场所以及新建、改建、扩建的公共场所的选址和设计施行"卫生许可证"制度。公共场所的环境条件必须符合一定的卫生要求，尤其在选址、设计方面都必须接受卫生监督部门预防性设计卫生审查。1991 年卫生部发布的《公共场所卫生管理条例实施细则》中明确规定，凡受周围环境质量影响和职业危害以及对周围人群健康有影响的公共场所建设项目必须执行建设项目卫生评价报告制度。卫生评价报告书应在建设项目可行性研究阶段进行，施工设计前完成。建设项目的主管部门应将建设项目卫生评价报告书报卫生行政部门审批。审批同意的建设项目发给"建设项目卫生许可证"。建设单位取得"建设项目卫生许可证"后方可办理施工执照。

（三）集中空调通风系统卫生学评价

随着社会的进步，集中空调通风系统越来越多地应用于办公场所及公共场所。集中空调通风系统的使用虽然提高了人群的舒适度，但也带来新的健康问题，如新风量不足、室内化学物或微生物等。为了预防空气传播性疾病在公共场所的传播，保障公众健康，卫生部于2006年颁布实施了《公共场所集中空调通风系统卫生管理办法》，用于公共场所集中空调通风系统的卫生管理。该办法不仅对公共场所集中空调的设计、清洗、管理方面提出严格的卫生要求，而且明确规定新建、改建和扩建的集中空调通风系统应当进行预防空气传播性疾病的卫生学评价，评价合格后方可投入运行。已投入运行的集中空调通风系统应每两年对其进行一次预防空气传播性疾病的卫生学评价，评价合格后方可继续运行。

为了规范公共场所集中空调通风系统卫生学评价行为，卫生部在《公共场所集中空调通风系统卫生学评价规范》中规定，公共场所集中空调通风系统卫生学评价一般由地（市）级以上疾病预防控制机构承担。

二、按建设项目建设周期分类

对于所有建设项目来说，在建设周期上都由几个阶段组成，即可行性论证阶段、设计阶段、建设阶段、竣工验收阶段。一般在项目的可行性论证和竣工验收需要进行卫生学评价。

（一）预评价

预评价是指在建设项目可行性论证阶段，依照国家有关卫生方面的法律、法规、标准和技术规范的要求，对建设项目可能产生的健康危害因素进行识别、分析，对其危害程度进行预测，对拟采取的防护措施的预期效果进行评价，对存在的卫生问题提出有效的防护对策，并从公共卫生学角度评估建设项目的可行性程度。每一项建设项目在立项或设计前都要对项目的可行性、必要性、规划相容性及其他条件进行论证，在这些论证内容中，除社会、经济、技术等因素外，很重要的一部分就是健康、安全条件的论证。由于预评价是在可行性论证阶段进行的，是对建设项目建成后，可能产生的健康危害影响进行预测性评估。因此，预评价主要通过工程分析、类比调查，由经验丰富的评价人员依据技术规范、标准，按照一定的评价程序和方法开展。

公共场所集中空调通风系统的预评价也称为设计评价。

（二）竣工验收评价

竣工验收评价是指在建设项目工程竣工、试运行期间，依照国家有关卫生方面的法律、法规、标准和技术规范的要求，对建设项目产生的健康危害因素进行识别；在此基础上，对健康危害因素进行检测，了解其浓度或水平，确定危害程度；并对卫生防护设施的控制效果进行评价，从公共卫生学角度审视建设项目是否符合卫生要求。由于竣工验收评价是在竣工验收阶段进行的，是在建设项目建成后进行的实质性的全面的卫生学评价，因此，竣工验收评价主要通过工程分析、现场调查、检验检测等手段，由经验丰富的评价人员依据技术规范、标准，按照一定的评价程序开展。

在职业病危害评价中，建设项目的竣工验收评价称为控制效果评价。

第三节 建设项目卫生学评价依据

评价依据一般分为三类：一是国家法律和法规，这类依据中，首先是设定了建设项目卫生学评价的法律地位，即赋予建设项目卫生学评价的合法性；其次在这类依据中，有时还原则性地提出了建设项目的基本卫生要求以及达不到这些卫生要求的法律后果。二是规章、技术规范和标准，这类依据中，首先是对不同的建设项目或场所提出了一系列的比较具体的卫生要求以及标准值或限值，这些都是评价重要的技术依据；其次在这类依据中，对评价行为本身会提出一系列的规范性的要求以及程序性的规定，这些都是评价必须遵守的原则。三是建设单位提供的技术资料及相关文件，这类依据中，首先是建设项目的基本情况以及相关的工程技术参数；其次是与卫生相关的具体措施以及评价中需要的数据，这些都是进行评价必须的基础依据，这类资料是否真实、全面、可靠，可直接影响评价的准确性。

一、职业病危害评价依据

（一）法律、法规

1.《中华人民共和国职业病防治法》（中华人民共和国主席令第 60 号，2001）

《职业病防治法》是建设项目职业病危害评价的主要依据之一，其明确规定：新建、扩建、改建建设项目和技术改造、技术引进项目可能产生职业病危害的，建设单位在可行性论证阶段应当向卫生行政部门提交职业病危害预评价报告。卫生行政部门应当自收到职业病危害预评价报告之日起 30 日内，作出审核决定并书面通知建设单位。未提交预评价报告书或者预评价报告未经卫生行政部门审核同意的，有关单位不得批准该建设项目。建设项目在竣工验收前，建设单位应当进行职业病危害控制效果评价。建设项目竣工验收时，其职业病防护设施经卫生行政部门验收合格后，方可投入正式生产和使用。

《职业病防治法》坚持的职业病防治工作方针是预防为主和防治结合。所谓预防为主，就是在整个职业病防治过程中，要把预防措施作为根本措施和首要环节放在先导地位，控制职业病危害源头，并在一切职业活动中尽可能控制和消除职业病危害因素的产生，使工作场所职业卫生防护符合国家职业卫生标准和卫生要求。《职业病防治法》强调了建设项目"三同时"制度，所谓"三同时"制度是指建设项目职业病防护设施与主体工程同时设计、同时施工、同时运行。"三同时"管理着重在建设项目的设计审查、项目竣工时的职业病危害控制效果评价和竣工验收等主要关键环节的管理，环环相扣，确保新建项目不产生新危害，从而堵住职业病危害源头。

2.《使用有毒物品作业场所劳动保护条例》（中华人民共和国国务院第 352 号令，2002）

《使用有毒物品作业场所劳动保护条例》也是建设项目职业病危害评价的依据之一，本条例是根据职业病防治法和其他法律、行政法规的规定制定的，目的在于保证作业场所安全使用有毒物品，预防、控制和消除职业中毒危害，保护劳动者的生命安全、身体健康及其相关权益。

本条例将有毒物品分为一般有毒物品和高毒物品，用人单位应优先使用低毒和无毒物品。

本条例规定了作业场所职业病危害防护措施，包括设置有效通风、设置警示标志、密闭空间作业防护要求、配备个人防护用品、现场应急救援措施、职业病危害因素检测等。条例还明确规定了患职业病的劳动者的工伤保险待遇。

3. 其他

《中华人民共和国劳动法》、《中华人民共和国放射性污染防治法》、《中华人民共和国安全生产法》、《放射性同位素与射线装置安全和防护条例》、《突发公共卫生事件应急条件》、《危险化学品安全管理条例》等法律、法规也为职业病危害评价提供了必要的法律依据。

（二）规章、技术规范和标准

1. 《建设项目职业病危害分类管理办法》（卫生部第 49 号令，2006）

《建设项目职业病危害分类管理办法》将所有可能产生职业病危害的建设项目分为职业病危害轻微、一般和严重的建设项目三类，对三类项目实施分类管理。

该办法规定，职业病危害轻微的建设项目，其职业病危害预评价报告、控制效果评价报告应当向卫生行政部门备案；职业病危害一般的建设项目，其职业病危害预评价、控制效果评价应当进行审核、竣工验收；职业病危害严重的建设项目，除进行前项规定的卫生审核和竣工验收外，还应当进行设计阶段的职业病防护设施设计的卫生审查。该办法还规定了进行职业病危害评价的资质范围、评价报告书的审查办法以及卫生行政部门对建设项目进行卫生审核、审查和验收等监督管理的程序要求等。

2. 《建设项目职业病危害评价规范》（卫生部卫法监发〔2002〕63 号）

《建设项目职业病危害评价规范》规定了建设项目职业病危害评价的程序、方法和内容，是职业病危害评价的技术依据。

3. 标准

（1）国家职业卫生标准

国家职业卫生标准分为九类：职业卫生专业基础标准；工作场所作业条件卫生标准；工业毒物、生产性粉尘、物理因素职业接触限值；职业病诊断标准；职业照射放射防护标准；职业防护用品卫生标准；职业危害防护导则；劳动生理卫生、工效学标准；职业病危害因素检测、检验方法。

国家职业卫生标准分强制性标准和推荐性标准。强制性标准包括：工作场所作业条件卫生标准；工业毒物、生产性粉尘、物理因素职业接触限值；职业病诊断标准；职业照射放射防护标准；职业防护用品卫生标准。强制性标准的代号为"GBZ"。未列入强制性标准的为推荐性标准，推荐性标准的代号为"GBZ/T"。

职业病危害评价中经常引用的国家职业卫生标准主要有《工业企业设计卫生标准》（GBZ 1—2002）、《工作场所有害因素职业接触限值》（GBZ 2.1—2007、GBZ 2.2—2007）、《工作场所职业病危害警示标识》（GBZ 158—2003）、《工作场所空气中有害物质监测的采样规范》（GBZ 159—2004）、《工作场所空气有毒物质测定》（GBZ/T 160—2004）等。另外，在规范职业病危害评价过程、评价报告书编制中起重要指导作用的有《建设项目职业病危害预评价技术导则》（GBZ/T 196—2007）、《建设项目职业病危害控制效果评价技术导则》（GBZ/T 197—2007）等。

（2）设计标准

在职业病危害评价中，经常会引用设计标准，如《工业企业总平面设计规范》（GB

50187—1993)、《采暖通风与空气调节设计规范》（GB 50019—2003)、《建筑采光设计标准》（GB 50033—2001)、《建筑照明设计标准》（GB 50034—2004）等。

（三）技术资料及相关文件

项目的技术资料由建设单位提供，主要包括建设项目可行性研究报告、初步设计、有关设计图纸（建设项目区域位置图、总平面布置图等）、有关职业卫生现场检测资料、有关劳动者职业性健康资料；其他资料。项目的相关文件也由建设单位提供，主要为政府、政府相关部门或建设单位主管部门的批准文件。

二、公共场所卫生学评价依据

（一）法律、法规

1.《中华人民共和国传染病防治法》（中华人民共和国主席令第 17 号，2004）

《中华人民共和国传染病防治法》明确国家应将传染病防治工作纳入国民经济和社会发展计划，县级以上地方人民政府应将传染病防治工作纳入本行政区域的国民经济和社会发展计划；卫生监督部门应对公共场所和有关单位的卫生条件和传染病预防、控制措施进行监督检查；对饮用水供水单位从事生产或者供应活动以及涉及饮用水卫生安全的产品进行监督检查；各级疾病预防控制机构应开展传染病防治应用性研究和卫生评价，为传染病防治提供技术咨询。

2.《公共场所卫生管理条例》（中华人民共和国国务院令第 24 号，1987）

《公共场所卫生管理条例》规定，国家对公共场所以及新建、改建、扩建的公共场所的选址和设计实行"卫生许可证"制度；卫生防疫部门对新建、扩建、改建的公共场所的选址和设计进行卫生审查，并参加竣工验收。评价机构出具的公共场所建设项目卫生学评价报告是卫生监督部门对建设项目进行审查的技术依据。《公共场所卫生管理条例》对公共场所的卫生管理提出了原则性的要求。

3.《突发公共卫生事件应急条例》（中华人民共和国国务院令第 376 号，2003）

《突发公共卫生事件应急条例》明确指出：地方各级人民政府应当依照法律、行政法规的规定，做好传染病预防和其他公共卫生工作，防范突发事件的发生。公共场所卫生学评价是预防传染病，保障人体健康的重要措施，做好公共场所卫生学评价对防范突发公共卫生事件的发生起着事半功倍的作用。

（二）规章、技术规范和标准

1.《公共场所卫生管理条例实施细则》（卫生部令第 11 号，1991）

《公共场所卫生管理条例实施细则》是卫生部根据《公共场所卫生管理条例》而制定的规章。实施细则中明确规定，新建、改建、扩建工程的选址、设计应符合有关卫生标准和要求，设计说明书中必须有卫生篇章，其内容包括设计依据、主要卫生问题、卫生保健设施、措施及其预期效果等；凡受周围环境质量影响和有职业危害以及对周围人群健康有影响的公共场所建设项目必须执行建设项目卫生学评价报告书制度，建设项目卫生学评价报告书必须得到卫生行政部门审批同意。

《公共场所卫生管理条例实施细则》对公共场所的卫生管理和卫生监督提出了具体要求。

2. 技术规范

2007年6月，卫生部、商务部、体育总局等联合颁发了《住宿业卫生规范》、《沐浴场所卫生规范》、《游泳场所卫生规范》等技术规范。这些技术规范明确规定了新建、改建、扩建的住宿场所、沐浴场所、游泳场所，在可行性论证阶段或设计阶段和竣工验收前应当委托具有资质的卫生技术服务机构进行卫生学评价，并对相应的场所提出了具体卫生要求和管理要求。

另外，涉及二次供水及生活饮用水相关的卫生技术规范有《生活饮用水输配水设备及防护材料卫生安全评价规范》（卫生部，2001）、《生活饮用水水质处理器卫生安全与功能评价规范》（卫生部，2001）等；涉及的餐饮业食品相关的卫生技术规范有《餐饮业和集体用餐配送单位卫生规范》（卫生部，2005）等。

3. 标准

（1）卫生标准

公共场所卫生学评价中主要引用的卫生标准为公共场所卫生标准、二次供水及生活饮用水相关卫生标准。

公共场所卫生标准主要有《旅店业卫生标准》（GB 9667—1996）、《文化娱乐场所卫生标准》（GB 9664—1996）、《公共浴室卫生标准》（GB 9665—1996）、《理发店、美容店卫生标准》（GB 9666—1996）、《游泳场所卫生标准》（GB 9667—1996）、《体育馆卫生标准》（GB 9668—1996）、《图书馆、博物馆、美术馆、展览馆卫生标准》（GB 9669—1996）、《商场（店）、书店卫生标准》（GB 9670—1996）、《医院候诊室卫生标准》（GB 9671—1996）、《公共交通等候室卫生标准》（GB 9672—1996）、《公共交通工具卫生标准》（GB 9673—1996）、《饭馆（餐厅）卫生标准》（GB 96153—1996）等；二次供水及生活饮用水相关卫生标准的主要有《生活饮用水卫生标准》（GB 5749—2006）、《二次供水设施卫生规范》（GB 17051—1997）等。

（2）非卫生类标准

公共场所卫生学评价中，有时会引用非卫生类的标准，如《建筑采光设计标准》（GB/T 50033—2001）、《建筑照明设计标准》（GB 50034—2004）、《城市居住区规划设计规范》（GBJ 137—90）、《采暖通风与空气调节设计规范》（GB 50019—2003）、《综合医院建筑设计规范》（JGJ 49—88）、《城市污水再生利用城市杂用水水质》（GB/T 18920—2002）等。

（三）技术资料及相关文件

技术资料及相关文件与职业病危害评价需要提供的材料基本相同，但不需要现场检测资料和健康资料。其次，公共场所的类别较多，因此在可行性研究报告或初步设计中可供工程分析的内容和重点也不尽相同。另外，在大型公共场所，一般都设置集中空调通风系统，因此也需要提供相关的技术资料。

三、公共场所集中空调通风系统卫生学评价依据

（一）法律、法规

集中空调通风系统的卫生状况与公共场所卫生状况密切相连，因此公共场所卫生学评价

适用的法律、法规也同样是公共场所集中空调通风系统卫生学评价的评价依据。

（二）规章、技术规范和标准

2006 年 2 月卫生部颁布了《公共场所集中空调通风系统卫生管理办法》以及《公共场所集中空调通风系统卫生规范》、《公共场所集中空调通风系统卫生学评价规范》、《公共场所集中空调通风系统清洗规范》等文件。

1.《公共场所集中空调通风系统卫生管理办法》（卫监督发［2006］第 53 号）

管理办法适用于公共场所使用的集中空调通风系统，其他场所集中空调通风系统可参照执行。

管理办法要求新建、改建和扩建的集中空调通风系统应当进行卫生学评价，评价合格后方可继续运行；已投入运行的集中空调通风系统应每两年对其进行一次卫生学评价，评价合格后方可继续运行。

管理办法分别从不同角度对集中空调通风系统提出了卫生要求：包括总体卫生要求、新风、空调机房、设施的要求；清洗消毒制度、卫生管理制度和制订应急预案的要求；传染病流行期间运行管理要求。

2.《公共场所集中空调通风系统卫生规范》（卫监督发［2006］第 58 号）

规范主要规定了集中空调通风系统的新风量、送风和风管表面的可吸入颗粒物、细菌、真菌等卫生指标的标准值以及空气净化消毒装置的卫生安全性要求和净化消毒性能的卫生要求。

3.《公共场所集中空调通风系统卫生学评价规范》（卫监督发［2006］第 58 号）

本规范规定了新建、改建、扩建和已投入运行的公共场所集中空调通风系统的卫生学评价工作。从事集中空调通风系统卫生学评价机构一般为地（市）级以上疾病预防控制机构。省级疾病预防控制机构负责地（市）级评价机构的技术评估、技术咨询和专业人员的技术培训。

4.《公共场所集中空调通风系统清洗规范》（卫监督发［2006］第 58 号）

本规范对集中空调清洗方法、清洗过程、清洗效果、清洗安全措施等提出了具体要求。规范还对专业清洗机构提出了要求，专业清洗机构按技术能力分为甲级和乙级，乙级清洗机构只能承担三星级以下宾馆饭店、建筑面积 $2000m^2$ 以下的商场、超市、写字楼等公共场所的集中空调通风系统的清洗工作。

（三）技术资料及相关文件

技术资料及相关文件与公共场所卫生学评价需要提供的材料基本相同，另外需要提供详细的集中空调通风系统相关的技术资料，包括空调通风平面图等。

第四节 建设项目卫生学评价程序

建设项目卫生学评价程序是指按一定的顺序或步骤指导完成评价工作的过程。

卫生学评价程序可以分为管理程序和工作程序。前者主要用于指导卫生学评价的监督与管理，后者用于指导卫生学评价的实施和进程。本节主要介绍评价工作程序。

一、评价的基本程序

评价基本程序分准备阶段、实施阶段和报告编制及评审阶段三个阶段。

在准备阶段，评价机构接受建设单位委托、签订评价合同后，成立项目组；项目组负责收集研读有关资料、进行初步调查分析、确定评价单元、筛选评价因子，并编制评价方案。

在实施阶段，项目组依据评价方案开展评价工作，内容包括项目工程分析、危害因素识别、危害程度分析和防护措施评价；预评价还应当包括类比现场调查、事故案例分析；控制效果评价还应当包括危害因素检测、现场卫生学调查。

在报告编制及评审阶段，项目组对资料进行汇总，分析存在问题、得出评价结论、明确补充措施，并提出具体的对策和建议，完成评价报告书的编制；评价机构组织召开评价报告书技术审查会，项目组根据专家评审意见对评价报告书进行修改完善，并完成评价报告书报批稿的编制。报批稿经校核、审核和导签发后，形成正式的评价报告书。

评价程序见图 1-1。

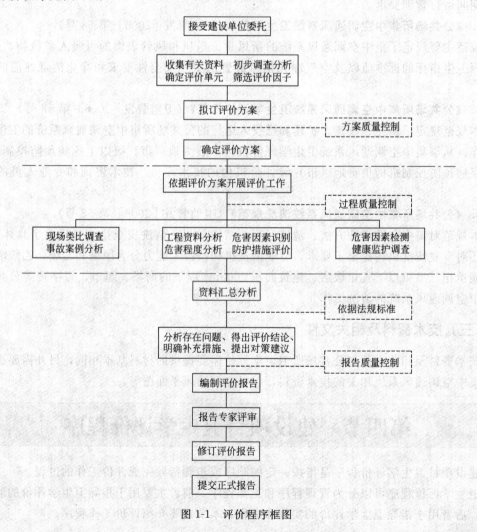

图 1-1　评价程序框图

二、不同类别评价程序的特点

建设项目卫生学评价中,准备阶段和报告编制及评审阶段的评价工作程序基本相同,但实施阶段在评价内容和方法上,不同类别的评价项目各有侧重点。

职业病危害评价实施阶段的主要工作是通过工程分析、类比调查、现场调查,进行职业病危害因素的识别;并选择适宜的评价方法,进行职业病危害程度分析以及职业病危害防护措施的评价;控制效果评价还包括职业病危害因素检测和健康影响评价。

公共场所卫生学评价实施阶段的主要工作是通过工程分析和现场调查,进行健康影响因素的识别,确定评价因子;并选择合适的标准,进行评价因子相关设计参数分析以及卫生防护措施的评价;竣工验收评价还包括健康危害因素检测。

集中空调通风系统卫生学评价实施阶段的主要工作是通过工程分析,结合技术规范和标准的要求,对集中空调通风系统设计资料进行评价;竣工验收评价还包括卫生检测和现场调查,现场调查主要包括集中空调通风系统卫生状况、集中空调通风系统设备设置和布局、空气净化消毒装置安全性。

第五节 建设项目卫生学评价方法

在建设项目卫生学评价过程中,如何根据建设项目的特性,选择合适的评价方法,是评价人员非常关心的一个问题。本节将扼要介绍一些常用的卫生学评价方法供参考。

一、检查表法

(一)方法简述

检查表法是一种最基础、最简便、应用最广泛的建设项目卫生学评价方法,即用于职业场所建设项目,也可用于公共场所建设项目;即用于预评价,也可用于控制效果评价或竣工验收评价。检查表法是评价人员结合建设项目特点,依据国家有关法律法规、技术规范和标准以及操作规程、事故案例等,通过对拟评价项目的详细分析和研究,列出检查单元、部位、项目、内容、要求等,编制成表,逐项检查符合情况,确定拟评价项目存在的问题、缺陷和潜在危害。

(1)确定对象 检查对象可以是整个建设项目,如包括选址、总平面布置、工艺布局、防护设施、辅助设施、管理设施等在内的整个工程系统以及卫生管理体系;也可以只是系统中的一部分,如单独对空调通风系统进行检查。

(2)搜集资料 确定检查对象后,针对检查对象特点搜集有关的法律法规、规范标准以及本系统过去曾经发生的事故案例等资料,作为编制检查表的依据。在搜集资料时,应注意作为编制依据的文本应当是现行有效的,并应当关注并采用新颁布的文本。

(3)划分单元 由于检查表法是基于经验的方法,要求编制人员不仅要具备必要的专业理论知识,同时还要具有一定的实践经验,熟悉评价对象的操作、运行特点,能够将评价对象合理的划分为若干子系统或单元。子系统的划分要求全面且重点突出,子系统下还可分成若干单元。

（4）编制表格　建立检查表时，要求编制表格中的检查内容既要全面、完善，又要符合评价对象的特点，具有针对性。编制人员应当熟练掌握并理解我国现行的一系列有关法律法规、标准和规范，能够从大量的标准条文中选出合适的检查内容，避免在表格中出现漏项或过多"不适用"的检查项目。

（5）实施检查　评价人员依照表格制定的内容及要求，对照工艺设备、操作情况、管理制度逐项比较检查，部分内容还可以通过查阅资料、档案或与有关人员交流的方式对评价对象进行检查，对不符合要求项要进行具体说明。

（二）利弊分析

检查表法是一种简明易懂、方便适用、易于掌握的评价方法。首先，检查表法可以针对不同的检查目的、检查对象设置不同的检查表，针对性强，而且应用的弹性很大，既可用于简单的快速分析，也可用于深层次的分析。其次，检查表中的检查项目与内容都是以相关法律、法规和标准为依据，可使建设项目卫生学评价工作标准化、规范化。运用检查表法的检查结果一目了然，可提供设计缺陷或事故隐患的清单，为建设单位整改以及卫生审核提供参考。另外，应用检查表可使评价更为客观，减少评价人员现场调查时的随意性，检查表经过建设单位签字确认可作为原始凭证存档，避免以后出现纠纷。因此，应用设计完善的检查表逐项对照检查评价对象的相关内容，有助于保证评价工作的全面性、完整性，避免草率、疏忽和遗漏。

检查表法也存在不足之处。如运用检查表法需要根据不同情况，编制有针对性的检查表，因此，检查表编制及检查过程易受操作人员知识水平和经验的影响。另外，检查表法目前在建设项目卫生学评价中仅限于定性分析，因此如何科学地对检查内容赋予权重，使检查表法向半定量或定量方向发展并在实践中应用，是一个值得探讨的课题。

二、类比法

（一）方法简述

类比法是目前职业病危害预评价中的常用的评价方法，该方法通过对与拟评价项目相同或相似工程（项目）的生产过程和职业病防护措施的现场调查、工作场所职业病危害因素浓度（强度）检测、职业健康检查和职业病发病情况分析，以及对拟评价项目有关的文件、技术资料的分析，类推拟评价项目的职业病危害因素的种类和危害程度，预测拟采取的职业病危害防护措施的防护效果。

选择恰当的类比工程（项目）和数据是类比法应用的基础和关键。类比资料的完整性受资料来源的影响较大，目前，类比资料的获得主要通过评价单位收集和业主提供两个途径。通过评价机构现场调查、检测所获得的资料其完整性较好，能够较好地反映出拟建项目与类比项目之间的异同。通常由业主直接提供的类比资料其完整性较差，尤其是检测数据，由于缺少采样时的条件等基础资料，在引用时应特别注意。另一方面，类比项目所在区域的不同对类比资料的来源具有一定的影响，这可能与类比项目业主的配合程度、评价经费等因素有关。类比项目与拟建项目的关系一般为以下三种。

① 拟建项目为类比项目的扩（迁）建项目，建设地点为类比项目毗邻的预留地或异地新（迁）建，拟建项目与类比项目在设计规模、生产工艺、生产设备、原辅料、防护设施以及职业卫生管理等方面完全相同或基本相同，此时类比项目具有较强的可比性，比较适用于类比法。类比项目与拟建项目为同一业主，不仅方便资料的收集，也方便评价单位进行现场调查和检测，对此类项目可以从选址、布局到防护设施、管理措施、健康监护以及危害程度等方面进行全面类比，评价结果具有较高的可信度。

② 拟建项目与类比项目属于同行业中的同类型企业，主要工艺过程相似。若类比项目与拟建项目在同一省市，且类比项目以前的评价报告也由同一家评价机构完成，评价人员可通过查阅既往的评价资料来获取类比信息。若类比项目在外省市或国外，但与建设项目为同一业主，则可以通过业主提供评价所需的类比资料。若类比项目在外省市或国外，且与建设项目分属不同的业主，要进行类比调查或获取类比信息，则需要评价单位和业主共同努力，通过集团公司、行业协会或其他评价机构等途径来实施。

③ 某些新兴行业或拟建项目由于采用新工艺而无法找到合适的类比项目时，可将拟建项目进行分解，分别对各评价单元进行类比分析。如对某燃气发电机组进行评价时，其化水处理系统、发电机组、变配电系统等工艺单元可采用燃煤机组的相关数据进行类比分析。此时，类比信息的收集通常是由评价人员对本单位既往评价资料的分析而获得。

（二）利弊分析

类比法是职业病危害预评价中常用的评价方法，通过与类比企业各方面的综合比较，类推拟评价项目可能存在的职业病危害因素的种类以及推测职业病危害程度。只要类比企业的资料可比性较好，分析结果一般还是比较客观公正的。

类比法在应用过程中最大的问题就是类比企业的选择。随着我国经济的快速发展，新技术、新工艺、新材料不断被采用，很多评价项目难以找到可类比的企业；对于一些采用传统工艺的建设项目，由于行业的复杂性，要寻找到生产规模、工艺流程、职业病防护设施、职业卫生管理等全部类似的企业也比较困难。另一方面，即使是相似的工艺和设备，由于生产规模和管理理念的不同，也可造成较大的类比差异。在确实找不到合适的类比对象的情况下，应多选择几个与其尽可能相似的企业，分单元比较相互间的异同，从而确定评价项目的职业病危害因素的种类以及推测职业病危害程度。

对类比企业可比性的争议，影响了类比结果的可信度，盲目引用类比数据可能会放大或缩小评价对象的危害程度。例如当使用某工艺相对落后的企业的检测数据对工艺相对先进的同类型企业进行类比分析时，存在放大评价对象危害性的可能，难以得到业主的认可。在使用此类数据时，推荐以危害因素识别为主，避免进行危害程度分析。

在应用现成的类比检测数据时，应当注意检测数据的可靠性。很多类比企业的检测数据来自于企业内部的日常监测，其检测数据往往来源于非计量认证机构，或检测点的设置和检测方法不规范，其检测结果可能不能满足评价的需要。因此，在采用类比检测数据时，一定要查验其检验报告是否由依法取得资质认证的职业卫生技术服务机构提供，并对照预评价对象的具体条件进行筛选，去伪存真。

目前，类比法主要应用在职业病危害预评价中，在公共场所和集中空调评价中很少使用，主要原因是类比数据的可比性较差。首先，公共场所和集中空调项目不涉及工艺技术，因此类似场所中的健康影响因素种类相对固定；其次，类似的公共场所的检测结果与项目本身的设计情况、装饰材料的选择、场所的通风状况以及检测时间等因素密切相关，检测结果差异较大，不具有可比性。

三、定量分级法

（一）方法简述

定量分级法是对建设项目工作场所职业病危害因素浓（强）度、职业病危害因素的固有危害性、劳动者接触时间进行综合考虑，计算危害指数，确定劳动者作业危害程度等级。

《建设项目职业病危害评价规范》中规定，建设项目职业病危害预评价采用检查表法、类比法与定量分级法相结合的原则进行定性和定量评价。根据规范的要求，新建项目根据同类企业类比调查，扩建、改建和技术改造项目根据已有测定资料，分别取得劳动者接触粉尘、化学毒物、噪声等职业病危害因素时间以及工作场所职业病危害因素浓（强）度等数据，计算劳动者作业危害等级指数。可见，该方法在预评价中的应用是以类比法为基础的。规范中还提出，对目前尚无分级标准或无类比调查数据的职业病危害因素，可依据国家、行业、地方等职业卫生标准、规范等，结合职业卫生防护设施配置方案，预测作业场所职业病危害因素浓（强）度是否符合有关卫生标准，对此，在实际应用过程中较难把握。

该方法以职业病危害因素检测结果为基础，结合现场卫生学调查，根据国家有关劳动条件分级标准，对建设项目中的各类有害作业的危害程度进行定量分级评价。具体分级标准有：《有毒作业分级》（GB 12331—90）、《生产性粉尘作业危害程度分级》（GB 5817—86）、《噪声作业分级》（LD 80—95）、《高温作业分级》（GB 4200—97）、《低温作业分级》（GB/T 1440—93）、《冷水作业分级》（GB/T 14439—93）。在预评价中以类比数据为依据进行定量分级，其弊端在类比法中已经阐述，因此我们认为定量分级法比较适用于控制效果评价。

（二）利弊分析

定量分级法的优点是能够使评价结果定量化，以危害等级的形式反映劳动条件的优劣，使评价结果更为直观。由于评价结果能够量化危害程度，使不同类型的建设项目之间的评价结果具有一定的可比性。

定量分级法在应用过程中的最大障碍是《有毒作业分级》中对毒物危害程度级别的划分以《职业性接触毒物危害程度分级》（GB 5044—85）为依据，而该标准中仅列出了 56 种常见毒物，而且部分毒物的分级与现行的《高毒物品目录》之间存在差异。另外，虽然该标准也提出了包含六项指标的分级原则，但相关指标资料目前十分缺乏，这为《有毒作业分级》的实际应用带来了一定困难。

关于分级指数的计算方面，《有毒作业分级》主要是建立在最高容许浓度（MAC）的基础之上，而我国现行的接触限值则主要采用时间加权容许浓度（TWA）和和短时间接触容许浓度（STEL），两个标准之间的不一致，可导致计算结果的偏差。当分级标准应用于效果评价时，可将标准中的 MAC 替代为 TWA 来计算超标倍数，但是在对历史数据进行分析时，有人将 MAC 转化成 STEL 进行计算，其合理性则有待商榷。

四、单项指数和综合指数法

（一）方法概述

该方法以实际测试数据和卫生标准为依据，计算每项健康危害因素的单项指数，对存在多种健康危害因素的场所可进一步计算综合指数，根据计算结果将场所划分为合格、基本合格、限期治理和不合格四个级别。该方法主要用于竣工验收时的数据分析，也可以类比数据为基础应用于预评价。

（二）利弊分析

单项指数和综合指数法应用于控制效果评价简单实用、便于掌握，计算过程简单。

该方法在应用过程中也面临一些问题：用于预评价时，需要类比数据做基础，同样面临类比数据可比性的问题；单项指数评价的内涵依然是检测数据的超标率，评价指标较单薄；综合指数评价则可能会出现矛盾的结果，这是因为各项健康危害因素对机体可能造成的有害影响的权重和特点并不一样，那么对各健康危害因素同等对待，就可能出现某项健康危害因素严重超标，而综合指数仍为合格或基本合格的现象。所以，当几种因素同时存在时，应采用综合指数和单项指数相结合的方法，以得出较为合理的评价结论。

五、集合比数法

（一）方法概述

集合比数法的基础理论来自安全评价危险指数法（主要是 DOW 化学法和 ICI 蒙德法），并结合建设项目职业病危害预评价的实际情况，是目前最能够体现《建设项目职业病危害预评价技术导则》所提出的风险评估法的定义的定量评价方法。

集合比数法从总体评价、单元评价和补偿措施评价三个方面来全面反映评价对象的职业卫生状况，并能够对相关指标进行量化分析。总体评价从总平面布置、建筑物卫生学、生产工艺布局、采光照明和辅助设施五个方面对评价对象的整体设计情况与相关标准、规范的相符性进行比较分析，以 G 为参数，对符合、基本符合和不符合三种情况分别取值，并根据公式计算出总体评价系数，以总体评价系数为依据对评价对象的总体设计情况进行分级。

单元评价在细致工程分析的基础上，综合考虑单元内危害因素的物质量、危害程度、接触水平和人数等因素，根据一定的公式计算其固有危害性和接触危害性。单元危害性结合技术、管理和应急救援能力的补偿作用系数最终确定评价对象的集合指数，集合指数与项目生产职工人数之比即为集合比数，最终根据集合比数对作业场所的危害级别进行划分。

（二）利弊分析

集合比数法集合了多种评价方法的优点，既能够从整体上反映建设项目的实际情况，体现相关设计与规范的相符性，又能够对各个生产环节的危害性进行量化分析，同时也考虑到了各类补偿措施的贡献，评价内容全面，评价结论一目了然且重点突出。值得一提的是：一般定量评价方法都必须以已有的相同或相似企业的检测数据作为预评价的依据，当没有合适的测试数据作参考时，定量评价就无法实现。而集合比数法中各项参数的取值是以工艺特性和工艺参数为基础的，摆脱了以往的评价方法对类比资料的依赖，也可在一定程度上避免单纯依赖类比数据可能造成的偏差。虽然评价过程中由于评价人员的认识不同，在取值时会有一些差异，但最后的评价结论还是相对稳定、客观，与实际情况比较符合。该方法对项目基础技术资料的要求比较严格，因此比较适用于大型化工或石油化工建设项目的职业病危害评价。

集合比数法在实际应用中也面临一些问题：如何规范评价单元的合理划分，不同的单元划分方式可导致单元评价系数的不同；如何设定系数指标，由于标准的变化，会导致系数指标与标准不相适应；系数的准确取值需要有一定的专业知识和经验，对评价人员的业务能力要求较高；如何在集合比数法中引入检测数据，进一步丰富该方法的内涵；如何拓展集合比数法在不同行业中的应用等。

六、风险评估法

卫生部 2007 年颁布的《建设项目职业病危害预评价技术导则》（GBZ/T 196—2007）中首次明确提出了风险评估法。导则对风险评估法的定义是：依据工作场所的职业病危害因素的种类、理化性质、浓度（强度）、暴露方式、接触人数、接触时间、接触频率、防护措施、毒理学资料、流行病学等相关资料，按一定准则，对建项目发生职业病危害的可能性和危害程度进行评估，并按照危害程度考虑有关消除或减轻这些风险所需的防护措施，使其降低到可承受水平。

导则对风险评估法的定义几乎涵盖了职业病危害预评价的所有内容，但并未介绍具体实施细则，只提出要"按一定准则，对发生职业病危害的可能性和危害程度进行评估"。我们因此可以理解为风险评估法是一种综合定量的评价方法，是运用基于大量的基础数据和广泛事故资料获得的指标或规律，对评价对象的各方面的状况进行定量的计算，然后得出一些定量的指标。

风险评估法目前尚处于探讨阶段，对于具体的操作方法还未有统一认识。风险评估法的明确提出，是对广大评价人员提出的要求，也是职业病危害评价的发展方向。建设项目职业病危害评价在我国开展的时间不长，评价方法相对单一，系统性不强，需要我们不断总结经验，并在实践中摸索、创新。我们可以尝试借鉴环境影响评价和安全评价的理念和方法，拓展职业病危害评价的深度和广度，丰富评价方法。

七、经验法

经验法是卫生学评价中一种最基本的评价方法，是评价人员根据实际工作经验和掌握的相关专业知识，依据公共卫生有关的法律、法规、规范和标准等，借助经验和判断能力对拟评价项目中可能存在的健康危害因素进行评价。

该方法主要适用于健康危害因素的识别，尤其适用于一些传统行业、传统工艺的建设项目评价，评价人员积累的这类典型行业和工艺的经验和资料较为丰富，可根据以往的工作经验和原有的资料积累对此类建设项目的健康危害因素进行识别和分析。

该方法最主要的优点是简便、易行，丰富的现场经验，对各行业、场所、工艺和设备特点的了解可以帮助评价人员在基础技术资料不充分的情况下对建设项目进行概略性分析，能够筛选出主要的健康危害因素。经验法的主要缺点是受经验和经历的限制，对健康危害因素的识别可能会出现遗漏，且不同评价人员得出的结果可能具有一定的差异。为弥补此不足，常采用召开评价组或专家组会议的方式相互启发，交换意见，进行积极的创造性思维，集思广益，可以对问题分析的更全面、更透彻。另外，对于刚接触评价的人员，还可以通过广泛查阅、研读以往的工程技术资料和评价资料的方式在一定程度上弥补实践经验的不足。

八、综合评价法

卫生部于 2001 年 7 月 20 颁布了适用于公共场所卫生状况综合评价的《公共场所卫生综合评价方法》（WS/T 199—2001）。该标准方法首先是确定需综合评价的因素集，然后根据相关卫生标准，建立各个因素的分级标准，最后运用模糊综合评价模型和指数综合评价模型，通过大量的运算，对公共场所卫生做出综合的评价。

多年来对公共场所进行卫生评价，都是以各项因素的完成情况来进行单项的比较考核。而单项指标的高低，很难评价各场所、各年或各地的综合情况，从而造成他们之间难以相互比较。综合评价法和传统的单因素评价法不同，是把多个指标的相对水平综合成总的相对水平的指标，即先根据标准值计算实际完成的相对水平，然后依各指标的权系数进行加权综合，最后对综合系数进行综合对比评价。由于是因素集的综合评价，所以综合评价法尤其适用于同一行业的不同公共场所的对比评价及同一地区不同行业和不同地区间的分析。

综合评价法的缺点则主要是由于现有卫生标准仅规定了因素的临界标准值，并未对各个因素的优限值、良好、合格、较差、很差和劣限值等分级标准作出明确的规定。加上不同地区、不同时期的不同指标对于其内部卫生质量的影响也不同，因此如何更合理地确定各个因素的权重，是一个值得推敲的问题。

九、其他评价方法

除上述介绍的评价方法外，不少评价机构也在探索新的评价方法，或尝试将安全评价方法应用到卫生评价中。这些方法各有特点和优势，也都存在一定局限性，目前尚处在各内部新方法的探索阶段，并未得到广泛的应用。以下对此类评价方法做一简介，可以提供评价人员更多的参考。

（一）有毒物质控制效果分级法

该方法运用有毒物质危害程度分级、有毒作业分级和有毒物质暴露程度分级等指标，通过对有毒物质的检测数据进行半定量分析，将作业场所有毒物质控制效果分为有效控制和基本控制。控制效果评价分级是有效控制的，评价结论为符合职业卫生要求；控制效果评价分级是基本控制的，评价结论为基本符合职业卫生要求；除此以外，评价结论为需要改进后方能符合职业卫生要求。

目前，国内的控制效果评价方法主要为定量分级法、单项指数和综合指数法，上述方法的内涵依然是检测数据是否超标这一指标。在目前国家还没有制定、出台可操作性的、针对性强的控制效果评价方法的情况下，运用该方法对有毒物质的控制效果进行评价，不失为一种实用且结论明确的评价方法。该方法在对有毒物质检测结果分析的基础上，对需要改进的作业场所也有明确的指向；该方法还首次对浓度达标的有毒物质作业场所提出了分级办法，在检测结果都合格的情况下，有助于找出有潜在职业危害的作业场所，能够引起建设单位的警觉，及早采取相应的控制措施，消除隐患。

该方法主要针对作业场所的有毒化学物进行分级评价，在应用于建设项目控制效果评价时还需结合其他方法对粉尘和物理因素进行评价。另外，该方法的实际应用目前尚在尝试阶段，其稳定性和可靠性尚需通过在更多项目中的应用得以验证。

（二）风险指数评估法

风险指数法主要应用于职业病危害现况评价。该方法根据安全风险评估原理，综合考虑工作场所中存在的危害因素对健康影响的严重性、危害的可能性以及工作场所中的作业环境条件，根据所建立的公式计算职业危害风险指数，并根据风险指数的大小将作业危害划分为5个等级，每个等级分别对应着相应的控制干预措施。

风险指数法可以对工作场所职业卫生状况进行定性或半定量评估，计算方法充分考虑到了一级预防的最佳效果，简单易行，具有一定的科学性和实用性。相对于传统的单项评价法，其评估结果更为详细实用，更能体现工作场所职业危害的系统综合性，既有利于有针对性地选择降低风险的控制措施，也为职业卫生的持续改进以及职业病诊断和鉴定提供现场依据。

风险指数法的提出尚属于一种新方法的探索，实际应用过程中还存在不足和有待改进的地方：评价人员在评估作业条件各项等级中可带有主观性；作业条件等级评估中未考虑作业环境温度、化学品通过皮肤吸收的可能性；风险等级划分的合理性等。另外，该方法的应用报道目前仅限制鞋和汽车制造两行业的部分工序，在其他行业中应用的可行性还有待进一步探讨。

（三）模糊数学法

模糊数学法利用模糊数学的"隶属度"或"隶属函数"基本理论，描述中介过程的模糊信息量，浮动地选择因素阈值，确定权重，再利用传统的数学方法进行处理，从而科学地得出评价结论的一种方法。由于从多方面对事物进行评价难免带有模糊性和主观性，采用模糊数学的方法进行综合评判将使结果尽量客观从而取得更好的实际效果，该方法适用于综合评价。

模糊数学法在应用过程中不受单个职业病危害因素种类及受害人数的影响，既可相互比较危害程度大小，同时又可以对多种职业危害因素进行综合评价，避免了过去采用某种有害因素的超标率和合格率作为评价指标，不能对同时存在的多个因素做综合评价的局限性。

使用模糊数学法进行职业病危害因素综合评价时，各种有害因素的监测数据要用1年内多次测定的结果，因为单独一、二次的测定数据用构成比填入各个等级时，往往会使结果波动较大，代表性较差，难以准确反映一个企业职业危害的真实情况。同时，使用模糊数学法要求评价人员对模糊数学的理论知识应有足够的了解。

（四）数学模型法

数学模型法主要用来计算、分析作业场所有毒化学物质大量泄漏所致的中毒区域及突发中毒事故后果。该方法引用安全评价中的有毒气体半球扩散模型和气体外逸扩散浓度计算公式，以一定时间内设计的生产能力估算最大泄漏量。主要考虑工厂范围内的现场情况，计算毒气气团在空气中漂移、扩散的范围、浓度、接触毒物的人数等，最终对工程项目建成投产后可能发生的突发中毒事故影响范围和危害程度做出定量评价。

在作业场所，泄漏所致中毒是常见的重大事故，经常造成严重的人员伤亡和巨大的财产损失，通过对事故后果及危害性的计算，能够为企业提供关于重大事故后果的信息，为企业决策者和工程设计者提供关于采取何种防护措施决策的信息。因此，在建设项目职业病危害预评价报告中增加这一部分的定量评价内容具有一定的实际意义，可以丰富评价报告书的内容。

数学模型，往往是在一个系列的假设前提下按理想的情况建立的，实际上影响泄漏所致中毒事故危害程度的因素很多，有些模型的计算结果有时可能与实际情况有较大出入，但对分析职业病危害的危险性来说还是具有参考价值的。

（五）蒙德法

蒙德法是在美国道化学公司的火灾、爆炸指数法的基础上补充发展的。道化学火灾爆炸危险指数评价方法以物质系数为基础，并对特殊物质、一般工艺及特殊工艺的危险性进行修正求出火灾、爆炸的危险指数，在根据指数大小分成 4 个等级，按等级要求采取相应对策的一种评价方法。蒙德法在此基础上突出了毒性对评价单元的影响，考虑的问题更为全面。道化学法和蒙德法是安全评价中常用的危险指数评价方法，在石化、化工行业的建设项目职业病危害预评价中，引入蒙德法，可以丰富现有的评价方法，已有评价机构在进行这方面的尝试。值得注意的是，安全评价和卫生评价的侧重点不同，蒙德法直接应用于职业病危害预评价还处于探索阶段，需要进行大量的修订工作，使其更适应于职业病危害预评价的要求。

（六）判别归类法

在公共场所空气质量评价方面，有人提出了判别归类法，通过把多点多指标监测结果转化为无量纲的单一综合判断指数，从而把不易实现的多变量比较转化为简单的单指数间比较。该方法通过整个公共场所各监测点类别归属的比例，了解空气质量的整体状况。判别归类法和常用的计算合格率的单变量法相结合，可以对公共场所进行全面而合理的评价。

第二章　建设项目工程图纸的读识

第一节　建设项目工程常识

一、建设项目的建设阶段

建设项目的建设阶段大致可分为以下三个阶段：即规划阶段（项目建议书→可行性研究）；设计阶段（方案设计→初步设计→扩大初步设计→施工图设计）；施工阶段（招投标→施工→完工→设施管理）。

不同的项目在设计阶段的经历可能也不一样，小项目的方案设计、规划设计、带施工图设计也许一并就完成，中间衔接很快；中型项目，先进行方案设计，后规划设计，最后施工图设计，历时较长；大型项目从方案设计（概念设计、方案设计）、初步设计（初步设计、扩出设计、技术设计）、规划设计到施工图设计，历时很长。

开展建设项目卫生学评价的过程中，可能会接触到的技术资料主要有：项目建议书、可行性研究报告、方案设计、初步设计、施工图、设计变更书等。

二、建筑行业常用术语

1. 项目建议书

项目建议书（又称立项申请）是拟建项目单位向项目管理部门申报的项目申请，是项目建设筹建单位或项目法人，根据国民经济的发展、国家和地方中长期规划、产业政策、生产力布局、国内外市场、所在地的内外部条件，提出的某一具体项目的建议文件，是对拟建项目提出的框架性的总体设想。对于大中型项目，有的工艺技术复杂，涉及面广，协调量大的项目，还要编制可行性研究报告，作为项目建议书的主要附件之一。项目建议书是项目发展周期的初始阶段，是国家选择项目的依据，也是可行性研究的依据，涉及利用外资的项目，在项目建议书批准后，方可开展对外工作。

2. 可行性研究

可行性研究是通过对项目的主要内容和配套条件，如市场需求、资源供应、建设规模、工艺路线、设备选型环境影响、盈利能力等，从技术、经济、工程等方面进行调查研究和分析比较，并对项目建成以后可能取得的经济、社会、环境效益进行预测，为项目决策提供依据一种综合性的系统分析方法。

可行性研究的具体内容包括如下内容。

① 全面深入地进行市场分析、预测。调查和预测拟建项目产品国内、国际市场的供需情况和销售价格；研究产品的目标市场，分析市场占有率；研究确定市场，主要是产品竞争对手

和自身竞争力的优势、劣势以及产品的营销策略，并研究确定主要市场风险和风险程度。

② 对资源开发项目要深入研究确定资源的可利用量，资源的自然品质，资源的赋存条件和开发利用价值。

③ 深入进行项目建设方案设计，包括：项目的建设规模与产品方案，工程选址，工艺技术方案和主要设备方案，主要材料辅助材料，环境影响问题，项目建成投产及生产经营的组织机构与人力资源配置，项目进度计划，所需投资进行详细估算，融资分析，财务分析，国民经济评价，社会评价，项目不确定性分析，风险分析，综合评价等。

3. 方案设计

方案设计是依据可行性研究报告设计任务书而编制的文件。它由设计说明书、设计图纸、投资估算、透视图四部分组成，一些大型或重要的建筑，根据工程的需要可加做建筑模型。建筑方案设计必须贯彻国家及地方有关工程建设的政策和法令，应符合国家现行的建筑工程建设标准、设计规范和制图标准以及确定投资的有关指标、定额和费用标准规定。建筑方案设计的内容和深度应符合有关规定的要求。建筑方案设计一般应包括总平面、建筑、结构、给水排水、电气、采暖通风及空调、动力和投资估算等专业，除总平面和建筑专业应绘制图纸外，其他专业以设计说明简述设计内容，但当仅以设计说明还难以表达设计意图时，可以用设计简图进行表示。

4. 初步设计

初步设计是根据批准的可行性研究报告或方案设计而编制的初步设计文件，是建筑设计的一个中间阶段，设计深度介于方案与施工图之间，他的作用是：

① 能以此作为施工图设计的依据；

② 能进行工程概算；

③ 能进行大型材料设备的订货。

初步设计文件由设计说明书（包括设计总说明和各专业的设计说明书）、设计图纸、主要设备及材料表和工程概算书四部分内容组成。各专业应对本专业内容的设计方案或重大技术问题的解决方案进行综合技术经济分析，论证技术上的适用性、可靠性和经济上的合理性，并将其主要内容写进本专业初步设计说明书中。设计总负责人对工程项目的总体设计在设计总说明中予以论述。

初步设计文件深度应满足审批要求。

① 应符合已审定的设计方案；

② 能据以确定土地征用范围；

③ 能据以准备主要设备及材料；

④ 应提供工程设计概算，作为审批确定项目投资的依据；

⑤ 能据以进行施工图设计；

⑥ 能据以进行施工准备。

5. 扩大初步设计

扩大初步设计（简称"扩初设计"）是指在初步设计方案设计基础上的进一步设计，但设计深度还未达到施工图的要求，也可以理解成设计的初步深入阶段。拿建筑设计举例：扩初设计通常做到建筑各主要平面、立面、剖面，简单表达出大部尺寸、材料、色彩，但不包括节点做法和详细的大样以及工艺要求等具体内容。当然，室内、景观、园林的扩初设计也与建筑差不多，当设计做到扩初设计的程度时，效果基本出来了。扩初是深度介于初设与施工图之间，是大型工程为更好地找出设计中的不足而设置的一个设计阶段。现在也是许多房地产商要求境外设计公司的设计达到的一个最后设计阶段，以便施工时指导建筑立面等施工。

6. 施工图

初步设计和扩初设计都是介于方案和施工图之间的过程，施工图是最终用来施工的图纸。

施工图设计是根据已批准的初步设计或设计方案而编制的可供进行施工和安装的设计文件。施工图设计内容以图纸为主，应包括封面、图纸目录、设计说明（或首页）、图纸、工程预算等。施工图设计文件的深度应满足以下要求。

① 能据以编制施工图预算；

② 能据以安排材料、设备订货和非标准设备的制作；

③ 能据以进行施工和安装；

④ 能据以进行工程验收。

7. 工程变更

工程变更是指设计变更、进度计划变更、施工条件变更以及原招标文件和工程量清单中未包括的"增减工程"。

8. 建设方案的经济评价

建设方案的经济评价是项目建议书和可行性研究报告的重要组成部分，其任务是在完成市场预测、厂址选择、工艺技术方案选择等研究基础上，对拟建项目投入产出的各种经济因素进行调查研究，计算及分析论证，比选推荐最佳方案。它包括财务评价和国民经济评价。

9. 可行性研究评估

根据委托人的要求，在可行性研究的基础上，按照一定的目标，由另一咨询单位对投资项目的可靠性进行分析判断、权衡各种方案的利弊，向业主提出明确的评估结论。

三、卫生学评价常用术语

（一）技术经济指标

技术经济指标主要是指建设项目总的技术经济指标，它一般包括工程总投资、工程用地面积、建筑面积、绿化面积等。

（1）工程总投资　一般是指进行某项工程建设花费的全部费用，即该建设项目（工程项目）有计划地进行固定资产再生产和形成最低量流动资金的一次性费用总和。其中固定资产主要由建筑安装工程费用、设备工器具的购置费、工程建设其他费用组成。流动资金包括各类存款、存货、工资支付等内容。

（2）单位造价　按工程建成后所实现的生产能力或使用功能的数量核算每单位数量的工程造价。如每公里铁路造价，每千瓦发电能力造价。

（3）用地红线　各类建筑工程项目用地的使用权属范围的边界线。

（4）建筑红线　城市道路两侧控制沿街建筑物或构筑物（如外墙、台阶等）靠临街面的界线，也称建筑控制线。

（5）建设用地面积　各类建筑工程项目用地红线范围内的土地面积。一般包括建设区内的道路面积、绿地面积、建筑物（构筑物）所占面积等。

（6）建筑容积率（容积率） 指建筑物地面以上各层建筑面积的总和与建筑基地面积的比值。

（7）建筑密度 指建筑物底层占地面积与建筑基地面积的比率（用百分比表示）。

（8）绿地面积 一定地区内各类绿地面积的总和，包括公共绿地、建筑物所属绿地、道路绿地、水域等。不包括屋顶、晒台、墙面及室内的绿化。

（9）绿地率 一定地区内，各类绿地总面积占该地区总面积的比例（％）。

（二）公用工程常用术语

建设项目所涉及的公用工程通常包括给水、排水、供热、供电等工程。

1. 给排水系统

（1）给水系统 通过管道及辅助设备，按照建筑物和用户的生产、生活和消防的需要，有组织地输送到用水地点的网络。

（2）排水系统 通过管道及辅助设备，把屋面雨水及生活和生产过程所产生的污水、废水及时排放出去的网络。

（3）热水供应系统 为了满足人们生活和生产过程中对水温的某些特定要求而由管道及辅助设备组成的输送热水的网络。

（4）建筑中的水系统 以建筑物的冷却水、沐浴排水、盥洗排水、洗衣排水等为水源，经过物理、化学方法的工艺处理，用于厕所冲洗便器、绿化、洗车、道路浇洒、空调冷却及水景等的供水系统为建筑中水系统。

（5）辅助设备 建筑给水、排水系统中，为满足用户的各种使用功能和提高运行质量而设置的各种设备。

（6）给水配件 在给水和热水供应系统中，用以调节、分配水量和水压，关断和改变水流方向的各种管件、阀门和水嘴的统称。

（7）管道配件 管道与管道或管道与设备连接用的各种零配件的统称。

2. 空调通风系统

（1）通风工程 送风、排风、除尘、气力输送以及防、排烟系统工程的统称。

（2）空调工程 空气调节、空气净化与洁净室空调系统的总称。

（3）净化空调系统 用于洁净空间的空气调节、空气净化系统。

（4）风管 采用金属、非金属薄板或其他材料制作而成，用于空气流通的管道。

（5）风道 采用混凝土、砖等建筑材料砌筑而成，用于空气流通的通道。

（6）风管配件 风管系统中的弯管、三通、四通、各类变径及异形管、导流叶片和法兰等。

（7）风管部件 通风、空调风管系统中的各类风口、阀门、排气罩、风帽、检查门和测定孔等。

（8）空态 洁净室的设施已经建成，所有动力接通并运行，但无生产设备、材料及人员在场。

（9）静态 洁净室的设施已经建成，生产设备已经安装，并按业主及供应商同意的方式运行，但无生产人员。

（10）动态 洁净室的设施以规定的方式运行及规定的人员数量在场，生产设备按业主及供应商双方商定的状态下进行工作。

3. 电气工程

（1）电气设备　发电、变电、输电、配电或用电的任何物件，诸如电机、变压器、电器、测量仪表、保护装置、布线系统的设备、电气用具。

（2）用电设备　将电能转换成其他形式能量（例如光能、热能、机械能）的设备。

（3）电气装置　为实现一个或几个具体目的且特性相配合的电气设备的组合。

（三）建筑类型

（1）办公建筑　指非单元式小空间划分，按层设置卫生设备的办公建筑。

（2）商业建筑　指综合百货商店、商场、经营各类商品的专业零售和批发商店，以及饮食等服务业的建筑。

（3）商住综合楼　指商业和居住混合的建筑。

（4）商办综合楼　指商业和办公混合的建筑。

（5）公寓式酒店　指按公寓式(单元式)分隔出租的酒店，按旅馆建筑处理。

（6）酒店式公寓　指按酒店式管理的公寓，按居住建筑处理。

（7）裙房　指与高层建筑紧密连接，组成一个整体的多、低层建筑。裙房的最大高度不超过 24m，超过 24m 的，按高层建筑处理。

（四）其他常用术语

（1）总平面布置　是根据自然条件、周边环境以及项目自身特性等，在一块场地上对所设计的建筑物进行布置和处理。

（2）竖向布置　是指在一块场地上进行垂直于水平面方向的布置和处理。

（3）总图运输　总图运输包括了原辅料形态、燃料仓库、储罐、堆场以及码头工程、运输工程等内容。

第二节　工程图纸的基本知识

在建筑工程中，无论是建造工厂、住宅、医院或其他公共建筑，都要根据图纸施工，因为建筑物的形状、尺寸和做法，都不是语言或文字所能描述清楚的。一套图纸可以借助一系列的图，将建筑物各个方面的形状大小、内部布置、细部构造、结构、材料及布局以及其他施工要求，按照一定要求准确地在图纸上表达出来，以作为施工的根据。因此，工程图纸是工程设计、指导施工和设施维护管理工作中必不可少的工具资料。为了便于读识这些图纸，国家对图样的内容、格式、尺寸标注、技术要求、图例符号等都作了统一的规定，例如《机械制图》、《技术制图与机械制图》等。本节根据卫生学评价的需要，简要介绍一些工程图纸的基本内容和卫生学评价中常用的工程图纸。

一、图纸的基本知识

（一）图纸大小

工程图纸一般根据实际需要采用不同的图纸尺寸。图纸的大小称为图幅。在实际应用中通常采用表 2-1 中规定的图幅尺寸。

表 2-1　图幅尺寸/mm

图幅代号	A0	A1	A2	A3	A4	A5
工程名称	零号图	1 号图	2 号图	3 号图	4 号图	5 号图
宽(B)×长(L)	841×1189	594×841	420×594	297×420	210×297	148×210

（二）比例

图纸的比例是指图形与实物相对应的线性尺寸之比。在实际应用中通常采用表 2-2 中规定的常用比例和特殊条件下可用比例。表中的 n 为整数。

表 2-2　常用比例

种　类	常用比例		必要时可增加的比例	
放大比例	5：1	$(5×10^n)$：1	3：1	$(3×10^n)$：1
	2：1	$(2×10^n)$：1	2.5：1	$(2.5×10^n)$：1
缩小比例	1：5	1：$(5×10^n)$	1：3	1：$(3×10^n)$
	1：2	1：$(2×10^n)$	1：2.5	1：$(2.5×10^n)$

（三）线形

所有的实物在图纸上都以图形来表示，而图形的基本构成为点和线。为了反映一个复杂的实体的外形与构造，国家根据不同的需要规定了不同的线形，即通过控制线的粗细和线的形状来表示。表 2-3 摘录了不同线形的主要适用范围。

表 2-3　不同线形及其用途

名　称	形　式	线宽	用　途
粗实线	——————	b	可见轮廓线
细实线	——————	$b/3$	尺寸线,尺寸界线,剖面线,引出线,分界线,范围线
波浪线	∿∿	$b/3$	断裂处边界线,视图和剖视图分界线
双折线	⌐⌐	$b/3$	断裂处边界线
虚线	- - - - - -	$b/3$	不可见轮廓线
细点划线	— · — · —	$b/3$	轴线,对称中心线
粗点划线	— · — · —	b	有特殊要求的表面的表示线
双点划线	— ·· — ·· —	$b/3$	假想投影轮廓线,中断线,极限位置轮廓线

（四）尺寸标注

工程图纸中，图样各部分实际大小及其相对位置，必须用尺寸数字表明。尺寸数字是图样的组成部分，表示实际大小，与图形的大小无关。图样尺寸以标注尺寸数字为准，不得从图上直接量取。图样上的尺寸单位，除标高及总平面图中的尺寸以米为单位外，其他都是以毫米为单位。图样尺寸应包括尺寸界限、尺寸线、尺寸起止符号和尺寸数字，具体如图 2-1 所示。

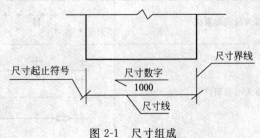

图 2-1　尺寸组成

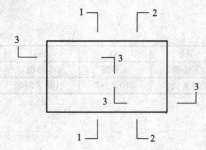

图 2-2　剖视的剖切符号

（五）剖切符号

由剖切位置线及投影方向线组成，均为粗实线绘制。需要转折剖切时，转角处外侧注写与该符号相同的编号，剖切一般在 ±0.000 标高的平面图上表示，具体如图 2-2 所示。

（六）图例

对于工程制图，在很多场合下，都无法画出实际的事物，在图纸上只能用一个符号对其进行表示，该符号即为图例。因此，在这种场合下，读图之前必须首先掌握图纸上所用的图例及其所代表的含义，这样才能正确地识图。表 2-4 和表 2-5 分别列举了部分图纸中常用的图例。

表 2-4　总平面图例

名　称	图　例	说　明
新建的建筑物		1. 上图为不画出入口图例，下图为画出入口图例 2. 需要时，可在图形内右上角以点数或数字（高层宜用数字）表示层数 3. 用粗实线
原有的建筑物		1. 应注明拟利用者 2. 用细实线表示
计划扩建的预留地或建筑物		用中虚线表示
散装材料露天堆场		需要时刻注明材料的名称
其他材料露天堆场或露天作业场		需要时刻注明材料的名称
水塔、储罐		左图为水塔或立式储罐 右图为卧式储罐
冷却塔（池）		应注明冷却塔或冷却池
水池、坑槽		
露天桥式起重机		
露天电动葫芦		"＋"为支架位置

续表

名　称	图　例	说　明
门式起重机	 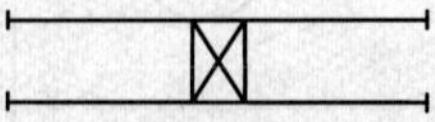	上图表示有外伸臂 下图表示无外伸臂
架空索道	I　　　　I	"I"为支架位置
坐标	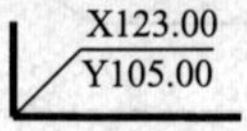 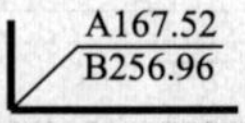 X123.00 Y105.00 A167.52 B256.96	上图表示测量坐标 下图表示施工坐标
室内坐标	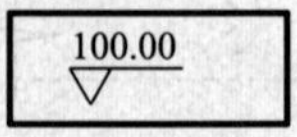 100.00 ▽	
室外坐标	 ▼ 50.00	

表 2-5　集中空调系统工程施工图常用图例

名　称	图例/代号	说　明
系统编号		
送风系统	S	
排风系统	P	
空调系统	K	两个系统以上时,应进行系统编号
新风系统	X	
回风系统	H	
排烟系统	PY	
排风兼排烟系统	P(Y)	
管道编号		
空调管道	—K—	
新风管	—X—	
送风管	—S—	
回风管	—H—	
排风管	—P—	
排烟管	—PH—	
空调冷凝水管	—n—	
蒸气管	—Z—	
风管图例		
送风管、新风管		本图为可见面 本图为不可见面

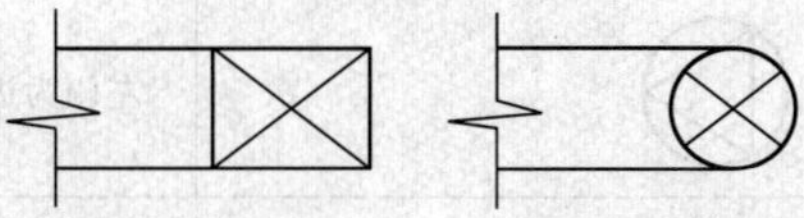

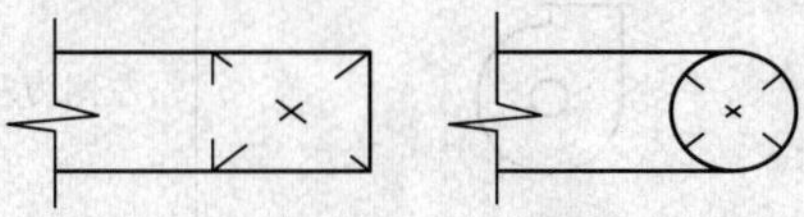

名　称	图例/代号	说　明
回风管、排风管		本图为可见面
		本图为不可见面
散流器		左为矩形散流器,右为圆形散流器,散流器为可见时,虚线改为实线
气流方向		左为通用表示法、中表示送风、右表示回风
设备、装置		
空气过滤器		左为初效,中为中效、右为高效
空气加湿器		
电加热器		
消声器、消声弯头		也可表示为:
软接头		也可表示为:
调节阀(通用)		
水泵		左侧为进水,右侧为出水
离心风机		左侧为左式风机,右侧为右式风机

（七）指北针与风玫瑰图

指北针：一些工程平面图纸中往往会标识指北针，用于表示图形或建筑的方位。

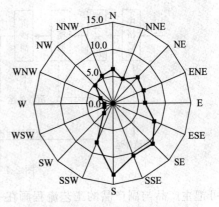

图 2-3　风玫瑰图

风玫瑰图：在极坐标底图上点绘出的某一地区在某一时段内各风向出现频率的统计图，因图形似玫瑰花朵，故名为"风玫瑰图"。最常见的风玫瑰图是一个圆，圆上引出 16 条放射线，它们代表 16 个不同的方向，每条直线的长度与这个方向的风的频度成正比。风玫瑰图所示风向是从外周向中心吹入的方向，风向频率最高的方位，表示该风向为当地主导风向，在图中表示的线段最长。部分图中会同时标有实线和虚线图形，它们分别表示常年主导风向和夏季主导风向。

一般，审查建筑平面布置是否符合卫生学要求，有时需要通过风向玫瑰图来判断，因此从事建设项目卫生学评价的工作人员应该对风玫瑰图有一个透彻的理解和掌握，并能熟练的运用。图 2-3 为某地区年向风玫瑰图。

二、工程图纸的分类

建设项目卫生学评价过程中所涉及的工程图纸根据其项目的不同大致可分为：工艺图纸和建筑图纸两大类。前者主要用于描述建设项目生产工艺、设备布局等内容，后者则侧重于工程建筑的设计、施工等方面。下面就简要介绍一下卫生学评价中常用的工程图纸。

（一）工艺图

工艺设计是工业生产建设工程的核心内容，其他设计都要围绕工艺设计进行，并为生产工艺设计服务。工艺设计图纸就是根据某种产品的实际生产过程和需要控制的各种生产条件等内容来进行设计的，此类设计图纸用来描述生产工艺技术、生产过程、设备选型、原材料耗用量、生产过程控制要素，设备的平面、立面布局等内容，并为土建设计提出基本的设计参数（如生产厂房的长、宽、高尺寸、结构、地面及楼板荷重等数据）。一份完整的工艺设计应包括图纸与必要的文字说明。工艺设计图在不同的设计阶段，有不同的形式与不同的深度，常用的工艺图有：

1. 工艺流程框图

这是一种示意性的工艺流程图，主要用来说明所选用的生产工艺加工过程的大概情况，即从原料开始，经过几个主要的加工过程，最终制定成品的一般过程。它主要以文字来表达，并在文字四周画一个方框把每道工序的文字框起来，每道工序之间用箭头联系起来，形成一个工艺流程框图。工艺流程图的深度较浅，通常只供意向书中采用，或作为工艺流程的一般说明资料。图 2-4 为某污水处理工艺流程框图。

2. 工艺流程图

工艺流程图是根据产品工艺过程实际运转状况（简称工况），按照生产过程的前后顺序，把生产设备的外形，安装高度，按比例绘制而成。一般一种产品画一个工艺流程图，有时也

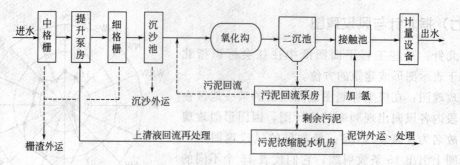

图 2-4　某污水处理工艺流程框图

可把主产品与副产品的工艺流程画在一份流程图上。如果工艺流程较长、工艺较复杂，则需要通过几张工艺流程图，才能完整地表达整个工艺过程。涉及化工类的生产工艺流程图，还需要将各种类型的反应罐、合成釜、计量槽、蒸馏塔等生产设备、各种管线以及仪表的图例符号正确无误地标注在工艺图上，以便对照阅读。

3. 物料流程图

物料流程图是针对某化工过程在工艺路线、原料路线、生产能力、年操作日等确定后进行物料衡算和热量衡算时绘制的。物料流程图的作用主要是用来进行工艺设备选型计算、工艺指标确定，管径核算；并作为确定主要原料、辅助材料及动力消耗定额等工作的主要依据。有时，设计单位也会将物料流程图与工艺流程图绘制在一张图纸上，以便阅读。

4. 工艺设备布置图

工艺设备布置图实际上就是厂房内外各种生产设备的位置图，它是把工艺流程图上的各种生产设备，根据其实际大小和安装高度等数据，按比例精确地画在平面图或立面图的适当位置上，以便土建施工工程师根据工艺需要来设计厂房。工艺设备平面布置图的标高虽然和流程图中的设备位置高度是一致的，但是它突出表示的是生产设备的安装位置，对建筑平面的细部尺寸无过高要求，只对门、窗位置与定位轴线尺寸有一定要求。因此，工艺设备布置图和建筑平面图不能相互替代，只能相互参考。

（二）建筑工程图纸

1. 初步设计图纸

这类图纸主要是根据业主单位提出的设计任务和要求，初步绘画出的草图。它和有关文件只能作为提供研究和审批使用，不能作为施工依据。

2. 扩初设计图纸

这类图纸是根据初步设计阶段确定的内容，进一步解决建筑、结构、材料、设备（水、电、暖通等）的技术问题，并绘制成技术图纸。

3. 工程施工图纸

这类图纸主要是为满足工程施工中的各项具体技术要求，提供一切准确可靠的施工依据。施工图纸主要包括全套工程图纸、相关配套的有关说明和工程概算。全套工程图纸是施工单位进行施工的依据。工程施工图全部由设计院出图。

一般工程施工图纸由两大部分组成：即文字部分与图纸部分。文字材料部分包括图纸目录、总施工说明。图纸目录说明该工程是由哪几个工种的图纸所组成，各工种图纸的名称、张数和图纸顺序。总施工说明主要说明工程概况和总体要求，具体分为：工程设计依据（包括建筑面积、造价以及有关的地质、水文、气象资料），工程设计标准（包括建筑标准、结构荷载等级、抗震要求、采暖通风要求、照明标准等）和施工要求（包括施工技术和材料等的要求）。图纸部分大致可分为：建筑总平面图，建筑、结构、给排水、电气设备、暖通施工图这几部分。

另外，还有一类建筑工程图纸，即建设项目的竣工图纸。由于施工过程中因业主修改等原因会出不少设计变更，因此工程完成后交由施工单位按有关要求编制竣工图纸，并送档案局存档备案。

第三节　各类工程图纸的读识

一、工艺图纸的读识

（一）工艺流程图、物料流程图的读识

1. 阅读文字说明

要读懂工艺流程图，必须先仔细阅读有关工艺设计的文字说明。工艺设计的文字说明主要包括：生产工艺技术概况、原料、半成品、成品的理化性质、质量规格要求、物料耗用量、自动化控制设备选型等。涉及化工生产的建设项目，还会列出生产的化学反应方程式。在阅读化学反应工程式的说明书时，首先应掌握化学反应原理，主反应与副反应产物的理化特性（包括毒性），分析生产过程中可能产生的职业病危害因素及产生在哪些岗位。

2. 对照文字识图

在读识工艺流程图时，宜将图纸上的内容与文字说明两相对照阅读，以加速对工艺设计的理解，也可较为容易地发现设计中存在的卫生问题。

3. 明确图例符号

化工类工艺流程图，经常因设计单位不同，同一种设备的图例符号也可能不完全相同。因此，阅读工艺流程图时，应明确图纸中各图例符号所代表的内容。比如，工艺流程图中绘制的各种物料管道、供热、供气等动力管道很多，对于这些管道，除了以不同的线形来区别外，通常还须在管线上标注其功能的汉语拼音字母作代号，以示区分。对于有保温夹层，内部有搅拌功能的设备，不仅要把这些内容反映在图纸上，还要把搅拌机转动的方向和内部搅拌叶片也绘制在图纸中，使设计图中的设备更加直观，形象化。这是工艺流程框图所不能比拟的。

4. 明确工艺图中物料的流向

通常物料的流向采用箭头标示，如物料采用管道输送，则用实线表示；若为人工作业时，采用粗短的虚线表示。读图时，应特别注意这些作业岗位可能存在的职业病危害因素。

（二）工艺设备布置图

1. 核对设备数量

工艺流程图上对于同一道工序中的同一型号的设备，通常只画一个外形图，而在设备布

置图上则必须一个不漏地全部画出来，这可对照流程图上标注的设备数量进行核对。通过核对设备数量，可便于识别作业岗位存在的职业病危害因素。

2. 了解设备安装标高

工业生产设备在厂房内的安装标高是根据工艺要求来确定的。同一层厂房内往往会设置一个或几个不同标高的操作平台，因此，读图时应了解这些设备安装的高度是否符合生产工艺的要求或满足相应的卫生要求。

3. 注意设备间距

生产设备的间距太小，不仅影响正常操作与维修，而且还会影响作业人员的安全与健康。特别是一些发热设备和产生剧毒物质等的生产设备，应有宽敞的安装位置与足够的空间，必要时应将此类设备与其他作业岗位隔离。读图时，要重点分析这些设备的位置设置是否能满足相应的卫生要求。

4. 了解生产设备与辅助设备的关系

在工艺设备图上除了把各种设备全部描绘出外，还必须把相关的辅助设备，包括除尘、净化等防护设施，同时绘制在相应的位置上，以便卫生评价、监督或有关部门评价或审核设计单位是否按国家有关尘、毒治理措施必须与主体工程同时设计、同时施工、同时投产的"三同时"要求进行设计。此外，从卫生防护的角度出发，对于除尘器、净化装置、各类吸风罩等防护设备，不宜与需经常操作的生产设备安装在同一位置，以免引起作业环境的二次污染。

5. 阅读工艺立面图

工艺立面图与建筑立面图较为相似。阅读工艺立面图主要是了解工艺设备在高度方向上的安装位置、尺寸与固定方法等内容，以全面了解整个工艺设备的立面布局。

二、建筑施工图纸的读识

1. 阅读图纸的目录

根据图纸目录了解工程图纸的概况，包括图纸张数、图幅大小及名称、编号等信息。

2. 阅读总平面图和施工总说明

阅读总平面图可了解项目的总体布局，如用地范围、建筑物定位；建筑物的首层地面、室外地坪、道路的绝对标高、地面坡度及排水方向等；建筑物的朝向；道路、管网布置等内容。通过阅读施工总说明则可了解工程的概况，如工程设计单位、建设单位、新建房屋的位置、周围环境、施工技术要求等。同时阅读各工种的施工说明以明确相应的图例符号。

3. 阅读有代表性的图纸

建筑平面图是建筑物最基本的设计图纸之一，也是工程图纸中最能直观反映建筑物特征的图纸。读图时，要逐一分析建筑形状与建筑物间距、各层建筑的功能布局、建筑面积与层高设置、门窗设置、日照采光等内容是否符合相应的卫生要求。

4. 阅读辅助性图纸

对于平面图上无法表达清楚的部分，根据平面图上的提示（如剖面位置等符号）和图纸目录找出该平面图的辅助图纸进行阅读，以全面了解整个工程的建筑情况。这些辅助图纸包括立面图、剖面图等。

三、空调通风系统工程图纸的读识

1. 阅读图纸的目录

根据图纸目录了解该工程图纸的概况，包括图纸张数、图幅大小及名称、编号等信息。

2. 阅读设计施工说明

了解空调工程概况，包括空调系统的形式、划分、主要设备及其布置，了解室内外空调设计参数，冷、热源情况，风、水系统的形式和控制方法，消声、隔振、保温、管道管件材料等。分析确定代表性图纸及图纸中的典型或重要部分，图纸的阅读就从这些重要的图纸开始。

3. 阅读有代表性的图纸

根据图纸目录和第 2 步骤查找出这些图纸阅读。代表性空调工程图纸应反映空调系统布置、空调机房布置、冷冻机房布置的。因此，识图时应重点阅读系统图、流程图、总平面图及各种平面图。

4. 阅读辅助性图纸

对于平面图上无法表达清楚的部分，根据平面图上的提示（如剖面位置等符号）和图纸目录找出该平面图的辅助图纸进行阅读，这些辅助图纸包括立面图、侧立面图、剖面图等。对于整个系统可参考系统轴测图。

5. 阅读其他内容

工程识图中除了阅读平面图、剖面图，还需要阅读设备材料表和一些必要的详图，以便于掌握工程全部的内容。

对于初次接触空调工程图纸的读者，识图的难点在于如何区分各种管道，如区分送风管与回风管、供水管与回水管等。对于风系统而言，送风管与回风管的识别在于：以房间为界，送风管一般将送风口在房间内均匀布置，管路复杂；回风管一般集中布置，管路相对简单些；另一方面，可从送风口、回风口上区别，送风口一般为双层百叶、方形（或圆形）散流器、条缝送风口等，回风口一般为单层百叶、单层格栅，尺寸较大。有的图中还标示出送（回）风口气流方向，以便于区分。还有一点，回风管一般与新风管（通过设于外墙或新风井的新风口吸入）相接，然后一起混合被空调箱处理后送风管。

第四节 识 图 实 例

一、建筑总平面图纸

图 2-5 为某宾馆项目总平面图。根据图纸可知：该项目占地面积 15467m^2，拟建建筑面积为 9202m^2/66m^2（地上/地下），拟建建筑面积为 5159.76m^2。该宾馆为一幢单栋 11 层高的建筑，主体建筑长约为 37.7m，宽约为 24.9m，建筑高度为 37.2m（基地内外场整平标高为 4.45m）；建筑距离道路最小间距约为 12.9m，距离周围建筑最小间距约为 20.46m。宾馆主入口位于建筑西面，建筑北侧与西南角同时也设有其他出入口。

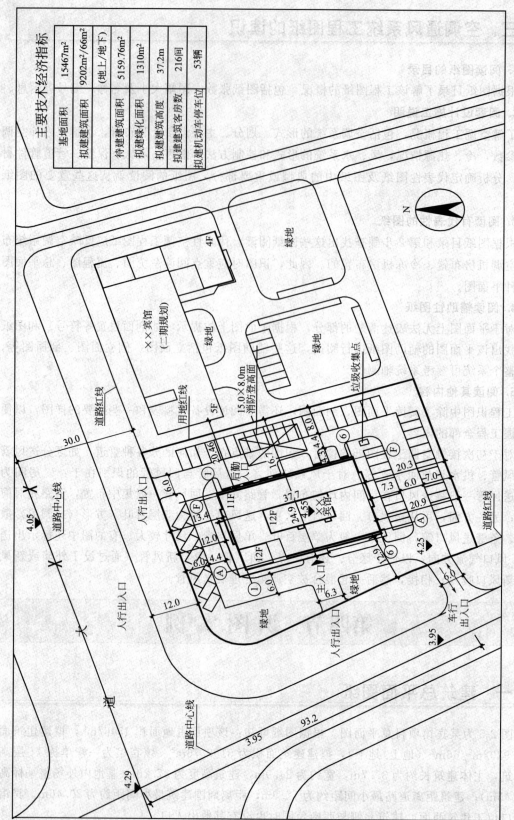

图 2-5 某宾馆总平面图

主要技术经济指标

基地面积	15467m²
拟建建筑面积	9202m²/66m²（地上/地下）
待建建筑面积	5159.76m²
拟建绿化面积	1310m²
拟建建筑高度	37.2m
拟建建筑客房数	216间
拟建机动车停车位	53辆

二、工艺流程图纸

图 2-6 为某项目高氯酸钠溶解、盐酸计量单元管道及仪表流程图。工业高氯酸的生产工艺采用酸化法，即把高氯酸钠进行溶解、酸化、蒸馏而得到工艺高氯酸。由该工艺流程图可知：先将纯水进行蒸汽加热，然后输送至高氯酸钠溶解槽溶解高氯酸钠，再将该混合液输送至高氯酸钠清液槽进行固液分离后，再经计量槽输送至酸化反应锅进行酸化反应。盐酸则由槽车输送至盐酸储槽，再由槽内的聚丙烯液下泵输送至酸化反应锅。

三、工艺设备布置图纸

图 2-7 为某项目甲醛制造 EL±0.000 设备布置图（部分）。该设备布置图纸清楚地标注出了设备的数量、安装位置以及设备与厂房建筑物之间的关系。图中 EL±0.000 表示设备安装标高为 0.000m。设备名称、编号及数量详见表 2-6。

表 2-6　设备一览表

序号	设备位号	设备名称	序号	设备位号	设备名称	序号	设备位号	设备名称
1	F-501B	2# 过滤器	8	P-501B	2# 甲醇泵	15	E-121A/B	粗醛冷却器
2	F-501A	1# 过滤器	9	P-501A	1# 甲醇泵	16	E-100A/B	甲醇加热器
3	V-120A/B	水封槽	10	P-122A/B	中醛循环泵	17	C-120A/B	甲醛吸收塔
4	V-117	冷凝水槽	11	P-121A/B/C/D	粗醛循环泵	18	B-126A/B	废气循环风机
5	V-100A/B	甲醇蒸发器	12	P-117A/B	冷凝水泵	19	B-111A/B/C/D	鼓风机
6	T-502	甲醇罐	13	F-114A/B	甲醛过滤器			
7	S-123A/B	废气除雾器	14	E-122A/B	中醛冷却器			

四、集中空调通风系统图纸

下面以空调通风系统工程为例，对工程图纸进行读识。

（一）空调系统平面图

图 2-8 为某餐厅集中空调系统的平面图。从该空调系统平面图可以看出，餐厅区域设有集中空调通风系统 1 套，机组设置于西侧独立的空调机房内；空调类型为全空气系统，气流组织为上送侧回；空调系统采用组合式空调箱，机组额定风量为 24000m³/h，机组内设初效、中效过滤装置等防护装置；空调新风口直接设置于室外，回风口设置于空调机房东侧；空调新风口和回风口、空调送风主管、各支管均设有风量调节阀，阀门采用手动控制；空调送风末端采用铝合金方形散流器送风口（带调节阀），装置的尺寸为 320mm×320mm；空调系统同时设有软接头、消声器等消声减振措施。

餐厅东侧设有机械排风系统 1 套，额定排风量为 4800m³/h；设备采用吊顶安装；排风设备也装有软接头、消声器等消声减振措施。

（二）空调机房平面图

图 2-9 为某大楼三层空调机房平面图。根据图纸所示，机房内设置的是新风机组，系统

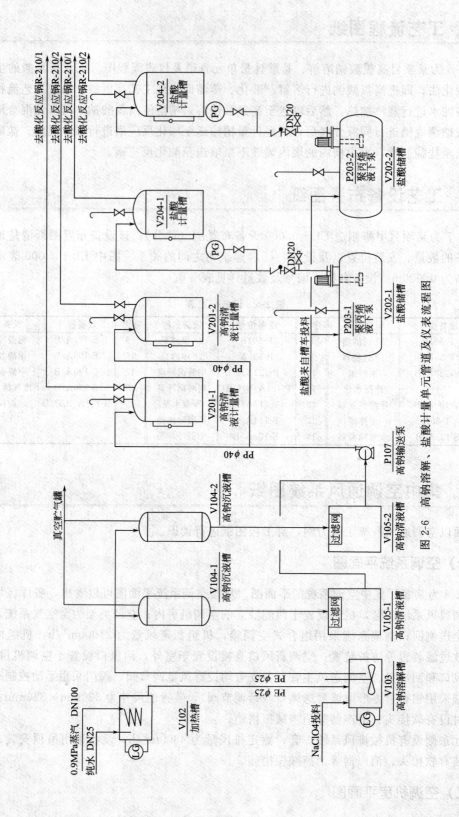

图 2-6 高钠溶解、盐酸计量单元管道及仪表流程图

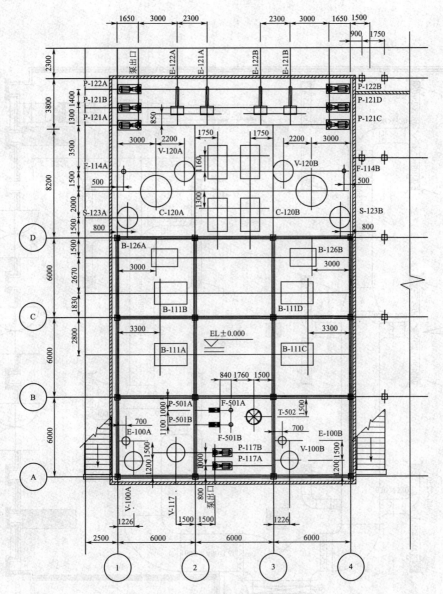

图 2-7　甲醛制造设备布置图

编号为 PAU-3-2/4400（该系统编号表示为：“PAU”为风系统类别，此处表示新风空调系统；“3”为所在楼层层数；“2”为该楼层机组编号；“4400”为新风量，m^3/h）。图纸上有三根水管与空调箱相连，即空调供水管、回水管、冷凝水排水管，水管尺寸分别为 DN70、DN70、DN32。空调新风管尺寸为 1000mm×500mm，空调送风管尺寸为 820mm×250mm。

（三）空调机房风系统轴侧图

图 2-10 为空调机房风系统轴测图，通过图纸分析：

1. 新风管（OA）

新风取风口规格为 3400mm×800mm，进风口设有铝合金防雨防虫百叶。新风管规格为 1000mm×500mm，管底标高为距室内地坪 4.10m，此管段上装有一台微穿孔板消声器，规格为 1000mm×500mm×1800mm。新风管在竖直方向上有一个乙字弯，标高升至 4.45m 处，

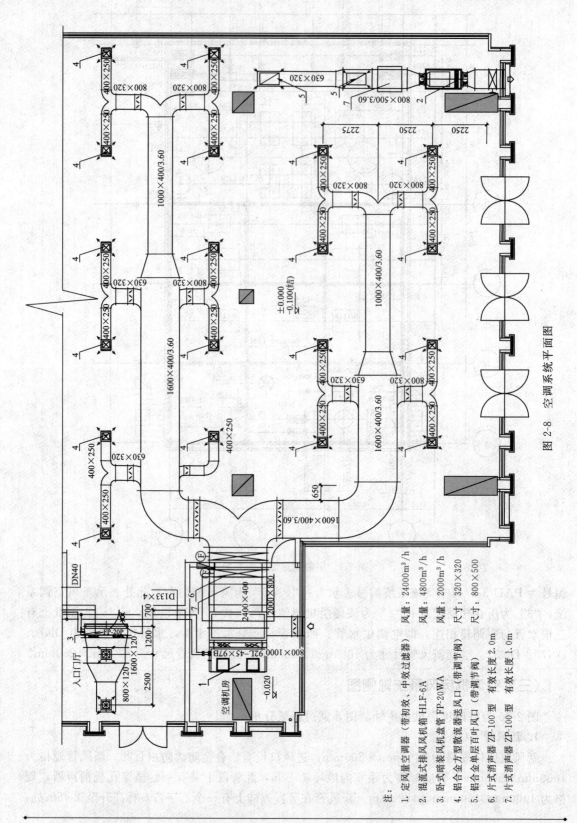

图 2-8 空调系统平面图

注:
1. 定风量空调器(带初效、中效过滤器)　风量:24000m³/h
2. 混流式排风机箱 HLF-6A　　　　　　风量:4800m³/h
3. 卧式暗装风机盘管 FP-20WA　　　　　风量:2000m³/h
4. 铝合金方型散流器送风口(带调节阀)　尺寸:320×320
5. 铝合金单层百叶风口　　　　　　　　尺寸:800×500
6. 片式消声器 ZP-100 型　　有效长度 2.0m
7. 片式消声器 ZP-100 型　　有效长度 1.0m

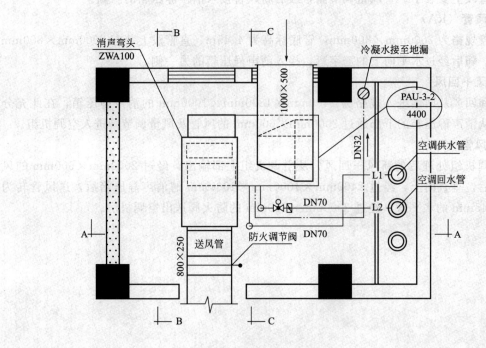

图 2-9 空调系统平面图

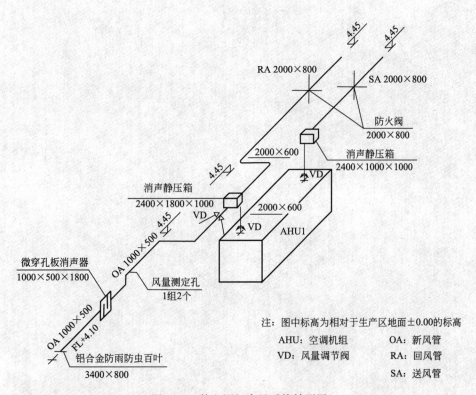

图 2-10 某空调机房风系统轴测图

乙字弯后的直管段上预留有风量测定孔，随后风管在水平方向上又走了一个乙字弯，在乙字弯后的直管段上安装了一个风量调节阀，最后新风管接入消声静压箱的一侧。

2. 回风管（RA）

回风管规格为 2000mm×800mm，管底标高为 4.45m，直管段上装有 2000mm×800mm 的防火阀，随后经过水平向上的乙字弯，接入消声静压箱的另一侧。

3. 新风＋回风

新风和回风从两侧进入规格为 2400mm×1800mm×1000mm 的消声静压箱，在此充分混合后，从消声静压箱的下部通过 2000mm×600mm 的风管及风量调节阀进入空调机组。

4. 送风管（SA）

经空调机组处理后的新风＋回风，从空调机组上部输出，经过 2000mm×600mm 的风量调节阀后，垂直向上，经过 2400mm×1000mm×1000mm 的消声静压箱后，送风管转为标高为 4.45mm 的水平管，经过 2000mm×800mm 的防火阀送出空调机房。

第三章　建设项目职业病危害评价

第一节　职业病危害评价概述

改革开放以来，我国国民经济发展速度世界瞩目，但与此同时职业病的危害和后果也日益凸现，已成为制约我国国民经济和社会文明进一步发展的因素之一。目前，我国职业病危害呈现出 5 个特点：职业病危害人数多，患病数量大；职业病危害分布行业广，中小企业职工受危害严重；职业病危害流动性大、危害转移严重；职业病具有隐匿性、迟发性特点；职业病危害造成的经济损失巨大，影响长远。

职业病的突出特点是不可逆性和可预防性，这两个特性决定了职业病防治工作必须坚持预防为主的方针。职业病危害的产生，除了有些建设项目本身存在难以消除和控制的职业病危害外，往往是由于建设单位缺乏职业病防治意识，在建设项目的设计和施工阶段忽视职业病防护的要求，没有配备应有的职业病危害防护设施，如通风、除尘、排毒等设施，从而导致项目建成后，存在严重职业病危害隐患。等项目建成后，再消除或控制这些职业病危害需要付出巨大的经济代价，有的项目在现有条件下甚至无法有效控制这些职业病危害，导致严重的职业病危害后果。因此，在项目的可行性研究阶段，通过职业病危害评价这一技术措施，从职业病防治的角度确定建设项目的可行性以及职业病防护措施的效果，是一件事半功倍的大事，是职业病防治工作最有效、最经济的措施，也是职业病防治工作的首要环节。

我国的职业病危害评价始于 20 世纪 90 年代，上海、北京、天津、辽宁、山东等省市率先尝试开展了职业病危害评价工作，并积累了一定的经验。1994 年 6 月，卫生部发布了《工业企业建设项目卫生预评价规范》，使这项工作进一步科学化、规范化。2002 年 5 月 1日正式实施的《中华人民共和国职业病防治法》，从国家立法上确立了建设项目职业病危害评价制度。从此，建设项目职业病危害评价在全国广泛开展起来了。至今，我国取得卫生部建设项目职业病危害评价甲级资质的职业卫生技术服务机构有 30 多家；各省市取得建设项目职业病危害评价乙级资质的职业卫生技术服务机构有 500 家左右。

一、职业病危害评价的常用术语

（1）建设项目　指新建、扩建、改建建设项目和技术改造、技术引进项目。

（2）职业病危害　指对从事职业活动的劳动者可能导致职业病的各种危害。

（3）职业病危害因素　是职业活动中影响劳动者健康的各种危害因素的统称。可分为三类：生产工艺过程中产生的有害因素，包括化学、物理、生物因素；劳动过程中的有害因素；生产环境中的有害因素。

（4）职业病危害防护设施　是以消除或者降低工作场所的职业病危害因素浓度或强度，减少职业病危害因素对劳动者健康的损害或影响，达到保护劳动者健康目的的装置。

（5）工程分析　是通过对建设项目的工程特征和卫生特征进行系统、全面的分析，了解项目所具有的工艺特点、工艺流程和卫生防护水平，为剖析项目可能存在的职业病危害因素的种类、性质、时空分布及其对劳动者健康的影响，筛选主要评价因子，确定评价单元提供依据。

（6）评价单元　根据建设项目的特点和评价的要求，将生产工艺、设备布置或工作场所划分成若干相对独立的部分或区域。

（7）职业病危害暴露　指从事职业活动的劳动者接触某种或多种职业病危害因素的过程。

（8）接触水平　指从事职业活动的劳动者接触某种或多种职业病危害因素的浓度（强度）和接触时间。

（9）职业卫生调查　职业卫生调查主要包括职业卫生基本情况调查和生产过程、劳动过程及工作环境的卫生学调查。

（10）职业接触限值　是职业病危害因素的接触限制量值，指劳动者在职业活动过程中长期反复接触对机体不引起急性或慢性有害健康影响的容许接触水平。

（11）辅助用室　指工作场所办公室、生产卫生室（浴室、存衣室、盥洗室、洗衣房），生活室（休息室、食堂、厕所），妇女卫生室、医务室等。

二、职业病危害评价的分类

根据职业病防治法的有关规定，职业病危害评价可以分为三类：建设项目职业病危害预评价、建设项目职业病危害控制效果评价和作业场所职业病危害因素检测与评价。

建设项目职业病危害预评价是在可行性论证阶段开展的职业病危害评价，经过职业病危害预评价形成的预评价报告书是建设项目卫生审查的必需文件，也是建设项目设计的技术性文件之一。

建设项目职业病危害控制效果评价是在竣工验收阶段开展的职业病危害评价，经过职业病危害控制效果评价形成的控制效果评价报告书是建设项目竣工验收的必需文件，也是建设项目投入使用后，实施职业卫生日常管理的技术性文件之一。

作业场所职业病危害因素检测与评价则是建设项目运行期间的职业病危害评价，主要针对在运项目的运行和管理状况进行评价，评价对象可以是整个建设项目，也可以是某个生产车间或生产装置甚至是某一项活动或某种危害因素。经过作业场所职业病危害因素检测与评价形成的报告书是进一步改善作业场所的职业卫生状况的技术性文件。

三、职业病危害评价的意义

1. 有助于从源头上控制职业病危害

我国职业病防治工作的方针是预防为主，《职业病防治法》的特点之一，就是强调前期预防。在建设项目可行性论证阶段，通过职业病危害预评价，识别建设项目可能存在的职业病危害因素，预测职业病危害的程度，评价拟采取的控制职业病危害的措施，综合提出相应的补偿措施和建议，从职业病防治角度评估建设项目的可行性程度；在建设项目竣工验收阶段，通过职业病危害控制效果评价，对建设项目工作场所职业病危害因素、职业病危害程度

（浓度或强度）、职业病防护措施及其效果、健康影响等作出综合评价，并从职业病防治角度审视建设项目是否符合卫生要求。通过以上两个阶段的卫生学评价，可以从源头上控制建设项目的职业病危害隐患，最大程度地保障劳动者的健康。

2. 有助于提高企业的职业卫生管理水平

通过职业病危害预评价和控制效果评价，为企业在建设项目运行后全方位了解职业卫生状况提供了基础资料，也为企业今后的职业病防治工作提供了关键控制点，并可以提高企业的职业病防治意识以及规范职业卫生管理。通过作业场所职业病危害因素检测与评价，可以检查了解职业病防护设施的效果，发现作业场所存在的职业卫生薄弱环节，促使企业及时采取有效措施，进一步改善作业场所的职业卫生状况。

3. 有助于提高政府的职业卫生监管能力

建设项目卫生审查是一项专业技术含量较高的行政审批行为，因此，需要更多地依靠专业技术的支持。通过职业病危害预评价和控制效果评价形成的报告书，可以作为卫生行政部门实施行政审批的技术文件，最大限度地帮助卫生行政部门把好关。同时，报告书提供的大量信息，也可以为建设项目运行后，卫生行政部门实施职业卫生监管提供帮助。

四、职业病危害评价的卫生学特点

职业病危害评价是一项跨学科跨专业，技术复杂且法律责任强的工作，对评价人员的业务素质和工作经验要求较高。其卫生学特点体现在以下几个方面。

（1）职业病危害评价是一种符合性评价　职业病危害评价主要是考察建设项目职业卫生相关内容与国家现行法律法规的符合性，并根据符合程度作出建设项目在职业卫生方面是否可行的结论。

（2）职业病危害评价是一种预测性评价　在可行性研究阶段，应用科学、系统的方法对项目可能产生的职业病危害因素及其危害程度进行预测，从设计的角度研究如何防止职业危害的发生，从而堵住职业危害的源头。

（3）职业病危害评价是一种检查性评价　实施职业病危害评价，必须在充分研读有关技术资料的基础上，开展职业卫生现场调查。尤其是在进行控制效果评价时，现场调查贯穿始终，从工程概况、试运行情况、生产工艺、防护设施、职业卫生管理、危害因素的时空分布到预评价建议、卫生审查意见以及"三同时"的落实情况等，全面、细致的现场调查是评价工作的基础，直接关系到评价结论的正确与否以及对策措施的提出。

（4）职业病危害评价是一种有效性评价　职业病危害评价通过对作业场所的毒物、粉尘、物理因素、生物因素等职业病危害因素的检测，以及通过采暖、通风、采光照明、微小气候等建筑卫生学指标的检测，以评价各项职业病危害防护设施的有效性。

（5）职业病危害评价是一种指导性评价　职业病危害评价的最终目的是发现建设项目存在的职业卫生问题，并就这些存在的问题，提出相应的补偿措施和对策，指导建设单位采取哪些优化的技术和管理措施，以消除这些问题。

五、职业病危害评价引用的技术依据

职业病危害评价是一项政策性很强的工作，其评价结论必须依据我国现行的法律、法规、技术标准和规范。其中，职业病危害评价引用的主要技术依据，一是国家法律、法规中规定的有关作业场所的职业卫生要求；二是国家职业卫生标准和相关的行业标准。

如《职业病防治法》第十三条规定，工作场所还应当符合下列职业卫生要求：职业病危害因素的强度或者浓度符合国家职业卫生标准；有与职业病危害防护相适应的设施；生产布局合理，符合有害与无害作业分开的原则；有配套的更衣间、洗浴间、孕妇休息间等卫生设施；设备、工具、用具等设施符合保护劳动者生理、心理健康的要求。这些职业卫生要求可以作为职业病危害评价的主要技术依据。

国家职业卫生标准中引用最多的是《工业企业设计卫生标准》（GBZ 1—2002），以及《工作场所有害因素职业接触限值》（GBZ 2.1—2007 和 GBZ 2.2—2007）。《工业企业设计卫生标准》主要从选址、总体布局、生产工艺和设备布局、建筑设计卫生要求、卫生工程技术防护措施（包括防尘、防毒、防暑、防寒、防噪声与振动、防非电离辐射等）、辅助用室基本卫生要求、应急救援措施等几个方面对工业企业的设计从卫生角度提出了具体的要求。《工作场所有害因素职业接触限值》规定了 339 种化学毒物、47 种粉尘、2 种生物因素以及 9 种物理因素的职业接触限值。上述两个标准为强制性国家职业卫生标准，是职业病危害评价中最重要的两个技术标准。

除了上述职业卫生相关标准以外，在对某些项目进行评价时，还经常会用到一些行业标准，与职业卫生标准相比，行业标准以具体行业为基础，其内容和要求往往具有更强的针对性。例如，在对火电项目进行评价时参考的《火力发电厂劳动安全和工业卫生设计规程》（DL 5053—1996），从选址、总平面布置、防火防爆、防电伤、防机械伤害、防尘、防毒、防化学伤害、防噪声、防振动、防电离辐射、防电磁辐射、防暑、防寒、防潮等方面对火力发电厂的劳动安全和工业卫生工作提出了技术和管理上的具体要求，在评价过程中具有较大的参考价值。除了电力行业，还有船舶制造、电子及微电子、化工、钢铁等众多的行业标准，都可以作为职业病危害评价的参考依据。

六、职业病危害评价的发展趋势

我国的职业病危害评价与环境影响评价和安全评价相比，起步尚晚。经过了最近几年的快速发展，目前已逐渐暴露出一些问题，制约了职业病危害评价工作的进一步发展，如评价方法单一、配套标准不全、质量体系缺乏等。及时解决这些问题，将有助于职业病危害评价的发展。

建设项目职业病危害评价方法单一的问题比较突出，基本上以定性分析为主，没有一种成熟的定量评价方法可以推广使用。目前，运用比较多的是类比法，这一评价方法本质上还是定性的评价方法，且类比法对类比对象的要求比较高，资料收集难度大，缺陷十分明显。因此，如何借鉴环境影响评价、安全评价中定量评价方法的经验，结合卫生学评价的特点，建立及推广适合职业病危害评价的定量评价法，是今后推进职业病危害评价技术发展的一个重要内容，也是职业病危害评价发展的总体趋势。

综合职业人群的健康检查资料和作业场所检测资料，在职业病危害评价中，引入健康风险评估的理论和技术，从而进一步拓展职业病危害评价的深度和广度，提高职业病危害评价报告的技术含量，应该是职业病危害评价未来的发展方向。

作为卫生行政审批必须的技术文件，职业病危害评价必然要引用与建设项目相关的卫生标准，作为评价结论的重要依据，但目前我国职业卫生标准体系不够齐全，不能适应经济发展的需要。特别是在高新科技领域，卫生标准的制定比较滞后，如新材料的使用、生物制品的制造等方面，缺乏相关的卫生标准。因此，根据我国的国情完善职业卫生标准体系，也是促进职业病危害评价的重要内容。

职业病危害评价结论的判定，对建设项目是否能够通过卫生审批具有重大的影响，因此，评价机构承担的风险比较大，对评价人员的综合素质要求比较高。目前，我国对评价人员个人资质的管理比较粗放，不利于评价人员业务水平的提高。探索建立注册职业病危害评价师等级制度，应当是提高我国职业病危害评价整体水平的有效途径之一。

第二节　职业病危害预评价

职业病危害预评价是在可行性论证阶段，对建设项目可能产生的职业病危害因素、危害程度、对劳动者健康影响、防护措施等进行预测性卫生学分析与评价，确定建设项目在职业病防治方面的可行性，为职业病危害分类管理提供科学依据。

职业病危害预评价报告是建设项目职业病危害预评价的技术性文书，为建设项目的最终设计、政府审批以及企业管理提供了科学的技术依据，其内容应包括：建设项目存在的职业病危害因素的种类、危害程度以及造成危害后果的条件；预防职业病发生的技术和管理措施；哪些工序、部位、作业岗位的危害性大，需要重点监视和管理；可能产生严重职业病危害的原因、影响范围和后果；需要采取哪些应急救援措施以及评价结论。本节将以卫生部有关文件精神为依据，结合国家职业卫生标准《建设项目职业病危害预评价技术导则》（GBZ/T 196—2007），介绍职业病危害预评价过程以及预评价报告书的编制。

一、预评价的目的

建设项目职业病危害预评价的目的包括以下三个方面的内容。

① 贯彻落实《中华人民共和国职业病防治法》及国家相关的法律、法规、规章、标准和产业政策，从源头控制和消除职业病危害因素，防治职业病，保护劳动者健康。

② 识别、分析建设项目可能产生的职业病危害因素，评价危害程度，确定职业病危害类别，为建设项目职业病危害分类管理提供科学依据。

③ 从职业病防治角度评估建设项目的可行性，为建设项目的设计提供必要的职业病危害防护对策和建议。

二、预评价范围与内容

界定评价范围是准确开展预评价的基础之一。评价范围一般根据项目的批准文件以及项目的技术资料，特别是可行性研究报告或初步设计文本确定。对一些改扩建项目，应当明确其接口设施，以及利旧设施是否属于本次评价范围。

另外，对工程后续过程中可能存在的变动，在评价范围中要有一个明确的说法。作为一个建设项目，尤其是比较复杂的大型工业建设项目，在建设过程中总体布局、生产装置、工艺技术等发生变化是常见现象。因此，在评价开展前，评价机构应当与建设单位明确评价范围，并对评价过程中项目发生的变化如何处理达成共识。对预评价报告书编制完成并提交建设单位后，项目变化引起的评价范围的变化，评价机构原则上不负担任何责任。在充分协商的基础上，评价机构可以根据建设单位的请求以及卫生行政审查的需要，根据项目变化情况，对报告书进行修改、补充，也可以单独编制补充报告。上述修改、补充过程，必须按照评价质量管理要求，采取相应的质量控制措施。

预评价的内容主要包括选址、总体布局、生产工艺和设备布局、建筑卫生学、职业病危害因素识别、职业病危害程度及对劳动者健康的影响、职业病危害防护设施、辅助用室、应急救援、个人使用的职业病防护用品、职业卫生管理、职业卫生专项经费概算等。

评价范围和内容仅指项目建成后运行期间可能存在的职业病危害场所和内容，不包括项目建设期间可能存在的职业病危害场所和内容。

三、预评价的资料收集

（一）预评价资料的类别

1. 项目的批准文件

项目的批准文件主要包括拥有建设项目立项审批权限的部门，如计划行政部门、建设行政部门、规划行政部门等出具的立项批文、选址批文等。

2. 建设项目的技术资料

建设项目的技术资料以可行性研究报告或初步设计文本为主，必要时还可参考项目建议书、环境影响报告、安全评价报告等相关技术文件。一般技术资料应包含以下内容：

① 项目建设背景，包括立项的社会效益和经济效益。

② 选址及周边情况、总平面布置及竖向布置情况。

③ 主要生产工艺流程、生产设备及其布局情况，生产设备机械化、自动化、密闭化程度。

④ 生产过程中涉及的主要原料、辅料、中间品、产品等名称、用量或产量、物料储运方式。

⑤ 有关设计图纸，如区域位置图、总平面布置图、生产工艺和设备布局图、厂房的立面图、剖面图等。

⑥ 设计文本中的职业卫生专篇，包括项目方拟采取的职业病危害防护措施和职业卫生管理措施等内容；如无职业卫生专篇，则项目方应提供相应的内容。

⑦ 针对改、扩建项目，尽可能收集既往项目的职业卫生现场检测资料，所采取的职业病危害防护措施、劳动者职业性健康检查资料以及企业的职业卫生管理资料等相关信息。

3. 法律、法规、规章

① 《中华人民共和国职业病防治法》，中华人民共和国主席令 2001 年 60 号。

② 《使用有毒物质作业场所劳动保护条例》，中华人民共和国国务院令 2002 年第 352 号。

③ 《中华人民共和国尘肺病防治条例》，1987 年 12 月 3 日国务院发布。

④ 《建设项目职业病危害分类管理办法》，中华人民共和国卫生部令 2006 年 49 号。

⑤ 《职业健康监护管理办法》，中华人民共和国卫生部令 2002 年 23 号。

4. 技术规范

① 《职业病危害因素分类目录》，卫生部卫法监发（2002）63 号。

② 《建设项目职业病危害评价规范》，卫生部卫法监发（2002）63 号。

③ 《高毒物品目录》，卫生部卫法监发（2003）142 号。

④ 《工业企业职工听力保护规范》，卫生部卫法监发（1999）第 620 号。

⑤ 《劳动保护用品配备标准（试行）》国经贸安全［2000］189 号。

5. 标准

预评价所涉及的技术标准众多，难以一一列出，以下仅列举出了一些常用的技术标准：

① 《建设项目职业病危害预评价技术导则》（GBZ/T 196—2007）。

② 《工业企业设计卫生标准》（GBZ 1—2002）。

③ 《工作场所有害因素职业接触限值 第 1 部分：化学因素》（GBZ 2.1—2007）。

④ 《工作场所有害因素职业接触限值 第 2 部分：物理因素》（GBZ 2.2—2007）。

⑤ 《职业健康监护技术规范》（GBZ 188—2007）。

⑥ 《工作场所防止职业中毒卫生工程防护措施规范》（GBZ/T 194—2007）。

⑦ 《有机溶剂作业场所个人职业病防护用品使用规范》（GBZ/T 195—2007）。

⑧ 《密闭空间作业职业危害防护规范》（GBZ/T 205—2007）。

⑨ 《工业企业总平面设计规范》（GB 50187—1993）。

⑩ 《洁净厂房设计规范》（GB 50073—2001）。

⑪ 《建筑照明设计标准》（GB 50034—2004）。

⑫ 《建筑采光设计标准》（GB/T 50033—2001）。

⑬ 《采暖通风与空气调节设计规范》（GB 50019—2003）。

⑭ 《生产过程安全卫生要求总则》（GB 12801—1991）。

⑮ 《生产设备安全卫生设计总则》（GB 5083—1999）。

⑯ 《工业企业噪声控制设计规范》（GBJ 87—1985）。

⑰ 《工业企业卫生防护距离标准》（GB 11654～11666—89，GB 18068～18083—2000）。

⑱ 《工作场所职业病危害警示标识》（GBZ 158—2003）。

⑲ 《劳动保护用品选用规则》（GB 11651—89）。

⑳ 《呼吸防护用品的选择、使用与维护》（GB/T 18664—2002）。

（二）预评价资料的筛选

建设单位提供的以及评价机构收集的资料，是评价机构开展建设项目职业病危害预评价的主要依据。因此建设单位提供的资料，特别是技术资料是否真实、可靠和详细，可以影响评价机构出具的评价报告的真实性。在项目可行性研究阶段进行的预评价，由于项目还未建设，因此如果建设单位提供的涉及职业病危害识别、控制的技术资料有误，可能会直接影响评价结论的判定，从而埋下引发职业病危害事故的隐患。

评价人员应当结合文献资料和工作经验，对建设单位提供的技术资料进行解读和分析，遇到疑问应及时与建设单位进行沟通，同时也可以向本机构的专家库成员请教，必要时，可以召开技术交流会，进行面对面的交流。

职业病危害预评价涉及的标准众多，除了职业卫生标准外，还有许多国家或行业标准可供参考，因此，评价人员可以根据建设项目的行业、工艺等特点，筛选合适的标准引用。引用标准时，还应注意引用最新版本的技术标准，避免出现已经废止的标准。

应当注意的是，与规范评价过程和报告书编制无关，以及评价过程中未涉及的资料，不要报告书的评价依据上罗列。

四、预评价方案的编制

（一）预评价方案的编制目的

职业病危害预评价方案，是实施建设项目职业病危害预评价的指导性文件，其目的是为了在人力、物力和财力上保障评价项目能顺利有序开展，并具体指导项目组成员按照预定的技术路线和方法实施职业病危害预评价，在时间、质量方面实现预期的目标。因此，职业病危害预评价方案，应以科学性、实用性、针对性为原则，在充分研读有关资料、进行初步工程分析和现场调查后编制。

（二）评价方案的主要内容

（1）简述项目概况　　主要介绍项目的基本建设情况，包括任务由来和立项的意义、项目名称、性质、地理位置、生产规模、主要工程内容、工艺技术及物料消耗量等基本信息。

（2）罗列评价依据　　根据项目特性收集评价过程中可能使用到的相关法律、法规和技术依据。标准的书写应根据统一的格式，一般采取标准名称在前，发布日期或文号在后的形式。

（3）确定评价范围　　评价范围原则上以拟建项目可行性研究报告中提出的工程内容为准。对一些改扩建项目的接口设施，需要在方案中明确是否属于本次评价范围。

（4）明确评价内容　　评价内容原则上以卫生部的文件规定内容为准，在方案中可以概要列出。

（5）选择评价方法　　根据建设项目特点以及掌握的资料，提出选用的评价方法。预评价一般采用类比法、检查表法等评价方法，必要时也可采用其他评价方法。

（6）筛选类比企业　　根据掌握的资料或信息，提出适宜的类比企业，并明确取得类比资料的方式。类比企业的筛选和类比资料的取得方式，将直接影响评价周期的长短以及评价人员的安排，须慎重斟酌。

（7）估算评价周期　　根据项目的建设规模、评价的技术难点，结合建设单位的需求，估算工作进度，包括各阶段工作的时间节点。

（8）指定项目分工　　指定项目负责人以及项目组成员，明确项目组的人员分工，提出经费概算。

（9）质量控制措施　　依据评价质量管理体系文件，明确预评价全过程的质量控制措施。

（三）预评价方案的内部审核

预评价方案完成后，评价机构应根据内部审核程序对方案进行技术审核，以保证方案能够满足开展预评价的需要。必要时可召开专家评审会，对方案的内容进行审查。方案评审的主要内容是与建设单位核实评价范围和评价内容以及审查选择的评价方法和质量控制措施，讨论方案的可行性，形成方案评审意见。方案评审后，项目负责人应当按照评审意见修改方案。

五、预评价的工程分析

（一）工程分析的意义

工程分析是对建设项目的工程特征和卫生特征进行系统、全面的分析，了解项目所具有的原辅材料、工艺特点、工艺流程和卫生防护水平等情况，为剖析项目可能存在的职业病危害因素的种类、数量、形态、性质、时空分布及其对劳动者健康的影响程度，以及划分评价单元、筛选主要评价因子提供基础信息。

（二）工程分析的要点

1. 工程概况

工程概况应详细介绍项目名称、性质、规模、拟建地点、自然环境概况、社会环境条件、项目组成及主要工程内容、生产制度、岗位设置、劳动定员、主要技术经济指标等有关内容。具体要求如下：

（1）项目名称　应与建设单位提供的项目立项批文所用名称一致。

（2）项目性质　一般分为新建、改建、扩建、技术引进和技术改造等。

（3）拟建地点　项目拟建地点应按行政区划说明地理位置（经纬度），并附上项目所在区域的位置图。除了描述评价对象的具体地理位置，还应简要介绍项目建设地点周边的企业和社区情况，以便于考察企业与周边区域的相互影响，评价其选址的合理性。

项目建设地点示例如下。

××连接器有限公司位于××保税区××路××号，东面隔××南路与××电子有限公司为邻，西面隔××南路为海关，北邻××路，南隔××路为××电子有限公司，占地面积51000m²。

××保税区位于××市东北端，濒临长江口，处于中国黄金水道——长江与东海岸线的交汇点。××保税区距离市中心20km，距离××国际机场40km。中环线、外环线、××路隧道、外环隧道、××大桥、轨道交通×号线和××高速公路、规划中的铁路和轨道交通××号线，共同组成了便利通达的立体交通网络，将××保税区同市区及周边城市紧密相连。

（4）自然环境条件　指拟建项目所在地区的地形、地貌、水文、地质、气象条件（风向、风速、气温、相对湿度、降水）、气候特征（气候分区、特殊气候带、局地环流）以及是否位于自然疫源地、地方病区等情况。在自然环境条件中应重点关注风向问题，风向对粉尘和有害气体的传播有很大作用，应尽可能附上项目所在地区的风玫瑰图，以利于更直观地了解项目选址与风向的关系。

项目自然环境条件示例如下。

××专用码头及接收站所在的××岛是舟山群岛北部崎岖列岛北岛链中部的两个小岛之一。两小岛间，在涨潮期间被潮水所隔，落潮时滩地显露，通行无碍。两座小岛均是无电、无淡水、无码头的孤岛。

××岛所在地区位于北亚热带南缘的东亚季风盛行区，属亚热带海洋性季风气候，冬夏季风交替显著。受季风影响，该地区冬冷夏热，四季分明，降雨充沛，气候变化较复杂。根据××气象站1997年8月~2001年12月的观测资料统计：该地区多年平均气温17.3℃，极端最高气温34.9℃，极端最低气温－3.5℃；多年平均相对湿度79%；年平均降水量1013.0mm；多年平均雷暴日数20.2天；港区常风向为N向，频率为16.6%，次常风向为SE向，频率为13.5%；强风向为NNW向，观测期内实测最大风速为29.1m/s，次强风向为SSE向，实测最大风速为23.3m/s；形成嵊泗海区大风的天气系统主要是热带气旋和寒潮，本海区每年5~11月份均可能受到热带气旋影响，其中7~9月份为热带气旋活动最频繁的季节，占全年影响总数的78%，据资料统计，平均每年受到3.6次，最多年份7次；本区每年的12月至翌年1月份会受寒潮大风的影响，平均每年2.8次。陆域场址区内，无地表水系（体）分布，仅在雨季或大、暴雨期间，降水形成片流，沿坡、沟流向大海；地下水主要为基岩裂隙水和坡残积层孔隙水，由大气降水补给。由于小岛基岩构造风化裂隙较为发育，地下水露头较多，但补给的汇水面积有限，一般流量均较小，且多为季节性。水质较好，属淡水，pH值偏中性（6.82）。

该项目工程场地处于地震活动性中等到较弱的过渡地区，近500年来遭遇过24次4度以上的地震影响，其中有2次地震的影响烈度可达6度，有11次地震的影响烈度为5度，其余11次地震的影响烈度为4度。根据实地调查情况，区内未见滑坡、泥石流及崩塌现象。岛上未发现具有坠落危险的大块危岩。依据岛上松散层及基岩性质分析，能够排除岩溶和土壤的地震液化现象的存在。项目拟建区域未见不稳定地质现象，场地稳定性较好，适于进行工程建设，抗震设防烈度为7度。

（5）社会环境条件　指拟建项目所在地是否位于风景名胜区、自然保护区、国家重点文物保护、历史文化保护地；生态敏感与脆弱区；社会关注敏感区（学校、托幼机构、医院、涉外领使馆、人口密集居住区）等。

项目社会环境条件示例如下。

××项目所在××工业园区位于××市北部，为××市的市级工业园区，园区定位为以港口仓储、港口加工为主导和集科研开发、实业生产为一体的新型综合性工业园，主要布置工业用地和仓储物流用地。为使××市的服装产业链更趋完善，市政府拟在其中设立化工小区，引进部分纺织原料化工项目。该拟建地址不位于学校、医院、涉外机构等社会关注区；也不位于自然保护区和风景名胜区；工业区的居民生活区位于西侧1km以外。

（6）生产规模　根据项目性质分别列出产品方案和生产规模，应尽可能以表格的方式表述，比较清晰明了。对扩建项目，应同时列出已有的生产规模和扩建后的生产规模，以利于比较。对于某些新兴的特殊产品或以代号命名的产品，仅仅列出产品名称和生产规模是不够的，还应同时对其用途和特性做介绍，以便于评审及审核人员理解。

生产规模和产品补充介绍示例1如下。

主要产品：硅薄膜太阳电池；生产规模：60MW/a。

太阳电池是将太阳光能直接转换成电能的一种器件，目前已商业化的太阳电池是晶体硅（单晶硅和多晶硅）太阳电池和非晶硅薄膜太阳电池等硅系列太阳电池。薄膜硅太阳电池是采用非晶硅/微晶硅双结的太阳电池，是一种转换效率高、低衰减且成本低、资源丰富无污染并适于大规模生产的太阳电池。该产品主要用于代替部分高档建筑的幕墙玻璃，既能发电，又能作为建筑材料。还可作为太阳能光伏发电系统的发电部件，用于无电缺电地区的离网发电系统、通信和信号应用发电系统、商用光伏/柴油互补发电系统，以及景观类太阳能照明设施（太阳能路灯、庭院灯，广告灯箱）等。

生产规模和产品补充介绍示例 2 如下。

主要产品：德士模都 N；生产规模：5000t/a。

德士模都 N 是一种脂肪族的聚亚氨酯。这种产品在二聚亚氨酯混合丙烯酸羟基化合物过程中，被用作硬化剂。由于其在阻止泛黄和化学制剂上的优异功能，德士模都 N 的聚氨酯涂料被作为一种高质量的涂料，应用于自动整修表面系统、防腐蚀工程涂料和家具表面涂层。德士模都 N 的理化特性见表 3-1。

表 3-1 德士模都 N 产品的理化特性

名　称	理化特性	爆炸危险性	毒　性
德士模都 N75 MPA/X	浅黄色液体 沸点：145℃ 闪点：38℃ 相对密度：1.07	易燃、易爆	因加有溶剂，产品易燃，且有一定刺激性和有害性 $LD_{50} > 5000mg/kg$

（7）生产制度　目前大多数企业均采用连续性生产方式，生产部门通常会采用轮班制，最常见的为四班三运转，有时也可见五班二运转，管理部门一般为常日班。全年生产作业时间以"h/a"为单位，同时说明作业天数。

岗位设置及定员：包括生产作业岗位名称及生产作业人数，辅助岗位及人数，管理人员等。对项目定员应以表格的形式分别列出不同岗位的人员配备情况。

某扩建项目生产制度和劳动定员示例如下。

生产制度：扩建项目仍旧采用四班三运转生产制度，全年运行时间按 8000 h/a 计，年工作天数为 333 天，产品运输等实行白班工作制。

生产定员：项目原有职工 52 人，扩建后新增人员 9 人，具体人员分配情况见表 3-2。

表 3-2 劳动定员一览表

名称	轮班每班定员		管理人员	白班操作工	白班工程师	操作班次	合　计
	操作班长	操作工					
原有项目	1	7	4	12	4	4	52
扩建项目	—	2	—	1	—	4	9

（8）项目组成　尽可能采用表格方式列出全工程范围内的各项目名称和主要内容。对项目组成的描述应与评价范围一致。

某化工企业的主要项目组成示例如下。

主要生产装置及辅助设施建设情况见表 3-3。

表 3-3 主要生产装置及辅助设施建设情况一览表

序号	主项名称	总建筑面积/m²	结构形式	层数	层高/m
生产装置					
1.	三氯化磷装置	2318	框架	二层	一层 7 二层 5
2.	乙烯利装置	4490	框架	三层	6
3.	合成樟脑装置	6375.6	框架	四层	6
4.	合成樟脑催化剂制作间	374.46	砖混	一层	6
5.	羧甲基纤维素钠装置	6613.8	框架	局部四层	6
6.	磷酸三乙酯装置	4281.0	框架	三层	一、二层 6 三层 3
7.	磷酸三甲苯酯装置	4900.6	框架	二层	6

序号	主项名称	总建筑面积/m²	结构形式	层数	层高/m
公用工程					
8.	循环水塔	560	框架	一层	6
9.	消防水装置	231	框架	一层	4.5
10.	空压站	453	框架＋砖混	一层	6.5
11.	氨压缩厂房	376.7	框架	一层	6
12.	溴化锂制冷厂房	119.28	框架	一层	6.5
13.	导热油系统	123.7	砖混	一层	8.2
14.	污水处理站	104.8	砖混	一层	3.5
15.	＃1变配电所	346.6	框架	一层	3.6
16.	＃2变配电所	377.14	框架	一层	8.5
17.	控制室	424.4	框架	二层	4.5
仓储设施					
18.	甲类物品仓库	651.94	排架	一层	6
19.	乙类物品仓库	1843.4	排架	一层	6
20.	丙类及以下物品仓库	2294.8	排架	一层	6
21.	剧毒物品仓库	995.7	排架	一层	9
22.	黄磷仓库	356.4	排架	一层	6
23.	液氯仓库	995.7	排架	一层	9
24.	备品备件、包装材料库	1788.6	框架	二层	二层 4.5 一层 7
25.	罐区泵房	88.5	框架	一层	4.5
辅助设施					
26.	综合楼	954.35	框架	三层	3.6
27.	质检楼	1028	框架	二层	3.6
28.	浴室(更衣)楼	1078.3	框架	二层	一层 3.9 二层 3.6
29.	餐厅	587.6	框架	一层	6
30.	机修厂房	552.3	排架	一层	9
31.	门卫(三幢)	103.32	砖混	一层	4
32.	厕所(二座)	103.8	砖混	一层	3.6

（9）主要技术经济指标　主要是建设项目总的技术经济指标，包括工程总投资、工程用地面积、建筑面积、绿化面积及系数等指标。

某建设项目主要技术经济指标一览表示例见表 3-4。

表 3-4　主要技术经济指标一览表

序号	项目名称	单位	指标值	序号	项目名称	单位	指标值
1	厂区占地面积	m²	22086.5	5	绿化率	—	30.2％
2	厂区建、构筑物占地面积	m²	6891.6	6	总建筑面积	m²	16924.8
3	建筑密度	—	31.2％	7	容积率	—	0.83
4	绿化面积	m²	6671.2	8	项目总投资	万美元	6200

2. 总平面布置及竖向布置

结合总平面布置图和竖向布置图详细描述建设项目的布局情况，同时说明各功能区域间的相互关系。对于仓储、物流类项目或者一些规模较小的项目，评价人员可将总平面布置和总图运输相结合进行介绍。

如某油库项目的总平面布置介绍示例如下。

××油库总平面布置分为油料储罐区、油品装卸区、辅助生产区和行政管理区四个功能区域。

储罐区：燃料油罐区布置在库区的北部；汽油罐区和柴油罐区布置在库区的中南部。

油品装卸区：船运油品到达孚宝码头后由管道输送至本罐区；在库区北面设置铁路装卸站，将燃料油由铁路外运；在库区的东南部设置汽运发货站，将汽油和柴油由公路外运。

辅助生产区及行政管理区：主要布置在库区的西南，新建办公楼，食堂浴室、变配电站等建、构筑物。

某耐高温纤维生产企业竖向布置描述示例如下。

聚合车间：共四层，建筑高度22m，建筑面积1225m²。聚合车间的主要生产内容包括原料制备、聚合等工序。其中，主要产生有毒气体的设备布置在车间顶层，含有挥发性气体、蒸气的废水排放管道布置独立的走向区域，不通过仪表和休息室，废气出口布置在车间最高处顶楼之上。

纺丝车间：共两层，建筑高度13.5m，建筑面积为2865 m²，包括纺丝及后道工序，其中高温热处理工段位于纺丝车间的二层。在车间外墙安装若干台壁式排风机，换气次数6～7次/h，将车间内热湿空气排至室外，从而满足车间的全面通风换气要求。

公用工程车间：两层，建筑高度12m，建筑面积3280m²。设电气控制室、变配电室，纯水制备室、空压站、制冷机房等公用工程站房，其中空压机、制冷机等可产生强噪声的动力设施布置在车间底层。

3. 生产工艺流程和设备布局

(1) 生产工艺流程　生产工艺流程包括工艺技术及其来源，生产装置的化学原理及主要化学反应，生产装置的生产过程概述，辅助装置的工艺过程概述，生产设备的机械化、密闭化、自动化及智能化程度等。

评价人员应对主体生产设施按工艺流程做出完整、清晰的描述，并用工艺流程框图表示。

生产工艺流程框图示例见图3-1。

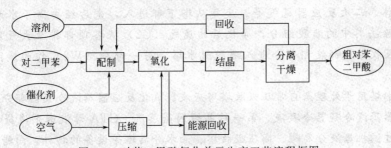

图3-1　对苯二甲酸氧化单元生产工艺流程框图

工艺流程说明：

氧化工段流程按工艺过程依次为氧化反应、结晶、分离干燥和溶剂回收。

溶剂醋酸经循环滤液罐经泵送至氧化配料罐，与原料对二甲苯、钴、锰催化剂以及促进剂氢溴酸充分混合后，由泵送至氧化反应器。空气经压缩机输送分别吹入两台反应器，与对二甲苯、催化剂、醋酸混合液于约14～15kg/cm²(g) 压力，197～200℃下发生反应，生成产品粗对苯二甲酸，副产物醋酸甲酯。两台一次氧化反应器排出的尾气经各自冷凝、分离处理后，送高压吸收塔。二次氧化反应器排出的尾气经冷凝、分离处理后，送常压吸收塔。

反应器生成的粗 TA 浆液送结晶区，在串联的结晶器中分段降温减压结晶。结晶器蒸出的气体送醋酸脱水塔，结晶浆液送真空过滤机分离。过滤机分离出的母液，主要含醋酸、催化剂、未反应的原料和其他杂质等，经滤液罐后输送泵，部分回送至循环滤液罐，重新参与氧化反应，部分送醋酸汽提塔。分离出的 CTA 固相送 CTA 干燥机。

粗对苯二甲酸在旋转式干燥机中，以饱和蒸汽作载热媒干燥。随后将干燥机中的粉体由干燥机中取出送至中间料仓储存。干燥系统有一密闭回路之氮气循环系统，从干燥机的末端进入始端排出。排出的气相送吸收塔处理，塔底液相，主要含醋酸、部分 CTA 和水，回送氧化配料罐，重新参与氧化反应。吸收塔顶气相由风机输送，经加热后返回干燥机。

溶剂回收包括 CTA 母液中醋酸的回收和氧化闪蒸气中醋酸的回收，主要设备有醋酸汽提塔、高压吸收塔、常压吸收塔、醋酸脱水塔。

醋酸汽提塔从 CTA 母液中分离出大部分醋酸组分，从塔顶排入醋酸脱水塔中部。醋酸汽提后的塔底母液先后进入醋酸蒸发器和薄膜蒸发器，进一步分离、回收母液中的醋酸组分。薄膜蒸发器排出的母液残渣，含钴、锰催化剂，收集到残渣罐中，送到界外催化剂厂回收其中的催化剂。

在高压吸收塔中，来自一次氧化反应气液分离罐等设备的工艺尾气从下部进入塔中，先后经醋酸和无离子水两段洗涤，去除尾气中存留的醋酸甲酯和醋酸组分。塔底回收的富含对二甲苯的物料返回氧化配料罐重新参与氧化反应。塔中部富含醋酸的水洗涤液送醋酸脱水塔回收溶剂醋酸。洗涤后的尾气从塔顶排出，富含醋酸甲酯和醋酸的洗涤液回收到氧化配料罐，重新参与氧化反应。高压吸收塔排出的尾气进入催化氧化反应系统，在铂-钯催化剂的作用下，氧化去除废气中残存的醋酸、二甲苯、对苯二甲酸和溴甲烷等有机物，最后氧化尾气（G1）经碱洗后部分送涡轮机回收能量后排入大气，部分综合利用作 CTA、PTA 粒料输送气。

常压吸收塔用于处理氧化工段所有含醋酸的常压排放气，包括安全阀排放气、常压储罐氮封气体、二次反应器尾气等。废气从塔下部进入，先后经去离子水和氢氧化钠溶液吸收，除去其中的醋酸组分，净化后的废气（G2）从塔顶部排至大气，排放高度45m。常压吸收塔底部液相部分进入醋酸脱水塔，另一部分（W2）作为废水排至厂内污水处理场。

醋酸脱水塔用于处理来自常压吸收塔塔底液、氧化反应器蒸汽冷凝器部分冷凝液、二次氧化反应器蒸汽冷凝器冷凝液、第一结晶罐闪蒸蒸汽、CTA 母液溶剂汽提塔蒸汽，以及来自真空过滤机母液分离罐、高压吸收塔、油水分离罐等设备的物料。向醋酸脱水塔中添加醋酸异丁酯，与水形成共沸液，从而与醋酸分离。醋酸脱水塔底回收醋酸溶剂，送生产装置区醋酸储罐再分配。醋酸塔顶气相组分，主要含醋酸异丁酯、醋酸甲酯和水，冷凝后进入油水分离罐。经重力分离分出的水相部分回流至醋酸脱水塔，部分送醋酸甲酯气提塔。其中醋酸甲酯和醋酸异丁酯共沸物经汽提从塔顶排出，换热后由泵输送至醋酸异丁酯蒸馏塔上部，废水（W2）最终从醋酸甲酯气提塔塔底排出，送入污水处理场进一步处理。油水分离器分离出的油相，主要组分为醋酸异丁酯和醋酸甲酯，经泵部分回送至醋酸脱水塔，部分送醋酸甲酯蒸馏塔。经过蒸馏作用，组分从塔顶部分返回氧化系统抑制醋酸反应生成醋酸甲酯，部分送至醋酸甲酯水解单元分解、回收醋酸组分。醋酸甲酯蒸馏塔塔底富含醋酸异丁酯的液相，由泵输送回油水分离器。

CTA 中间料仓配有料仓尾气洗涤塔，用 NaOH 与料仓排气逆向接触，洗涤其中的酸性组分，洗涤后的气体从塔顶排入大气（G3），排放高度 45m。

（2）生产设备布局　有关生产设备布局，评价人员可列表说明生产设备的名称、规格和数量，并说明其布局。由于生产设备布局与生产工艺流程紧密相关，因此也可以在描述生产工艺流程的同时描述生产设备布局，让人更容易理解。如果是研发类项目，则需要详细说明各类实验设备的配备情况，包括名称、数量和主要用途（特别是某些不常见或者专业的实验设备）。

某建设项目生产设备及布局示例，见表 3-5。

表 3-5　主要生产设备及其布局一览表

序号	名　称	数量/(台/套)	位　置	设备来源
1	切片卸载系统	1	室外	进口
2	筒仓	2	室外	国产
3	纺丝机	2	车间一～三层	进口
4	卷绕机	2	车间一层	进口
5	热媒蒸发器	4	车间一层	进口
6	变压器	3	车间一层	进口
7	空调柜	2	车间一层	国产
8	挤出机	2	车间三层	进口
9	空调柜	4	车间二层	国产
10	急冷气系统	2	车间二层	国产
11	切片调节器	2	车间四层	进口
12	送风机	2	车间四层	进口
13	排风机	2	车间四层	进口
14	采暖通风系统	2	车间五层	国产
15	排风机	10	车间五层	进口
16	热力氧化器	1	车间楼顶	进口
17	空压机	6	通用厂房	进口
18	冷冻机	4	通用厂房	进口
19	冷冻水泵	4	通用厂房	进口
20	冷却塔水泵	3	通用厂房	进口
21	空气干燥器	4	通用厂房	国产
22	变压器	2	通用厂房	进口
23	空调柜	1	通用厂房	国产
24	冷却塔	3	室外	国产

4. 生产物料

生产过程拟使用的原料、辅料的名称及用量，产品、联产品、副产品、中间品的名称和产量，可用表格形式表述，清楚明了。对于混合物，应注明其中的主要成分；对于不常见的或企业特有的化学品应根据化学品安全技术说明书（MSDS）资料介绍其理化特性、危害特性和毒理学资料等信息。

某丁二烯抽提装置原辅料消耗量一览表示例见表 3-6。

物料规格如下。

（1）TBC 溶液　含对叔丁基邻苯二酚和甲苯。

（2）MNP 溶剂　N-甲基吡咯烷酮，纯度 99.5%。

（3）原料混合 C_4　1,3-丁二烯 51.3%；1-丁烯 13.16%；异丁烯 1.11%。

表 3-6　原辅料消耗量一览表

序 号	名　称	用 途	单 位	年消耗量	备　注
1	混合 C4	原料	t	177997	
2	NMP 溶剂	溶剂	kg	22500	首次装填 278t
3	100%亚硝酸钠	溶剂阻聚剂	kg	900	
4	2%亚硝酸钠	溶剂阻聚剂	kg	45000	由 100%亚硝酸钠稀释而得
5	硅油	消泡剂	kg	2700	
6	TBC 溶液	产品阻聚剂	kg	27000	不包括罐区储存加入量

5. 公用辅助设施

公用辅助设施包括给水、排水、供热、供电、供燃气工程等，可用文字简要说明，也可以表格形式表述。

某化工项目公用工程装置示例如下。

××化工项目不设独立的公用工程装置，依托相邻的××一体化园区为本项目提供公用工程，项目的动力及公用工程物料消耗量见表 3-7。

表 3-7　公用工程消耗量表

编 号	项　目	单 位	数 量	来　源
1	饮用水	m^3/h	1.5	
2	冷却水	m^3/h	500～1000	
3	冷冻水(6～12℃)	m^3/h	500～1000	
4	去离子水	m^3/h	0.063～3	
5	蒸汽,0.6MPa	t/h	3.4～4.4	某一体化基地供应
6	蒸汽,1.6MPa	t/h	8～10	
7	压缩空气	Nm^3/h	200	
8	氮气	Nm^3/h	100～150	
9	电力	kW·h	1000	

6. 建筑卫生学

建筑卫生学主要包括建筑物的间距、朝向、采光与照明、采暖与通风及主要建筑物（单元）的内部布局等，在可行性研究阶段，建筑卫生学评价的重点是车间的通风情况。

工业通风是职业场所防尘、防毒、防暑降温的重要手段。目前，工业通风主要分为自然通风和机械通风两大类。自然通风需要有足够的进排风面积，对于冶炼、铸造和热处理等大型高温车间不失为一种经济、有效的通风方式。机械通风包括全面通风、局部通风以及混合通风三种形式。全面通风又分为全面机械排风系统和全面机械送风系统，分别适用于有害物质产生较为分散的车间和要求送入经冷却或加热处理的空气同时要保持正压状态的车间。局部通风也分为局部排风和局部送风两类，其投资低于全面通风系统。局部排风是控制生产过程中尘毒逸散的有效方法，得到了广泛采用，局部送风则常用于高温车间局部降温。混合通风是指车间内同时使用局部通风和全面通风系统，常用于因工艺要求，车间不能开窗进行无组织补充空气，而生产过程中又有有害物质产生的车间，如大多数电子产品加工企业，对生产环境洁净程度要求高，而生产过程中又存在可产生有害物质的焊接、涂胶等工艺。

某评价项目建筑卫生学评价示例如下。

采光照明：生产装置区根据环境特征采用高压泛光钠灯，一般为集中控制，部分辅助设施照明采用分散控制。配电室、生产装置等地点安装附有蓄电池的应急型照明灯具。办公室和控制室以人工照明为主。

通风：空分装置中噪声较大的压缩机等设备设立封闭式厂房以降低厂界噪声，其他设备露天布置。压缩机厂房建筑面积 $717.36m^2$，采用轻钢结构，复合压型钢板围护。厂房内安装屋顶式轴流排风机，换气次数大于 12 次/h，墙体下部设进风百叶。

电气开关设备室在墙面上部装设壁式轴流排风机，换气次数大于 6 次/h，墙体下部设进风百叶，自然补风。

办公室和控制室设分体式空调或柜式空调，在办公楼的底楼和二楼分别安装了一组新风流量为 $2000m^3/h$ 的新风机组，以满足空调使用时的新风要求。

7. 现有企业概况

本内容适用于改建、扩建建设项目和技术引进、技术改造项目。评价人员应概述现有企业的基本情况以及职业病危害和职业病防治的现状。

某项目现有企业的基本情况介绍示例如下。

××有限公司已建成项目包括一套合成气生产装置和一套空分生产装置以及配套的公用和辅助设施，如供配电系统、循环水系统、$900m^3$ 液氧储罐和 $2000m^3$ 液氮储罐等。现有装置的设计生产能力为：合成气 $55800m^3/h$（氢气、一氧化碳），空气分离产品 $11000m^3/h$（氧气、氮气、氩气、液氧、液氮、液氩、仪表空气和工艺空气等）。现有厂区占地面积 $56050m^2$，生产定员 66 人，三班制生产。已建项目委托××机构进行职业病危害控制效果评价，并已通过卫生行政部门竣工验收，目前生产运行状况良好。

六、类比调查

（一）类比对象的选择

寻找类比对象是预评价中比较困难的工作，很多评价项目难以找到可类比的企业；要寻找到生产规模、工艺流程、职业病防护设施、职业卫生管理等基本相同的类似企业也比较困难。在改建、扩建项目的职业病危害预评价中，类比法的应用具有比较明显的优势，诸多因素如自然环境、社会环境状况相似，职业卫生管理制度等具有一定的承继和延续性，以此作类比，得出的结论较可靠。

在选择类比企业时，首先采用列表的方式对比说明两个项目的基本情况，并对其可比性进行分析。

某预评价项目类比资料基本情况介绍示例如下。

××项目系某跨国公司全资的化工建设项目，目前在国内尚无同类型的生产装置，经与建设单位联系，取得了该公司在国外一套类似装置的有关资料，拟建项目与类比项目的基本情况对比见表3-8。

通过对拟建项目和类比项目基本情况的比较，可知两项目的基本参数比较接近，并且由于是同一公司的生产技术，在工艺和设备方面也基本相同，因此以此类比企业的提供的数据作为类比资料，具有较高的可信度。

表 3-8　拟建项目与类比项目的基本情况一览表

参数名称	拟 建 项 目	类 比 项 目
装置位置	中国××沿海开发区	×国××市××港
工艺装置	聚合反应、掺混、灌装	聚合反应、掺混、灌装
产品名称	聚异氰酸酯,其注册商标为B×××T®	聚异氰酸酯,其注册商标为B×××T®
工艺路线	由总公司提供生产技术	由总公司提供生产技术
气象条件	多年平均气温 17.6℃ 最高 39.9℃ 最低 12.1℃ 多年平均湿度 82% 年主导风向: 偏东南风 27%;偏东北风 23% 年平均风速:3.8m/s	多年平均气温 14.1℃ 最高 38.5℃ 最低 17.1℃ 多年平均湿度 79% 年主导风向: 南风 18.4%;北风 16.4% 年平均风速:2.5m/s
生产规模	9000t/a	10,000t/a
劳动定员	45 人;三班制	38 人;三班制
总投资	5800 万美元	3950 万欧元

(二) 类比调查的内容

进行类比调查时,评价人员应对类比企业进行现场调查,实地勘察类比企业的生产过程以及职业病防护设施的运行情况,并了解职业卫生管理制度及运行情况。现场调查需要收集的资料通常包括以下几个方面的内容:职业病防护设施的设置及运行;个人职业病危害防护用品的配置和管理;职业病危害因素检测数据;应急救援设施及预案的制订;职业卫生管理制度及运行情况;职业卫生管理机构和人员设置;职业健康监护情况;职业病发情况等。

对类比企业进行现场调查时,如果类比企业提供的职业病危害因素检测数据,在种类、数量、质量上不能满足评价需求的,评价机构还必须根据具体情况,进行类比企业的现场检测,以取得符合评价要求的类比数据。

(三) 职业病危害因素检测数据分析

来自生产工艺流程、自动化水平、防护水平、生产规模等各方面的差异均可对检测数据造成一定影响,在对类比数据进行分析时,应结合拟评价项目的具体实际,综合考虑工艺、设备、自动化程度、原材料和防护措施等因素的影响程度,在综合分析的基础上类推结果。

某评价项目检测数据分析示例如下。

某塑料化工企业二期项目的职业病危害预评价将一期作为类比对象,一期项目的职业病危害因素的检测结果如表 3-9～表 3-10:

表 3-9　粉尘的检测结果

工序/工段	测定地点	样品数	日接触时间/h	浓度/(mg/m³)	
				TWA	STEL
投料	投添加剂	12	4	0.2	0.5
投料	投主料	12	3	0.2	0.5
混匀	搅拌机	12	4	0.3	0.8
造粒过筛	切粒	12	1/2	0.03	0.8
造粒过筛	筛选	12	1/2	0.03	0.5

表 3-10　噪声的检测结果

工序/工段	测定地点	点次数	日接触时间/h	最大强度/[dB(A)]
造粒过筛	切粒	3	1/2	80
造粒过筛	筛选	3	1/2	87
混匀	搅拌机	3	4	86
品质管理	立式成型机	3	2	78
品质管理	进口挤出机	3	4	77
品质管理	大型成型机	3	2	77

分析：类比数据表明，类比场所的职业病危害因素的浓（强）度在正常生产情况下能够达到国家职业卫生标准的要求。拟建项目与类比项目采用同一工艺和设备以及相同的职业病防护设施，这表明如果拟建项目能够按照设计要求对生产过程采取相应的职业病防护措施和管理措施，那么，拟建项目建成后作业环境中粉尘和噪声的浓（强）度可望符合相关的职业卫生标准的要求。

（四）职业病危害防护措施分析

对类比企业职业病危害防护措施的分析，除了详细描述类比项目所采取的各项职业病危害防护措施外，还应结合检测数据，分析其防护效果，为拟建项目职业病危害防护措施的设计提供指导。

某评价项目职业病危害防护措施类比资料分析示例如下。

某气体有限公司一期项目，主要职业病危害因素为一氧化碳、二氧化碳和噪声。该项目针对上述职业病危害因素采取了以下防护措施：装置采取框架式结构，露天布置，生产过程密闭化、管道化运行；关键设备设置安全阀，放空的有毒物质经管道送入火炬系统；在作业场所设置了可燃气体报警装置进行实时监控；在特殊场所，要求作业人员佩戴便携式可燃气体报警装置；产生噪声的生产设备均安装了隔声罩，作业场所安装了隔声、吸声材料，作业人员都配备了的噪声的个体防护用品。

在采取了以上防护措施后，作业场所的一氧化碳和二氧化碳浓度低于卫生限值的10%，说明类比项目所采取的防毒措施效果显著。95%的噪声测试点达标，空分2号机的噪声强度略有超标，作业人员采取严格的个体防护措施。

该气体有限公司二期项目的职业病危害防护措施设计可借鉴一期工程的经验，并重点对部分强噪声设备加强降噪措施。

（五）职业健康监护资料分析

对类比企业职业健康监护资料的分析，是对接触人群实际发生职业病危害情况的了解。通过职业病发病情况以及分布情况的分析，可以间接掌握职业病危害的重点岗位以及职业病防护措施的实际效果，对拟建项目的职业病防护设施的设计具有重要的参考价值。

某评价项目健康监护类比资料分析应用示例如下。

某集装箱有限公司，自1994年投产以来每年定期对生产人员进行职业健康检查。其中，电焊工每年体检约700人，于1998年发现首例电焊工尘肺患者，至2005年为止，共检出电焊工尘肺患者6例。油漆工每年体检约180人，1993～2005年间未发现有职业病患者。6例电焊工尘肺患者的发病情况见表3-11。

表 3-11　6 例电焊工尘肺患者的发病情况分析

编号	诊断时间	工　种	进厂时间	备　注
1	1998 年	箱底、箱内焊接工	3 年	进厂前为某集装箱厂电焊工,确诊时已从事焊接工作 10 年
2	2000 年	总装电焊工	4 年	进厂前为某船厂的电焊工,确诊时已从事焊接工作 20 余年
3	2003 年	部件拼装电焊工	3 年	进厂前曾在多家私营企业从事电焊作业,确诊时已从事焊接工作 8 年
4	2003 年	部件拼装电焊工	3 年	进厂前曾在多家私营企业从事电焊作业,确诊时已从事焊接工作 7 年
5	2004 年	部件拼装电焊工	4 年	进厂前为某集装箱厂的电焊工,确诊时已从事焊接工作 6 年
6	2004 年	部件拼装电焊工	4 年	进厂前为某集装箱厂的电焊工,确诊时已从事焊接工作 6 年

对健康监护资料的分析:

类比企业自 1994~2005 年间共发现电焊工尘肺患者 6 例,接尘工龄在 6~20 年间,说明其焊接作业场所的电焊尘污染问题较突出,是威胁职工健康的主要职业危害因素。因此,拟建项目应引以为鉴,重视对作业场所电焊烟尘的防治工作,切实落实设计中的各项防护措施,最大限度地改善作业场所的劳动条件和卫生状况,保护职工健康。

集装箱制造由于生产工艺、生产设备、防护技术和管理措施等各方面原因,始终是电焊工尘肺的高发行业。类比企业的职业健康监护资料显示其电焊工尘肺的发病情况不容乐观,尤其尘肺患者其接尘作业的时间有逐年降低的趋势,对此现象企业应给予极大的关注。虽然拟建项目在生产工艺和防护技术等方面均采取了一定的改善措施,但电焊工尘肺具有发病缓以及不可逆的特点,因此,如何加强焊接作业的职业卫生管理,减少和消除职业危害,预防和控制职业病,以保障焊接作业人员的身体健康仍然是拟建项目职业卫生工作的重点。建议加强对电焊工上岗前、在岗期间和离岗时的职业健康检查,尤其是对于过去长期从事焊接作业的人员,应严格落实各项体检制度,发现问题,及早脱离作业并积极治疗,以提高电焊作业人员、疑似病例以及尘肺患者的生命质量。

(六) 管理理念和措施类比

跨国公司在中国投资的大型建设项目,许多在国内没有类似的项目,只有在国外有同类型项目。虽然同属于一家公司,但由于国情不一,无法取得国外同类项目的职业病危害因素检测数据和职业健康监护资料,资料的收集无法满足类比法的基本要求。对此,可以通过职业卫生管理理念和措施的类比,对拟建项目的职业卫生管理水平作出一定的推测。

管理理念和措施类比分析示例如下。

评价人员对国外与拟建项目有同类大型化工装置的工厂进行了实地考察,考察结果如下:

1. 装置的安全措施

控制室:具有有效的自动控制系统和事故报警系统,进入装置内人员和任务的记录完善,个人防护用品齐全,另有强制通风系统,以保证大事故发生时新鲜空气的供应,使控制室成为"安全岛",保证控制室人员安全。

装置区和罐区:装置内可见风向标,具有有效的应急通道和出口,各类管道以各类统一标准颜色进行识别和分类,并表明物质名称。设备附近可见多个洗眼和冲淋设施、应急呼吸空气供应、应急报警扬声器、装置低层可见有害物质检测探头。

装卸区:装卸区域设有围堰和废水排放井,具有特殊的连锁装卸装置,有效的个体防护措施,使用上文中描写的装卸操作程序进行作业。

采样点:保证产品质量的检验使用密闭采样系统,其他物质的采样(如甲醇等)使用直接放料的方式进行,采样人员未穿戴个体防护用品和浓度检测报警仪等。

实验室：具有良好的检验和分析设备，检验操作在通风柜内进行。

2. 医务室的设置

总部医务部门距厂区 4min 车程，具有学位较高、专业性很强的医务人员，配备各种应急救护设施和常规的医疗设施及房间，可进行应急抢救、治疗、咨询和部分健康体检工作。

3. 泄漏事故调查

该生产装置运作近两年，发生了一起较小的泄漏事故，无人员伤亡和健康损害。事故发生后暂时停止了装置运行直至查明原因，并向政府有关管理部门作了书面的原因分析汇报。

4. 装置的检修

装置内小的检修由检修人员按照作业指导书的有关内容操作。较大的检修工作由总公司检修人员实施，按一定程序许可后，方可进入装置操作，并填写有关的检修记录单。检修的许可记录分为 3 类：一般检修的许可、进入密闭空间检修许可和热作业许可；记录包括检修所需的一般信息、工作描述、危险识别、检修前安全措施、检修时安全措施、检修后安全措施、危险评价和安全措施约定、安全措施的同意和检修许可的发放、各方面对检修许可的接受、证实安全措施已被履行、告知检修完成、撤销各项安全措施。

5. 安全卫生培训

有完整和详细的安全卫生培训程序，并有培训内容和人员签到记录。培训内容包括：安全卫生环保导则、工艺流程、涉及的化学物危害及 MSDS、作业指导书、DCS 系统等方面内容。

6. 职业安全卫生管理

有完整的组织机构和网络，详细的目标管理标准和导则，明确的实施途径和内容，有效的审计和评价系统和内容；有完整和详细的工作安全分析及职业暴露评估体系和记录；有完整和详细的操作作业指导书，内容丰富，包括正常和事故工况下各种操作方式以及应采取的防护措施等；有详细的应急反应系统和组织网络，有设施完善的医疗部门和消防部门以及相应的专业人员，对作业人员、工厂环境和周边环境均给予周到的应急考虑和准备。

7. 审计记录及评价记录

总公司每 3~4 年对各分公司的安全卫生环保部门的运作能力和效果进行一次审计，以确保各分公司能完全符合当地法律和总公司的各项要求。

通过考察，评价人员对该公司的职业卫生管理理念和措施有了明确的了解。如果该公司在技术转移的同时，能将职业卫生管理理念和措施在中国分公司得到充分的引进和实施，那么，本项目在今后生产运作过程中的职业卫生管理和应急救援方面的可行性将得到一定的保证。

（七）类比资料的应用

对类比资料应用时应注意以下几个方面的问题。

① 对于同一企业的扩建项目，其生产规模和物料用量往往不同，对作业环境中有害因素的浓度（强度）可产生一定的影响；对于技术改造项目，其生产工艺的改进和自动化程度的提高可对作业环境的改善起到关键作用。针对以上情况，评价人员在进行类比时应注意类

比数据的可比性问题，审慎下结论。

② 对于某些新兴行业或技术引进项目，往往很难找到合适的类比企业，可将工艺过程拆分成若干评价单元，多选择几个尽可能相似的企业，以评价单元为单位分别进行类比分析。此时类比数据的引用应以借鉴为主，而不宜成为最终结论的依据。

③ 当类比数据存在超标现象时，应仔细分析超标原因，并确定该因素在拟建项目中是否也存在及其影响程度如何。

仍以上述集装箱企业为例，该企业的历史监测数据中焊接车间有部分岗位电焊烟尘超标，考虑到企业曾有过电焊工尘肺患者的情况，在类比分析时列表对比拟建项目（为类比企业的迁建工程）在焊接防护方面的改进措施，以利于更客观的作出结论。

拟建项目与类比项目焊接防护见表 3-12。

表 3-12　拟建项目与类比项目焊接防护一览表

对比参数	类比项目	拟建项目
集装箱年产量	140000 TEU	150000 TEU
装焊车间面积	2880m²	9206m²
车间建筑结构及通风设计	与其他车间同处一栋大型厂房内，由于场地所限，在车间局部区域内还增设了夹层，车间整体通风效果较差	装焊车间为独立厂房，厂房南北两面墙体设进风百叶，屋顶设自然排气器，车间整体通风效果较以前有较大改善
局部排风设施	无	移动式静电焊接烟尘净化器
焊接密度	较密集	焊接密度较以前降低
焊接方式	以手工焊接为主，箱体采用双面焊接，箱内焊接工作量大	自动焊接率达 29.1%，以箱体外焊接为主，箱内焊接任务主要为箱体四角的点焊
个体防护	提供焊接专用防护用品	提供焊接专用防护用品

注：TEU 为国际标准箱单位。

在综合考虑了拟建项目的各项改进措施和提出必要的补偿措施后，预评价给出了肯定的结论。该项目建成后竣工验收时，经过实地考察和检测，各项防护措施都已落实，检测结果全部低于接触限值，竣工验收的结果验证了预评价结论的正确。

④ 我国 2002 年以前国家职业卫生标准中毒物和粉尘的接触限值只有最高容许浓度（MAC），因此，在使用历史检测数据时，应注意不同类型数据之间的衔接或转换，从而对建设项目做出正确的评价。

⑤ 类比分析的结论不仅要完整可靠，也要对各种特殊情况进行综合考虑。

如某污水泵站项目在采用了类比分析后，得出如下类比结论："以上均为正常工况下的硫化氢、氨以及噪声的检测值，作业场所的硫化氢、氨浓度和噪声强度均符合相应国家卫生标准的要求。由于泵站的生产设施多为敞开式的构筑物，在一般工况下，通风条件良好的岗位其硫化氢等有害气体的浓度能够达到国家卫生标准的要求。但在进行设备维修、维护时，工作人员进入通风不良的环境中作业，若防护不当，极易发生急性职业中毒事故。因此，常规检测数据仅供参考，切不可因为检测数据合格而对硫化氢等有害气体疏于防范。"

七、职业病危害因素识别与分析

在预评价过程中，评价人员通过工程分析、类比调查，利用其掌握的专业知识和实践经验，对照职业卫生有关法律、法规、技术规范和标准，按照一定的技术路线对建设项目可能存在的职业病危害因素逐一识别，并分析其危害程度。

（一）职业病危害因素的分类

对职业病危害因素的分类有不同的方法，一般按照有害因素的来源先将其分为三类。

（1）生产工艺过程中产生的有害因素 包括化学性有害因素、物理性有害因素、生物性有害因素。化学性有害因素包括粉尘和毒物。

（2）劳动过程中的有害因素 包括不合理的劳动组织和作息制度、劳动强度过大或生产定额不当、职业心理紧张、个别器官或系统过度紧张、长时间处于不良体位、姿势或使用不合理的工具等。

（3）工作环境中的有害因素 主要包括自然环境因素、厂房建筑或布局不合理、作业环境空气污染等。

2002 年卫生部颁布的《职业病危害因素分类目录》将职业病危害因素分为十大类：粉尘类；放射性物质（电离辐射）；化学物质；物理因素；生物因素；导致职业性皮肤病的危害因素；导致职业性眼病的危害因素；导致职业性耳鼻喉口腔疾病的危害因素；职业性肿瘤的危害因素；其他职业病危害因素。在职业病危害评价中，使用这种分类的比较少见。

（二）职业病危害因素的识别原则

根据 2006 年发布的卫生部第 49 号令《建设项目职业病危害分类管理办法》的规定，可能产生职业病危害的项目是指存在或产生《职业病危害因素分类目录》所列职业病危害因素的项目。但在实际评价中，需要识别的职业病危害因素不仅仅限于这些。

在职业病危害因素识别的具体实施过程中，应遵循以下基本原则。

（1）全面识别准确无误 一个建设项目，特别是工艺复杂的建设项目，其职业病危害因素的来源、形态、数量、分布是错综复杂的，评价人员必须首先将职业病危害因素全面、准确地识别出来，不能遗漏。虽然目前对职业病危害因素的识别范围尚未有统一明确的说法，但全面准确地识别职业病危害因素是评价人员的基本功。

（2）重点突出主次分明 对识别出来的职业病危害因素，评价人员应根据其来源、形态、数量、分布以及其危害特性、接触方式、接触时间等因素，按照约定成俗的方法，对照有关文件精神，筛选出主要的职业病危害因素，列为重点评价因子。

（3）定性与定量相结合 一般通过工程分析、类比调查进行分析，能够准确地识别出职业病危害因素的种类，但当某些化合物的组成成分缺乏足够资料时，或者对使用新材料、新工艺的作业场所缺乏了解的情况下，可以通过实验室分析技术，进行定性或定量分析，以便全面准确地掌握有关情况。

（三）职业病危害因素的识别技术

职业病危害因素识别是一门需要具备专业知识的技术，也是实施预评价至关重要的环节。评价人员需要遵照基本原则，在通过工程分析、类比调查掌握足够信息的基础上，按照一定的技术路线，抽丝剥茧一步一步地将建设项目每个场所、每个环节中可能存在的职业病危害因素识别出来。

1. 生产物料

生产物料是建设项目职业病危害因素的重要来源，评价人员应逐项确认生产过程中所涉及的各种原料、辅料、产品、副产品的名称和用（产）量，对有些使用商品名或代号的物料一定要了解其化学名或组成成分，只有在全面掌握这些情况后，才能从中识别出有关的职业病危害因素。需要引起注意的是，对有些生产物料要弄清楚其杂质的成分及含量；对有些生产物料要弄清楚其在生产过程可能会分解出什么成分及含量，并把这些内容纳入职业病危害识别的范围。

物料组成成分职业病危害因素识别示例如下。

苯乙烯装置生产过程中使用的 TBC 产品阻聚剂其组成成分为：85％的叔丁基邻苯二酚和15％的甲醇；聚乙烯装置生产过程中使用铬催化剂其组成成分为：沉淀二氧化硅＞85％，铬化合物＜15％。

物料分解成分职业病危害因素识别示例如下。

轮胎硫化过程中可产生硫化烟气，硫化烟气是一种成分极为复杂的有机和无机混合气体，其成分随着胶料的配比、硫化温度以及硫化方法的不同而有差异，据文献报道，烟气中可检测到的有害物质有二氧化硫、一氧化碳、硫化氢、丙酮、异丙醇、甲醛、苯、甲苯、二甲苯、苯乙烯、正庚烷、正己烷以及各种单体等。

对生产物料中杂质的识别需要综合考虑物料的用量、杂质的含量及其危害特性、作业方式等因素，对危害性较大的杂质物质的识别不应遗漏。如合成气装置以天然气为原料生产一氧化碳和氢气，在危害因素识别时应注意到工业用天然气中含硫的问题，在处理过程中可能产生少量硫化氢；又如工业生产中常用甲苯、二甲苯作为溶剂，在评价时应注意到甲苯、二甲苯中常含有少量的苯，而苯属高毒物品，世界卫生组织下属国际癌症研究机构（IARC）将其列为一类致癌物，其危害性远大于甲苯和二甲。

2. 生产设备

生产设备处于静态状态时，一般不会存在职业病危害因素，但运行时可能会产生一定的职业病危害因素，这通常和生产物料没有关系，大多为高温、低温、噪声、电磁辐射和工频电场等物理因素，在识别时，应当详细了解在生产过程中哪些生产设备是作业工人会接近的，哪些生产设备是作业工人不会接近的。当然有些设备本身具有放射源，因此不管是处于静态还是动态，其都存在着放射危害因素，但这不在本节的讨论范围。

来自生产设备的职业病危害因素识别示例如下。

某燃气-蒸汽联合循环发电机组噪声主要来自燃气轮机、蒸汽轮机、余热锅炉、发电机组、水泵、风机等机械设备的运转；高温主要来自燃气轮机、余热锅炉、蒸汽轮机、发电机、除氧器以及各类蒸汽管道；工频电场主要来自变压器、高压开关柜及其高压线路周围。

在识别生产设备存在的职业病危害因素时，应当充分考虑作业工人的接触情况。有很多现代化企业对生产过程都采用了自动化控制系统，如分散控制系统（Distributed Control System，简称 DCS），DCS 具有分散控制、集中操作、分级管理、配置灵活的特点。对企业自动化控制水平的描述应与符合生产工艺特点，并与生产方式相结合。

某大型化工项目生产方式和自动化水平的描述示例如下。

本工程采用以 DCS 为核心的自动化控制技术，全厂设一个中央控制室，对过程变量进行高精度的控制；生产设备以密闭式为主；生产过程采取管道化、自动化、连续化的生产方式；生产操作以仪表操作和计算机控制为主，一般工况下工作人员主要对装置进行巡检，但装/卸料、采样、设备维修/维护等工况下，需要人员辅助操作。

3. 生产工艺

对生产工艺过程中的职业病危害因素识别通常根据一定的工艺路线，按照工艺、物料和作业特点，必要时也可结合行业和专业特点，将装置划分成若干评价单元，以单元为单位进行工艺过程的有害因素识别。对工艺过程中职业病危害因素的识别，还需要关注反应过程中是否会生成不稳定的中间产物、副产品以及是否存在高毒物品。

生产工艺过程主要职业病危害因素识别示例如下。

某氧氯化磷装置以三氯化磷和氯气为原料，生产氧氯化磷，同时副产盐酸。原料处理单元的主要职业病危害因素是三氯化磷和氯气，其中三氯化磷的主要接触岗位为原料计量及泵送，氯气的主要接触岗位为气化及输送。反应单元的主要职业病危害因素为三氯化磷和氯化氢，其中三氯化磷的主要接触岗位为反应、冷凝及包装，氯化氢（及盐酸）的主要接触岗位为反应和吸收。该装置中危险性较大的岗位是氯气的处理。

4. 辅助装置

辅助装置通常是为生产配套的辅助工程，主要为生产装置提供必要的服务，辅助装置的设置根据项目及其自身功能的不同可能会有各种形式。小型的辅助装置如维修车间、化验室等，可根据其主要的日常工作内容识别相应的职业病危害因素；有些大型的辅助装置也可作为工艺过程中的一个评价单元进行职业病危害因素的识别，如发电厂的化水处理车间。为解决副产品或装置废液的出路，在大型化工项目中通常会有若干辅助装置，如乙烯项目中设置硫酸回收单元，将来自其他生产装置的废酸和硫铵溶液转化成装置必须的辅助化学品硫酸，同时为整个装置提供蒸汽。

5. 公用设施

工业企业的公用工程通常包括给排水、供气、供热、供电、供燃气等工程。

工业循环水系统涉及的主要职业病危害因素是噪声，污水处理系统的主要职业病危害因素是硫化氢和氨。另外，水处理过程中根据工艺需要还可能添加次氯酸钠、盐酸、氢氧化钠等化学品。

供气系统的主要职业病危害因素是空压站设备产生的噪声。

供热系统的主要职业病危害因素是来自风机、水泵等设备的噪声，锅炉系统和蒸汽管道的高温，给水系统和燃料系统的相应职业病危害因素。

供电系统的主要职业病危害因素是高压变配电设施运行过程中产生的工频电场和电磁性噪声。

供燃气系统最常用的燃气种类为天然气和煤气，某些小型工业炉还可能会使用液化石油气、柴油或者水煤浆作为燃料。

(四) 大型建设项目的识别方式

对于工艺复杂的大型建设项目，可以将整个项目划分为若干个评价单元，并对每个评价单元分别进行职业病危害因素的识别，然后再整合在一起。这有利于理清识别思路，避免遗漏，提高识别的准确性。

所谓评价单元就是按照一定的准则将建设项目分解成若干个子项目，这若干个子项目既相互有联系，又相对独立。划分评价单元时，通常是从工作区域、生产工艺、设备布置、危害分布等角度来考虑的。当然，在具体划分时，应当根据建设项目的特点和评价方法的需要，合理划分评价单元。需要注意的是各评价单元整合后，应当能够覆盖建设项目的评价范围，同时相互之间不存在叠加现象。

某大型建设项目评价单元划分示例见表3-13。

表 3-13　PTA 项目评价单元划分表

编号	单元	子单元	主要有害因素名称
1	氧化	氧化反应	二甲苯、苯、甲苯、醋酸、醋酸锰、醋酸钴、对苯二甲酸、溴化氢、醋酸甲酯、甲醇、溴甲烷、噪声、高温
2	氧化	结晶	对苯二甲酸、醋酸、高温、噪声
3	氧化	分离干燥	对苯二甲酸、醋酸、噪声
4	氧化	催化剂回收	醋酸锰、醋酸钴、草酸、噪声
5	氧化	溶剂回收及除水	醋酸、醋酸异丁酯、醋酸甲酯、噪声
6	精制	配料	对苯二甲酸、对羧基苯甲醛、噪声
7	精制	加氢反应	对苯二甲酸、对甲基苯甲酸、氢气、高温
8	精制	结晶	对苯二甲酸、高温
9	精制	离心分离和干燥	对苯二甲酸、对甲基苯甲酸、噪声
10	精制	PTA 母液回收	对苯二甲酸
11	辅助	纯水制备	噪声、盐酸、氢氧化钠
12	辅助	污水处理	硫化氢、氨、甲硫醇、甲烷、噪声
13	辅助	空压站	噪声
14	辅助	氮、氢接收站	氮、氢、噪声
15	辅助	原辅料储运	对二甲苯、醋酸、氢氧化钠、盐酸、放射线
16	辅助	维修、采样	二甲苯、醋酸、醋酸锰、醋酸钴、对苯二甲酸、对羧基苯甲醛、对甲基苯甲酸、醋酸异丁酯、醋酸甲酯、电焊烟尘、锰及其化合物、臭氧、氮氧化物、紫外线、高温
17	辅助	成品仓库	对苯二甲酸粉尘
18	辅助	尾气能量回收	甲醇、高温、噪声
19	辅助	变配电站	工频电场

（五）特殊工况下职业病危害的识别

1. 密闭空间职业病危害的识别

密闭空间是指与外界性对隔离、进出口受限制、自然通风不良、足够容纳一人进入并从事非常规、非连续作业的有限空间（如炉、塔、釜、罐、槽车以及管道、烟道、隧道、下水道、沟、坑、井、池、涵洞、船舱、地下仓库、储藏室、地窖、谷仓等）。密闭空间根据其作业时的危害程度不同又分为无需准入密闭空间和需要准入密闭空间。

密闭空间作业可能存在的职业危害问题主要表现在以下几个方面。

（1）**有毒物质**　密闭空间空气中常集聚一些有毒物质，这些有毒物质可能在工人进入密闭空间之前产生存在，也可能由于他们在其间的活动所形成。如：清理、疏通下水道、粪便池、窨井等作业时，密闭空间内的有机质被微生物分解，可产生硫化氢和氨等有毒物质；在密闭空间进行防腐涂层作业时，涂料中的苯、甲苯、二甲苯等有机溶剂挥发，在密闭空间内大量聚集；在清理盛装有毒物质的槽、罐等设备时，设备内残留的有毒物质可造成工作人员短期或长期的中毒反应，尤其要关注相关毒物的 IDLH 即立即威胁生命或健康的浓度，在此环境条件下对生命立即或延迟产生威胁，或者会导致永久性健康损害，或者影响准入者在无助情况下从密闭空间逃生。

（2）**缺氧**　密闭空间内的氧气不足是经常遇到的情况，氧气不足的原因很多，如：耗氧化学反应（焊接、切割、发酵等过程可消耗大量氧气）、置换（使用氮气等惰性气体进行气相冲洗时，容器内残留惰性气体过多）、表面吸收（氧气被多孔表面吸附，如潮湿的活性炭）

等。氧气浓度太低可造成窒息，但过量的氧气也同样可能造成危险，富氧环境可引起燃烧或其他化学反应的加速或提高。

（3）易燃、易爆　密闭空间内有易燃气体，并且浓度超过爆炸下限的10％，可引起爆炸及火警。密闭空间的易燃气体可能来自地下管道间泄漏（如电缆管道和煤气管道间）、容器内部残存、细菌分解、工作产物等，常见的有甲烷、氢气、丙烷、丁烷、煤气、石油溶剂等。易燃性空间是由空气中的氧气与易燃气体、蒸汽或尘埃混合而成，易燃性空间遇到火源例如烧焊火花、电动工具等便会引起爆炸。

（4）其他　密闭空间存在的其他职业危害包括机械性危害（如被转轴、齿轮等设备的危险部分伤害）、电力危害（如在潮湿的空间内使用电缆、电线等电气设备易遇到电力危害）、被液体或流动固体吞没（密闭空间内有水、其他液体、流动固体如泥沙等突然涌入，便有被溺的危险）。

2. 异常运转情况下职业病危害的识别

异常运转主要指生产线（装置）调试、异常启动、意外关闭以及生产性事故等情况。首先，在生产线（装置）调试期间，应充分考虑生产装置泄漏、控制仪表失灵、连锁装置异常，防护设施不运转等情况而导致的职业病危害问题；其次，生产线（装置）处于异常启动或关闭、紧急关闭等状态时，往往会导致生产工艺参数的波动，从而产生正常状态下不会出现的职业病危害问题，对此，应充分了解异常运转情况下生产线（装置）的紧急处置能力和防护设施的最大防护效能；最后，某些生产性事故会引起有毒物质的异常泄漏与扩散，往往是重大急性职业中毒事故的主要原因之一，应予以识别。

尤其是化工生产过程中，原、辅料和产品大多数通过管道进行输送，其中多数输送的物料都具有易燃、易爆、有毒、有害、强腐蚀性的特性。由于管道材质、阀门、密封材料等因素而引起易燃易爆物料大量泄漏，遇外界明火或高速气流产生的静电而引发火灾、爆炸事故，在国内和国际上许多大型石油、化工企业都曾有过惨痛的教训。

3. 设备维修时职业病危害的识别

随着生产装置自动化、密闭化程度的不断提高，很多生产装置在正常工况下职业病危害基本能够得到控制。但有些生产装置在检修或维护时会产生一些较难控制的职业病危害问题，需要予以关注。如现代化的燃煤火力发电厂自动化程度高，生产过程中存在的有毒物质和粉尘基本能得到有效控制，但在装置维修过程中，会存在矽尘、氢氟酸、放射线等多种严重职业病危害因素；又如化工厂的检修，化工生产具有易燃、易爆、易中毒、高温、高压、有腐蚀性的特点，而化工生产的危险性决定了化工维修的危险性。化工设备和管道中有很多残存的易燃易爆、有毒有害的化学物质，而化工检修又离不开动火、进罐作业，稍有疏忽就会发生火灾爆炸、中毒和化学灼伤等事故。据统计资料表明，国际国内化工企业发生的事故中，停车检修作业或在运行中抢修作业时发生的事故占有相当大的比例。

（六）职业病危害程度的分析

在系统识别出职业病危害因素的基础上，应当进行职业病危害程度的分析，即全面深入地分析这些职业病危害因素究竟会对劳动者造成多大程度的危害。进行职业病危害程度分析时，可以从以下几方面来综合分析：

① 职业病危害因素固有的对人体的危害性，如高毒物品、人类致癌物等；

② 职业病危害因素存在的数量，如微量、少量、大量等；

③ 职业病危害因素在作业场所存在的形态，如气态、液态、固态等；

④ 职业病危害因素进入人体的途径，如呼吸道、皮肤、消化道等；

⑤ 劳动者接触职业病危害因素的方式，如直接接触、间接接触等；

⑥ 作业场所职业病危害因素浓度或强度，符合标准、接近标准、超过标准等；

⑦ 作业场所存在多种职业病危害因素时的相互影响，如联合作用、拮抗作用等。

在进行上述职业病危害程度综合分析的基础上，如果有可比性较好的类比资料时，可以进一步运用类比资料的数据来论证综合分析的结果，相辅相成，可通过类比调查中的职业病危害因素监测结果类推拟建项目职业病危害因素的危害程度。

目前，在进行职业病危害程度分析时，大多还是处于定性分析、类比分析为主的阶段。虽然，有些评价机构正在尝试单个毒物的定量风险分析方法，但还未形成比较直观的系统、成熟的定量分析方法，许多问题尚在摸索探讨过程中。

八、职业病危害防护设施分析

对拟评价项目的职业病危害防护设施进行分析，主要是了解建设项目拟设置的防护设施是否能够满足该项目控制职业病危害的需要，为职业病危害评价中防护措施的评价以及补偿措施的提出提供基础资料。

在可行性研究阶段，建设单位提供的技术资料中，有关职业病危害防护设施设置的内容一般比较单薄，防护设施的选型、参数等信息缺乏，因此，进行职业病危害防护设施分析时，需要评价人员根据经验，并参考有关文献，对技术资料中涉及的防护设施作出合理的分析。

本部分主要是从生产过程中职业病危害因素的存在形式和散逸特点，阐述防护设施设置的基本要求，供评价人员分析时参考。

（一）防尘设施

消除或控制粉尘危害的根本途径是选用不产生或少产生粉尘的生产工艺；或采用机械化、自动化的作业方式，密闭尘源，隔绝粉尘的扩散，减少作业人员接尘程度。另外，对于亲水性、与水不发生化学反应、不发生黏结现象的各类粉尘，湿式作业是一种经济易行，效果卓著的防尘措施，例如：火力发电厂的煤场、卸煤和输煤设施等开放性尘源常设置喷雾抑尘设施。如果达不到上述要求，则需要设置相应的机械除尘设施。

采用局部密闭排风（吸风）设施是目前控制粉尘扩散的主要方法。对于机械除尘设施是否能满足防尘的需要，可以从以下几方面进行分析。

① 局部密闭设备应尽可能将产尘点完全密闭，其形式和结构应不妨碍工人操作；密闭罩吸风口的位置应接近粉尘发生源，排尘方向应与粉尘运动方向一致；吸风口的结构和风速应使罩内负压均匀，阻止粉尘外逸并不致把物料带走。

② 输送含尘气体的通风管道不宜水平安装，要有一定的倾斜度，如必须敷设水平管道时，管道不宜过长，并应在适当位置设置清扫孔，以利清除积尘，防止管道堵塞。

③ 按照粉尘类别的不同，通风除尘管道内应保证达到最低经济流速。为便于除尘系统的测试，设计中应在除尘器的进出口处设测试孔，测试孔的位置应选在气流稳定的直管段。

④ 局部机械排风系统各类排气罩应参照 GB/T 16758 的要求，罩口风速或控制点风速应足以将发生源产生的粉尘吸入罩内，确保达到高捕集效率。

⑤ 通风除尘系统的组成及其布置应合理，管道材质应合格，容易聚积粉尘的通风管道，应设单独通风系统，不得相互连通。

⑥ 依据作业场所扬尘点的位置、数量，设置相应的通风除尘设施；对移动的扬尘作业，应与主体工程同时设计移动式防尘设备。

⑦ 含尘空气排出之前必须通过除尘设备净化处理后，才能排入大气，并保证进入大气的粉尘浓度不超过国家排放标准规定的限值。

（二）防毒设施

消除或控制毒物危害的根本途径是尽可能以无毒、低毒的工艺和原辅料代替有毒、高毒的工艺和原辅料；或采用密闭化、管道化、机械化、自动化的生产方式，尽可能实现负压生产，防止有毒物质泄漏、外溢，减少操作人员接触有毒物质的机会。如果达不到上述要求，则需要设置相应的机械通风排毒设施。

对于机械通风排毒设施否能满足防毒的需要，可以从以下几方面进行分析。

① 机械通风的形式。作业场所常用的机械通风形式有：全面通风、局部排风和局部送风，其适用条件不同，在评价时应结合生产工艺特点、作业方式以及毒物性质进行综合考虑。局部排风是生产过程中排除有害物质最常用、最有效的方法，具有装置排风量较小、能耗低的优势，在制鞋、蓄电池制造、电镀以及研发中心等各种有毒物质作业场所得到广泛使用。全面通风主要适用于作业条件不能使用局部排风时、有毒物质作业点过于分散、流动等情况下，例如机械加工等行业的喷漆房。局部送风常和局部排风联合使用，主要用于有毒物质浓度超标、作业空间有限的工作场所，新鲜空气往往直接送到人的呼吸带，以防作业人员中毒、缺氧，如造船和集装箱制造业的舱室内作业、化工企业罐内维修作业等。

② 当数种溶剂（苯及其同系物或醇类或醋酸酯类）蒸气，或数种刺激性气体（三氧化硫及二氧化硫或氟化氢及其盐类等）同时放散于空气中时，全面通风换气量应按各种气体分别稀释至规定的接触限值所需要的空气量的总和计算。除上述有害物质的气体及蒸气外，其他有害物质同时放散于空气中时，通风量应仅按需要空气量最大的有害物质计算。

③ 在生产过程中可能突然逸出大量有毒物质或易造成急性中毒或易燃易爆的有毒物质的作业场所，必须设计自动报警装置、事故通风设施，其通风换气次数不小于 12 次/h。事故排风装置的排出口，应避免对居民和行人的影响。

④ 局部排风（吸风）罩的形式必须遵循形式适宜、位置正确、风量适中、强度足够、检修方便的原则，罩口风速或控制点风速应足以将发生源产生的有毒气体吸入罩内，确保达到高捕集效率。

⑤ 通风排毒系统的组成及其布置应合理，管道材质应合格，容易凝结蒸气或几种物质混合能引起爆炸，燃烧或形成危害更大物质的通风管道，应设单独通风系统，不得相互连通。

⑥ 依据车间逸散毒物的作业点的位置、数量，设计相应的排毒设施，对移动的逸散毒物的作业，应与主体工程同时设计移动式轻便排毒设备。

⑦ 散发有毒有害气体的设备上的尾气和局部排气装置排出浓度较高的有害气体应引入有害气体回收净化处理设备，经净化达标后排放，如直接排入大气，应引至屋顶以上 3m 高空处放空。若临近建筑物高于本车间时，应加高排放口。

（三）防噪声措施

对工业企业噪声的控制，主要从以下几个方面考虑。

1. 对噪声源的控制

选用低噪声的工艺和设备，降低声源声功率，消除和减弱噪声源，如以焊代铆，以液压代气压、物料输送过程中避免大落差翻落和直接撞击等。

主要强噪声源应相对集中布置，周围宜布置对噪声不敏感的辅助车间，噪声车间应尽量远离其他非噪声车间、行政区和生活区。噪声较大的设备应安装在单层厂房或多层厂房的底层，尽可能实现远距离监控操作。例如：某空分项目将主空压机及马达、联合机组及马达、主氮压机及马达等高噪声设备集中布置在独立封闭的单层压缩机厂房内，以利于对噪声进行控制。

2. 综合降噪措施

采取上述措施后，噪声强度仍不达标，应采取隔声、消声、吸声、减振等综合降噪措施。

（1）隔声　采用带阻尼层、吸声层的隔声罩对噪声设备进行隔声处理；工艺允许远距离控制的，可设置隔声操作室；噪声源较分散的大车间设隔声屏障。

（2）消声　对鼓风机、压缩机等产生的空气动力性噪声应采用消声器进行消声处理。

（3）吸声　对原有吸声较少、混响声较强的车间厂房应采取吸声降噪处理。

（4）减振　产生强烈振动的车间应修筑隔振沟。对振幅、功率大的设备应设计减振基础。

3. 个体防护

采取噪声控制措施后工作场所的噪声强度仍不能达标时，应采取个人防护措施，如佩戴防噪声耳塞或耳罩以及减少接触时间等。

（四）防振动措施

① 对振动的控制应优先选用振动小的生产工艺和设备。

② 对于振动强度大的设备应设计减振基础。在振源设备周围地层中修筑减振沟、板桩墙等隔振层，切断振波向外传播的途径，减振沟越深，减振效果越好。

③ 对振动源的控制主要有隔绝和阻尼两种方法，隔绝是减弱机器传给基础的振动，阻尼则是吸收金属、薄板或其他金属结构的振动能量。

④ 在强振设备和管道之间采取柔性连接的方式也可以减轻振动。

⑤ 采取戴防振手套、穿防振鞋等个体防护措施，也可降低振动的危害程度。

（五）防暑降温措施

1. 高温车间的建筑要求

高温车间的朝向，应根据夏季主导风向对厂房能形成穿堂风或能增加自然通风的风压作用确定。厂房的迎风面与夏季主导风向宜成 60°～90° 夹角，最小也不应小于 45°角。高温、热加工、有特殊要求和人员较多的建筑物应避免西晒。

高温厂房的自然通风应有足够的进、排风面积。产生大量热、湿气，有害气体的单层厂房的附属建筑物，占用该厂房外墙的长度不得超过外墙全长的 30%，且不宜设在厂房的迎风面。自然通风用的进气窗其下端距地面不宜高于 1.2m，以便空气直接吹向工作地点。冬季自然通风用的进气窗其下端一般不低于 4m。如低于 4m 时，宜采取防止冷风吹向工作地点的有效措施。

2. 高温作业的防护要求

高温作业应尽可能实现自动化和远距离操作等隔热操作方式，设置热源隔热屏蔽［热源隔热保温层、水幕、隔热操作室（间）、各类隔热屏蔽装置］。较长时间操作的高温作业地点，当其热环境达不到卫生要求时，应设置局部送风。

3. 高温作业的个人防护

高温作业工种的工人应使用隔热服、隔热面罩等个人防护用品，合理安排作业时间，并在炎热季节供应含盐的清凉饮料。

（六）防非电离辐射措施

① 生产工艺过程有可能产生微波或高频电磁场的设备应采取有效地防止电磁辐射能的泄漏措施。

② 产生非电离辐射的设备应有良好的屏蔽措施。

③ 产生工频超高压电场的设备应有必要的防护措施。超高压输电设备，在人通常不去的地方，应当用屏蔽网、罩等设备遮拦起来。

另外，可产生非电离辐射的设备还应在醒目位置设置警示标识和中文警示说明，以提醒作业人员注意防护。当采取防护措施不能达到规定限值时，必须穿戴具有相应功能的防护服。

（七）人机工效防护措施

生产劳动过程中，人和机器（包括设备和工具）组成一个统一的整体，共同完成生产任务，称作人机系统。在人机系统中，人和机器之间通过人机界面传递信息。人机界面包括显示器、控制器、工具、工作台、坐椅等。人机工效防护的主要措施即改善人机界面。工作场所中常用的人机界面的相关的防护措施如下。

（1）对于视觉显示器的要求　容易判读；在保证精度要求的情况下，尽可能使显示方式简单明了；一个显示器传递的信息不宜过多；对于数字显示器，要符合阅读习惯。此外，还应具有可见度高、阐明能力强等特点并确保使用安全。

（2）对于手控制器的要求　按钮装置需简单，使用方便、快捷；旋钮直径、高度和旋转阻力等需根据其功能和手的尺寸特点进行设计；搬动开关需明显标识开和关的功能；轮盘边缘需设计成波纹状，便于抓握和用力。

（3）对于工具的要求　其设计和选择需注意外形、尺寸、质量等符合人体尺寸和人的解剖和生理特点，并且外形美观、坚实耐用、使用安全。

（4）对于工作台和坐椅的要求　工作台需有高度调节的功能；坐椅需有高度调节和旋转调节的功能；坐椅应有合适的腰部支撑；如坐椅不能减低到适当高度，应使用脚垫。

九、职业病危害评价

职业病危害评价是在工程分析、职业病危害识别、职业病危害程度分析和职业病防护设施分析的基础上，对建设项目各部分进行有关职业卫生设计内容的检查，并作出评价结论。

一般，职业病危害评价运用检查表的方法，依据国家现行法律、法规、技术规范、标准的规定的职业卫生要求，结合建设项目的特点编制检查表。检查表列出检查依据、检查内容、检查结果、结果判断等栏目，逐项对照检查，并将检查结果填入"检查内容"一栏，并依据检查内容在"结果判断"一栏中给出合格、基本合格、不合格等结论。

（一）选址

对建设项目选址进行评价，主要依据《工业企业设计卫生标准》（GBZ 1-2002）；某些行业的建设项目尚需考虑与居住区之间的卫生防护距离，可以参照 GB 11654～GB 11666、GB 18068～GB 18082 及其他相关国家标准。

建设项目选址评价通常需要考虑以下几方面：

① 是否处于自然疫源地。

② 选址与当地夏季最小频率风向的位置关系。

③ 同一工业区内其他工业企业的卫生特征。

④ 建设项目和居住区之间的卫生防护距离。

⑤ 特殊建设项目与周边环境的关系。

某化工项目选址评价示例如下。

本项目拟建厂址位于××省××市××区的南部工业区内。××市位于北纬 24°25′—24°55′、东经 117°53′—118°27′，地处我国东南沿海。

××区位于××市西部，东邻××岛西海域，隔海与××岛相望，直线最短距离为 2km；南临××江出海口的河口湾；北面是××湾；西面与××县毗邻。

××区南部工业区位于××区南部，南侧为××江出海口的河口湾，东侧为××新市区，西侧为规划中的搬迁区，北侧为××山。具体选址符合情况见表 3-14。

表 3-14 选址检查表

依据	检 查 内 容	检 查 结 果	结果判断
4.1.2	建设单位应避免在自然疫源地选择建设地点	该建设地点非自然疫源地	符合
4.1.4	严重产生有毒有害气体、恶臭、粉尘、噪声且目前尚无有效控制技术的工业企业，不得在居住、学校、医院和其他人口密集的被保护区域内建设	本项目工程范围内无学校、医院和其他人口密集的被保护区域。距离本项目最近的居住区是规划中的搬迁区，距离拟建项目的距离为 1km	符合
4.1.5	排放工业废水的工业企业严禁在饮用水源上游建厂	本项目的生产废水、生活污水、污染雨水等均经厂区内污水处理后，排至××污水处理厂处理，经茶口洋排放口近岸排海。项目周围无饮用水源	符合

注：引用标准《工业企业设计卫生标准》（GBZ 1—2002）。

（二）总体布局

总体布局分为平面布置和竖向布置，评价人员应在充分研读项目方提供的设计图纸的前提下，进行总体布局的卫生学评价，总体布局评价通常需要考虑以下几个方面。

① 总平面布置中的各类生产及相关设施、建筑等是否按照功能相对集中的原则分别布置，各区域的功能划分是否明确、合理。

② 各功能区之间的位置关系以及与年主导风向的关系。

③ 建筑物的方位能否保证有良好的自然通风和采光，高温车间的朝向是否有利于充分利用自然通风。

④ 强噪声源的布置是否有利于降低噪声的影响。

某化工项目总体布局评价示例如下。

本项目的生产装置、冷却水塔、空压站、中控室位于公司现有 PTA 生产装置西北侧的新购地块，占地面积 62150m^2，产品料仓及小袋包装区位于生产装置南侧。本项目的水处理、污水处理位于公司现有 PTA 生产装置东侧的预留地，此区西侧紧邻现有生产装置之污水处理厂，东侧为投资区的道路，北紧邻公司的 PET 厂，南隔一道路与某气体厂为邻。整个项目占地 238450m^2。本项目的氢气/氮气接收站、罐区、化验室、化学品库以及行政区和生活设施均依托一期工程。总平面布置符合情况见表 3-15。

表 3-15　总体布局检查表

依据	检查内容	检查结果	结果判断
4.2.1.2	工业企业总平面的分区应按照厂前区内设置行政办公用房、生活福利用房；生产区内布置生产车间和辅助用房的原则处理，产生有害物质的工业企业，在生产区内除值班室、更衣室、盥洗室外，不得设置非生产用房	本项目在一期工程基础上新建，功能定位明确。项目的生产区内除值班室、更衣室、盥洗室外，没有设置其他非生产用房	符合
4.2.1.5	生产区宜选在大气污染物本底浓度低和扩散条件好的地段，布置在当地夏季最小频率风向的上风侧	拟建项目生产区设置在厂区的西北侧，为当地夏季最小频率风向的上风侧。污水处理厂设置在厂区东侧，为当地夏季最小频率风向的下风侧	不符合
4.2.1.5	厂前区和生活区（包括办公室、厨房、食堂、托儿所、俱乐部、宿舍及体育场所等）布置在当地最小频率风向的下风侧；将辅助生产区布置在二者之间	本项目厂前区和生活区依托一期工程。项目用地范围内无厂前区和生活区，项目建成后对已有厂前区和生活区未造成不良影响	符合
4.2.1.8	厂房建筑方位应保证室内有良好的自然通风和自然采光。相邻两建筑物的间距一般不得小于相邻两个建筑物中较高建筑物的高度。高温、热加工、有特殊要求和人员较多的建筑物应避免西晒	本次生产设施大多布置在露天。生产辅助设施主要有中央控制室及马达控制中心、变电站、空压站、脱盐水厂房等，建筑物特点符合要求	符合
5.2.3.1	具有生产性噪声的车间应尽量远离其他非噪声作业车间、行政区和生活区	产生噪声的生产区和部分辅助单体与一期行政区有较大的间隔距离	符合

注：引用标准《工业企业设计卫生标准》（GBZ 1—2002）。

(三) 生产工艺及设备布局

生产工艺及设备布局的卫生学评价是整个评价中比较复杂的一部分，需要结合工艺流程、生产特点、物流、厂区地形等多方面的资料信息进行综合考虑。生产工艺和设备布局评价通常需要考虑以下几个方面。

① 生产工艺的自动化、密闭化程度。

② 产生粉尘、毒物的工作场所，有害与无害作业区是否进行了适当隔离，相互间是否存在污染和干扰的可能，发生源的布置是否位于其自然通风的下风侧。

③ 生产性热源的位置是否合理，是否有利于充分利用自然通风以及是否便于采取各类隔热降温措施。

④ 噪声设备的布置是否合理，是否对其他生产过程造成影响。

某有机耐高温短纤维生产项目生产工艺和设备布局示例见表 3-16。

(四) 建筑设计卫生

建筑设计卫生要求主要包括采暖、通风、空调、采光、照明、墙体、墙面、地面等方面，评价人员可以根据建设项目的特点有重点地进行评价。建筑设计卫生评价通常需要考虑以下几个方面。

表 3-16　生产工艺和设备布局检查表

依据	检查内容	检查结果	结果判断
5.1.1	产生粉尘、毒物的生产过程和设备,应尽量考虑机械化和自动化,加强密闭,避免直接操作,并应结合生产工艺采取通风措施	该项目采用低温溶液缩聚、湿法纺丝技术生产有机耐高温短纤维,所选择的工艺路线较短,溶剂消耗量少,生产经济简便,易于操作。生产线自动化程度较高,工艺过程采用PLC自动化控制系统	符合
5.1.2	产生粉尘、毒物的工作场所,其发生源的布置应符合下列要求:如布置在多层建筑物内时,放散有害气体的生产过程应布置在建筑物的上层。如必须布置在下层时,应采取有效措施防止污染上层的空气	职业病危害较大的原料制备和聚合等工序布置在聚合车间内,其中涉及职业病危害因素种类较多原料制备工序位于该车间四层。职业病危害因素相对较少的纺丝及后道工序在纺丝车间内	符合
4.2.2.1	放散大量热量的厂房宜采用单层建筑。当厂房是多层建筑时,放散热和有害气体的生产过程,应布置在建筑物的高层。如必须布置在下层时,应采取行之有效的措施,防治污染上层空气	纺丝、高温拉伸等热处理工序位于纺丝车间一层。对高温设备的电加热箱体设置绝热保温层,每个箱体的进出口用氮气封,防止热流外泄,并安装局部通风装置,防止热量进入车间	符合
4.2.2.2	噪声与振动较大的生产设备应安装在单层厂房内。如设计需要将这些生产设备安置在多层厂房内时,则应将其安装在多层厂房的底层。对振幅大、功率大的生产设备应设计隔振措施	纺丝机、卷曲机、打包机等设备布置在纺丝车间一层,空压机等动力设备集中布置在单层公共辅助车间内,并采取相应降噪声措施。对强噪声车间和设备采取隔声、吸声、减振等措施	符合
5.2.3.2	噪声较大的设备应尽量将噪声源与操作人员隔开;工艺允许远距离控制的,可设置隔声操作(控制)室	生产过程自动化程度高,主要生产过程以及辅助动力设施日常操作以巡检为主	符合

注:引用标准《工业企业设计卫生标准》(GBZ 1—2002)。

1. 采暖、通风

以自然风为主的厂房,主要考察厂房的设计是否有利于自然通风、自然通风是否有足够的进风面积、车间天窗的设计是否满足相关卫生要求等。

采取机械通风的厂房应重点关注机械通风装置的进风口位置,是否设于室外空气比较洁净的地方;进排气口的布置是否会产生气流短路;车间内的气流组织是否合理。

2. 空气调节

封闭式车间需关注新风量的设计参数,保证每人每小时不少于 $30m^3$ 的新鲜空气量。

关注封闭式车间微小气候设计参数。

3. 采光、照明

作业场所采光、照明的卫生要求按照《建筑采光设计标准》(GB/T 50033—2001) 和《建筑照明设计标准》(GB 50034—2004) 的规定执行。照明设计应充分利用日光;并根据作业场所的环境条件,选用适宜的灯具;视觉作业岗位应合理设置光源位置,避免眩光。

4. 墙体、墙面、地面等特殊要求

产生噪声和振动的车间墙体应加厚。

产生粉尘、毒物或酸碱等强腐蚀性物质的工作场所,应有冲洗地面、墙壁的设施。产生剧毒物质的工作场所,其墙壁、顶棚和地面等内部结构和表面,应采用不吸收、不吸附毒物的材料,必要时加设保护层,以便清洗。车间地面应平整防滑,易于清扫。经常有积液的地面应不透水,并坡向排水系统,其废水应纳入工业废水处理系统。

生产时用水较多或产生大量湿气的车间,设计时应采取必要的排水防湿设施,防止顶棚滴水和地面积水。

车间的维护结构应防止雨水渗透，冬季需要采暖的车间，围护结构内表面应防止凝结水气，围护结构不包括门窗。特殊潮湿车间工艺上允许在墙上凝结水气的除外。

某化工项目建筑设计卫生评价示例见表 3-17。

表 3-17 建筑设计卫生检查表

依据	检 查 内 容	检 查 结 果	结果判断
5.1.4	产生粉尘、毒物或酸碱等强腐蚀性物质的工作场所，应设冲洗地面、墙壁的设施。产生剧毒物质的工作场所，其墙壁、顶棚和地面等内部结构和表面，应采用不吸收、不吸附毒物的材料，必要时加设保护层，以便清洗。车间地面应平整防滑，易于清扫。经常有积液的地面应不透水，并坡向排水系统，其废水应纳入工业废水处理系统	装置内凡是有污染的生产街区，均设置了围堰。硫酸作业区除设置围堰防止可能发生的硫酸漫流外，同时围堰内还铺砌或涂敷耐腐蚀地面。围堰中的生产污水（如冲洗水）和污染的初期雨水汇入生产污水排水系统	符合
5.1.8	露天作业的工艺设备，亦应采取有效的卫生防护措施，使工作地点有害物质的浓度符合规定的接触限值的要求	生产装置采用露天框架式结构，通风状况良好。装置内的主要采样点均设为密闭采样系统	符合
5.1.21	采用热风采暖和空气调节的车间，其新风口应设置在空气清洁区，新鲜空气的补充量应达到 30m³/h。人的标准规定	综合办公楼新风取风口选择在安全区域。仪表外站空调系统新鲜空气入口背向主装置区，（并采取抗冲击波构造）。在新鲜空气入口处设置可燃/有毒气体探测器	符合
5.4/5.5	作业场所采光/照明要求应按 GB/T 50034—2001/GB 50034—1992 的规定执行	采用自然采光与人工照明相结合的方式。室外照明分区集中控制，事故和应急照明根据消防规范要求设置	符合

注：引用标准《工业企业设计卫生标准》（GBZ 1—2002）。

（五）职业病防护设施

职业病防护设施的正确配备和使用是控制职业病危害的主要途径，因此职业病防护设施的卫生学评价将直接关系到建设项目职业病危害的控制效果。职业病防护设施的卫生学评价有一条基本原则，即优先应用综合机械化、自动化的生产装置，应用自动化监测、报警和连锁保护装置，实现自动控制、遥控和隔离操作，尽可能地防止作业人员在生产过程中直接接触可能产生职业病危害的设备、设施和物料，即使在故障或误操作的情况下也不会造成职业病危害事故。有关职业病危害防护设施的具体要求可参见本节中"职业病危害防护设施分析"的相关内容。

某化工装置职业病危害防护设施评价示例见表 3-18。

（六）个人职业病防护用品

在可行性研究阶段，对个人防护用品的评价主要考察建设项目是否为作业人员配备必要的个人防护用品，对个人防护用品的管理和发放是否考虑建立相应的制度。对个人防护用品的相关要求主要体现在以下几个方面。

①《中华人民共和国职业病防治法》规定：用人单位必须为劳动者提供个人使用的职业病防护用品，个人防护用品必须符合防止职业病的要求；不符合的，不得使用。

②《使用有毒物品作业场所劳动保护条例》规定：用人单位应当为从事使用有毒物品作业的劳动者提供符合国家职业卫生标准的防护用品，并确保劳动者正确使用。

表 3-18　职业病危害防护设施检查表

依据	检查内容	检查结果	结果判断
5.1.1	产生粉尘、毒物的生产过程和设备,应尽量考虑机械化和自动化,加强密闭,避免直接操作,并应结合生产工艺采取通风措施	本项目生产设备以密闭式为主,生产过程采取管道化、自动化、连续化的生产方式,工作人员以巡检为主,直接接触有毒物料的机会较少	符合
5.1.14	在生产中可能突然逸出大量有害物质或易造成急性中毒或易燃易爆的化学物质的工作场所,必须设计自动报警装置、事故通风设施,其通风换气次数不小于 12 次/h。事故排风装置的排出口,应避免对居民和行人的影响	本项目在可燃性物料、油气最可能聚集而导致事故的场所,设置可燃气检测器、液位报警器、火灾报警器等设备,并引入控制室进行监控,一旦油气聚集到一定程度或出现火灾前兆时,可自动报警。化学品仓库设事故通风设施	符合
5.2.3.12	噪声和振动的控制在发生源控制的基础上,对厂房的设计和设备的布局需采取降噪和减振措施	项目尽可能选用低噪声的设备,对高噪声生产设备采取了减振、设置隔声罩、安装消声器、设置封闭房间等降低噪声的技术措施	符合
5.2.1.11	当作业地点气温≥37℃时应采取局部降温和综合防暑措施,并应减少接触时间	工艺装置大多为露天布置,工人操作以巡检为主。高温天气供应清凉饮料。中央控制室、休息室和高温车间设置空调	符合
5.2.5.1	产生工频超高压电场的设备应有必要的防护措施	对高压配电设备设置警示标识和防护栏	符合

注:引用标准《工业企业设计卫生标准》(GBZ 1—2002)。

③ 按照《劳动防护用品配备标准(试行)》(国经贸安全(2000)189 号文)的规定,不同工位的工人上岗时必须佩戴岗位所需的护目镜,护耳器、手套、安全帽等个人劳动保护用品。如电镀工序操作工人应穿耐酸碱的工作服、防砸并耐酸碱工作鞋,佩戴耐酸碱防护手套、各种帽和胶鞋,配备防异物眼护具和防毒护具;热处理车间操作工人应配备阻燃工作服、工作帽、劳动防护手套和防红外护眼具等。

④《有机溶剂作业场所个人职业病防护用品使用规范》(GBZ/T 195—2007)对有机溶剂作业场所个人职业病防护用品的选择、使用、维护与保养提出了具体的要求与方法,并明确了用人单位和劳动者的责任以及培训教育等方面的要求。

(七) 应急救援

《中华人民共和国职业病防治法》规定:对可能发生急性职业损伤的有毒、有害工作场所,用人单位应当设置报警装置,配置现场急救用品、冲洗设备、应急撤离通道和必要的泄险区。对应急救援设施用人单位应当进行经常性的维修、检修,定期检查其性能和效果,确保其处于正常状态,不得擅自拆除和使用。

在卫生学评价中,应急救援应从组织机构、应急响应程序、应急设施三方面综合考虑。由相应的组织机构根据项目可能产生急性中毒的特点,建立和健全突发性中毒事故应急救援预案,落实中毒事故时的人员的抢救和应急救援工作,明确职责,确保应急事故时各项措施的落实和实施。

评价人员还应重点考察建设单位是否配备了必要的应急救援设施,如:在可能泄漏液态剧毒物质的作业场所专设泄险区并留有应急通道;在可能突然泄漏大量有毒物品或易造成急性中毒的作业场所设置事故淋浴、报警和通信装置,并配置必要的现场急救用品和应急防毒器材。

应急救援是防治突发性、急性职业损伤的有效措施，特别是在化工企业，可在第一时间将危害降低到最小程度，因此是必不可少的一项内容。通常项目方的设计资料中仅仅提及了"应急救援"，但是没有细化，需要评价人员与建设方进一步沟通，以便收集到更为翔实的资料。

在一些外资企业中，应急救援往往措施详细、责任到位，值得评价人员在与项目方的交流过程中去学习，去改进。

（八）辅助卫生用室

辅助卫生用室的设计要求可详见《工业企业设计卫生标准》（GBZ 1—2002），评价人员主要注意以下三点。

（1）设置原则 根据工业企业生产特点、实际需要和使用方便的原则设置辅助用室，包括工作场所办公室、生产卫生室（浴室、存衣室、盥洗室、洗衣房），生活室（休息室、食堂、厕所），妇女卫生室。

（2）对车间办公室的要求 车间办公室宜靠近厂房布置，且应满足采光、通风、隔声等要求。

（3）对食堂的要求 食堂的位置要适中，一般距车间不宜过远，但不能与有危害因素的工作场所相邻设置，不能受有害因素的影响。

（九）职业卫生管理

职业卫生管理的卫生学评价主要关注以下四个方面的内容。

（1）设立管理机构 即"设置或者制定职业卫生管理机构或组织，配备专职或者兼职职业卫生专业人员，负责本单位的职业病防治工作。"

（2）建立规章制度 即"建立、健全职业卫生管理制度和操作规程；建立、健全职业卫生档案和劳动者健康监护档案；建立、健全工作场所职业病危害因素监测及评价制度。"

（3）开展日常管理 即"为劳动者提供符合职业病防治要求的个人防护用品；对劳动者进行定期职业卫生培训，普及职业卫生知识，督促劳动者遵守职业病防治法律、法规和操作规程，指导劳动者正确使用职业病防护设备和个人防护用品；在产生职业病危害的工作场所按要求设置相应的警示线、警示标识和中文警示说明。高毒作业岗位还应在醒目位置设置《告知卡》。"

（4）开展应急管理 即"有应急救援队伍或组织，负责组织实施现场抢救、事故控制、事故调查、事故报告以及部门协调等应急救援工作；根据本单位生产和接触有害物质特点，制订应急救援预案，定期演练，并根据实际情况的变化适时修订。"

随着"职业健康安全管理"理念的普及，职业安全健康状况成了国家经济发展和社会文明程度的标志。一个企业如能采用现代化的管理，建立安全生产的自我约束机制，不断改善安全生产管理状况，那么可以从根本上降低职业健康风险，预防事故的发生和控制职业病的发生。

作为职业卫生评价人员，应积极推进"职业健康安全管理"工作的开展，不仅要评价建设项目的职业卫生管理是否按照国家有关标准执行，而且可以根据时代和项目的特点提出细化的措施。

比如通过培训和教育来改善许多工种中的安全和卫生状况，特别是应用于提高"一线工人"的知识和技术水平，因为这些人对新工艺操作和新材料使用起着关键的作用。培训的内容可包括新技术的介绍，相关健康危害和控制措施的讲解，还应该包括对曾经发生的事故的经验教训的探讨，从正反两方面进行教育，从而加深印象。教育和培训工作不仅要始于生产计划和设计阶段，而且要在工作过程中定期进行考核和深化，确保教育和培训的效果能得到巩固和加强。

再比如根据现代企业的特点，越来越多的员工从事电脑作业，那么关于预防电脑作业者的肌肉骨骼和视力问题的工效学方面的培训也可以加入到职业卫生管理的内容中。

在很多外资企业中，由于沿用了国外的职业卫生管理模式，可以达到甚至超越我国的相关法律法规标准。在这种情况下，评价人员也可以向企业学习，吸取其精华部分，为提高自身的水平和开展以后的工作积累经验。

十、评价结论

评价结论是在全面总结评价内容和结果的基础上，对建设项目作出结论性的判断。评价结论主要包括两方面内容，一是确定职业病危害类别；二是确定建设项目在职业卫生方面是否可行。

（一）确定职业病危害类别

根据 2006 年发布的卫生部第 49 号令《建设项目职业病危害分类管理办法》的规定，对可能产生职业病危害的建设项目分为职业病危害轻微、职业病危害一般和职业病危害严重三类。

确定职业病危害类别时，首先要识别建设项目是否存在严重职业病危害因素，对此，《建设项目职业病危害分类管理办法》有比较明确的规定：《高毒物品目录》所列化学因素；石棉纤维粉尘、含游离二氧化硅 10% 以上粉尘；放射性因素等应列入严重职业病危害因素范围的。

目前建设项目职业病危害的分类标准尚未制定发布，因此在明确建设项目是否存在严重职业病危害因素后，需要从几方面进行综合分析后确定职业病危害类别：是否存在严重职业病危害因素；职业病危害因素毒理学特征；职业病危害因素浓度（强度）；职业病危害因素接触人数；职业病危害因素接触时间；职业病危害防护措施效果；发生职业病的危（风）险程度。这方面由于没有详细的规定和要求，因此在实际操作中，需要评价人员慎重对待、灵活掌握。

（二）确定建设项目的可行性

通过对评价内容进行归纳，指出存在的问题并提出改进方向和措施建议，确定拟建项目在职业卫生方面是否达到了国家有关职业卫生法律、法规、标准、规范的要求，论证建设项目在采取了所要求的对策措施后在职业病防治方面是否可行。

（三）评价结论的表达方式

评价结论可以有多种表达方式，只要符合卫生部有关文件的精神，文字条理清晰、表达内容准确，应该都可以接受。下面举三个实例供参考。

评价结论表达方式示例 1 如下。

LNG 接收站工程投产运行后，正常生产过程中可能产生或存在的职业病危害因素为：噪声、高温、低温、LNG 组分（甲烷、乙烷、丙烷、丁烷等）、四氢噻吩、氮气、次氯酸钠、氢氧化钠和碳酸钠。根据中华人民共和国卫生部令（2006）第 49 号《建设项目职业病危害分类管理办法》的规定，本项目属职业病危害一般的建设项目。

该建设项目的主要工艺是液化天然气的接收、储存和输送，工艺过程简单，且采用了以 DCS 和 PLC 为主的自动化控制技术，生产过程自动化、机械化程度较高，能够减少作业人员直接接触有害因素的机会和时间，改善作业环境；该建设项目选址、总平面布置符合《工业企业设计卫生标准》（GBZ 1—2002）的有关要求；该项目综合考虑了控制室、辅助用房的通风要求，采光、照明设计参数符合《建筑照明设计标准》（GB 50034—2004）和《建筑采光设计标准》（GB/T 50033—2001）的要求；该建设项目针对工作场所可能产生的职业病危害因素，拟采取防毒、防噪声等职业病危害防护技术措施符合《工业企业设计卫生标准》（GBZ 1—2002）的要求，经类比调查，在正常工况下，工作场所中的职业病危害因素的浓（强）度能达到《工作场所有害因素职业接触限值》第 1 部分：化学因素（GBZ 2.1—2007）、《工作场所有害因素职业接触限值》第 2 部分：物理因素（GBZ 2.2—2007）规定的限值。

综上所述，本项目拟采取的各项职业卫生防护措施基本符合国家有关法律、法规、标准、规范的要求，如果设计、建设和施工过程能认真落实可研报告以及预评价报告中所提出的各项防护措施和建议，将职业病危害因素的浓（强）度控制在国家职业卫生标准以内，那么，该项目正常生产过程中可能存在的职业病危害是可以预防的。因此，从职业病防治方面考虑，该建设项目是可行的。

评价结论表达方式示例 2 如下。

本项目是铁矿石的装卸和转运的专用码头，生产过程主要涉及铁矿石粉尘、电焊烟尘、锰及其无机化合物、二甲苯、柴油尾气、硫化氢、氨、高温、紫外线、噪声和工频等职业病危害因素。锰及其无机化合物、硫化氢和氨虽属于可能产生严重职业病危害的因素，但锰及其无机化合物仅产生于维修时的电焊作业，硫化氢和氨仅产生于污水处理作业，正常工况下，发生职业病危害的风险不高。因此，根据中华人民共和国卫生部第 49 号令《建设项目职业病危害分类管理办法》的有关规定，本项目属于职业病危害一般的建设项目。本项目建成投产运行后，建设单位在职业卫生方面，应采取严格措施，按职业病危害严重的建设项目进行管理。

本项目符合产业发展总体规划，整体设计中能严格执行我国职业病防治的法律、法规和标准的相关要求。如果项目投产运行后能切实加强各项职业病防护措施的落实，加强防护设施的维护保养和个体防护的有效管理，健全各项职业卫生管理制度和作业规程，不断提高内部监管水平，那么，该项目正常生产过程中存在的职业病危害是可以预防的。因此，从职业病防治方面考虑，该建设项目是可行的。

评价结论表达方式示例 3 如下。

大方坯精整线工程项目中涉及的职业病危害因素主要有一氧化碳、粉尘、矽尘、氮气、高温、噪声、工频电场等职业病危害因素。根据中华人民共和国卫生部第 49 号令《建设项目职业病危害分类管理办法》的有关规定，一氧化碳、矽尘属于可能产生严重职业病危害的因素，且发生职业病危害的潜在风险较大，因此，本项目属于严重职业病危害的建设项目。

本项目符合产业发展总体规划，可行性研究报告中能严格按照我国职业病防治的法律、法规和标准的相关要求执行。如果设计、建设和施工过程能切实落实项目可行性研究报告以及预评价报告所提出的各项防护措施和建议，那么，本项目在可行性研究阶段的职业病危害防护措施是可行的。

十一、补偿措施

补偿措施主要是根据建设项目存在的职业病危害因素特性，结合生产设备的布局、生产工艺的特点、拟采取的防护设施等各方面的不足和问题，有针对性地、概括地提出旨在改善上述不足和问题，能满足职业病防治需要的技术和管理措施，供建设单位参考。

补偿措施的提出应当尽符合以下几方面的要求。

（1）提出的补偿措施针对性强　对于建设单位已采用的防护措施不必再在补偿措施中列举，建议应针对有效。如喷砂作业使用石英砂，由于已采用了自带排风除尘装置的生产设备，则评价人员在建议中可强调"厂方应注意石英砂回收设备的密闭，作业人员回收粉尘作业时应佩戴防尘口罩等个体防护用品，以避免粉尘对作业人员健康的影响"。

（2）提出的补偿措施合理可行　应根据项目的特点提出合理的建议。如研发项目主要在实验室内开展操作，涉及较多的化学物质，具有数量小、种类多、化学物种类将根据实验方法进行调整和变更等特点。因此，研发过程中职业病危害因素的控制将需要更具体化的管理和针对性的措施。并且针对每个实验室人员的作业特点建立详细的作业安全卫生状况分析，制定具体的职业卫生防护措施，配备合理、有效的个体防护用品，做好实验人员的防护管理，杜绝各类化学性健康伤害的发生。

（3）提出的补偿措施行之有效　针对职业病危害因素的接触环节提出有效的建议。如污水泵站类项目中，可在泵房设备的日常管理和检修、格栅间作业、压榨机进行垃圾压榨、除渣和打包作业、入管入井的检修作业等多个环节接触硫化氢和氨。评价人员可在建议中提出"应制定严格的泵房设备检修、格栅间作业、压榨机作业和入管入井作业的安全操作规范，加强泵房、格栅间等区域有效的机械通风和局部通风，确保日常作业区域硫化氢、氨等有害因素的浓度达到国家卫生标准。同时，采取严格的个体防护措施，加强作业人员的监护，杜绝职业中毒事故的发生"。

十二、预评价报告书的编制

职业病危害预评价报告书是实施职业病危害预评价后的最终成果，也是职业卫生技术服务的产品，因此，预评价报告书的编制是有一定格式和内容要求的，必须符合卫生部文件精神，并符合有关国家职业卫生标准的要求。预评价报告书内容可根据项目特点灵活增加或缩减，但主要内容不可缺失。报告书应表述简洁、用语规范、结论明确，需以数字或图片表达的内容，尽可能采用图表和照片，以利于阅读和审查。原始资料及数据计算过程等不必在报告书中列出，必要时可编入附件。

预评价报告书一般应当包括以下几方面的内容。

（1）总论部分　一般包括项目背景；评价任务由来；评价依据和技术资料；评价目的和

范围；评价内容和方法；评价程序和质量控制等。

（2）工程分析 一般包括工程概况，如自然与社会条件、生产规模、生产制度和岗位定员、项目组成及主要工程内容、生产装置和辅助装置、公用工程和总图运输、主要技术经济指标等；总平面布置及竖向布置，如生产工艺流程和设备布局、物料名称及用量、建筑卫生学、现有企业概况等。

（3）类比调查 一般包括类比企业的基本参数比较；类比企业职业病危害防护措施分析；职业病危害因素检测数据分析；类比企业职业健康监护资料分析；类比企业的管理措施分析等。

（4）危害因素识别与分析 一般包括职业病危害因素的种类及时空分布；职业病危害因素的危害程度、职业病危害暴露及接触水平分析；职业病危害因素接触限值的介绍等。

（5）职业病危害防护措施分析 职业病防护设施设计分析；个人防护用品配置分析；应急救援设施及措施分析；职业卫生管理措施分析；辅助用室和生活用房设置分析；职业卫生专项经费概算分析等。

（6）职业病危害评价 根据有关法律、法规、标准，对项目的选址、总体布局、建筑卫生学要求、生产工艺及设备布局、职业病危害防护设施、个人职业病防护用品、应急救援、辅助用室和职业卫生管理进行评价。

（7）结论和建议 一般包括项目评价的总体结论和补偿措施。

（8）附件 一般包括预评价委托书、立项批文、区域位置图和总平面布置图等，也可以附录职业病危害因素对人体健康影响的资料。

十三、集合比数法在预评价中的应用

集合比数法是在吸收安全评价危险指数法基本理论的基础上，结合建设项目职业病危害评价的具体内容和工作特点建立起来的。集合比数法从总体评价、单元评价和预防措施的补偿作用评价三个方面对建设项目进行综合定量评价。集合比数法比较适合大型建设项目的预评价，特别是大型的化工建设项目。

（一）总体评价

总体评价是从建设项目的整体设计情况与总体评价指标体系中的相关内容进行比较分析，并且参照各项评价指标的权重系数对建设项目的设计符合情况进行评分，最后将各项内容的评分结果汇总统计，得到建设项目总体评价的分值。

1. 总体评价的指标体系及评分准则

总体评价指标体系分为选址、总平面布置、生产工艺及设备布局、建筑设计卫生、辅助用室等方面内容。具体评分根据符合、基本符合、不符合的情况取值，具体见表 3-19。

表 3-19 总体评价评分表

评 价 指 标		建 议 分 值		
		不符合（<60%）	基本符合（≥60% 且 <90%）	符合（≥90%）
选址	严重产生有毒有害气体、恶臭、粉尘、噪声且目前尚无有效控制技术的工业企业，不得在居住区、学校、医院和其他人口密集的被保护区域内建设	0~0.3	0.3~0.45	0.45~0.5
	……			

2. 总体评价分值计算

总体评价分值计算按式(3-1) 计算:

$$S = \frac{\sum\limits_{i=1}^{n} M_i}{\sum\limits_{i=1}^{n} N_i} \tag{3-1}$$

式中　S——总体评价的分值;

　　M_i——第 i 个评价指标的得分;

　　N_i——第 i 个评价指标的满分;

　　n——评价指标的数目。

3. 总体评价的分级标准

总体评价的分级标准见表 3-20。

表 3-20　总体评价分级表

S分值	定　义	分级	S分值	定　义	分级
0.9~1.0	基本无害	I	0.3~0.6	中度有害	III
0.6~0.9	轻度有害	II	<0.3	高度有害	IV

(二) 单元评价

单元评价是将建设项目按生产工艺、设备装置或工作场所划分成若干相对独立的单元进行评价。各单元以生产方式、原辅料消耗量、有害因素的种类、状态及接触时间等工艺参数为基础,对单元内的各类有害因素的固有危害性和接触危害性进行分析,按一定的准则赋值,计算其固有危害性和接触危害性两个参数,最后得到各评价单元危害性的分值。

1. 评价单元的划分原则

单元评价是将建设项目按生产工艺、设备装置或工作场所划分成若干相对独立的单元进行评价。各单元以生产方式、原辅料消耗量、有害因素的种类、状态及接触时间等工艺参数为基础,对单元内的各类有害因素的固有危害性和接触危害性进行分析,按一定的准则赋值,计算其固有危害性和接触危害性两个参数,最后得到各评价单元危害性的分值。

2. 评价单元有害因素的固有危害性

评价单元有害因素的固有危害性按式(3-2) 计算:

$$B_i = Q_i \cdot (F_i/30) \cdot (1 + U_i/100) \cdot (1 + V_i/200) \tag{3-2}$$

式中　B_i——第 i 个有害因素固有危害性系数;

　　Q_i——第 i 个有害因素物质量系数;

　　F_i——第 i 个有害因素物质状态系数;

　　U_i——第 i 个有害因素危害程度系数;

　　V_i——第 i 个有害因素皮肤吸收系数。

3. 评价单元有害因素的接触危害性

评价单元有害因素的接触危害性按式(3-3) 计算:

$$H_i = P_i \cdot (T_i/40) \cdot (E_i/100) \tag{3-3}$$

式中　H_i——第 i 个有害因素接触危害性系数;

　　P_i——第 i 个有害因素接触人数;

T_i——第 i 个有害因素接触时间，h/周；

E_i——第 i 个有害因素接触程度。

4. 评价单元的危害性计算

评价单元的危害性按式（3-4）计算：

$$Ai = \sum_{i=1}^{n}(B_i \times H_i) \tag{3-4}$$

式中　Ai——第 i 个评价单元的危害性；

B_i——单元内第 i 个有害因素的固有危害性；

H_i——单元内第 i 个有害因素的接触危害性；

n——评价单元内有害因素的数目。

（三）预防措施补偿作用评价

预防措施补偿作用评价是从建设项目工程技术防护措施、职业卫生管理措施和应急救援措施三个方面的设计情况，与预防措施补偿作用评价指标体系中的相关内容进行比较分析，并且参照各项评价指标的权重系数对建设项目各项补偿措施的符合情况进行评分，最后将各项内容的评分结果汇总统计，得到预防措施补偿作用系数的分值。

1. 工程技术防护措施的补偿作用

（1）工程技术防护措施补偿作用指标体系及评分准则　工程技术防护措施补偿作用指标体系分为防尘、防毒、防噪、防振、防暑降温、防辐射等方面内容。具体评分根据符合、基本符合、不符合的情况取值，具体见表 3-21。

表 3-21　工程技术防护措施补偿作用评分表

评价指标		建议分值		
		不符合（<60%）	基本符合（≥60%且<90%）	符合（≥90%）
防尘、防毒	产生粉尘、毒物的生产过程和设备，应尽量考虑机械化和自动化，避免直接操作。生产装置应密闭化、管道化，尽可能实现负压生产，防止尘毒外逸。放散粉尘的生产过程，应首先考虑采用湿式作业	0~0.12	0.12~0.18	0.18~0.2
	……			

（2）工程技术防护措施补偿作用系数计算　工程技术防护措施补偿作用系数按式（3-5）计算：

$$k_1 = \frac{\sum\limits_{i=1}^{n} C_i}{\sum\limits_{i=1}^{n} D_i} \tag{3-5}$$

式中　k_1——工程技术防护措施补偿作用系数；

C_i——第 i 个评价指标的得分；

D_i——第 i 个评价指标的满分；

n——评价指标的数目。

2. 职业卫生管理措施的补偿作用

（1）职业卫生管理措施补偿作用指标体系及评分准则　职业卫生管理措施补偿作用指标

体系分为管理机构、规章制度、日常管理等方面内容。具体评分根据符合、基本符合、不符合的情况取值，具体见表3-22。

表 3-22　职业卫生管理措施补偿作用评分表

评价指标		建议分值		
		不符合（<60%）	基本符合（≥60%且<90%）	符合（≥90%）
管理机构	设置或者制定职业卫生管理机构或组织，配备专职或者兼职职业卫生专业人员，负责本单位的职业病防治工作	0～0.18	0.18～0.27	0.27～0.3
	……			

（2）职业卫生管理措施补偿作用系数计算　职业卫生管理措施补偿作用系数 k_2 取值方法同 k_1。

3. 应急救援措施的补偿作用

（1）应急救援措施补偿作用指标体系及评分准则　应急救援措施补偿作用指标体系分为应急组织、应急程序、应急设施等方面内容。具体评分根据符合、基本符合、不符合的情况取值，具体见表3-23。

表 3-23　应急救援措施补偿作用评分表

评价指标		建议分值		
		不符合（<60%）	基本符合（≥60%且<90%）	符合（≥90%）
应急组织	有应急救援队伍或组织，负责组织实施现场抢救、事故控制、事故调查、事故报告以及部门协调等应急救援工作	0～0.15	0.15～0.225	0.225～0.25
	……			

（2）应急救援措施补偿作用系数计算　应急救援措施补偿作用系数 k_3 取值方法同 k_1。

4. 预防措施的补偿作用系数计算

预防措施的补偿作用系数按式(3-6)计算：

$$K = k_1 \cdot k_2 \cdot k_3 \qquad (3-6)$$

式中　K——预防措施补偿作用系数；

　　　k_1——工程技术防护措施补偿作用系数；

　　　k_2——职业卫生管理措施补偿作用系数；

　　　k_3——应急救援措施补偿作用系数。

（四）作业场所危害性评价

1. 作业场所危害指数计算

在单元危害性评价的基础上，考虑预防措施补偿作用的贡献后，计算作业场所危害指数。作业场所危害指数按式(3-7)计算：

$$R = (1 - K) \cdot \sum_{i=1}^{n} A_i \qquad (3-7)$$

式中　R——作业场所危害指数；

　　　K——预防措施补偿作用系数；

　　　A_i——第 i 评价单元的危害性；

　　　n——评价单元的数目。

2. 集合比数计算

根据生产职工总数，计算集合比数（FR）。集合比数按式(3-8)计算：

$$FR = R/生产职工总数 \times 100\%　　　　　　　　　　　(3-8)$$

3. 作业场所危害性分级标准

根据作业场所集合比数（FR），对作业场所的危害性进行分级。作业场所危害性分级标准见表 3-24。

表 3-24　作业场所危害性分级表

FR(%)指数	定　义	分　级	FR(%)指数	定　义	分　级
<0.3	基本无害	I	1.0～5.0	中度有害	III
0.3～1.0	轻度有害	II	5.0～10.0	高度有害	IV

（五）化工扩建项目应用实例

××建设项目在该公司原有厂区预留场地扩建。本项目不涉及新的土建任务，生产工艺布局与厂区已有布局保持一致，生活及辅助设施均依托前期项目已建成的设施。该项目采取密闭化、管道化、机械化作业方式组织生产，生产工艺的自动化程度较高，正常工况下，操作人员以巡检和仪表操作为主，减轻了作业人员的数量及劳动强度。但装桶、卸料和采样等工序需要部分手工辅助操作。

1. 总体评价

按总体评价有关指标分别赋值，合并为 5 个方面的分值，再计算总体评价系数。总体评价系数取值见表 3-25。

表 3-25　总体评价分值表

指标内容	参　数	总体评价系数分值	指标内容	参　数	总体评价系数分值
选址	0.5,0.3,0.3	1.1	建筑设计卫生	0.85,0.6,0.5	1.95
总平面布置	0.6,0.4,0.3,0.4	1.7	辅助用室	0.6,0.5,0.3	1.4
生产工艺及设备布局	0.9,0.7	1.6	S		0.92

本建设项目总体评价系数 S 为 0.92，根据分级标准定义为基本无害，总体评价等级为 I 级。

2. 单元评价

（1）单元划分

工程分析的基础上，综合考虑有害物料容量、作业方式和操作时间等因素，将该项目的主要工艺过程划分为分为生产线 1～5 及装桶站 6 个评价单元。

（2）固有危害性计算

第一单元有 7 种危害因素，其固有危害性取值见表 3-26。

表 3-26　危害因素固有危害性分值表

危害因素	物质量系数	物质状态系数	危害程度系数	皮肤吸收系数	固有危害性分值
B11	0.87	3	50	50	0.1631
B12	0.12	3	25	25	0.0169
B13	0.24	3	10	25	0.0297
B14	0.12	3	25	25	0.0169
B15	0.12	3	10	25	0.0149
B16	0.96	3	10	25	0.1188
B17	0.01	1	10	0	0.0037
B					0.364

（3）接触危害性计算

第一单元有 7 种危害因素，其接触危害性取值见表 3-27。

表 3-27　危害因素接触危害性分值表

危害因素	接触人数	接触时间/（h/周）	接触程度	接触危害性分值
H11	2	10	25	0.125
H12	2	10	25	0.125
H13	2	10	25	0.125
H14	2	10	25	0.125
H15	2	10	25	0.125
H16	2	10	25	0.125
H17	2	10	25	0.125
H				0.125

（4）评价单元危害性计算

该扩建项目共分为 6 个单元，其评价单元危害性取值见表 3-28。

表 3-28　评价单元危害性分值表

评价单元	固有危害性	接触危害性	评价单元危害性	评价单元	固有危害性	接触危害性	评价单元危害性
生产线 1	0.364	0.125	0.0455	生产线 5	0.2373	0.125	0.0297
生产线 2	0.3186	0.125	0.0398	装桶站	0.4363	1.125	0.4908
生产线 3	0.2036	0.125	0.0255	A			0.698
生产线 4	0.5334	0.125	0.0667				

3. 预防措施补偿作用评价

（1）工程技术防护措施补偿作用系数计算

按工程技术防护措施补偿作用指标分别赋值，再合并计算工程技术防护措施补偿作用系数。工程技术防护措施补偿作用分值取值见表 3-29。

表 3-29　工程技术防护措施补偿作用分值表

指标内容	参　数	补偿作用系数分值	指标内容	参　数	补偿作用系数分值
防尘、防毒	0.18,0.15,0.09	0.42	防暑降温	0.09	0.09
防噪声、振动	0.14	0.14	K_1		0.87

（2）职业卫生管理措施补偿作用系数计算

按职业卫生管理措施补偿作用指标分别赋值，再合并计算职业卫生管理措施补偿作用系数。职业卫生管理措施补偿作用系数取值见表 3-30。

表 3-30　职业卫生管理措施补偿作用分值表

指标内容	参　数	补偿作用系数分值	指标内容	参　数	补偿作用系数分值
管理机构	0.3	0.3	日常管理	0.2,0.05,0.1	0.35
规章制度	0.1,0.1,0.1	0.3	K_2		0.95

（3）应急救援补偿措施补偿作用系数计算

按应急救援补偿措施补偿作用指标分别赋值，再合并计算应急救援补偿措施补偿作用系数。应急救援措施补偿作用系数取值见表 3-31。

表 3-31　应急救援措施补偿作用分值表

指标内容	参　数	补偿作用系数分值	指标内容	参　数	补偿作用系数分值
应急组织	0.25	0.25	应急设施	0.25	0.25
应急程序	0.2	0.2	K_3		0.875

（4）预防措施补偿作用系数计算

将工程技术防护措施补偿作用系数、职业卫生管理措施补偿作用系数和应急救援措施补偿作用系数合并后，计算预防措施补偿作用系数。预防措施补偿作用系数取值见表3-32。

表 3-32 预防措施补偿作用分值表

指标内容	补偿作用系数分值	指标内容	补偿作用系数分值
工程技术防护措施	0.87	应急救援措施	0.875
职业卫生管理措施	0.95	k	0.72

4. 作业场所危害性评价

（1）作业场所危害指数计算

$$R=(1-0.72)\times 0.698=0.20$$

（2）集合比数计算

该项目新增员工 9 名，但有些设施与原有工程共享，整个 PIC 装置共有员工 61 名，与本项目有关的员工为 40 名。

$$FR=0.20/40\times 100\%=0.5\%$$

（3）作业场所危害分级划分

本建设项目集合比数 FR 为 0.5%，根据分级标准定义为轻度有害，作业场所危害等级为 Ⅱ 级。

5. 分析

该项目生产过程中，可能产生的职业病危害因素有部分属于严重职业病危害的因素，但生产工艺的自动化、密闭化、管道化程度较高，且职业病防护措施完善，应急救援措施齐全。因此，判定该项目为职业病危害严重的建设项目？还是判定该项目为职业病危害一般的建设项目，可能产生争议。因为中华人民共和国卫生部第 49 号令《建设项目职业病危害分类管理办法》中有关职业病危害分类的规定比较原则，且相关的分类标准尚未颁布，较难把握。一般情况下，评价机构为规避风险，往往将此类项目判定为职业病危害严重的建设项目。

集合比数法定量分析的结果，该项目总体评价等级为 Ⅰ 级，属基本无害；作业场所的危害性等级为 Ⅱ 级，属轻度有害。结论看似与常规的判定有点出入，但更符合项目的实际情况。

① 该项目使用的原辅材料中虽然有部分物料为高毒物品，但生产工艺的自动化、密闭化、管道化程度较高，大多数操作工人的作业方式是以巡检为主，因此，实际接触职业病危害因素的量和时间都很少。

② 该项目各项职业病防护措施完善，职业卫生管理制度规范，应急救援设施较为齐全。

③ 类比数据显示，同类型项目作业场所的各类有害化学物质的浓度远低于卫生限值。

④ 装桶站是该项目中唯一的固定操作岗位，工作人员长时间近距离作业，其职业病危害因素的接触程度较其他岗位高，集合比数法单元评价结果显示，装桶站的单元危害性明显高于其他单元，这符合装桶站的实际作业情况，结果具有较强的针对性。

综合以上几方面的因素考虑，正常情况下，该项目发生职业病危害的潜在风险不大，因此，我们认为，集合比数法得出的评价结论还是比较符合项目的实际情况。

第三节 职业病危害控制效果评价

职业病危害控制效果评价是在建设项目试运行阶段、竣工验收前，对工作场所存在的职业病危害因素、职业病危害程度、职业病防护措施及效果、健康影响等进行卫生学检测与评价。确定建设项目在职业病防治方面是否符合卫生要求，为建设项目运行正常后职业卫生管理提供基础资料。

控制效果评价报告书是建设项目职业病危害控制效果评价的技术性文书，为建设项目职业病防护设施是否与主体工程同时设计，同时施工，同时投入生产和使用（简称"三同时"）、职业病防护设施卫生行政审批，以及企业管理提供科学的技术依据。

本节将以卫生部有关文件为依据，结合国家职业卫生标准《建设项目职业病危害控制效果评价技术导则》（GBZ/T 197—2007），介绍职业病危害控制效果评价评价过程以及控制效果评价报告书的编制。

一、控制效果评价的目的

控制效果评价的目的包括以下五个方面的内容。

① 贯彻落实《中华人民共和国职业病防治法》及国家相关的法律、法规、规章、标准和产业政策，从源头控制和消除职业病危害因素，防治职业病，保护劳动者健康。

② 明确建设项目产生的职业病危害因素，分析其危害程度及对劳动者健康的影响，针对不同建设项目的特征，提出职业病危害的关键控制点。

③ 检查"三同时"落实情况，评价职业病危害防护措施及其效果，对未达到职业病危害防护要求的系统或单元提出职业病控制措施的建议。

④ 为卫生行政部门对建设项目职业病防护设施竣工验收提供科学依据。

⑤ 为建设单位职业病防治工作的日常管理提供基础资料。

二、控制效果评价范围与内容

控制效果评价的评价范围一般以建设项目实施的工程内容为准。因此，界定控制效果评价范围相对容易些，可以依据项目的批准文件以及项目的技术资料，特别是初步设计文本、变更设计说明以及施工图纸，并结合预评价报告、现场职业卫生调查确定。但有时工程完成的内容与项目技术资料的内容不符；有时部分扩建、改建项目的工程内容与原有项目相连难以区别。这时应当与建设单位商讨确定评价范围，并写入合同中，以免在项目验收时引起不必要的纠纷。

控制效果评价内容主要包括总体布局、生产工艺和设备布局、建筑卫生学的合理性；职业病危害因素的种类、分布、浓度或强度；程度及对劳动者健康的影响；职业病危害防护设施的效果；职业病危害健康影响分析与评价，应急救援措施的设置与运行；预评价补偿措施落实情况；职业卫生管理组织与制度的设置与运行。

三、控制效果评价的资料收集

控制效果评价需要收集的资料，与预评价需要收集的资料基本相同。本部分仅就不同之处作一介绍。

（1）项目的批准文件 拥有建设项目立项审批权限的部门出具的选址意见书、可行性研究报告批复、初步设计批复、环评报告书批复、卫生审核意见等文件。

（2）项目的技术资料 初步设计、预评价报告、变更设计说明以及施工图。

控制效果评价收集的技术资料，除预评价应包含的内容外，还需以下内容。

① 工艺流程图和详细的工艺过程说明。

② 生产设备名称、规格和数量以及设备布置图。

③ 区域地理位置图、厂区总平面布置图、车间平面图和剖面图等相关图纸的最新施工图。

④ 职业病危害防设施、应急救援设施的具体情况。

⑤ 生产系统的实际运行状况，包括试运行开始的时间、试运行的产能、设备及防护设施的到位情况；试生产过程中已发现的问题及改进措施等；记录文件如通风系统、防设施的运行及维护记录等。

⑥ 职业卫生管理资料，包括管理机构的设置；管理制度及操作规程的制定及实施；职业卫生培训及记录；职业病危害防治经费等。

⑦ 健康监护资料，包括职业健康检查的制度；个人健康档案的管理；健康检查结果（职业禁忌证、疑似职业病和职业病病人）的处置。

（3）标准

预评价引用的技术规范和标准，控制效果评价一般都可能引用，如《高毒物品目录》、《工业企业设计卫生标准》、《工作场所有害因素职业接触限值》、《职业健康监护技术规范》、《生产过程安全卫生要求总则》等。这里补充一些主要被控制效果评价经常引用的标准。

- 《建设项目职业病危害控制效果评价技术导则》（GBZ/T 197—2007）。
- 《职业性接触毒物危害程度分级》（GB 5044—85）。
- 《有毒作业分级》（GB 12331—90）。
- 《生产性粉尘作业危害程度分级》（GB 5817—86）。
- 《噪声作业分级》（LD 80—95）。
- 《高温作业分级》（GB/T 4200—97）。
- 《低温作业分级》（GB/T 1440—93）。
- 《冷水作业分级》（GB/T 14439—93）。
- 《体力劳动强度分级》（GB 3869—1997）。
- 《工作场所空气中有害物质监测的采样规范》（GBZ 159—2004）。
- 《工作场所物理因素测量》（GBZ/T 189—2007）。
- 《工作场所空气中粉尘测定》（GBZ/T 192—2007）。
- 《工作场所空气有毒物质测定》（GBZ/T 160—2007）。

控制效果评价资料的筛选原则可以参见预评价部分的相关内容。

四、控制效果评价方案的编制

控制效果评价与预评价相比有几个特点：评价内容比较复杂；人员安排计划性比较强；涉及的部门比较多；评价周期比较长；需要建设单位配合工作比较难。因此，通过控制效果评价方案的编制，可以统筹安排、加强协调，明晰评价机构各部门及人员分工，确保评价工作能按预定的进度开展。

控制效果评价评价方案的许多内容与预评价方案相同：如简述项目概况、罗列评价依据、确定评价范围、明确评价内容、选择评价方法、估算评价周期、指定项目分工、质量控制措施等。在编制控制效果评价评价方案时，可以根据控制效果评价的特点，对这些内容进行适当精简。

控制效果评价评价方案需要增加的内容有以下几点。

（1）建设项目试运行情况　工程试运行情况应简要说明工程的建设情况、生产设备和人员的到位情况、试生产阶段已达到的实际产能以及试生产过程中各项设备的运转情况。

（2）职业卫生现场调查安排　职业卫生现场调查的方法主要采用调查表法，因此，在确定职业卫生现场调查的内容的基础上，需要根据国家法律、法规、规章、技术规范和标准的有关要求，结合评价项目的特点，编制调查表。

（3）职业病危害因素的分布特征　在充分研读技术资料以及初步现场调查的基础上，应明确建设项目生产过程、生产环境以及劳动过程中的职业病危害因素及其分布情况，为下一阶段的检测做好必要的前期准备工作。

（4）现场采样和测定安排　明确职业病危害因素检测种类、检测方法、检测点的设置；估算采样仪器、采样人员的需求量；估算检测周期等。

职业病危害因素检测点布点一览表示例见表 3-33。

表 3-33　某化工项目职业病危害因素检测点布点一览表

工序	定点号	采 样 地 点	检测项目	样品数 /件	接触人数 /人	接触时间 /[h/(d·人)]
预分馏系统	1	T-1001 预分馏塔/P-1001 塔底泵	乙苯、二甲苯	12+12	2	2
抽提蒸馏系统	2	T-1002 抽提蒸馏塔/P-1004 塔底泵	苯、甲苯、噪声	12+12+3	2	2
	3	D-1002 抽提蒸馏塔回流罐/P-1005 回流泵	环己烷、噪声	12+3	2	2
	4	T-1003 回收塔/P-1008 塔顶芳烃泵	苯、甲苯、噪声	12+12+3	2	2
	5	T-1002 抽提蒸馏塔/P-1005 抽提蒸馏塔回流泵	抽余油	36	2	2
芳烃分离系统	6	T-1004 苯塔/P-1011 塔底泵	甲苯、噪声	12+3	2	2
	7	T-1004 苯塔/P-1012 苯产品泵	苯	12	2	2
	8	TK-1003-B 甲苯检查罐/P-1014 甲苯成品泵	甲苯	12	2	2
	9	D-1009 苯塔回流罐/P-1013 苯塔回流泵	苯、噪声	12+3	2	2

评价方案的内部审核的重点是：评价范围的界定是否明确；评价方法的选择是否正确；拟定的检测项目是否符合要求；评价周期的估算是否合理。

五、职业卫生现场调查

职业卫生现场调查，一般使用检查表分析的方法。即依据国家有关职业卫生的法律、法规和技术规范、标准等，逐项检查建设项目相关内容的符合性。与预评价相比，控制效果评价可以深入现场，详细了解项目建设地点与周边环境的关系；对照平面图和工艺图充分审视建设项目在平面布置和竖向布置方面的符合情况；结合初步设计和预评价资料，在详细工艺调查的基础上，充分辨识生产过程中存在的职业病危害因素，核实各项防护措施的落实情况；审阅职业卫生管理机构、规章制度等相关文件资料。因此，在进行控制效果评价时，检查表的设计更倾向于对各类设计内容、审核意见以及卫生防护措施落实情况的检查，编制检查表时应该根据评价单元对表中的各项条款进行更系统、细致的划分，条款内容应具有更强的针对性和可操作性。

在检查表编制依据方面，仅凭《工业企业设计卫生标准》（GBZ 1—2002）和《职业病防治法》往往是不够的，还需要引入更多的相关卫生标准，如《工作场所职业病危害警示标识》（GBZ 158—2003）等以及针对性较强的行业标准，如《火力发电厂劳动安全和工业卫生设计规程》（DL 5053—1996）等。编制一个系统、规范的效果评价检查表，对照检查项目逐项检查落实情况，有助于现场卫生学调查工作能够更全面、系统、深入、细致的开展。另外，在检查结果中，已经落实的措施和未落实的措施一目了然，为建设单位进一步采取改进措施以及卫生行政部门的审核工作提供了更为具体的资料。

职业卫生现场调查的内容主要包括总体布局、生产工艺及设备布局、建筑卫生学、职业病防护设施、个人防护用品、辅助用室、预评价建议和审核意见的落实情况七个方面的内容。

控制效果评价中，职业卫生现场调查还有一项很重要的内容，就是查看预评价建议和卫生审核意见的落实情况。在可行性研究阶段编制的预评价报告会对职业病防护措施提出建议，卫生行政部门在建设项目审查时，有时也会提出了具体的审核意见。因此，评价单位在竣工验收现场调查时应重点关注建设单位对审核意见和预评价报告相关建议的实际落实情况，对未落实的部分要予以说明。

预评价建议和卫生审核意见落实情况调查示例见表 3-34。

表 3-34　预评价建议和卫生审核意见落实情况调查表

序号	建议来源	建议内容	落实情况	结果判断
1	卫生审核意见	综合楼与车间生产区之间设置必要的缓冲区域和更衣室。员工离开工作场所时需经风淋系统除尘，严禁穿工作服进入食堂	本项目在综合楼与生产车间之间设置了缓冲通道，在通道内设有更衣室，并规定禁止穿工作服进入食堂。未设风淋除尘系统，但在进出口设置了风幕，同时设有八个移动式带软管的吸尘器，供员工出厂时对身体表面进行除尘	基本落实
2	卫生审核意见	高温设备、管道应设有保温隔热层、车间内应设高温休息室	高温设备设有防烫保温层，高温岗位设置了送风装置。车间设有两间员工休息室	落实
3	卫生审核意见	清洗岗位应增设事故冲淋和洗眼装置	清洗岗位以及涉及硫酸岗位均设置了洗眼冲淋器	落实
4	卫生审核意见	铅锭熔化铸粒、铸焊等产生的废气以及铅膏制备固化产生的酸性废气应处理达标后排放	生产过程中产生的铅烟铅尘以及废酸气均通过集气罩收集，经处理后排放	落实
5	预评价报告	制粉、涂片、装配等产生铅尘的岗位应设置局部吸风除尘装置，避免铅尘对人体健康产生危害	制粉、涂片、装配工段的铅粉尘，均采用集气罩捕集，经处理后高空排放	落实

序号	建议来源	建议内容	落实情况	结果判断
6	预评价报告	本项目中噪声源主要为铅粉工段的球磨机噪声和空压站的空压机噪声,应采取综合降噪措施,尽量降低作业环境噪声强度	将球磨机、空压机分别单独布置在隔间内,采用隔声门、隔声窗、吸声吊顶等措施减少室内噪声强度	落实
7	预评价报告	在浇铸、装配等涉及高温岗位应设置岗位送风,以改善作业环境	为改善工人的生产操作环境,生产车间浇铸和装配工段设有岗位送风系统,送风温度要求,冬季>18℃,夏季<28℃	落实
8	……			

另外,在进行职业卫生现场调查时,应对照有关法律、法规、标准,实地查看警示标识和中文警示说明的设置情况。

职业病危害警示标识设置调查示例见表 3-35。

表 3-35　职业病危害警示标识设置调查表

序　号	提示内容	设　置　位　置
禁止标识 1	禁止入内	化学品库、特殊气体区、综合动力厂房、大宗气体站等入口处
禁止标识 2	禁止烟火	化学品库、特殊气体区、生产厂房及支持厂房等处
禁止标识 3	禁止伸入	生产厂房内可能发生操作人员夹伤事故的机台附近
……		
警告标识 1	当心微波	干法刻蚀、光刻机等设备处
……		
指令标识 1	戴护耳器	综合动力厂房、泵房等处
……		
提示标识 1	安全出口	生产厂房各安全出口处
……		
警示线 1	红色警示线	生产厂房及支持厂房内涉及高毒物品的作业区
……		

职业卫生现场调查中经常使用的是检查表法,但由于目前检查表法仅停留在定性分析阶段,结果分析时往往会出现部分符合的结论。这是制约准确分析与评价建设项目职业病危害的因素之一。因此,如何在评价实践中,进一步深化检查表法的内涵,进行定量、半定量的分析,这是评价方法研究的内容之一。

六、总体布局分析与评价

总体布局分析与评价的重点是项目的功能分区是否合理;厂房的平面布置和竖向布置是否符合要求;厂区内的交通组织是否顺畅等,具体要求可参考预评价的相关内容。

另外,项目的实际总体布局是否与初步设计方案一致,如有变动,则需要分析变动结果会产生什么影响,是否符合《工业企业设计卫生标准》(GBZ 1—2002)等标准、技术规范的要求。

乙烯项目总体布局分析与评价示例如下。

1. 总体布局调查

本项目包括 8 套生产装置及相应的公用工程、辅助设施。本项目工程用地呈"L"形,厂区围墙内占地面积约为 200 万平方米，东西长约 2000～1000m，南北宽 1500～500m。

（1）工艺区

本项目根据各工艺装置的生产特点、对公用工程及运输设施的要求，结合厂区内物料流向，形成了以乙烯装置（位于厂区南部区域的中心位置）为核心向西、北垂直伸展的两条工艺装置带。

对工艺区内各装置布局的具体描述（略）。

（2）公用工程区

公用工程的布置以靠近负荷中心为原则，形成相对集中、分散设置的布置方式。

对公用工程区内各公用设施布局的具体描述（略）。

（3）辅助设施区

根据不同功能要求，在总图布置上将全厂的辅助设施划分为生产管理区、公用仓库区、化学品仓库区及液体装卸区、聚合物包装储运区、液体化工罐区、火炬区。

对各辅助设施布局的具体描述（略）。

（4）交通组织

对交通组织的具体描述（略）。

2. 总体布局分析

某乙烯生产项目总体布局检查表见 3-36。

表 3-36　某乙烯生产项目总体布局检查表

依据	检查内容	检查结果	结果分析
4.2.1.2	工业企业总平面的分区应按照厂前区内设置行政办公用房、生活福利用房；生产区内布置生产车间和辅助用房的原则处理，产生有害物质的工业企业，在生产区内除值班室、更衣室、盥洗室外，不得设置非生产用房	厂前区布置办公用房及部分辅助设施，生产区内除三个临时休息室外未设置非生产用房	符合
4.2.1.4	工业企业的总平面布置，在满足主体工程需要的前提下，应将污染危害严重的设施远离非污染设施，产生高噪声的车间与低噪声的车间分开，热加工车间与冷加工车间分开，产生粉尘的车间与产生毒物的车间分开，并在产生职业危害的车间与其他车间及生活区之间设有一定的卫生防护绿化带	本项目工艺流程复杂，生产设施的布置在满足工艺需要的前提下使丙烯腈等污染严重的装置尽可能远离生活区，对于产生粉尘的工序做了适当的间隔，但对噪声及毒物等由于工艺所限无法进行区域间隔	部分符合
4.2.2.3	含有挥发性气体、蒸气、废水排放管道禁止通过仪表控制室和休息室等生活用室的地面下；若需通过时，必须严格密封，防止有害气体或蒸气逸散至室内	含有挥发性气体、蒸气、废水排放管道布置有独立的走向，仪表站外和休息室内无含有害气体的管道通过	符合
5.2.3.1	具有生产性噪声的车间应尽量远离其他非噪声作业车间、行政区和生活区	工艺区和厂前区之间保持一定间隔距离	符合
……			

编制依据《工业企业设计卫生标准》（GBZ 1—2002）。

3. 总体布局评价

该项目总平面布置功能分区明确，主要生产装置的布置以满足主体工程需要为主，同时兼顾运输、安全等方面的需要。总平面布置与初步设计的设计方案一致。

总平面布置中将人员集中的生产管理区布置在厂区的西北角，位于厂区主导风向的下风侧位置，不符合《工业企业设计卫生标准》（GBZ 1—2002）对厂前区布置的相关要求。

但厂前区距主装置及罐区较远，尤其是距危害较大的生产装置较远，这在一定程度上减缓了装置泄漏等危险情况下对工作人员的影响。同时考虑到人员的交通安全、便捷等综合因素，将厂前区布置在地块的西北角是基本可行的。

七、生产工艺和设备布局分析与评价

生产工艺和设备布局分析与评价的重点是工艺设计是否合理；设备布局是否符合卫生要求等。其中，要特别关注强噪声源和振动源的布置、生产性热源的布置、有毒有害作业区域的分区隔离等内容。

另外，项目的实际生产工艺和设备布局是否与初步设计方案一致，如有变动，则需要分析变动结果会产生什么影响，是否符合《工业企业设计卫生标准》（GBZ 1—2002）等标准、技术规范的要求。

生产工艺和设备布局评价示例如下。

1. 生产工艺和设备布局调查

（1）生产车间　共五层，建筑面积 $5238.5m^2$。该车间的主要生产内容包括净化调湿、高温熔融、喷丝急冷等工序。纺丝机贯穿车间一至三层，车间一层还布置卷绕机、热媒蒸发器等生产设备；二层布置急冷气系统；三层为挤出机；四层为切片调节机、送风机、排风机；五层为采暖通风系统和排风机。另外，车间南面设置料仓，主要存放原料尼龙66切片，料仓占地面积 $112\ m^2$。

（2）生产支持车间　共两层，建筑面积为 $3480m^2$。一层产品中转仓库，二层为 DCS 控制室、纺丝组件清洗室等。

（3）公共辅助车间　单层，建筑高度12m，建筑面积 $1387.5m^2$。设空压机室、冷冻机室、纯水制备室等公用工程站房。

（4）换热、空调及变电房　单层，建筑面积 $281.1m^2$。紧靠生产车间布置，主要布置部分车间动力设施。

（5）变配电装置　单层，建筑面积为 $167.8\ m^2$。主要布置35kV变配电装置。

（6）行政楼　单层，建筑面积 $610.8\ m^2$。作为厂区的主要办公用房。

2. 生产工艺和设备布局分析（见表3-37）

表3-37　某特种纤维生产项目生产工艺和设备布局检查表

依据	检查内容	检查结果	结果分析
4.2.2.1	放散大量热量的厂房宜采用单层建筑。当厂房是多层建筑时，放散热有害气体的生产过程，应布置在建筑物的高层。如必须布置在下层时，应采取行之有效的措施，防治污染上层空气	根据工艺要求，纺丝工序位于车间一层，车间同时设置空调和排风系统，以排除生产过程产生的热气	符合
4.2.2.2	噪声与振动较大的生产设备应安装在单层厂房内。如设计需要将这些生产设备安装在多层厂房内时，则应将其安装在多层厂房的底层。对振幅大、功率大的生产设备应设计隔振措施	动力设备集中布置在单层公共辅助车间内，并采取相应降噪措施。对强噪声车间和设备采取隔声、吸声、减振等措施	符合
5.2.3.2	噪声较大的设备应尽量将噪声源与操作人员隔开；工艺允许远距离控制的，可设置隔声操作(控制)室	生产过程自动化程度高，前处理和熔融工序以及辅助动力设施日常操作以巡检为主	符合
	……		

注：编制依据《工业企业设计卫生标准》（GBZ 1—2002）。

3. 生产工艺和设备布局评价

本项目采用物理方法生产尼龙66特种纤维，通过使常规纤维形态结构、组织结构发生变化，从而达到提高纤维强度与延伸率的目的。生产过程以切片为原料开始生产，包括切片加工、纺丝和包装等工艺，没有化学反应，相对传统的化学纤维企业而言，其生产过程中产生的职业病危害因素较少。

工艺过程采用DCS自动化控制系统，实现生产过程中的工艺参数和状态的测量、控制、显示、记录、报警的自动化，操作管理集中化和信息处理智能化。

生产工艺和设备布局与初步设计一致，符合《工业企业设计卫生标准》（GBZ 1—2002）的相关要求。

八、建筑卫生学分析与评价

建筑物卫生学状况主要包括建筑结构、采暖、通风、空调、采光、照明、微小气候等的卫生设计，竣工验收时除了要考察各类建筑设计卫生措施的落实情况，还需要通过检测手段对通风、空调、采光照明以及微小气候等内容进行评价。评价指标可参考《工业企业设计卫生标准》（GBZ 1—2002）、《建筑照明设计标准》（GB 50034—2004）、《建筑采光设计标准》（GB/T 50033—2001）以及《洁净厂房设计规范》（GB 50073—2001）的相关要求。

建筑卫生学分析与评价示例如下。

1. 生产及办公区域通风设计情况（略）。

2. 采光照明

主厂房采用人工照明的方式，各区域照度检测结果见表3-38。

表3-38 某集成电路制造项目照度检测结果一览表

序号	位置	设计平均照度/Lx	实际照度/Lx	最低照度值
1	测试区	750	750	
2	黄光工艺区	550	560	
3	EBO控制区	550	550	无采光窗洁净区工作面上的最低照度值
4	CMP生产区	750	750	100～500Lx(一般照明)
5	走道	450	455	
	……			

照度检测结果表明各区域的实际照度基本符合设计和相关标准的要求。

3. 微小气候和通风

对工厂洁净区和非洁净区微小气候和新风量的检测结果见表3-39。

表3-39 某集成电路制造项目微小气候和通风检测结果一览表

序号	区域	温度/℃	湿度/%	新风量/[m³/(h·人)]
洁净区				
1	EBO生产区	22±1	43±3	80
2	测试区	23±2	43±5	70
3	CMP生产区	22±1	43±3	70
	……			
非洁净区				
1	办公区	25±3	40～60	55

空调室内微小气候、新风量符合《工业企业设计卫生标准》以及《洁净厂房设计规范》的相关要求。

4. 建筑卫生学分析（见表3-40）

表3-40　某集成电路制造项目建筑卫生学检查表

依据	检查内容	检查结果	结果分析
5.1.71	经常有人来往的通道(地道、通廊)，应有自然通风或机械通风	经常有人来往的通道处设有必要的机械通风措施	符合
5.1.102	当机械通风系统采用部分循环空气时，送入工作场所空气中有毒气体、蒸气及粉尘的含量不应超过规定的接触限值的30%	机械通风系统采用的部分循环空气重新经过过滤、净化后，再送入车间。经测定各车间新风补充量大于30m³/(h·人)	符合
5.1.43	产生粉尘、毒物或酸碱等强腐蚀性物质的工作场所，应有冲洗地面、墙壁的设施	化学品配送间地坪做防腐处理，设有冲洗设施	符合
5.4/5.54	作业场所采光/照明要求应按 GB/T 50034—2001/GB 50034—2004 的规定执行	作业场所采用人工照明的方式，经检测照度符合设计和相关标准的要求	符合
……			

注：编制依据为《工业企业设计卫生标准》（GBZ 1—2002）。

5. 建筑卫生学评价

综上所述，本项目在通风、照明、微小气候、建筑结构等建筑卫生学方面落实了设计的要求，符合《工业企业设计卫生标准》（GBZ 1—2002）等标准的相关要求。

九、职业病防护设施分析与评价

职业病防护设施主要包括机械通风、防尘、防毒、防噪、防振、防暑、防寒、防非电离辐射、防电离辐射、防生物危害以及人机工效学等措施，具体防护设施的设计要求可参考预评价的相关内容。控制效果评价中职业病防护设施的分析与评价重点是设施建设的完整性及其运行状况以及防护效果等。

职业病防护设施的分析与评价中，还需要了解职业病防护设施的管理情况，包括管理机构或组织以及职业病防护设施的使用、维护、保养、记录等制度的制定与落实。

职业病防护设施分析与评价示例如下。

1. 通风排毒措施

生产车间内可能产生有毒有害气体的设备和场所均设有通风排毒系统，生产过程中产生的酸性废气、碱性废气、有机废气等通过密闭的管道输送到屋顶相应的废气处理装置中进行处理，防止有害气体在生产区域中的逸散。另外，FAB楼四层设置空气循环系统使工艺区域内保持正压。

酸性气体排风系统：（略）。

碱性气体排风系统：（略）。

有机废气排风系统：（略）。

一般排风排热：（略）。

事故排风系统：（略）。

经现场调查，上述通风排毒设施均已落实到位，系统运行正常，维护及检测记录完整。

2. 监测、报警系统

厂区设报警监控中心，有害物质监测系统控制主机位于应急处理中心，并与工厂管理控制系统、火灾报警系统通过网络接口相连。

液体化学物质探测器设置情况：（略）。

特殊气体探测器设置情况：（略）。

氧气耗损监控系统：（略）。

经过现场调查，上述监测报警措施均已根据设计的要求落实到位，系统运行正常，记录完整。

3. 物理因素控制措施

噪声控制措施：产生噪声的设备为冷冻机组、空压机、真空泵、风机、水泵等辅助动力设备，建设中采取了以下降噪措施：（略）。

工频电场控制措施：（略）。

非电离辐射控制措施包括激光、微波、紫外线、高频控制措施：（略）。

电离辐射控制措施：（略）。

经过现场调查，设计中的噪声防治方案均已落实，噪声检测结果低于接触限值，噪声防治措施达到设计预期效果。电气设备、激光设备、微波设备、X射线设备等设备卫生防护装置完好，运行良好，现场检测未发现有危害因素泄漏或超标现象。

职业病防护设施效果评价示例如下。

1. 铅烟检测情况

铅作业部分超标岗位的检测结果见表3-41。

表3-41　铅烟超标岗位检测结果汇总表

序号	测定地点	浓度/（mg/m³）		已采取的防护措施
		TWA	STEL 最大值	
1	板栅浇铸区浇铸机	0.053	0.11	生产过程中可产生铅烟的岗位均设置了下吸或侧吸集气罩，烟尘经集气罩捕集，经处理后室外高空排放
2	铅零件浇铸区熔铅浇铸	0.034	0.046	
3	制粉车间熔铅电炉	0.024	0.12	
4	电池装配区手工浇端柱	0.052	0.12	

2. 整改情况

对上述岗位铅烟超标的原因进行了分析，并拟采取相应的整改措施，具体内容见表3-42。

表3-42　铅烟超标岗位整改情况汇总表

序号	原因分析	整改措施
1	通风管道有漏风现象，且浇铸机处于除尘系统的末端，设备的排风量小于设计风量，无法对铅烟进行有效控制和捕集。三通采用直角连接，影响了系统通风效果	调整系统风量，使浇铸机的排风量满足设计要求。整修风管系统，使管路符合除尘管道的转弯半径，使三通采用顺接，确保烟尘无泄漏和管路顺畅
2	浇零件岗位吸尘风罩有泄漏	整改吸尘风罩，调整吸风量
3	熔铅炉上方送风方位不对，风速太高，干扰了排风，并引起二次扬尘	调整送风方位，调整送风量
4	手工浇端柱工段，工人习惯于多个蓄电池浇端柱，现有吸风罩无法覆盖全部蓄电池，造成部分浇端柱工作在吸尘罩外操作，引起铅烟无组织排放	拆除现有吸尘罩，重新安装可覆盖6～8个蓄电池的罩口面积较大的吸尘罩。为了确保罩口风速，从预留新线的接口处调整风量，增加排风量

3. 整改后铅烟复测情况

采取整改措施后，对超标岗位的复测结果见表3-43。

表 3-43　整改后复测结果汇总表

序号	测定地点	浓度/(mg/m³)		罩口风速/(m/s)
		TWA	STEL 最大值	
1	板栅浇铸区浇铸机	0.027	0.044	5.36
2	铅零件浇铸区熔铅浇铸	0.008	0.019	2.76
3	制粉车间熔铅电炉	0.009	0.062	1.30
4	电池装配区手工浇端柱	0.020	0.051	2.81

4. 分析与评价

蓄电池生产过程中大量使用铅，且部分岗位为开放式手工作业，易出现作业场所铅浓度超标的现象。虽然建设单位根据作业特点对大多数岗位均采取了工业通风措施，但由于各种原因致使防护设施运行不良，影响了通风效果，导致作业场所铅烟超标。经整改后，虽然检测结果达标，但企业应对此给予足够的重视，做好各类防护设施的日常维护工作，确保各项整改措施的持续有效。

十、个人防护用品分析与评价

个人防护用品是指作业者在工作过程中为免遭或减轻职业危害，个人随身穿（佩）戴的用品。在作业场所中尚不能消除或有效控制职业病危害因素时，使用个人防护用品是非常重要的防护措施。个人防护用品可分为九大类：头部防护用品、呼吸器官防护用品、眼（面）部防护用品、听觉器官防护用品、手部防护用品、足部防护用品、躯干防护用品、护肤用品和其他劳动防护用品。

进行控制效果评价时，个人防护用品的分析与评价重点是考察用人单位为劳动者配置的个人防护用品的种类和数量是否合理，不同行业、工种个人防护用品的配置可参考《劳动防护用品配备标准（试行）》（国经贸安全（2000）189 号文）或有关行业标准的具体要求。用人单位对本企业个人防护用品的管理情况也是个人防护用品评价的主要内容之一，主要考察企业是否建立了个人防护用品采购、发放和使用的相关管理制度以及执行情况。

另外，对存在有机溶剂的作业场所，个人防护用品评价还可参考《有机溶剂作业场所个人职业病防护用品使用规范》（GBZ/T 195—2007）。该规范对各种有机溶剂作业环境下呼吸和皮肤防护用品的选择和使用提出了具体的要求，对用人单位和劳动者的责任以及培训教育等内容都做了明确规定。例如：规范规定在有害环境性质未知，是否缺氧未知及缺氧环境下，选择的辅助逃生型呼吸防护用品应为携气式，不允许使用过滤式；规范还要求企业制定个人职业病防护用品使用计划，并详细罗列出计划的具体内容等。上述要求及规定均可作为个人防护用品评价的依据。

个人防护用品分析与评价示例如下。

1. 个人防护用品配置种类、数量及参数调查

某工程机械制造企业个体防护配置见表 3-44。

2. 个人防护用品管理制度制定及落实情况调查

公司制定了《××公司安全防护用具管理规则》，对防护用品的采购、发放和管理均作了相应要求，具体要求及执行情况见表 3-45。

表 3-44　某工程机械制造企业个人防护用品配置

部门	职务区分	防护用品种类及数量								
		工作服	安全帽	工作鞋	劳防手套	眼护具	防尘口罩	防毒护具	耳塞	安全带
装配车间	车工	6	6	6 fz	6	6 cj				
	钳工	6	6	6 fz	6	6 cj				
	电焊工	4 zr	4	4 fz	4	4 hj				
	装配工	60	60	60 fz	60					15
喷丸车间	喷丸工	10	10	10 fz	10	10 cj	10		100	
喷漆车间	喷漆工	10	10	10	10			10		

注：防护用品防护性能说明：fz—防砸；cj—防冲击；hj—焊接护目。

表 3-45　个人防护用品使用管理制度及执行情况调查表

序号	制度要求	执行情况
1	操作人员根据不同工种配备相应的工作服、安全帽、工作手套、工作鞋等个人防护用品	根据每班工作人数，配置了足够数量的日常及应急防护用品，并有发放记录
2	在生产操作时必须正确穿戴个人防护用品	对操作人员进行有关防护用品使用的培训，有相应的培训计划和培训记录。ESH 部门每班巡检，随时对防护用品的使用情况进行检查
3	各部门根据岗位定员和实际防护需要，向 ESH 部门提出购买申请，由 ESH 部门专人负责采购、发放，由各使用部门负责保管、点检、清洗消毒，应急防护用品柜由 ESH 负责日常的点检和维护	防护用品的使用和管理责任制已落实，各部门相关责任明确
4	选用的劳动防护用品必须具有安全生产许可证、产品合格证和安全鉴定证	在选购防护用品时坚持索证，并有记录。所选购的功能性防护用品具有相应的检测报告
5	生产管理、调度、保卫、安全检查以及实习、外来参观者等有关人员，应根据其经常进入的生产区域，配备相应的劳动防护用品	备有一定数量的专供访客使用的个人防护用品
	……	

3. 个人防护用品分析与评价

建设单位在配置和使用个人防护用品方面，遵循了国家有关法律、法规、标准的要求，有关个人防护用品的使用和管理的规章制度完善，员工培训工作到位，相关制度执行良好。个人防护用品质量、数量有保障，配置方式符合国家有关规定，并能满足职业病防治的需要。

十一、辅助用室分析与评价

工作场所辅助用室主要包括工作场所办公室、生产卫生室（浴室、存衣室、盥洗室、洗衣房），生活室（休息室、食堂、厕所），妇女卫生室、医务室等。辅助用室应根据工业企业的生产特点、实际需要和使用方便的原则进行设置，并且应符合相关的卫生要求。

辅助用室分析与评价的重点：车间办公室是否靠近厂房布置，是否满足采光、通风和隔声等要求；生产卫生用室的设置是否与车间的卫生特征等级相匹配，相关卫生设施的配置是否符合生产卫生用室的设计要求；休息室、食堂、厕所等生活卫生用室的布局和设施是否符合相关卫生要求，数量能否满足需要；应设置妇女卫生室的企业是否按要求设置了专门的妇女卫生室；设有医务室的企业还应说明医务室的位置及配置规模。

辅助用室分析与评价示例如下。

该项目的辅助卫生用室主要集中在生产辅助区，在该区域设置办公室、员工休息室、更衣室、盥洗室等，并按人员数量设置卫生设施等。辅助卫生用室符合情况表3-46。

表3-46 辅助卫生用室检查表

依据	检查内容	检查结果	结果分析
6.1.1	根据工业企业生产特点、实际需要和使用方便的原则设置辅助用室，包括工作场所办公室、生产卫生室（浴室、存衣室、盥洗室、洗衣房）、生活室（休息室、食堂、厕所）、妇女卫生室	生产辅助区域能按人员数量要求设置卫生用室，厂区内设置了简易的温水冲洗器	符合
6.2	办公室等安装空调宜靠近厂房布置，且满足采光、通风、隔声等要求	办公室、控制室、休息室等安装了空调	符合
6.3.3	车间浴室应采取防水、防潮、排水和排气措施，且不宜直接设在办公室的上层或下层	浴室采取防水、防潮、排水和排气措施，设置在更衣室内，不直接与办公室紧邻	符合
	……		

注：编制依据《工业企业设计卫生标准》（GBZ 1—2002）。

十二、职业病危害因素检测分析与评价

（一）职业病危害因素识别

控制效果评价职业病危害因素识别与预评价基本相同，具体的识别方法可以参见预评价的有关内容。控制效果评价可以在预评价报告的基础上，结合现场调查进行职业病危害因素识别，因此，控制效果评价的职业病危害因素识别应当比预评价更准确和全面。通过现场调查，可以实地了解、核实生产工艺的全过程、生产设备运行状况、职业病危害因素的种类、分布以及作业人员的接触方式和接触时间等信息。

控制效果评价不仅要识别正常生产、操作过程中产生的职业病危害因素，还应分析开车、停车、检修及事故等情况下可能产生的偶发性职业病危害因素。此外，在实际生产过程中，往往存在多种有害因素对劳动者健康的联合作用。因而，评价人员更要在工艺复杂的生产过程中将各种职业病危害因素全面、准确地筛选出来，了解职业病危害因素交叉污染情况。

（二）检测项目的筛选

职业病危害因素的检测项目，是在职业病危害因素识别的基础上确定的。检测项目筛选可以依据：职业病危害因素对人体的危害性；作业人员的接触职业病危害因素的机会；现场职业病危害因素浓度（强度）；有国家职业接触限值标准；有国家采样检验标准。

（三）检测数据的分析

对检测数据进行整理、归纳和分析，并用简洁的文字、图表等方法表述，以便可以比较直观地全面了解职业病危害因素浓度或强度的水平。

检测数据分析示例如下。

对项目中存在的臭氧、二甲苯、醋酸丁酯等职业病危害因素进行了检测。检测结果汇总见表 3-47。

表 3-47 检测结果汇总表

测定项目	检测点数	TWA 浓度范围 /(mg/m²)	STEL 浓度范围 /(mg/m²)	MAC 浓度范围 /(mg/m²)	合格点数	合格率 /%
臭氧	2	—	—	0.062~0.098	2	100
二甲苯	4	0.011~0.088	<1.4	—	4	100
醋酸丁酯	4	0.013~0.11	<1.7	—	4	100

(四) 检测结果评价

目前，检测结果评价常用的评价方法有劳动条件分级评价法（有毒作业分级、生产性粉尘作业危害程度分级、噪声作业分级）、单项指数和综合指数评价法等。具体的计算方法和分级标准可以参见相关的标准。

检测结果评价示例如下。

荧光粉调和过程中需使用乙酸乙酯和异丙醇，在生产过程中还会产生噪声，因而该工种中职业病危害因素主要为乙酸乙酯、异丙醇、噪声。经检测，乙酸乙酯、异丙醇的平均浓度分别为 37mg/m³、62mg/m³；噪声强度为 69dB。

根据公式计算单项指数：

$$P_i = \frac{C_i}{S_i}$$

式中　C_i——某测试点实测数据平均值；

　　　S_i——某测试项目的卫生标准。

单项指数≤1 表示该检测点达标；单项指数>1 表示该检测点超标。经计算各单项指数为 0.185、0.207、0.811，均达标。

根据公式计算综合指数：

$$I = \sqrt{\frac{0.811 \times 1.203}{3}} = 0.57$$

按照综合指数评价分级表（见表 3-48），荧光粉调和工种分级为 I 级，综合评价合格。

表 3-48 综合指数评价分级表

综合指数	评价分级	综合评价标准	综合指数	评价分级	综合评价标准
≤1.0	I	合格	1.2~1.5	III	限期治理
1~1.2	II	基本合格	>1.5	IV	不合格

十三、职业卫生管理分析与评价

职业卫生管理分析与评价包括职业卫生管理机构设置情况；职业卫生管理制度制定及落

实情况；职业病危害事故应急救援的预案制订、设施设置及演练情况；职业病危害警示标识及中文警示说明的设置情况；职业卫生培训情况；职业病危害的告知情况；职业健康监护情况；职业卫生档案管理情况等内容。这里选择职业卫生管理机构、职业卫生管理制度和职业病危害事故应急能力的分析与评价作一介绍。

（一）职业卫生管理机构分析与评价

职业卫生管理机构分析与评价应重点分析职业卫生管理部门或相关部门的工作职能或责任范围，必要时可通过企业管理组织结构图的形式表述。有关职业卫生的工作内容涉及面非常广泛，有些工作还会与安全、环保甚至消防等部门交叉，因此，在一些大型企业中，除了设置一个主管部门外，很多工作分别由不同的相关部门承担。

职业卫生管理机构分析与评价示例如下。

职业卫生工作由××公司 HSE 部门总管。HSE 下设安全组、环保组、保安组、物流安全组、医疗组、业绩及计划组六个小组，项目运行过程中的职业卫生及相关工作分别由上述部门分管，其中：

医疗组主要负责医疗急救、健康监护、定期监测等工作。医疗组下设医务室，配备急救药品和设备、常用药品以及救护车、负责现场急救工作的医护人员。

安全组下设职业安全组和工艺安全组，职业卫生相关职责包括规范作业者行为、监督防护设施运行情况、个体防护装备的发放以及职业健康安全培训等工作。

保安组的职业卫生相关职责主要是紧急响应工作（包括消防），主要承担紧急事故时的协调工作。

物流安全组的职业卫生相关职责主要是负责场内、场外的物流安全，其中包括装卸作业安全。

业绩及计划组的职业卫生相关职责主要是事故报告调查。

（二）职业卫生管理制度分析与评价

职业卫生管理制度分析与评价主要是分析企业是否制定了职业病防治的目标、任务；采取了必要的管理措施；配备了必要的人力、物力和财力。可能部分企业没有制订专门的职业病防治方案，但将上述内容列入了企业的日常管理内容，将职业病防治的目标、任务逐层分解，层层落实。因此，应在充分调查的基础上进行分析与评价，以免出现遗漏或者与实际不符合的情况。

职业卫生管理制度分析与评价示例如下。

职业卫生管理制度的制定情况、落实情况见表 3-49、表 3-50。

表 3-49　职业卫生管理制度的制定情况

序号	管理制度名称	主 要 内 容
1	HSE 管理手册	为公司 HSE 部门的经营管理体系设定了工作目标和方针
2	职业卫生管理体系	依据国家有关职业卫生和放射卫生的法律法规，根据公司 HSE 的方针和目标，制定职业卫生管理体系，是公司开展职业卫生管理工作的纲领性文件
3	作业场所有害因素监测计划	明确作业场所有害因素监测的总体要求，使作业场所有害因素浓度（强度）处于有效监控状态
4	健康风险评估程序	对所有职业健康危害的识别及管理提出了要求，以使风险降到最低

续表

序号	管理制度名称	主　要　内　容
5	高毒物品管理程序	确定作业场所高毒物品的种类,制定切实可行的管理程序,使其处于受控状态,避免职业中毒事件的发生
6	职业性健康检查程序	明确职业性健康检查的总体要求,使接触职业病危害因素员工的健康状况处于有效的监控状态
7	职业卫生档案管理程序	对公司职业卫生档案的建立、维护和使用提出了相应要求
8	培训规则	对环境、安全、卫生的教育步骤及基本事项提出了要求
9	女职工管理规则	制定了孕产妇等女性的健康福利管理内容
10	有毒气体监控系统操作规程	具体规定了有毒气体监控系统的操作过程以及注意事项
11	人工搬运操作规程	对在工作过程中涉及手工搬运的员工提出了基本的操作规程和一些建设性的指导意见
……		

表 3-50　职业卫生管理制度的落实情况

序号	检查内容及要求	执　行　情　况
1	建立、健全职业卫生管理制度,制订职业病防治计划和实施方案	基本落实。已建立职业卫生管理等相关制度。未制订明确的防治方案,但相关防治责任制已落实,各部门责任明确
2	在可行性研究阶段进行职业病危害预评价,在竣工验收阶段进行控制效果评价	已落实。已完成职业病危害预评价,正在进行控制效果评价
3	建立、健全工作场所职业病危害因素检测和评价制度	已落实。已经建立相关规章制度
4	依法参加工伤社会保险	已落实。已为员工办理工伤社会保险
5	单位负责人应接受职业卫生培训	未落实。已列入下一步工作计划
6	设置公告栏,公布有关职业病防治的规章制度、操作规程、急救措施和检测结果	已落实。公司有关职业病防治的相关制度和措施在内部网站及部分作业场所公布
7	……	

(三) 职业病危害事故应急能力分析与评价

1. 应急救援预案

应急救援预案是应急管理的文本体现,是应急管理工作的指导性文件,其总目标是控制紧急事件的发展并尽可能消除事故,将事故时人、财产和环境的损失减到最低限度。

应急救援预案的核心内容应包括企业基本情况、应急组织机构及其职责、危害辨识及风险评价、报警和通信联络、应急设备与设施、应急评价能力与资源、保护措施程序、关闭程序、事故后的回复程序、培训与演练、预案的维护、记录与报告等。由于企业生产方式和管理理念的不同,其应急救援预案的侧重点和应急救援体系也不尽相同,因此,对应急预案进行分析与评价时,应重点关注:预案是否建立了必要的应急救援体系;体系中相关部门及人员的职责和权限是否明确;是否能够从技术对策和管理对策上提高事故预防和控制的可靠性;事故发生后是否有能力及时进行救援和减轻事故损失。

2. 应急救援设施

应急救援设施主要包括工作场所报警装置、现场急救用品、紧急冲洗设备、应急撤离通道和必要的泄险区、急救场所、事故通风设施、救援装配、防护装配等。因此,对应急救援设施进行分析与评价时，应重点关注：自动报警装置、事故通风设施、紧急冲洗设备是否处于正常状态；现场急救用品是否齐全有效；应急撤离通道、泄险区设置是否合理等内容。

3. 应急救援演练

应急预案演练的基本任务是锻炼和提高队伍在突发事故情况下的快速抢险能力；提高及时营救伤员的能力；正确指导和帮助相关人员撤离；有效消除危害后果、开展现场急救和伤员转送等应急救援技能和应急反应综合素质的培训；有效降低事故危害，减少事故损失。对演练中发现的问题要充分研究、及时纠正，并指定专人负责对纠正过程实施追踪，以确保能够从演练中获得最大收益。对应急救援演练进行分析与评价时，可以从演练前的实施计划、物质准备、演练记录以及公告等方面对企业的应急演练情况进行分析。

十四、健康影响评价

健康影响评价是预测、鉴定和评估某事物或事件对特定人群健康影响的一系列评估方法的组合。本书中的健康影响评价是指，分析建设项目在运行期间产生的职业病危害因素对职业人群健康的影响，从而确定该项目是否可行。

早期的健康影响评价仅仅是简单的分析职业病危害因素与职业人群健康变化之间是否有统计学关联。曾有国内职业人群的健康影响评价报道称，某厂改建生产线，提高自动化和密闭化程度后，除尘效果明显增强，作业工人中具有慢性鼻炎、咽炎等呼吸系统症状的患者检出率明显低于往年。

随着工业的发展，简单的症状分析已经不能满足卫生学评价的需要。为了更精准地评价职业病危害因素对职业人群健康的影响，危险度评定的方法被应用到健康影响评价中来。即通过对毒理学研究、作业环境监测、生物监测、健康监护和职业流行病学调查获得的资料进行综合分析，定性和定量的认定和评价职业病危害因素的不良作用。危险度评定的方法包括危害性鉴定，剂量-反应评定，接触评定和危险度特征分析四个步骤。国外有学者做了汞对金矿工人健康影响的评价。研究者对工作区空气中的汞浓度进行了监测；对金矿工人的尿和头发进行了取样分析；同时还进行了现场调查，调查内容包括相关工作经历、与汞毒性相关的症状出现频率以及作业防护等。然后对监测结果和调查内容进行相关性分析，结合汞的毒理学资料，得出相应的结论。我国在环境污染健康影响评价中也采用了类似的方法，并制定了《环境污染健康影响评价规范（试行）》。

在职业病危害控制效果评价中，可通过查阅文献、现场监测（作业环境监测和生物监测）和调查来收集资料并分析判断，完成健康影响评价。通过查阅文献，可明确有毒有害物质的危害性和剂量-反应关系；通过作业环境监测和生物监测，前者可获得有毒有害物质在各种环境介质中的浓度，后者可了解职业人群的接触途径和接触剂量，从而估算出总体的接触状况；通过现场调查可掌握建设项目所采取的职业卫生管理、职业病防护措施和职业健康监护等情况。综合上述资料，评价职业病危害因素对职业人群健康影响的可接受性，提出防止或减少不良健康影响的建议，最终决定该项目是否可以实施。但上述评价过程比较复杂，所需资料要求较高，目前在建设项目职业病危害控制效果评价中，应用上述方法开展健康影响评价的不多。但是这种方法可以估测职业病危害因素引起健康损害的特征，估计健康损害发生的概率，寻求社会可接受的危险度水平，有针对性地提出预防措施，可成为职业病危害评价方法的发展方向。

目前，大多数职业病危害控制效果评价，在健康影响评价章节中仅限于描述性的分析，如职业健康监护管理情况、职业健康检查结果分析、职业禁忌证和职业病（疑似职业病）病人的处置情况等内容。

1. 职业健康监护管理情况

职业健康监护管理情况主要分析企业是否根据职业病防治法和职业健康监护管理办法等有关法律、法规的要求建立了职业健康监护制度、职业健康监护档案以及有关职业健康监护工作的落实情况。

职业健康监护制度应包括职业健康检查的周期、经费安排、检查（复查）以及医学观察期间的待遇、检查结果的告知、职业健康监护档案管理、职业禁忌证和职业病（疑似职业病）病人的处置等文件；职业健康监护档案应包括劳动者的职业史、职业病危害因素接触史、职业健康检查结果和职业病诊疗等与职业史有关的个人健康资料等内容。

2. 职业健康检查结果分析

职业健康检查结果分析，首先了解职业健康检查是否按卫生部文件及职业卫生标准进行的；其次是了解职业健康检查机构是否有相应的资质；最后是分析职业健康检查的结果，进行控制效果评价时，通常是在试运行时间，员工上岗时间较短，因此分析重点主要为上岗前体检结果，当然有上岗间体检资料最好。

3. 主要职业病危害因素健康影响分析

根据职业病危害因素识别的结果，将建设项目存在的主要职业病危害因素可能引起的职业病、职业禁忌证和在岗期间健康检查周期列出，当然也可以将职业病的临床表现一并列出，供建设单位参考。

主要职业病危害因素健康影响示例如下。

主要职业病危害因素健康影响见表 3-51。

表 3-51　主要职业病危害因素健康影响一览表

职业病危害因素	职业病	职业禁忌证	在岗期间健康检查周期
氯甲醚	职业性氯甲醚所致肺癌	慢性阻塞性肺病、慢性间质性肺病、支气管哮喘、支气管扩张	1 年
丙烯酰胺	职业性慢性丙烯酰胺中毒	神经系统器质性疾病、糖尿病、过敏性皮肤病	劳动者接触丙烯酰胺浓度超过国家卫生标准：1 年 1 次；劳动者接触丙烯酰胺浓度符合国家卫生标准：2 年 1 次
硫酸二甲酯	职业性急性硫酸二甲酯中毒	慢性阻塞性肺病、支气管哮喘、慢性间质性肺病	2 年
……			

4. 职业禁忌证和职业病（疑似职业病）病人的处置

根据《职业病防治法》和卫生部有关文件精神的要求，分析建设单位对职业禁忌证、疑似职业病和职业病病人是否有完整的处置制度以及制度执行情况。

十五、评价结论及建议

评价结论是在全面分析总结检测结果、现场调查材料的基础上，对建设项目作出结论性的判断。评价结论主要包括两方面内容，一是确定职业病危害类别；二是确定建设项目是否符合职业卫生要求。

评价结论是对各部分评价内容的高度概括，评价结论的编制应着眼于建设项目整体的职业卫生状况，应遵循客观公正、观点明确的原则，做到概况性、条理性强且文字表达精炼。目前，建设项目职业病危害控制效果评价结论的描述没有统一的模式，确定职业病危害类别的内容可以参见预评价的评价结论部分。确定是否符合职业卫生要求时，应考虑这几方面的内容：存在的职业病危害因素种类；作业场所职业病危害因素的水平；作业人员的接触方式；职业病危害的预防措施等。

控制效果评价结论示例如下。

该项目生产过程中存在的职业病危害因素为：溶剂汽油、二氧化硫、噪声、硫化烟气，不存在严重职业病危害因素。根据中华人民共和国卫生部令（2006）第49号《建设项目职业病危害分类管理办法》的规定，本项目属职业病危害一般的建设项目。

通过职业卫生调查，该项目在总平面布置、建筑设计卫生、生产工艺设备、卫生辅助设施方面与预评价报告的内容基本一致。检测结果显示，作业场所溶剂汽油、二氧化硫、噪声、高温等职业病危害因素的浓度或强度均符合国家职业卫生标准的规定。建设单位建立了职业卫生管理机构，制定了职业卫生管理制度，制订了职业病危害事故应急预案，建立了职业卫生档案和劳动者健康监护档案。

工作场所基本符合职业卫生的要求。

评价建议是针对项目在设计、生产以及管理过程中存在的不足提出的补充措施。制定评价建议，应遵循以下原则：

1. 针对性

评价建议的提出必须以评价对象的具体情况为基础，要求评价人员提出的防护策略要符合项目的职业病危害特点。例如，对某大型化工项目的采样作业，在分析其作业特点的基础上提出如下建议。

该项目生产过程中大部分采样均采用人工采样的方式，近距离直接的手工作业若防护不当，易发生急慢性化学中毒事故，因此应从技术和管理方面加强采样作业安全。经常检查采样阀和系统切断阀的使用状况，避免出现泄漏或阀门失灵。对于采样过程中的废弃、溢出以及残余样品应设置收集装置，避免其对局部环境造成不良影响。采样前，作业人员应充分了解被采样物品的性质及预防措施，并根据其危害特性采用过滤式或供气式防毒面罩、不渗透手套和靴子以及化学安全眼镜等相应的个人防护用品。对有毒尤其是腐蚀性的物质，应在采样点附近设置喷淋洗眼装置，皮肤或眼睛接触后应立即冲洗，采样者在采样前应检查冲淋设施是否正常并确保可以使用。

经现场检测发现的9个毒物超标点中有5个与采样有关，因此，为了避免采样过程中以及采样后残液对局部环境的影响，建议对高毒及易挥发物品设置采样箱，采用密闭采样的方式，对于高毒物品还可视设备情况建立管道的局部回路和通风采样系统，采用合理有效的采样瓣膜，确保作业安全。另外，由于部分人群对氰化氢、丙烯腈等高毒物质的嗅觉不敏感，而且长期连续的接触也可使嗅觉迟钝，因此，对此类物质采样时，作业人员除做好个体防护外，还宜佩戴被采样物质的检测报警仪，以及时了解采样时有害物质的浓度和接触情况，避免产生健康危害。

2. 可操作性

评价建议并非要求越高越好，要从评价对象实际的经济、技术条件出发，提出的防护策略在经济、技术和时间上应该是可行的，是企业能够落实和实施的。例如，对某蓄电池制造企业的铅污染问题提出如下改进建议。

本项目虽然在大多数接触铅的生产岗位上设置了局部吸风除尘装置，但现场检测结果仍显示出较多的超标点，说明通风除尘设施未起到应有的防护效果。虽然经整改后，最终检测结果符合国家职业卫生标准，但厂方对此应给予足够重视，在今后的日常管理中严格确保各项整改措施的持续有效，并对各类防护措施进行定期的维护检修，校核风量。建议企业将部分旋转式吸尘装置逐步改为层流式，以确保各岗位的局部吸风除尘装置有足够的控制风速和通风量，使作业场所的铅尘、铅烟浓度不超过国家标准，一旦发现异常情况应及时进行修复。

为避免员工将铅尘带出生产区外而对健康造成慢性损害，建议在生产车间出口处设置风淋除尘系统。另外，制定严格的卫生制度，培养工人养成良好的卫生习惯，也是防止铅危害的一项有效而又容易实施的措施。

3. 合理性

评价建议往往是建设单位实施日常职业卫生管理的重要依据，因此评价建议应符合有关国家法规、标准和设计规范的要求。例如，根据《工作场所职业病危害警示标识》（GBZ 158—2003）的相关要求，对某化工项目的警示标识设置提出如下建议。

建设单位应进一步补充、完善作业场所的各类警示标识，包括：在使用、储存以及产生有毒物品的作业场所，在可能产生粉尘、噪声、高温等其他职业病危害的工作场所，在可能产生职业病危害的设备上或其前方醒目位置，根据《工作场所职业病危害警示标识》（GBZ 158—2003）的相关要求，设置规范的警示标识和中文警示说明。在高毒物品作业场所，需设置红色区域警示线以及相应的职业病危害告知卡。重要的经常开闭的阀门上应设置明显的标识，防止员工误操作的发生，进口设备的相关警示、指导文字应翻译成中文，便于操作人员识别。在职业病危害事故现场，应根据实际情况设置临时警示线，避免无关人员进入危险区域。在有毒有害生产区域的醒目位置设置风向标，为事故状况下员工的紧急疏散提供指导。另外，还应加强作业场所警示标识的管理及维护，定期检查，发现破损及时修整或更换。

十六、控制效果评价报告书的编制

控制效果评价报告书的编制原则与预评价报告书相同。控制效果评价报告书的内容不完全一样，应该突出建设项目竣工验收阶段的特点。

控制效果评价报告书一般应当包括以下几方面的内容。

① 总论部分 一般包括项目背景；评价依据和技术资料；评价目的和范围；评价内容和方法；评价程序和质量控制等。

② 项目概况及试运行情况 其中项目概况主要包括项目名称、性质、建设地点、自然与社会条件、生产规模、生产制度和岗位定员、工程建设情况及主要技术经济指标等内容。

③ 职业卫生现场调查与分析 一般包括主要工艺流程；物料名称和用量；生产设备；公用辅助设施；总体布局；生产工艺和设备布局；建筑卫生学、辅助用室等；也可以包括预

评价建议和卫生审核意见落实情况。

④ 职业病危害因素识别与检测　一般包括职业病危害因素的识别；职业病危害因素的检测，如检测项目、检测方法和检测结果等；职业病危害程度分析等。

⑤ 职业病危害防护设施分析与评价　一般包括职业病防护设施设置及运行情况；职业病防护设施效果分析；个人防护用品调查；卫生审核意见及预评价建议的落实情况等。

⑥ 职业卫生管理分析与评价　主要对职业卫生管理机构及人员；职业卫生管理制度；应急救援能力；警示标识；职业病危害防治经费等进行评价。

⑦ 健康影响评价　一般包括职业健康监护管理情况；职业健康检查结果及分析；职业禁忌证和职业病病人的处置等内容；也可以包括健康风险评估的内容。

⑧ 结论和建议　一般包括项目评价的总体结论以及提出的建议。

⑨ 附件　一般包括控制效果评价委托书、立项批文、区域位置图和总平面布置图、检测报告等，也可以附录职业病危害因素对人体健康影响的资料。

十七、综合评判法在控制效果评价中的应用

综合评判是对受到多个因素制约的事物或对象作出总体评价。由于从多方面对事物进行评价难免带有主观性和模糊性，因此，一般都采用模糊数学的方法进行综合评判，尽可能使评价结果比较客观公正。综合评判法就是根据现行有效的法规、技术规范、标准，运用模糊数学基本原理建立的评价方法，比较适合于小型建设项目的控制效果评价。

（一）职业病危害接触等级

根据职业病危害因素检测数据，划分职业病危害接触等级。

1. 粉尘接触等级划分

根据《生产性粉尘作业危害程度分级》（GB 55817—86）将作业场所分为五个等级，具体分级方法参见标准。

2. 毒物接触等级划分

根据《职业性接触毒物危害程度分级》（GB 5044—85）分级原则设定的 6 项指标，选择急性毒性和致癌性作为分级标准。急性毒性依据 LC_{50} 或 LD_{50}；致癌性参见《国际癌症研究中心最新公布的对人致癌性总评价表》。急性毒性和致癌性两项指标中只要一项符合标准即认可。毒物危害程度分为四个等级。

根据毒物危害程度等级、毒物浓度超标倍数和接触时间，计算毒物接触分级指数。毒物接触分级指数按式（3-9）计算：

$$C = D \times L \times B \tag{3-9}$$

式中　C——有害作业分级指数；

　　　　D——毒物危害程度级别；

　　　　L——有毒作业劳动时间；

　　　　B——毒物浓度超标倍数。

计算毒物浓度超标倍数时，如果《工作场所有害因素职业接触限值》中没有 MAC 值的，用短时间接触容许浓度（Pc-STEL）替代。

根据《有毒作业分级》（GB 12331—90）将作业场所分为五个等级，具体分级标准参见标准。

3. 高温接触等级划分

根据《工作场所有害因素职业接触限值》，按照作业地点 WBGT 指数和接触时间，将高温作业场所分为四个等级，具体分级标准参见标准。

4. 噪声接触等级划分

根据《噪声作业分级》（LD 80—1995），依据作业地点噪声危害指数，将噪声作业场所分为五个等级，具体分级标准参见标准。

噪声危害指数按式（3-10）计算：

$$I = (Lw - Ls)/6 \tag{3-10}$$

式中　I——噪声危害指数；

　　　Lw——噪声作业工作日等效连续 A 声；

　　　Ls——接噪作业时间对应的卫生标准。

（二）职业危害程度等级

1. 接触等级岗位分布

将各岗位职业病危害因素接触等级情况，逐一填入表 3-52。

表 3-52　接触等级岗位分布表

危害因素（Fj）	各接触等级的岗位数					各等级岗位之和（Di）
	I	II	III	IV	V	
F1	d11	d12	d13	d14	d15	D1＝∑（d11＋…＋d15）
F2	d21	d22	d23	d24	d25	D2＝∑（d21＋…＋d25）
Fi	di1	di2	di3	di4	di5	Di＝∑（di1＋…＋di5）
Fn	dn1	dn2	dn3	dn4	dn5	Dn＝∑（dn1＋…＋dn5）

2. 不同接触等级岗位比重

同一职业病危害因素以不同接触等级岗位之和（Di）为分母，以同一接触等级岗位数（di）为分子，逐一计算同一接触等级岗位的比重，同时核算同一职业病危害因素接触人数（Pi），并将结果填入表 3-53。

表 3-53　各等级岗位所占的比重

危害因素（Fj）	各等级岗位所占的比重					接触人数（pi）
	I	II	III	IV	V	
F1	d11/D1	d12/D1	d13/D1	d14/D1	d15/D1	p1
F2	d21/D2	d22/D2	d23/D2	d24/D2	d25/D2	p2
Fi	di1/Di	di2/Di	di3/Di	di4/Di	di5/Di	pi
Fn	dn1/Dn	dn2/Dn	dn3/Dn	dn4/Dn	dn5/Dn	pn

3. 不同接触等级分布比值

根据接触人数和不同接触等级岗位比重，计算五个接触等级的分布比值（Hi），各参数来自于表 3-53。

计算公式如下：

$$Hi = H1 : H2 : H3 : H4 : H5 = [p1 \times (d11/D1) + p2 \times (d21/D2) + \cdots + pn \times (dn1/Dn)] :$$
$$[p1 \times (d12/D1) + p2 \times (d22/D2) + \cdots + pn \times (dn2/Dn)] :$$
$$[p1 \times (d13/D1) + p2 \times (d23/D2) + \cdots + pn \times (dn3/Dn)] :$$
$$[p1 \times (d14/D1) + p2 \times (d24/D2) + \cdots + pn \times (dn4/Dn)] :$$
$$[p1 \times (d15/D1) + p2 \times (d25/D2) + \cdots + pn \times (dn5/Dn)]$$

式中　Hi——接触等级分布比值；

$H1$——接触等级 I 级的比值；

$H2$——接触等级 II 级的比值；

$H3$——接触等级 III 级的比值；

$H4$——接触等级 IV 级的比值；

$H5$——接触等级 V 级的比值。

4. 职业危害程度等级确定

职业危害程度等级分为五个等级。接触等级分布比值计算后，根据最大隶属度原则，将分布比值中最大的比值相对应的接触等级作为总体接触等级，并以此确定职业危害程度等级。职业危害程度等级等同于总体接触等级。

（三）职业卫生管理等级

1. 管理等级计算

运用检查表法，评估企业自身职业卫生管理的水平，并进行分值标化。根据标化的分值将企业职业卫生管理分为五个等级，具体标准参见表 3-54。

表 3-54　企业职业卫生管理分级标准

管理等级	V	IV	III	II	I
标化分值	≤40	40～60	60～80	80～90	＞90

2. 检查表的应用

按照表 3-55 的内容逐项核查企业职业卫生管理的情况，并根据核查结果给予相应的分值。如被检查的用人单位没有检查表所列的项目，该项目不予评分，得分栏中用"—"记入，并将该项分值从总分中扣除。如果被查企业当年发生过职业中毒和尘肺病人的，从所得总分中扣除 30 分；产生严重职业病危害因素的作业场所无任何防护措施的，从所得总分中扣除 20 分。

表 3-55　企业职业卫生管理检查表

项目	内　容	分值	评 分 细 则
组织管理 （20 分）	职业卫生管理机构、职业卫生管理人员	3	未设机构或未配备专（兼）职人员不得分
	职业卫生档案和劳动者健康监护档案	4	无档案不得分；档案不规范酌情扣分
	职业卫生管理制度和操作规程	2	无制度与规程不得分；制度与规程不规范酌情扣分
	建设项目职业病危害评价与审核	5	未进行职业病危害评价，或未经卫生审核不得分；评价不规范酌情扣分
	职业病危害项目申报	6	未申报不得分；评价不规范酌情扣分

续表

项目	内容	分值	评分细则
预防措施 （40分）	职业病危害防护设施	10	无设施不得分；设施不健全酌情扣分
	应急救援设施	5	无设施不得分；设施不健全酌情扣分
	警示标识管理	2	未设警示标识不得分，设置不规范酌情扣分
	个人防护用品发放及管理	5	未发放不得分，管理不规范酌情扣分
	职业卫生培训	8	未培训不得分，培训不规范酌情扣分
	职业病危害合同告知	5	未告知不得分，告知不规范酌情扣分
	工作场所职业病危害公示	5	未公示不得分，公示不规范酌情扣分
危害检测 （15分）	职业病危害因素检测	10	未检测不得分，检测不规范酌情扣分
	检测结果上报	5	检测结果未向卫生行政部门上报不得分
健康监护 （25分）	在岗时职业健康检查	10	未做体检不得分；体检率不足酌情扣分
	上岗前职业健康检查	5	未做体检不得分；体检率不足酌情扣分
	离岗时职业健康检查	5	未做体检不得分；体检率不足酌情扣分
	职业健康检查结果处理	5	检查结果不处理不得分；处理不规范酌情扣分

3. 标化分值的计算

标化分值＝检查表各项目总得分÷扣除缺项分值后的总应得分×100

（四）职业卫生分类管理等级

1. 分类管理分值计算

分类管理分值计算公式如下。

分类管理分值＝职业危害程度等级×企业职业卫生管理等级

2. 分类管理等级划分

根据分类管理分值，将职业卫生分类管理分为五个等级。具体标准参见表 3-56。

表 3-56 职业卫生分类管理分级标准

分类管理等级	Ⅰ	Ⅱ	Ⅲ	Ⅳ	Ⅴ
分类管理分值	1,2	3,4,6	5,8,9	10,12,15,16	20,25
风险管理评定	风险很低	风险较低	风险中等	风险较高	风险很高

（五）应用实例

某轮胎橡胶厂主要生产工业胎和工程胎。共有员工 31 人。主要原辅材料有生胶、炭黑、钢丝帘线、胎圈钢丝和其他化工原材料。

1. 职业危害程度分级

该企业存在粉尘、溶剂汽油、二氧化硫、高温和噪声等职业病危害因素。

根据检测结果，按照上述介绍的计算方法，得到相应的职业病危害接触等级，并得到接触等级岗位分布情况，见表 3-57。

表 3-57　接触等级岗位分布表

危害因素(Fj)	各接触等级的岗位数					各等级岗位之和(Di)
	Ⅰ	Ⅱ	Ⅲ	Ⅳ	Ⅴ	
粉尘	0	0	0	1	0	1
溶剂汽油	1	0	2	0	0	3
二氧化硫	2	1	1	0	0	4
高温	2	0	0	0	0	2
噪声	1	2	3	1	2	9

计算同一接触等级岗位的比重，并核算同一职业病危害因素接触人数。

不同接触等级岗位比重表见表 3-58。

表 3-58　不同接触等级岗位比重表

危害因素(Fj)	各等级岗位所占的比重					接触人数(pi)
	Ⅰ	Ⅱ	Ⅲ	Ⅳ	Ⅴ	
粉尘	0	0	0	1	0	2
溶剂汽油	0.33	0	0.66	0	0	5
二氧化硫	0.5	0.25	0.25	0	0	5
高温	1	0	0	0	0	2
噪声	0.11	0.22	0.33	0.11	0.22	13

根据计算公式：

$$Hi = H1 : H2 : H3 : H4 : H5 = 0.28 : 0.15 : 0.33 : 0.13 : 0.11$$

该企业各职业病危害因素在五个接触等级的分布比值中最大的为 0.33，隶属于Ⅲ等级，因此，该企业的职业病危害程度等级为Ⅲ级。

2. 企业职业卫生管理分级

应用检查表核查，该企业职业卫生管理得分 55.0 分。该企业未发生过职业中毒和尘肺病人，产生严重职业病危害因素的作业场所有防护措施，但有一项内容不存在，因此需对得出的分值进行标化。

$$标化分值 = 55.0 \div (100 - 5) \times 100 = 57.9$$

经过标化后，该企业职业卫生管理分值 57.9 分。根据企业职业卫生管理分级标准，标化分值在 40~60 之间，企业职业卫生管理等级为Ⅳ级。

3. 职业卫生分类管理分级

该企业的职业危害程度为Ⅲ级，职业卫生管理为Ⅳ级。根据公式计算：

$$职业卫生分类管理分值 = 3 \times 4 = 12$$

该企业分类管理分值为 12 分，根据职业卫生分类管理分级标准，职业卫生分类管理等级为Ⅳ级，属职业病危害风险较高的对象。

4. 分析

该项目在生产过程中产生 5 种职业病危害因素，虽然不属于严重职业病危害的因素，但均存在超过接触限值的情况，超标倍数在 2~3 倍之间。职业卫生管理上，存在职业卫生培训、个人防护用品发放及管理、职业健康检查等方面存在诸多的问题。因此，如果不采取相应的技术措施和管理措施加以改进的话，发生职业病危害的可能性较大。但以上判定是在定性分析的基础上作出的，缺乏量的概念。现在通过模糊数学法的定量分析，该项目职业病危害属于职业病危害风险较高的建设项目，这和定性分析作出的判定比较接近。

第四节 职业病危害因素检测

在职业病危害控制效果评价中，职业病危害因素检测是其主要内容之一。检测结果是否符合职业卫生标准规定的限值，是衡量该建设项目是否符合卫生要求的重要指标。因此，科学、规范、全面地进行职业病危害因素检测，是职业病危害控制效果评价质量的基本要素。

本节主要讲述职业病危害因素检测的现场采样和现场测定，不包括实验室样品检验以及放射危害因素的检测。

一、现场采样与测定的技术依据

职业病危害因素的现场采样与测定的技术依据主要来自于国家职业卫生标准，包含在有关粉尘、毒物、物理因素等职业病危害因素检测方法以及采样规范等标准内。

1.《工作场所空气中有害物质监测的采样规范》（GBZ 159—2004）

本规范为强制性标准，于 2004 年颁布实施，将《车间空气中有毒物质监测采样规范》（WS 1—1996）和《作业场所空气中金属样品采集方法》（WS/T 16—1996）修改合并为一个规范；涵盖了有毒物质和粉尘监测的采样方法，适用于时间加权平均容许浓度、短时间接触容许浓度和最高容许浓度的监测。主要用于规范采样前的准备、采样点的选择、采样点数目的确定、采样时段的选择、采样对象的选定及数据的计算原则等。

2.《工作场所空气中粉尘测定》（GBZ/T 192—2007）

该系列标准为推荐性标准，包括了 5 种粉尘的检测方法。标准规定了粉尘采样的载体、流量及实验室检测方法等。《工作场所空气中粉尘测定》分类目录见表 3-59。

表 3-59 《工作场所空气中粉尘测定》分类目录

标 准 号	标 准 名 称
GBZ/T 192.1—2007	工作场所空气中粉尘测定（第 1 部分:总粉尘浓度）
GBZ/T 192.2—2007	工作场所空气中粉尘测定（第 2 部分:呼吸性粉尘浓度）
GBZ/T 192.3—2007	工作场所空气中粉尘测定（第 3 部分:粉尘分散度）
GBZ/T 192.4—2007	工作场所空气中粉尘测定（第 4 部分:游离二氧化硅含量）
GBZ/T 192.5—2007	工作场所空气中粉尘测定（第 5 部分:石棉纤维浓度）

3.《工作场所空气有毒物质测定》（GBZ/T 160—2004）

该系列标准为推荐性标准，包括了 2004 年颁布的 81 类单质及化合物的检测方法和 2007 年颁布的 4 类单质及化合物的检测方法及 12 个更新方法。标准中规定了采样的载体、流量及实验室检测方法等。

4.《工作场所物理因素测量》（GBZ/T 189—2007）

该标准包括 11 类物理因素的现场测量方法，规范了使用范围、测量仪器要求及测量方法，见表 3-60。

表 3-60 《工作场所物理因素测量》分类目录

标 准 号	标 准 名 称
GBZ/T 189.1—2007	工作场所物理因素测量(第 1 部分:超高频辐射)
GBZ/T 189.2—2007	工作场所物理因素测量(第 2 部分:高频电磁场)
GBZ/T 189.3—2007	工作场所物理因素测量(第 3 部分:工频电场)
GBZ/T 189.4—2007	工作场所物理因素测量(第 4 部分:激光辐射)
GBZ/T 189.5—2007	工作场所物理因素测量(第 5 部分:微波辐射)
GBZ/T 189.6—2007	工作场所物理因素测量(第 6 部分:紫外辐射)
GBZ/T 189.7—2007	工作场所物理因素测量(第 7 部分:高温)
GBZ/T 189.8—2007	工作场所物理因素测量(第 8 部分:噪声)
GBZ/T 189.9—2007	工作场所物理因素测量(第 9 部分:手传振动)
GBZ/T 189.10—2007	工作场所物理因素测量(第 10 部分:体力劳动强度分级)
GBZ/T 189.11—2007	工作场所物理因素测量(第 11 部分:体力劳动时的心率)

5.《高温作业环境气象条件测定方法》(GB/T 934—1989)

本标准规定了高温作业环境气象条件测定的项目、时间、地点和方法,包括气温、气湿(相对湿度)、风速、热辐射强度和气压等,适用于有热源存在的高温作业生产场所。由于目前在工作场所采样和检测时需测定现场温湿度和气压,但缺少相关检测方法,也可使用本标准进行现场温湿度和气压的测定。

6.《室内照明测量方法》(GB 5700—85)

本标准规定了室内有关面上各点的照度测量方法,适用于各种建筑室内照明的测量,不适用道路和室外场地以及各种交通工具的照明测量。

二、现场采样与测定的现场调查

为了正确选择检测点、采样对象、采样方法和采样时机等,必须在现场采样或测定前对工作场所进行现场调查。必要时还需要进行预采样。调查内容主要包括:

① 使用的原料、辅助材料,生产的产品、副产品和中间产物等的种类、数量、纯度、杂质及其理化性质等。

② 原料投入方式、生产工艺、加热温度和时间、生产方式和生产设备的完好程度等。

③ 劳动者的工作状况,包括劳动者数、在工作地点停留时间、工作方式、接触有害物质的程度、频度及持续时间等。

④ 工作地点空气中有害物质的产生和扩散规律、存在状态、估计浓度等。

⑤ 工作地点的卫生状况和环境条件、卫生防护设施及其使用情况、个人防护设施及使用状况等。

三、现场采样与测定方案的制订

在实施现场采样与测定前,应当制订现场采样与测定方案。方案内容包括检测范围、检测项目、检测地点、检测时间、现场测定方法、样品采集方式、采集时机、样品数量、人员安排等内容。

根据现场调查资料和生产工艺的分析，现场采样与测定方案首先应明确职业病危害因素种类、工作地点、接触的工种或岗位，当难以确定时可以进行预检测和定性分析；其次，应明确职业病危害因素的存在状态、产生和扩散规律、环境条件等；最后，如果是巡视作业应了解每条巡视路线经过哪些作业场所、哪些生产装置或设备，会接触哪些职业病危害因素。

现场采样与测定方案还需要明确需要检测的毒物，其职业接触限值的表达方式。表达方式为时间加权平均容许浓度（TWA）的，应按 TWA 的方法进行采样；表达方式为 TWA 和短时间接触容许浓度（STEL）的，可以仅按 TWA 的方法进行采样，当接触毒物浓度变化较大时，还应增加在接触毒物浓度最高的时间段按 STEL 的方法进行的采样。表达方式为最高容许浓度（MAC）的，在接触毒物浓度最高的时间段进行采样。

四、检测点的设置

（一）检测点的设置原则

检测点的选择十分重要，在同一个工作场所，选择不同的检测点，可能会产生不同的检测结果。只有选择了具有代表性的检测点，才能全面正确地反映工作场所职业病危害因素浓度或强度的真实情况。

在空气检测中，空气样品的采集是影响检测结果的真实性、准确性和可靠性的重要因素。检测结果的准确度（可靠性）和精密度（重复性）依赖于采样和测定两方面。在实际检测中，相对样品的采集来说，测定过程的质量保证已得到足够的重视，通过计量认证和实验室认可，已有完整的质量保证措施，而且比较容易实施。而空气样品的采集过程受到的影响因素较多，而且不易控制，其中，检测点的设置是影响空气样品采集质量的重要因素之一。

检测点的设置应当注意检测点的代表性。所谓具有代表性的检测点，就是既要满足卫生标准的要求，即选择的采样点必须包括待测物浓度最高的工作地点；又要满足实施检测的目的，能够反映工作场所劳动者接触的职业病危害因素真实浓度或强度。这里所说的"真实浓度或强度"是指在正常工作和生产条件下，在正常的气象条件和生产环境下，存在于工作场所的职业病危害因素浓度或强度，是劳动者经常接触的浓度或强度。因此，不包括特殊情况时的浓度或强度，如发生意外事故、存在人为因素、防护设施暂时失效时的浓度或强度。

（二）检测点的设置方法

1. 采样点的设置方法

采样点主要是采集空气样品，用于实验室检验。在空气检测中，空气样品在评价劳动者接触毒物的状况时，采样点可选择在劳动者经常操作和活动的场所。如果劳动者的活动范围大，或者没有固定的工作点，或者工作场所内污染发生源较多，毒物的浓度较均匀，则可在工作场所内按一定距离均匀设置采样点，采样点的间距一般在 10m 左右。劳动者不去活动的地方（如仓库和堆料场所）通常可以不设置采样点。

在评价工作场所的污染程度时，可根据工艺流程，在劳动者停留的各个环节部位设置采样点，包括休息室、办公室、走廊等。

在评价职业病防护设施的效果时，可在设置职业病防护设施的局部区域设立采样点，在防护设施运行前后进行采样。

2. 测定点的设置方法

测定点主要用于物理因素的现场测定以及符合国家标准检测方法、可直接读数的部分化学因素的现场测定。化学因素测定点设置方法与采样点设置方法相同。物理因素测定点设置要求如下。

（1）噪声

工作场所声场分布均匀［测量范围内 A 声级差别＜3dB（A）］，选择 3 个测定点，取平均值；工作场所声场分布不均匀时，应将其划分若干声级区，同一声级区内声级差＜3dB（A）。每个区域内，选择 2 个测定点，取平均值。

劳动者流动工作时，优先选用个体噪声剂量计，或在流动的范围内对不同的工作地点分别设置测定点，计算等效声级。

（2）高温

测定点应包括温度最高和通风最差的工作地点。工作场所无生产性热源时，选择 3 个测定点，取平均值；存在生产性热源时，选择 3～5 个测定点，取平均值；工作场所被隔离为不同热环境或通风环境时，每个区域内设置 2 个测定点，取平均值。

劳动者流动工作时，在流动范围内对不同工作的地点分别设置测定点，计算时间加权WBGT 指数。

3. 其他

紫外辐射、微波辐射、工频电场、高频电磁场、超高频辐射测定点根据采样点设置原则及要求进行设置。

（三）检测点的设置要求

1. 采样点的设置要求

（1）采样点数量的确定

在工作场所凡逸散或存在有害物质的工作地点，至少应设置 1 个采样点。

一个有代表性的工作场所内有多台同类生产设备时，1～3 台设置 1 个采样点；4～10 台设置 2 个采样点；10 台以上，至少设置 3 个采样点。一个有代表性的工作场所内，有 2 台以上不同类型的生产设备，逸散同一种有害物质时，采样点应设置在逸散有害物质浓度大的设备附近的工作地点；逸散不同种有害物质时，将采样点设置在逸散待测有害物质设备的工作地点。

劳动者在多个工作地点工作时，在每个工作地点设置 1 个采样点。劳动者工作是流动的时，在流动的范围内，一般每 10m 设置 1 个采样点。

仪表控制室和劳动者休息室，至少设置 1 个采样点。

（2）采样点的位置

采样点应设在工作地点的下风向，应远离排气口和可能产生涡流的地点。在不影响劳动者工作的情况下，采样点尽可能靠近劳动者，空气收集器应尽量接近劳动者工作时的呼吸带。

2. 测定点的设置要求

化学因素测定点的设置要求与采样点的设置要求相同。物理因素测定点设置要求如下。

① 噪声测量时，传声器应放置在劳动者工作时耳部约 10cm 的位置，测定高度站姿为 1.50m，坐姿为 1.10m，传声器距耳部约 10cm。

② 高温测量时，测定高度立姿作业为 1.5m 高；坐姿作业为 1.1m 高。作业人员实际受热不均匀时，应分别测量头部、腹部和踝部，测定高度立姿作业为 1.7m、1.1m 和 0.1m；坐姿作业为 1.1m、0.6m 和 0.1m。

③ 工频电场测量时，测定高度距地面高 1.5m，测量地点应比较平坦且无多余的物体。

④ 超高频辐射测量时，应分别测量工作人员的头、胸、腹部位，测定高度立姿作业 1.5～1.7m，1.1～1.3m，0.7～0.9m；坐姿作业 1.1～1.3m，0.8～1m，0.5～0.7m。

⑤ 紫外辐射的测量位置应是操作人员面、眼、肢体及其他暴露部位。当使用防护用品如防护面罩时，应测量罩内辐射度或照射量，具体部位是测定被测者面罩内眼、面部。

⑥ 微波辐射的测量位置一般是头部和胸部。当操作中某些部位可能受更强辐射时，应予以加测。如需眼睛观察波导口或天线向下腹部辐射时，应分别加测眼部或下腹部。

⑦ 高频电磁场的测量，一般测定头部和胸部位置。当操作中其他部位可能受更强烈照射时，应在该位置予以加测。

五、现场采样技术

（一）现场采样的常用设备

1. 样品收集器

样品收集器是用于收集存放待测物的器具，主要分为空气收集器、滤膜吸附器、气体吸收管等几类。空气收集器是直接收集存放待测物的器具，如大注射器、采气袋、真空采样罐等；滤膜过滤器是将空气中的待测物截留在滤膜存放的器具；气体吸收管是将待测物通过化学吸收液收集存放的器具，如多孔玻板吸收管、冲击式吸收管及气泡吸收管等。

样品收集器的采样效率应大于 90%，其制作材料应当不能吸附或吸收待测物质，也不会产生对采样和检测有影响的物质；样品收集器应当能在温度 −10～45℃、相对湿度小于 95% 的作业环境中正常工作；样品收集器的构造和形状要合理、重量要轻、体积要小、安全可靠。

大型气泡吸收管和小型气泡吸收管只能采集气态和蒸气态样品，不能采集气溶胶态样品；多孔玻板吸收管能采集气态、蒸气态和雾状气溶胶态样品；冲击式吸收管可采集气态、蒸气态和气溶胶态样品。

2. 空气采样器

空气采样器是将空气按一定的要求抽入样品收集器的设备，通常由抽气动力和流量调节装置组成。空气采样器按采样场所的安全要求可分为普通型采样器和防爆型采样器；按采样对象可分为区域（定点）采样器和个体采样器；按待测物性质可分为气体采样器、粉尘采样器和呼吸性粉尘采样器。

空气采样器在选型上一般应符合下列要求：在最大流量和 4kPa 的阻力下，空气采样器应能稳定运行 2～8h 以上，并保持流量波动不大于 ±5%；空气采样器的结构和形状要合理，外壳要坚固，整机的重量要轻，体积要小，携带方便，安全可靠；空气采样器应能在温度

－10～45℃，相对湿度小于95％的环境下正常运行；空气采样器的气路连接要牢固耐用，不漏气，当封死进气口，用最大流量抽气时，应无流量显示；空气采样器的流量计精度不得低于±2.5％，刻度要清晰准确，易于读数和调节；空气采样器的开关、旋钮和安装空气收集器的装置等应完整，牢固耐用，使用灵活方便；空气采样器用交流电作电源时，应为220V/50Hz，用直流电作电源时，应为6～9V，若为充电电池，充电一次，应能在最高流量和最大阻力下连续运行2～8h以上，并保持流量变化小于±5％；防爆型空气采样器必须符合防爆的国家标准；装有定时装置的空气采样器，定时装置的精度应小于±5％；空气采样器的使用寿命在其最高流量和最大阻力下运行不得低于5000h。

气体采样器的体积应小于280mm×160mm×200mm，质量小于2.5kg；流量范围0～2L/min或0～3L/min，流量计的最低刻度为0.1L/min；运行时的噪声小于70dB（A）；抽气泵在使用流量下连续运行8h以上，温升小于20℃。

粉尘采样器的体积应小于300mm×170mm×200mm，质量小于5kg；流量范围5～30L/min或0～15L/min，连续可调；运行时的噪声小于70dB（A）；应能连续运行8h以上，温升小于30℃。

呼吸性粉尘采样器的体积应小于300mm×170mm×200mm，质量小于5kg；流量范围应与收集器所需流量匹配；运行时的噪声小于70dB（A）；应能连续运行8h以上，温升小于30℃；应有配套的固定装置，使用安全方便。

个体气体采样器的体积应小于120mm×80mm×150mm，质量不大于0.5kg；流量范围0～0.5L/min，0～1L/min或0～2L/min，连续可调，或不带流量计有固定流量；运行时的噪声小于60dB（A）；应能连续运行8h以上，温升小于10℃；应有佩戴装置，并且使用方便安全，不影响工作。

个体粉尘采样器的体积应小于150mm×80mm×150mm，质量小于1kg；流量范围0～5L/min或0～10L/min，连续可调，或不带流量计有固定流量；运行时的噪声小于60dB（A）；应能连续运行8h以上，温升小于10℃；应有佩戴装置，并且使用方便安全，不影响工作。

个体呼吸性粉尘采样器的体积应小于150mm×80mm×150mm，质量小于1kg；流量范围应与收集器所需流量匹配，可不带流量计；运行时的噪声小于60dB（A）；应能连续运行8h以上，温升小于10℃；应有佩戴装置，并且使用方便安全，不影响工作。

（二）现场采样的常用方法

不同的职业病危害因素，其采样载体、采样流量、采样时间可能也不同，具体方法可以查阅《工作场所空气有毒物质测定》（GBZ/T 160）和《工作场所空气中粉尘测定》（GBZ/T 192—2007）中的相关内容。这里举一些有代表性的例子供参考。

1. 滤料采集法

滤料采集法可用于粉尘、金属烟尘的样品采集，常用滤料有微孔滤膜、超细玻璃纤维滤纸、测尘滤膜和定量滤纸等，其中微孔滤膜属于筛孔状滤料，超细玻璃纤维滤纸、测尘滤膜和定量滤纸属于纤维状滤料。

滤料法的优点是适用于各种粉尘、气溶胶的采样，采集效率高；采样流量范围宽，既适用于短时间采样和定点采样，也适用于长时间采样和个体采样；操作简便，使用的设备材料便宜，不易破损；采得的样品体积小，易于保存，携带方便，保存时间长。滤料法的缺点是采样过程中受污染的可能性较大；采得的样品一般需要处理后才能测定。

如进行总粉尘样品采集时，可以用已知质量过氯乙烯滤膜（或其他测尘滤膜）采集。采集时应注意以下几点：空气中粉尘浓度$\leqslant 50\ mg/m^3$时，用直径 37mm 或 40mm 的滤膜；粉尘浓度$> 50mg/m^3$时，用直径 75mm 的滤膜；短时间采样时，以 $15\sim 40L/min$ 流量采集 15min 空气样品；长时间采样时，以 $1\sim 5L/min$ 流量采集 $1\sim 8h$ 空气样品（由采样现场的粉尘浓度和采样器的性能等确定）；个体采样时，以 $1\sim 5L/min$ 流量采集 $1\sim 8h$ 空气样品（由采样现场的粉尘浓度和采样器的性能等确定）。无论定点采样或个体采样，要根据现场空气中粉尘的浓度、使用采样夹的大小和采样流量及采样时间，估算滤膜上总粉尘的增量（Δm）。使用直径$\leqslant 37mm$ 的滤膜时，Δm 不得大于 5mg；直径为 40mm 的滤膜时，Δm 不得大于 10mg；直径为 75mm 的滤膜时，Δm 不限。

如进行铅尘、铅烟和硫化铅样品采集时，可以用微孔滤膜（孔径 $0.8\mu m$）采集。采集时应注意以下几点：短时间采样时，以 5L/min 流量采集 15min 空气样品；长时间采样时，以 1L/min 流量采集 $2\sim 8h$ 空气样品；个体采样时，以 1L/min 流量采集 $2\sim 8h$ 空气样品。

2. 吸收液采集法

液体吸收法是将装有吸收液的吸收管作为样品收集器，常用的吸收液有水、加入化学试剂的水溶液以及有机溶剂。进行样品采集时空气呈气泡状通过吸收液，这时气泡中的待测物会迅速扩散入吸收液内，由于溶解作用或化学反应，待测物或待测的反应物会被吸收液保存下来。

液体吸收法的优点是适用范围广，可用于各种毒物的多种状态的采样；吸收管可以反复使用、费用小。液体吸收法的缺点是吸收管易损坏，携带和使用不方便；不适用于个体采样和长时间采样；吸收管和吸收液的针对性强，通用性差。

如进行二氧化硫样品采集时，需要使用四氯汞钾吸收液。采样时，用 1 只装有 10.0ml 吸收液的多孔玻板吸收管，以 0.5L/min 流量采集 15min 空气样品。采样时应避免阳光直射吸收液。采样后，封闭吸收管进出气口，置清洁的容器内运输和保存。样品在冰箱内可保存 7d。

3. 固体吸附采集法

固体吸附法是将一定量的固体吸附剂装在玻璃管内制成固体吸附管，当空气样品通过固体吸附管时，空气中的气态和蒸气态待测物被固体吸附剂吸附而被保存。大部分有机毒物适用此方法。固体吸附剂管根据吸附剂的不同分为活性炭管、硅胶管、浸渍固体吸附剂管、分子筛管和高分子多孔微球管等。常用的是活性炭管和硅胶管及浸渍固体吸附剂管。

固体吸附剂法的优点是固体吸附剂管体积小，重量轻，携带和操作方便；适用范围广，有机和无机、极性和非极性化合物的气体和蒸气都普遍适用；可用于短时间采样和定点采样，也可用于长时间采样和个体采样。固体吸附剂法的缺点是需要空气采样器；对不同的毒物有不同的穿透容量；硅胶管容易吸湿，不能在湿度大的工作场所过长时间持续采样；由于化合物之间的作用不同，而不能完全适用于采集所有的化合物。

如进行联苯样品采集时，需要使用活性炭管。短时间采样时，在采样点打开活性炭管两端，以 200ml/min 流量采集 15min 空气样品；长时间采样时，在采样点打开活性炭管两端，以 50ml/min 流量采集 $2\sim 8h$ 空气样品；个体采样时，打开活性炭管两端，佩戴在采样对象的前胸上部，尽量接近呼吸带，以 50ml/min 流量采集 $2\sim 8h$ 空气样品。采样后，立即封闭活性炭管两端，置清洁容器内运输和保存。样品室温下至少可保存 5d。

4. 空气直接采集法

空气直接采样法是用采样容器，如注射器、采气袋、真空采样罐或其他容器，直接采集一定体积的空气样品，供检测使用。这种方法适用于空气中挥发性强、吸附力小的待测物，如一氧化碳、六氟化硫、丁烯、液化石油气、氯丁二烯等。

使用注射器采集空气样品，其优点是可反复使用，成本和费用低，适用于短时间的采样。其缺点是采样体积有限，注射器易破碎，携带不方便；样品保存时间短，采样后应尽快分析；不使用于采集易吸附、对玻璃有腐蚀作用的待测物样品，不能进行长时间采样，在某些情况下有泄漏的危险。

使用采气袋采集空气样品，优点是采气袋重量轻、不易破碎、可重复使用；样品保存时间比注射器长；可根据所需采样体积选择不同大小的采气袋。其缺点是需要空气采样器，采样量有一定限制；传统气囊材料往往为橡胶材料，它们有时对有些化合物会产生吸附，尤其是含硫等的化合物，同时橡胶材料本身也会产生一些挥发性的有机化合物，这会对以后的分析产生一些负面影响；最新的气囊材料用聚四氟乙烯，其在携带性、密闭性等方面又有显著提高，但使用前需要多次清洗，材料比较薄而易刺穿，同时在阀门的使用上也存在不便于操作等问题。

使用真空采样罐采集空气样品，优点是采样罐不易破碎、可重复使用；操作简易、快速，不需要空气采样器，；样品保存时间长；可根据现场情况进行长时间或短时间采样。缺点是体积较大，采样量有一定限制。

不同直接采样技术的特性比较见表 3-61。

表 3-61　不同直接采样技术的特性比较

项　　目	采样罐	注射器	气囊（采气袋）
样品穿透的可能性	—	—	—
较长时间采样	++	—	+
采样的选择性	—	—	—
采样的安全性	++	—	+
样品的运输安全性	++	—	+
操作便易性	++	++	+
采样的体积	1～4L	100ml	1L
样品存储安全	30 天	马上	1～3 天
化学反应	—	对玻璃腐蚀的不能使用	VOCs 不能使用
样品的重复使用	+	—	+

5. 无泵扩散采集法

无泵型采样法也叫扩散采样法，是不需要抽气动力和流量装置，利用毒物分子在空气中的扩散作用完成采样的。使用的采样器称作无泵型采样器。目前国家职业卫生标准中允许用无泵型采样器采样的毒物仅包括苯、甲苯、二甲苯、二氯乙烷、三氯乙烯、四氯乙烯、氯苯等少量有机物。

无泵型采样法的优点是采样器体积小，重量轻、结构简单，携带操作方便，不需要空气动力；适用于长时间采样和个体采样，也可用于短时间采样和定点采样。其缺点是对毒物扩散系数低的待测物只能进行长时间采样。

（三）现场采样前的技术准备

1. 采样设备的准备

采样仪器设备应符合《中华人民共和国计量法》、《作业场所空气采样仪器的技术规范》和相关规范的要求。采样仪器设备应满足工作场所环境条件的要求，易燃易爆场所应选用防爆型采样设备，高温场所应选用耐高温采样设备等。采样仪器性能参数应满足样品采集的要求。根据有害物质的存在状态、采样时间、采样流量选择合适的采样器。采样仪器应处于良好的状态，电量应充足，辅助部件（连接管、充电器、干燥瓶、采样头等）应齐备。无泵型采样器的包装或外观应完好。

2. 采样设备的流量校准

在采样前，应对空气采样器的流量进行校准。流量校准应在空气相对洁净的环境中进行。在进行流量测定前，所有的空气采样器和收集器应具有唯一性编号。将流量计、空气收集器和采样仪器依次连接，进行流量的负载校准。具有流量指示的采样器，经负载校准可以作为流量测定的依据；没有流量指示的采样器，应进行一对一的测定流量，并在采样记录单上记录采样仪器编号、空气收集器编号和流量。采用大气泡、小气泡、冲击式吸收管进行样品采集时，应在样品采集前，随机抽取吸收管进行流量测定。采用多孔玻璃板吸收管进行样品采集时，应在样品采集前进行一对一的测定流量。采用滤料进行样品采集时，应在样品采集前，随机抽取滤料进行流量测定。采用固体吸附剂管进行样品采集时，应在样品采集前进行一对一的测定流量；进行长时间样品采集时，应在样品采集后再进行一对一的测定流量。

3. 采样载体的准备

① 拟使用采样容器（采样罐、采样袋、注射器等）进行样品采集时，采样容器应符合《作业场所空气采样仪器的技术规范》的要求。

使用的注射器应采用洗涤剂进行清洗，将注射器垂直架起时，芯子应能自由落下；当抽空气至满刻度，封闭进气口并朝下垂直放置24h后，芯子自由落下不得超过原体积的20%。

采样袋应采用氮气或空气进行清洗，经检测本底值符合检测方法的要求；制作采气袋的材料应不透气；进出气口打开时应畅通，关闭时应严密不漏气；有方便的、能反复使用的取气装置；当采气袋充满空气后，浸没在水中，不应冒气泡；采气袋的死体积不应大于其总体积的5%。

真空采样罐应按规定的方法进行清洗；进出气口打开时应畅通，关闭时应严密不漏气；应有能控制流速的阀门。

② 拟使用吸收管和吸收液进行样品采集时，应根据检测方法选择相应的吸收管。吸收管应符合《作业场所空气采样仪器的技术规范》的要求并进行气密性检查。在吸收管中装入一定量的水（按吸收液体积确定），将内管进气口封闭，外管出气口与空气采样器连接，当以1L/min流量抽气时，吸收管内不应冒气泡，空气采样器的流量计不应有流量指示。

大型气泡吸收管和小型气泡吸收管应用优质的无色或棕色玻璃制造；内管和外管的接口应是标准磨口，内管出气口的内径为（1.0±0.1）mm，管尖距外管底不大于5mm；固定小突应牢固。

多孔玻板吸收管应用优质的无色或棕色玻璃制造，玻板的孔径和厚度应均匀；当管内装5mL水，以0.5L/min的流量抽气时，产生的气泡应均匀，不应有特大的气泡；气泡上升高度为40～50mm，阻力为4～5kPa。

冲击式吸收管应用优质的无色或棕色玻璃制造；内管和外管的接口应是标准磨口；内管应垂直于外管管底，出气口的内径为 (1.0±0.1)mm，管尖距外管底 (5.0±0.5)mm；固定小突应牢固。

吸收液应进行预试验，空白本底值必须满足测定方法的要求。

③ 拟使用固体吸附剂管进行样品采集时，应根据检测方法选择相应的固体吸附剂管，固体吸附剂管应采用优质的玻璃制造，内外径应均匀；两端应熔封，并附有塑料套帽。塑料套帽应能封住管的两端，保持良好的气密性，且不易脱落，不存在或产生影响测定的物质。

活性炭管使用的活性炭应有足够的吸附容量，能满足检测的需要。在气温 35℃、相对湿度 90% 以下的环境条件下，穿透容量不低于 1mg 被测物。活性炭的两端和前后两段之间用玻璃棉或聚氨酯泡沫塑料等固定材料加以固定和分隔，在进气口端的固定材料前和热解吸型的固定材料后各用一个弹簧钢丝固定。装好的活性炭不应有松动；所用的玻璃棉等固定材料不应发生影响采样或检测的作用。

硅胶管使用的硅胶应有足够的吸附容量，能满足检测的需要。在气温 35℃、相对湿度 80% 以下的环境条件下，穿透容量不低于 0.5mg 被测物。硅胶的两端和前后两段之间用玻璃棉或聚氨酯泡沫塑料等固定材料加以固定和分隔，在进气口端的固定材料前和热解吸型的固定材料后各用一个弹簧钢丝固定。装好的硅胶不应有松动；所用的玻璃棉等固定材料不应发生影响采样或检测的作用。

其他固体吸附剂管应根据检测的需要和待测物的性质，选择合适的固体吸附剂，制作成所需规格的固体吸附剂管，其性能要求可参考活性炭管和硅胶管。

固体吸附剂管应进行空白本底值和解吸效率测定，固体吸附剂管的空白值应低于标准检测方法的检出限，平均解吸效率应不小于 90%。

④ 拟使用滤料和滤料盒进行样品采集时，应根据检测物质的种类和检测方法选择相应的滤料，理想的滤料具备机械强度好、理化性质稳定、通气阻力低，采样效率高、空白值低、处理容易等优点。称量法使用的测尘滤膜应在样品采集前后将滤膜置于干燥器中 24h 后称量，并记录。采集有毒物质的滤料应检测其空白本底值，检测结果应满足检测方法的要求。测尘滤膜夹和盒使用前后应保持清洁，做到一个样品一套采样夹和盒。

使用的采样夹应测量其气密性，采样夹在内装上不透气的塑料薄膜，放于盛水的烧杯中，向采样夹内送气加压，当压差达到 1kPa 时，水中应无气泡产生。

⑤ 拟使用无泵型采样器进行样品采集时，使用的无泵型采样器的结构应满足监测的需要，体积小，质量小于 100g，外壳的气密性好，检测、佩戴和携带方便。无泵型采样器的响应时间应小于 30s；采样速度应不低于 30ml/min，同一批无泵型采样器的采样速度应相同，变异应小于 ±5%；无泵型采样器的吸附容量至少满足在两倍时间加权平均浓度 (TWA) 下采样 8h 的待测物的量；无泵型采样器的采样范围至少能满足 8h 采集 0.5~2 倍 TWA 的待测物浓度范围。按照规定的保存方法，无泵型采样器的用前稳定性（指无泵型采样器制成后其性能保持不变的时间）要求在室温下至少 15 天，越长越好；样品稳定性（指无泵型采样器采样后，采得的待测物浓度变化不大于 ±10% 的持续时间）要求在 15 天以上；无泵型采样器的检测偏差应小于 ±25% 的参考值，总的相对标准偏差应小于 10.5%；无泵型采样器在气温 0~40℃，相对湿度小于 95%，风速 0.1~0.6m/s 的环境条件下，性能应保持不变。

（四）现场采样时的注意事项

1. 空白对照样品的采集

在采集样品的同时应根据现场情况随机抽取样品收集器，制备空白对照样品，并在采样记录单上记录地点、样品编号和时间，与样品一起储存和运输。粉尘样品一般可不做空白对照样品。用固体吸附剂管、吸收管和滤料进行有毒物质样品采集时，应选择有代表性的采样点制备空白对照样品，每种化合物一般为1~3个。采用采气罐进行样品的采集，不用制备空白对照样品。采气袋和注射器应在样品采集前，用氮气或清洁空气充满收集器带至现场，并随样品一起储存和运输。

2. 采样设备运行状态检查

在样品采集期间，要经常对采样仪器设备运行状态进行检查。应注意采样仪器动力对采样流量的影响。采样器的交流电压变动或直流电源电压下降会造成流量的变化，采样前应保证采样器的电源的充足，采样过程中应注意调节流量。另外在粉尘采样时，要防止滤膜上粉尘增量过载，若有过载可能，应及时更换滤膜采样夹。

3. 现场采样条件的选择

样品的采集应根据实施方案，在正常的生产情况和环境条件下进行，避免人为因素和环境因素的影响。异常天气或环境情况不宜进行样品采集；大风或雨雪天气时，敞开式工作场所不宜进行样品采集；当湿度＞80％时，不宜使用硅胶管进行长时间样品采集等；生物样品应按规定的采样时间在洁净的环境中进行采集。

4. 现场采样时机的选择

采样时机是指在工作年内、工作月内及工作日内的什么时候进行采样。采样工作必须在正常工作状态和环境下进行，避免人为因素的影响。在空气中有害物质浓度随季节发生变化的工作场所，应将空气中有害物质浓度最高的季节选择为重点采样季节。在工作周内，应将空气中有害物质浓度最高的工作日选择为重点采样日。在工作日内，应将空气中有害物质浓度最高的时段选择为重点采样时段。

5. 现场采样情况的记录

在现场样品采集的同时，应记录采样当天防护设施运转情况、劳动者个体防护用品使用情况、采样对象实际工作情况和异常情况信息。同时应测定样品采集地点的温度、湿度和大气压，必要时测定风速。

6. 样品的装卸和运送

滤料的装卸和吸收液的转移工作，应在洁净的环境中进行。滤料样品采集后，应在洁净的环境中用镊子从采样夹中取出，受尘面向内对折二次后，用衬纸包好后放入专用的容器中。固体吸附剂管、吸收管和采样容器样品采集后，迅速封闭，垂直放置在洁净的容器中。注射器应将进气口垂直朝下放置，采气袋避免挤压等。无泵型采样器必须按相应的规定密闭保存。对有破损和污染的样品应去除，必要时重新进行采集。

六、现场测定技术

现场测定是使用直读式仪器，直接在检测现场测定职业病危害因素的浓度或强度，不需要实验室的支持。现场测定一般用于物理因素和某些化学因素（有国家标准检测方法的）职业病危害因素的检测，主要为温度、湿度、风速和热辐射等气象条件、噪声、振动、照度、非电离辐射、电离辐射及一氧化碳、二氧化碳等。

（一）现场测定的常用仪器

① 非电离辐射的测定仪器　可测定非电离辐射中不同频率的仪器，包括微波、高频、超高频。

② 噪声测定仪器　包括一般噪声声级计、个体噪声剂量计、倍频程声级计等。

③ 照度测量仪器　包括普通照明、紫外辐照、激光辐照等。

④ 高温作业测定仪器　包括通风干湿表、辐射热计、WBGT 指数仪。

⑤ 化学毒物现场测定仪器　包括一氧化碳不分光红外检测仪、二氧化碳不分光红外检测仪。

⑥ 其他现场测定仪器　包括热球式风速计、振动测定仪、温度计、空盒气压表、工频场强仪等。

（二）现场测定前的技术准备

根据现场测定的情况，选择合适的测定仪器，应以满足工作场所环境条件的要求，如易燃易爆场所应选用防爆型测定仪器，高温场所应选用耐高温测定仪器。工频场强测量采用高灵敏度球型（球直径为 12cm）偶极子场强仪进行测试时，场强仪测量范围在 $0.003 \sim 100kV/m$，其他类型场强仪的最低检测限应低于 $0.05kV/m$。

测定仪器性应能参数应满足现场测定的要求，应处于良好可工作状态，电量应充足，辅助部件应齐备。检测仪器设备应按照相应的规范进行校正或校准，如噪声测定仪器应使用标准声源，校准化学毒物测定仪器应采用标准气进行校准等。

（三）现场测定时的注意事项

现场测定时应避免人为因素和环境因素的影响，异常天气或环境情况不宜进行现场测定。现场测定时，应记录采样当天防护设施运转情况、劳动者个体防护用品使用情况、采样对象实际工作情况和异常情况信息。现场测定有毒物质时，应同时测定检测地点的温度和大气压，必要时测定风速。

物理因素现场测定时，应注意以下事项。

① 噪声区域测量时，传声器的指向应当是声源的方向。测量仪器应固定在三脚架上，置于测点；若现场不适于放三脚架，可手持声级计，但应保持测试者与传声器的间距＞0.5m。工作场所风速超过 3m/s 时，传声器应戴风罩。应尽量避免电磁场的干扰。噪声个体测量时，应将传声器佩戴于作业者衣领处。

② 高温测量时应避免受到人为气流影响。WBGT 指数测定仪应固定在三脚架上，同时避免物体阻挡辐射热，环境温度超过 60℃，可使用遥测方式，将主机与温度传感器分离。湿球温度计的储水槽应注入蒸馏水，确保棉芯干净且充分浸湿，测定前或者加水后，需要 10min 的稳定时间。作业环境热源稳定时，每天测 3 次，工作开始后及结束前 0.5h 分别测 1 次，工作中测 1 次。如在规定时间内停产，测定时间可提前或推后。作业环境热源不稳定，生产工艺周期性变化较大时，分别测量并计算时间加权平均 WBGT 指数。

③ 紫外辐射测量时为保护仪器不受损害，应从最大量程开始测量，测量值不应超过仪

器的测量范围。

④ 微波辐射测量时应在微波设备处于正常工作状态时进行测量，测量中仪器探头应避免红外线及阳光的直接照射及其他干扰。在目前使用非各向同性探头的仪器测量时，将探头对着辐射方向，旋转探头至最大值。

⑤ 高频电磁场测量时，应由远及近，仪器天线探头距离设备不得小于 5cm，当发现场强接近最大量程或仪器报警时，应立刻停止前进。手持测量仪器，将检测探头置于所要测量的位置，并旋转探头至读数最大值方向，探头周围 1m 以内不应有人或临时性地放置其他金属物件。磁场测量不受此限制。每个测点连续测量 3 次，每次测量时间不应小于 15s。若测量读数起伏较大时，应适当延长测量时间。

⑥ 超高频辐射测量时，将偶极子天线对准电场矢量，旋转探头，读出最大值。测量时手握探头下部，手臂尽量伸直，测量者身体应避开天线杆的延伸线方向，探头 1m 内不应站人或放置其他物品，探头与发射源设备及馈线应保持一定距离（至少 0.3m）。每个测点应重复测量 3 次。

⑦ 工频场强测量时应将仪器头部尽量远离身体，缓慢移动，以减少静电对测量数值的影响。

⑧ 有毒物质现场测定方法应优先采用国家标准方法，必要时可以采用通过与标准方法比对验证的方法，例如目前在公共场所检测使用的甲醛测定仪、一氧化碳电化学测定仪等若需在职业卫生检测过程中使用均应做比对。

七、检测数据的处理

（一）化学因素数据的处理

职业接触限值为整数的，检测结果原则上应保留到小数点后一位；职业接触限值为非整数的，检测结果应比职业接触限值数值小数点后多保留一位。当样品未检出时，检测结果为低于最低检出浓度。

职业接触限值为最高容许浓度的危害因素，应根据实验室样品检测结果和样品采集体积，计算出工作场所空气中有害物质浓度，并给出最大值。

职业接触限值为时间加权平均容许浓度的危害因素，应根据实验室样品检测结果和样品采集体积，计算出工作场所空气中有害物质浓度，并参照 GBZ 159 进行时间加权平均接触浓度计算，并给出最大值。样品检测结果显示数据异常，应分析原因并按照相应的规范进行数据的取舍。

职业接触限值为时间加权平均容许浓度和短时间接触容许浓度的危害因素，应根据实验室样品检测结果和样品采集体积，计算出工作场所空气中有害物质浓度，并参照 GBZ 159 进行时间加权平均接触浓度和短时间接触浓度的计算，并给出最大值。

（二）物理因素数据的处理

1. 噪声

稳态噪声的工作场所，每个测点测量 3 次，取平均值。

非稳态噪声的工作场所，按声级相近的原则把一天的工作时间分为 n 个时间段，用积分声级计测量每个时间段的等效声级 L_{Aeq,T_i}，按照公式（3-11）计算全天的等效声级：

$$L_{Aeq,T} = 10\lg\left(\frac{1}{T}\sum_{i=1}^{n}T_i 10^{0.1L_{Aeq,T_i}}\right)$$ （3-11）

式中　$L_{Aeq,T}$——全天的等效声级，dB（A）；

　　　L_{Aeq,T_i}——时间段 T_i 内等效声级，dB（A）；

　　　T——这些时间段的总时间，h；

　　　T_i——i 时间段的时间，h；

　　　n——总的时间段的个数。

一天 8h 等效声级（$L_{EX,8h}$）的计算：根据等能量原理将一天实际工作时间内接触噪声强度规格化到工作 8h 的等效声级，按公式（3-12）计算：

$$L_{EX,8h} = L_{Aeq,T_e} + 10\lg\frac{T_e}{T_0}$$ （3-12）

式中　$L_{EX,8h}$——一天实际工作时间内接触噪声强度规格化到工作 8h 的等效声级，dB（A）；

　　　T_e——实际工作日的工作时间，h；

　　　L_{Aeq,T_e}——实际工作日的等效声级，dB（A）；

　　　T_0——标准工作日时间，8h。

每周 40h 的等效声级：通过 $L_{EX,8h}$ 计算规格化每周工作 5 天（40h）的噪声强度的等效连续 A 计权声级用公式（3-13）：

$$L_{EX,w} = 10\lg\left(\frac{1}{5}\sum_{i=1}^{n}10^{0.1(L_{EX,8h})_i}\right)$$ （3-13）

式中　$L_{EX,w}$——是指每周平均接触值，dB（A）；

　　　$L_{EX,8h}$——一天实际工作时间内接触噪声强度规格化到工作 8h 的等效声级，dB（A）；

　　　n——是指每周实际工作天数，d。

脉冲噪声：使用积分声级计，"Peak（峰值）"档，可直接读声级峰值 L_{Cpeak}。

2. 高温

作业环境热源稳定时，取 WBGT 指数的平均值，按式（3-14）计算：

$$WBGT = \frac{WBGT_头 + 2 \times WBGT_腹 + WBGT_踝}{4}$$ （3-14）

式中　$WBGT$——WBGT 指数平均值；

　　　$WBGT_头$——测得头部的 WBGT 指数；

　　　$WBGT_腹$——测得腹部的 WBGT 指数；

　　　$WBGT_踝$——测得踝部的 WBGT 指数。

在热强度变化较大的工作场所，应计算时间加权平均 WBGT 指数，公式为（3-15）：

$$\overline{WBGT} = \frac{WBGT_1 \times t_1 + WBGT_2 \times t_2 + \cdots + WBGT_n \times t_n}{t_1 + t_2 + \cdots + t_n}$$ （3-15）

式中　　　　　　　　　　　　$\overline{WBGT}$——时间加权平均 WBGT 指数；

　　　$t_1 + t_2 + \cdots + t_n$——劳动者在第 1，2，…，n 个工作地点实际停留的时间；

　　$WBGT_1$，$WBGT_2$，…，$WBGT_n$——时间 t_1，t_2，…，t_n 时的测量值。

3. 紫外辐射

各测量点均需重复测量 3 次，取其平均值。

混合光源需分别测量长波紫外线、中波紫外线、短波紫外线的辐照度，然后将测量结果加以计算有效辐照度。

示例：电焊弧光的主频率分别为 365nm、290nm 以及 254nm，其相应的加权因子 S_λ 分别为 0.00011、0.64 以及 0.5，按（3-16）计算：

$$E_{eff} = 0.00011 \times E_A + 0.64 \times E_B + 0.5 \times E_C \tag{3-16}$$

式中　E_{eff}——有效辐照度，W/cm^2；

E_A——所测长波紫外线（UVA）辐照度，W/cm^2；

E_B——所测中波紫外线（UVB）辐照度，W/cm^2；

E_C——所测短波紫外线（UVC）辐照度，W/cm^2。

4. 微波辐射

各测量点均需重复测量 3 次，取其平均值。全身辐射取头、胸、腹等处的最高值；肢体局部辐射取肢体某点的最高值；既有全身，又有局部的辐射，则取除肢体外所测的最高值。

5. 工频场强

各测量点均需重复测量 3 次，取其平均值。

6. 高频电磁场

取稳定状态的最大值。若测量读数起伏较大时，取三次值的平均数作为该点的场强值。

7. 超高频辐射

各测量点均需重复测量 3 次，取其平均值。

八、检验报告的编制

（一）原始记录

现场采样和测定的原始记录填写必须及时、真实、完整、清晰、规范。原始记录中应当包含可能影响检测结果的任何情况，如仪器型号及其校准情况、气象条件、样品的处理过程、操作人员、所用试剂和器皿等。

工作场所职业病危害因素检测原始记录示例见表 3-62～表 3-65。

表 3-62　工作场所空气中有害物质定点采样记录表表头

项目编号		气压/kPa	
监测类型	□ 评价　□ 日常　□ 监督	待测物	
采样仪器	□ 粉尘采样仪　□ 大气采样仪　□ 其他_	采样方法	GBZ 159—2004

表 3-63　工作场所空气中有害物质定点采样记录表正文

采样点编号	样品编号	仪器编号	采样流量/(L/min)		采样时间		温度/℃	防护设备情况	个体防护措施
			采样前	采样后	开始时间	结束时间			
								□有□无/□开□未开	□使用□未使用

采样人：　　　年　月　日；　陪同人：　　　　　　　年　月　日

表 3-64　工作场所噪声个体检测记录表表头

项目编号				检测仪器	个体噪声剂量计
监测类型	□ 评价	□ 日常	□ 监督	检测方法	GBZ /T 189.8—2007

表 3-65　工作场所噪声个体检测记录表正文

工种编号	样品编号	仪器编号	检测时间		对应接触时间/h	相对湿度/%	温度/℃	防护设备情况	个体防护措施
			开始时间	结束时间					
								□有□无/□开□未开	□使用□未使用

检测人：　　　　　　年　月　日；　陪同人：　　　　　　年　月　日

（二）检验报告

检验报告是对检测结果的整理和汇总。检测报告应包括下列内容：检测范围、检测依据、样品采集与现场检测情况及样品检测结果。数据处理可以参见第三章职业病危害因素检测数据处理相关内容。尘毒的 TWA 值、15min 值或最大值及物理因素的最大值或平均值。

检测资料的汇总分析，一般由评价人员通过将尘毒的 TWA 值、15min 值或最大值及物理因素的最大值或平均值与卫生标准比较，以合格率的方式在评价报告中描述。

工作场所职业病危害因素检验报告示例见表 3-66～表 3-72。

表 3-66　工作场所粉尘检验报告正文

定点号	采样地点	样品数	浓度/(mg/m³)		粉尘性质	日接触时间/h
			TWA	15min 最大值		

注：《工作场所有害因素职业接触限值　第 1 部分：化学有害因素》（GBZ 2.1—2007）：根据所检测的粉尘列出其接触限值。

表 3-67　工作场所工频电场检验报告正文

定点号	检测地点	点次数	最大强度/(kV/m)	日接触时间/h

注：《工作场所有害因素职业接触限值　第 1 部分：物理有害因素》（GBZ 2.2—2007）：频率 50Hz，电场强度 5 kV/m。

表 3-68　工作场所温度检验报告正文

定点号	检测地点	点次数	WBGT 均值/℃	日接触时间/h

注：《工作场所有害因素职业接触限值　第 1 部分：物理有害因素》（GBZ 2.2—2007）：根据接触时间率（%）和体力劳动强度列出其接触限值。

表 3-69　工作场所噪声（区域）检验报告正文

定点号	检测地点	点次数	平均值/dB(A)	日接触时间/h

注：《工作场所有害因素职业接触限值　第 1 部分：物理有害因素》（GBZ 2.2—2007）：每周工作 5d，每天工作 8h，稳态噪声限值为 85dB（A）。

表 3-70　工作场所噪声（个体）检验报告正文

工种号	岗位/工种	人数	8h 等效声级均值/dB(A)

注：《工作场所有害因素职业接触限值　第 1 部分：物理有害因素》（GBZ 2.2—2007）：每周工作 5d，每天工作 8h，非稳态噪声等效声级的限值为 85dB（A）；每周工作 5d，每天工作时间不等于 8h，需计算 8h 等效声级，限值为 85dB（A）。

表 3-71　工作场所化学物检验报告正文（MAC）

定点号	工序/工段	采样地点	样品数	最大值/(mg/m³)	日接触时间/h

注：《工作场所有害因素职业接触限值　第 1 部分：化学有害因素》（GBZ 2.1—2007）：根据所检测的化学有害因素列出其 MAC 接触限值。

表 3-72　工作场所化学物检验报告正文（PC-TWA 和 PC-STEL）

定点号	工序/工段	采样地点	样品数	浓度/(mg/m³)		日接触时间/h
				TWA	15min 最大值	

注：《工作场所有害因素职业接触限值　第 1 部分：化学有害因素》（GBZ 2.1—2007）：根据所检测的化学有害因素列出其 PC-TWA 和 PC-STEL 接触限值。

第四章 工业通风工程卫生学评价

第一节 工业通风工程概述

建设项目职业病危害控制效果评价，不仅要检测作业场所职业病危害因素浓度或强度是否符合国家职业卫生标准，同时还要对职业病防护设施的防护效果进行评价，其中工业通风工程的卫生学评价是职业病防护设施效果评价中非常重要的一项内容。

工业通风是控制工业生产过程中产生散发的有害因素，改善作业场所劳动条件的主要技术措施之一。因此，建设项目是否采用了合适的工业通风工程，对建设项目职业病危害控制效果评价的结果有着重要的影响。

工业通风可分为全面通风、局部通风和事故通风。本章主要阐述局部通风工程卫生学评价。

一、全面通风

全面通风是指在作业场所内进行全面通风换气，以维持整个作业场所内空气环境的卫生条件。全面通风用于职业病危害因素的扩散不能控制在作业场所一定范围内的场合，或是有害因素职业病危害因素产生源位置不固定的场合。这种通风方式的实质就是用新鲜空气来稀释作业场所内空气中的职业病危害因素，使作业场所空气中职业病危害因素的浓度不超过国家职业卫生标准规定限值。全面通风可以利用自然通风实现，也可以借助于机械通风来实现。

二、局部通风

局部通风是在作业场所某些部位建立良好的空气环境，或职业病危害因素在整个作业场所扩散开以前将其从产生源抽出的通风系统。由于设置局部通风所需的投资比全面通风小，取得的效果也比全面通风好，设计时往往优先考虑局部通风。只有当生产条件限制、职业病危害因素产生源不固定等原因而无法采用局部排风，或采用局部排风后，室内职业病危害因素浓度仍超过国家职业卫生标准时，才考虑采用全面通风。

局部通风系统分为局部送风和局部排风两类。局部送风一般用于高温车间的降温，并为车间提供新鲜清洁的空气。局部排风的作用是在有害因素产生源处将其就地排走或控制在一定范围内，保证工作地点的卫生条件。局部排风系统主要由排风罩、风道、除尘或净化设备以及风机这几部分组成。

三、事故通风

在生产过程中，当发生突发事故或设备故障时，在瞬间会逸出大量有害物质或易造成急性中毒或易燃易爆化学物质的情况下，应设置事故排风系统。事故排风的通风换气次数应按每小时不小于 12 次的换气量确定。

事故排风必须的排风量应由经常使用的排风系统和事故排风的排风系统共同保证。事故排风的风机开关应设置在室内或室外便于操作的地方。

事故排风的室内排风口应设在有害气体或爆炸危险物散发可能最大的地点。事故排风不设进风系统补偿，而且一般不进行净化处理。事故排风的室外排放口不应布置在人员经常停留或经常通行的地点，而且应高出 20m 范围内最高建筑物的屋面 3m 以上。当其与机械送风系统进风口的水平距离小于 20m 时，应高于进风口 6m 以上。

第二节　全面通风系统

设计全面通风，应根据工作场所用途、生产工艺布置、有害因素散发源、位置及特点、人员操作岗位、合理的组织气流以及计算和实际调查资料取得有害气体散发量数据，确定合适的全面通风换气量。因此，全面通风效果的好坏不仅取决于通风量的大小，还与通风气流的组织有关。

一、气流组织

气流组织就是合理地布置送、排风口位置、分配风量以及选用风口形式，以确保最佳的通风效果。

1. 气流组织原则

为保证送入车间的空气少受污染，尽快到达工作地点、使操作人员能呼吸到较为新鲜的空气，提高全面通风效果，要求供给车间的空气直接送到工作地点，然后再与生产过程散发的有害因素质混合排出。

对只产生粉尘而不散发有害气体或虽散发有害气体但设局部排气装置的工作地点，则要求从工作地点的上部送入空气（这样可避免因送风而引起粉尘二次飞扬和破坏局部排气装置正常工作），加强通风效果，缩小污染范围，起到降低车间内有害物质浓度的作用。

此外，要使清洁空气充分经过操作人员的工作地点，避免未经过工作地点而经车间门窗开口或局部排气罩口短路逸出。在车间内布置送风口时，还应从送风参数、送风口位置、形式等来控制，冬季不要给人以吹风感，而在夏季又应保证合适的风速，以排出工作人员肌体产生的热量。

2. 送、排风口位置对通风效果的影响

全面通风效果的好坏，在很大程度上取决于车间内气流组织是否合理，车间内的气流组织，靠设置在一定位置上的送风口和排风口来实现，按全面通风的原则，车间内送风口应设在有害因素浓度较小的区域，排风口则应尽量布置在有害因素产生源附近或有害因素浓度最高区，以便最大限度地把有害因素从车间内排出。在布置进风口时，应尽量使气流在整个车间内均匀分布，减少滞留区。避免有害因素在死角处不断积聚。

根据送风口和排风口的相互位置，一般有下送上排、上送下排及上送上排三种形式。

二、换气量及换气次数的确定

1. 换气量的确定

当已知工作场所内某种有害气体产生量为 $Z(mg/h)$，一定量空气 $L(m^3/h)$，以全面通风方式通过工作场所，由于稀释工作场所内的有害因素，空气中有害气体含量由 y_0 提高到 $y_x(mg/m^3)$，但不能超过国家卫生相关标准规定的浓度。

此外，根据国家职业卫生相关标准的规定，当数种溶剂（苯及其同系物、醇类、醋酸脂类）的蒸气，或数种刺激性气体（三氧化硫及二氧化硫、氟化氢及其盐类等）同时发散在工作场所空气中时，全面通风换气量应按各种气体分别稀释至最高容许含量所需要的空气量的总和计算。除上述有害因素质的气体及蒸气外，其他有害因素质同时放散于工作场所空气中时，通风量仅按需要空气量最大的有害因素质计算。

2. 换气次数

当缺乏确切资料而无法计算工作场所内放散的有害因素量时，全面通风所需换气量，可按同类工作场所的换气次数，用经验方法确定。

换气次数是指换气量 $L(m^3/h)$ 与通风工作场所容积 $V(m^3)$ 的比值：

$$n=L/V（次/h）\tag{4-1}$$

各类工作场所的换气次数 n 可从专门规范或设计手册中查到，通风换气量为：

$$L=nV(m^3/h)\tag{4-2}$$

第三节　局部排风系统

一、局部排风罩

局部排风罩是局部排风系统的重要组成部分。通过局部排风罩口的气流运动，可在尘毒散发地点直接捕集尘毒或控制其在车间的扩散，保证室内工作区尘毒浓度不超过国家卫生标准的要求。设计完善的排风罩，只需较小的排风量即可获得最佳的控制效果。

按照工作原理的不同，局部排风罩主要可分为以下几种基本形式：密闭罩；柜式排风罩（通风柜）；外部吸气罩（包括上吸式、侧吸式、下吸式及槽边排风罩等）；接受式排风罩；吹吸式排风罩。

1. 密闭罩

密闭罩是把产生尘毒的设备局部或全部密闭起来再抽风，依靠在罩内造成一定的负压，保证在一些操作孔、观察孔或缝隙处自外向里进气而尘毒不向外逸。密闭罩随工艺设备及其配置的不同，形式是多样的。按其特点大致可分为以下三类。

（1）局部密闭罩　将设备产生尘毒处用罩子密闭起来，其他工艺设备均露在密闭罩外（图4-1）。这种罩子的特点是仅密闭产生尘毒的局部地点，容积较小，排风量少，观察和操作比较方便。它适用于产生尘毒点固定，气流速度低的连续产生尘毒的地点，例如胶带运输机的转运地点等。

（2）整体密闭罩 将产生尘毒地点的全部和产生尘毒设备的大部分用罩子密闭起来，而把设备需要经常观察维护的部位（如设备传动部分）留在罩外（图4-2）。它的特点是罩子容积大，可以通过观察窗和检查门监视设备运行情况，中、小修可在罩内进行，不必拆罩。它适用于产生气流较分散或局部气流速度较大的产生尘毒的设备，例如振动筛等。

（3）大容积密闭罩（也称为密闭小室） 将产生尘毒设备或地点用罩子全部密闭起来（图4-3）。它的特点是容积大，可以在罩内对设备进行维修，在罩外通过门窗监视设备运动情况。它适用于分散产生尘毒点、脉冲或阵发式产生尘毒点、产生较大热压和冲击气流的产尘设备。它可利用罩子的容积造成循环气流，消除或减少正压以减少抽风量，但检修不方便，不停车检修时，工人必须进入罩内工作。

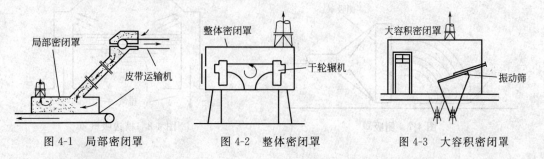

图 4-1　局部密闭罩　　　　　图 4-2　整体密闭罩　　　　　图 4-3　大容积密闭罩

2. 柜式排风罩

柜式排风罩（又称通风柜）是一种特殊形式的密闭罩，将散发尘毒的工艺装置（如化学反应装置，热处理设备、小零件喷漆设备等）置于罩内，操作过程完全在罩内进行（图4-4）。罩上一般设有可开闭的操作孔和观察孔。由于内部机械设备扰动、化学反应、发热设备的热气流以及室内横向气流的干扰，尘毒可能逸出排风罩。因此，排风罩必须抽风，使罩内形成负压。

3. 外部吸气罩

外部吸气罩是通过罩子的抽吸作用，在尘毒源附近把尘毒全部吸收起来。它的结构简单，制造方便，吸气方向与尘毒气流方向往往不一致，一般需要较大的排风量才能控制尘毒气流的扩散，而且容易受到室内横向气流的干扰，所以捕集效率较低。外部吸气罩的形式较多，按吸气罩的相对位置可分为：上吸罩（图4-5）、下吸罩（图4-6）、侧吸罩（图4-7）、槽边吸气罩（图4-8）等。外部吸气罩适用于因工艺条件限制、无法对尘毒源进行密闭的地方。如生产设备本身散发的热气流，或是热设备表面高温形成的热对流，其污染气流是由下向上运动的，易采用上吸罩。

4. 吹吸式排风罩

在外部吸气罩的对面设置一排喷气嘴或条缝形吹气口，它和外部吸气罩结合起来称为吹吸式吸气罩（图4-9）。喷吹气流形成一道气幕，把尘

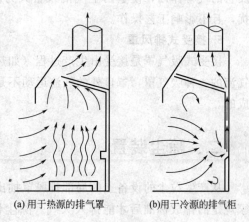

(a)用于热源的排气罩　　　(b)用于冷源的排气柜

图 4-4　排风柜

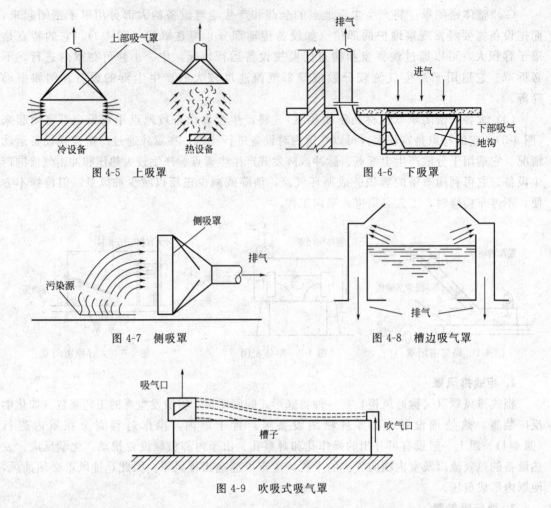

图 4-5 上吸罩

图 4-6 下吸罩

图 4-7 侧吸罩

图 4-8 槽边吸气罩

图 4-9 吹吸式吸气罩

毒限制在一个很小的空间内，使之不外逸。当外部吸气罩与尘毒源的距离较大时，单纯依靠罩口的抽吸作用往往控制不了尘毒的扩散，易采用射流作为动力，把尘毒送到吸气罩口，再由吸气罩排除；或者利用射流进行围挡，控制尘毒的扩散。由于吹出气流的速度衰减得慢以及它的气幕作用，使室内空气混入量大为减少。因此，其特点是不受车间内横向气流的干扰，且不影响工艺操作。

5. 接受式排风罩

接受式吸气罩是接受由生产过程（如热过程、机械运动过程等）本身产生或诱导的尘毒气流的一种吸气罩，罩口外的气流运动不是由于罩子的抽吸作用，而是由于生产过程本身造成的。

二、除尘装置

从产生粒尘的设备上的局部排风罩抽出的含尘气排放时，应当先进行净化处理，达到国家规定的排放标准后才能排入大气。除尘器就是利用各种物理方式从含尘气体中分离出尘粒，并加以收集的设备。

（一）除尘机理

目前，常用除尘器的除尘机理主要有以下几个方面。

（1）重力　气流中的尘粒可以依靠重力自然沉降，从气流中进行分离。由于尘粒的沉降速度较小，这种机理只适用于较大的尘粒。

（2）离心力　含尘气流做圆周运动时，由于惯性离心力的作用，尘粒和气流会产生相对运动，使尘粒从气流中分离。它是旋风除尘器工作的主要机理。

（3）惯性碰撞　含尘气流在运动过程中遇到物流的阻挡（如挡板、纤维、水滴等）时，气流要改变方向绕流，细小的尘粒会随气流一起流动。粗大的尘粒具有较大的惯性，它会脱离流线，保持自身的惯性运动，这样尘粒就和物体发生了碰撞，这种现象称为惯性碰撞。惯性碰撞是过滤除尘器、湿式除尘器和惯性除尘器的主要机理。

（4）接触阻留　细小的尘粒随气流一起绕流时，如果流线紧靠物体（纤维或液滴）表面，有些尘粒因与物体发生接触而被阻留，这种现象称为接触阻留。另外当尘粒尺寸大于纤维网眼而被阻留时，这种现象称为筛滤作用。粗孔或中孔的泡沫塑料过滤器主要依靠筛滤作用进行除尘。

（5）扩散　小于 $1\mu m$ 的微小粒子在气体分子撞击下，像气体分子一样做布朗运动。如果尘粒在运动过程中和物体表面接触，就会从气流中分离，这个机理称为扩散。布朗运动是随粒径的减少而加强的，特别是对于 $d_c \leqslant 0.3\mu m$ 的尘粒，这是一个很重要的机理。因为当 $d_c \leqslant 0.3\mu m$ 时，惯性已不起作用，此时主要依靠扩散作用来进行分离。

（6）静电力　悬浮在气流中的尘粒，如带有一定的电荷，则可以通过静电力使它从气流中分离。由于自然状态下，尘粒的荷电量很小，因此，要得到较好的除尘效果，必须设置专门的高压电场，使所有的尘粒都充分带电。

（7）凝聚　凝聚作用不是一种直接的除尘机理。它主要通过超声波、蒸气凝结、加湿等凝聚作用，使微小粒子凝聚增大，然后再用一般的除尘方法去除。

工程上常用的各种除尘器往往不是简单地依靠某一种除尘机理，而是几种除尘机理的综合运用。

（二）除尘器分类

根据除尘机理与功能的不同，目前常用除尘器可分为以下几类。

（1）重力除尘装置　如重力沉降室。

（2）惯性除尘装置　如惯性除尘器。

（3）旋风除尘装置　如各类旋风除尘器。

（4）湿式除尘装置　如喷淋式除尘器，冲激式除尘器，水膜除尘器。

（5）过滤除尘装置　如袋式除尘器，颗粒层除尘器，纤维过滤除尘器。

（6）静电除尘装置　如板式静电除尘器，管式静电除尘器，湿式静电除尘器。

除尘器的种类很多，作用原理各不相同，适用范围也不同。因此，在实际选用时，要根据生产的具体情况、含尘空气的特性、所要求的空气净化程度等方面的因素综合考虑。

三、气体净化装置

为了防止大气污染，保护环境，用通风排气的方法从车间内排出的各种有害气体应采取适当的净化处理措施。对于一些经济价值较大的物质，应尽量回收，综合利用。经过净化处理后排入大气的有害气体应符合国家规定的排放标准。

目前，有害气体的净化方法有吸收法、吸附法、燃烧法和冷凝法。而在通风排气中有害气体的净化，大多采用吸收法和吸附法。

（一）吸收法

1. 基本原理

吸收是利用适当的液体与混合气体接触，以去除其中一种或几种有毒气体，从而达到净化的目的。通常，气体吸收可分为物理吸收和化学吸收两种。物理吸收是不伴有化学反应的纯物理溶解过程，如用水吸收氨；而化学吸收则是伴有明显化学反应的过程，如用碱液吸收 SO_2、CO_2 等酸性气体。化学吸收过程比物理吸收复杂得多。

工业生产过程中，需要净化的废气往往具有气量大、含气态污染物浓度低等特点，如果单纯采用物理吸收的方法净化，难以达到国家规定的排放标准。因此，在实际应用中，大多采用化学吸收法来净化有害气体。

2. 吸收设备

常用的吸收设备有喷雾塔、填料吸收塔、湍球吸收塔、筛板塔和斜孔板吸收塔，其中以喷雾塔和填料吸收塔应用较为广泛。

喷雾塔吸收器是一种常用的有害气体净化装置。它是将气体由塔下部进入，吸收剂自上部多层喷雾器向下喷洒，气、液呈逆流方向运行，此时气体与吸收剂的雾滴充分接触，被洗涤后再经液滴分离器除雾，最后从出口排至塔外。喷雾塔的特点是结构简单、阻力小，并具有一定的除尘作用。

填料吸收塔的工作原理是在塔内填充适当的填料，液体吸收剂自塔顶均匀喷洒，沿填料表面流下，气体沿填料间隙上升，在填料表面成逆流接触，进行吸收。填料塔的特点是结构简单，易于用耐腐蚀性材料制作，在塔中气液接触时间较长，故适用于液相控制、气液反应慢的吸收过程。

（二）吸附法

1. 基本原理

吸附是利用一些多孔性的固体对气体的吸附能力来除去废气中某些有害气体，从而达到净化目的。这种具有吸附能力的固体物质称为吸附剂。吸附法主要适用于处理低浓度废气，特别是对各种有机溶剂蒸气的吸附，其净化效率接近 100％。

根据发生吸附作用的性质不同，吸附也可分为物理吸附和化学吸附。但是，物理吸附与化学吸附之间无严格的界限：一般情况下，同一物质在较低温度下主要发生物理吸附，而在较高温度下往往发生化学吸附。

2. 吸附设备

吸附设备按吸附剂运动状态的不同，可分为固定床、流动床、沸腾床几种。工业通风中多采用固定床吸附器。固定床吸附器有立式、卧式和环形三种，在外形大小相同的条件下，环形吸附器的接触面积比其他两种吸附器的接触面积大。

四、风管

风管是通风系统中不可缺少的组成部分，它把系统中的各种设备或部件连接起来构成了一个整体。为了提高通风系统的经济性，应根据相应的要求，合理设计管道系统，以充分发挥控制装置的效能。

风管通常用表面光滑的材料制作，如薄钢板、聚氯乙烯板，有时也用混凝土、砖等材料。

五、通风机

通风机是净化系统中气体流动的动力装置。通风机一般设置在净化设备后面，以防止设备的磨损和腐蚀。通风机的分类主要有以下几种。

1. 按其工作原理分类

可分为离心式通风机和轴流式通风机两种。一般情况下，离心式通风机适用于所需风量较小、系统阻力较大的场合；轴流式通风机则常用于所需风量较大、系统阻力较小的场合。由于通风除尘系统阻力较大，故主要采用离心式通风机。

2. 按风机压力大小分类

通常可分为低压通风机（$H < 1000Pa$）、中压通风机（$1000Pa < H < 3000Pa$）、高压通风机（$H > 3000Pa$）3 种。低压通风机一般用于送、排风系统或空调系统；中压通风机一般用于除尘系统或管路较长、阻力较大的通风系统；高压通风机用于锻造炉、加热炉的鼓风、物料气力输送系统或阻力大的除尘系统。

3. 按其在管网中所起的作用分类

通常把起吸气作用的通风机称为引风机，起吹气作用的称为鼓风机。

4. 按其输送气体的性质分类

按风机输送气体的性质可分为排尘通风机、排毒通风机、排气扇、一般通风机等。

第四节　工业通风设施性能测试

通风设施性能的测试是通风系统运行调节的重要手段，也是评价职业病防护设施效果的主要内容。因此，科学、规范、全面地进行测试，是保证职业病危害控制效果评价质量的基本要素。

本节重点介绍通风设施主要参数风压、风量、风速的测试方法。

一、风管内风压、风速、风量的测定

（一）测量断面和测点

1. 测量断面位置

通风管道是通风系统中的重要组成部分，其主要用途为输送处理后的空气。通风管道内的风速及风量的测定，目前都是通过测量压力，再换算求得。要得到管道内气体的真实压力值，除了正确使用测压仪器外，还应合理选择测量断面、减少气流扰动对测量结果的影响。测量断面应选择在气流平稳的直管段上。当测量断面设在弯头、三通等异形部件前面（相对气流流动方向）时，距这些部件的距离应大于 2 倍管道直径；当测量

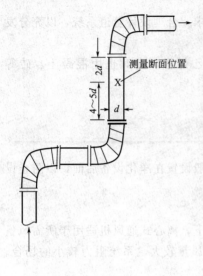

图 4-10　测量断面位置

断面设在上述部件后面时，应大于 4～5 倍管道直径，见图 4-10。现场条件许可时，离这些部件的距离越远，气流越平稳，对测量越有利。但是测试现场往往难以完全满足要求，这时只能根据上述原则选取适宜的断面，同时适当增加测点密度。但应当与局部构件的距离至少是管道直径的 1.5 倍。在实际操作中，测量断面的选择还应考虑操作的方便和安全。

测定动压时，如发现任何一个测点出现零值或负值，表明气流不稳定、有涡流，该断面不宜作为测定断面。如果气流方向偏出风管中心线 15°以上，该断面也不宜做测量断面（检查方法：皮托管端部正对气流方向，慢慢摆动皮托管使动压值最大，这时皮托管与风管外壁垂线的夹角即为气流方向与风管中心线的偏离角）。

2. 测孔和测点位置

由流体力学可知，气流速度在管道断面上的分布是不均匀的。由于速度的不均匀性，压力分布也是不均匀的。因此，必须在同一断面上多点测量，然后求出该断面的平均值。

（1）测孔位置　在选定的测量断面上开设测孔。测孔内径应不小于 32mm，孔外焊接短管，管长应不大于 30mm。不使用时用盖板、管堵或管冒封闭。

对圆形管道，测孔的位置应设在包括各测定点在内的相互垂直的直径线上，如图 4-11 所示。对矩形管道，测孔的位置应设在包括各测定点在内的延长线上，如图 4-12 所示。

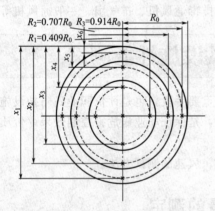

图 4-11　圆形断面测孔的位置

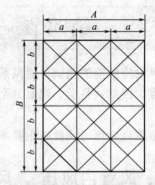

图 4-12　矩形断面测孔的位置

（2）测点位置和数目　圆形管道将管道分成适当数量的等面积同心环，各测点选在各环等面积中心线与垂直相交的两条直径线的交点上（见图 4-11），分环测点数及测点位置的确定见表 4-1 和表 4-2。

表 4-1　圆形管道的分环测点数

风管直径 D/mm	≤300	300～500	500～800	850～1100	>1150
划分环数 n	2	3	4	5	6
测点数	8	12	16	20	24

表 4-2 测点距风管内壁的距离（以管道直径 D 计）

测点序号	同 心 环 数				
	2	3	4	5	6
1	0.933	0.956	0.968	0.975	0.98
2	0.75	0.853	0.895	0.92	0.93
3	0.25	0.704	0.806	0.85	0.88
4	0.067	0.296	0.68	0.77	0.82
5		0.147	0.32	0.66	0.75
6		0.044	0.194	0.34	0.65
7			0.105	0.266	0.36
8			0.032	0.147	0.25
9				0.081	0.177
10				0.025	0.118
11					0.067
12					0.021

矩形管道将管道断面划分为若干等面积的小矩形，测点布置在每个小矩形的中心，小矩形每边的长度为 200mm 左右，如图 4-12 所示。实测时测点数可按表 4-3 确定。

表 4-3 矩形管道的测点数

管道断面面积/m²	<1	1～4	4～9	9～16	16～20
等面积小块数	2×2	3×3	3×4	4×4	4×5
测点数	4	8	12	16	20

通常，设置的检测点愈多，测量精度愈高，但测定的工作量增大。因此检测设点时，应在满足精度的前提下，尽量减少测点数。

（二）管内压力的测量

通风管内气体的压力（全压、静压与动压）可用测压管与不同测量范围和精度的微压计配合测得。气体压力（静压、动压和全压）的测量通常是用插入风道中的测压管将压力信号取出，在与之连接的压力计上读出，常用的仪器有皮托管（标准型和 S 形）和压力计（U 形压力计和倾斜式微压计）。标准型皮托管的测孔很小，当风管内颗粒物浓度大时，易被堵塞，适用于测量较清洁的气体；S 形皮托管的测压孔开口较大，不易堵塞，且便于在厚壁风道中使用。在风压测定中，一般采用倾斜式压力计，在靠近风机的管段上，当压力值超过其量程时，采用 U 形压力计。用微压计测量风速时，气流速度不能小于 5m/s。因为流速过小，会产生较大的误差。如果必须在小于 5m/s 的流速点测定时，则应使用精度较高的补偿式微压计。

测试前，将仪器调整水平，检查液柱有无气泡，并将液面调至零点，然后根据测定内容用橡皮管将测压管与压力计连接。皮托管与 U 形压力计测量全压、静压和动压的连接方法见图 4-13；皮托管与倾斜微压计的连接方法见图 4-14。

测压时，皮托管的管嘴要对准气流流动方向，其偏差不大于 5°，每次测定要反复三次，取平均值。

按上述方法测得断面上各点的压力值后，可按下式求出该断面的平均值。

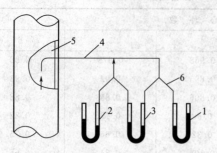

图 4-13　皮托管与 U 形压力计的连接

1—测全压表；2—测静压表；3—测动力表；4—皮托管；

5—风道；6—橡皮管

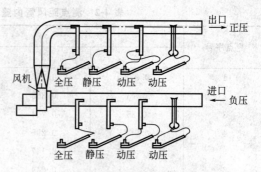

图 4-14　皮托管与倾斜微压计的连接方法

平均动压：

$$p_d = \frac{p_{d1} + p_{d2} + \cdots + p_{dn}}{n} \tag{4-3}$$

平均全压：

$$p_q = \frac{p_{q1} + p_{q2} + \cdots + p_{qn}}{n} \tag{4-4}$$

平均静压：

$$p_j = \frac{p_{j1} + p_{j2} + \cdots + p_{jn}}{n} \tag{4-5}$$

式中　p_1，p_2，$\cdots$，p_n——各测点的动压、全压、静压值，Pa；

n——测点数，个。

（三）管道内风速的测定

测定管道内风速的方法有间接式和直读式两种。

1. 间接式

先测得管内某点动压 p_d，再用式(4-6) 算出该点的流速 v_i。

$$v_i = \sqrt{\frac{2p_d}{\rho}} \tag{4-6}$$

式中　ρ——管道内空气的密度，kg/m^3；

p_d——测点的动压值，Pa；

v_i——测点风速，m/s。

平均流速 v_p 是断面上各测点流量的平均值。即：

$$v_p = \sqrt{\frac{2}{\rho}} \times \frac{\sqrt{p_{d1}} + \sqrt{p_{d2}} + \cdots + \sqrt{p_{dn}}}{n} \tag{4-7}$$

式中　n——测点数，个。

此法虽较烦琐，但由于精度高，在通风系统测试中得到广泛应用。

2. 直读式

常用的直读式测速仪是热球式电风速仪。

热球式电风速仪于测点处进行测定，检测结果按下式计算风管平均风速：

$$v_p = \frac{v_1 + v_2 + v_3 + \cdots + v_n}{n} \tag{4-8}$$

式中　　v_p——风管平均风速，m/s；

v_1，v_2，$\cdots$，v_n——各测点的风速，m/s；

n——测点总数，个。

热球式电风速仪适用于气流稳定、输送清洁空气的场合。

(四) 管道内流量的计算

平均风速 v_p 确定以后，可按式(4-9)计算管道内的风量 L。

$$L = v_p F \tag{4-9}$$

式中　L——风量，m^3/s；

　　　F——管道断面积，m^2；

　　　v_p——测定断面上平均风速，m/s。

气体在管道内的流速、流量与大气压力、气流温度有关。当管道内输送非常温气体时，应同时给出气流温度和大气压力。

二、局部排风罩口风速、风量的测定

(一) 罩口风速测定

罩口风速测定一般采用匀速移动法、定点测定法。

1. 匀速移动法

该方法采用叶轮式风速仪进行测定。测定时对于罩口面积＜0.3 m^2 的排风罩口，可将风速仪沿整个罩口断面按图 4-15 所示的路线慢慢地匀速移动。移动时，风速仪不得离开测定平面，此时测得的结果是罩口平均风速。此法需进行三次，取其平均值。

2. 定点测定法

该方法采用热球式电风速仪进行测定。测定时对于矩形排风罩，按罩口断面的大小，把它分成若干个面积相等的小块，在每个小块的中心处测量其气流速度。断面面积＞0.3 m^2 的罩口，可分成 9～12 个小块测量，每个小块的面积＜0.06m^2，如图

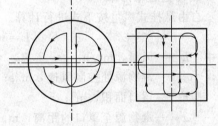

图 4-15　罩口平均风速测定

4-16(a)；断面面积≤0.3m^2 的罩口，可取 6 个测点测量，如图 4-16(b)；对于条缝形排风罩，在其高度方向至少应有两个测点，沿条缝长度方向根据其长度可以分别取若干个测点，测点间距≤200mm，如图 4-16(c)；对于圆形排风罩，则至少取 4 个测点，测点间距≤200mm，如图 4-16(d)。

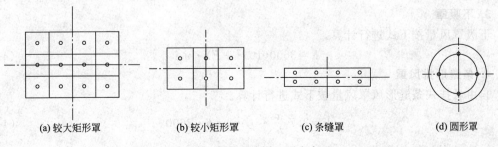

(a)较大矩形罩　　　(b)较小矩形罩　　　(c)条缝罩　　　(d)圆形罩

图 4-16　各种形式罩口测点布置

排风罩罩口平均风速按下式计算：

$$v_p = \frac{v_1 + v_2 + v_3 + \cdots + v_n}{n} \tag{4-10}$$

式中 v_p——罩口平均风速，m/s；

v_1，v_2，$\cdots$，v_n——各测点的风速，m/s；

    n——测点总数，个。

（二）罩口风量的测定

平均风速 v_p 确定以后，则排风罩的排风量为：

$$L = 3600 v_p F \tag{4-11}$$

式中 L——风量，m³/h；

  F——管道断面积，m²；

  v_p——测定断面上平均风速，m/s。

（三）控制风速的测定

采用热球式电风速仪进行测定。将热球式电风速仪的探头置于控制点处，测出此点的风速即为控制风速。通常，粉尘的控制点为粉尘飞溅的最远点（或最不利点）；有害气体的控制点即工作面边缘点。

（四）控制点排风量的确定

1. 冷过程伞形罩

自由悬挂式风量按下式进行计算。

$$L = 3600(10x^2 + F) \cdot v_x \tag{4-12}$$

式中 L——风量，m³/h；

  v_x——毒物源处控制风速，m/s；

  F——罩口面积，m²；

  x——毒物源至罩口的距离，m。

自由悬挂有边伞形罩风量按下式进行计算。

$$L = 0.75(10x^2 + F) \cdot v_x \cdot 3600 \tag{4-13}$$

2. 侧吸罩

工作台上旁侧吸罩风量按下式进行计算。

$$L = 3600(5x^2 + F) \cdot v_x \tag{4-14}$$

工作台上有边侧吸罩风量按下式进行计算。

$$L = 0.75(5x^2 + F) \cdot v_x \cdot 3600 \tag{4-15}$$

3. 下吸罩

下吸罩风量按下式进行计算。

$$L = 3600(10x^2 + F) \cdot v_x \tag{4-16}$$

4. 条缝形排风罩

自由悬挂式条缝形风罩风量按下式进行计算。

$$L = 3.7 \frac{x}{b} \cdot v_x \cdot s \cdot b \cdot 3600 \tag{4-17}$$

式中 L——风量，m³/h；

v_x——毒物源处控制风速，m/s；

x——毒物源至罩口的距离，m；

s——条缝长度，m；

b——条缝宽度，m。

自由悬挂式有边条缝形风罩风量按下式进行计算。

$$L = 2.8 \frac{x}{b} \cdot v_x \cdot s \cdot b \cdot 3600 \qquad (4\text{-}18)$$

工作台上有边条缝形风罩风量按下式进行计算。

$$L = 2.0 \frac{x}{b} \cdot v_x \cdot s \cdot b \cdot 3600 \qquad (4\text{-}19)$$

5. 密闭罩

密闭罩（包括缝隙面积）风量按下式进行计算。

$$L = 3600 \cdot \beta \cdot \overline{v} \cdot \sum f \qquad (4\text{-}20)$$

式中 L——风量，m^3/h；

$\sum f$——密闭罩开启孔口及缝隙总面积，m^2；

β——为一些考虑不到的缝隙面积而增加的安全系数，一般取 $1.05 \sim 1.1$；

$\overline{v}$——通过缝隙或孔口的风速，一般情况孔口的风速取 $\overline{v} = 1 \sim 4 m/s$。

发气量与缝隙风量按下式进行计算。

$$L = 3600 \cdot \beta \cdot \overline{v} \cdot \sum f + L_0 \qquad (4\text{-}21)$$

式中 L_0——密闭罩内产生的气体或从外部引入大量气体量，m^3/h。

依换气次数计算风量按下式进行计算。

$$L = 60 \cdot n \cdot V \qquad (4\text{-}22)$$

式中 L——风量，m^3/h；

n——换气次数，次/min；

V——密闭罩容积，m^3。

依截面积风速计算风量按下式进行计算。

$$L = 3600 \cdot F \cdot \overline{v} \qquad (4\text{-}23)$$

式中 L——风量，m^3/h；

$\overline{v}$——垂直于密闭罩截面的平均风速，一般取 $\overline{v} = 0.25 \sim 0.5 m/s$；

F——密闭罩断面面积，m^2。

三、通风系统的新风量、换气次数的测定

（一）测定点的分布

① 矩形通风口，将风口处截面分为若干个小矩形（最好是正方形，每边长为 150mm），并于每个小矩形的中心布设一个点，如图 4-17 所示。

② 圆形通风口，将其截面划出两条通过圆心的正交线，按式（4-24）求出半径，划出若干个同心圆，如图 4-18 所示。测定点位于同心圆与正交线相交处，对称分布。

$$R_i = R \sqrt{\frac{2i-1}{2n}} \qquad (4\text{-}24)$$

式中　R_i——第 i 号码测定点的半径，mm；

　　　R——截面的半径，mm；

　　　i——自截面中心引出的半径号码；

　　　n——同心圆数，当 $R \leqslant 150$mm 时，为 3；当 $R \leqslant 300$mm 时，为 4；当 $R \leqslant 500$mm 时，为 5；当 $R \leqslant 700$mm 时，为 6；当 $R \geqslant 750$mm 时，每加 250mm 增加 1。

图 4-17　矩形截面风口测点布置图　　　　图 4-18　圆形截面风口测点布置图

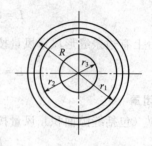

③ 测定新风量时，应在室外新风口设点，其设点方法同矩形通风口；若室外新风口处无法设点，可在新风送风口设点，其布点方法同矩形通风口；若室外新风口处无法设点，室内也无独立的新风送风口，可在总送风口和回风口分别设点测定，其设点方法同矩形通风口。

（二）测定方法及计算

风口通风量的大小取决于通风口（机械通风的送风口、新风的进风口）的面积和风速。气流在管道内流动时，在一个通风口的各点上，风速是不相等的，愈接近管壁风速愈小，所以在通风口上划分若干等份，用风速计分别测出每一部分的风速，然后求出通风口的平均风速和风量。必须注意的是，如果采用在总送风口和回风口测定风量来确定新风量时，新风量的数值为总送风量减去总回风量的差值；若无回风口，可将总送风量乘以设计新风比的值作为总新风量的值。

使用热球式电风速仪或转杯式（旋翼式）风速仪测定风速。测定时注意身体位置不要妨碍气流，等风速计读数稳定后再读数，每个点的测定时间不得少于 2min。

测量新风量和换气次数所用的风速仪均有校正系数，每个点的测量结果先按系数加以校正，求其平均风速 [可参考公式(4-8)] 和总新风量 [可参考公式(4-9)]，然后按下式计算人均新风量及换气次数：

$$人均新风量[m^3/(h \cdot 人)] = L/N \tag{4-25}$$

$$换气次数(次/h) = L/V \tag{4-26}$$

式中　N——需送新风的总人数，人；

　　　V——为室内容积，m^3；

　　　L——总新风量，m^3/h。

四、管道内空气尘含量的测定

（一）采样系统和装置

图 4-19 为管道内空气尘含量的测定装置，采样用的主要仪器和器材有采样管、采样嘴、

集尘装置、压力计、温度计、流量计以及抽气机等。

采样嘴是装在采样管头部的配件。它的形状应以不扰动吸气口内外的气流为原则。当等速采样流量在 10～60L/min 左右的范围内时，采样嘴的内径通常可制作成 6mm、8mm、10mm、12mm 等数种，以便等速采样时选用。采样嘴的尖端应制成小于 30°的锐角，连接采样管一端的内径应与采样管完全吻合，如图 4-19 所示。内表面必须光滑，不应有急剧的断面变化。

采样管是采样时插入管道的导管，一般弯成 90°，采样管的直径以不使尘粒在管内沉积及不产生太大阻力为原则。一般可用 φ12×2mm 的不锈钢管，内径为 8mm。采样管头部连接采样嘴。根据采样的需要，在采样管外，可加加热套管或冷却套管。加热套管用于

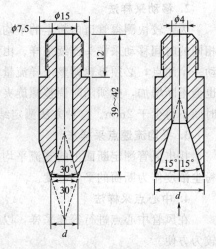

图 4-19　采样头

温度高、湿度大的烟气。其作用是防止在外部采样时采样管内产生冷凝水，从而避免尘粒附着在采样管管壁上，发生堵塞，影响采样精度。冷却套管用于温度过高（在 400℃ 以上）的烟道内，以防止金属采样管变形或有机尘粒被燃烧分解。

集尘装置是采样系统中关键的一环，采样的准确性与集沉装置的效率密切相关。集尘装置的效率一般要求达到 99% 以上。当管道内气体尘含量较低时（如袋式除尘器出口），可以采用滤膜采样器用滤膜采样。在高浓度场合下，为增大滤料的容尘量，可采用滤筒收集尘样。滤筒的集尘面积、容尘量大、阻力小、过滤效率高。国内广泛使用的滤筒有玻璃纤维滤筒和刚玉滤筒两种。

按照集尘装置（滤膜、滤筒）所放位置的不同，采样方式分为管内采样和管外采样两种。滤膜放在管外，称为管外采样。如果滤膜或滤筒和采样头一起直接插入管内，称为管内采样。管内采样的主要优点是尘粒通过采样嘴后直接进入集尘装置，沿途没有损耗。管外采样时，尘样要经过较长的采样管才进入集尘装置，沿途有可能粘附在采样管壁上，使采集到的尘量减少。尤其是高温、高湿气体，在采样管中容易产生冷凝水，尘粒粘附于管壁，造成采样管堵塞。管外采样大都用于常温下通风除尘系统的测定，管内采样主要用于高温烟气的测定。

（二）采样点的布置

测定管内气流的含尘浓度，要考虑气流的运动状况和管道内粉尘的分布情况。风管断面上含尘浓度的分布是不均匀的：在垂直管中，含尘浓度由管中心向管壁逐渐增加；在水平管中，由于重力的影响，下部的含尘浓度较上部大，而且粒径也大。因此，在垂直管段采样，要比在水平管段采样好。要取得风管中某断面上的平均含尘浓度，必须在该断面进行多点采样。在管道断面上应如何布点，才能测得平均含尘浓度，目前尚未取得一致的看法。

目前常用的布点方法有以下几种。

1. 多点采样法

分别在已定的每个采样点上采样，每点采集一个样品，然后再计算出断面的平均粉尘浓度。这种方法可以测出各点的粉尘浓度，了解断面上的浓度分布情况，找出平均浓度点的位置。缺点是测定时间长，操作烦琐。

2. 移动采样法

为了较快测得管道内粉尘的平均浓度，可以用同一集尘装置，在已定的各采样点上，用相同的时间移动采样头连续采样。由于各测点的气流速度是不同的，要做到等速采样，每移动一个测点，必须迅速调整采样流量。在测定过程中，随滤膜上或滤筒内粉尘的积聚，阻力也会不断增加，必须随时调整螺旋夹，保证各测点的采样流量保持稳定。每个采样点的采样时间不得少于 2min。这种方法测定结果精度高，目前应用较为广泛。

3. 平均流速点采样法

找出风管测定断面上的气流平均流速点，并以此点作为代表点进行等速采样。把测得的粉尘浓度作为断面的平均浓度。

4. 中心点采样法

在风管中心点进行等速采样，以此点的粉尘浓度作为断面平均浓度。这种方法测点定位较为方便。

（三）采样方法

管道中采样的方法有两个特点：一是采样流量必须根据等速采样的原则确定。即采样头进口处的采样速度应等于风管中该点的气流速度。二是考虑到风管断面上含尘浓度分布不均匀，必须在风管的测定断面上多点取样，求得平均的含尘浓度。

在风管中采样时，为了取得有代表性的尘样，要求采样头进口正对含尘气流，采样头轴线与气流方向一致，其倾斜的角度应小于 ±5°。否则，将有部分尘粒（直径大于 4μm 的）因惯性不能进入采样头，使采集的粉尘浓度低于实际值。另外，采样头进口处的采样速度应等于风管中该点的气流速度，即通常所说的"等速采样"。非等速采样时，较大的尘粒会因惯性影响不能完全沿流线运动，因而所采得的样品不能真实反映风管内的尘粒分布。

在实际测定中，不易做到完全等速采样。经研究证明，当采样速度与风管中气流速度误差在 -5% ~ +10% 以内时，引起的误差可以忽略不计。采样速度高于气流速度时所造成的误差，要比低于气流速度时小。

常用的保持等速采样法有预测流速法、静压平衡法、动压平衡法等，其中以预测流速法和静压平衡法使用较多。

1. 预测流速法

为了做到等速采样，在测尘前，先要测出风管测定断面上各测点的气流速度，然后根据各测点的气流速度及采样头进口直径算出各测点采样流量。为了适应不同的气流速度，采样头进口内径分为 4mm、5mm、6mm、8mm、10mm、12mm、14mm 等几种。采样头一般呈渐缩锐边圆形，锐边的锥度以 30° 为宜。

根据采样头进口内径 d(mm) 和采样点的气流速度 v(m/s)，即可算出等速采样的抽气量 L(L/min)。

$$L = \frac{\pi}{4}\left(\frac{d}{1000}\right)^2 \times v \times 60 \times 1000 = 0.047d^2v \tag{4-27}$$

若计算的抽气量超出了流量计或抽气机的工作范围，应改换小号的采样头及采样管，再按上式重新计算抽气量。

2. 静压平衡法

管道内气流速度波动较大时，按上述方法难以取得准确的结果，为简化操作，可采用图

4-20 所示的等速采样头。在等速采样头的内、外壁上各有一根静压管。对于采用锐角边缘、内外表面精密加正的等速采样头，可以近似认为，气流通过采样头时的阻力为零。因此，只要采样头内外的静压差保持相等，采样头内的气流速度就等于风管内的气流速度。采用等速采样头采样，不需预先测定气流速度，只要在测定过程中调节采样流量，使采样头内、外静压相等，就可以做到等速采样。采用等速采样头可以简化操作，缩短测定时间。但是，由于管内气流的紊流、

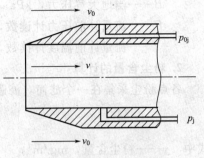

图 4-20 等速采样头示意图

摩擦以及采样头的设计和加工等因素的影响，实际上并不能完全做到等速采样。等速采样头目前主要用于工况不太稳定的锅炉烟气测定。

应当指出，等速采样头是利用静压而不是用采样流量来指示等速情况的，其瞬时流量在不断变化着，所以记录采样流量时不能用瞬时流量计，要用累计流量计。

（四）含尘浓度的计算

按照国家排放标准的规定，粉尘的排放浓度和排放量计算均应以标准状态下（温度 0℃，大气压力 101.3kPa）作为计算状态，因此，要把采样的气体体积及流量换算为标准状态下的流量或体积。

1. 气体体积及流量换算

采用转子流量计时，当流量计前采样体积的状态与标定时的气体状态相差较大时，流量计的读数必须进行修正，修正公式如下：

$$L = L' \sqrt{\frac{101.3 \times (273 + t)}{(B + P) \times (273 + 20)}} \tag{4-28}$$

式中　L——实际流量，L/min；

L'——流量计读数，L/min；

B——当地大气压力，kPa；

P——流量计前压力计读数，kPa；

t——流量计前温度计读数，℃。

实际采样流量 L 乘以采样时间得到实际抽气量。即

$$V_t = Lt \tag{4-29}$$

将 V_t 换算成标准状况下的体积，则

$$V_0 = V_t \times \frac{273}{273 + t} \times \frac{B + P}{101.3} \tag{4-30}$$

采用干式累积流量计时，在流量计前装有干燥器时，采样气体体积按下式计算：

$$V_0 = (V_2 - V_1) \times \frac{273}{273 + t} \times \frac{B + P}{101.3} \times K \tag{4-31}$$

式中　V_0——采集气体在标准状态下的体积，L；

V_1——累积流量计的初读数，L；

V_2——累积流量计的终读数，L；

K——累积流量计的校正系数；

B——当地大气压力，kPa；

P——流量计前压力计读数，kPa；

t——流量计前温度计读数，℃。

2. 粉尘含量的计算

各点粉尘采集在一个滤筒（滤膜）时，粉尘含量按下式计算：

$$y=\frac{G_2-G_1}{V_0}\times10^{-3}$$ (4-32)

式中　y——粉尘含量，mg/m³；

G_1——采样前滤筒（滤膜）的质量，mg；

G_2——采样后滤筒（滤膜）的质量，mg；

V_0——换算成标准状态后的抽气量，L。

五、除尘器性能的测定

除尘器的性能主要包括除尘器处理风量、除尘器漏风率、压力损失及效率等几个方面。

测定除尘器性能时，除尘器管道测定断面位置和测点位置的确定方法与前述的风管内风压、风速、风量的测定中的确定方法相同。

1. 除尘器处理风量的测定

除尘器处理风量是反映除尘器处理气体能力的指标。除尘器处理风量应以除尘器进口的流量为依据，除尘器的漏风量或清灰系统引入的风量均不能计入处理风量之内。因此，测定除尘器处理风量时，其测定断面应设于除尘器进口管段上。

2. 除尘器漏风率的测定

除尘器的漏风率是除尘器一项重要的技术指标。它是指除尘器进、出口处风量之差与除尘器进口处风量的比值。由于装置漏风率对其处理风量和除尘效率均有重大影响。因此，某些除尘器的制造标准中对漏风量提出了具体要求，如袋式除尘器一般要求漏风率小于5％等。

漏风率的测定方法有风量平衡法、热平衡法和碳平衡法等。风量平衡法是最常用的方法。根据定义，除尘器漏风率 ε 用下式表示：

$$\varepsilon=\left(\frac{L_2-L_1}{L_1}\right)\times100\%$$ (4-33)

式中　L_1——除尘器进口处风量，m³/s；

L_2——除尘器出口处风量，m³/s。

从上式可以看出，只要测出除尘器进、出口处的风量，即可求得漏风率。

采用风量平衡法测定漏风率时，要注意温度变化对气体体积的影响。对于反吹清灰的袋式除尘器，清灰风量应从除尘器出口风量中扣除。

3. 除尘器效率的测定

现场测定时，出于条件限制，一般用浓度法测定防尘器全效率。除尘器全效率为：

$$\eta=\frac{y_1-y_2}{y_1}\times100\%$$ (4-34)

式中　y_1——除尘器进口处平均含尘浓度，mg/m³；

y_2——除尘器出口处平均含尘浓度，mg/m^3。

现场使用的除尘系统总会有少量漏风，为了消除漏风对测定结果的影响，应按下列公式计算除尘器全效率。

在吸入段（$L_2 > L_1$）：

$$\eta = \frac{y_1 L_1 - y_2 L_2}{y_1 L_1} \times 100\% \qquad (4\text{-}35)$$

在压出段（$L_1 > L_2$）：

$$\eta = \frac{y_1 L_1 - y_1(L_1 - L_2) - y_2 L_2}{y_1 L_1} \times 100\% = \frac{L_2}{L_1}\left(1 - \frac{y_2}{y_1}\right) \times 100\% \qquad (4\text{-}36)$$

式中　L_1——除尘器进口断面风量，m^3/s；

　　　L_2——除尘器出口断面风量，m^3/s。

粉尘的性质及系统运行工况对除尘器效率影响较大，因此给出除尘器全效率时，应同时说明系统运行工况以及粉尘的真密度、粒径分布，或者直接给出除尘器的分级效率。

4. 除尘器阻力的测定

除尘器前后的全压差即为除尘器阻力。

$$\Delta P = P_1 - P_2 \qquad (4\text{-}37)$$

式中　ΔP——除尘器阻力，Pa；

　　　P_1——除尘器进口处的平均全压，Pa；

　　　P_2——除尘器出口处的平均全压，Pa。

第五节　局部通风设施性能评价

局部通风设施作为卫生工程技术的主要部分，其性能的优劣很大程度上影响着有害因素的控制效果。局部通风系统能否达到卫生要求，合理的设计是关键所在。如果设计合理，可将发生源产生的有害因素吸入罩内，达到高效的捕集效率，从而确保工作场所有害因素浓度符合国家职业接触限值的要求。

局部通风系统的卫生要求可归纳为三部分：一是控制作业场所空气中有害因素浓度，使其不超过国家职业卫生标准；二是净化系统排出的有害因素，使其达到国家规定的排放标准；三是系统本身通风不应产生新的有害因素。以上三方面的要求是对局部通风系统的最基本的要求，也是评价其效果的主要依据。

由于局部通风设施各组成部分是互为联系、相互影响的，风机设备的风量、风压的大小决定了管道通风量的大小，继而决定了排风罩排风量的大小。所以对局部通风设施的评价也应是全面的、系统的。局部通风设施效果的好坏，最终体现在作业场所有害因素的浓度是否达到了国家职业卫生标准的要求。所以说作业场所有害因素浓度的检测结果，应该是评价局部通风设施性能的基础。

一、排风罩性能评价

排风罩性能的评价，主要是根据排风罩的工作原理，从排风罩类型的选择、排风方式的设计等角度，评价排风罩的性能能否满足控制有害因素的要求。

1. 排风罩类型的选择

由于工艺的不同，产生的有害因素的理化特性、散逸方向也不同。因此，在分析排风罩选型时，应当结合检测结果，着重分析所选排风罩能否通过排风罩口的气流运动，将有害因素从产生点捕集进局部通风设施。如应当选用下吸式排风罩的，却选用了上吸式排风罩，结果会导致通风量不小，但捕集效率却很低的情况出现。

排风罩性能评价示例如下。

如某控制效果评价项目，检测结果显示推台锯产生的木尘超过国家职业卫生标准限值好几倍。现场调查发现，推台锯锯木时产生的木尘，因为颗粒较大、相对密度较重，沿锯木流线运动较短距离后便落至地面。因此，通常情况下，应选用下吸式排风罩来控制推台锯产生的木尘，但该项目设计中却选用了上吸式排风罩，除尘效果非常差。而后根据相关技术服务机构的建议进行整改，将排风罩改为下吸式排风罩，结果在相同排风量的情况下，控制效果明显提高，操作位木尘浓度比设置上吸式排风罩时降低了近6倍（具体检测结果可见表4-4）。由此可见，选择正确的排风罩类型，可以明显提高有害因素的控制效果。

表 4-4　不同类型局部排风罩控制效果比较

排风罩形式	排风量/(m³/h)	短时间接触浓度/(mg/m³)	
		检测值	限值
上吸罩	1685	139	5
下吸罩	1685	20	5

2. 排风方式的设计

要评价排风罩是否能有效控制生产岗位的粉尘及有害气体，分析排风方式的设置是否合理非常关键。一般来说，合理的排风方式应符合"密"（尽可能密封）、"近"（靠近有害气体及粉尘的发生源）、"通"（要保证足够的排风量）、"顺"（排风罩与尘毒散发相适应）、"便"（方便操作）五个字。如排风罩罩口距有害因素发生源较远、未对准有害因素气流方向、排风罩罩口被遮挡、罩壳扩张角过小等，这些问题都将影响其发挥应有的性能，从而导致控制效果不佳。

下面就上吸罩、侧吸罩两种情况进行分析，详见表4-5和表4-6。

表 4-5　上吸罩罩口设置位置对控制效果的影响

项　　目	罩口距有害因素源距离/m		罩口风速/(m/s)		短时间接触浓度/(mg/m³)	
	实测距离	可拉近距离	实测风速	应满足风速	检测值	限值
某建材企业矿渣棉投料装置上吸罩(矿渣棉粉尘)	1.6	0.6	0.3	1.0	13	5
某化工厂硫酸盐振动筛上吸罩(其他粉尘)	0.9	0.3	0.3	1.0	30	10

表 4-6　侧吸罩罩口设置位置对控制效果的影响

项　　目	罩口距有害因素源距离/m		罩口风速/吸入风速/(m/s)		短时间接触浓度/(mg/m³)	
	实测距离	可拉近距离	实测风速	应满足风速	检测值	限值
某化工厂硫酸盐混料槽侧吸罩(其他粉尘)	0.6	0.2	0.39/0.20	4.2/0.5	144	10
某电子企业黄丹粉配料罐下料口(铅尘)	0.3	0.1	0.82/0.38	3.2/0.5	0.4	0.15

表 4-5 中所述的上吸罩，在不影响操作的前提下，排风罩距有害因素发生源的距离可以分别拉近 0.6m 及 0.3m；实测罩口平均风速均为 0.3m/s，低于设计应满足罩口平均风速的 70%，操作位有害因素浓度分别超过国家规定的职业接触限值的 1.6 倍和 2.0 倍。

表 4-6 中所述的侧吸罩，在不影响操作的前提下，排风罩距有害因素发生源的距离可以分别拉近 0.2m 和 0.1m；实测罩口平均风速仅为 0.39m/s 和 0.82m/s，吸入风速分别为 0.20m/s 和 0.38m/s，罩口风速分别低于设计应满足吸入风速的 60% 和 24%，操作位有害物质浓度分别超过国家规定的职业接触限值的 13.4 倍和 1.7 倍。

目前，评价排风罩的排风方式是否合理，主要还是依据排风罩的设计原则。排风罩具体设计原则如下：局部排风罩应尽可能包围或靠近有害物发生源，使有害物局限于较小的空间，尽可能减小其吸气范围，便于捕集和控制；排风罩的吸气气流方向应尽可能与污染气流运动方向一致；设计时要充分考虑操作人员的位置和活动范围，不允许已被污染的吸入气流再通过操作者的呼吸区；和工艺密切配合，使局部排风罩的配置与生产工艺协调一致，力求不影响工艺操作；要尽可能避免或减弱干扰气流如穿堂风、送风气流等对吸气气流的影响。

3. 排风罩风量

建设项目竣工验收时，除了对工作场所各生产岗位产生的有害物质浓度进行评价，还应当对这些生产岗位上设置的排风罩风量检测结果进行评价，并以工作场所有害物质浓度是否符合国家卫生标准作为评价排风罩效果好坏的重要指标。

排风罩的风量是否能有效捕集污染物，关键要分析控制风速和控制点位置的设计是否合理。通常，对于控制点位置的选取，粉尘以粉尘飞溅的最远点作为控制点，有害气体以工作面边缘点作为控制点。对于控制风速，由于该参数与尘源的性质（主要包括粉尘的扩散力等）以及周围气流的状况有关，设计时一般需要通过实验测得。如果缺乏现场实测的数据，设计时则会参考表 4-7 和表 4-8 来确定。

表 4-7 控制风速 v_x

有害物散发情况	最小控制风速/(m/s)	举 例
以轻微速度散发到相当平静的空气环境	0.25～0.5	槽内液体的散发，气体或烟从敞开容器外溢
以较低初速度散发到较平静的空气环境	0.5～1.0	喷漆室内喷漆，断续地往容器中倾倒有尘屑的干物料、焊接、低速带输送
以相当高的速度散发出来，或是散发到空气运动迅速的区域	1.0～2.5	小喷漆室内高压喷漆、快速装袋或装桶、往带式输送机上给料、破碎机破碎
以高速散发出来，或是散发到空气运动很迅速的区域	2.5～10	磨床加工、重破碎机破碎、砂轮机、喷砂、清理滚筒、热落砂机落砂

表 4-8 控制风速上、下限

范围下限	范围上限	范围下限	范围上限
室内空气流动小或有利于捕捉	室内有扰动气流	间歇生产，产量低	连续生产，产量高
有害物毒性低	有害物毒性高	大罩子大风量	小罩子局部控制

此外，由于室外空气的流入、工作人员的走动、机器设备的运转等因素会使车间产生一股干扰气流，从而影响对粉尘的吸捕作用，因此，在有干扰气流时，从上述表中选取的控制风速应相应增加，其增加值可根据表 4-9 来确定。

表 4-9　干扰气流的影响

干扰气流的影响	控制风速的增加值/(m/s)	干扰气流的影响	控制风速的增加值/(m/s)
微弱(0～0.2m/s)	0.2	一般(0.3～0.4m/s)	0.5
弱(0.2～0.3m/s)	0.3	强(0.4～0.6m/s)	1.0

分析控制风速的合理性时，除了要考虑控制风速的设计值是否满足相应的要求，还应当综合分析周围环境及干扰气流等对控制风速的影响。

二、通风管道性能评价

由于工业通风管道不同于普通公共建筑物的通风管道，它的设计要求更高，更具有针对性，特别是管道布局、管道材质的选择等都会不同程度影响有害因素在管道中的运行，如：除尘管道采用水平敷设时，容易引起粉尘堵塞；管道走向不合理时，会导致气流短路或局部死角以及管道阻力增加；管道材质选配不合理，无法满足防腐要求时，容易造成强酸碱性、腐蚀性气体对管道的腐蚀，引起管道破损；管道风速不足时，则容易造成粉尘堵塞。因此，通风管道性能的评价，主要是从管道布局、材质、管道风速入手，结合管道设计原则分析其能否满足携带有害因素在管道中运行的需要。

（一）管道布局

1. 划分系统

系统划分应充分考虑管道输送气体（粉尘）的性质、操作制度、相互距离、回收处理等因素，以确保管道系统的正常运转。一般，管道系统的划分应遵循如下要求。

① 污染物性质相同，生产设备同时运转，便于污染物统一集中回收处理的场合，或污染物性质不同，生产设备同时运转，但允许不同污染物混合或污染物物回收价值的场合，或尽可能将同一生产工序中同时操作的污染设备排风点合为一个系统的，凡符合以上条件的可合为一个管道系统。

② 对于不同污染物混合后有引起燃烧或爆炸危险者，或形成毒性更大的污染物的场合，或不同温度和湿度的气体混合后可能引起管道内结露和堵塞的场合，或因粉尘或气体性质不同，共用一个系统会影响回收或净化效率者，凡符合以上条件的不可合为一个管道系统。

2. 管网配置

管网布置的一个重要问题就是要实现各支管间的压力平衡，以保证各吸气点达到设计风量，实现控制污染物扩散的目的。常用的管网布置方式有以下三种。

（1）干管配管方式　与其他方式相比，这种方式的管网布置紧凑，占地小，投资省，施工简便，应用较广泛。但各支管间压力平衡计算比较烦琐，给设计增加一定的工作量，如图4-21(a) 所示。

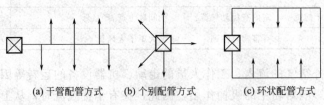

(a) 干管配管方式　　(b) 个别配管方式　　(c) 环状配管方式

图 4-21　管网配置方式

（2）个别配管方式　吸气（尘）点多的系统管网，可采用大断面的集中管连接各分支管，集合管内流速不宜超过 3～6m/s（水平集合管≤3m/s，垂直集合管≤6m/s），以利各支管间压力平衡。对于除尘系统，集合管还能起初净化作用，但管底应设积灰的装置，如图 4-21（b）所示。

（3）环状配管方式　相对于多支管的复杂管网系统，它具有支管间易于平衡的优点，但会带来管路较长、系统阻力增加等问题，如图 4-21（c）所示。

3. 管道布置

输送不同介质的管道，布置原则虽有不同，但也有许多共性的原则。管道布置应遵循的一般原则有：管道敷设分明装和暗装，尽量明装，以便检修；管道应尽量集中成列，平行敷设，尽量沿墙或柱敷设；管道与梁、柱、墙、设备及管道之间应留有足够的距离，以满足施工、运行、检修和热胀冷缩的要求，一般间距不应小于 100～150mm；水平管道敷设应有一定的坡度，以便于放气、放水、疏水和防止积尘（一般坡度不小于 0.005°），坡度应考虑斜向风机方向，并应在风管的最低点和风机底部装设水封泄液管；捕集含有剧毒、易燃、易爆物质的管道系统，其正压段一般不应穿过其他房间；如果需要穿过其他房间时，该段管道上不宜设法兰或阀门。

对于除尘管道，还应当满足以下要求：除尘管道力求顺直，保证气流通畅。当必须水平敷设时，要有足够的流速以防止积尘；对易产生积灰的管道，必须设置清灰孔；为减轻风机磨损，特别当气体含尘浓度较高时（大于 3g/m³ 时），应将净化装置设在风机的吸入段；分支管与水平管或倾斜主干管连接时，应从上部或侧面接入。三通管的夹角一般不宜大于 30°。当有几个分支管汇合于同一主干管时，汇合点最好不设在同一断面上；输送气体中含磨琢性强的粉尘时，在有局部压力损失的地方应采取防磨措施，并在设计中考虑到管件的检修方便。

（二）管道材料

对于排毒管道，其管道的选材与所采取的防腐措施，取决于输送气体的腐蚀性程度：对于腐蚀性较小的气体，工艺设计中通常采用管道表面防锈处理；对含有强酸碱性、腐蚀性气体的，采用硬聚氯乙烯塑料板、玻璃钢板；输送含酸蒸气时，采用含钛钢材、塑料管或陶瓷管；用于输送表面处理车间的酸、碱气体的排风道，采用防腐地沟风道；输送其他腐蚀性气体的风道，则可根据气体的性质选配符合要求的风道。

（三）管道风速

管道内的空气应保持一定的流速，以防止粉尘沉积、管道堵塞。管道风速的确定，主要根据粉尘的类别、成分来设计。表 4-10 列举了部分除尘风管的最小风速。

表 4-10　除尘风管的最小风速设置

粉尘类别	粉尘名称	垂直风管/(m/s)	水平风管/(m/s)
矿物粉尘	石灰石	14	16
	水泥	12	18
	矽尘	16	18
金属粉尘	钢铁屑	19	23
	铅尘	20	25
其他粉尘	煤尘	11	13
	煤焦粉尘	14	18

三、通风机性能评价

排风罩风量的大小及整个系统效果的好坏，最终由通风机设备的基本参数（如风量、风压等）所决定，而风机设备的选型通常是根据通风系统的风量、阻力设计求得的。在开展控制效果评价时，往往需要对整个系统进行测定校核与分析。如果系统设计正确，但校核的风量、风压结果与设计不符，则应考虑风机设备的选型、安装、供电等是否存在问题，比如：机组设备内的装置阻力过大，系统漏风率过大、风机存在"掉转"现象、风机倒转，风机选配不合理等。

对通风机性能评价，还应考虑通风机组设备防爆、防腐性能。

由于管道输送介质中会涉及可燃气体、易燃易爆粉尘或具有腐蚀性气体、蒸气、粉尘，评价时应根据工作场所内气体、蒸气、粉尘等物质的性质来分析所采用的通风机是否符合防爆、防腐的要求，以及所采取的相应措施是否符合设计要求。比如，用于甲、乙类生产厂房和其他种类生产厂房排除爆炸危险性物质的排风系统，是否采用防爆型风机，且机组是否采用直联或联轴器传动方式；当采用 V 带传动时，是否设置了接地以防止静电火花等，这些都可作为通风机性能评价的重点。

四、净化装置性能评价

根据有害气体及粉尘的性质、处理风量、排放及回收要求，分析所选净化装置是否合理。

使用净化装置的目的是使有害气体及粉尘的排放浓度符合国家排放标准。净化装置的净化效率的大小，不仅与净化装置本身的性能有关，而且与所净化物的性质（如化学性质、温度、含湿量、处理量、浓度）及有害气体及粉尘本身的性质（如化学组成、爆炸性、黏结性、荷电性、分散度、密度等）有关。因此，评价净化装置是否达到设计要求，应综合考虑各方面的因素，权衡利弊关系。

为了提高吸收效率，减低设备的投资和运行费用，吸收设备应满足以下要求：在吸收设备内，气液之间应有足够的接触面积和接触时间；气液之间扰动强烈，吸收阻力低，吸收效率高；在结构上保证气液逆流操作，以增大吸收推动力；吸收设备应有足够的抗腐蚀能力和机械强度，以保证运行安全可靠；结构简单，便于制作和检修。

吸附设备则应满足以下要求：在吸附器内，气体与吸附剂应有足够长的接触时间，但流速控制较小（一般控制在 $0.1\sim0.3\text{m/s}$），以提高吸附效率；应容纳一定数量的吸附剂，以保证必需的使用周期，但吸附剂层厚度不宜过大，以免阻力过高；控制气体温度，必要时应采取冷却措施；对于含有高含量粉尘的气体，应在吸附之前进行必要的过滤，以防吸附剂层被堵塞；应便于更换吸附剂或使其再生。

五、设备的减振降噪措施

由于工业通风设备运行时会产生较大的噪声和一定频率的振动，因此，对工业通风设备运行时产生的噪声和振动有一定的要求。

① 通风系统的噪声传播至使用房间和周围环境的噪声级，应符合国家现行有关标准的规定。

② 通风系统的振动传播至使用房间和周围环境的振动级，应符合国家现行有关标准的规定。

③ 设置风管时，消声处理后的风管不宜穿过高噪声的房间；噪声高的风管，不宜穿过要求低噪声的房间，当必须穿过时，应采取隔声处理。

④ 有消声要求的通风系统，其风管内的风速，宜按表 4-11 的要求设计。

表 4-11　风管内的风速

室内允许噪声级/dB(A)	主管风速/(m/s)	支管风速/(m/s)
25～35	3～4	≤2
35～50	4～7	2～3
50～65	6～9	3～5
65～85	8～12	5～8

注：通风机与消声装置之间的风管，其风速可采用 8～10m/s。

工程设计中，往往会根据相关要求对通风设备采取必要的减振降噪措施（如设置消声设备、隔振装置等），以减小这些有害因素的危害性。

第五章　重点行业职业病危害评价简介

第一节　集成电路制造

近年来，随着以互联网为代表的信息化革命的兴起，通信设备、网络设备和个人计算机的需求量持续增长，大大促进了集成电路市场的扩大。由于集成电路在我国发展较晚，且生产环境又是超净空间，造成人们对集成电路生产中存在的职业危害缺乏了解，误认为集成电路生产是"清洁"工业或"无害"工业。

集成电路是把特定电路所需的各种电子组件及线路缩小并制作在大小仅 $2cm^2$ 或更小的面积上的一种电子产品。因集成电路是由数以万计、大小需由显微镜才能观看到的固态电子组件组成，故称微电子产品。集成电路的生产是在衬底硅片（硅抛光片或外延片）上，采用光刻、腐蚀和蚀刻的方法形成掺杂通道，再通过离子注入和（或）高温扩散的方法掺质形成半导体 PN 结，然后沉积金属引线形成电路图形的生产过程。集成电路从器件结构上分为双极集成电路和金属氧化物半导体（MOS）集成电路。

一、工艺简介

集成电路生产工艺主要分为光掩模制作、硅片制造、芯片测试、IC 封装、IC 测试、IC 组装等部分。这里主要介绍硅片制造的生产工艺。

硅片制造由拉单晶、切割、研磨、清洗、氧化、光刻、蚀刻、掺质（扩散、离子注入）、化学气相沉积、金属化制程、化学机械抛光、硅片检验、划片等工序组成，其中部分工序需反复进行。

（1）清洗　是完全清除硅片表面的尘埃颗粒、有机物残留薄膜和吸附在表面的金属离子。清洗方式是将硅片浸在液体槽内或使用液体喷雾清洗，有时使用超声波和擦片清洗，特定情况下，还使用高温蒸气腐蚀和低温喷溅腐蚀方法。

（2）氧化　首先要在硅片上生长 SiO_2 绝缘薄膜。制造方法是将硅片置于约 900℃含氧的反应炉中，使氧气和硅片表面的硅反应生成 SiO_2。

（3）光刻　又称光学显影，是在芯片表面覆上一层感光材料，将平行光经过光罩后照在这层感光材料（或称光阻剂）上，使光罩上的图案转换到感光材料的薄膜层或硅片上，以完成曝光程序。在整个过程中，涂上感光材料后需烘干，目的是将感光材料中的有机溶剂蒸发排出，然后显影烘干。

（4）蚀刻　目的是将某种不需要的材料从硅片表面去除。刻蚀分为干蚀刻和湿蚀刻两种。干法蚀刻是以电能激发气体或蒸气，将其离子化制成电浆。利用电浆与去除物间的化学反应，使之挥发或汽化。不同材料的蚀刻使用不同的化学品气体或蒸气；湿法蚀刻是将芯片置于化学溶液中（一般为酸类物质），将曝光后的感光材料或其他材质去除。

(5) 掺质　将硅片放入高温反应炉内,在四价硅中加入三价硼或五价磷,以形成 P 和 N 型半导体。根据掺质的方法不同,分为扩散和离子植入法。扩散是在常压和高温状态下,利用含磷等化学物的自然扩散能力,将 P 离子掺入硅片中以形成 N 型半导体;离子植入是在离子植入机内,用非常高的能源将欲掺入气体激发成带电荷的离子化原子或分子,加速后植入芯片内,以形成 N 型或 P 型半导体。

(6) 化学气相沉积　是用来沉积介电材料、导体或半导体薄膜的技术。在高温条件下,沉积过程中参与反应的气体利用与芯片表面的浓度差,以扩散方式被芯片表面吸附而形成薄膜。

(7) 金属化制程　在高压直流电下,用电浆离子轰击加热的阴极铝金属靶,将铝金属溅射沉积于芯片上,以制成铝线或铝合金的导体。

(8) 化学机械抛光　是在已形成图案的硅片上进行抛光,使之形成整体平面,满足光刻时对焦的要求。类似于机械抛光,一般用于三层以上金属的集成电路芯片制造。

二、主要职业病危害因素

(一) 化学物质

化学物质数量多达 50 种,在清洗、蚀刻和沉积工序中均大量使用,涂覆强化剂、光阻液、负光阻液、去光阻液、显影液、缓冲液、清洗液、蚀刻物质等都含有很多类的有机溶剂和酸碱物质,如异丙醇、丙酮、邻苯二酚、羟胺、酚醛树脂、丙二醇单甲基醚、乙酸丁酯、乙烯酮、丙二醇单甲基醚乙酸酯、氢氧化四甲基铵、环戊酮、己二硅甲基氨烷、乙醇、双氧水、氟化铵、氨、氢氟酸、硫酸、硝酸、盐酸、磷酸以及不同配比的各类有机溶剂和各类酸的混合物。

(二) 特殊气体

生产过程中使用的气体种类多、量少,但毒性较强,有些气体为集成电路芯片制造过程中制造材料的一部分,它的某些元素以扩散和植入的方式与硅片紧密结合,这类气体称为特殊材料气体。这些气体中有高毒性的,如砷化氢、磷烷、硼烷和一氧化碳等;有刺激性的,如溴化氢、氯化氢、氨和氯气;有窒息性的,如氮气、甲烷;有易燃性的,如硅烷、氢气等,其他还有六氢化硼、三氟化硼、三氯化硼、三氯氧磷、六氟化钨、氯化硅、二氯二氢硅、六氟化碳、三氟甲烷、二氧化碳、一氧化二氮、三氟化氮等气体。

(三) 大宗气体

大宗气体的气源一般设在工厂的气体站内,并由厂外指定的气体供应商供应,气体分配系统由主配管系统及分支管系统组成。包括一般氮气、工艺氮气、工艺氧气、工艺氢气、工艺氩气、工艺氦气、一般压缩空气和洁净压缩空气等。

(四) 物理因素

物理因素包括噪声、非电离辐射、电离辐射和微小环境因素,其中的某些因素是作为工艺方法使用。

（1）噪声　主要来源于洁净车间和支持区的新风机组、各类真空泵等，以及公用设施的鼓风机、发电机、空压机、冷冻机和水泵等，均属于机械气流、连续稳态噪声。

（2）激光　激光设备较多，主要在扩散、光刻、化学气相沉积中用来在芯片上刻号标记、对准校正等。

（3）红外线　在扩散和化学气相沉积中对硅片进行刻号和测量薄膜厚度等以及在化学机械研磨中进行窄沟槽隔离以控制制作终点。

（4）紫外线　在光刻和刻蚀中，采用紫外线对感光材料进行照射感光，照射后感光材料发生化学反应，容易被清洗去除，另外在化学气相沉积中测量薄膜厚度和掺杂浓度等。

（5）微波　在干法刻蚀中用来消除感光材料。

（6）高频　在干法蚀刻工序中，反应气体在高频电场的作用下与硅片发生反应以消除某些物质；在化学气相沉积和离子植入中产生等离子进行腔体清洗或引发化学反应，达到沉积薄膜的作用。

（7）电离辐射　离子植入作业及测量检测用的 X 射线机在运转过程中，均会产生 X 射线。

（8）微小环境因素　洁净车间微小环境包括温湿度、正负离子、新风补充和微生物等。

三、职业病危害防护措施

规范操作行为、改善作业环境及消除潜在事故危险是控制集成电路生产中职业危害的要素。其中加强化学物质、特殊气体、设备和操作人员的管理，制定各项安全操作规程应列为集成电路生产中职业卫生的管理重点。

（一）化学物质管理

集成电路制造过程中，使用的化学物质种类多、量小且特性复杂，其中有很多为易燃性有机溶剂和强酸物质，各主要生产工序在操作中均可接触，通过人体呼吸道吸入、皮肤和眼睛接触，可导致职业中毒、皮肤灼伤和过敏、眼睛损伤。预防化学物质的危害，应着重消除造成化学物质泄漏的隐患。

（1）防腐蚀和溶解　根据化学物质特性选择输送管道和设备材质，酸碱物质选用非金属材料或有防腐蚀涂层的金属材料，易燃的有机溶剂选用不锈钢等金属材料，以防管道被腐蚀或溶解而泄漏。

（2）防泄漏和报警　在使用化学物质的设备底部安装泄漏集液箱和检测报警器。将压力输送化学物质的管道或系统置于防压力的外套管内或箱柜内，并在外套管的最低处安装泄漏检测报警器，在箱柜门上安装联锁停机装置和报警设备。化学清洗槽安装液位自动报警和停机联锁装置，以防化学物质已泄漏而操作人员不知道，或箱柜门开着运转，而造成泄漏的事故发生。

（3）局部通风排气　视化学物质特性，合理设计局部排气的控制风速，保证化学物质不外泄，或在局部排气罩周围控制极低的浓度（1％TLV），并安装局部排气流量联锁和报警装置，当排气流量低于控制流量，会发生报警和停机，以防排气故障造成化学物质外泄。

（4）全面通风排气　箱柜和化学物质库房采用全面排气装置，保证其内的化学物质浓度低于某一极低的限定值，以防化学物质浓度增高或使易燃物质蒸气达到爆炸极限。

（5）事故排风　在使用化学物质的区域设置事故排风系统，化学物质一旦泄漏至工作环境，排风系统应联锁启动，以尽快消除泄漏。

（6）供应和分装　化学物质尽量采用中央控制自动供应和自动进料。整桶的化学物质应置于密闭通风的输送柜内。任何化学物质的分装必须在通风良好的抽风罩或柜内进行。

（7）采购和使用　建立化学物质使用许可制度和程序，减少和限制使用致癌和高度毒性的化学物质，尽量以低毒物代替高毒物。了解化学物质的物质安全资料表（MSDS）及相关内容。在化学物质容器上明显位置标示化学物质名称、操作注意事项、泄漏物的清除及防护要求等。操作时采取正确和适当的个人防护措施。

（8）储存　根据化学物质特性，酸碱类、易燃类和氧化性物质分开储存，不兼容的化学物质切忌储存在一处。控制储存量，储存室一般不超过一周的储存量，生产现场一般不超过一天的使用量。储存条件为通风良好、不日晒、不潮湿。设立化学物质泄漏收集沟及排除泵系统，达到泄漏时及时清除。

（二）特殊气体管理

集成电路生产过程中，各主要生产工序在操作中均可接触这些气体，通过人体呼吸道吸入可导致中毒甚至死亡。有些气体属于致癌类，如砷的氧化物属于 IARC 1 类；有些气体易燃，极易发生火灾。生产中除硅烷外，气体是使用瓶装管道输送至各作业点设备的。因此，特殊气体管理应着重预防作业人员的操作失误以及消除特殊气体意外泄漏的隐患。

（1）供应和存放　使用低毒物代替高毒物，减少和限制使用致癌和高度毒性的气体。根据各类气体的不同特性，分别设立不同的气体供应系统，并分别将其存放于不同的气体间。所有使用的气瓶应单独存放于气瓶柜内。

（2）防泄漏和报警　使用真空双套管供气，安装真空泄漏报警和供应阀关闭联锁装置，以及时关闭气体供应。气体间和气瓶柜内安装气体浓度检测报警系统和联锁停机装置，一旦气体泄漏，可及时报警和关闭气体供应。所有管道的接头和阀门应安装在密闭且有抽风的阀箱内，并安装气体浓度检测报警及排气流量不足报警器，以防外泄至工作环境。所有排放反应气体的管道设置浓度检测报警装置和应急旁路系统，气体泄漏时及时报警和进行应急管道调整。在使用高毒类气体的工作环境安装气体浓度检测报警器，以保证气体一旦泄漏至工作环境，作业人员可立即疏散。

（3）气体输送　各种气体分开送至反应器，不能在管道中有任何接触机会。各种气体的洗净氮气瓶各自独立，不可共享同一洗净瓶。采用气动阀门控制反应气体进入，并安装逆止阀、调压阀和超流阀以防回流至分配管。

（4）局部和全面排风　在气体间、气瓶柜和阀箱等存放处合理设置局部和全面通风排气，以保证气体不外泄，或在局部达到极低的浓度。并安装洒水装置和排气流量不足的联锁装置，当排气流量低于控制流量，自动关闭气体供应，以防化学物质浓度增高或使易燃物质蒸气达到爆炸极限。

（5）事故排风　在使用气体的区域设置事故排风系统，一旦气体泄漏至工作环境，排风系统应联锁启动，以尽快消除泄漏气体。

（6）排放和处理　根据排放气体的性质，设置不同的排风管道系统和相应材质，以防管道腐蚀泄漏，并采用适宜的处理装置，防止排放气体对环境的污染。使用管道压力传感器和排风变频装置，保持排风管道始终处于负压状态，防止排放气体泄漏。

（三）大宗气体的管理

大宗气体为惰性气体和易燃易爆气体，如泄漏会造成严重的火灾爆炸，在一些密闭或狭窄空间易造成作业人员的缺氧。因此，大宗气体管理应着重消除可能造成输送气体管道、分配管道和使用大宗气体设备泄漏的隐患。

（1）材质选择　采用适当的气体输送管道的管材、隔膜阀、球阀和输送泵，防止管道老化造成气体泄漏。

（2）泄漏报警　在气体管道所在的狭窄空间内设置氧气含量检测和易燃易爆物质检测报警器及其联锁装置，发现泄漏及时报警和处理。

（3）通风排毒　在气体站和管道所在区域安装通风排毒和事故排风设施以加强通风，一旦气体泄漏可及时消除。

（四）物理因素管理

集成电路芯片制造过程中，物理因素的防护应侧重于设备的屏蔽、警示标志及维修保养时操作人员的个体防护。

① 电离辐射和非电离辐射设备应具有自身配套的屏蔽防护措施，设有保护盖和联锁停机装置，并有防辐射的警示标志。

② X 射线设备应设在规定的区域内，并有防护盖或墙，运转时使用指示灯。非操作人员不可进入该区域。X 射线设备作业人员应佩戴个人计量检测器，以测定所暴露的辐射计量。

③ 激光设备的维修保养应在规定的修理间进行，修理间的墙面结构应能防止激光的反射，作业人员必须使用合适的防护眼镜。

④ 根据噪声性质和作业特点，采取隔声、吸声、消声、减振等综合降噪措施，以有效降低噪声。

⑤ 洁净车间应有一定的新风补充，并占总循环风的 30%，通风量和通风口风速达到一定的水平，以保持车间内每人每小时 30 次的换气次数。保持洁净车间空气的温湿度，兼顾工艺要求和人员舒适感，并经常对车间空气进行净化消毒。

（五）设备安全管理

设备安全管理是预防火灾和泄漏意外事故发生的要素之一，管理重点应着重于设备的自身安全和防泄漏措施。

① 尽可能采用自动流程，以减少人工操作的失误。

② 设备应具备双重防护作用，不会因任何的单一失误或零件故障而立即出现化学物泄漏事故。

③ 安装在可能有易燃易爆物场所的电气设备应有绝缘防爆措施。

④ 设备应具有低压联锁防护，设备未达一定真空度气体不可进入，易燃和氧化气体也不可在进入反应器前混合，以防反应爆炸。

⑤ 设备和管道应保持密闭，设有危害警示标志，设备应标示内部的反应物质和可能会产生的各类意外伤害，输送管道应标示内容物和流向。

⑥ 新设备安装后在进行安全测试和检查后方可使用，旧设备迁移和功能改进后应对设

备自身的安全措施和防泄漏措施进行详细的检查和测试，符合要求后才可使用。

⑦ 设备安装应留有足够的维护保养空间，并给予充足的照明和应急设施，以备应急时使用。

⑧ 设备检修保养时应严格按照规定的程序和方法进行，要有一套完整的内部申请、许可、动工和验收等手续。

（六）操作人员管理

加强操作人员的制度管理是预防职业中毒事故和火灾发生的重要手段，应着重通过一定的程序和方法规范人员操作行为以避免人为失误。

① 制定详细的职业卫生教育培训方针和计划，对所有设备操作和维修保养人员进行培训，并实施考核。

② 对新员工应进行有针对性的培训，培训内容应涉及设备操作、物料的 MSDS、急救常识和急救方法、防护用品正确使用、危害标示识别、事故应急报告程序、疏散路径、事故实例和实际演练等。新人员上岗前，应进行操作带教和应急处理训练。

③ 操作人员应严格按照作业规程进行操作，不得偏离规定程序。

④ 对生产中各操作环节和步骤进行详细的分析，找出可能产生危险的环节和因素，以采取适当和有效的个体防护措施。

⑤ 根据国家规定，制订并实施操作人员的职业健康检查计划。

（七）其他

（1）废弃物管理　以不污染环境、不危害厂区周边居民或其他单位为基本原则，鼓励减废和回收再利用，节约资源，尽可能减少对环境的污染；废气必须经处理合格或焚烧后排出厂外；废化学物瓶或桶应进行清洗和预处理；废化学物集中分类收集，并交由合格的废弃物处理公司统一处理。

（2）应急事故管理　制订应急救援预案和应急事故通报及处理程序，保证及时、有效处理应急事故；以部门为单位设立应急处理小组，并加强日常演练，熟练掌握处理技术，及时清除泄漏物质；易发生应急事故的区域应配备应急设备器材和个人防护用品；依托社区或园区的应急救援力量，防止事故扩大。

（3）安全卫生检查　落实安全卫生管理部门，制定检查规范，日常加强检查和督导；检查和督导易导致泄漏和火灾的各项人、机、物及事故易发处；对检查发现的问题应做好记录、通报和总结，并及时提出改进意见，防止再次发生。

（4）作业环境监测　根据各自生产特点，制订监测监护计划，达到识别、评价和控制职业危害以及保护工人健康的目的；针对作业人员操作的不定点和流动性，应定期或不定期进行车间空气监测，监测方法和衡量的卫生标准也应兼顾最高容许浓度（MAC）、时间加权平均阈限值（TLV-TWA）、短时间接触阈限值（TLV-STEL）和上限值（TLV-C）。

第二节　石油化工产品加工

石油是十分复杂的烃类及非烃类化合物的混合物。组成石油化合物的相对分子质量从几十到几千，相应的沸点从常温到 500℃以上，其分子结构也是多种多样。因此，原油不能直接作为产品使用，必须经过各种加工过程，炼制成多种在质量上符合使用要求的石油产品。

把原油蒸馏分为几个不同的沸点范围产品过程（即馏分）叫一次加工；将一次加工得到的馏分再加工成商品油叫二次加工；将二次加工得到的商品油制取基本有机化工原料的工艺叫三次加工。

石油化工指以石油或天然气为原料，生产石油产品和石油化工产品的加工工业。石油产品又称油品，主要包括各种燃料油（如各种牌号的汽油、航空煤油、柴油、重质燃料油等）和润滑油以及液化石油气、石油焦炭、石蜡、沥青等。生产这些产品的加工过程常被称为石油炼制，简称炼油。石油化工产品以炼油过程提供的原料油通过进一步化学加工获得。生产石油化工产品的第一步是对原料油和气（如丙烷、汽油、柴油等）进行裂解，生成以乙烯、丙烯、丁二烯、苯、甲苯、二甲苯为代表的基本化工原料。第二步是以基本化工原料生产多种有机化工原料及合成材料（塑料、合成纤维、合成橡胶）。这两步中，产品的生产属于石油化工的范围。约10%的石油产品是用作石油化工原料的生产。

由于石油化工产品种类繁多、生产工艺复杂，本部分仅对乙烯、丙烯、丁二烯、芳烃等基本化工原料以及聚乙烯的主流生产工艺流程进行描述、并对其中涉及的主要职业病危害因素进行识别，在防护措施方面提出相应的建议。

一、工艺简介

（一）乙烯和丙烯

1. 主生产装置

采用裂解炉，包括液体裂解炉和气体裂解炉。液体裂解炉原料主要是石脑油，还包括从芳烃抽提装置来的抽余 C_6/C_7、烯烃转化单元产生的循环 C_4 和废 C_4 及汽油加氢单元产生的循环 C_5；气体裂解炉用于裂解乙烯装置内产生的循环乙烷/丙烷气体。

液体裂解炉产生的裂解气经冷却后进入汽油分馏塔。从气体裂解炉出来的物料，在一个独立的油急冷器中与急冷油接触，馏分与来自其他裂解炉的全部物流混合，一起经油急冷，再到汽油分馏塔。在汽油分馏塔中，裂解气被进一步冷却。汽油和较轻组分从塔顶蒸出，裂解燃料油从塔底抽出并送往裂解燃料油汽提塔。裂解燃料油汽提塔底物料经冷却后抽出重燃料油，冷却后送往界区外。来自汽油分馏塔的塔顶气体在急冷塔中被冷却并部分冷凝。急冷水经冷却水和裂解炉进料进一步冷却，送往裂解气压缩机。在急冷塔冷凝的汽油，一部分冷凝的烃类作为回流返回汽油分馏塔，其余部分与来自压缩系统的烃冷凝物同脱丁烷塔底物料汇合，送往裂解汽油加氢单元。在急冷塔冷凝的稀释蒸气在工艺水气提塔重脱除酸性气和易挥发的烃类；急冷塔釜中的工艺水凝液送往稀释蒸气发生系统，产生的稀释蒸气，加热裂解炉。

急冷塔顶气体在五段离心式压缩机中被压缩。在三段和四段之间，用碱洗以脱除裂解气中的酸性气体。五段出口裂解气经多级冷却干燥后送往脱甲烷系统。各段间分离出的烃冷凝物合并后送到汽油加氢单元。

压缩后裂解气经多级冷却后得到的凝液进入脱甲烷塔，气相分离出氢气和甲烷尾气产品，塔底物料进入脱乙烷塔。脱乙烷塔塔顶产物经选择性加氢转变为乙烯后进入乙烯精馏塔。分离出乙烯产品。

脱乙烷塔的塔底物料进入脱丙烷塔。脱丙烷塔塔底物料送往脱丁烷塔；塔顶分出的物料经 C_3 加氢后送往丙烯精馏塔。脱丁烷塔塔顶分出混合 C_4 产品，送往烯烃转换单元和界区外储存；塔底物料送往汽油加氢单元。丙烯精馏塔把进料分离成塔顶的聚合级丙烯产品和塔底丙烷产品。

2. 烯烃转换单元

烯烃转换单元利用歧化反应将乙烯和 2-丁烯转换成丙烯。该技术主要由三个步骤组成：C_4 选择加氢、具有反应蒸馏的脱异丁烯塔和乙烯及 2-丁烯的歧化反应。

3. 汽油加氢单元

汽油加氢单元包括一段加氢、C_9 切割塔、二段加氢和脱戊烷塔四个部分。一段加氢主要是二烯烃、苯乙烯和茚化合物的选择加氢转化为烯烃、烷基苯和 2,3-二氢化茚等，一部分存在的烯烃也进行加氢。在第二段加氢反应器中，进料中的烯烃被进一步加氢。C_9 尾油送往界区外。$C_6 \sim C_8$ 馏分送往芳烃抽提装置，塔顶 C_5 组分返回裂解炉裂解。

4. 废碱处理系统（辅助单元）

自碱/水洗塔来的废碱液必须经处理后才能排放到环境中。废碱液中含有碳酸钠、硫化钠和少量游离氢氧化钠。另外废碱液中还有分散烃。分散烃可能会使下游废碱氧化单元操作中结垢，因此需要用汽油洗涤分散烃。

自碱/水洗塔来的废碱液与汽油汽提塔来的汽油混合后进入废碱聚结器，在此罐中脱气并进行油、碱分离，然后废碱液进入废碱氧化包处理。废碱聚结器出来的废汽油与洗涤水混合后再进入废汽油聚结器，在此罐中洗掉汽油中夹带的碱，分离出来的汽油返回到汽油分馏塔中。从两聚结器出来的气体返回急冷塔，废碱液合并后进入废碱氧化单元。

经废碱预处理后的废碱液送至废碱储罐。在废碱处理区设有地下排放系统用来收集含碱的滴液、排放液、冲洗水、雨水等，并收集在废碱储槽里。该槽中的含碱废液用泵送到废碱储罐。在废碱储罐中从液面上撇出夹带的油送回废碱聚结器，废碱液进入废碱氧化包。

废碱氧化包含高压进料泵、废碱氧化反应器、流出物分离罐、空气压缩机、进出料换热器等设备。自废碱储罐来的废碱液用泵加压，在一定的温度、压力下与来自空气中的氧气在氧化反应器中反应，将硫转化为可溶性的硫酸盐，从而降低了废碱的 COD 值。被氧化了的废碱及废气在废碱氧化器流出物分离罐中进行分离，废气通过管道送到开工锅炉，氧化反应后的液体与碱/水洗塔来的洗涤水合并后被送至废碱中和罐。在废碱中和罐中废碱液被酸中和并调整 pH 值，从废碱中和罐出来的废水送至污水系统去进一步处理。

5. 蒸气及冷凝水系统（辅助单元）

超高压蒸气主要来自裂解炉废热锅炉产气。它主要是驱动裂解气压缩机透平和丙烯制冷压缩机透平；装置开车用气来自界区外的超高压蒸气管网。高压蒸气是由丙烯制冷压缩机透平中间抽气得到，主要驱动其他透平。中压蒸气主要由裂解气压缩机透平中间抽气产生，用于驱动急冷水泵透平及其他泵透平，富裕蒸气送往界区。低压蒸气主要来自蒸气透平的排气。用于工艺加热，并用于锅炉给水加热除氧。

蒸气冷凝水按未被污染凝液及可能被污染凝液两种类别划分，当加热蒸气压力高于工艺物料压力时，蒸气冷凝水可直接送回除氧器进行除氧；当冷凝液压力低于工艺物料压力时，冷凝水被认为可能被污染，因此要被送往活性炭过滤器处理；由表面冷凝器冷凝产生的冷凝水则要被送往冷凝水处理系统中混床处理后送回除氧器。所有回收的凝液都要进行除氧以及加药处理后送往裂解炉废锅产生超高压蒸气。

（二）芳烃

使用芳烃抽提装置进行生产，它以上游乙烯装置生产的乙烯裂解汽油为原料，采用以环丁砜为溶剂的抽提蒸馏工艺，经过原料预分馏、抽提蒸馏、芳烃分馏等几个工序，生产出合格的苯和甲苯产品，同时产生副产品芳烃抽余油和 C_{8+} 组分。其主要工艺流程如下。

1. 原料预分馏

原料预分馏的目的是从乙烯裂解汽油中分离出合格的 C_6、C_7 组分作为抽提蒸馏的原料。乙烯裂解汽油首先进入预分馏塔。塔顶分离出合格的 C_6、C_7 组分，送至抽提蒸馏塔进料缓冲罐。塔底的 C_{8+} 组分经与进料换热、用水冷却后送出装置。

2. 抽提蒸馏

抽提蒸馏的目的是从 C_6、C_7 组分中分离出芳烃和非芳烃抽余油。抽提蒸馏的原料经加热后送入抽提蒸馏塔，塔顶得到非芳烃抽余油，一部分作为抽提蒸馏塔的回流，另一部分作为产品送出装置。塔底得到富含苯、甲苯的富溶剂，送至回收塔。在回收塔中，经过减压蒸馏把苯、甲苯分离出来。回收塔顶得到的苯、甲苯混合物送至芳烃分离部分；不合格的苯、甲苯混合物返回抽提蒸馏塔进料缓冲罐重新处理。

由于长期操作会发生部分环丁砜的分解、聚合等，因此抽提蒸馏工序中设计了环丁砜溶剂再生系统，将一部分溶剂连续地送入溶剂再生塔进行再生处理，脱除老化、变质的溶剂。塔底废溶剂定期排放，桶装送装置外处理。溶剂再生系统在负压下操作。

3. 芳烃分馏

本部分包括白土处理、苯塔分离两个工序。回收塔顶芳烃泵来的混合芳烃先与苯塔塔底产品甲苯换热后，再与白土塔出口物流换热，加热至 $180℃$ 后进入白土塔，在白土塔中用活性白土吸附混合芳烃中的微量杂质。然后混合芳烃进入苯塔，分别从塔顶得到苯，塔底得到甲苯产品，经分析化验合格后送出装置。

（三）丁二烯

以含水的 N-甲基吡咯烷酮（NMP）为溶剂，采用两段萃取精馏以及两段直接精馏的工艺，生产高纯度的丁二烯产品。其工艺流程包括：萃取精馏、脱气、精馏部分、溶剂再生、化学品注入和废水汽提、溶剂缓冲等部分。

使用混合 C_4 作为装置的原料，原料经原料蒸发罐送入主洗塔，与塔顶来的 NMP 溶剂逆流接触。主洗塔塔顶分离出来的丁烷、丁烯馏分冷凝后作为抽余液送往 C_4 加氢进料罐；塔底含有丁二烯、炔烃及丁烯的 NMP 溶液送往精馏塔上部。精馏塔塔顶的丁烯馏分返回主洗塔下部，塔底含丁二烯、C_4 炔烃及 C_5 烃的 NMP 溶液送入脱气塔，侧线流出物含有丁二烯和少量炔烃送入后洗塔。在后洗塔中与 NMP 溶液逆流接触，溶解度较高的炔烃留在塔釜返回精馏塔下段顶部。后洗塔出来的粗丁二烯馏分冷凝后送入丙炔精馏塔和 1,3-丁二烯精馏塔，脱除 C_3 炔烃和 1,2-丁二烯、C_5 烃类，得到聚合级 1,3-丁二烯产品。在脱气塔中以蒸汽为汽提介质从 NMP 溶剂中除去烃类。塔釜汽提过的热溶剂通过一系列换热器回收余热后循环使用。塔顶烃类在冷却塔中回收余热后返回精馏塔。脱气塔侧线出料富含 C_4 炔烃，送入炔烃洗涤塔和水洗塔后用抽余气稀释后冷凝，与抽余液一起返回乙烯装置。

（四）聚乙烯

原料乙烯、氢气、丁烯、己烯、戊烷经精制供作反应进料。反应进料在流化床反应器中连续发生聚合反应。反应器中生长着的聚合物借助乙烯、共聚单体、氢气和惰性组分形成的高速气流而保持在流化状态。流化工艺气体在反应器主回路中循环以带走反应热。液相进料经 6 个专用喷嘴注入反应器底部，气相原料氢气和乙烯分别在主回路气体压缩机前后注入反应系统。

聚合物通过特殊设计的侧向出料系统撤出反应器，经二级脱气，并在第二级脱气塔中失活及去除粉料中的残余碳氢化合物。脱气失活后的粉料经粉料输送系统送挤压造粒。

来自聚合反应区的粉料和产品添加剂送往挤压造粒机造粒，粒子通过风送至掺混料仓。经掺混均匀化后，产品通过空气风送至聚合物包装仓库。

二、主要职业病危害因素

（一）乙烯和丙烯

裂解炉系统、急冷系统、压缩系统、分离系统等装置运行过程中的巡检和手工采样过程中可接触到乙烯、丙烯、石脑油等多种烃类化合物等。

压缩系统碱液储罐处可接触到氢氧化钠；烯烃转换单元可接触到丁烯、丁二烯；汽油加氢单元可接触到汽油；废碱处理系统可接触到氢氧化钠、硫化氢、硫酸、汽油；表面冷凝系统可接触到氢氧化钠、硫酸。上述部分的手工采样过程中可接触到相应的有害因素。

裂解炉系统、急冷系统、压缩系统、分离系统、烯烃转换单元、汽油加氢单元、废碱处理系统、表面冷凝系统等装置运行过程中可产生噪声，工人巡检或作业过程中可接触到噪声。

（二）芳烃

预分馏系统运行过程中可接触到乙烯裂解汽油、C_6、C_7 组分及乙苯和二甲苯等 C_8 组分；抽提蒸馏系统可接触到苯、甲苯、环丁砜及 C_6、C_7 非芳烃抽余油；芳烃分离系统可接触到苯、甲苯。上述部分的手工采样过程中可接触到相应的有害因素。

预分馏系统、抽提蒸馏系统、芳烃分离系统等装置运行过程中可产生噪声，工人巡检或作业过程中可接触到噪声。

（三）丁二烯

萃取精馏单元、脱气单元、运行过程中可接触到丁二烯、丁烯、其他 C_4 组分、N-甲基吡咯烷酮；脱气单元可接触到丁二烯、丁烯、其他 C_4 组分；精馏单元可接触到丁二烯；化学品注入系统可接触到含对叔丁基邻苯二酚和甲苯的 TBC 溶液。上述部分的手工采样过程中可接触到相应的有害因素。

萃取精馏单元、脱气单元、精馏单元等装置及蒸气和冷凝系统运行过程中可产生噪声，工人巡检或作业过程中可接触到噪声。

（四）聚乙烯

原料精制和聚合反应过程中可接触到乙烯、氢气、丁烯、己烯、戊烷；聚合物脱气过程中可接触到聚乙烯粉尘；后处理单元筛选、掺混料等过程中可接触到聚乙烯粉尘、添加剂粉尘。

原料精制、聚合反应、聚合物脱气以及筛选、掺混料等后处理过程中可产生噪声，工人巡检或作业过程中可接触到噪声。

三、职业病危害防护措施

大型石油化工项目的生产规模巨大，包含的装置数量多，工艺技术复杂，生产设备以露天布置为主，生产方式采用密闭化、管道化、连续化、自动化生产，生产过程中原辅料、半成品和成品种类繁多。正常工况下，操作人员以定时巡检和仪表操作为主，装卸、采样、维修、阀门/物料切换等生产过程需人员辅助操作。化工产品加工过程的生产规模、生产设备、工艺特点、生产方式、物料特性、物料储运、操作方式等决定了潜在危险因素的复杂性和发生事故的多样性，因此，需要采取多种防护和管理措施，并加强对职业危害关键控制点的防护。

（一）掌握危害特性、规范作业程序

要预防职业中毒，首先必须掌握存在职业病危害因素的特性，特别是毒物的种类、理化性质、毒性、毒物的联合作用、个体对毒物反应的差异以及来源、泄漏和散发条件等特性，然后结合工艺特点制定严格操作程序，并严格执行，避免违章作业。

1. 人工采样的预防措施

石化产品加工的生产过程中均采用人工采样的方式，近距离直接的手工作业若防护不当，易发生急慢性化学中毒事故，因此应从技术和管理方面加强采样作业安全。设置采样箱，采用密闭采样的方式，对于高毒物品还可视设备情况建立管道的局部回路和通风采样系统，采用合理有效的采样瓣膜，确保作业安全。经常检查采样阀和系统切断阀的使用状况，避免出现泄漏或阀门失灵。对于采样过程中的废弃、溢出以及残余样品应设置收集装置，避免对局部环境造成不良影响。采样前，作业人员应充分了解被采样物品的性质及预防措施，并根据其危害特性采用过滤式或供气式防毒面罩、不渗透手套和靴子以及化学安全眼镜等相应的个人防护用品。对有毒尤其是腐蚀性的物质，应在采样点附近设置喷淋洗眼装置，皮肤或眼睛接触后应立即冲洗，采样者在采样前应检查冲淋设施是否正常并确保可以使用。另外，作业人员除做好个体防护外，还宜佩戴被采样物质的检测报警仪，以及时了解采样时有害物质的浓度和接触情况，避免产生健康危害。

2. 装置检修的预防措施

化工装置检修作业时，人机接触过于靠近、岗位环境差、劳动强度大，稍有疏忽就会发生中毒事故，因此，企业应制定严格的安全检修程序，对每一次检修作业都给予足够的重视，并按规定办理相应的安全作业许可证。维修前，检修和操作人员应充分了解设备情况和可能接触的有害因素的 MSDS，做好设备的置换、吹扫、清洗、有害因素及氧含量分析、挂牌警示及监护等处理工作。企业还应就化工厂检修的安全制度、检修现场必须遵守的有关规定、呼吸防护器等器材的使用对维修相关人员进行培训教育。

3. 卸料作业的预防措施

有毒有害物料卸料作业时，应严格按照作业指导书进行操作，装卸臂应和槽车及储罐有良好的连接，并采用双重和多重保障系统，不至于因单一操作失误或零件故障而立即引发泄漏事故。一旦发生泄漏，应根据物料特性及时采取有效的控制和清除措施进行处理，清除泄漏的过程尤其应加强操作人员严格的个体防护。另外，在危险性较大的化学品装卸场所四周设置小围堰或集液沟，便于物料泄漏后能够及时收集，防止扩散。

4. 粉尘作业的预防措施

聚乙烯生产过程中存在产生粉尘的作业岗位。在粒子的加工过程中若含尘设备或管道密封不良，可发生粉料外逸现象。另外，对含尘设备或管道进行维修时，作业人员可接触设备或管道内残留的大量粉尘。因此，企业必须制定严格的作业规程，员工作业时必须穿戴个人防护用品；投料、放料、维修等操作后应及时采取吸尘或水洗的方式清理地面积尘，避免二次扬尘。

（二）重视建筑设计、采取技术防护

① 生产过程中的原料、中间产品和最终产品中包括多种有毒有害、易燃易爆以及强腐蚀性的化学物料，这些化学物料的使用和储存场所应根据化工生产的特点，在建筑设计方面综合考虑防毒、防腐、防火、防爆、防水、防潮等要求，采取必要的防护措施。如产生剧毒物质的场所，车间墙面、地面应采用不吸收、不吸附毒物的材质，必要时可加设保护层，以便清洗；产生粉尘及强腐蚀性物质的场所应设有冲洗地面、墙壁的设施；经常有积液的车间地面应采取防透水措施，并有一定的积液收集措施。

② 生产过程中的噪声主要来源于各种大型机泵类设备。应首先从声源上进行控制，以低噪声的工艺和设备代替高噪声的工艺和设备；如仍达不到要求，则应采用隔声、消声、吸声、隔振以及综合控制等噪声控制措施；对少数生产车间及作业场所，如采取相应噪声控制措施后其噪声级仍不能达到噪声控制设计标准时，则应采取个人防护措施；高噪声区域的作业人员必须佩戴耳塞、耳罩、帽盔等个人噪声防护用品。

③ 根据《工作场所职业病危害警示标识》（GBZ 158—2003）的要求，在存在职业病危害因素的作业场所及设备设置规范的警示标识和中文警示说明。在高毒物品作业场所，需设置红色区域警示线以及相应的职业病危害告知卡；重要的经常开闭的阀门上应设置明显的标识；在有毒有害生产区域的醒目位置设置风向标，为事故状况下员工的紧急疏散提供指导。

（三）加强制度管理、开展监测监护

① 完善职业卫生管理体系，建立职业安全卫生机构，制定职业卫生管理制度，明确各部门的职责和分工。

② 根据生产和接触有害物质的特点，制订突发性中毒事故应急救援预案，配备应急救援人员和必要的应急救援器材、设备。对应急救援预案应定期组织演练，并根据实际情况的变化适时进行修订，确保应急事故时相关人员以及各项措施的有效落实和实施。

③ 加强宣传教育，普及防护知识，通过宣传教育，提高职工对职业卫生工作重要性的认识。员工应充分了解本单位生产过程中可能产生的职业病危害因素及其特性，并了解相应的防护措施，并掌握自救互救的技能。

④ 在生产条件或技术措施不能从根本上杜绝职业中毒可能时，必须采取个人防护措施。根据作业特点及接触的有害因素的特性，为作业人员提供符合职业卫生标准的个人防护用品，并加强对员工的教育和培训，确保作业人员能正确使用。

⑤ 按照国家有关法律、法规的要求，定期对作业场所存在的职业病危害因素进行监测，了解其浓度或强度，掌握其空间分布和消长规律。监测时应严格执行有关技术规范，监测结果应定期向员工公布。

⑥ 选择具有职业健康检查资质的医院，对操作人员进行上岗前、在岗期间和离岗时的职业健康检查，建立健康监护档案，并将检查结果如实告之员工本人。对在职业健康检查中发现患有禁忌症，或有与所从事的职业相关的健康损害的员工，应及时调离工作岗位。

第三节　炼钢连铸

目前我国的钢铁企业大多是综合性的企业，集原料运输、钢铁冶炼、成品加工、成品包装和运输为一体，具有工艺流程全程连续化，操作机械化，控制自动化，设备大型化，污染密闭化、资源利用循环化的特点。其主业的生产工艺，可以简单地分为炼铁、炼钢、连铸、轧钢、成品钢特殊处理5个大单元。本部分仅对炼钢、连铸的主流生产工艺流程进行描述、并对其中涉及的主要职业病危害因素进行识别，在防护措施方面提出相应的建议。

一、工艺简介

（一）炼钢

从炼铁厂运来的铁水经过脱硫预处理、铁水称量后倒入转炉，再加上废钢，经过转炉的吹炼就成为钢水。钢水根据不同的要求需要进行炉外精炼。经过炉外精炼后的钢水，再运送到各浇铸跨进行模注浇钢，或者送到连铸平台进行连铸浇钢，连铸板坯经过精整后，再送到板坯库场。

炼钢的方法主要有转炉、电炉和平炉三种。近年来，平炉炼钢法因其生产效率低、成本高、节奏慢等缺点被逐渐淘汰。目前在世界各国采用的炼钢方法主要是转炉（氧气顶吹转炉为主）炼钢和电炉炼钢两种。这里主要介绍比较先进的氧气顶吹转炉炼钢法及电弧炉炼钢法。

1. 氧气顶吹转炉炼钢

从倒罐站或混铁炉运来的铁水经脱硫、脱磷等预处理后作为主要炉料。按照配料要求，先把废钢等装入炉内，然后再倒入铁水，并加入适量的造渣材料（如生石灰等）。加料后，把氧气喷枪从炉顶插入炉内，吹入氧气（纯度大于99％的高压氧气流），使它直接跟高温的铁水发生氧化反应，除去杂质。用纯氧代替空气可以克服由于空气中氮气的影响而使钢质变脆，以及氮气排出时带走热量的缺点。在除去大部分硫、磷后，当钢水的成分和温度都达到要求时，即停止吹炼，提升喷枪，准备出钢。出钢时使炉体倾斜，钢水从出钢口注入钢水包里，同时加入脱氧剂（硅铁、锰铁或金属铝等）进行脱氧和调节成分。钢水合格后，可以浇成钢的铸件或钢锭，钢锭可以再轧制成各种钢材。

氧气顶吹转炉炼钢法虽然具有冶炼速度快、炼出的钢种较多、质量较好等许多优点，但由于去硫效率差，合金元素易被氧化而损耗。因而主要生产碳素钢、低合金钢。

2. 电弧炉炼钢

电炉炼钢是目前世界各国生产特殊钢的主要方法，电炉炼钢是利用电能作热源来进行冶炼的。最常用的电炉有电弧炉和感应炉两种。因电弧炉炼钢占电炉钢产量的绝大部分，一般所说电炉是指电弧炉。电弧炉根据炉衬所用的耐火材料的不同有碱性（镁砂或白云石为内衬）和酸性（硅质材料为内衬）两种。由于酸性电弧炉对炉料限制很严而很少被采用，故电弧炉炼钢一般采用碱性电弧炉。

将废钢、部分合金配料以及石灰等散装料后送至废钢料篮中，由起重机吊起加入电炉内，然后倒入铁水。电炉完成炉料熔化升温后，通过炉门喷粉枪向渣中喷入适量的硅铁粉，还原渣中的氧化铬。

（二）炉外精炼

炉外精炼即将炼钢炉（转炉、电炉等）中初炼过的钢液移到另一个容器中进行精炼的炼钢过程，也叫二次冶金。精炼就是将初炼的钢液在真空、惰性气体或还原性气氛的容器中进行脱气、脱氧、脱硫，去除夹杂物和进行成分微调等。炉外精炼的种类很多，大致可分为常压下炉外精炼和真空下炉外精炼两类。按处理方式的不同，又可分为钢包处理型炉外精炼及钢包精炼型炉外精炼等。

钢包处理型炉外精炼特点是精炼时间短（约 10～30min），精炼任务单一，没有补偿钢水温度降低的加热装置，具有钢水脱气、脱硫、成分控制和改变夹杂物形态等装置，精炼方法有真空循环脱气法、钢包真空吹氩法、钢包喷粉处理法等；钢包精炼型炉外精炼特点是比钢包处理的精炼时间长（约 60～180min），具有多种精炼功能，有补偿钢水温度降低的加热装置，适于各类高合金钢和特殊性能钢种（如超纯钢种）的精炼，精炼方法有真空吹氧脱碳法、真空电弧加热脱气法、钢包精炼法、封闭式吹氩成分微调法等。

（三）连铸系统

转炉或电炉冶炼的钢水全部经过精炼处理，处理后的合格钢水由盛钢桶台车运往钢水接受跨，由起重机吊上回转台浇铸。浇铸时，为防止浇钢过程的二次氧化，盛钢桶和中间罐之间采用长水口浇铸、中间罐和结晶器之间采用浸入式水口保护浇铸，在盛钢桶下水口与长水口之间、中间罐滑动水口、中间罐下滑板与浸入式水口之间均通氩气密封。浇注成型的连铸坯经切割形成一块块铸坯。无缺陷板坯通过运输辊道送往毗邻的板坯库；少量有缺陷的板坯在精整跨下线，进行表面清理，清理后的板坯通过运输辊道送往毗邻的板坯库。

二、主要职业病危害因素

① 氧气顶吹转炉在炼钢过程中会产生以氧化铁尘粒为主的粉尘以及高浓度的一氧化碳气体。

② 转炉、电炉和精炼炉作业过程中，可涉及的职业危害因素较多，如氟化物、一氧化碳、铬及其化合物、锰及其化合物、镍及其化合物和其他粉尘等。

③ 结晶器加保护渣可产生烟尘，浇注和模铸作业也可产生一氧化碳和氧化铁粉尘等有害因素。

④ 炼钢、连铸-模铸等生产过程多为热作业，具有温度高、高温热辐射源比较分散等特点，其中炼钢的炼钢炉作业环境、出钢、出渣、烘烤、钢水运输，连铸-模铸作业的浇注、模铸等作业环境，夏季时作业温度较高，属于高温作业。

⑤ 炼钢车间的钢包修理，连铸-模铸车间的中间包修理、钢锭模修理和清理，渣场作业以及转炉、电炉、精炼炉的修筑炉等均为人工作业，作业强度和接触矽尘的浓度也较大。

⑥ 炼钢、连铸-模铸系统产生高噪声的设备较多，且分布广，主要为各类转炉、电炉、各系统除尘风机、汽包放散管、火焰切割机、加热炉风机、钢包修理、钢坯上料、修磨、真空泵、水泵和空压机等设备。

⑦ 连铸-模铸车间的浇铸、去毛刺、修磨、切割、火焰清理作业过程中产生以氧化铁粉尘为主的粉尘。

⑧ 氧气顶、转炉、电炉、精炼炉及连铸车间浇注、模铸等作业可产生一氧化碳，而火焰清理则使用一氧化碳作为燃气。

⑨ 精炼炉等使用氩气和氮气，这些惰性气体在一些密闭或狭窄空间一旦泄漏，易造成作业人员的缺氧。

三、职业病危害防护措施

一氧化碳是高毒物质，高浓度吸入可直接导致人体死亡。因此，在这些可能接触和造成一氧化碳泄漏的场所和区域应设置检测报警器，以及时监测一氧化碳的浓度和泄漏情况，并加强对报警器、应急防毒用具和器材的经常性管理和维护，以确保报警器的有效性。应加强使用这些气体的设备及气体输送管道和分配管道的泄漏控制，以及时防止泄漏。同时，应保持使用上述气体区域的良好通风，定期分析含氧量，以防发生窒息事故。

（一）防尘措施

① 电炉除尘采用炉顶第四孔排烟与电炉密闭罩和厂房屋顶罩相结合的排烟方式。电炉炉顶第四孔排烟承担着捕集电炉熔炼过程中从炉内排出的 90％电炉烟尘。电炉在熔炼过程中部分从电炉炉盖和各种孔洞外冒的二次烟尘通过密闭罩进行捕集。

② 转炉除尘在转炉上方设置汽化冷却烟道，采用燃烧法排烟尘。二次烟尘通过转炉外设置的密闭烟罩进行捕集。二次烟气主要来源于向转炉兑铁水、加废钢、转炉出钢及吹炼等工序，该系统还包括了扒渣除尘、LTS 精炼系统除尘、脱碳炉料系统除尘。

③ LF 精炼炉除尘采用一次除尘、二次除尘及屋顶罩除尘相结合的方法。脱碳炉（AOD炉）一次烟气采用燃烧法除尘并与二次除尘合用一套干法布袋除尘系统。当氩氧脱碳炉吹炼时，在炉口上方引入空气燃烧掉一次烟气中的一氧化碳，经汽化冷却和强制吹风冷却使烟气温度降低并和转炉外密闭罩等所捕集的二次烟气混合后汇入长袋脉冲除尘器。

④ 除尘器收集到的粉尘储存在除尘器的灰斗内，采用吸引压送罐车，定期对储存在灰仓内的粉尘进行吸引装载、压力卸载，集中统一运送处理。

⑤ 为排除浇注时结晶器加保护渣产生的烟尘，将加保护渣时产生的烟尘经管道直接排入二冷室与二冷室的蒸气混合并降低流速而沉入二冷水中并排入氧化铁皮沉淀池中。

⑥ 针对火焰切割机切割铸坯时产生的烟尘，采用布袋除尘系统，在产尘点设置捕集罩，

捕集后的烟尘经布袋除尘器净化后高空排放。

⑦ 采用喷水浸泡冷却工艺以控制炉渣处理系统生产过程中产生的粉尘污染，使炉渣表面始终处于浸湿状态，从而有效控制粉尘的产生和飞扬；同时，应合理设计翻渣区，以防止翻渣过程中粉尘飞扬。

⑧ 地下料仓及皮带输送机落料点除尘：对地下料仓设置除尘系统以防止地下料仓受料时的粉尘污染，粉尘经布袋除尘器净化后，经风机送往 15m 高的排气筒达标排放；为防止皮带输送机落料时产生粉尘污染，设计在密闭罩的顶部设置单机除尘器，集尘后达标排放。

（二）防毒措施

① 易产生一氧化碳的作业岗位应加强通风，并设置一氧化碳监测和报警装置。

② 保持氮气、氩气使用场所的通风良好，并定期分析周围大气的含氧量，其浓度不应低于 18%。设置强制通风，在氮气、氩气排放口、放散管附近设警示牌。

③ 可燃、易燃、助燃气体在用户进口管上设置逆止阀、低压自动切断阀和报警装置。

（三）防高温措施

① 采用远距离操作和机械化、自动化作业，使操作人员远离热辐射源，转炉、连铸等生产作业线由操作人员在操作室内采用视屏监控。

② 对加热炉、热风管道、热蒸汽管道等高温设备均采取隔热措施以降低其对操作人员的热辐射。

③ 炼钢厂区是高温的作业厂房，通过厂房屋面上部设置的上承式曲线形横向通风气楼的自然通风排除区域内的热量。并根据炼钢区域内各种设备发热的情况，进行机械通风和空调设备降温。

④ 在炼钢厂房内转炉周围、出钢、出渣线周围等高温区域范围中的房柱采用耐火砖防护；吊车梁、平台梁架采用防护钢板，内填隔热材料或防火板进行防护；在转炉周边平台、排渣车台、盛钢车台路线上受热喷溅影响的结构部位，相应设置隔热防溅措施；高温区域的操作室、控制室围护墙和门窗采用保温隔热材料，窗采用中空玻璃，门采用保温隔热门。

⑤ 电气室、操作室等的环境温度按要求设置冷、暖空调机；有操作人员的场所应设有补给新风的措施，新风量为按 $30m^3/(h \cdot 人)$。

（四）防噪声措施

① 工艺设备选型上尽可能采用低噪声设备；在总体布置上，尽可能按噪声源特性合理布置。

② 转炉、加热炉汽化冷却系统的放散阀、通风机、鼓风机、压缩机以及排气、放风等引起的噪声，设计中应根据其不同性质及特点，分别采取消声、隔声、吸声、减振等措施。

③ 各系统除尘风机出口设置阻尼式消声器，风机外壳和输送管道都粘贴或包扎有一定厚度的吸声棉，风机基础采取隔振措施。

④ 对设备噪声较大的风机设置独立风机房。

⑤ 对岗位噪声值较高的操作人员及车间巡视人员配备耳罩、耳塞等防护用品。

第四节　大型船舶制造

现代造船模式基本采用壳、舾、涂一体化区域造船法。其主要思路就是应用成组技术管理原理把船体汇集成几类中间产品，把整艘船舶（最终产品）分解成零件和部件，用"生产中心"的管理方式组织生产。生产中心同时承担部件制造和预舾装工程，使船体分段从生产中心出来成为完整的中间产品，然后将中间产品运到船坞区，吊入坞内合拢。

本部分针对 10 万～25 万吨级的大型船舶一体化现代造船法主流生产工艺流程进行描述、并对其中涉及的主要职业病危害因素进行识别，在防护措施方面提出相应的建议。

一、工艺简介

现代造船法使船体建造、舾装、涂装作业通过统筹协调，实现三者在时间上按阶段周期化有序，在空间上按区域整体化分道，在组织上实行复合工种一岗多能，按范围、工序作业，使得船厂的一切工作相互协调，富有节奏。

整个造船工程主要分解为船体建造、舾装和涂装三个大类，每大类按中间产品又分若干生产单元或加工中心。

1. 船体建造

船体建造的主要工艺流程分为材料码头、钢料堆场、钢材预处理、钢材切割、分段生产、分段总组装、船坞合拢等部分。

（1）钢料堆场　负责钢板和型钢的进料、分类堆放、校平、保管及供应。

（2）钢材预处理　负责钢板和型钢的预处理；并对预处理后的钢板、型钢进行理料。钢材预处理流水线分为钢板预处理流水线和型钢预处理流水线，均为全自动、全封闭流水线，并设有电脑集控室。钢板预处理流水线包括进料道、预热、抛丸除锈、喷漆、烘干、卸料道等工位，其中抛丸除锈和喷漆系统均采用先进的工艺和设备；型钢预处理流水线为型钢、钢板兼用，其工位设置和钢板预处理流水线相似。

（3）钢材切割　负责除平直的矩形板之外的船体外板及内部构件的切割（矩形板由平直分段生产承担）、"T"形梁装焊用的板条的切割、"T"形梁装焊及矫直、型钢的号料切割。钢材切割主要设备有等离子切割机，用于切割船体内部构件和外板；数控火焰等离子切割机，采用丙烯和天然气混合气体为切割燃料气体，用于切割有线型的船体外板；板条切割机和"T"形材装焊机，用于 T 形梁的制造；另外还有型钢校直机以及半自动 CO_2 焊机、手工焊机等设备。

（4）分段生产　分段生产包括有单双壳分段生产、曲形分段生产、上层建筑分段生产等。

单双壳分段生产也称平直分段生产，承担平直分段所需的平直矩形钢板的切割、平直分段的制造和制造平直分段所需的肋板、纵桁等部件，其中平直分段的制造包括单壳平面分段的制造、机舱分段、艏部和艉部分段中的平面分段、双壳结构中的平面分段的制造。配置高精度门式切割机、平面分段生产流水线和相应平面分段使用的肋板、纵桁装焊区和纵骨（或肋骨）及舾装件堆放场地。

曲形分段生产承担组成船体曲形分段的钢板和型钢的弯曲成型加工以及曲形立体分段的制造，包括艏部立体分段、艉部立体分段、机舱部位立体分段，并相应完成分段的预舾装工作。配置设备有千吨以上三辊弯板机、百吨的数控肋骨冷弯机以及千吨级的油压机等。

上层建筑分段生产主要建造上层建筑、分段模块并完成相应的预舾装工作。在主甲板以上的部分统称为上层建筑。上层建筑是由数个薄板小型平面分段所构成，小型平面分段采用生产流水线来制造，然后在专门总装区拼装组合。流水线包括定位焊接、单面焊接、肋骨安装、肋骨焊接等工位。

（5）分段总组装及船坞合拢　承担船体大分段的装焊，并在大分段上进行预舾装，再将大分段在船坞内合拢成船体，随后在船坞内做密性试验或大接头的焊缝质量检查。焊接技术包括垂直自动焊、自动埋弧焊、CO_2 半自动焊及各种类型的单面焊接双面成型技术，配备交流弧焊机、CO_2 半自动焊机、埋弧焊机等。

2. 涂装

涂装工序主要承担船体分段喷砂除锈与室内涂装、分段打磨与室外涂装、船体完工涂装（包括大分段装配焊接后之焊缝处理补涂、船体大合拢后焊缝处理补涂、船舱内与船体完工涂装等）、管子舾装件的喷砂与涂装工作。涂装工场配有单涂车间和喷涂合一厂房。喷砂间设去湿机组与热风机组；喷砂时采用钢砂和钢丸混合以提高喷砂效率，并设置真空收砂以提高回砂效率。

3. 舾装

舾装工序主要是对船上辅助设施的装配以及船员工作和生活区域的建造和装饰，施工内容不仅包括吊装、各类操纵机械、仪器仪表等设备的安装，还包括水电器、木制品等制作安装。舾装工程分船装、机装、电装、居装四部分，包括除主船体和上层建筑以外的所有制作、安装和调试工作。

4. 其他

（1）管子加工　承担造船产品管子的制作，即管子的上下料、划线、切割、装配、焊接、弯管、修整和内场试压等工作。

（2）无损探伤　无损探伤主要承担工厂造船产品、工业性作业产品的无损探伤，同时尚承担焊接工艺方法认可、焊工考试等试样的无损探伤以及机械加工件和铸锻件的无损检查。船舶产品等大型钢结构件的焊缝探伤一般采用超声波探伤仪进行探伤，对于重要结构或重要焊缝则采用 X 光机进行探伤摄片。大型钢结构件的焊缝探伤均在生产现场就地检查。对于焊接工艺方法认可和焊工考试的焊接试样以及小尺寸的产品检查，则在 X 光室内摄片。

二、主要职业病危害因素

造船行业生产工序多，在大量采用机械化作业的同时，也存在较多的手工作业。产生职业病危害因素的主要生产工艺包括机械加工、电焊、气体切割、打磨、涂漆、喷丸等。

1. 船体建造

① 钢材堆场，以露天装卸作业为主，主要涉及高温、噪声危害因素。

② 钢材预处理，包括进料道、预热、抛丸除锈、喷漆、烘干、卸料道等工序，主要存在高温、粉尘、甲苯、二甲苯、噪声等危害因素。

③ 钢材切割采用等离子切割、火焰切割以及各类焊接工艺，涉及职业病危害因素有高

温、噪声、紫外线、电焊烟尘、臭氧、二氧化氮、锰烟等。

④ 分段生产以焊接、切割工艺为主，涉及高温、噪声、紫外线、电焊烟尘、臭氧、二氧化氮、锰烟等有害因素。

⑤ 分段总组装及船坞合拢以各类焊接拼装为主，主要涉及高温、噪声、紫外线、电焊烟尘、臭氧、二氧化氮、锰烟等有害因素。

2. 涂装

主要生产工序有打磨、喷砂、补焊、涂装等，涉及的危害因素有砂轮磨尘、高温、电焊烟尘、紫外线、臭氧、锰烟、二氧化氮、苯、甲苯、二甲苯、矽尘、噪声等。

3. 舾装

部分舾装外协处理，如家具舾装类。主要生产工序有焊接、切割和打磨，涉及的危害因素有砂轮磨尘、电焊烟尘、紫外线、臭氧、锰烟、二氧化氮、噪声、高温等。

4. 其他

管子加工主要以切割、焊接、打磨工序，涉及砂轮磨尘、电焊烟尘、紫外线、臭氧、锰烟、二氧化氮、噪声、高温等危害因素。

无损探伤采用超声波或 X 射线探伤，涉及超声波和 X 射线等危害因素。

三、职业病危害防护措施

1. 防尘措施

① 根据项目生产工艺的特点，合理安排生产工艺布局，提高生产的自动化、机械化水平。

② 采用先进的焊接工艺，选用优质焊条，减少有害物质的产生。

③ 选用优质钢板，缩短存放周期，提高室内喷丸率，减少粉尘排放量。

④ 人工喷砂作业在密闭的喷砂间内进行，作业人员进入车间作业前需穿戴有效的供气式防护面罩和全身防护服。喷砂车间应设置吸风除尘系统，作业时保持车间一定的负压。

⑤ 焊接车间设可开启门窗，设置气楼或机械排风，以加强焊接车间的通风换气。在焊接、打磨岗位设置局部吸风除尘装置，确保吸风罩合理的位置以及有效的风速。

⑥ 分段焊接和舾装等工序大部分为露天作业，在大型的露天场地设置移动的排风设施会受到通风系统安装困难等技术问题以及排风效果会受到自然风力干扰的影响。因此，作业人员作业时应佩戴防护面具或口罩。

2. 防毒措施

① 采用水性涂料代替油漆，降低漆雾和有机溶剂的产生量。

② 调漆作业时会产生有机溶剂，调漆间应设置机械排风，在调漆岗位设置局部吸风装置。

③ 喷漆作业在密闭的喷漆间内进行，作业人员进入车间作业前需穿戴有效的供气式防毒面罩和全身防护服。喷漆车间应设置吸风系统，集中收集废气后排放。作业时保持喷漆车间一定的负压。

④ 焊接过程中会产生臭氧、氮氧化物等有害物质，应采用先进的焊接工艺，以自动焊接代替手工焊接，选用优质焊条，减少有害物质的产生。

⑤ 加强焊接车间的通风换气，并在焊接岗位设置局部吸风装置，确保吸风罩合理的位

置以及有效的风速。

3. 防噪声措施

采用先进工艺，选用低噪声型设备；压机、抛丸机、空压机等设备采用减振基础；在风机管道上设置消声装置；在部分高噪声区域采取隔声或吸声措施。基于造船工业工艺的特性，产生噪声的作业移动性大，因此操作人员作业时应佩戴耳塞或耳罩。

4. 防高温措施

焊接作业集中的车间作业环境温度较高，应确保该车间的纵轴应与当地夏季主导风向角度不小于45°。同时开启门窗、设置气楼或轴流风机，加强车间全室通风。钢材卸船、切割和场外露天装焊等作业均在露天进行作业，夏季时作业温度较高，应合理安排作业时间，提供充足的饮料，并保证操作人员进行适当的休息和调节。设置独立、有空调的高温休息室，供高温作业人员休息。

5. 防辐射措施

① 防X射线　在X射线探伤工作区域设置警示标识和区域警示线；在X射线探伤室应设置有效的屏蔽措施，探伤室的门墙设计应符合相应电离辐射防护规定。探伤操作人员应严格遵守操作规程，并穿戴电离辐射防护服。

② 防紫外线　焊接作业时，操作人员应佩戴有效的防紫外线面罩或防护眼镜以及适宜的防护服和手套。

6. 密闭空间作业防护措施

造船过程中包含部分舱室作业，这部分作业场所空间往往比较狭窄。在狭窄空间内进行涂装、焊接等操作，作业环境通常较差，有毒有害物质易于积聚。因此，作业过程应切实落实各项安全防护措施，强化个体防护及现场安全监护措施，并配备相应的应急救援器材，一旦发生紧急事故时应具有现场处理及救援的能力。

第五节　燃 气 发 电

众所周知，天然气属于清洁燃料，处理后的天然气中几乎不含硫、粉尘及其他有害物质。随着我国经济的高速持续发展，电力负荷也随着快速增长。天然气发电，是缓解能源紧缺、降低燃煤发电比例，减少环境污染的有效途径，燃气发电机组具有启动快、结构简单、体积小的优点，常用于电网调峰。且从经济效益看，天然气发电的单位装机容量所需投资少，建设工期短，上网电价较低，具有较强的竞争力。

近年来，在我国经济发达的东南沿海地区，开始进口液化天然气。另外，我国沿海大陆架及陕北、新疆等地油气田建设已有实质性进展，国家"西气东输"计划的实施，使得输气管线已与西安、北京、上海等大城市接通，为采用燃气轮机发电机组解决调峰、热电联产及环保问题创造了条件。

为了满足电力负荷增长的需求，并配合国家"西气东输"计划的总体安排，建设以天然气为原料的燃气轮机发电机组对于改善电网能源结构以及环境保护均是十分必要的。并且随着燃机技术的发展以及国家能源结构的变化和对环保要求的提高，燃气轮机电厂的发展势必会大大加速。

燃气轮机用于发电的主要形式包括简单循环发电、联合循环发电或热电联产等。简单循环发电是由燃气轮机和发电机独立组成的循环系统，也称为开式循环。其优点是装机快、起停灵活，多用于电网调峰和交通、工业动力系统。联合循环发电或热电联产是由燃气轮机及发电机与余热锅炉、蒸汽轮机或供热式蒸汽轮机共同组成的循环系统。

本部分对天然气联合循环发电的主生产工艺流程以及相关配套的除盐水制备等工艺过程进行描述、并对其中涉及的主要职业病危害因素进行识别，在防护措施方面提出相应的建议。

一、工艺简介

燃气轮机及发电机与余热锅炉、蒸汽轮机共同组成循环系统，它将燃气轮机做功后排出的高温烟气通过余热锅炉回收转换为蒸汽，再将蒸汽注入蒸汽轮机发电。形式有燃气轮机、蒸汽轮机同轴推动一台发电机的单轴联合循环，也有燃气轮机、蒸汽轮机各自推动各自发电机的多轴联合循环。

1. 发电过程

空气经过过滤器进入压气机升压，送入燃气轮机燃烧室与经过预热的天然气混合，点火后在定压下进行燃烧，产生的高温燃气进入燃气轮机做功，带动发电机发出额定的电力。尾部排气至余热锅炉，作为热源加热水产生过热蒸汽，蒸汽送入蒸汽轮机做功，带动发电机发电。发电经变压器变压后，由断路器开关设备配电外送。开关设备和高压线路常使用线路管道内的六氟化硫作为绝缘保护气。为了减少热力系统的氧腐蚀经除氧后的给水，定期向锅炉水中加氨、加肼；为了防止锅炉受热面生成水垢，定期向锅炉水中加入磷酸盐。制成的除盐水在加药系统自动加氨、肼、磷酸盐调节水质后，作为余热锅炉的锅炉用水。锅炉水在蒸汽轮机和余热锅炉之间进行闭式循环，通过冷水泵冷凝蒸汽，送回余热锅炉加热，损失的蒸汽使用加药后除盐水补水。

2. 锅炉用除盐水制备

生产中锅炉用除盐水制备的工艺流程如下：原水泵入澄清池，加聚合氯化铝和次氯酸钠絮凝沉淀和消毒后，上层清水进入清水箱，清水经多介质过滤器、活性炭过滤器、反渗透装置处理。一次反渗透处理后的部分水进入工业水箱，可作为厂用的工业用水。二次反渗透并经 EDI 除盐等工艺后成为符合要求的除盐水，至除盐水箱储存，在加药系统加药后作为余热锅炉用水使用。水处理过程中，需向反渗透装置中加入氢氧化钠等物质以达调节 pH 值的目的。

二、主要职业病危害因素

① 锅炉用除盐水制备过程中，反渗透装置的工作状态下，需加入氢氧化钠，可接触到氢氧化钠；反渗透装置清洗的过程中可接触到盐酸；物料卸料、储存、输送过程中也可接触到氢氧化钠和盐酸等物质。

② 锅炉水加药系统及物料卸料的过程中可接触到氨、肼、磷酸盐等物质。

③ 六氟化硫用作电气设备的绝缘介质和灭弧介质，主要用于开关配电装置、管道电缆等电气设备。开关配电装置和输电线密闭管道中需充入六氟化硫，如有泄漏，巡检过程中可能接触到六氟化硫。

④ 发电机的冷却需使用氢气，氢气在一些密闭或狭窄空间一旦泄漏，易造成作业人员

的缺氧。

⑤ 厂房中燃气轮机、发电机、余热锅炉、蒸汽轮机运行过程中可产生噪声；厂房内冷水泵、空压机处可接触到噪声；锅炉用除盐水制备过程使用的多介质过滤器、活性炭过滤器、反渗透装置等水处理设备运行时可产生噪声。

⑥ 发电机运行过程中可产生工频电场；变压器、配电设备等处可接触到工频电场；燃汽轮机、蒸汽轮机以及余热锅炉处可能接触到高温。

三、职业病危害防护措施

以天然气为燃料的燃气蒸汽联合循环机组运行时一般工况下以定时巡检为主，在一定程度上减少了作业人员直接接触职业病危害因素的程度。但是，由于电厂工艺自身的特点，在生产过程中存在着一些职业危害因素。为改善作业环境、保护职工健康，需加强如下方面的防护和管理措施。

1. 全面了解职业性危害因素的性质

要防止职业性病损的发生，首先必须掌握评价范围内存在职业性危害因素的种类、来源，毒物的理化性质、毒性、联合作用、个体对毒物反应的差异、泄漏和散发的条件，然后选择有针对性的防护手段。

2. 对各种职业病危害因素采取防护措施

① 对于使用六氟化硫作为绝缘介质的设备和管道，应确保其始终处于为密闭状态，防止六氟化硫泄漏，并保持室内良好的全室通风。

② 燃气轮机、蒸汽轮机可产生高温。各种设备应设置在高大厂房内，视实际情况采取自然通风或机械通风的方式进行良好的全室通风。应合理安排工人的巡检时间，并设置带空调的休息室，保证作业人员在休息室内进行适当的休息和调节，防止职业性中暑的发生。

③ 发电机、变配电设备、输电线缆等处可接触到工频电场危害。各种设备应采取有效的分区、屏蔽、绝缘措施，避免对人体的长期危害。

④ 生产过程中的噪声主要来源于各种机泵类设备。应首先从声源上进行控制，以低噪声的工艺和设备代替高噪声的工艺和设备；如仍达不到要求，则应采用隔声、消声、吸声、隔振以及综合控制等噪声控制措施。对于少数生产车间及作业场所，如采取相应噪声控制措施后其噪声级仍不能达到噪声控制设计标准时，则应采取个人防护措施。高噪声区域的作业人员必须佩戴耳塞、耳罩、帽盔等个人噪声防护用品。

3. 规范操作、严格按照操作规程进行作业

① 项目中所需的液态氢氧化钠、盐酸、氨和肼等物料多由槽车运入，储罐储存，通过密闭管道输送到装置的加药点。物料卸料作业时，应严格按照作业指导书进行操作，装卸臂应和槽车及储罐有良好的连接，并采用双重和多重保障系统，不至于因单一操作失误或零件故障而立即引发泄漏事故。一旦发生泄漏，应根据物料特性及时采取有效的控制和清除措施进行处理，清除泄漏的过程尤其应加强操作人员严格的个体防护。

② 发电机的冷却需使用氢气，氢气在一些密闭或狭窄空间一旦泄漏，易造成作业人员的缺氧。应加强使用氢气的设备及气体输送管道和分配管道的泄漏控制，以防止泄漏。另外，应保持使用氢气区域的良好通风，定期分析含氧量，严格防止发生窒息事故。

4. 健全制度，加强管理，严格执行规章制度

① 企业在生产过程中必须加强对职业病危害工作的领导和管理。完善职业卫生管理体系，建立健全职业安全卫生机构，明确各项职业卫生工作的管理机构和人员，健全企业的职业卫生管理制度以及职业病防治计划和实施方案，严格执行有关规章制度。以利于生产过程中各项职业卫生工作的开展。

② 根据生产和接触有害物质的特点，健全突发性中毒事故应急救援预案，配备应急救援人员和必要的应急救援器材、设备。对应急救援预案应定期组织演练，并根据实际情况的变化适时进行修订，确保应急事故时相关人员以及各项措施的有效落实和实施。加强宣传教育，普及防护知识，通过宣传教育，提高职工对职业卫生工作重要性的认识。应了解本单位生产过程中可能发生的职业危害、污染源、发生条件、毒物的性质、存在形态、进入人体的途径、毒性及早期中毒症状、预防中毒的基本原则、防治方面的先进经验及技术、安全操作规程、劳动保护用品的使用维护等。

③ 应根据《工作场所职业病危害警示标识》（GBZ 158—2003）的相关要求，在使用、储存以及产生有毒物品，可能产生噪声、高温和其他职业病危害的工作场所及设备设置规范的警示标识和中文警示说明。在高毒物品作业场所，需设置红色区域警示线以及相应的职业病危害告知卡。重要的经常开闭的阀门上应设置明显的标识，防止员工误操作的发生。在职业病危害事故现场，应根据实际情况设置临时警示线，避免无关人员进入危险区域。另外，还应加强作业场所警示标识的管理及维护，定期检查，发现破损及时修整或更换。

5. 加强个体防护

燃气发电过程中，燃气轮机、蒸汽轮机、发电机、水泵、空压机等设备的噪声强度较高；物料装卸、检修过程中可接触到酸碱等有害物质。除应采用工程技术防护措施外，个人防护措施也十分重要。根据有害因素的性质和操作需要，选用合适的防护用品，如防护服、口罩、鞋帽、防护手套、听力保护用品、防护眼镜等，可减轻有害因素影响，起到一定的保护作用。选用的防护用品，要符合生理要求和个体特征，注意防护效果，并加强管理和维护。例如，在工人巡检及搬运物料的过程中，应避免皮肤接触，穿戴耐腐蚀的防护服、手套和化学防护眼镜；接触腐蚀性酸碱的作业岗位应设置喷淋洗眼装置。发生意外时，及时使用喷淋洗眼装置进行紧急处理并及时进行其他相应的处理。因此，应依据作业特点及接触毒物的特性，为从事有毒物品作业的人员提供符合职业卫生标准的个人防护用品，并加强对员工的教育和培训，以确保作业人员具有一定的职业卫生知识并能够掌握各类防护用品的正确使用方法。

6. 加强作业场所职业病危害因素的监测和评价

空气中有害物质浓度是估计有害物质对工人健康影响和评价卫生防护措施的重要指标。测定空气中毒物浓度，了解毒物发生源，掌握其空间分布和消长规律，是预防职业中毒的重要措施。应按照有关法律、法规的要求定期进行监测和评价，监测时严格执行有关技术规范。某些情况下，如自检自测或发生事故需了解情况时，可采用快速测定法，迅速定性并了解大致浓度。有条件时可采用自动检测报警设备。对毒性较高、危害较大、影响人数较少的物质尤其应注意及时监测。发现结果超标时，应认真分析原因，采取有效措施。应按照所在地的职业卫生档案管理办法的规定建立职业卫生档案，检测、评价结果存入企业职业卫生档案，定期向所在地卫生行政部门报告并向劳动者公布。

7. 加强作业人员的健康监护，定期进行职业性健康体检

完善劳动者健康监护档案，选择具有职业性健康检查资质的医院，根据接触的有害因素特性，选择相应的检查指标，对操作人员进行上岗前、在岗期间和离岗时的职业性健康检查，并将检查结果如实告之劳动者。对在职业健康检查中发现有与所从事的职业相关的健康损害的劳动者，应及时调离工作岗位，并给予治疗。

第六节 专用码头

码头是供船舶停靠、装卸货物和上下游客的水工建筑物，是港口的主要组成部分。码头有多种分类方式。按码头的平面布置分，有顺岸式、突堤式、墩式等。墩式码头又分为与岸之间用引桥相连的孤立墩或用联桥相连的连续墩；突堤码头又分为窄突堤（突堤是一个整体结构）和宽突堤（两侧为码头结构，当中用填土构成码头地面）。按断面形式分，有直立式、斜坡式、半直立式和半斜坡式。按结构形式分，有重力式、板桩式、高桩式、斜坡式、墩柱式和浮码头式等。按用途分，有综合性码头、专用码头、客运码头、供港内工作船使用的工作船码头以及为修船和造船工作而专设的修船码头、舾装码头。

相对于综合性码头而言，专业性码头是专供某一固定货种和流向的货物进行装卸的码头，如渔码头、矿石码头、煤炭码头、化肥（散装或袋装）码头、石油码头、集装箱码头等。其特点是码头设备比较固定，便于装卸机械化和自动化，装卸效率高，码头通过能力大，管理便利。

由于各种专用码头装卸产品种类繁多、生产工艺不尽相同，本部分仅对矿石专业化码头的装卸生产工艺流程以及辅助生产和生活设施进行描述、并对其中涉及的主要职业病危害因素进行识别，在防护措施方面提出相应的建议，以期对码头作业的概况有基本的了解。

一、工艺简介

矿石专业化码头由水域设施和陆域设施组成，主要包括码头、港池、防波堤、锚地、护岸、防汛设施、工作船码头、进港航道、陆域形成、装卸机械设备、堆场、道路、铁路、给排水、供电照明、消防、机修、通信、导助航、港作车船、计算机管理、生产建筑、辅助生产和港内生活建筑、计量、海关、联检、交通管理及其他配套设施。其装卸工艺和辅助生产和生活设施描述如下。

1. 装卸生产工艺流程

矿石装卸主要有以下几种形式。

卸船──▶装船：矿石经码头卸船机卸船后通过卸船皮带机送入转运站，经装船皮带机由码头装船机装船外运。

卸船──▶堆场：矿石经码头卸船机卸船后通过卸船皮带机送入转运站，经皮带机送入堆场堆放。

堆场──▶装船：矿石经堆场取料机上料通过皮带机送入转运站，经装船皮带机由码头装船机装船外运。

堆场中矿石也可由取料机装入汽车、火车等以公路、铁路等交通方式外运。

另外，卸船作业中还包括采用清舱机进行清舱的作业；堆场作业还包括使用清场机进行清场的作业。

2. 辅助生产和生活设施

生活设施主要包括办公、宿舍、食堂、锅炉房、门卫等。其中锅炉房用于生活用热，目前多采用燃油蒸汽锅炉或燃气蒸汽锅炉。

辅助生产设施主要包括变配电设施、机修间、污水处理站等。变配电设施可包括降压站、变电所、配电间等多种形式。根据机修任务的不同，机修间可进行焊接等多种作业。

矿石专业化码头须设置污水处理站。码头及堆场边缘设置独立的排除污水的排水管、渠、盲沟等，将含矿粉污水集中到污水处理站。处理后的水可循环使用或达标后排放。固体泥、渣可回收利用或进行无害化处理。

二、主要职业病危害因素

码头作业过程中产生的职业病危害因素主要集中在卸船、装船、堆场取料、皮带输送、转运站等环节。生产过程中涉及的主要职业病危害因素包括矿石粉尘、高温、噪声等。辅助生产设施和生活设施设备运行生产过程中涉及的主要职业病危害因素包括硫化氢、氨、电焊烟尘、锰及其无机化合物、臭氧、紫外线、高温、噪声和工频电场等，产生的各种职业病危害因素分布如下。

① 矿石按形状主要分为粉矿、块矿和球团矿，按化学成分分为白云石、石灰石、铁矿石等许多种类。矿石装卸过程中，装卸船机司机、堆场取料机司机、清舱人员、推耙机司机、皮带机转运站及皮带巡视人员、皮带清扫人员、堆场清扫人员及甲板指挥手所在岗位（或作业场所）可接触到矿石粉尘。

② 生产过程中，清装人员、卸船机司机、堆场堆取料机司机、清舱人员、推耙机司机、皮带机转运站及皮带巡视人员、皮带清扫人员、堆场清扫人员及甲板指挥手等的岗位多在露天作业，夏季露天作业可接触高温；锅炉房作业时可接触高温。电焊作业人员操作时，可接触紫外线。

③ 生产过程中主要的噪声来源于港口作业机械运转产生的机械噪声、转运系统皮带动力装置和除尘系统产生机械噪声、推耙机发动机产生的机械噪声；码头船舶鸣号产生的短时断续气体动力型噪声；水处理的水泵等产生的气体动力型噪声。

④ 电焊作业是港区机修作业中的重要工种，室内和室外都有作业，主要以手工焊接为主，使用交直流弧焊机，工程机械焊接修理作业时可接触锰及其无机化合物、电焊烟尘和臭氧等职业病危害因素。

⑤ 污水处理站污泥处理定期压滤及设备的维修和维护作业过程中可接触硫化氢和氨。

⑥ 码头设置变配电设施，高压变配电设备运行时可产生低强度的工频电场。

三、职业病危害防护措施

矿石码头的装卸船和转运作业，自动化、机械化程度较高。正常工况下，操作人员以操作机械和定时巡检为主，但同时码头作业也存在人工清扫、手工焊接等手工作业方式。码头作业的生产设备、工艺特点、作业方式、物料特性等决定了在生产过程中存在着一些危害作业人员身体健康的职业性有害因素。为改善作业环境、保护职工健康，需加强如下方面的防护和管理措施。

1. 生产过程中矿石粉扬尘的防护措施

矿石粉尘是矿石码头作业过程中产生的主要职业病危害因素之一。由于建设场地面积大，且生产设备露天布置，粉尘的飞扬受海风影响较大。应采取有效的防护措施，同时对设备和防护设施及时维护和修理，以有效减少生产过程中的扬尘。另外，应注意清舱作业、除尘系统设备的维修和清理过程中的个体防护，以及作业现场物料清理的二次扬尘，避免粉尘对操作人员的健康危害。

大型机械，如装船机、卸船机应采取湿式喷雾抑尘措施为主，封闭为辅的原则进行抑尘；码头前沿高架皮带机二侧应布置挡风板，其他皮带机采用防尘密闭罩或廊道封闭；各转运站皮带机转接点应采取湿式喷雾抑尘措施为主，封闭或配置除尘器为辅的原则进行抑尘；受料皮带机导料槽有条件时，宜布置吸尘罩，采用除尘器除尘；应及时对港区内道路、码头地面增湿，控制二次扬尘；应在堆场周围布置防尘喷头定时向矿堆洒水加湿，抑制粉尘飞扬。

2. 高温作业的防护措施

操作人员露天高温作业是码头夏季作业的一个重要特点，为更好地缓解夏季高温作业对人体的不良影响应采取如下措施：夏季室外工作的人员必须佩戴个体防护用品，在高温天气下合理安排工作时间和班次，保证人员的身体健康，防止中暑等情况发生；由于港口场地较大，应给皮带、转运站等巡检和清扫人员安排合适的带空调的休息场所；对在狭窄空间作业的司机可缩短工作时间，分班轮流作业，同时在有条件的司机室内配置空调；锅炉房应进行有效的全室通风，锅炉房内的控制室宜配备空调；加强保健措施，对高温作业工人供给合理饮料及补充营养。

3. 焊接作业的防护措施

机修间的焊接作业应尽量使用低锰焊条，设置局部吸风装置以有效排出作业时产生的电焊烟尘、锰及其无机化合物等职业病危害因素，同时加强全室通风。但设计时仍应注意局部或可移动式吸风装置通风量的计算，确保职业病危害因素达到国家卫生标准。另外，应特别注意室外电焊作业的通风和严格的个体防护，避免有害因素对作业人员的健康损害。

4. 污水处理过程中的防护措施

污水处理设施的污泥压滤及其维修和维护作业等可接触硫化氢和氨，应设置通风排毒设施、中文警示标识。同时，设置硫化氢和氨气等有害气体的报警装置，一旦发生硫化氢等气体的外逸，可及时报警并进行应急处理。应加强操作人员的个体防护，严格按照安全卫生作业规程进行操作，加强现场监护和配备应急防毒用具和器材，并对报警器进行经常性管理和维修，以确保报警器和应急防毒用具和器材的有效性。

5. 噪声作业的防护措施

应选用低噪声设备并对生产过程产生的噪声采取吸声、消声、隔声和减振等措施进行综合治理。可从一定程度上降低设备和岗位的噪声强度。如噪声强度仍较高，应加强作业人员的个体防护和作业时间的管理，作业时佩戴有效的防噪声耳塞或耳罩，合理安排作业时间，避免操作人员噪声聋的产生。

对多台设备同时运转产生的噪声叠加采取减振、吸声或设置消声器的方法加以控制；辅助生产设施中的高噪声机械设备单独隔离安装，围护结构的内表面有良好的吸声性能；在设备选型时进行相应比较，尽可能选用低噪声的设备；各类机械（包括传动装置）安装时做好基础减振，防止作业平台的振动经过固体传声再传往别处激发二次噪声。卸船机、装船机安装基础减振设施；对于车船的鸣号声，结合作业规章制度的优化，尽可能减少车辆鸣号；在道路两侧、作业区与生活办公区之间设置绿化林带。

6. 个体防护

在生产条件或技术措施不能从根本上杜绝职业性病损发生时，必须采取个人防护措施。根据有害因素的性质和操作需要，选用合适的防护用品，可减轻有害因素影响，起到一定的保护作用。应针对作业特点和接触有害因素的特点采购、配备有效的防毒、防尘、防高温、防紫外线和降噪声的防护用品，并经常性更换，严格加强监管，确保个体防护用品安全有效。同时，加强对员工的教育和培训，以确保作业人员具有一定的职业卫生知识并能够掌握各类防护用品的正确使用方法。对于码头作业，按照岗位和工种特点为作业人员配备必要的个人防护用品：为粉尘作业人员配备防尘口罩；为高温人员配备防高温用品和清凉饮料；为电焊作业人员配备防护面罩、防护眼镜、防护手套；为噪声作业人员配备防噪声耳塞等。这些个体防护用品可作为生产设备防护措施不足的补充，如果采用有效的个体防护用品，经常性更换，并严格加强监管，则能有效地保护作业人员免受伤害。

7. 健全制度，加强管理，严格执行规章制度

企业在生产过程中必须加强对职业病危害工作的领导和管理。完善职业卫生管理体系，建立健全职业安全卫生机构，明确各项职业卫生工作的管理机构和人员，健全企业的职业卫生管理制度以及职业病防治计划和实施方案，严格执行有关规章制度。以利于生产过程中各项职业卫生工作的开展。

港口一般地处偏僻地带，交通相对不便利，万一发生人员伤亡事故，应急救援能力和措施较不充分。应对港口的医务人员配置、基本的医疗急救设施加以重点考虑，并依托附近地区医疗急救等系统提高港区应急救援能力，以确保港区人员生命健康。

应根据《工作场所职业病危害警示标识》（GBZ 158—2003）的相关要求，在使用、储存以及产生有毒物品，可能产生粉尘、噪声、高温和其他职业病危害的工作场所及设备设置规范的警示标识和中文警示说明。在高毒物品作业场所，需设置红色区域警示线以及相应的职业病危害告知卡。另外，还应加强作业场所警示标识的管理及维护，定期检查，发现破损及时修整或更换。

第六章　公共场所卫生学评价

第一节　公共场所卫生学评价概述

前几年 SARS、禽流感的爆发，使公共卫生逐渐成为人们关注的焦点。大型商场、餐厅、交通工具、地铁车站、机场航站楼、酒店、体育场馆、会议中心、办公大厦等公共场所以及医院、学校等具有公共场所卫生学特点的场所，由于选址不当，或通风、空调、采光、排水等系统的设计存在缺陷，造成室内通风不良、采光不足、生活饮用水被污染等现象，在人群集聚、人员流动的情况下，可能会引发致病微生物的污染，后果堪忧。对涉及公众健康的公共场所建设项目，从公共卫生的角度，在初步设计阶段，预先进行科学、规范的卫生学评估，提出系统的公共卫生防治措施和建议；在竣工验收阶段，通过科学、规范的卫生学检测和评价，发现问题提出改进建议，这无论在规划、设计、建设期间，还是在经营管理期间，都是必须的，要比在突发公共卫生事件发生后，采取的任何应急措施，显得更有效、更经济。

一、公共场所的定义

公共场所是人类生活环境的组成部分之一，是公众进行学习、工作、旅游、度假、娱乐、交流、交际、购物、美容等各种社会活动的临时性场所。公共场所是在自然环境或人工环境的基础上，根据公共生活活动和社会活动的需要，由人工组成的具有多种服务功能的封闭式（如宾馆、展览馆、电影院等）和开放式（如公园、体育场等）的公共建筑设施。

二、公共场所的分类

我国公共场所种类很多，根据国务院 1987 年 4 月 1 日发布的《公共场所卫生管理条例》的规定，公共场所主要有 7 类 28 种：

（1）住宿与交际场所　宾馆、饭馆、旅店、招待所、车马店、咖啡馆、酒吧、茶座。

（2）洗浴与美容场所　公共浴室、理发店、美容店。

（3）文化娱乐场所　影剧院、录像厅（室）、游艺厅（室）、舞厅、音乐厅。

（4）体育与游乐场所　体育场（馆）、游泳场（馆）、公园。

（5）文化交流　展览馆、博物馆、美术馆、图书馆。

（6）购物场所　商场（店）、书店。

（7）就诊与交通场所　候诊室、候车（机、船）室、公共交通工具（汽车、火车、飞机和轮船）。

除上述 7 类 28 种外，银行营业大厅、证券交易厅、展销厅、会议中心、网吧、健身房、超市老年人活动中心、儿童活动中心、殡仪馆等也都属于公共场所。近年来公共场所的范畴不断扩大，并向多功能综合性方向发展，如综合商城、娱乐城、主题乐园、旅游景点等也应当归属于公共场所。

三、公共场所的卫生学特点

从公共卫生的角度来看，公共场所的主要卫生学特点是：
- 人群密集度大，人员流动性强，容易混杂各种生物、化学等污染物。
- 设备及物品供人群重复使用，容易造成病原微生物的交叉污染。
- 健康与非健康个体混杂，容易造成疾病特别是传染性疾病的传播。
- 活动空间相对封闭，容易引起污染物，特别是化学污染物的蓄积。

四、公共场所卫生学评价引用的技术依据

公共场所卫生学评价引用的主要技术依据，一是国家行政部门发布的技术规范；二是国家卫生标准和相关的设计标准。

技术规范中，既有通用技术性的，如《消毒技术规范》（卫法监发［2002］282号）；也有针对具体场所提出卫生要求的，如《住宿业卫生规范》（卫监督发［2007］221号）、《沐浴场所卫生规范》（卫监督发［2007］221号）、《游泳场所卫生规范》（卫监督发［2007］205号）等。

国家卫生标准中，既有通用的卫生标准，如《室内空气质量标准》（GB/T 18883—2002）、《生活饮用水卫生标准》（GB 5749—2006）；也有针对具体公共场所设定的卫生标准，如《医院候诊室卫生标准》（GB 9671—1996）、《公共交通等候室卫生标准》（GB 9672—1996）、《旅店业卫生标准》（GB 9663—1996）、《文化娱乐场所卫生标准》（GB 9664—1996）、《公共浴室卫生标准》（GB 9665—1996）、《理发店、美容店卫生标准》（GB 9666—1996）、《游泳场所卫生标准》（GB 9667—1996）、《饭馆餐厅卫生标准》（GB 16153—1996）等。

相关的设计标准中，引用比较多的有通用的设计标准，如《采暖通风与空气调节设计规范》（GB 50019—2003）、《建筑照明设计标准》（GB 50034—2004）等；也有针对不同场所制定的设计标准，如《地铁设计规范》（GB 50157—2003）、《医院洁净手术部建筑技术规范》（GB 50333—2002）、《办公建筑设计规范》（JGJ 67—2006）等。在上述设计标准中，部分标准的起草、制定、颁布等过程中都有卫生部门及卫生相关行业的参与。

五、公共场所卫生学评价的分类

公共场所卫生学评价按阶段分类可分为：公共场所卫生学预评价、公共场所卫生学竣工验收评价以及运行期间卫生学评价。公共场所卫生学预评价主要是通过对建设项目的初步设计中布局、相关设施、设备的分析，预测建设项目建成后可能存在的卫生学问题，提出相应的防护措施、对策和建议，以达到保障所涉人群的身体健康的目的；公共场所卫生学竣工验收评价是在建设项目竣工后对该项目开展的验收性评价，是确保建设项目按照预审图纸进行

施工的最后阶段的卫生学评价。公共场所运行期间卫生学评价是在建设项目投入运营后对该项目开展的卫生学评价，此类评价综合考虑了建设项目的硬件条件（建筑、设备）、软件条件（管理、维护）及实际使用情况（服务周期、服务量）等因素，能较为真实地反映建设项目运营过程中的公共卫生情况。

随着公共场所向多功能综合性方向发展，《公共场所卫生管理条例》中对于公共场所的分类已落后于发展现状。因此，可按公共场所的使用性质进行分类：轨道交通类建设项目、商务中心类建设项目、医院类建设项目、文化娱乐类建设项目、交通枢纽类建设项目等。同样，公共场所卫生学评价也可如此分类。

本章按使用性质，分别就轨道交通类建设项目、商务中心类建设项目和医院类建设项目，进行重点介绍。

六、公共场所卫生学评价的意义

公共场所健康危害的产生，往往是由于建设单位缺乏法律意识和公共卫生防护意识，在项目的设计和施工阶段忽视公共场所的卫生防护要求，没有设置完善的防护设施，如消毒、通风、游泳池循环净化等设施，同时，在项目建成后，亦缺乏必要的日常管理措施，从而导致健康隐患频生。在项目完成运行后，可能导致严重的健康危害后果，即使再采取措施消除这些健康危害隐患，需要付出巨大的经济代价，并且效果并不一定好。因此，在建设项目的建设期间，依据相关的法规、技术规范和标准，通过科学、规范的卫生学评价，帮助建设单位把好卫生防护的关，使建设项目符合卫生要求，才是保障公共场所人群健康最有效、最经济的措施。

开展公共场所建设项目卫生学评价也有助于提高卫生行政部门实施卫生审核的科学性及准确性。如果未进行过系统、规范的卫生学评价，卫生行政部门根据建设单位申报材料直接出具审核意见，可能会存在许多不确定因素。而由卫生技术服务单位进行卫生学评价，通过系统分析和评价，对建设项目的卫生措施提出总体的结论，并提出具体的建议，并且通过专家评审，最终出具评价报告书。卫生行政部门在综合分析评价报告书的基础上，再提出审核意见，是比较稳妥的。换而言之，卫生技术服务单位是卫生行政部门可靠的技术依托。

七、公共场所卫生学评价的发展趋势

公共场所卫生学评价工作现还处于起步阶段，尚未全面开展。我国对于公共场所卫生法律法规的建设落后于公共场所发展的速度。我国现行的《公共场所卫生管理条例》是1987年4月1日由国务院颁布的，《公共场所卫生标准》是1996年发布并实施的，这些标准距今已有数十年的时间。同时，公共场所评价方式、评价方法、质量控制都未形成完整的体系。因此，如何吸取环境影响评价、安全评价和职业卫生评价的成功经验，并结合公共场所卫生学特点，形成比较完整的公共场所建设项目卫生学评价模式和质量管理体系，是公共场所卫生学评价发展中首先要解决的问题。

公共场所卫生学评价的对象类型比较复杂，所存在的健康影响因素也各有不同，同时涉及的卫生标准和行业标准也比较多。因此，在评价过程中评价因子的确定，以及评价标准的选择均存在可以商榷的地方。如何通过科学的设计，开展评价因子的筛选以及评价标准的优化等研究，将有助于公共场所卫生学评价水平的提高。

公共场所卫生学评价描述性的内容比较多，评价方法比较简单。因此，如何通过方法学的研究，提出几种符合公共场所卫生学评价需求的定量或半定量评价方法，是提高公共场所卫生学评价技术含量的重要内容。

公共场所卫生学评价目前仅满足特定场所和特定人群的部分卫生要求，尚未形成完整的大卫生概念，今后，公共场所卫生学评价应当引进非传染病、伤害等防治内容，突出保护人群健康的整体功能。

第二节　轨道交通类建设项目卫生学评价要点

随着轨道交通进入网络化大发展，轨道交通网络效应凸现，越来越多的乘客选择乘坐轨道交通，轨道交通在公共交通中发挥着越来越重要的作用。轨道交通作为相对封闭的特殊环境，自然通风不足，一般通过空调系统调节温湿度，不利于空气污染物稀释。而且由于缺乏日光照射，人群密集，流动性大，充斥着各种危害健康的因素，极易引起疾病的传播。因此，轨道交通卫生学评价越来越彰显其必要性和紧迫性。

目前，我国尚无针对轨道交通车站和轨道交通列车等场所内部环境质量的卫生标准，国外也很少有部门从事轨道交通这一特殊场所的卫生学评价。上海从 2004 年起，通过对工程设计资料的分析，加上现场调查、检测检验，结合相应的卫生法规、技术规范及卫生标准，就轨道交通类建设项目对于乘客和工作人员健康的影响进行了一系列的卫生学评价工作，目前已完成了数十份的轨道交通卫生学预评价和卫生学竣工验收评价报告书。

本节主要针对轨道交通类建设项目的特点，分析轨道交通类建设项目卫生学评价的要点。第一部分：资料收集，简要介绍对轨道交通类建设项目进行卫生学评价前应收集的各种基础技术资料及标准；第二部分：工程分析，主要从总体方案、客流预测、车站、供电系统、暖通系统、给排水系统、车辆等方面说明轨道交通类建设项目工程分析的重点；第三部分：健康影响因素识别，主要选取了轨道交通类建设项目常见的四个场所——候车场所（地下车站站台、站厅）、交通工具（轨道交通列车）、辅助用房（车站设备、管理用房）和列车检修（车辆段）进行健康影响因素的识别；第四部分：评价因子及其标准的选择，将第三部分识别出的健康影响因素中筛选评价因子，根据我国现行有效的标准和技术规范，确定评价因子的评价标准；第五部分：关键控制点，根据实际工作经验及标准，对如何保障轨道交通类建设项目符合卫生标准，提出切实可行的卫生防护措施。

本节中所涉及的相关场所是轨道交通类建设项目中最为常见、对相关人群影响最大的几个场所。当然，在轨道交通类建设项目中，远不止这几个场所，比如高架车站、主变电所、控制中心、车辆段管理用房等，关于这些场所的评价，可参考其他章节的有关内容，本节不再作详细说明。

一、资料收集

完整地收集所评价的轨道交通类建设项目的相关基础技术资料和评价中涉及的相关法律、法规、标准、规范，为整个卫生学评价工作的顺利开展做好准备。

（一）基础技术资料

（1）政府有关部门批文 包括发改委、建委、规划部门批复以及卫生行政部门的选址批文、卫生审核意见。

（2）技术资料 工程的初步设计。如有条件，还需提供环境评价报告。

（3）相关图纸 建筑地点位置图、总平面布置图、各单体建筑物平面布置图、空调通风平面图。

轨道交通类建设项目的初步设计应当包含以下内容。

① 线路（包括总体方案、线路平面及纵断面设计、车站分布及站位、辅助线设置）。

② 行车组织与运营管理（包括设计客流量、行车组织、组织机构与定员）。

③ 车站（包括建筑、动力照明、环境控制、给排水与消防）。

④ 供电系统（包括系统构成、运行方式）。

⑤ 主变电所（包括总平面图、主要建筑物、通风、空调、给排水以及环境与劳动保护篇章）。

⑥ 牵引变电所（包括主接线、运行方式、位置、生产房屋、设备平面布置、控制和信号方式、继电保护和自动装置）。

⑦ 降压变电所（包括负荷分类、主接线、运行方式、继电保护和自动装置）。

⑧ 环境控制系统（包括环控系统制式和组成、系统设计、系统运行模式、控制工艺设计、环保、节能）。

⑨ 给排水与消防系统（包括生活生产给水系统、排水系统、冷却循环水系统、设备管材选择及安装、给排水设备控制与显示）。

⑩ 车站设备（包括屏蔽门、安全门）。

上述资料是开展卫生学预评价时需收集的，若开展卫生学竣工验收评价，除上述基础技术资料外，还需补充以下相关资料：卫生行政部门审核意见、卫生学预评价报告书、初步设计补充调整内容资料、工程竣工图、预评价报告建议落实情况说明、卫生行政部门审核意见落实情况说明。

（二）标准和技术规范

①《公共交通等候室卫生标准》（GB 9672—1996）。

②《公共交通工具卫生标准》（GB 9673—1996）。

③《城市轨道交通车站站台声学要求和测量方法》（GB 14227—2006）。

④《城市轨道交通列车噪声限值和测量方法》（GB 14892—2006）。

⑤《城市轨道交通设计规范》（DGJ 08-109—2004）。

⑥《地铁设计规范》（GB 50157—2003）。

⑦《地铁车辆通用技术条件》（GB/T 7928—2003）。

⑧《民用建筑工程室内环境污染控制规范》（GB 50325—2001）。

⑨《室内空气质量标准》（GB/T 18883—2002）。

⑩《办公建筑设计规范》（JGJ 67—2006）。

⑪《建筑照明设计标准》（GB 50034—2004）。

⑫《公共场所集中空调通风系统卫生规范》（卫监督发［2006］第58号）。

⑬《公共场所集中空调通风系统卫生学评价规范》（卫监督发［2006］第 58 号）。

⑭《公共场所集中空调通风系统清洗规范》（卫监督发［2006］第 58 号）。

⑮《采暖通风与空气调节设计规范》（GB 50019—2003）。

涉及职业卫生的标准和技术规范，参见第三章有关内容。

二、工程分析

工程分析是在对轨道交通类建设项目的基础技术资料以及现场调查结果的基础上，对轨道交通类建设项目可能产生健康影响因素的公共场所的相关设计作全面的分析，为接下来完整地识别和分析轨道交通类建设项目公共场所所存在的健康危害因素，进而开展卫生学评价做好准备。

（一）总体方案

在开始某轨道交通类建设项目的工程分析时，应先对整个项目的总体设计方案进行分析，了解工程内容、确定评价范围。分析中应注重以下内容。

① 整个轨道交通线路走向。

② 车站数量，类型（高架车站、地面车站、地下车站）。

③ 是否建有主变电所。

④ 是否建有控制中心。

⑤ 是否建有车辆段。

轨道交通项目总体方案工程分析示例如下。

本项目为二期工程，起自一期工程终点站。线路全长 14.22km，全部为地下线。共设 8 座车站，全部为地下车站，均为岛式车站。新建主变电所一座、车辆段一处，控制中心与一期工程合并。

（二）客流预测

轨道交通项目一般在规划设计阶段，都对建成后的客流按初期、近期、远期进行预测，由此确定车站站台长度，各个时期的列车编组辆数、配属列车数量、供电设备和通风设备的容量等。明确建成后的客流量，对于新风量等某些评价因子也起着至关重要的作用。

轨道交通项目客流预测工程分析示例如下。

2034 年（远期）早高峰、晚高峰客流分别见表 6-1 和表 6-2。

表 6-1　2034 年（远期）早高峰客流/人

站名	下客量	上客量	断面流量	站名	下客量	上客量	断面流量
××站	4057	583	16872	××站	0	7243	7243
××站	3503	1313	14682	××站	110	5890	13023
××站	985	487	14184	××站	172	7529	20380
××站	267	90	14006	××站	909	3253	22724
××站	1954	99	12152	××站	674	335	22385
××站	3642	100	8610	××站	1637	1452	22200
××站	3470	40	5180	××站	2984	3748	22964
××站	5180	0	0	××站	830	5630	27764

表 6-2　2034 年（远期）晚高峰客流／人

站名	下客量	上客量	断面流量	站名	下客量	上客量	断面流量
××站	5052	699	19244	××站	0	5368	5368
××站	3289	2998	18954	××站	36	3118	8450
××站	1329	1205	18829	××站	53	3986	12383
××站	279	549	19099	××站	87	1722	14018
××站	2989	835	16944	××站	89	259	14188
××站	5572	262	11634	××站	536	871	14523
××站	5309	99	6424	××站	1058	3234	16699
××站	6424	0	0	××站	561	3662	19800

（三）车站设计

轨道交通车站按所处位置分，可分为高架车站、地面车站和地下车站；按站台形状可分为岛式车站、侧式车站；按车站层数可分为二层车站、三层车站、四层车站等；按车站性质可分为启始站、中间站、换乘站、终点站。并且每个车站从地理位置、车站规模、平面布局、设备布置等方面均有所不同，所以分析中应注重车站规模；车站形式；站台、站厅的布置；出入口布置；风亭布置；屏蔽门安装等内容。

轨道交通项目车站设计工程分析示例如下。

1. 车站规模

本工程的 8 座车站，全部为地下车站。车站远期按 7 节车编组设计，站台有效长度为 137m（含停车误差）。车站设置情况见表 6-3。

表 6-3　车站特征综合一览表

站名	车站性质	结构形式	站台形式	站台宽度/m	内净车站规模长×宽/m	远期高峰小时客流量/(人/h)
××站	启始站	地下二层二跨结构	岛式	10	148.46×16.99	11550
××站	换乘站（6 号线、11 号线）	地下二层三柱四跨结构	岛式	12	448.3×18.8	11548
××站	中间站	地下二层二跨结构	岛式	10	193.4×16.8	4561
××站	中间站站后设单渡线	地下二层二跨结构	岛式	10	221.7×16.8	1366
××站	中间站设存车折返线	地下二层结构	岛式	9	137×15.8	6215
××站	中间站	地下二层结构	岛式	9	138.6×17.3	11443
××站	中间站	地下二层结构	岛式	9	138.6×17.3	9510
××站	终点站	地下二层结构	岛式	9	138.6×18.3	12423

车站规模根据远期预测的设计客流量（或最大客流量），设计客流量为远期预测高峰小时客流量×超高峰系数（一般取 1.1～1.4）。

2. 车站形式

车站形式根据线路条件、站址环境条件选择了地下二层岛式、高架岛式站台车站。

3. 车站的功能与组成

车站由站厅层、站台层、出入口通道及风亭等组成。

（1）站厅层设计

站厅层设计功能分区（一般中间为集散厅、二端为设备及管理用房区）。

集散厅布置根据客流流线及管理需要划分为非付费区及付费区，并布置了通道口、售票亭、检票口、栏栅及楼电梯位置。设于集散厅两端的非付费区，一般均用通道沟通。

管理用房均集中在站厅层一端紧凑布置，车控室一般设在管理用房集中的一端。管理区内一般设二条通道及一座楼梯供内部工作联系用。

（2）站台层设计

站台有效长度按列车 7 节车编组长度为 137m，侧站台宽度≥2.5m。

4. 地铁车站的主要设施

地铁车站的主要设施包括自动扶梯、电梯、楼梯、屏蔽门、安全门等。

（1）自动扶梯的设置

原则上站台与站厅之间提升高度小于 6m 时上行采用自动扶梯，下行采用人行楼梯。提升高度大于 6m 时可上、下行均设自动扶梯。出入口提升高度大于 6m 的设上行自动扶梯，提升高度大于 12m 的设上、下行自动扶梯。

自动扶梯的倾角采用 30°，有效净宽为 1m，运输速度采用 0.65m/s，设计采用≥9600人/h 计。

（2）电梯的设置

每个地下车站均在站台层与站厅层之间设置了一台电梯。该电梯一般设在客流相对较少的公共区（集散厅尽端处）。

（3）楼梯

每个车站的付费区内一般设二座楼梯。

（4）屏蔽门、安全门

本项目共 8 个车站，其中××站、××站、××站、××站 4 个车站为地下车站，安装屏蔽门系统，××站、××站、××站、××站 4 个车站为高架车站，安装安全门系统。

屏蔽门：活动门的净开门高度为 2100mm；活动门的开度为 1900mm（停车误差±300mm）；端头门、应急门的净开度为 1100mm。屏蔽门保持一定的气密性，以防止气体的过度泄漏，固定门泄漏量不大于 $2m^3/(h \cdot m^2)$、活动门泄漏量不大于 $2m^3/(h \cdot m^2)$。

安全门：活动门高度为 1350mm；固定门高度小于 1500mm；活动门的开度为 1900mm（考虑停车误差±300mm）；端头门净开度为 900mm。

5. 车站出入口布置

车站出入口位置以吸引附近客流、方便进出车站为原则，同时方便与地面公交客流的换乘。

6. 风亭布置

风亭的送、排风口不正对邻近建筑物的门窗或人行道，相隔距离应≥5m。人行道旁的送排风口高出人行道 2m 以上。

（四）供电系统

轨道交通供电系统一般采用集中供电系统，设有主变电所，各车站内还设有牵引变电所和降压变电所。供电系统按如下要求进行分析：供电方式；主变电所；牵引变电所；降压变电所；车站照明设计参数。

［例］某市某轨道交通工程供电系统工程分析

1. 系统设计

供电系统采用集中供电、110kV/35kV 二级电压供电方式，牵引电源经牵引变电所整流机组后以 DC1500V 供电，车站及区间等动力照明电源经降压变电所降压为 380/220V 供电。

供电系统容量按远期高峰小时负荷设计，全线设一座 110kV/35kV 主变电所，5 座牵引变电所，8 座降压变电所。

2．主变电所

（1）位置

110kV 主变电所位于×××××××××，西侧为××站，变电所本体距车站 20m。

（2）系统设计

主变电所由地区公共电网提供两回相互独立的 110kV 电源，其中有一回应是专线供电，保证供电的可靠性和供电质量。

110kV 进线按带断路器的线路变压器接线，主变电所内设两台 20MVA、110kV/35kV 主变压器，35kV 侧采用单母线分断，设母联断路器。正常运行时，母联断路器断开，二台主变压器分列运行，每台变压器承担其所供区域内的全部动力、照明及牵引负荷的供电。故障情况下：当一台主变压器故障发生时，另一台主变压器应能满足该所供电区域高峰小时牵引负荷和动力、照明一、二级负荷供电。

（3）平面布置

主变电所为地上两层布置，本体为长方形布置，长 40.6m、宽 22.1m。半地下室为电缆层、主变压器及接地变压器；底层为主变压器室、110kVGIS 室、35kV 配电装置室、接地变接地电阻室、卫生间、备品室等；二层为滤波机室、控制室、卫生间等。

（4）通风与空调

主变压器室采用自然进风，自然排风；电缆层、35kV 配电装置均设置事故排风；接地变压器及接地电阻室、110kVGIS 室采用自然进风，机械排风；35kV 配电装置室、控制室、值班室、滤波机室均设置风冷分体空调机。

（5）给排水

主变电所的生活给水由所区域附近的市政给水管引入，引入管管径为 DN50，供厕所用水。

地下层的集水池中设置带水位控制装置的潜水泵，潜水泵根据集水池中水位变化自动启闭。

排水采用雨污水分流，厕所生活污水排入车站总体设计污水管；地面雨水排入所区附近的市政雨水管。

3．牵引变电所

本工程全线设六座牵引变电所，其中车辆段、××站牵引整流机组容量为 2×2500kW，其他××站、××站、××站、××站四站牵引整流机组容量为 2×1500kW。

牵引变电所二路 35kV 电源由电缆引入，接自主变电所或相邻的牵引、降压变电所。牵引变电所 35kV 侧采用单母线分段，设母联断路器，正常时开断。二套整流机组接入同一段母线，正常时由本段母线供电，当本段母线失电时，通过母联开关合闸保证供电。

4．降压变电所

本工程全线设八座车站，每座车站设一座降压变电所。

有牵引变电所的车站，降压变电所与牵引变电所合建为混合变电所，降压变电所的二路 35kV 电源引自牵引变电所 35kV 侧的不同母线馈出回路。降压变电所的 35kV 侧的接线方式与牵引变电所相同，两台变压器接自不同的 35kV 母线段，跟随降压变电所的两路电源接自其不同的 35kV 母线段。

每座降压变电所设置两台 35/0.4kV 变压器。降压变电所 0.4kV 低压侧单母线分段，并设母联断路器，正常时，低压母联断路器分断，两台变压器各自独立运行。当因故一台变压器退出运行时，切除三级负荷，由另一台变压器承担该所范围内的全部一、二级负荷供电，保证轨道交通的正常运营。

地下车站的降压变电所一般设置于站台层，而高架车站的降压变电所设置在地面层。降压变电所 0.4kV 侧采用 TN-S 接地方式。

5. 车站动力照明

各带 50% 的灯具交叉供电，根据客流大小，可在车控室集中控制。

一般照明光源以荧光灯为主。

车站照度设计参数见表 6-4。

表 6-4　车站照度设计参数

场　　所	正常平均照度/Lx	场　　所	正常平均照度/Lx
通道、楼体	200	变电所	150
车站站厅、站台公共区	250	配电室、电控室	150
车站控制室、综合控制室	300	各种机房	100
站长室	300	管理用房	150

（五）车站暖通系统

由于轨道交通车站位于地下，几乎完全依靠车站的暖通系统维持车站内部空气质量，所以车站的暖通系统的设计是轨道交通类建设项目评价的重点。对于车站暖通系统，工程分析中需特别关注。

① 室内设计参数：温度、相对湿度、新风量等；

② 空调系统：地下车站的空调系统通常公共区采用全空气、低风速、一次回风系统，设备及管理用房采用风机盘管加新风系统；

③ 通风系统：地下车站内各场所的通风方式、废气的排放方式，地铁风井的位置；

④ 冷热源；

⑤ 空调水系统；

⑥ 运行模式。

轨道交通项目暖通系统工程分析示例如下。

1. 设计参数

（1）室内空气设计参数（见表 6-5）

车站设备及管理用房设计温度与换气次数见表 6-6。

表 6-5　室内空气设计参数

房间名称	夏　　季	
	温度/℃	相对湿度/%
地下站厅	≤30	45~70
地下站台	≤29	50~70

表 6-6　车站设备及管理用房设计温度与换气次数

房间名称	冬季	夏季		小时换气次数	
	温度/℃	温度/℃	相对湿度/%	进风	排风
站长室、站务室、值班室、休息室	16	27	<65	6	6
车站控制室、广播室、总控制室	18	27	40～60	6	5
售票室、票务室	18	27	40～60	6	5
车票分类/编码室、自动售检票机房	16	27	40～60	6	6
通信设备室、通信电源室、信号设备室、信号电源室、屏蔽门控制室	12	27	40～60	6	5
降压变电所、牵引变电所	—	39	—	按排除余热计算风量	
配电室、机械室	16	36	—	4	4
更衣室、修理间、清扫员室	16	27	<65	6	6
警务室、会议、交接班室	16	27	<65	6	6
蓄电池室	16	30	—	6	6
茶水室	—	—	—	—	10
盥洗室、车站用品间	—	—	—	4	4
清扫工具间、气瓶室、储藏室	—	—	—	—	4
污水泵房、废水泵房、消防泵房	5	—	—	—	4
通风空调机房、冷冻机房	—	—	—	6	6
折返线维修用房	12	30	—	—	6
厕所	>5	—	—	—	排风

（2）空气质量设计参数

CO_2 浓度≤1.5‰，可吸入颗粒物的日平均浓度小于 0.25mg/m³。

（3）新风量设计参数

① 地下车站公共区　空调季节站厅、站台乘客新风量≥12.6m³/(h·人)，且系统总新风量不少于空调总送风量的 10%。通风季节乘客新风量≥30m³/(h·人)，且车站换气次数不小于 5 次/h。

② 地下车站设备及管理用房　每个工作人员新风量≥30m³/(h·人)，且新风量不少于总风量的 10%。

（4）噪声设计参数

空调通风设备传到站厅、站台公共区的噪声≤70dB（A）。

空调通风设备传到设备及管理用房的噪声≤60dB（A）。

空调通风机房内的噪声≤90dB（A）。

空调通风设备传到地面风亭的噪声≤55dB（A）。

2. 空调通风系统

（1）地下车站公共区

地下车站公共区一般设 2 个空调系统，每个空调系统负担一半站厅负荷和一半站台负荷。系统采用全空气低速系统，由组合式空调器、空调新风机、回/排风机及相应的管道、风道、新风井（亭）、排风井（亭）和各种阀门组成。

地下车站公共区通风空调系统气流组织采用上送上排形式。

（2）地下车站变电所

包括降压变电所、牵引变电所的整流变压器室、直流开关柜室、10kV 开关柜室、0.4kV 开关柜室等房间。

变电所内发热量较大，室内温度不高于 38℃，一般采用空调系统。

（3）其他电气设备用房、管理及办公用房

包括通信机械室、车站综合控制室等以及站长室、站务室、会议室、公安室、售票处、更衣室、休息室等。

该类用房仅靠机械通风不能保证室内温度标准，设置空调系统。若系统中包含电气用房，采用全空气集中空调系统。若仅为管理用房，采用风机盘管系统。

（4）空调通风机房、泵房、车站备品库、茶水间、清扫工具间

该类机房室内温度要求不太高，设置机械通风系统。厕所、污水泵房设独立排风系统。

3. 空调冷源及水系统

车站公共区通风系统、设备管理用房通风空调系统分设冷源，冷源采用螺杆式冷水机组，每座地下车站配置 3 台，采用 2 大 1 小形式。冷水供水温度为 7℃，回水温度为 12℃。水系统设计为闭式机械循环。

4. 地下车站空调通风系统运行模式

① 最小新风量空调运行工况　当室外空气焓值高于回风焓值时，系统采用最小新风空调工况。

② 全新风空调运行状况　当室外空气焓值小于等于车站回风焓值时，系统转为全新风运行状态，冷冻机运行。

③ 通风运行状况　当进入过渡季节，此时地铁转为通风运行工况，冷冻机关闭。开启车站送、排风机，采用机械送、排风。也可采用机械送、自然排或机械排、自然进风的节能运行模式。

（六）给排水系统

轨道交通类建设项目的给排水系统工程分析，主要涉及以下内容：给水方式；废水排水方式，包括车站、地下区间；雨水排水方式，包括车站、地下区间；污水排水方式，包括车站、厕所；车站冷却循环水方式。

轨道交通项目给排水系统工程分析示例如下。

1. 给水系统

车站生活、生产给水水源接自市政给水管，与消防给水系统分开设置。主要供给车站工作人员饮用水、盥洗水、厕所用水、清扫用水、地下车站还需供空调冷却补充用水等。

系统采用枝状供水，车站的站厅和站台两端各设一只清扫栓箱，内设一只 DN25 的清扫栓，供车站清扫用水。

地下车站采用城市管网压力供水，高架车站采用变频供水方式。

2. 废水排水系统

（1）地下车站

在车站最低点（一般为端头井处）设置主废水泵房，车站消防废水，结构渗漏水，冲洗水由每层地漏收集，经排水立管汇至道床纵向排水沟后流入车站废水泵房集水池。废水经泵提升后接至地面压力窨井，纳入市政雨水管道。

废水泵房内设潜污泵两台，平时互为备用，废水泵房集水池的有效容积≥30m³。

（2）车站局部排水

在车站每个出入口设有自动扶梯的底部设置集水井，收集结构渗漏水、行人带入的少

量雨水，集水井内设两台小型潜污泵，平时互为备用。

（3）地下区间主废水系统及泵房

地下区间隧道采用明沟排水，便于疏通。在区间隧道的线路最低点设废水泵房，单坡区间废水利用车站废水泵房排除。全线共5线地下区间（××站～××站为半地下半高架），设区间废水泵房4座，其中××站～××站、××站～××站废水泵房均与中间风井合建。每座泵房内设潜水排污泵两台，平时互为备用。

废水经提升后，由敷设在区间隧道上行线内侧的DN150的出水管就近进入邻近车站或直接接出峒口。进车站的区间废水管与车站废水泵房出水管平行敷设到地面压力井后，再就近纳入排水点。

3．雨水排水系统

（1）地下区间峒口雨水系统及泵房

××路站至××站线路由地下逐渐向高架段过渡，在敞开段峒口处需设雨水泵房。雨水经泵提升后，通过压力井，就近排入市政排水管道。

（2）地下车站局部雨水系统

在地下车站的敞开式出入口自动扶梯下和风亭下设置雨水泵，雨水经汇集后排入道路上的市政排水管道。

4．污水排水系统

在车站紧靠卫生间或对应的下层设污水泵房，泵房内设有潜污泵两台，互为备用。污水经潜污泵提升后接至地面压力窨井，排入市政污水管道。

5．冷却循环水系统

在地下车站设置冷却水循环系统，该系统主要由冷却泵、冷冻机组、冷却塔及管道阀门等组成。冷却塔选用超低噪声集水盘式，以充分利用集水盘内冷却水压力，减少冷却循环泵扬程。

（七）车辆

轨道交通列车作为交通工具，在整个轨道交通系统中充当了举足轻重的角色，也是整个轨道交通类建设项目的评价工作中十分重要的一个组成部分，对其进行工程分析时，需包含有：客流预测；车辆形式、编组载客量；紧急通风系统；空调系统；照明系统。

轨道交通项目车辆工程分析示例如下。

1．客流预测

各设计年度高峰小时高断面客流量为：初期（2012年）：2.46万；近期（2019年）：3.00万；远期（2034年）：4.38万。

2．车辆形式

Tc：带司机室拖车；Mp：带受电弓动车；M：动车；T：拖车。

3．车辆编组

初、近期：6辆编组，编组型式Tc-Mp-M-M-Mp-Tc，动拖比2∶1；远期：7辆编组，编组型式Tc-Mp-M-T-M-Mp-Tc，动拖比4∶3。

4．载客量

AW2（额定载客、按6人/m²）：Mp/M/T车为218人/辆，Tc车为200人/辆；AW3（超员载客、按9人/m²）：Mp/M/T车为305人/辆，Tc车为280人/辆。

5. 空调和通风

(1) 紧急通风系统

① 系统概述 在列车失去高压电源的紧急条件下，将提供 30min 的紧急通风，并向客室内输入 100％ 的新鲜空气。新鲜空气从入口处进入时经过充分的过滤，从而保证乘客的舒适性。

② 紧急供电 一台逆变器产生正弦三相交流电，电源来自 110V 的蓄电池，以驱动用于两台车厢空调系统和司机室风机风扇的三相异步电机。该系统由一台三相逆变器和一台变压器组成，变压器将交流电压转变为电机的额定电压。

③ 空气流量 每辆车紧急新鲜空气流量：约 3100m³/h，相当于 10m³/(h·人)，9 人/m³。

④ 新鲜空气进入 进气口处装有过滤网。过滤网为高质量、能洗涤、寿命长的编织网，安装方便并可以互换。

过滤网通过水和肥皂的浸泡来清洗。

新鲜空气入口位置的安排和设计，能使所有的新鲜空气都经过过滤网。

⑤ 回路空气 在紧急通风情况下，新鲜空气/回路空气混合隔离板可保证引进 100％ 的新鲜空气进入客室。

⑥ 排风 排出的气体通过拱形板后面的车窗顶部排出。

(2) 空调系统

① 系统概述 客室由安装于每节车车顶上的紧凑型单元自动控制车厢内部温度。不设置供暖。

② 空气流量 每车总空气流量：7500 m³/h。正常条件下，每车新鲜空气流量约 2000m³/h，相当于 10m³/(h·人)，6 人/m³。

③ 性能 空调系统的性能见表 6-7。

表 6-7 列车空调系统性能

运行情况	室外温度	室内温度	乘客载荷
正常运行	35℃(70％ R. H.)	27℃(63％ R. H.)	AW2

④ 空气质量 由于车门频繁打开，客室内的灰尘量无法保证。但空调单元内的过滤器将最大限度地减少通过空调装置的灰尘量。根据维护要求进行过滤器的清洁，使车门在使用时车厢空气中的粉尘不超过 0.5mg/m³。

(3) 司机室

司机室空调由客室空调系统提供，司机室内将提供供暖（集中在司机室辅助设施）。

司机室内的空气调节由司机室风机风扇控制。作为车厢空调系统的一部分，司机室空调具有与客室空调相同的特性。

司机室内空气由客室处理过的空气通过管道和司机室风机送入司机室，司机可通过一个特殊的开关来调节空气流量。

6. 照明

(1) 客室照明

客室照明采用 220 Vac 荧光灯管，荧光灯沿客室整个天花板长度排列。

客室内部在列车运行时距客室内部地板以上 1m 处照明不小于 300 Lx。

（2）司机室照明

在驾驶控制台上所有提供可读信息的仪器仪表（如监控器、速度指示器、仪表等），均有夜光显示。

司机室提供阅读灯，该灯独立于其他的驾驶室照明。照明区域将是司机控制台平面的一小部分。当开启荧光灯并关闭阅读灯时，提供司机台上至少 5～10Lx 照明，地板中央至少 3～5Lx 照明。

（八）车辆段设计

轨道交通类建设项目车辆段工程分析时，主要涉及以下内容：基地选址；任务范围；设计规模；总平面布置；运用检修工艺流程；主要设施；供电、给排水、通风与空调系统。

轨道交通项目车辆段设计工程分析示例如下。

1．基地选址

××车辆段规划用地位于××路、××的南侧，规划××高速公路的北侧，××路的东侧，××公路的西侧。场址东北角现有中英合资的××有限公司。垂直于××浜的××泾从停车场咽喉区南北穿过，其余主要为水塘及农田。停车场出入线由本工程终点站××站站后折返线引出，长约 571m。

2．任务范围

• 承担配属列车的运用整备工作和列车事故救援工作；

• 承担配属列车定修及以下修程的检修工作；

• 承担折返站乘务司机换班作业；

• 承担场内设备和机具维修及调车机车、工程车辆的日常维护工作；

• 承担全线工务、桥隧、房屋建筑、机电、供电、接触网、通信信号及自动化设备的维护和管理工作。

列车的大架修检修作业拟由一期工程××车辆段承担。检修工作以现场修、换件修为主，部件的维修委托其他车辆段或专业厂商。

3．设计规模

（1）配属车辆（见表 6-8）

表 6-8　配属车辆一览表

设计年度	初期	近期	远期	设计年度	初期	近期	远期
运用车/（列/辆）	26/104	34/136	47/282	检修车/（列/辆）	5/20	7/28	9/54
备用车/（列/辆）	3/12	3/12	5/30	配属车/（列/辆）	34/136	44/176	61/366

（2）检修任务（见表 6-9）

表 6-9　检修任务一览表

设计年度	初　期	近　期	远　期
厂修/（辆/列）	—	16.04/4.01	34.26/5.71
架修/（辆/列）	—	16.08/4.02	34.26/5.71
定修/（辆/列）	75.72/18.93	96.32/24.08	205.56/34.26
三月检/（辆/列）	504.88/126.22	642.16/160.54	1370.52/228.42
半月检/（辆/列）	3108.68/795.17	4045.56/1011.39	8634.18/1439.03

（3）设计规模（见表 6-10）

表 6-10　设计规模一览表

设计年度	初期	近期	远期	设计年度	初期	近期	远期
停车列检库/列位	24	24	38	定临修库/列位	3	3	3
月检库/列位	4	4	6				

4. 总平面布置

车辆段总平面布置为尽端式，紧邻××路东侧绿化带外缘布置，主体部分由西向东依次并列布置试车线、镟轮库、洗车库、定临修库、静调库、月检库及停车列检库。在车场咽喉区的西侧集中布置有清吹扫库、联合车库、平板车线和堆场。

在出入场线和车场咽喉道岔区西侧、试车线东侧所围区域集中布置了综合基地和停车场辅助生产生活设施。

5. 运用检修工艺流程

（1）列车运用整备作业流程

进场入停车列检库→车体外皮清洗（2～3 天一次）→乘务员退勤→车内清扫、擦洗、消毒、列检→待班→出勤技术交接→出场运行

（2）月检作业流程

入检修库→清洁→全面检查、检测→换易损件→调试→交验→出检修库

（3）定修作业流程

入检修库→车体底部电机、电气设备封闭→入清吹扫库做底架、车顶清洗→回库拆封、清洁→检修测试→蓄电池补充电或更换→根据需要进行镟轮→静调→动调→交验→出库

（4）静调作业流程

单元车静调→一般性检查→线路测试→低压通电试验→高压通电试验→耐压试验→联挂，整列升弓静调→交验

6. 主要设施

（1）停车列检库

停车列检库承担全线配属车辆的停放、整备、列检、一般性故障处理和列车清扫、消毒工作。

（2）月检库

月检作业对车辆进行全面技术检查和必要的检测，主要对受电弓、司机室电器、车载通信信号设备、转向架、控制系统、制动系统、辅助电源系统、牵引电机、空压机、蓄电池、车内设施等进行全面检查、清洁，并对部分设备进行检测及更换易损件。根据需要对蓄电池进行充放电作业。

（3）定临修库

定修作业对车辆进行全面清洁、技术检查和修理。主要对受电弓、司机室设备、车载通信信号设备、转向架、控制系统、制动系统、辅助电源系统、牵引电机、空压机、蓄电池、车内设施等进行清洁、检测、维修或更换；对蓄电池进行清洁、补液、充放电或更换。

（4）静调库

对进行定修、临修车辆的重要部件和电器线路进行单车、单元车组和整列车检查、测

试、调整。

(5) 辅助生产房间

承担列车在月检、定修及临修检修中零部件的检修和检测调试工作。零部件的检修工作以清洁、互换、检查、测试和小修为主，零部件的中修和大修委托外部进行。

辅助房间主要有：运转值班室、调度室、司机出乘室、检修班组、清扫消毒班组、车载信号室、消防泵房、技术室、资料室。

(6) 检修用生产房间

主要有：受电弓、空调、车辆机械、车内设备等检修间、蓄电池间、机加工间、熔焊间、设备维修间、空压机间。

① 受电弓检修间　承担定修、临修和部分月检列车的受电弓的清洁、检查、测试及小修任务；

② 空调检修间　承担列车空调的清洁、检查、测试及小修任务；

③ 车辆机械检修间　承担车辆转向架、制动系统等设备的清洁、检查、测试及小修任务；

④ 车内设备检修间　承担列车门窗、坐椅、扶手、吊杆、风通、通道、地板面料等的清洁、检查、测试及小修任务；

⑤ 蓄电池检修间　承担列车碱性蓄电池的清洁、补液、充放电任务，对损坏蓄电池进行更换，蓄电池不进行解体修；

⑥ 机加工间　承担车辆检修和本车场设备维修所需的小型零部件的加工和修配任务；

⑦ 熔焊间　承担各检修车间的焊接任务；

⑧ 设备维修间　承担车辆电机电器设备的清洁、检查、测试及小修任务；

⑨ 空压机间　生产压缩空气，供检修车间用。

(7) 洗车库

负责列车车体外部定期洗刷工作。拟采用中性低泡清洗剂。

(8) 镟轮库

负责车辆的不落轮镟轮作业。

(9) 清吹扫库

承担车辆的车底架、车顶部的清扫工作以及车体外皮的定期手工洗刷任务。采用高压水冲洗和压缩空气吹干方式。

(10) 联合车库

负责内燃机和特种车辆的停放、运用和日常维护保养工作。

(11) 综合楼（办公用房、司机公寓、浴室、餐厅等）

(12) 维修中心综合楼（主要为材料、办公用房）

(13) 综合维修中心维修车间

设有土建检修区、通信信号检修区、供电接触网检修区、机电、自动化检修区。

(14) 平轮探测设施

(15) 易燃品库

存放少量的氧气瓶、乙炔瓶、氟利昂钢瓶以及化学药品、油漆、桶装柴油等材料。

(16) 变电所及试车线用房

7. 供电设计

(1) 供电电源

各类负荷电源供电均就近取自牵引降压混合变电所或跟随变电所的低压母线。

(2) 动力供电

消防用电、防灾报警、通信、信号、变电所用电等采用双电源（不同段母排引接）供电，并在设备末端设自动切换装置。电源引自降压变电所的两段母排各一回路，末端自切。

与车辆检修、运行直接有关的动力（包括排水泵站）和工艺要求的空调、通风设备及主要检修动力和照明电源，由低压母排单回路供电。

各类非生产用空调、通风设备及电热设备，由一路电源供电。

(3) 照明设计（见表 6-11）

表 6-11　照度设计参数表

场　所		正常照明/Lx	场　所	正常照明/Lx
变电所	高低压配电室	200	停车库	150
	电缆夹层	50	水泵房	100
办公楼	办公室、会议室	300	综合维修、一般维修	200
	公用区域	50	精密维修	300
架修库、定修库		200		

8. 给排水

(1) 给水方式

车辆段给水水源接自市政给水管。拟从××路一路 DN200 市政给水管道上接管，接管管径为 DN200，拟从××公路市政给水管道上接管，接管管径为 DN200，两路管道在车辆段内构成环状，生活、生产给水从环状管网上引出并根据要求加压。

(2) 生产、生活给水系统

选用恒压变频给水泵组及 20m³ 生活水箱，设于运用检修库消防给水泵房内。给水泵组向运用库上部的综合楼供应生活用水。

办公区职工浴室热水供应采用燃气热水炉辅以太阳能联合供水的方式，以节约能源。

洗车用水由工艺设备自带回用处理装置，本设计考虑补水量。

(3) 生活污水排水系统

生活污水主要来自停车场的各办公房屋，污水性质主要为生活粪便污水、洗浴废水、厨房废水和一般性办公生活废水。

主入口处生活污水考虑经生化处理后就近排入市政污水管网。

××泾河道将停车场分为东西两侧，两侧的生活污水分别收集，采用地埋式二级生化处理装置处理，达标后排放。

(4) 生产废水排水系统

生产废水主要来自洗车库，产生于洗车库车体外皮洗刷。主要污染物为悬浮固体、少量油、漆皮、油漆、弱碱性洗涤剂等，采用调节沉淀、隔油、气浮、过滤，处理达标后，就近排入××泾。

运用库排水含有微量油，采用矿油分离器处理后，就近排入××泾。

(5) 雨水排水系统

雨水系统分东西场地，分别纳入新建雨水泵房，就近排入××泾。

运用库屋面雨水采用虹吸排水系统，管道悬吊安装，压力流排放；其余各建筑采用重力流，地面排放方式。

9. 通风与空调

（1）室内空气设计参数（见表6-12）

表6-12　室内空气设计参数表

部　　位	夏季空调		冬季空调		新风量
	温度/℃	湿度/%	温度/℃	湿度/%	/[m³/(h·p)]
办公用房	26	55	18～20	55	30
会议室	26	55	18～20	55	30
浴室更衣室	—	—	23	—	—

注：生产用房空调室内设计参数根据工艺要求。

（2）空调设计

冷、热源采用空气源冷热泵机组。停车场综合楼由办公、会议、多功能厅及部分设备用房等组成，采用可变冷媒流量空调系统。餐厅采用可变冷媒流量空调系统，其余有空调要求房间采用分体式空调机系统。信号楼、候班楼及工人宿舍楼均采用分体式空调机系统。

生产车间的附属办公房屋采用分体式空调机，工艺有空调要求的生产房屋设分体式空调机。

① 可变冷媒流量空调系统　根据负荷及空间用途选用各种不同类型的室内机。空调凝结水集中有组织排放。空调室外机集中设在各楼屋顶。新风机分层设置，新风经新风机组处理后，用风管送至各空调房间。

② 分体式空调机系统　根据各空调房间负荷选用各种不同规格空调室内外机。空调凝结水接至附近下水道。

（3）通风设计

会议、多功能厅、餐厅设排气扇排除室内混浊气体。

食堂厨房采用机械排风系统，设有混流风机、离心风机、油烟排气罩及油烟净化机。厨房炉灶的排风经油烟净化设备处理后通过离心风机排至室外，并设混流风机对厨房进行送、排风。

卫生间及浴室淋浴间均设排风机排气，换气次数每小时不小于10次。

根据工艺要求，有关生产车间如变电所、危险品间等设轴流风机通风，有防爆要求房间采用防爆风机，通风量按排除余热和有害气体计算，或按换气次数每小时不少于10次。

三、健康影响因素的识别

健康影响因素是指在轨道交通类建设项目正式运营过程中，相关场所存在的或可能存在的各种化学的、物理的、生物的，对轨道交通的乘客以及工作人员的健康会产生急性、慢性、非特异性或持续性积蓄损害的影响因素。

人群在公共场所中往往长时间低水平地暴露在各种健康影响因素之中，加上健康影响因素对人群健康的影响往往是多因素的联合作用，多种因素共同作用下产生的效应可有叠加、协同、拮抗和独立作用等多种联合方式表现出来，所以探索健康影响因素对人群健康影响的敏感而特异的反应指标相对困难。而且由于公共场所面向的是广大人群，个体差异大，包括老、幼、病、弱甚至胎儿及具有遗传易感性的敏感人群。因此，完整而且详细地识别和分析出公共场所内存在的各类健康影响因素对于保护所涉人群的健康是十分必要的。

健康影响因素的识别和分析作为卫生学评价工作的重要环节，是整个评价工作的基础。识别和分析是否全面、正确、科学、合理，将直接影响到卫生学评价结果的正确性。

由于轨道交通类建设项目卫生学评价涉及的场所众多，本节以车站站厅站台、列车车厢、车站设备管理用房、车辆段等场所作为主要的评价单元进行分析，其余场所参照本书的相关章节。

（一）存在健康影响因素的场所

交通类建设项目存在健康影响因素的场所分为两部分，主要影响乘客健康的公共场所和主要影响工作人员健康的作业场所。

主要影响乘客健康的公共场所包括：车站站厅站台、列车车厢；主要影响工作人员健康的作业场所包括：车站设备管理用房、车辆段。

（二）公共场所存在的健康影响因素

1. 车站站台、站厅

车站站台、站厅主要存在的健康影响因素为：微小气候（温度、相对湿度、风速等）；建筑装饰材料产生的有害物质（甲醛、苯、甲苯、乙醇、氯仿、氡等）；人类活动产生的污染物（可吸入颗粒物、病原微生物、二氧化碳等）；地铁列车运行时产生的危害因素（可吸入颗粒物、噪声、振动等）以及车站设备引起的影响因素（照度、新风量等）。

（1）微小气候　室内由于屋顶、地板、门窗和墙壁等围护结构以及人工空气调节设备等综合作用，形成了与室外不同的微小气候，也称为室内小气候。室内小气候主要是由气温、气湿、气流和热辐射（周围墙壁等物体表面温度）这四个气象因素组成。它们同时存在并综合作用与人体，对人体健康产生重要影响。

良好的小气候是维持机体热平衡，使体温调节处于正常状态的必要条件。反之，则可影响人体热平衡，使人体体温调节处于紧张状态，并可影响机体其他系统的功能，长期处于不良的小气候中还可使机体抵抗力下降，引发各种疾病。

地下车站的站台站厅由于位于地下，且站台均安装有屏蔽门，与外界相对隔绝，所以室内温度、相对湿度、风速等均由车站的集中空调通风系统提供。一旦地下车站的集中空调通风系统设计先天不足或者运营时发生故障，室内小气候会迅速恶化，严重影响乘客的候车环境。

（2）建筑装饰材料产生的有害物质　建筑装饰材料是目前室内空气污染物的主要来源，如油漆、涂料、胶合板、泡沫填料、塑料贴面等材料中含有的甲醛、苯、甲苯、乙醇、氯仿等挥发性有机物。砖块、石板等本身成分中含有镭、钍等氡的母元素较高时，室内氡的浓度也会明显增高。

车站站台站厅一般装修时，地坪公共区采用花岗岩或防滑地砖，管理区采用防滑地砖，设备区采用防滑地砖、水泥地坪及防静电架空板；内墙面、柱面公共区采用彩色面砖、玻化砖，少量采用大理石，管理区及设备区以涂料为主；天花公共区采用铝合金挂片、条板、格栅作吊顶，管理区采用 FC 板轻钢龙骨吊顶，设备用房一般刷外墙用涂料。车站站台站厅建造时使用的建筑材料以及装修时选用的各种具有挥发性的材料和助剂，都会释放出有毒有害气体，污染站台站厅空气。

（3）人类活动产生的污染物　轨道交通作为城市交通工具，正式运营时人流量极大。随着每天大量的人群进出轨道交通车站，人体排出的大量代谢废弃物以及谈话时喷出的飞沫都成为车站站台站厅空气污染物的来源。在炎热季节出汗蒸发出多种气味，在拥挤的通风不良的地下车站内引起的污染尤为严重。

这一类污染物主要有随着人群的移动从室外带入车站的可吸入颗粒物、细菌、真菌等微生物等，人体呼出的二氧化碳、水蒸气、氨类化合物等内源性气态物以及外来物在人体内代谢后的产生的一氧化碳、甲醇、乙醇等产物。呼吸道传染病患者和带菌（毒）者也可将流感病毒、SARS 病毒、结核杆菌、链球菌等病原体随飞沫喷出污染车站内空气。

（4）地铁列车运行时产生的危害因素　地铁列车长期在地下隧道中运行，运行中因电刷、闸瓦制动产生的粉末及隧道内灰尘，会由于列车进出站时的活塞效应，带入站台，影响在站台上候车的乘客的健康。这对于未安装屏蔽门的地下车站的站台空气质量的影响尤为严重。

噪声是指人们主观上不需要的声音。地铁声源由有用声和环境噪声组成。列车内和站台上必须的广播声是有用声；人的听觉生理所必需的声强级较低的背景噪声也是有用声，列车未到时站台的背景噪声就是这种噪声。环境噪声指长时间存在的、较稳定的背景噪声和短时存在、声强级较大的干扰声。

地铁站台内环境噪声分为列车未到站、列车到站未停、列车停止、列车启动出站四种情况。列车未到站时，非常安静，这时只有机械通风的噪声、吊顶的金属散光片在出风口送风作用下与支点碰撞产生的再生噪声和自动扶梯运转的机械声 3 种。当列车即将进站，就有列车驱动隧道内强大的空气流产生的风噪声、列车运行的振动碰撞声、列车刹车的轮轨摩擦噪声和列车发出的警示笛声 4 种。列车停止后，列车空调噪声很突出。列车出站时主要有电机启动列车的工作噪声、列车运行的振动碰撞噪声两种。在站台上一层的站厅，由于只有楼梯口与下层站台和上层地面相通，受上下环境影响不大。列车未到时，其背景噪声状况与站台差不多。列车到站与出站这段时间，噪声稍增大，听到的主要是列车运行的振动碰撞噪声。

地铁列车高速行进是地铁振动的主要发生源。其表现为列车行驶时，众多车辆与钢轨同时发生作用产生的作用力，造成车辆与钢轨结构上的振动；车轮驶过钢轨接头处增强车辆与钢轨结构上的振动，这种振动随着长轨的发展和使用将有所减小；车轮与钢轨接触之间不平整或微小的不平度会加强结构上的振动，产生轰轰的振动声。

列车运行时，振动通过土壤传送到地铁沿线地面建筑物，包括轨道交通车站，使得候车的乘客以及车站工作人员受到影响。一列地铁列车出入站时引起振动的持续时间大约为10s。在一条轨道交通线路上，高峰时在两个方向 1h 内可以通过 30 对列车或更多一些，因而振动作用持续的时间相当长。因此，轨道列车运行中对周围环境产生的振动污染不能忽视。

（5）车站设备引起的影响因素　轨道交通车站站台站厅内设置有大量的导向标志来引导乘客，局部还设置有液晶屏幕来提供列车进出站状况；乘客在站台候车时，往往也习惯于阅读报纸、书籍等读物，一旦车站无法提供足够的照明照度，长期处于光线不良的条件，会对乘客的视功能及神经系统造成一定的影响，甚至产生近视、弱视等眼科疾病。

充足且清洁的新风可提供呼吸所需要的空气，并且具有稀释气味、除去过量的湿气、稀释室内污染物、调节室温等多种功能。

轨道交通地下车站由于位于地下，加上站台均设置有屏蔽门，阻断了由于列车进出站活塞效应所带来的新风，使得地下车站的新风完全靠集中空调系统供给。

轨道交通地下车站一般均设有新风竖井，通过新风竖井，吸取地面外界的新风。一旦轨道交通车站内部乘客数量超过设计人数，或者原本空调设计中新风量指标设计参数就过小，又或者车站运营方为了节省运行费用按最小新风量甚至零新风量运行时均会造成车站内部新风量不足，严重影响车站内空气质量，危害乘客的身体健康。而且如果设于车站外部的新风竖井受到污染，或者新风在处理、输送和扩散过程中受到污染，也都会恶化新风品质，削弱了新风的稀释作用。

2. 列车车厢

列车车厢主要存在的健康影响因素为：微小气候（温度、相对湿度、风速等）；人类活动产生的污染物（可吸入颗粒物、病原微生物、二氧化碳等）；地铁列车运行时产生的危害因素（可吸入颗粒物、噪声、振动等）以及列车内部设备引起的影响因素（照度、新风量等）。

（1）微小气候 轨道交通列车车厢在行驶过程中相对封闭，与外界相对隔绝，所以室内温度、相对湿度、风速等均由车厢的集中空调通风系统提供。一旦车厢的集中空调通风系统设计先天不足或者运营时发生故障，车厢内温度、相对湿度等小气候指标会迅速恶化，严重影响乘客的乘车环境。

轨道交通列车车厢内部的温度、相对湿度等小气候指标还与乘客的乘车率有关。在超员严重、车厢拥挤的情况下，车厢内温度、相对湿度等小气候指标无法满足需要，车厢内乘客会有湿热和气闷的感觉，特别在早晚上下班高峰期更显得突出。

对于以乘客为主要服务对象的列车车厢，其舒适性在很大程度上取决于车厢内温度均匀稳定、流速大小控制合理的气流组织。地铁列车车厢行驶时相对封闭，所以车厢内部的风速主要由车厢空调系统的送风风速来调控。由于地铁车厢内顶较低，一般都在 2.2m 左右，且内部空间狭长，所以大多采用顶部纵向条缝送风、机组底部集中回风的方式。轨道列车一般载客量大，额定载客要达到 6 人/m²，如果送风的平均风速低，乘客就会感到车厢内温度过高，不凉爽；而若过高提高风速，由于出风口温度低，又会使乘客有吹冷风的感觉。加上由于载客量大，不能直接把风送到地板上，会有头凉足热的感觉，因而，列车车厢内部的风速应确定一个合适的数值。

（2）人类活动产生的污染物 城市轨道交通作为城市交通网络重要组成部分，每天有大量的人群搭乘，特别是在上下班高峰时段，往往车厢内异常拥挤。大量的人群在呼出二氧化碳的同时，也呼出二甲基胺、硫化氢、醋酸、丙酮、酚、氮氧化物、二乙胺、甲醇等十余种物质，人体其他部分也不断排出污染物质，如汗液的分解产物和其他挥发性不良气味等，使得车厢内的空气恶化，使乘客产生不适的感觉。

轨道列车车厢行驶时相对封闭，车厢内污浊空气难以迅速排出，一旦车厢内有溶血性链球菌、结核杆菌、白喉杆菌、肺炎球菌、金黄色葡萄球菌、流感病毒的感染者时，这些致病微生物随着感染者的飞沫和悬浮颗粒物飞扬在拥挤的车厢空气中。车厢内由于湿度大、通风不良、阳光不足，致病微生物在空气中能生存较长时间，侵袭人体，进而造成疾病的流行和蔓延。

地铁列车一般平均每 3min 靠站一次，人群流动性极大，车厢内坐椅、扶手和拉手等公共设施的使用频率非常高，如果不经常清洁消毒，很容易给病菌传播制造机会。

乘客在搭乘地铁时，可能将细菌带到车厢内的坐椅、扶手和拉手上，这些细菌主要包括一些肠道病原菌，如大肠杆菌等。另外，顾客在车厢内咳嗽、打喷嚏和说话时，有飞沫喷出，病原体也很容易随之附着在车厢内的公共设施上，传染给其他的乘客。

（3）地铁列车运行时产生的危害因素　地铁列车长期在隧道中运行，运行中因电刷、闸瓦制动产生的粉末及隧道内灰尘等可吸入颗粒物，会通过各种渠道进入车内，直接影响车厢的空气质量。

轨道交通列车运行时，车轮与铁轨碰撞声、车厢振动引起的碰撞声、车辆制动摩擦声、电机声、风阻声、空调声等共同形成复杂的噪声源。由于地铁列车是在密闭的隧道中运行时，产生的噪声难以扩散，要经过隧道壁面的多次反复衰减才能消散，所以地铁车辆在隧道通行时，车厢内的噪声要明显高于在地面通行时的水平。

（4）地铁内部设备引起的影响因素　现在，越来越多的乘客习惯于在搭乘轨道交通的时候在车厢内阅读报纸、书籍等读物，车厢内一般还设置有液晶屏幕，循环滚动地播放着节目，来吸引乘客的注意。此时就要求列车车厢的照明系统，能够提供充足且柔和的照明照度，使得车厢内始终保持明亮的光线，满足乘客视觉功能的生理需要。

地铁列车空间小，载客量大，在隧道内运行时产生负压，使得新鲜空气吸入比较困难。受到车辆限界、噪声指标的限制，在列车车厢内布置大型吸风机也很难做到的。而且受隧道内换气条件的限制，一般隧道内的空气中二氧化碳的含量比外部地面的要高，为达到供给车厢内人群正常的生理需氧量，冲淡车厢内二氧化碳等有害气体或气味的目的，就需要更多量的新风。

（三）作业场所存在的职业危害因素

1. 变电所

变电所主要存在的职业危害因素为：电磁辐射、六氟化硫（SF_6）。

轨道交通产生电磁辐射的设备主要有变电设备、通信设备。每个轨道交通车站一般都设有降压变电所，地下车站的降压变电所一般设置于站台层。部分车站内还设有牵引变电所，与降压变电所合建为混合变电所。这些变电所内供电设置正常运行时会产生电磁辐射。混合变电所一般会产生工频电场。

纯净的新的六氟化硫（SF_6）气体无色、无味、无臭、不燃，在常温下化学性能稳定，属惰性气体。但在电力系统，由于 SF_6 气体主要充当绝缘和灭弧介质，在断路器或 GIS 分断操作过程中，在点弧作用、电晕、火花放电和局部放电、高温等因素影响下，SF_6 气体会进行分解，它的分解物遇到水分后变成腐蚀性电解质，尤其是某些高毒性分解物，如 SF_4、S_2F_2、S_2F_{10}、SOF_2、HF 及 SO_2，它们会刺激皮肤、眼睛、黏膜，如果吸入量大，还会引起头晕和肺水肿，甚至致人死亡。

轨道交通项目一般变电所均采用六氟化硫断路器，而位于地下车站内的牵引变电所或降压变电所由于位于密闭空间内，空气流通缓慢，SF_6 气体一旦发生泄漏，分解物在室内沉积，不易排出，会对检修与巡视的工作人员甚至附近站台站厅内候车的乘客产生极大的危险。

2. 废水泵房

废水泵房主要存在的职业危害因素为硫化氢、氨。

地铁车站一般在车站最低点设置有废水泵房污水处理系统。车站消防废水，结构渗漏水，冲洗水由每层地漏收集，经排水立管汇至道床纵向排水沟后流入车站废水泵房集水池。废水经泵提升后接至地面压力窨井，纳入市政雨水管道。废水由于含有有机物，在微生物的作用下，会分解产生硫化氢、氨等有毒有害气体。当工作人员在对废水池和格栅进行日常管理和检修作业时，一旦未注意充分通风和佩戴个人防护用品，极有可能会吸入高浓度的硫化氢、氨等有毒有害气体，严重危害身体健康。

3. 设备机房

设备机房主要存在的职业危害因素为噪声。

设备机房包括通风机房、空调机房、冷冻机房等。通风机、空调机、冷冻机运行时均会产生噪声。

4. 车控室

车控室主要存在的职业危害因素为新风量。

大部分地铁的车控室均位于地下，设在站厅的两侧，以方便工作人员在观察各项设备运行情况的同时，随时观察站厅内乘客的情况。车控室作为控制整个车站正常运行的心脏，工作人员在其中逗留的时间较长，所以车控室内是否供应有足够的新风量，对于在其中工作的车站工作人员的身体健康起着很关键的作用。

5. 车辆段

车辆段主要存在的职业危害因素为噪声、锰烟、电焊尘、紫外线、砂轮磨尘、硫酸、乙炔、汽油等易燃危险品。

设备机房作业时，除了变配电设备、风机、水泵等设备运行时会产生噪声外，空压机间设备运作和使用高压空气时，也会产生噪声。此外，列车进行检修时，例如电焊、切割、机械加工时也可产生噪声。

电焊尘、紫外线、锰烟主要产生于对列车检修时进行的电焊作业。

砂轮磨尘主要产生于应用砂轮机进行机械加工。

硫酸雾主要产生于列车所使用的蓄电池的定期维护。

乙炔、汽油等易燃危险品一般主要储存在车辆段危险品库内，如有泄漏，会造成工作人员的急性中毒。

四、评价因子及其标准的选择

在充分识别轨道交通相关场所可能存在的健康影响因素的基础上，通过分析筛选出主要健康影响因素作为评价因子，然后根据国家现行有效的标准和技术规范，确定这些评价因子的评价指标。

我国现在尚未制定关于轨道交通车站和轨道交通列车的专项卫生标准，所以开展轨道交通类建设项目卫生学评价，主要是根据以往的卫生管理经验，结合其内部环境条件的特点和可能具有的污染特征以及人群在其中的活动情况，参照公共场所和室内环境的卫生标准和卫生规范。例如轨道交通车站内部的卫生指标主要是参考 1996 年颁布实施的《公共交通等候室卫生标准》（GB 9672—1996）和《室内空气质量标准》（GB 18883—2002）；轨道交通列车内部的卫生指标主要是参考 1996 年颁布实施的《公共交通工具卫生标准》（GB 9673—1996）。

我国建设部对于轨道交通类建设项目有着一系列的设计标准和规范，这些对于评价轨道交通卫生状况也有着其一定的参考价值，例如《地铁设计规范》（GB 50157—2003），《地铁车辆通用技术条件》（GB 7928—2003）等。

除建设部外，国家质量监督检验检疫总局在 2001 年颁布了关于室内环境污染控制的标准：《民用建筑工程室内环境污染控制规范》（GB 50325—2001），在 2006 年颁布了关于轨道交通车站站台和列车的噪声限值的标准：《城市轨道交通列车噪声限值和测量方法》（GB 14892—2006）和《城市轨道交通车站站台声学要求和测量方法》（GB 14227—2006），加上轨道交通中的地铁车站位于地下，我们还可以参照建设部 2005 年制定的《人民防空地下室设计规范》（GB 50038—2005）来进行评价。

（一）车站站台站厅

根据识别出的轨道交通车站站台、站厅内可能存在的健康影响因素，一般将温度、相对湿度、风速、一氧化碳、二氧化碳、可吸入颗粒物、空气细菌总数、照度、噪声、甲醛、苯、氨、总挥发性有机物（TVOC）、氡、工频电场、振动作为评价因子，位于地下的、使用集中空调通风换气的地下车站还增加新风量作为主要评价因子。

站台、站厅内温度、风速、一氧化碳、二氧化碳、可吸入颗粒物、空气细菌总数、照度、噪声等的评价标准参照《公共交通等候室卫生标准》（GB 9672—1996）；相对湿度的评价标准参照《室内空气质量标准》（GB 18883—2002）；考虑到人群在地铁车站内的活动情况，新风量的评价标准参照《商场（店）、书店卫生标准》（GB 9670—1996），具体要求如表 6-13 所示。

表 6-13　站台、站厅卫生标准

项　目		标准值	项　目		标准值
温度/℃	冬季	18～20	一氧化碳/（mg/m³）		≤10
	夏季	24～28	甲醛/（mg/m³）		≤0.12
	非空调 采暖区冬季	≥24	可吸入颗粒物/（mg/m³）		≤0.25
相对湿度/%	夏季空调	40～80	空气细菌数	撞击法/（cfu/m³）	≤7000
	冬季采暖	30～60		沉降法/（个/皿）	≤75
风速/（m/s）		≤0.5	噪声/dB（A）		≤70
新风量/[m³/（h·人）]		≥20	照度/Lx		≥60
二氧化碳/%		≤0.15			

站台在列车进出站时噪声的评价标准参照《城市轨道交通车站站台声学要求和测量方法》（GB 14227—2006），具体要求如表 6-14 所示。

表 6-14　列车进出站时噪声限值

列车运行状况	噪声限值/dB（A）	列车运行状况	噪声限值/dB（A）
列车进站	80	列车出站	80

站台、站厅内甲醛、苯、氨、总挥发性有机物（TVOC）的评价标准参照《民用建筑工程室内环境污染控制规范》（GB 50325—2001），具体要求如表 6-15 所示。

表 6-15　甲醛、苯、氨、总挥发性有机物（TVOC）浓度限值

项　目	限　值	项　目	限　值
甲醛/（mg/m³）	≤0.12	TVOC/（mg/m³）	≤0.6
苯/（mg/m³）	≤0.09	氡/（Bq/m³）	≤400
氨/（mg/m³）	≤0.5		

站台、站厅内振动的评价标准参照《工业企业设计卫生标准》（GBZ 1—2007），具体要求如表 6-16 所示。

表 6-16　站台、站厅内的振动限值

接触时间/(h/日)	卫生限值		工效限值	
	dB(A)	m/s²	dB(A)	m/s²
8	110	0.31	100	0.098
4	114.8	0.53	104.8	0.17
2.5	117	0.71	107	0.23
1	121.6	1.12	111.6	0.37
0.5	125.1	1.8	115.1	0.57

（二）列车车厢

根据识别出的轨道交通列车车厢内可能存在的健康影响因素，一般将温度、垂直温差、相对湿度、风速、一氧化碳、二氧化碳、可吸入颗粒物、空气细菌总数、照度、噪声、新风量作为主要评价因子。

车厢客室内的温度、垂直温差、相对湿度、风速、一氧化碳、二氧化碳、可吸入颗粒物、空气细菌总数、照度、新风量的评价标准参照《公共交通工具卫生标准值》（GB 9673—1996），见表 6-17。

表 6-17　车厢客室内卫生标准

项　　目		单位	标准值	项　　目		单位	标准值
温度	冬季空调	℃	18～20	一氧化碳		%	≤10
	夏季空调		24～28	可吸入颗粒物		mg/m³	≤0.25
	非空调		＞14	空气细菌总数	a. 撞击法	cfu/m³	≤4000
垂直温差		℃	≤3		b. 沉降法	个/皿	≤40
相对湿度, 空调		%	40～70	照度		Lx	≥75
风速		m/s	≤0.5	新风量		m³/(h·人)	≥20
二氧化碳		%	≤0.15				

车厢司机室内的温度、照度、新风量等的评价标准参照《地铁车辆通用技术条件》（GB 7928—2003），具体要求如表 6-18 所示。

表 6-18　车厢司机室内卫生标准

项　　目	标准值	项　　目	标准值
冬季温度/℃	≥14	控制台面照度/Lx	5～10
地板中央照度/Lx	3～5	司机室新风量/[m³/(h·人)]	≥30

车厢客室、司机室内噪声的评价标准参照《城市轨道交通列车噪声限值和测量方法》（GB 14892—2006），具体要求如表 6-19 所示。

表 6-19　车厢客室、司机室内的噪声限值

车辆类型	运行线路	位置	噪声限值/dB(A)	车辆类型	运行线路	位置	噪声限值/dB(A)
地铁	地下	司机室内	80	轻轨	地上	客室内	75
	地下	客室内	83		地上	司机室内	75
	地上	司机室内	75		地上	客室内	75

（三）作业场所

根据识别出的作业场所可能存在的职业病危害因素，一般将噪声、工频电场、新风量、六氟化硫、硫化氢、氨、锰及其无机化合物、砂轮磨尘、电焊烟尘、硫酸及三氧化硫、氢氧化钠、溶剂汽油作为评价因子。

工作场所噪声、工频电场的评价标准按照《工作场所有害因素职业接触限值　第二部分：物理因素》（GBZ 2.2—2007），非噪声工作地点噪声、电焊弧光、新风量的评价标准按照《工业企业设计卫生标准》（GBZ 1—2002），具体要求如表 6-20 所示。

表 6-20　作业场所噪声职业接触限值

接触时间	接触限值/dB(A)	备　注
5d/周，=8h/d	85	非稳态噪声计算 8h 等效声级
5d/周，≠8h/d	85	计算 8h 等效声级
≠5d/周	85	计算 40h 等效声级

非噪声工作地点噪声、工频电场、电焊弧光、新风量的评价标准按照《工业企业设计卫生标准》（GBZ 1—2002），具体要求如表 6-21～表 6-24 所示。

表 6-21　作业场所非噪声工作地点噪声卫生限值

地点名称	卫生限值/dB(A)	工效限值/dB(A)
噪声车间办公室	75	
非噪声车间办公室	60	不得超过 55
会议室	60	
计算机室、精密加工室	70	

表 6-22　作业场所工频电场限值

项　目	卫生限值/(kV/m)
工作场所工频电场	≤5

表 6-23　作业场所电焊弧光接触限值

项　目	最高接触限值/(uW/cm³)	时间加权平均接触限值/(uW/cm³)
电焊弧光	0.9	0.24

表 6-24　作业场所新风量卫生限值

项　目	卫生标准
新风量/[m³/(h·人)]	新鲜空气的补充量应达到 30

六氟化硫、硫化氢、氨、锰及其无机化合物、砂轮磨尘、电焊烟尘、硫酸及三氧化硫、氢氧化钠、溶剂汽油的评价标准按照《工作场所有害因素职业接触限值　第一部分：化学有害因素》（GBZ 2.1—2007），具体要求如表 6-25 所示。

表 6-25　作业场所毒物接触限值

项　目	最高容许浓度/(mg/m³)	时间加权平均容许浓度/(mg/m³)	短时间接触容许浓度/(mg/m³)
六氟化硫		6000	9000
氨	—	20	30
硫化氢	10	—	
锰及其无机化合物		0.15	0.45
电焊烟尘		4	6

项　　目	最高容许浓度/(mg/m³)	时间加权平均容许浓度/(mg/m³)	短时间接触容许浓度/(mg/m³)
砂轮磨尘		8	10
硫酸及三氧化硫		1	2
氢氧化钠	2	—	—
溶剂汽油		300	450

五、关键控制点

在对轨道交通类建设项目运营过程中可能存在的健康影响因素进行系统和全面分析的基础上，确定能有效预防、减轻或消除各种危害的"关键控制点"，进而在"关键控制点"对可能发生的健康影响因素进行控制，以起到保障乘客和工作人员身体健康的目的。

（一）控制客流量

轨道交通是一个相对封闭的空间，巨大的客流量不仅是主要的热源和湿源之一，而且是主要的气体污染物以及一些固体悬浮物质的来源。在城市人口不断膨胀，交通压力日益增长的今天，越来越多的人选择轨道交通出行。特别是在上下班高峰时期，客流达到最高峰，远超设计额定人数，使得相应设备超负荷运转，车站、列车车厢内拥挤不堪，内部环境污染严重。

1. 规划设计准确预测客流

轨道交通项目一般在规划设计阶段，都对建成后的客流按初期、近期、远期进行预测，由此确定车站站台长度，各个时期的列车编组辆数、配属列车数量、供电设备和通风设备的容量等。地铁是百年大计，车站一旦建成将来就很难进行改建，因此规划设计阶段正确预测客流量就显得非常重要。

目前我国城市轨道交通运营中，普遍存在着规划设计阶段的预测结果与运营之后的实际客流存在较大差异、实际客流远大于远期预测客流的情况，屡创新高的客流量与运力不足的矛盾十分突出。上海地铁一般每节车厢额定载客为 310 人，最大载客为 410 人，而实际上，高峰时段载客量往往突破 500 人。于是如何在规划设计阶段准确地预测客流，确保客流量不超过额定人数，成了轨道交通类建设项目规划设计阶段的一个重要课题。

2. 有效设置分散客流设施

车站应设置有相应的能起到分散客流的设施，例如在轨道车站入口处设立电子公告栏等。做到实时传递车站内的人流状况，如存在人流阻滞，能够及时警示行人，选择其他交通工具，降低对轨道交通的压力，防止因客流量过大而造成车站站厅、站台、列车车厢内部环境质量恶化。

3. 控制车站内商铺的数量

如今在各轨道交通车站的站台、站厅内，一般均设置有商铺，主要功能在于方便乘客购买一些简单的与乘坐有关的商品，如饮料、报纸杂志等。但一味扩展地下商场，必然会在庞大的客流量上再增加一定数量的与轨道交通无关的人员。所以在设置商铺时，应进行严格的审核，原则上以饮料等小商铺为主，如需要设置其他规模较大的商铺时，设计单位应按照地下商场的要求进行设计，而后由相关技术部门进行评估，确保其对车站内部环境没有影响，或是其影响能够控制在可承受的限度内方可设置。

（二）车站、列车空调通风系统

地下车站和车厢基本都属于封闭空间，空调通风系统对其内部环境质量的影响至关重要。

1. 确保地下车站足够的新风量

1996 年颁布实施的《公共交通等候室卫生标准》（GB 9672—1996）中未对公共交通等候室新风量作出明确的要求。现今地下车站大多设置有屏蔽门，上下均封闭，阻断了由于列车进出站活塞效应所带来的新风，使得地下车站的新风完全靠集中空调系统供给，所以新风量成为影响地下车站室内环境质量最重要的一个指标。

《室内空气质量标准》（GB/T 18883—2002）中明确要求室内新风量不应小于 $30m^3/(h·人)$，这是根据人体的生理需要量而定的。根据工业通风相关公式推导可知，如要保证二氧化碳的浓度不超过 0.1%，则必须保证新风量为 $30m^3/(h·人)$。由于《公共交通等候室卫生标准》（GB 96720—1996）中要求二氧化碳浓度不大于 0.15%，加上乘客在车站站厅站台内候车时间较铁路等传统交通工具短，一般在 10min 以内，所以根据轨道交通车站自身运营的特点，参照工业通风相关工艺，应要求其新风量至少达到 $20m^3/(h·人)$，避免由于车站客流的增长和安装屏蔽门而带来新风量的不足，最终造成地下车站内部环境的污染。

综合考量《公共交通等候室卫生标准》（GB 9672—1996）中二氧化碳、一氧化碳等相关指标，并充分考虑到乘客在车站站厅站台内候车时间较短（一般在 10min 以内）这一情况，根据轨道交通车站自身运营的特点，应要求其新风量至少达到 $20m^3/(h·人)$，$30m^3/(h·人)$ 为佳，避免由于车站客流的增长和安装屏蔽门而带来新风量的不足，最终造成地下车站内部环境的污染。

2. 明确新风井位置，确保新风品质

地下车站的集中空调通风系统一般都通过开口于地面的风井来吸取新风和排风。一个地铁车站至少要设置排风井 2 个、新风井 2 个、冷却塔 2 个。新风井或排风井在地面形成的建筑物，称作风亭。风亭设计形式有高、低风亭，独立与合建风亭。由于地下车站内部环境相对封闭，完全靠空调系统提供的新风改善空气品质，一旦新风受到污染，那对于整个车站内部环境的影响将十分重大。

目前，轨道交通地下车站周围存在的污染源主要有车站自身的排风、开放式冷却塔、交通污染等。受制于城市规划以及用地紧张等因素，现大多将新风井和排风井合建，即在车站地面适当的地方修建一个风亭，中间用水泥柱隔开，直达地下，一侧送风、一侧排风，且风亭一般距离车站出入口以及开放式冷却塔均较近，使得新风井吸取的新风容易受到车站排风、出入口热湿空气以及开放式冷却塔周围水雾的影响。加之考虑人群出行的方便，轨道交通车站均建在城市交通主干道旁，并紧邻交通枢纽，这将带来较大的汽车尾气污染，影响新风品质。

我国现有的相应规范中对集中空调通风系统新风口的设置提出了一系列的要求，例如《采暖通风与空气调节设计规范》（GB 50019—2003）中要求：机械送风系统进风口应直接设在室外空气较清洁的地点；应低于排风口；进风口的下缘距室外地坪不宜小于 2m，当设在绿化地带时，不宜小于 1m；应避免进风、排风短路。《公共场所集中空调通风系统卫生管理办法》（卫监督发［2006］第 53 号）中要求：集中空调通风系统的新风应当直接来自室外，应远离建筑物的排风口、开放式冷却塔和其他污染源，并设置防护网和初效过滤器。

考虑到轨道交通地下车站本身的特点，应要求其新风口尽量远离排风口，位于地面的排风井尽量和新风井分开单独设置，防止新风、排风短路污染新风，减少建筑物自身排放污染对室内空气质量的影响；开放式冷却塔尽量与周围建筑合并，或设于周围建筑的屋顶，充分远离新风口，防止开放式冷却塔周围水雾中可能存在的军团菌等致病菌进入车站空调系统；新风口尽量远离车站周围的交通主干道或公交换乘枢纽站，避免尾气污染对新风口可能带来的不良影响，并且设置防护网和初效过滤器，进一步提高新风品质。

3. 确保列车车厢足够的新风供给

我国目前尚未制定关于轨道交通列车新风量的卫生标准，只在 1996 年颁布实施的《公共交通工具卫生标准》（GB 9672—1996）中对地面铁路旅客列车车厢内的新风量做出了不小于 $20m^3/(h \cdot 人)$ 的要求。

和地面铁路旅客列车相比较，轨道交通列车作为城市内的交通工具，虽然具有运行区间短、短途乘客多，从始发站到终点站很少超过 1h 等特点，但是列车空间相对较小，载客量大，大部分时间又在隧道内运行，运行中产生负压，使得新鲜空气吸入比较困难，加上受隧道内换气条件的限制，隧道内空气中二氧化碳的含量比地面要高，所以其对新风量的要求依然十分必要。所以应参照《公共交通工具卫生标准》（GB 9672—1996）中对地面铁路旅客列车车厢内的要求，确保车厢内新风量达到 $20m^3/(h \cdot 人)$，以保证足够的新风供给。

4. 增加轨道交通车站、列车冬季制热设施

作为全年运行的公共交通工具，轨道交通车站和列车需要在全年范围内保持适宜的热环境。目前对轨道交通热环境的研究大多集中在夏季，对冬季的关注不多。对于与乘客关系最为密切的地下站厅、站台和列车车厢的冬季温度往往没有做出详细的设计，这对保证乘客在冬季的热舒适性，实现地铁环控系统的全年优化运行控制是非常不利的。

从上海正式运营的轨道交通线路来看，几乎所有的轨道交通车站、列车车厢均只考虑了夏季制冷功能，没有设置冬季热空调设施。这可能是考虑到由于大部分线路客流量大，且大多处于地下开行，冬季时车厢温度受到外部气候条件的影响小，车厢不会感觉特别寒冷，所以从经济上考虑，没有配置热空调。

对于地下车站，冬季时室外冷空气经由车站出入口进入地下车站，往往使得车站车厅内部温度过低，此时制热设备的缺失，一旦在非高峰时期客流量减少时，容易使得乘客在候车时产生不舒适的冷感觉。而当列车在高架露天行驶时，在周围冷空气的侵袭下，往往车厢内也会感觉比较冷。尤其是列车停靠高架车站时，门一打开，冷风嗖嗖，更会使乘客感到不适。

随着上海冬季极端气温不断的刷新纪录，申城轨道交通网络不断延伸，高架线路的不断增加，应重视车站和车厢的冬季过冷的问题，增设轨道交通车站及列车的冬季制热设备，使得在冬季恶劣的条件下，也能提供乘客们良好的候车和搭乘环境。

5. 加强车站空调系统军团菌的检测

SARS 的爆发流行使人们进一步认识到空调环境中微生物滋生所带来的危害，其中最值得重视的是军团菌病问题。军团菌病是由军团菌引起，通过呼吸道传播的一种人类呼吸道传染病，世界各地每年都有军团菌病爆发的报道，其中多次爆发与空调系统冷却塔有关。

车站空调系统的冷却水、冷凝水、表冷等多个系统中均有可能滋生军团菌，其中冷却水系统的污染尤其常见。由于冷却塔中均有不同程度的淤泥和藻类物形成（含无机盐、有机物和微生物），不仅为军团菌的繁殖提供了理想的生存环境，而且提供了传播的形式——气溶胶。当冷却水被军团菌污染后，通过新风井、新风管或通风管等被抽入空调风管或在冷却塔一定范围（200 m）内雾化形成气溶胶，经由呼吸道侵入人体。若此时人体抵抗力降低或菌株的毒力增强，就可能导致军团菌病的发生和流行。

地下车站空调系统空调冷却塔水中的军团菌一旦达到一定的浓度，很有可能引起相关人群感染甚至爆发，而车站由于人群密集，一旦发生爆发，后果不堪设想。所以应加强对军团菌的检控管理，定期对空调系统军团菌的检测，明确其污染状况，一旦检出，必须及时对空调冷却塔水进行全面清洗，去除底部沉淀物，并且采取适当的消毒措施对空调系统管道设施进行消毒，杀灭军团菌及携带军团菌的原虫。

（三）车站、列车设备

地下车站以及列车内部设备是最大的噪声源，地下车站内变电所也可能产生电磁辐射以及泄漏六氟化硫。

1. 降低电磁辐射对人群的危害

每个轨道交通车站一般都设有降压变电所，地下车站的降压变电所一般设置于站台层，而高架车站的降压变电所设置在地面层。部分车站内还设有牵引变电所，与降压变电所合建为混合变电所。长时间处在变配电装置形成的高强度工频电磁场环境中可能对人体健康产生有害的影响。

为了最大限度地降低电磁辐射对日常工作人员以及周围环境的影响，应在技术许可的情况下尽可能降低作业环境的工频电场强度。首先，对高压电气设备的带电部分配备全封闭的金属外壳，屏蔽或降低电磁辐射的水平；另外，要合理规划设备和线路的位置、布置密度、相互距离和高度，确保变电所周围以及上下投影区域内无人群经常逗留，或在变电所周围警示标识，禁止无关人员入内，以降低日常工作人员及候车人群接触电磁辐射的可能。

2. 变电所设六氟化硫报警装置及事故排风，制订应急预案

位于地下的牵引变电所或降压变电所 SF_6 装置室一旦发生 SF_6 气体泄漏，极有可能造成恶性事故。为了充分保护现场人员的身体健康和人身安全，必须对 SF_6 气体泄漏采取有效手段进行监测、防止事故发生，装有 SF_6 设备的配电装置室除事故强制通风系统外，还必须设置能报警的氧量仪和 SF_6 气体泄漏报警仪。作业人员在从事设备维护作业、回收设备内 SF_6 气体或清扫 SF_6 气体固态分解物等特殊作业时，必须严格遵守相应操作规程，并按要求做好个体防护。

同时考虑到地下车站的牵引变电所或降压变电所旁即为车站站台、站厅、通道等人员聚集的场所，应建立健全的 SF_6 泄漏中毒事故应急救援预案，在 SF_6 发生泄漏裂解时落实中毒事故时的人员抢救和应急救援工作，明确职责，及时疏散人流，确保应急事故时各项措施的落实和实施，避免发生中毒事故。

3. 控制车站内噪声

对于轨道交通车站的噪声控制，需针对所有可能噪声源因地制宜地运用消声、吸声、隔声、减振等综合技术措施，才能达到令人满意的降噪效果。

除列车进出站带来的噪声外，车站站厅、站台的噪声主要是车站通风系统的大型轴流风机，车站局部通风系统的离心式或小型轴流风机，隧道通风系统大功率的轴流风机运行所产生的空气动力性噪声，这些噪声源包括有：隧道风机、排热风机、射流风机、送风机、回排风机/排烟风机、玻璃钢轴流通风机、组合式空调机组、吊（卧）柜式空调器、风机盘管、风幕机空气幕、多联室内机、室外机、分体挂壁式、柜式空调器、冷水机组、风管的振动及气体在各管道流通产生的气流噪声等。由于它们各自的使用功能和安装位置的不同，因此对它们的噪声污染治理必须采取各自相应的措施，以求满足卫生标准的要求。

（1）消声措施 车站站厅、站台大系统内应加设消声设备，如片式、壳式消声器、消声、静压箱、管式消声器等，同时消声器与管道连接处采取密封措施，以防局部噪声泄漏。

（2）吸声措施 与车站站厅、站台或管理用房相连的冷水机房、空调机房、泵房等应在室内采用局部吸声处理，如侧墙面贴吸声材料。在冷却塔的集水底盘应加设消音垫，以降低淋水噪声。

（3）隔声措施 对于直接与车站站厅、站台或管理用房相连的房间应采取性能较好的隔声门，如冷水机房、环控机房用接近墙体消声量的隔声门。

（4）减振措施 对所有产生振动的设备均应采取减振措施，避免产生固体传声，例如：对风机采用合适的减振器，风机进出风口采用软接；在风管安装的重要部位采用可调隔振支架、吊架，在安装过程中及时进行支架和吊架的固定和调整等。

4. 控制车厢内噪声

因地铁列车在隧道中运行时，各种设备发出的噪声难以扩散，要经过隧道壁面的多次反复衰减才能消散，所以必须对列车上设备噪声有着严格的控制。通常列车运行时轮轨噪声、外部设备运转的噪声可以借助车体结构和门窗密封降低一些，而对车内空调通风机和风道内的空气流动产生的直接噪声，必须通过选用低噪声和多叶片的离心风机和消声风道来解决。当列车停靠在站台上时，空调机组冷凝风机的噪声就显得十分突出，因此冷凝风机必须选用低噪声、低转速、大流量的轴流风机，以尽可能降低风机运转时产生的噪声。同时，在不影响正常运营的前提下，减少车厢内广播和广告的播放频率和降低音量，以保持车厢内部环境的安静。

（四）车站设施

车站内设置的屏蔽门、公共厕所等设施也会对车站内部环境质量带来变化。

1. 地下车站站台设置屏蔽门系统

地铁站台屏蔽门一般是一道修建在站台边缘，高度由站台地面延伸到车站顶部，长度与车站长度相同的墙。站台屏蔽上的门与地铁列车的门是对应的，站台屏蔽门就像一排电梯门，将车站站台和区间隧道分隔成两个不同的空气环境区域。列车停靠时，列车门与屏蔽门正对，两道门同时打开，乘客由此上下车。屏蔽门关上后，可以避免轨道热流、空气流、空气压力的波动和灰尘进入车站，屏蔽门打开后，由站台下方排气机形成的负压，可以将隧道内的热量、空气流及灰尘控制在隧道空间内。

（1）经济性 由于屏蔽门系统将车站站台与列车运行空间完全隔离开来，两个空间之间只有在列车停靠时，有少量空气流向隧道空间内，所以车站站台内的空调冷风只有少量随列车运行散失在隧道区间内，大大减少了车站所需的空调冷量，即大大减少了空调系统运行的能耗，提高了地铁运营的经济性。由于所需空调冷量的减少，使空调机组的台数减少，减少了空调机房面积。

（2）安全性 由于列车在隧道内运行时产生强烈的活塞效应，若设计不合理，在列车进站时会产生很大的活塞风；而加设屏蔽门系统后，将隧道空间与站台隔离开来，不会再出现此问题，且只有列车停靠时，乘客才能通过屏蔽门上下车，从而避免了乘客不慎跌落铁轨的危险。

（3）舒适性　加设屏蔽门后，隔断了区间隧道与车站空气的流通，减少了列车运行时带来的噪声及灰尘对乘客的干扰，提高了乘车环境的舒适性。

不过在看到屏蔽门系统对于改善车站站台环境带来的帮助的同时，屏蔽门系统对于地铁车站站台新风的阻断的影响也必须得到人们的重视。地铁车站由于位于地下，新风主要有两个来源，一个是通过车站集中空调通风系统经开口于地面的新风井吸取新风，另一个来源就是随着列车进出站的活塞效应带来的隧道风。隧道活塞风不仅能够将列车在隧道中产生的热量带到站台，并通过站台出入口排出室外，还能够通过引起站台空气的压力波动，将室外新鲜空气引入站台，从而改善站台的空气环境。屏蔽门由于其密闭性，阻断了列车进出站活塞效应所带来的隧道风，使得车站站台内的不洁空气完全靠车站内的集中空调通风系统提供的新风来稀释。一旦在运营高峰，车站站台内人群拥挤，客流超过额定人数的时候，满负荷运转的空调设备无法提供充足的新风，车站站台内的空气质量会迅速恶化，影响候车人群的身体健康。

2. 车站内设置公共厕所

现有已建成的地铁车站大多未设供乘客使用的卫生间，给乘客带来不便。车站内应按客流量设置相应数量的公共厕所。厕所的布局应合理，必须有单独通风排气系统；厕所内不得设坐式便器；厕所地面、墙裙应使用便于清洗的建筑材料，有地面排水系统；厕所应每日定时清扫，做到无积水、无积粪、无明显臭味。

对于位于地下的轨道交通车站，宜将公共厕所建在地面车站出入口附近。建于地下车站内的公共厕所由于位于相对密闭的地下环境内，通风、排污的难度很高，产生的气味、微生物污染容易进入地下车站的整体空气循环系统中，污染车站空气质量，影响乘客候车环境品质，所以公共厕所不适宜建在地下车站内。

第三节　医院类建设项目卫生学评价重点

医院是一类特殊的建筑，它是以向人提供医疗护理服务为主要目的的医疗机构。其服务对象不仅包括病人，也包括处于特定生理状态的健康人（如孕妇、产妇、新生儿）以及完全健康的人（如来医院进行体格检查或口腔清洁的人）。其中，主要的服务对象是病人，主要的功能是为病人提供治疗和康复的场所。病人这个群体的特殊性不仅在于其文化层次与经济条件的巨大差异，还在于病人与常人不同的心理状态。病人由于对自身疾病的担心，常常心情紧张，情绪低落，他们对陌生的医疗环境有一种恐惧感，由于较长时间的被动等候，他们对所处环境的观察更为仔细，受环境的影响更大。同时，医院汇集着各种各样的病人，是病原微生物的聚集中心。空气中致病菌种类多、浓度高，病人甚至医护人员都有可能携带致病菌，进而成为病菌的传播者。医院内所有的人员都暴露在这样的环境中，随时随地受到交叉感染的威胁。

医院作为城市建设必不可少的基础设施，其重要性不言而喻。但是，很多医院普遍存在布局不合理、建筑年代久远、建筑面积小、医疗设备陈旧等问题。因此，近年来新建、改建、扩建的医院类建设项目较多。医院类建设项目的卫生学评价，既有与公共场所相似之处，又有其特殊性，主要表现为预防感染的重要性，这是医院类建设项目卫生学评价工作中的重点。

本节主要针对医院类建设项目的特点，分析医院类建设项目卫生学评价的重点。第一部分资料收集，简要介绍对医院类建设项目进行卫生学评价前应收集的各种基础技术资料及标准；第二部分工程分析中，主要从工程选址、平面布局、给排水系统、电力系统、空调通风系统、放射工作场所六个方面说明医院类建设项目工程分析的重点；第三部分健康影响因素识别，主要选取了医院类建设项目常见的六个场所——候诊室、诊疗用房、病房、手术室、设备管理用房、医疗污物处理场所，进行健康影响因素的识别；第四部分评价因子及其标准的选择，从第三部分识别出的健康影响因素中中选取适合医院类建筑的评价因子，根据我国现行有效的标准和技术规范，确定评价因子的评价标准；第五部分关键控制点，根据实际工作经验及标准，对如何预防医院交叉感染和保障相关人群健康，提出切实可行的卫生防护措施。

本节中所涉及的相关场所是医院类建设项目中最为常见、对相关人群影响最大的几个场所。当然，在医院类建设项目中，远不止这几个场所，比如实验室、中心供应室、血库、餐厅、地下车库、宿舍……关于这些场所，可借鉴本章节的相关内容开展评价工作，本节不再作详细说明。

一、资料收集

资料收集是医院类建设项目卫生学评价工作的第一步。与其他公共场所相比，医院类项目资料收集更应注重平面布局、空调通风系统、污水处理、医疗废物处理、放射工作场所、传染病用房、手术室等方面的材料，因为这些方面对于医院类项目内部环境有较大的影响，这些影响会在后文中进行详细说明。

（一）基础技术资料

医院类建设项目所需的基础技术资料与轨道交通类建设项目基本相同，可参考本章第二节的相关内容。在相关图纸中，需增加医院相关场所的洁污分区和洁污路线图。

医院类建设项目的初步设计应当包含以下内容。

① 项目位置（包括项目所在地、周边建筑、道路情况，应着重了解学校、居民区等受医院影响较大的建筑及其与项目的距离）。

② 建设单位概况和项目背景（包括项目名称，项目性质，投资规模和项目由来等基本情况）。

③ 项目范围（包括各单体建筑物和设备以及各自的用途）。

④ 平面布局（包括建筑物的总体布局和各单体内部布局，说明建筑物的间距、朝向、采光等。此处应注意收集放射工作场所、传染病用房、手术室等场所的资料，病房的日照也需要引起重视，故日照分析也在需收集的资料之列）。

⑤ 给排水系统（给水系统包括用水量、水源、供水方式等，含市政给水和净化水；排水系统包括污、废水排放方式、污水处理方式及所用消毒剂名称和用量等。此处应注意收集医疗污水处理的工艺流程方面的资料）。

⑥ 电力系统（包括变配电室、运行方式、各场所照度设计参数等）。

⑦ 空调通风系统（包括室内空气设计参数、空调类型、冷热源、气流组织、通风系统等。如有冷却塔说明其位置、形式。此处应对空调通风系统的新风口、送回风口、空气过滤

器、空气净化消毒装置、供风管系统清洗消毒用的可开闭窗口等情况进行详细的收集)。

⑧ 垃圾处理(包括生活垃圾和医疗废物的处理工艺流程,应具有收集、包装、储存、转运、处置等多个环节的资料,应注重工艺流程的完整性)。

上述资料是开展卫生学预评价时需收集的,若开展卫生学竣工验收评价及运行期间评价,除上述基础技术资料外,还需补充相关资料。除污水水质监测数据以及冷却塔中投加消毒剂及缓蚀阻垢剂的名称和用量资料外,需要补充的资料与轨道交通类建设项目相同,可参考本章第二节的相关内容。

(二)标准、规范

① 《医院候诊室卫生标准》(GB 9671—1996)。

② 《综合医院建筑设计规范》(JGJ 49—88)。

③ 《医院洁净手术部建筑技术规范》(GB 50333—2002)。

④ 《室内空气质量标准》(GB/T 18883—2002)。

⑤ 《民用建筑工程室内环境污染控制规范》(GB 50325—2001)。

⑥ 《建筑照度设计标准》(GB 50034—2004)。

⑦ 《医疗机构水污染物排放标准》(GB 18466—2005)。

⑧ 《污水综合排放标准》(DB 31/199—1997)。

⑨ 《生活饮用水卫生标准》(GB 5749—2006)。

⑩ 《上海市医疗机构消毒隔离工作常规》(沪卫卫监 [1999] 58 号)。

⑪ 《医院消毒卫生标准》(GB 15982—1995)。

⑫ 《消毒技术规范》(卫法监发 [2002] 282 号)。

⑬ 《上海市一次性使用医疗用品废弃物管理暂行办法》(上海市卫生局,2002 年)。

⑭ 《上海市医疗机构传染病专用门诊设置的基本卫生要求》(沪卫规建 [2003] 89 号)。

⑮ 《公共场所集中空调通风系统卫生规范》(卫监督发 [2006] 第 58 号)。

⑯ 《公共场所集中空调通风系统卫生学评价规范》(卫监督发 [2006] 第 58 号)。

⑰ 《空调通风系统运行管理规范》(GB 50365—2005)。

⑱ 《采暖通风与空气调节设计规范》(GB 50019—2003)。

⑲ 《电离辐射防护与辐射源安全基本标准》(GB 18871—2002)。

⑳ 《医用 X 射线诊断卫生防护标准》(GB Z130—2002)。

㉑ 《医学放射工作人员的卫生防护培训规范》(GBZ/T 149—2002)。

㉒ 《放射工作人员健康标准》(GB Z98—2002)。

涉及职业卫生的标准和技术规范,参见第三章有关内容。

二、工程分析

工程分析是评价工作的基础。工程分析能够帮助评价人员识别医院类建设项目中存在的健康危害因素,为评价因子的选择、进而提出关键控制点提供可靠的技术支持。

(一)工程选址

选址是工程分析的基础。一方面,医院可能会受到周边环境的影响,比如噪声、交通污染；另一方面，医院也可能会对周边环境造成危害，比如采光、传播疾病。因此，在着手对医院类建设项目进行工程分析时，应对医院的地理位置、周边环境进行分析，分析中应注重以下内容：医院的具体位置；医院周边的道路和建筑；医院与周边建筑之间的距离。

医院选址工程分析示例如下。

××医院是卫生部部管的三级甲等医院，位于××路××号地块，南临××路、××大楼，距××大楼 30m，北临××路、××村，距××村 15m，东临××路、××村，距××村 16m，西临××路、医院老院区，该地块原为××厂及××医院用地。

（二）总体布局

医院类建设项目内部设有各类医疗场所和公用辅助设施。医疗场所，如候诊室、诊疗用房、病房、手术室等，其中诊疗用房又可细分为不同功能的诊疗用房，如传染病门诊、儿科诊室、X 线室、CT 室等。公用辅助设施，如变配电室、空调机房、生活水泵房等。专科医院较之综合医院，在科室的设置上差别很大；社区卫生服务中心较之三级甲等医院，在医疗设备的配备上又相差甚远。医院类型不同，医疗场所不同，评价人员在评价工作中的侧重点也不尽相同。总体布局的分析，应注重以下几点：建筑物的总体布局；各单体建筑物内部布局；各单体建筑物的间距、朝向、采光、日照等。

医院总体布局工程分析示例如下。

××医院采用庭院围合式的布局方式，围绕中央庭院沿建筑单体设置消防环路，基地分设四条道路分别通向××路，××路，××路及××路。基地西侧、北侧沿××路及××路布置 A 楼，基地东侧沿××路布置 B 楼。医护人员及病人通过本工程设计的 5m 宽约 100m 长地下通道能方便地往返新老院区（××路西侧医院本部大草坪下地下停车场连通）进行医疗工作及就诊。各单体建筑之间的距离不低于 15m。病房冬至日满窗日照时间为 3h。具体功能布局见表 6-26。

表 6-26 功能布局表

楼 层		功 能
地下二层		地下车库、值班室、两处太平间、设备用房、通向××医院本部大草坪下地下停车场的 5m 宽约 100m 长地下联系通道
地下一层		10kV 变配电站、发电机房、制冷机房、冷水机房、水泵房、锅炉房、体检中心、物流仓储中心、地下车库、值班室、自行车停车场
A 楼	一层	门诊大厅、心血管病诊区、出入院大厅、心血管病急诊、急救诊区、挂号收费、药房、检验、影像检查、医技用房
	二层	输液留观用房、家属等候区、肝肿瘤病诊区、心血管病介入治疗区、肝肿瘤介入治疗区、配套医疗办公及辅助用房
	三层	心血管病 CCU、心血管病 ICU、肝肿瘤病 ICU、配套医疗辅助用房
	四层	心血管病手术室、肝肿瘤手术室、配套医疗辅助用房
	五层	医用气体、病理分析、中心供应室、空调净化机房、办公用房
	六层及十五层	行政办公、研究、设备夹层
	七层至十四层	病房（心血管病设 315 床位、肝肿瘤病设 315 床位）
B 楼	一层	门诊大厅、急诊、发热门诊、放射科
	二层	功能检查、检验、内科、门急诊输液留观
	三层	内科、外科、康复科
	四层	口腔科、眼科、耳鼻喉科、中医针灸
	五层	皮肤科、专家门诊

（三）给排水系统

在对给水系统进行分析时，应注重以下内容：给水方式，包括市政直供和二次供水；如果设有二次供水系统，应确定生活水池和屋顶水箱的位置和周边设施、是否设置消毒器及消毒器的类型和原理。

在对排水系统进行分析时，应注重以下内容：雨水排水方式；污水排水方式；如果有医疗污水处理设备，明确其位置和工艺流程。

医院给排水系统工程分析示例如下。

地下室由市政给水管网直供；地面部分采用水池——→水泵——→屋顶水箱——→用水点的联合供水方式供水。水泵房分别设于地下室内。水泵房内设置生活调节水箱及冷却水补水水箱。

室内排水污废分流，底层单独排出。地下室排水由潜污泵提升排出。地下汽车库设带隔油设施的集水坑由潜污泵提升排至污水管网。屋面雨水采用内外排相结合的方式排出，有组织收集后分别排至周边道路市政合流制排水管网。

污水处理站室外单建，医疗区的污水经化粪池预处理后与经隔油池预处理后的餐饮污水排入污水处理站。污水处理拟采用二级生化处理工艺。污水处理产生的废气拟高空排放。污水处理产生的污泥由专业处理公司收集处理。

污水处理流程如下：

医疗区污水化粪池——→格栅——→调节池——→接触氧化池（鼓风机）——→竖流式沉淀池——→消毒接触池（市购君乐牌含氯消毒粉）——→排入市政合流制排水管网

含氯消毒粉的添加方式如下：

含氯消毒粉——→加入铁盒——→铁盒放入污水中——→水透过铁盒上的孔进入铁盒——→含氯消毒粉遇水分解成次氯酸。

（四）电力系统

医院类建设项目的电力系统不仅仅为医院提供照明，还是医院各类仪器设备正常运行的保障。一般来说，医院类建设项目从周边市政电网引入一路或数路电源，经由变电所处理后，送至各楼层配电间，提供医院的电力需求。同时，为应对突发事件，医院通常还设有应急发电机房。电气系统按如下要求进行分析。变电所：位置、值班室的设置；应急发电机房：位置、燃料；照度设计参数。

医院电气系统工程分析示例如下。

本工程设 2 个 10kV 变配电站，由 35kV 变电站分别引两路 10kV 独立电源供电，以电缆埋地方式进入本建筑地下一层的 10kV 变配电站，变配电站内设有值班室。

本工程设置快速自启动柴油发电机作为重要医用负荷的应急电源，以保证供电可靠性。地下发电机房设置两台 1250kW 自备应急柴油发电组，保证消防设备及其他重要设备的供电可靠性。

重要设备的低压配电线路的配电方式采用放射式，到一般设备的配电方式采用放射与树干混合方式配电或链式配电。

各场所照度设计参数见表 6-27。

表 6-27　照度设计参数表

场　　所	照度设计/Lx	场　　所	照度设计/Lx
病房	100	化验室	500
重症监护室	300	护士站	300
候诊室、挂号室	200	手术室	750
治疗室、诊室	300	设备机房	150

（五）空调通风系统

空调通风系统是医院类建设项目卫生学评价的重点之一，室内空气质量与空调通风系统关系密切，室内小气候、新风量都由空调通风系统控制。对于空调通风系统的分析，应注重以下几点。

（1）室内空气设计参数　温度、相对湿度、新风量、噪声。

（2）空调系统　医院类项目通常采用的空调系统为全空气式空调系统、风机盘管结合新风系统、变制冷剂流量空调结合新风系统这三种类型；手术室等有空气洁净度要求的场所采用净化空调。应明确空调类型、冷热源、是否设置有冷却塔。

（3）通风系统　各场所的通风方式、废气的排放方式。

医院空调通风系统工程分析示例如下。

（1）空调系统

大空间场所采用全空气空调系统，空调器设有表冷器，加湿及初、中效过滤等功能段。各小房间均选用风机盘管加新风系统。新风机组各功能段的设置同于空调器。空调器及新风机组采用显热回收装置。手术部空调器自带独立的冷、热源（含制冷压缩机、电加热器和电加湿器），另配中央空调水系统提供冷、热水，作为手术部空调系统备用冷、热源。影像部、DSA及微波治疗等采用专用空调机，并进行净化处理。

空调系统冷源选用 5 台型号 YSDACAS35CGE 螺杆式冷水机组（其中 2 台制冰用，1台备用）。

空调系统热源选用 4 台型号 E100-SB 热水锅炉（其中 1 台备用）。热水锅炉均为无压热水锅炉，以燃烧煤气为主，辅助配置临时应急使用的轻油系统。

室内空气设计参数见表 6-28 和表 6-29。

表 6-28　舒适性空调设计参数表

房间名称	夏　季		冬　季		最小新风量 /[m³/(h·人)]	噪声 /dB(A)
	温度/℃	相对湿度/%	温度/℃	相对湿度/%		
候诊区	26	65	18	40	30	≤45
治疗区	25	60	20	40	50	≤45
医办	25	60	20	40	30	≤42
走道	26	60	18	40	20	≤45
一般病房	26	60	22	40	40	≤42
管理室	25	60	20	40	20	≤45

表 6-29　洁净空调与恒温恒湿空调设计参数表

房间名称	净化级别	换气次数 /(次/h)	夏　季		冬　季		新风量 /(次/h)	噪声 /dB(A)
			温度/℃	相对湿度/%	温度/℃	相对湿度/%		
特别洁净手术室	100 级	—	24	55	22	50	6	≤52
标准洁净手术室	1000 级	50	24	55	22	50	6	≤50
一般洁净手术室	10000 级	25	24	55	22	50	4	≤50
准洁净手术室	300000 级	15	24	55	22	50	4	≤50
洁净辅助用房	100000 级	18	24	55	22	50	4	≤50
	300000 级	15	26	55	22	50	4	≤50

（2）通风系统

① 地下室设备用房设机械通风系统。

② 各楼层均设机械排风系统。

③ 卫生间均设独立机械排风。其中病房的卫生间排风为其新风量的80%。

④ 某些医技房间、化验或污物间独立设排风系统，使其保持负压。

⑤ 地下汽车库设机械通风系统。

⑥ 电梯机房设机械排风、换气次数15次/h。

⑦ 有害气体（含辐射气体）的排放，设置防辐射措施及碳吸附过滤器等相关设备。

（六）放射工作场所

X射线、CT、核医学已成为医院常用的诊断和治疗的手段。但如果屏蔽不当，会造成放射性物质的泄漏，作用于人体产生有害的生物效应，从而造成对周围人员的辐射危害，同时也对环境产生外照射放射性污染。

对于放射工作场所的工程分析，应注重以下几方面的内容：放射工作场所的选址和周围环境。

放射工作场所的功能用途、平面布局；放射工作场所的防护措施。

医院放射工作场所工程分析示例如下。

医院内放射工作场所共有9处，其中7间X光室、1间CT室及1间手术室。具体设置情况见表6-30。

表6-30 X光室设置情况表

场所	功能用途	所在位置	使用面积/m²	周围环境
X光室①	摄片透视	门急诊医技行政楼底层西南角放射科	36	东侧为候诊走廊，西侧为控制室，北侧为放射科医生通道，南侧为相邻X光室②，正上方屋顶
X光室②	摄片透视	门急诊医技行政楼底层西南角放射科	36	东侧为候诊走廊，西侧为控制室，北侧为相邻X光室①，南侧为相邻X光室③，正上方屋顶
X光室③	摄片透视	门急诊医技行政楼底层西南角放射科	36	东侧为候诊走廊，西侧为控制室，北侧为相邻X光室②，南侧为相邻CT室，正上方屋顶
CT室	CT断层扫描	门急诊医技行政楼底层西南角放射科	36	东侧为门诊大厅与候诊走廊结合部、西侧为控制室和计算机房、北侧为X光室③、南侧为大楼外环境，正上方为屋顶
X光室④	口腔摄片	门急诊医技行政楼二层北侧，属口腔科	14	东侧为诊室、西侧为楼梯、北侧为大楼外环境、南侧为候诊走廊，正下方为化验室，正上方为血液病实验室
X光室⑤	摄片透视	病房大楼底层西北侧	36	东侧为X光室⑥、西侧为读片室、北侧为大楼外环境、南侧为控制室，正上方为活动室
X光室⑥	摄片透视	病房大楼底层西北侧	36	东侧为厕所、西侧为X光室⑤、北侧为大楼外环境、南侧为控制室，正上方为活动室
手术室	摄片透视	病房大楼五层东侧一端	36	东侧为净化机房、南侧为医生用清洁廊、北侧为污物廊，正上方为屋顶、正下方为病房区
X光室⑦	摄片透视	传染病房楼底层西南角	21	东侧为候诊室和更衣室、西侧为药房、北侧为走廊、南侧为留置室，正上方为屋顶

各 X 光室所设计的放射防护设施为：墙四周铅板为 2mm 并采用双层夹墙混凝土 30cm，地板和顶部为钢筋水泥、混凝土 30cm 或钡水泥 15cm，门采用双层夹铅板 2mm 木质门，窗采用钢窗，观察窗采用 12mm 铅玻璃，室内设有机械通风装置和独立的空调设备，在各 X 光室前均贴警告标志。

三、健康影响因素的识别

医院类建设项目在实际运营过程中，人群密集，流动性大，易混杂各种污染源；健康人群与非健康人群混杂，易造成疾病的传播；病人身体虚弱，抵抗力差，对健康影响因素的反应更加敏感。因此，健康影响因素对医院内相关人群的效果在一定程度上会被放大，对人体产生更大的危害。本节选取医院类建设项目中具有代表性的六类场所——候诊室、诊疗用房、病房、手术室、设备管理用房、医疗废物处理场所，作为主要的评价单元，对其存在的健康影响因素进行识别。

候诊室、诊疗用房、病房、手术室、设备管理用房、医疗废物处理场所这六类场所都存在共有的健康影响因素，比如微小气候、人员活动引起的污染、采光与照明、噪声和新风量。除了这些健康影响因素外，还存在一些特殊的健康影响因素。如诊疗用房中可能会设置放射诊疗设备，故存在放射性物质无疑会损害人的健康；手术室对内部空气质量的要求非常高，采用的是净化空调系统，不仅涉及温度、相对湿度、风速、噪声、新风量这些健康影响因素，而且对静压差有明确的要求，污水处理机房内可能产生硫化氢、氨等。下面将对六类场所存在的主要健康影响因素进行逐一识别。

（一）存在健康影响因素的场所

医院类建设项目存在健康影响因素的场所可大致分为两部分：医疗场所和后勤保障场所。

医疗场所主要包括：候诊室、诊疗用房、病房、手术室；后勤保障场所主要包括：设备机房、医疗废弃物处理场所。

（二）医疗场所存在的健康影响因素

1. 候诊室

候诊室是医院的一个重要组成部分。此处所指的候诊室，不仅包括狭义上的门急诊的候诊室，还囊括了医院其他场所的等候区域，比如住院部办理各种出入院手续的区域，进行检查之前的等候区域，等候领取各种检查结果的区域。

候诊室往往是病人在就医过程中人员最密集的场所，且多为患病者，大都抵抗力低下，易感染疾病，加之心理承受能力较差。虽然候诊室与一般的公共场所相比，并没有特殊的健康影响因素，但是，对于这些健康影响因素的要求应更加严格，对于室内小气候、空气中的致病菌和噪声应着重进行识别。

候诊室主要存在的健康影响因素为：微小气候（温度、相对湿度、风速等）；建筑装饰材料产生的有害物质（甲醛、苯、甲苯、乙醇、氯仿、氡等）；人员活动产生的污染物（可吸入颗粒物、致病微生物、二氧化碳等）；候诊室内部设备引起的影响因素（照度、噪声、新风量等）。

（1）微小气候　室内小气候有温度、相对湿度、风速和热辐射四项指标。候诊室的大门一般直接通向室外，有些候诊室采用的是开放式的大空间，人员进出频繁，室内小气候的变化很大，十分不稳定。温度过高，会使病人感到烦躁不安、脉搏加快、身心疲乏，加重病情；温度过低，会使病人血液循环减缓，抵抗力降低，诱发相关疾病。相对湿度过大，会妨碍汗液的蒸发，破坏热平衡，引起中暑等反应；相对湿度过小，可加速人体散热，使病人感到寒冷。适宜的风速有利于室内通风换气，有利于病人的新陈代谢。热辐射则会影响病人与环境之间的热交换，对体温的调节有着较大的意义。

（2）建筑装饰材料产生的有害物质　室内常见的建筑装饰材料产生的有毒有害物质包括甲醛、苯、甲苯、二甲苯、氨、总挥发性有机物、氡等。这些物质的释放是一个缓慢的过程，不注意通风换气常会造成有毒有害物质的蓄积，不仅对病人产生不良影响，还会危害医务人员的健康。考虑到大多候诊室直接通向室外，空气的流通比较好，加上一般医院候诊室的内部装修都比较简单，这些有毒有害物质在空气中的浓度也并不高，对于人体的危害也较小，但在评价中仍需予以考虑。

（3）人员活动产生的污染物　人员活动引起的污染包括一氧化碳、二氧化碳、可吸入颗粒物、空气细菌总数、物体表面细菌总数等。虽然由于候诊室人员流动比较大，空气中细菌的浓度可能并不高，但是一些致病菌往往在低浓度下也能感染人群。至于物体表面细菌总数，这一因素应引起足够的重视。频繁的进出，长时间的等待，病人与健康人群相互混杂，坐椅、扶手、台面上的细菌比较多，易造成交叉感染。

（4）内部设备引起的影响因素　医院照明的作用不仅体现在生理需求上，对心理的安抚也是其功效之一。舒适的照明可使病人感到亲切、温暖，安定病人情绪，减少病痛。

候诊室的噪声除了由室内人群引起的噪声之外，有时往往还和内部设备例如通风换气设备的不正常运行有关。

现在大多数医院的候诊室开放式的居多，并不是一个独立的区域，所以新风量对于候诊室影响并非处在非常重要的地位，但在评价中也不能忽视。

2. 诊疗用房

诊疗用房是对患者提供诊查和治疗服务的场所。在这类场所中，患者停留的时间并不长，反而是医务人员需要在诊疗用房中停留较长的时间。考虑到医务人员由于工作的需要必须长时间在诊疗用房中进行诊疗工作，所以，诊疗用房在一定程度上可以看作是一种要求较高的办公用房。现在很多医院的诊疗用房都采用了信息化系统辅助医务人员进行日常的工作，室内往往配备了电脑、打印机等办公设备，这些设备会产生少量的辐射和臭氧。当然，这些都不是诊疗用房主要的健康影响因素。对于诊疗用房的健康影响因素，其重点应是办公家具产生的有毒有害物质、人类活动产生的污染、采光与照明、新风量、空气和物品的洁净状况以及一些特殊的危害，如放射设备产生的辐射。

诊疗用房主要存在的健康影响因素为：微小气候（温度、相对湿度、风速等）；建筑装饰材料产生的有害物质（甲醛、苯、甲苯、乙醇、氯仿、氡等）；人员活动产生的污染物（可吸入颗粒物、致病微生物、二氧化碳等）；自然采光和人工照明；打印机产生的臭氧；诊疗用房内部设备引起的影响因素（噪声、新风量、放射性物质等）。

（1）微小气候　近年来新建的一些医院的诊疗用房都采用一对一的形式——一间诊疗用房内一个医生对一个病人。在这种情况下，诊疗用房的室内小气候比较稳定。通常，空调通风系统能对诊疗用房的室内小气候进行有效的控制，使其处在人体感到舒适的程度。

（2）建筑装饰材料和办公家具产生的有害物质　诊疗用房对于装修的要求一般不高，装饰材料用的也比较少，因此，其挥发的有毒有害物质并不多。而办公家具的存在却成为诊疗用房中一个重要污染源。病人停留的时间不长，影响不大，但是医生要在这样的环境中工作8h，危害可想而知。这些有毒有害物质中，最主要的污染物是甲醛。甲醛对呼吸道和眼部都有刺激作用，对人体还具有致敏作用和免疫毒性、遗传毒性，肺功能、神经系统也会受到损害，甲醛与癌症的关系也很密切。

（3）人员活动引起的污染物　这类健康影响因素对于普通的诊疗用房构成的危害较小，但是对于一些传染病的诊疗用房，则是需要重点防范的，比如发热门诊、肝炎门诊、肠道门诊等。为此，上海市于1999年先后颁布的《上海市医疗机构消毒隔离工作常规》（沪卫卫监〔1999〕58号）和《上海市医疗机构消毒隔离工作常规》（沪卫卫监〔1999〕58号）对传染病用房提出了要求，其重要性可见一斑。如果这一健康影响因素没有控制好，那么对于病人和医生，都会产生严重的危害。

（4）打印机产生的臭氧　随着电脑技术的普及，一些大型医院逐步采用打印处方替代手写处方，这样既能提高医生的工作效率，减少病人的等候时间，也能使处方难以辨认的情况成为历史，使处方更加规范化。打印机的介入一方面带来了便利，另一方面也产生了少量对人体不利的臭氧。室内臭氧浓度过高，会造成眼部刺激，肺功能损伤等不良后果。

（5）自然采光和人工照明　诊疗用房要求采光，其主要的原因是太阳光中的紫外线具有杀菌的效果，能杀灭室内空气中的部分病原微生物，降低空气细菌总数及物体表面细菌总数，对病人和医生起到一定的保护作用。

对于诊疗用房的人工照明，如果其不充足或刺眼，会对人体的视觉系统造成危害，诊疗的准确性和效果也会受到间接的影响。同时，明亮的环境对于病人的情绪也能起到舒缓的作用，使得诊疗过程更为顺利。

（6）内部设备引起的影响因素　诊疗用房新风供给有两个途径：空调通风系统和自然通风。在以往的评价过程中，我们常发现，在空调运行季节，人群往往因追求舒适的温度而忽视了开窗通风，所以，空调通风系统提供的新风量就成为室内新风的主要来源。新风量是一个关键的健康影响因素，它与室内小气候、建筑装饰材料产生的有毒有害物质及人员活动引起的污染都有密切的联系。新风的引入是为了保证医院内部有充足的新鲜空气，使空气质量符合卫生学要求。新风在一定程度上能够对温度、相对湿度、风速起到调节作用，空气中有毒有害物质也能经由新风的引入而得到稀释，一氧化碳、二氧化碳、可吸入颗粒物、空气中细菌等的浓度也会降低。随着空调系统的普及，新风量在室内空气净化方面的重要性逐渐凸现出来。

随着X线、CT、核医学技术的发展，放射性物质越来越多地被运用到诊疗活动中。放射性物质产生的辐射会对病人、医务人员及周围人群造成不同程度的危害。它可以破坏细胞组织，从而对人体造成伤害。当人受到大量射线照射时，可能会产生诸如头昏乏力、食欲减退、恶心、呕吐等症状，严重时会导致机体损伤，甚至可能导致死亡。同时，辐射对人体还会产生致突变作用和致癌作用。

3. 病房

病房是病人在医院中停留时间最长的场所。一天24小时，住院病人基本都在病房内度过。同时，病房内人员也具有一定的流动性，医务人员会在病房内进行一些简单的诊疗活动，家属经常全天在病房内陪伴病人，护工、清洁工出入病房进行工作，病人与病人之间串门的情况也时常发生。病房主要存在的健康影响因素为：微小气候（温度、相对湿度、风速等）；建筑装饰材料产生的有害物质（甲醛、苯、甲苯、乙醇、氯仿、氡等）；人类活动产生的污染物（可吸入颗粒物、致病微生物、二氧化碳等）；自然采光和人工照明；病房内部设备引起的影响因素（噪声、新风量等）。

（1）微小气候　室内小气候在室内不同的区域也有差别。除了应考虑室内小气候的标准，还应更为人性化的对如何保证室内小气候在不同区域的相对统一加以考虑。出现一头冷、一头热的情况是不利于治疗和恢复的。

（2）建筑装饰材料和家具产生的有害物质　病房的装修和内部家具原本应以简单、实用为原则，但是随着物质生活水平的提高，病房的装修和内部家具有向住宅看齐的趋势。一些VIP病房的出现使得装修的要求越来越高，有害物质的浓度也出现了超标的情况。并且，一些病人全天都在病房中，在病房中接受诊疗，在病房中进食，在病房中休息，在病房中停留的时间远远超过一般人在办公室的时间和在住宅的时间。所以，病人在病房中会逐渐吸入大量的有毒有害气体，这些气体对于普通人尚有严重的危害，病人受到的损伤可见一斑。

（3）人员活动引起的污染　病房内部一氧化碳的来源主要为吸烟，一氧化碳浓度超标能造成阻止缺氧，使机体各项代谢发生紊乱。即使在对普通人群未造成影响的时候，但对患有周围性血管病患者，特别是动脉硬化病患者会产生不良影响，对肺部疾病（如肺心病）患者的危害更大。

二氧化碳浓度过高，空气质量会随之变差，当浓度升高到一定水平时，会使病人出现呼吸困难、头痛、耳鸣、脉搏滞缓等症状。

可吸入颗粒物能够吸附细菌、霉菌等病原微生物，有些还含有铅、汞等有害金属及致癌物质，吸入体内可对人体产生危害。

病房内散布在空气中和物体表面的细菌是引起院内感染的一个重要途径，对人体危害较大有结核杆菌、溶血性链球菌、金黄色葡萄球菌、流感病毒等。

（4）自然采光和人工照明　日照是人类生存和保障人体健康的基本要素之一，这一点在病房中尤为突出。在病房内部环境中获得充足的日照对于病人的恢复有促进作用，同时也是保证病房卫生、改善病房小气候、提高舒适度等环境质量的重要因素。加之日光中的紫外线有杀菌消毒作用，可作为病房消毒的一个辅助手段。

病房内的人工照明应强调适宜性和可调性。以往的评价过程经常会发现病房内的照度不是不足而是过大，这一现象较为普遍，应引起足够的重视。

（5）内部设备引起的影响因素　病房的噪声是影响病人作息的主要因素。多数情况下，病房的环境是比较安静的，噪声主要由病房内部的通风换气设施以及看护、监护设施所引起，这些噪声会影响病人的正常作息，在一定程度上会妨碍治疗，加重病情。

病人在病房内卧床休息的时间均较长，加上一般体质均较弱，大多长时间地待在病房内，这就要求病房一定要有充足的新风供给，特别是在不开窗开门的情况下，这对于空调新风系统的要求更高。

4. 手术室

手术室是一类特殊的场所。手术过程中，有时候，一些器械需要进入人体，有时候，会进行大面积的切开，这些都是病原性微生物进入人体的途径。手术室的健康影响因素的要求在我们提到的几类场所中是最高的，每一项都足以造成一次重大的感染，威胁病人的生命。手术室主要存在的健康影响因素为：微小气候（风速、温度、相对湿度等）；人员活动产生的污染物（包括二氧化碳、一氧化碳、可吸入颗粒物、致病微生物、悬浮粒子等）；建筑装饰材料产生的有害物质（包括甲醛、苯、氢等）；内部设备设备引起的影响因素（静压差、换气次数、新风量、噪声、照度等）。

（1）微小气候　在手术室的环境中，室内小气候的意义不仅在于它能调节人体的热平衡，影响人体的主观感受，其重要之处在于：温度、相对湿度、风速、热辐射。这些室内小气候的指标会对病原微生物的生长和繁殖起到促进或抑制的作用。如果滋生了病原微生物，无疑是加大了病人手术感染的机会。

（2）人员活动产生的污染物　空气和物体（手术器械、手术设备）是直接和病人接触的，空气中的细菌和物体上的细菌能够从病人的伤口直接进入人体，从而引发感染，轻者影响手术效果，重者可威胁病人的生命。对于手术室空气细菌总数和物体表面细菌总数要求非常高，致病菌更是不能检出。悬浮粒子能够附着病原微生物以及能够进入呼吸道的特性也使其成为一个重要的影响因素。

（3）建筑装饰材料产生的有害物质　由于工艺上的要求，手术室并没有直接与外界连通进行自然通风的外窗，通风换气只能由净化空调系统完成，仅靠这种手段在手术室建成初期很难降低有毒有害气体的浓度，因此，手术室内比较容易出现有毒有害气体蓄积的现象。

（4）内部设备引起的影响因素　静压差是手术室特有的一个健康影响因素。静压差的存在，能够对空气的流向进行人为的干预和控制，保证低级别区域的空气无法进入高级别区域，高级别区域的空气能够有效地向外排出。一般来说，手术室都要对周边低级别区域保持一定的正压，但是对于用作传染病人手术的手术室，则需要保持一定的负压，使得受污染的空气被控制在一定的区域之内。

换气次数和新风量关系到手术过程中产生的各种不洁气体能否及时排出室外，并送入经消毒的新鲜空气，使手术室的空气始终保持洁净。由于对空气洁净度的要求，手术室不能直接进行自然通风，故新风的补充只能依赖净化空调系统。换气次数和新风量过小，室内空气会变得浑浊，由于氧气的缺乏，影响病人的生命体征；换气次数和新风量过大，又会使得空气中的悬浮粒子浓度增大，同时也增大了送风时产生的噪声。

手术室的净化空调系统运行时产生的噪声往往也有可能会影响手术室内部的安静程度，一旦设备选用不合适，就会成为手术室内噪声的一个很重要的来源。

（三）后勤保障场所的职业危害因素

1. 变电所

变电所主要存在的职业危害因素为电磁辐射。

医院内的变电所一般为 10kV 变电所，大多设于地下。变电所内供电设置正常运行时会产生的电磁辐射，为频率 50Hz 的工频电场。工频电场辐射可能与促癌或协同促癌过程有关，可能增加肿瘤的发生风险，尤其是白血病，淋巴系统肿瘤和神经系统肿瘤。神经衰弱和记忆力减退是工频电场作业人员最常见的症状。

2. 设备机房

设备机房主要存在的职业危害因素为噪声。

设备机房包括水泵房、空调机房、排风机房、新风机房、吸引机房等。水泵房、空调机房、排风机房、新风机房、吸引机房运行时均会产生噪声。

3. 污水处理机房

污水处理机房主要存在的职业危害因素为硫化氢、氨、氯。

医院污水处理是消除污染、预防疾病的重要措施，医院污水中往往含有重金属、消毒剂、有机溶剂以及酸、碱、放射性物质等，是致癌、致畸、致突变物质。

污水处理机房就是医院污水处理的场所，通过采用各种水处理技术和设备去除水中各种物理的、化学的和生物的污染物，使水质得到净化，达到国家或地方地水污染物排放标准。

在污水处理过程中，会产生硫化氢、氨、氯气、臭气、甲烷等有毒有害气体。工作人员在进行巡检、清理、维护等日常工作时，可能会接触到这些有毒有害气体，严重危害身体健康。这些气体中，硫化氢和氨对人体的危害最大。

硫化氢的急性中毒症状表现为流泪、眼痛、眼内异物感、畏光、视物模糊、流涕、咽喉部灼热感、咽干、咳嗽、胸闷、头痛、头晕、乏力、恶心、意识模糊，部分患者可有心脏损害。重症者可出现脑水肿或肺水肿。胸部 X 线检查可见支气管炎、肺炎或肺水肿的表现。极高浓度（$1000mg/m^3$ 以上）时可在数秒钟内突然昏迷、呼吸骤停，继而心搏骤停，发生闪电型死亡。

氨的急性中毒表现为流泪、咽痛、声音嘶哑、咳嗽、胸闷、呼吸困难，可伴有血丝痰、头晕、头痛、恶心、呕吐、乏力等，可出现紫绀、眼结膜及咽部充血及水肿、呼吸率快、肺部啰音等。严重者可发生肺水肿、急性呼吸窘迫综合征，喉水肿痉挛或支气管黏膜坏死脱落致窒息，还可并发气胸、纵膈气肿。胸部 X 线检查呈支气管炎、支气管周围炎、肺炎或肺水肿表现。血气分析示动脉血氧分压降低。

4. 医疗废弃物处理场所

医疗废物主要包括手术及包扎的残余物、动物试验残余物、化验残余物、一次性注射器、输液器、废弃药品和医疗用品等固体废物，还有伤口敷料、绷带、病人的排泄物、呕吐物，分泌物等传染性废物。医疗废物中可能存在传染性病菌、病毒、化学污染物及放射性等有害物质，具有极大的危险性，在国外被视为"顶级危险"和"致命杀手"，而我国的《国家危险废物名录》也将其列为 1 号危险废物。医疗废物的危害性最显而易见的就是病原微生物造成的传染性。医疗废物处理场所主要存在的职业病危害因素为空气中的病原微生物、物体表面病原微生物。

（1）浸泡医疗废弃物的消毒液　一些医疗废弃物在暂存时需要浸泡在消毒液中。有些消毒液具有挥发性，人体吸入后会受到影响。

（2）空气中的病原微生物　空气中的病原微生物主要通过呼吸道传播疾病。如果环境潮湿、通风不畅，容易造成细菌、真菌、病毒等微生物的繁殖，空气中病原微生物的浓度大幅度提升，人群感染疾病的概率也将大大增加。

（3）物体表面病原微生物　物体表面的病原微生物主要通过接触传播疾病。工作人员，或者不慎接触医疗废物的其他人群，接触到表面存有病原微生物的医疗废物、包装袋、运送工具，有一定的机会收到感染。

四、评价因子及其标准的选择

至此，我们已经识别出了许多健康影响因素，在评价过程中，如果将每一项健康影响因素都作为评价因子进行评价，既费时费力，又无法突出评价的重点。所以，选择评价参数就是要根据各场所自身的特点对健康影响因素进行筛选，选出比较重要的因素作为评价因子进行评价，然后再根据国家现行有效的标准和技术规范，确定这些评价因子的卫生指标。此处我们只列出一些基本的评价因子以供参考，评价人员在实际操作中，可根据项目情况酌情增减评价因子。

（一）候诊室

根据识别出的候诊室内可能存在的健康影响因素，一般将温度、风速、二氧化碳、一氧化碳、甲醛、可吸入颗粒物、空气细菌数、噪声、照度、新风量作为主要评价因子。

温度、风速、二氧化碳、一氧化碳、甲醛、可吸入颗粒物、空气细菌数、噪声、照度等的评价标准按照《医院候诊室卫生标准》（GB 9671—1996），具体要求如表 6-31 所示。

表 6-31 医院候诊室卫生标准

项 目		标准值	项 目		标准值
温度/℃	有空调装置	18～28	可吸入颗粒物/(mg/m³)		≤0.15
	无空调采暖地区冬季	≥16	空气细菌数	撞击法/(cfu/m³)	≤4000
风速/(m/s)		≤0.5		沉降法/(个/皿)	≤40
二氧化碳/%		≤0.10	噪声/dB(A)		≤55
一氧化碳/(mg/m³)		≤5	照度/Lx		≥50
甲醛/(mg/m³)		≤0.12			

新风量的评价标准参照《室内空气质量标准》（GB 18883—2002），具体要求如表 6-32 所示。

表 6-32 医院候诊室新风量卫生限值

项 目	标 准 值
新风量/[m³/(h·人)]	≥30

（二）诊疗用房

根据识别出的诊疗用房内可能存在的健康影响因素，一般将温度、相对湿度、风速、新风量、二氧化碳、一氧化碳、甲醛、苯、氨、总挥发性有机物、可吸入颗粒物、空气细菌数、氡、噪声、照度、剂量率（放射工作场所）作为主要评价因子。

温度、相对湿度、照度的评价标准参照《综合医院建筑设计规范》（JGJ 49—88），具体要求如表 6-33 所示。

表 6-33 医院诊疗用房卫生标准

用房名称	项 目	标准值	用房名称	项 目	标准值
治疗室	夏季空调温度/℃	25～27	诊查室	冬季采暖温度/℃	18～20
	冬季采暖温度/℃	18～22		夏季空调相对湿度/%	60 左右
	夏季空调相对湿度/%	60 左右	诊查室	照度/Lx	50～100
			诊断室、治疗室	照度/Lx	75～150

风速、新风量、一氧化碳、二氧化碳、可吸入颗粒物、氨、甲醛、苯、TVOC、氡的评价标准参照《室内空气质量标准》（GB/T 18883—2002），具体要求如表 6-34 所示。

表 6-34　医院诊疗用房空气质量评价标准

项　目	标 准 值	项　目	标 准 值
夏季空气流速/(m/s)	≤0.3	氨/(mg/m³)	≤0.20
冬季空气流速/(m/s)	≤0.2	甲醛/(mg/m³)	≤0.10
新风量/[m³/(h·人)]	≥30	苯/(mg/m³)	≤0.11
一氧化碳/(mg/m³)	≤10	TVOC/(mg/m³)	≤0.60
二氧化碳/%	≤0.10	氡/(Bq/m³)	≤400
可吸入颗粒/(mg/m³)	≤0.15		

空气细菌数的评价标准按照《医院消毒卫生标准》（GB 15982—1995），具体要求见表 6-35 所示。

表 6-35　医院诊疗用房空气细菌数评价标准

项　目	标 准 值
空气细菌数/(cfu/m³)	≤500

放射辐射的剂量率的评价标准按照《电离辐射防护与辐射源安全基本标准》（GB 18871—2002），具体要求如表 6-36 所示。

表 6-36　医院放射工作场所评价标准

项　目		标 准 值
剂量率(放射工作场所)/(μSv/h)	控制区	≤40
	监督区	≤4
	公众区	≤0.5

（三）病房

根据识别出的病房内可能存在的健康影响因素，一般将温度、相对湿度、风速、新风量、二氧化碳、一氧化碳、甲醛、苯、氨、总挥发性有机物、可吸入颗粒物、空气细菌数、氡、噪声、照度作为主要评价因子。

温度、相对湿度、照度的评价标准参照《综合医院建筑设计规范》（JGJ 49—88），具体要求见表 6-37。

表 6-37　医院病房卫生标准

项　目	标 准 值	项　目	标 准 值
夏季空调温度/℃	25～27	夏季空调相对湿度/%	60 左右
冬季采暖温度/℃	18～22	照度/Lx	15～30

风速、二氧化碳、一氧化碳、可吸入颗粒物、照度、甲醛、噪声、新风量的评价标准参照《旅店业卫生标准》（GB 9663—1996），具体要求见表 6-38。

表 6-38　医院病房空气质量评价标准（一）

项　目	标 准 值	项　目	标 准 值
风速/(m/s)	≤0.3	台面照度/Lx	≥100
二氧化碳/%	≤0.07	噪声/dB(A)	≤45
一氧化碳/(mg/m³)	≤5	新风量/[m³/(h·人)]	≥30
可吸入颗粒物/(mg/m³)	≤0.15		

甲醛、苯、氨、总挥发性有机物、氡的评价标准按照《民用建筑工程室内环境污染控制规范》(GB 50325—2001) 进行评价，具体要求见表6-39。

表6-39 医院病房空气质量评价标准（二）

项 目	标 准 值	项 目	标 准 值
甲醛/(mg/m³)	≤0.08	总挥发性有机物/(mg/m³)	≤0.5
苯/(mg/m³)	≤0.09	氡/(mg/m³)	≤200
氨/(mg/m³)	≤0.2		

空气细菌数的评价标准按照《医院消毒卫生标准》(GB 15982—1995)，要求空气细菌数（撞击法）≤500cfu/m³。

（四）洁净手术部

根据识别出的洁净手术部可能存在的健康影响因素，一般将静压差、换气次数、风速、自净时间、温度、相对湿度、新风量、照度、噪声、空气细菌数、表面染菌密度、空气洁净度级别作为主要评价因子。

静压差、换气次数、风速、自净时间、温度、相对湿度、新风量、照度、噪声、空气细菌数、表面染菌密度、空气洁净度级别的卫生标准参照《医院洁净手术部建筑技术规范》(GB 50333—2002)，具体要求见表6-40～表6-42。

表6-40 洁净手术室和主要洁净辅助用房分级

等 级	洁净手术室	主要洁净辅助用房
I	特别洁净手术室	需要无菌操作的特殊实验室
II	标准洁净手术室	体外循环灌注准备室、刷手间、消毒准备室、预麻室
III	一般洁净手术室	一次性物品、无菌敷料及器械与精密仪器的存放室
		护士站、洁净走廊、重症护理单元(ICU)
IV	准洁净手术室	恢复(麻醉苏醒)室、更衣室(二更)、清洁走廊

表6-41 洁净手术部卫生标准（一）

项 目	最小静压差/Pa		换气次数/(次/h)	手术区手术台(或局部100级工作区)工作面高度截面平均风速/(m/s)	自净时间/min	温度/℃	相对湿度/%	最小新风量		噪声/dB(A)	最低照度/Lx
	程度	对相邻低级别洁净室						m³/(h·人)	次/h		
特别洁净手术室、特殊实验室	++	+8	—	0.25～0.30	≤15	22～25	40～60	60	6	≤52	≥350
标准洁净手术室	++	+8	30～36	—	≤25	22～25	40～60	60	6	≤50	≥350
一般洁净手术室	+	+5	18～22	—	≤30	22～25	35～60	60	4	≤50	≥350
准洁净手术室	+	+5	12～15	—	≤40	22～25	35～60	60	4	≤50	≥350
体外循环灌注专用准备室	+	+5	17～20	—	—	21～27	≤60	—	3	≤60	≥150
无菌敷料、器械、一次性物品室和精密仪器存放室	+	+5	10～13	—	—	21～27	≤60	—	3	≤60	≥150

续表

项 目	最小静压差/Pa		换气次数/(次/h)	手术区手术台(或局部100级工作区)工作面高度截面平均风速/(m/s)	自净时间/min	温度/℃	相对湿度/%	最小新风量		噪声/dB(A)	最低照度/Lx
	程度	对相邻低级别洁净室						m³/(h·人)	次/h		
护士站	+	+5	10～13	—	—	21～27	≤60	60	3	≤60	≥150
准备室(消毒处理)	+	+5	10～13	—	—	21～27	≤60	30	3	≤60	≥200
预麻醉室	—	−8	10～13	—	—	21～27	30～60	60	4	≤55	≥150
刷手间	0～+	>0	—	—	—	21～27	≤65		3	≤55	≥150
洁净走廊	0～+	>0	10～13	—	—	21～27	≤65		3	≤52	≥150
更衣室	0～+	—	8～10	—	—	21～27	30～60		3	≤60	≥200
恢复室	0	0	8～10	—	—	22～25	30～60		4	≤50	≥200
清洁走廊	0～+	0～+5	8～10	—	—	21～27	≤65		3	≤55	≥150

注：1. "0～+5" 表示该范围内除 "0" 外任一数字均可。

2. 产科手术室为全新风。

表 6-42　洁净手术部卫生标准（二）

项目	等级	沉降法(浮游法)细菌最大平均浓度		表面最大染菌密度/(个/cm²)	空气洁净度级别		致病菌
		手术室	周边区		手术区	周边区	
洁净手术室	Ⅰ	0.2 个/30min·φ90 皿(5 个/m³)	0.4 个/30min·φ90 皿(10 个/m³)	5	100 级	1000 级	不得检出
	Ⅱ	0.75 个/30min·φ90 皿(25 个/m³)	1.5 个/30min·φ90 皿(50 个/m³)	5	1000 级	10000 级	不得检出
	Ⅲ	2 个/30min·φ90 皿(75 个/m³)	4 个/30min·φ90 皿(150 个/m³)	5	10000 级	100000 级	不得检出
	Ⅳ	5 个/30min·φ90 皿(75 个/m³)		5	300000 级		不得检出
主要洁净辅助用房	Ⅰ	局部:0.2 个/30min·φ90 皿(5 个/m³)		5	局部 100 级		不得检出
		其他区域:0.4 个/30min·φ90 皿(10 个/m³)		5	其他区域 1000 级		不得检出
	Ⅱ	1.5 个/30min·φ90 皿(50 个/m³)		5	10000 级		不得检出
	Ⅲ	4 个/30min·φ90 皿(150 个/m³)		5	100000 级		不得检出
	Ⅳ	5 个/30min·φ90 皿(175 个/m³)		5	300000 级		不得检出

注：1. 浮游法的细菌最大平均浓度采用括号内数值。细菌浓度是直接测得的结果，不是沉降法和浮游法互相换算的结果。

2. Ⅰ级眼科专用手术室周边区按 10000 级要求。

（五）医疗废物处理场所

根据识别出的健康影响因素，一般将空气致病菌作为主要评价因子。

致病菌的卫生评价按照《医院消毒卫生标准》（GB 15982—1995），要求不得检出致病菌。

（六）变电所、设备机房、污水处理机房

根据识别出的作业场所可能存在的职业病危害因素，一般将噪声、工频电场、新风量、硫化氢、氨作为评价因子。

工作场所噪声、工频电场限值的评价标准按照《工作场所有害因素职业接触限值第二部分：物理因素》（GBZ 2.2—2007）；硫化氢、氨的接触限值的评价标准按照《工作场所有害因素职业接触限值第一部分：化学有害因素》（GBZ 2.1—2007），具体要求参见本书相关章节，此处不作详述。

五、关键控制点

医院类建设项目的关键控制点是医院运营过程中可能造成交叉感染的环节。在这些环节采取相应的措施能将健康影响因素对人群的影响降低到最小。就医院类建设项目而言，应从布局、空调通风系统、医疗污水处理、医疗废弃物处理、放射防护、清洁消毒措施这六个方面入手。

（一）合理布局

合理布局，既是对医院整体布局的要求，也是对医院内各场所内部布局的要求。布局是否合理，是控制医院内健康影响因素的第一步。

医院布局不合理主要表现在以下几方面。

① 医院内各部门的分区不明确，洁污路线不清楚，这种情况会增加医院内交叉感染的可能性。

② 传染病楼与周边建筑的防护间距不足，为病原体的扩散提供了条件。

③ 病房、手术室等对周边环境要求较高的场所被布置在噪声强度较高的位置，对患者和医务人员都会产生影响，影响治疗。

④ 医院职工宿舍设置在医院内部，与医院治疗场所没有明显的分隔，易造成疾病在医院职工内部的传播。

⑤ 太平间、解剖室等场所未设置在隐蔽处，尸体运送路线与出入院路线产生交叉，对患者的情绪产生不利影响。

⑥ 诊疗用房内设置了洗手池，但并未设置非接触式开关，大大降低了洗手消毒的效果。

⑦ 病房的日照不足，设置了过多的床位，空气细菌浓度增加，院内感染的概率上升。

可见，不合理布局情况的存在，会增加医院内健康影响因素对人体的危害，必须予以控制。

医院内不同功能的场所很多，各场所布局的要求不尽相同，部分场所现阶段尚无专门的卫生标准针对其布局提出明确的要求，但是，有一点是相同的，那就是避免交叉感染，这也是首要的要求。

医院内传染病用房、手术室等场所的平面布局要求相对较高，此处以传染病用房的布局为例，说明如何合理布局，降低交叉感染的概率。

1. 传染病用房整体布局

传染病院、医院的传染病科（室）应选择在较偏僻地点（远离水源、食堂、食品店、托儿所等）。如果传染病房的床位数在 20 床以下，并且不收治烈性传染病者，可与普通病房设在同一幢病房楼内，应设在病房楼的首层，设专用出入口，但是传染病房上一层不能设置产科和儿科病房。如果床位数在 20 床以上，或者收治烈性传染病者，则必须为其单独建造病房楼，并与周边建筑保持相应得防护距离，以 30m 为宜。

2. 传染病专用门诊布局

传染病专用门诊应设在传染病楼的首层。如因客观条件的限制而设在医院门诊部的传染病门诊，则应相对独立，自成一区，设置单独的出入口。

不同病种的门诊应分开设置，如呼吸道发热门（急）诊与肠道门诊、肝炎门诊应完全分隔，做到空气气流互不相通。应分设呼吸道发热病人、肠道病人、肝炎病人的专用出入口和医务人员专用通道以及清洁物品和污染物品的出入口。

传染病专用门诊内应设置污染区、半污染区和清洁区，三区划分明确，相互无交叉。各区之间应设置浸湿消毒液的擦脚垫并保持湿润。设置医务人员更衣室，在半污染区与清洁区之间设置符合要求的第二次更衣区。设置隔离观察室、专用化验室和发药处。诊室内应设置洗手设施，开关应为非接触式。

3. 传染病病房布局

传染病病房应设有单独的出入口和出入院登记处。出入口应设置 2～3 个，做到医护人员与病人进出分开；病人出院与入院分开。医护人员进出口处应设更衣室，病人进出口处应分别设出、入院卫生处理室。

传染病病房平面布局应严格按照清洁区、半清洁区和污染区布置。清洁区应包括医务人员更衣室、值班室、病区配膳室、库房等场所；半清洁区应包括医疗人员办公室、治疗室、一般消毒室、走廊、出院卫生处理室等场所；病室、厕所、污染消毒室、入院卫生处理室等场所则应属于污染区。

病房的日照应满足冬至日的满窗日照时间不少于 2h。每间病房的床位数不能超过 4 张，病床之间的净距不应小于 1.10m。完全隔离房应设置缓冲前室；盥洗、浴厕均应设置在病房之内；并应有单独对外出口。每一病区都应设医护人员的更衣室和浴厕，并应设家属探视处。消毒室面积不宜小于 20m²，分发洁物和收受污物的门应分别设置，并宜单独设置工作人员淋浴设施。

（二）空调通风系统

在我们已经识别出的医院内健康影响因素中，有一些因素，如温度、相对湿度、风速和新风量，与空调通风系统有着直接的关系，这些指标由空调通风系统控制，多数设计方在初步设计阶段就对其进行了设计；另外一些因素，如人类活动、建筑装饰材料等产生的有害气体，这些气体在大气中的浓度也受到空调通风系统间接的影响，充足的新风量能对这些气体进行稀释。可见，对于室内环境而言，空调通风系统是相当重要的一环，空调通风系统能够直接或间接影响室内诸多健康影响因素。空调通风系统作为一个关键控制点，意义重大。

医院是一个特殊的场所，其中的人群密度大，停留时间长，抵抗力差，心理承受能力也较差，易感染疾病。与其他类型的公共场所相比，医院的空调通风系统有其自身的特点，要求更为严格。

比如，按照《公共场所集中空调通风系统卫生管理办法》（卫监督发［2006］第 53 号）的规定：公共场所的空调通风系统的空气处理机组、表冷器、加热（湿）器、冷凝水盘等应每年清洗一次；而《空调通风系统运行管理规范》（GB 50365—2005）中规定：在空调通风系统使用期间，应每 2 个月对空气处理设备的过滤器、热交换器、冷凝水盘以及设备的箱体内壁表面进行微生物污染状况检测，如达不到要求应分析原因，采取相应的解决措施。

又如，《公共场所集中空调通风系统卫生规范》（卫监督发［2006］第 58 号）中提到，公共场所的空调通风系统送风中的细菌总数应不大于 $500cfu/m^3$；而《空调通风系统运行管理规范》（GB 50365—2005）对于医院的空调通风系统送风中的细菌总数则是这样规定的：儿科病房、妇产科检查室、注射室、治疗室、急诊室、化验室、普通病房、供应室清洁区等Ⅱ类环境的送风中细菌总数不得大于 $500\ cfu/m^3$，门诊普通手术室、产房、婴儿室、隔离室烧伤病房、重症监护室、供应室无菌区、早产儿室等Ⅲ类环境的送风中细菌总数不得大于 $200cfu/m^3$。

可见，对医院的空调通风系统进行控制，要求严，难度大，牵涉面广，影响深远，应予以足够的重视。

控制医院的空调通风系统，应从以下几个方面着手，其中与公共场所空调通风系统相同的要求将在本书第七章中介绍，此处不再进行详述。

1. 空调通风系统的设置

医疗场所与办公管理场所的空调通风系统应分开设置，避免空调通风系统成为传播疾病的媒介。传染病用房各病区的空调通风系统应独立设置，呼吸道发热门诊、传染病房、灼伤病房应设置全新风空调系统。传染病门诊禁止使用下列空调系统：循环回风的空气空调系统；不设新风，不能开窗通风换气的水-空气空调系统；既不能开窗、又无新风、排风系统的空调系统；绝热加湿装置空调系统。

抢救室、观察室、病房、专科病房、一般手术室、血液病房、无菌手术室、无菌室和细菌培养室的新风口及回风口，均应设置初效和中效过滤器。洁净手术室的新风口及回风口，均应设置初效、中效和高效过滤器。灼伤病房、传染病房的排风口应设置过滤装置。

2. 空调通风系统的运行管理

运行管理人员除了应掌握舒适性空调通风系统的有关管理知识和技能外，还应接受医院感染控制专业人员对其进行的消毒理论知识的培训，掌握防止空气微生物传播及空调通风系统二次污染的基本知识与技能。

有关防止空调通风系统二次污染的专门性规章制度，应在医院感染控制专业人员的参与下，结合空调通风系统的实际情况制定。

空气处理设备使用或更换使用的粗效过滤器，过滤效率不应小于 80%，不得使用化纤或金属材料制作的筛式过滤网。

清洁或更换过滤器时，应佩戴护目镜、口罩和防护手套、拆下的过滤器应按照医用垃圾的规定处理。

过滤器的清洗和消毒应在专用容器中进行，干燥后方可使用，不得在医疗用房内用城市管网水直接冲洗或其他方式清洁。

在空调通风系统使用期间，应每 2 个月对空气处理设备的过滤器、热交换器、冷凝水盘以及设备的箱体内壁表面进行微生物污染状况检测，如达不到要求应分析原因，采取相应的解决措施。

空气处理设备使用或者更换使用的过滤器、热交换器、冷凝水盘宜采用国家有关部门认可的抗菌材料制作，或用对表面进行了抗菌处理的其他材料。

空气处理设备的运行，应检查管道与新风口和回风口的连接状况，不应通过吊顶内的空间进风。风机盘管与空调房间的回风口应用风管连接，不应通过吊顶回风。

（三）医疗污水处理

医院作为病人治疗、生活的地方，每天都要产生大量的污水。与一般的生活污水相比，医院污水中的污染物种类更多，危害更大。

医院污水中含有的细菌、病毒、寄生虫等病原性微生物，可经多种途径进入人体，产生感染，严重的可造成疾病的流行；医院污水中的放射性同位素使污水具有放射性污染，放射性同位素在衰变过程中产生的射线可在人体内累积，对人体健康构成危害；除此之外，医疗污水中还存在许多有毒有害物质，如各种药物、消毒剂、各种悬浮物等，若排放前未经妥善处理，将对环境造成一定的危害并长期危害人体健康。故此处将医疗污水处理作为一个关键控制点，在评价过程中，应引起足够的重视。现将医院医疗污水处理控制的几个要点分述如下。

1. 处理原则

由于医院各场所产生的污水污染物不同，危害及特性也不同，有些具有传染性，有些具有放射性，因此，有些场所产生的污水应分开处理。如病房和诊疗用房，普通病房和传染病房，放射部门与非放射部门，这些场所的污水应做分流处理，并且不能将固体传染性废物、各种化学废液弃置和倾倒排入下水道。

2. 处理工艺

传染病医疗机构和结核病医疗机构污水处理推荐采用二级处理＋消毒工艺或深度处理＋消毒工艺。

综合医疗机构污水排放执行排放标准时，宜采用二级处理＋消毒工艺或深度处理＋消毒工艺；执行预处理标准时，宜采用一级处理或一级强化处理＋消毒工艺。

在选择消毒剂时，应根据技术经济允许，选用合适的消毒剂，常用的消毒剂包括：二氧化氯、次氯酸钠、液氯、紫外线和臭氧等。

3. 特殊医疗污水的处理

医院的各种特殊医疗污水在其排入医院污水处理站之前，单独收集并且进行单独处理。如放射性污水应经衰变池处理后再排入污水处理站；口腔科污水中含有汞，应进行除汞处理；检验室污水由于各种化学品的使用，性质比较复杂，应根据使用化学品的性质单独收集，单独处理；如果污水中还有油，还因设置隔油池对其进行处理；传染病医疗机构和综合医疗机构的传染病房还应设置专用的化粪池，收集浸过消毒处理后的排泄物等传染性污物。

4. 加强医疗污水处理场所的防护措施

医疗污水处理场所产生硫化氢、氨、臭气、氯气、甲烷等有害气体的岗位应提高处理的自动化和机械化程度，尽可能减少操作人员，并加强设备的密闭性，以减少有害气体泄漏，确保作业环境职业病危害因素浓度达到国家卫生标准。同时加强污水处理场所的机械通风，避免有害物质的蓄积，防止操作人员硫化氢、氨等急性中毒事故的发生。在污泥的清理和装运等场所，尽量采用自动化和机械化程度较高的方法组织生产。另外，对于产生有害气体的场所应设置事故强制通风系统、中文警示标识和有害气体的报警装置，一旦有害气体浓度超标，可及时报警和应急处理。工作场所应配备应急用具和器材，并加强对报警器的管理和维修，以确保报警器和应急用品的有效性。作业人员要严格遵守安全卫生操作规程，做好个体防护。加强作业人员卫生安全知识的培训和应急事故的实际演练，并通过适当的程序和方法规范操作行为以避免人为失误。

5. 日常监测

应定期对污水处理进行检测，一般每季度一次，监测范围和监测点的布置应包括院区污水排水管道、二级生化污水处理站出入口等场所。以上所有监测数据均应认真记录，建立档案。在记录监测结果时，应同时记录监测条件、测量方法和仪器、测量时间和测量人。定期对监测结果进行评价，并提出改进污水污物排放、处理卫生防护和监测措施的建议，以确保处理后的污水同时满足《污水综合排放标准》（DB 31/199—1997）中的二级标准的要求以及《医疗机构水污染物排放标准》（GB 18466—2005）中的要求。

（四）医疗废物处理

医疗废物属于危险废物，具有感染性、毒性及其他危害性，处置不当既污染环境又危害人体健康。目前，在医疗废物管理中还存在不少问题，医疗废物处置不规范，达不到环境和卫生标准的情况比较普遍，一次性医疗器具流入社会被重复使用或再生利用的现象时有发生，不仅直接污染环境、损害人体健康，而且产生了恶劣的社会影响。医院在医疗过程中要产生大量的医疗废物，把好医疗废物处理这一关，对于营造良好的医院环境，避免院内感染的发生，有着极其重要的意义。医疗废物的处理，其中包含了收集、包装、储存、转运、处置等多个环节，因此，控制医疗废物的处理，也应从这些方面入手。

1. 收集

医疗废物应当分类收集。不同类型的医疗废物尤其特殊的处理程序，不能混杂在一起。比如有金属部件的器械、血袋、注射器、输液器等，这些医疗废物都应分开收集。

2. 包装

医疗废物的包装强调密闭。医疗废物分类收集后应置于防渗漏、防锐器穿透的专用包装物或者密闭的容器内。这些包装物、容器，应当是专门用于医疗废物处置的，不能作为它用或采用其他包装。同时，所用的包装物、容器都要明显的警示标识和警示说明，对接近的人员起到提醒和警示的作用。

3. 储存

医疗废物是不能露天存放的，因为这样，既不能防止无关人员的接触，又不能达到避免污染物扩散的目的。所以，医院应在适当的场所设立医疗废物暂时储存的设施和设备。所谓适当的场所，应当远离医疗区、食品加工区和人员活动区以及生活垃圾存放场所，同医疗废物的包装一样，也应设置明显的警示标识和警示说明，并且设置防渗漏、防鼠、防蚊蝇、防蟑螂、防盗以及预防儿童接触等安全措施。同时，必须指出的是，医疗废物暂时储存的时间不能超过 2 天，应在 2 天之内进行转运或处置。这些医疗废物暂时储存的设施和设备应当定期进行消毒和清洁。

4. 转运

医院在转运医疗废物的过程中，应当使用防渗漏、防遗撒、防破损的运送工具，并应保证这些工具是医疗废物专用的，并也应有明显的警示标识和警示说明。同时，这些工具在每次使用后应当在医疗卫生机构内指定的地点及时消毒和清洁。医院应根据自身情况，制定内部医疗废物运送时间、路线，并且按照制定内部医疗废物运送时间、路线，将医疗废物运送至暂时储存地点。

5. 特殊情况

一般情况下，医院应当根据就近集中处置的原则，及时将医疗废物交由医疗废物集中处置单位处置，但有部分特殊的医疗废物，在集中处置之前，医院应预先对其进行处理。比如医疗废物中病原体的培养基、标本和菌种、毒种保存液等高危险废物，在交医疗废物集中处置单位处置前应当就地消毒；有金属部件的一次性使用医疗用品使用后应当用钳、剪或者专用设备将金属部件与塑料部件分离，但口腔器械除外；固体废物的金属部件在集中贮存之前须经压力蒸汽处理。

6. 日常管理

应当制定与医疗废物安全处置有关的规章制度和在发生意外事故时的应急方案；设置监控部门或者专（兼）职人员，负责检查、督促、落实本单位医疗废物的管理工作。应当对医疗废物进行登记，登记内容应当包括医疗废物的来源、种类、质量或者数量、交接时间、处置方法、最终去向以及经办人签名等项目。登记资料至少保存 3 年。

对本单位从事医疗废物收集、运送、储存、处置等工作的人员和管理人员，进行相关法律和专业技术、安全防护以及紧急处理等知识的培训。采取有效的职业卫生防护措施，为从事医疗废物收集、运送、储存、处置等工作的人员和管理人员，配备必要的防护用品，定期进行健康检查；必要时，对有关人员进行免疫接种，防止其受到健康损害。

（五）放射防护

随着医学技术的发展，X 射线、CT、核医学等具有放射性的诊疗手段已逐渐介入医院的医疗过程。这些技术的发展也为我们带来了一个新的问题，那就是医院放射工作场所的防护。如防护不当，受检者、医务人员以及周围的环境，都会受到不同程度的辐射影响。对于这一关键控制点，根据实际工作经验和科研成果，总结出关于放射防护的两个原则：第一，对于符合正当化的放射工作实践，要求以放射防护最优化为原则，使各类人员的受照剂量不仅低于规定的限值，而且控制到可以合理做到的尽可能低的辐射水平。这一考虑包括了正常运行、维修以及应急状态，也包括了具有一定概率的导致重大照射的潜在照射的情况。第二，在防护设计时，充分考虑辐射防护的发展，也考虑为将来的发展留有余地和公众对辐射的心理因素，因此为防护设计与施工留有一定的安全系数。

为了达成上述两个原则，需要对以下几个方面进行控制。

① 平面布局。放射工作场所与其他部门合建时，应设于建筑物的顶层或首层，自成一区，并应有单独出入口。如条件允许，放射工作场所宜单独建造。

对于 X 射线和 CT 的工作场所，应由透视室、摄片室、暗室、观片室、登记存片室等组成；透视、摄片室前宜设候诊处。摄片室应设控制室。设有肠胃检查室者，应设调钡处和专用厕所。暗室宜与摄片室贴邻，并应有严密遮光措施。

核医学的工作场所则应按照"三区制"的原则顺序进行布局。清洁区由登记室、等候处、诊查室、非活动性实验室、办公室、资料室、储藏室等组成；中间区包括功能测定室、扫描室、照相机室、计量室等场所；卫生通过室、储源室、分撞（源）室、标记室、高活性实验室、中活性实验室、低活性实验室、动物实验室、洗涤室、注射室、治疗病房等则属于污染区。

② 根据工作负荷、居留因子、剂量目标值等参数及机房屏蔽厚度计算公式，计算各场所屏蔽墙、地板、顶棚、防护门及观察窗的屏蔽厚度，并据此进行施工，保证屏蔽厚度达到国家标准的要求。为确保防护设施的有效屏蔽效能，施工中应注意混凝土、黏土砖等材料的质量和配比，使其达到规定的材料密度，并尽可能一次浇注，灰浆饱满，不留气泡和裂缝。

③ 采用双开折页防护门，应注意两门扇之间应有足够重叠，并保证重叠处的防护与同侧墙体具有等效的防护效果。另外门与墙体或门框链接处也应有重叠。如为拉门，也应注意关闭时，门与墙体应有足够重叠。观察窗与墙体或窗框之间也应有重叠。设备的控制布线采

用电缆桥架通过"迷宫"形式引入机房，穿墙电缆管线和通风管道的穿墙孔洞应为曲线形或防辐射结构，以防止辐射经由穿墙孔洞泄漏。

④ 各场所外要有电离辐射标志，应在机房门上方安设醒目的工作指示灯。工作时，指示灯亮起，指示灯最好与门联锁，并在门内安上锁或插销，以防止相关人员在设备处于工作状态时误入机房内，且经常维护以上安全设施，保证标志完好和指示灯工作正常。

⑤ 应对放射工作场所与周围环境的辐射水平进行监测，并在今后的常规工作状态下对其工作场所与环境进行定期的辐射监测。从事 X 射线诊断的工作人员、实习进修人员与相关检修人员均应佩戴热释光个人剂量计，个人剂量监测应由所在地卫生行政部门认可的检测机构承担，每 2~3 个月对剂量计进行测定，测定值记录在案并归档。

⑥ 应考虑放射科在运营过程中可能发生的事故或潜在照射，制定相应的应急处理措施。应急预案应预先制订，有明确的职责分工，应急救援的实施应有专门防护人员负责。放射工作区域应有简明的应急处理措施指南。定期对放射工作人员进行放射损伤和防护意识的教育、应急处理知识的培训以及应急演练，提高工作人员的安全文化素养。

（六）清洁消毒措施

清洁消毒，其目的是为了控制医院中的病原微生物，减少或杜绝院内感染。病原微生物可能散布的部位包括各场所的室内空气、医疗用品、公用设施，这三个方面都能采取措施进行有效的控制。

1. 室内空气

室内空气的清洁消毒有两个途径：空调通风系统自带的空气消毒净化装置和医院使用的空气消毒设备，如紫外线杀菌灯等。

关于空调通风系统的空气消毒净化装置，国家颁布了多部标准做了硬性要求。《综合医院建筑设计规范》（JGJ 49—88）中提到：抢救室、观察室、病房、专科病房、一般手术室、血液病房、无菌手术室、无菌室和细菌培养室的新风口及回风口，均应设置初效和中效过滤器。洁净手术室的新风口及回风口，均应设置初效、中效和高效过滤器。灼伤病房、传染病房的排风口应设置过滤装置。医院方面应严格按照标准的要求设置合格的空气消毒净化装置。定期清洗过滤系统，保证净化晓得装置的有效性。

在一些特殊的场所，如手术室、中心供应室，仅仅采用空调通风系统自带的空气消毒净化装置远不能满足其对空气洁净度的要求，因此，在这一类场所，医院方面应采用独立的空气消毒设备对空气进行消毒。这些设备从采购、装配、调试、使用、储藏到维护，一系列的环节都应进行质量控制，保证设备的有效性和使用人员的安全。

2. 医疗用品

医院内使用的医疗用品种类繁多，有接触皮肤的器械，有触及黏膜的用品，更有进入人体组织或无菌器官的医疗用品，小到针头、注射器，大到各种诊疗设备，这些物品表面有可能存在各种病原性微生物，这些微生物通过各种途径进入人体后，能诱发多种疾病。

医院在对医疗用品进行消毒时，应采用正确的消毒方法，既能达到杀菌的效果，又不会对人体产生危害。消毒剂的使用剂量和使用次数也应进行控制，保证消毒剂的效果。储藏医疗用品的场所应设在相对洁净的区域，采用空调通风系统调节室内空气参数。存在相互影响的医疗用品应分开储藏。

3. 公用设施

医院内的公用设施主要包括桌椅、垃圾箱、卫生间、电话、取款机等。这些设施常由于频繁的使用，容易沾染病原微生物，成为一个潜在的传染源。在日常的清洁中应注意以下几点：采用湿式清扫，垃圾废弃物应日产日清；室内应保持清洁、整齐，地面无垃圾废弃物和痰迹等；卫生间应随时清扫、消毒、保洁；垃圾箱应每日清洗和消毒，垃圾储运应密闭化，日产日清；公用电话、取款机可用酒精棉球擦拭；制定健全的清洁消毒制度，疾病流行时应增加消毒频率。

第四节　大型商务中心类项目卫生学评价重点

随着我国经济的高速稳步发展，对外经济文化交流的加强，人民生活水平的提高，越来越多的大型商务中心类建设项目投入计划和建设。大型商务中心类建设项目涉及酒店、餐饮、商场、文化娱乐、洗浴、美容美发、游泳等多种场所，上述场所均属于国务院 1987 年 4 月 1 日发布的《公共场所卫生管理条例》所规定的我国现阶段能依法进行卫生监督的 7 类 28 种公共场所，具有公共场所的典型特征。

这类公共场所在一定的空间内接纳的人群数量比较大、在一定的时间内人群的交换比较快，人群在公共场所停留的时间相对比较短，进入公共场所的人群成分比较复杂，影响人群健康的因素很多，与广大人民群众的健康有密切的关系。尤其"非典"之后，政府及公众对公共场所卫生安全问题日益重视，如何更好地保障公共场所人们的健康安全，这一问题已十分迫切。同时目前国内有许多的大型商务中心类建设项目由于布局和建设不合理产生大量的卫生问题。例如：某室内游泳池无强制通过式淋浴装置及浸脚消毒池；有些宾馆不设独立消毒间；有些建设项目新风口设于空调机房内间接吸取新风，新风口与排风口距离过小造成新风和回风的短路等。这些场所在建成后不得不进行改建，造成人力、物力的浪费。对公共场所进行卫生学评价工作，提出系统的卫生改进措施和建议，并应用于项目规划、设计、建设和管理等各个环节，对保障公众健康具有十分重要的意义。

本节主要针对大型商务中心类建设项目的特点，分析大型商务中心类建设项目卫生学评价的重点。第一部分资料收集，简要介绍对大型商务中心类建设项目进行卫生学评价前应收集的各种基础技术资料及标准；第二部分工程分析，主要从工程选址、平面布局、给排水系统、电气系统、空调通风系统、动力系统等方面说明大型商务中心类建设项目工程分析的重点；第三部分健康影响因素识别，主要选取了大型商务中心类建设项目常见的 9 个场所——住宿场所、美容美发场所、餐厅、游泳场所、沐浴场所、办公会议用房、地下车库、二次供水系统和设备管理用房，进行健康影响因素的识别；第四部分评价因子及其标准的选择，从第三部分识别出的健康影响因素中筛选出评价因子，并根据我国现行有效的标准和技术规范，确定评价因子的评价标准；第五部分关键控制点，根据实际工作经验及标准，对如何保障大型商务中心类建设项目符合卫生标准，提出切实可行的卫生防护措施。

本节中所涉及的相关场所是大型商务中心类建设项目最为常见、对相关人群影响最大的几个场所。当然，在大型商务中心类建设项目中，远不止这几个场所，比如文化娱乐场所、商业场所、展览场所等，关于这些场所，可借鉴本章节的相关内容开展评价工作，此处不再作详细说明。

一、资料收集

完整地收集所评价的大型商务中心类建设项目的相关基础技术资料和评价中涉及的相关法律、法规、标准、规范，为整个卫生学评价工作的顺利开展做好准备。

（一）基础技术资料

大型商务中心类建设项目所需的基础技术资料与轨道交通类建设项目基本相同，可参考本章第二节的相关内容。

大型商务中心类建设项目的初步设计应当包含以下内容。

① 项目位置（包括项目所在地、周边建筑、道路和居民区分布情况）。

② 项目概况（包括项目名称、项目性质、投资规模和项目由来等基本情况）。

③ 项目范围（包括项目涉及的建筑物、设备以及各自的用途）。

④ 平面布局（包括项目内所涉及建筑的总体布局和各单体建筑内部布局，说明建筑物的间距、朝向、采光等）。

⑤ 给排水系统（给水部分包括用水量、水源、供水方式、游泳池水过滤消毒工艺等；排水部分包括污、废水排放方式、污水处理方式及所用消毒剂名称和用量等）。

⑥ 电力系统（含强电和弱电，强电包括变配电、各场所照度设计参数等；弱电包括电话、通信等）。

⑦ 空调通风系统（室内外设计参数，空调类型，冷热源，制冷通风系统如新风系统、排风系统、送回风系统及各场所通风换气次数、气流组织，如有冷却塔应说明其位置、形式）。

⑧ 部分大型商务中心类建设项目还设有地下停车库，地下停车库的资料应包括车位数、机械通风设施等。

上述资料是开展卫生学预评价时需收集的，如开展卫生学竣工验收评价，除上述基础技术资料外，还需补充相关资料。需要补充的资料与轨道交通类建设项目相同，可参考本章第二节的相关内容。

（二）标准、技术规范

① 《旅店业卫生标准》（GB 9663—1996）。

② 《文化娱乐场所卫生标准》（GB 9664—1996）。

③ 《公共浴室卫生标准》（GB 9665—1996）。

④ 《理发店、美容店卫生标准》（GB 9666—1996）。

⑤ 《游泳场所卫生标准》（GB 9667—1996）。

⑥ 《饭馆餐厅卫生标准》（GB 16153—1996）。

⑦ 《住宿业卫生规范》（卫监督发 [2007] 第 221 号）。

⑧ 《沐浴场所卫生规范》（卫监督发 [2007] 第 221 号）。

⑨ 《美容美发场所卫生规范》（卫监督发 [2007] 第 221 号）。

⑩ 《游泳场所卫生规范》（卫监督发 [2007] 第 205 号）。

⑪ 《民用建筑工程室内环境污染控制规范》（GB 50325—2001）。

⑫《室内空气质量标准》(GB/T 18883—2002)。

⑬《办公建筑设计规范》(JGJ 67—2006)。

⑭《建筑照明设计标准》(GB 50034—2004)。

⑮《公共场所集中空调通风系统卫生规范》(卫监督发［2006］第58号)。

⑯《公共场所集中空调通风系统卫生学评价规范》(卫监督发［2006］第58号)。

⑰《公共场所集中空调通风系统清洗规范》(卫监督发［2006］第58号)。

⑱《采暖通风与空气调节设计规范》(GB 50019—2003)。

涉及职业卫生的标准和技术规范，参见第三章有关内容。

二、工程分析

工程分析是大型商务中心类建设项目卫生学评价工作的基础，并且贯穿于整个评价工作的全过程，工程分析能够帮助评价人员识别项目中存在的健康危害因素，进而为开展卫生学评价工作提供素材。

(一) 选址

选址是工程的基础。大型商务中心类建设项目的选址有其相应的卫生要求，一方面，项目需远离污染源，避免噪声、有毒有害气体等污染；另一方面项目需避免对周边环境产生危害，如影响周围相关建筑的采光。因此，在进行大型商务中心类建设项目工程分析时，需明确项目所在地、项目与周围建筑的关系，道路和居民分布情况以及是否远离污染源。

大型商务中心项目选址工程分析示例如下。

××项目位于××路以东，××路以南，××路以西，××路以北。基地东面毗邻××商业城的核心区域，北面为低层居民住宅，西面的××路则为高层办公及居住大楼。该项目距北面低层住宅20m以上，对其采光无明显影响，项目周边为居民及商业区无明显污染源。

(二) 平面布局

总体平面布局：大型商务中心类建设项目一般都由主体建筑物和辅助性建筑物三部分组成。这三部分建筑物功能不同，对人体的作用和影响各异，所以，这三类建筑物在总平面布局上要有合理的分布。大型商务中心的主体建筑，如客房、餐厅、办公会议用房等应布置在总平面最好的位置，以保证室内获得良好的通风、采光和适当的日照。同时要有利于夏季防暑降温、冬季防寒保暖以及防潮防湿。辅助性建筑物，如锅炉房、通风机房、汽车库、污物处理场所等，与主体建筑物保持一定的距离，但要有不同宽窄的道路相连。主体建筑物与辅助建筑物之间，或者辅助建筑物与辅助建筑物之间，应有绿化草坪相隔。

单体布局：大型商务中心建筑的内部结构布局应当合理。根据不同行业的特点，进行平面配置，既要满足业务经营的需要，又要使功能分区、交通流线、朝向、采光和通风等符合卫生学要求。

因此平面布局的分析，应明确说明项目内建筑物的总平面布局和各单体内部布局，说明建筑物的间距、朝向、采光、日照等。

大型商务中心项目平面布局工程分析示例如下。

×××大厦由一幢26层高的主楼和一幢3层高的附楼组成。主楼设置在基地的西侧，更靠近主要入口方向。附楼位于主楼的正东侧，同主楼通过二层高的走廊相连。横向排列的主楼与附楼及北侧的基地内主要道路将整个用地分成南北两个绿地。北侧为半开放绿地，南侧的绿地可作为休憩及闲暇交流的内部庭院。具体楼层分布见表6-43。

表 6-43　楼层分布

楼　　层	功　　能
地下二层	水泵房、设备机房、储藏室、地下车库
地下一层	变配电间、设备机房、储藏室、地下车库、更衣淋浴、管理用房
地上部分主楼	
一层	大厅、银行、监控、强弱电间
二层	会议室、办公室、强弱电间
三层	设备机房、办公室、强弱电间
四层	避难层
五～十三层层	办公室、设备机房、强弱电间
十四层	避难层
十五～二十五层层	客房、消毒间、服务间
二十六层	西餐厅、设备机房、强弱电间、厨房
地上部分附楼	
一层	沐浴中心
二层	沐浴中心（内设美容美发室）
三层	更衣淋浴区、休息区、游泳池、健身区、接待区

（三）交通组织

大型商务中心类建设项目为优化内部布局通常设有地下车库，为确保基地内交通流畅通常设计合理的内、外部流线。大型商务中心基地内通常设交通干线，采用人行道路与机动车道路分开设置的方式，避免交叉干扰，设置主要出入口和辅助出入口，以保证基地内交通方便，人员车辆畅通无阻。

因此交通组织部分的分析，需明确地下车库出入口的位置、车库层数，介绍主要出入口和辅助出入口位置。

大型商务中心项目交通组织工程分析示例如下。

在基地西侧的××路设置主要出入口，通过建筑北侧和基地东侧的道路连接至南侧的××路，形成消防辅助出入口，整个道路系统也构成消防环路。主要机动车停车设于地下室，其中地下二层停车92辆，地下一层停车78辆，地面停车17辆，基地内共计有机动车位187辆。

（四）给排水系统

在对给水系统进行分析时，主要涉及以下内容。

① 给水方式，包括市政直供和二次供水。

② 如果设有二次供水系统，应确定生活水池和屋顶水箱的位置、水池中是否设有消毒器及其类型和原理。

③ 游泳池水过滤消毒方式。

在对排水系统进行分析时，主要涉及以下内容：

① 雨水排水方式。

② 污水排水方式。

大型商务中心项目给排水系统工程分析示例如下。

1．水源

生活用水以市政自来水为供水水源，从××路市政给水管引两路 DN300 进水管。其中一路进水管上接一根 DN150 给水管供生活用水。

2．给水方式

地下二层、地下一层及厨房和餐厅用水由室外管网直接上水；一层至七层及泳池部分采用生活水池-恒压变频泵-用水点的供水方式；八层至二十六层采用生活水池-生活给水泵-屋顶生活水箱的供水方式。

系统分高、中、低三区，高区为二十二层至二十六层，由屋顶生活水箱直接供水；中区为十五至二十一层，由屋顶生活水箱经可调式减压阀减压后供水，减压阀阀后压力设定为 0.07MPa；低区为八层至十四层，由屋顶生活水箱经可调式减压阀二次减压后供水，减压阀阀后压力设定为 0.07MPa。

3．热水给水

本工程游泳池及游泳池的淋浴热水供应由直流式燃气热水炉提供 60℃热水，通过热水储罐集中供应热水。设一套热水供应系统，分别供应泳池部分和泳池淋浴。采用闭式热水循环系统。

4．排水设计

室内污废水：室内污、废水合流，设有专用通气管系统。各层卫生间排水管上设环形透气管接通气立管。室外雨、污水分流。污水合并后排入市政污水管。雨水合并后排入市政雨水管。厨房污水经室外隔油池处理后排入基地内污水管。污水集中后经污水监测井与雨水合并排至××路市政合流管，出口管径采用 DN450。

雨水：雨水与污水分流。雨水采用自流排水方式，经管道收集后就近排入市政雨水管网。

5．游泳池水

在三层设有游泳池，为保证池水清洁，对池水进行循环水处理。游泳池循环方式采用混合式循环方式即 25％水量由溢水沟内溢水管自然流至机房内均衡水箱内，从均衡水箱内至循环水泵吸水口，75％水量由池底排水管至泳池循环水泵吸水口，（在主回水管开孔加投絮凝剂加药管）通过循环水泵加压（水泵自带毛发过滤器阻止池水中毛发、纤维等杂物的通过，防止体型较大污物进入过滤设备破坏滤料层），至沙缸过滤器进行物理过滤，经沙缸物理过滤的水，主布水管开三通分流一部分水经过恒温交换器内进行加温之后，与主布水管会合经布水口回到游泳池内，通过温控仪控制热媒管电磁阀达到水池自动恒温。最后在给水管上开孔加投消毒及 pH 质平衡药管，处理好的水由池底布水口返回池内。该系统絮凝剂采用聚合氯化铝，消毒剂采用三氯异氰尿酸。游泳池循环流程见图 6-1。

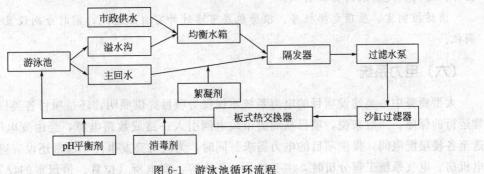

图 6-1　游泳池循环流程

（五）暖通设计

空调通风系统是大型商务中心类建设项目卫生学评价的重点之一，室内空气质量与空调通风系统关系密切，室内小气候、新风量都由空调通风系统控制。对于空调通风系统的工程分析，应涉及以下几点。

（1）室内空气设计参数　温度、相对湿度、新风量、噪声。

（2）空调系统　大型商务中心类建设项目通常采用的空调系统为全空气式空调系统、风机盘管结合新风系统、变冷媒流量空调结合新风系统这三种形式。

（3）通风系统　各场所的通风方式、废气的排放方式。

大型商务中心项目空调通风系统工程分析示例如下。

1. 室内空气设计参数（见表 6-44）

表 6-44　室内空气设计参数

房间名称	夏　季		冬　季		新风量	噪声
	温度/℃	相对湿度/%	温度/℃	相对湿度/%	/[m³/(h·人)]	/dB(A)
餐厅	24～26	55～65	18	—	20	55
办公室	24～26	55～65	18	—	30	55
沐浴中心	24～26	55～65	16	—	20	40
大堂	24～26	55～65	16	—	10	50
客房	24～26	55～65	20	＞40	50	40

2. 空调系统

餐厅、沐浴中心、游泳池、健身房区域采用全空气式空调方式。新风由室外引入，并与回风混合后进入空气处理机，经空气处理机冷却、除湿、加压后再经风管、散流器送至空调区域。

客房、办公用房采用四管制风机盘管加新风的空调方式，卧式暗装风机盘管装在吊顶内，侧送上回或散流器平送，新风管接入风机盘管送风管或直接接新风口。

3. 通风系统

地下车库平时排风系统兼做消防排烟系统，排风机排风量按车库体积的 6 次/h 风量计算。地下设备机房部分按功能分设排风（兼排烟）系统、补风系统，补风系统与空调系统拥有各自独立风管。

公共卫生间设置机械排风系统，各层排风通过离心式排气扇、排风管直接排至室外。

酒店卫生间设置集中排风系统，废气通过排风嘴及排风管，并经设于屋顶排风机排至室外。房间、走道采用自然通风。

消防控制室、屋顶电梯机房、报警机房可通过外窗自然通风，同时分别设置分体式空调机。

（六）电力系统

大型商务中心类建设项目的电力系统不仅仅为项目提供照明，还是项目各类仪器设备正常运行的保障。一般来说，项目从周边市政电网引入一路或数路电源，经由变电所处理后，送至各楼层配电间，提供项目的电力需求。同时，为应对突发事件，通常还设有应急柴油发电机房。电气系统工程分析时，主要涉及一下内容：变电所（位置、值班室的设置）；应急柴油发电机房（位置、燃料）；照明设计参数。

大型商务中心项目电气系统工程分析示例如下。

1. 供配电系统

由市政电网引来两路35kV电源供电，每路容量为8MVA进线，两路电源同时工作，互为备用，分别接至两台8MVA的35/10kV变压器。当其中一路进线或变压器故障时，另一路约可提供全项目的60%用电。高压系统电压等级为35kV，低压系统电压等级为220V/380V。

2. 低压配电系统

地下三层设置10/0.4kV变压室，内设八台2000kV·A变压器，供办公、沐浴中心、酒店及地下车库的动力、照明及中央空调系统，采用两台一组的方式供电。

3. 柴油发电机房

柴油发电机房位于地下一层，将安装1台风冷式柴油发电机，作为应急电源。于发电机房侧，设油缸房，油箱容积不超过1m³。柴油发电机的废气设计采用独立的管道把废气排放至C区酒店顶层。

4. 照明配电系统

一般场所光源选用荧光灯或高效节能型灯具，荧光灯采用电子镇流器，各场所的照度设计参数见表6-45。

表6-45 照度设计参数

场 所	平均照度/Lx	灯 具	场 所	平均照度/Lx	灯 具
办公室、会议室	300	高效节能型荧光灯	客房	200	节能型荧光灯
高档办公室	500	高效节能型荧光灯	餐厅	200	高效节能型筒灯
沐浴中心	150	高效节能型荧光灯	泵房、空调机房	150	节能型荧光灯
变电所、电信间、消防控制室	300	节能型荧光灯	车库	75	节能型荧光灯

（七）动力系统

大型商务中心类建设项目动力系统工程分析时，主要涉及锅炉房位置及燃料种类。

大型商务中心项目动力系统工程分析示例如下。

酒店部分设置中央热水系统，设置常压燃气锅炉作为热源。锅炉房设置于酒店的屋顶，锅炉的烟囱在屋顶高位排至大气。

燃气系统由×××路引入一根300mm管径中压煤气管，经过室外煤气调压站及总气掣和总气表，分别以一根中压煤气管供应酒店常压热水锅炉及一根低压煤气管供应餐厅使用。

三、健康影响因素的识别

大型商务中心类项目涉及的场所种类和功能极为多样化，服务对象是全社会各类人群，而且人员流动性很大，内部结构复杂，整个项目内所包含的健康影响因素很多。而每一种因素依其危害大小和涉及的场所不同，对人体的危害程度是不同的。因此，在进行卫生学评价时，如何将项目中可能存在的各种健康影响因素全面、准确地识别出来，对整个评价工作有决定性的作用。

本节以住宿场所、美容美发场所、餐厅、游泳场所、沐浴场所、办公会议用房、地下车库和设备管理用房等作为主要的评价单元进行分析，其余场所参照本书的相关章节。

（一）存在健康影响因素的场所

大型商务中心类建设项目内的相关场所可以分为两部分：主要影响顾客健康的公共场所和主要影响工作人员健康的工作场所。

主要影响顾客健康的公共场所包括：住宿场所、美容美发场所、餐厅、游泳场所、沐浴场所、办公会议用房、地下车库及二次供水系统；主要影响工作人员健康的工作场所包括：通风机房、变电所等设备管理用房。

（二）公共场所存在的健康影响因素

1. 住宿场所

住宿场所的特点是人员流动性大，人口密度大，居住集中，互相接触频繁、环境易受到污染，同时在流动人员中，难免混有传染病患者或健康带菌者，如果卫生状况不佳，就可能造成疾病的蔓延。而住宿场所的设计、布局、围护结构不合理时，则会造成室内微小气候不良，空气质量差、环境杂乱无序，影响旅客身心健康。因此住宿场所客房卫生状况好坏直接关系着广大旅客的身心健康，其主要存在的健康影响因素为：微小气候（温度、相对湿度、风速等）；建筑装饰材料产生的有害物质（甲醛、苯、甲苯、乙醇、氯仿、氡等）；人类活动产生的污染物（可吸入颗粒物、病原微生物、二氧化碳等）；住宿场所内部设备引起的影响因素（照度、噪声、新风量等）；公共用具卫生状况。

（1）微小气候　室内微小气候由气温、气湿、气流（风速）、热辐射等要素构成。它与人体健康的关系尤为重要，其原因是室内微小气候与人们的学习、生活、工作紧密相连。微小气候适宜与否，直接影响着人体的产热与散热的平衡。良好的微小气候可改善人们的温热感觉，有利于工作效率的提高和体力的恢复；反之则可影响机体的消化、神经、循环等系统的功能，降低机体抵抗力导致某些疾病的患病率和死亡率增加。

客房作为向旅客提供清洁舒适的过夜环境的场所，是一种特殊生活环境，旅客在其内部停留时间较长，微小气候对旅客的影响尤为显著。适宜的微小气候是人体舒适睡眠的重要条件，当微小气候良好时，人们可以通过体温调节机制，平衡产热量和散热量，达到身体内部的温度恒定，使人们有良好的温热感觉，保证人们适宜充足的睡眠。恶劣的微小气候将会影响人体的体温调节，造成神经系统、消化系统、呼吸系统和循环系统紊乱，影响人们的睡眠质量，降低机体的抵抗力，导致某些疾病的患病率和死亡率增加。

（2）建筑装饰材料引起的污染　客房是一种与其他公共建筑不同的空间形态，客房从类型上分有普通客房、豪华级客房，套房和总统客房等。大型商务中心类建设项目内客房室内装修以豪华、美观为目的，装修面积大、装饰豪华，其内部多铺设地毯、墙面粘贴壁纸，室内陈设大量的家具，客房内的卫生间通常采用大理石或地砖铺设地面，墙面铺瓷砖，内设马桶及浴缸。

地毯虽然增添了室内的豪华气息与美感，却隐藏着一些危害人体健康的隐患，目前常用的两种地毯为化纤地毯和羊毛地毯。编织化纤地毯的化纤有聚丙烯酸胺纤维（锦纶）、聚配纤维（涤纶）、聚丙烯纤维（丙纶）以及黏胶纤维等。很多化纤地毯在制作和铺设过程中，都需要使用许多种溶剂和胶黏剂，这些制剂中含有甲醛和多种挥发性有机物。同时地毯中隐藏着许多致敏物质，是引发哮喘病的主要致病因素。无论是羊毛，还是丝、人造纤维等材料制成的地毯，由于其织品多因经纬线较粗，空隙较大，而成为藏污纳垢、积聚尘埃的场所，其中还普遍生长着微小的尘螨、真菌、细菌、昆虫等，这些都是过敏原，逸散到室内空气中，污染清洁的空气。再经过冬季取暖室内升温，灰尘、细屑便会改变原来的性质．成为一种更加有害人体的气态物质。当过敏原达到一定浓度时，过敏体质的人暴露其中，就会发病。上述致敏物质中，对人体危害最大的是尘螨。尘螨混在灰尘、废屑中经人体吸入，由此可能产生变态反应，引起哮喘病。

装饰壁纸是目前国内外使用最为广泛的墙面装饰材料。制造壁纸的材料很多，大体上分为四大类：纸类、纺织品类、天然材料以及塑料。壁纸装饰对室内空气的影响主要是来自两方面；一是壁纸本身的有害物质造成的影响；二是壁纸具有吸附其他室内污染的作用，如可吸附甲醛等。由于壁纸的成分不同，其影响也是不同的。天然纺织物尤其是纯羊毛壁纸中的织物碎片是一种致敏原，可导致人体过敏。一些化纤织物型壁纸可释放出甲醛等有害气体，污染室内空气。塑料壁纸在使用过程中，由于其中含有未被聚合的单体以及塑料的老化分解，可向室内释放大量的有机物，如甲醛、氯乙烯、苯、甲苯、二甲苯、乙苯等，严重污染室内空气。如房间的门窗紧闭，室内污染的空气得不到室外新鲜清洁空气的置换，这些有机污染物就聚集起来，久而久之，就会使人体健康受到损害。

家具是客房内重要的用品，也是装饰的重要组成部分。目前装修中用于制造家具的材料很多，如天然木材、竹材、玻璃、金属、人造板等。其中人造板（如密度纤维板、刨花板、胶合板、硬质纤维板等）家具由于其外观漂亮、价格便宜等优点，在家居装修时被广泛使用。人造板是由废木材破碎成纤维，加合成黏合剂制成。合成黏合剂包括环氧树脂、聚乙烯醇缩甲醛、聚醋酸乙烯、酚醛树脂、氯乙烯、醛缩脲甲醛、合成橡胶胶乳、合成橡胶胶水等。这些黏合剂在使用时可以挥发出大量的有机物污染物，主要种类有：酚、甲醇、甲醛、乙醛、苯乙烯、甲苯、乙苯、丙酮、二乙氰酸盐、环氧氯丙烷等。长期接触这些有机物的皮肤、呼吸道以及眼黏膜会受到刺激，引起接触性皮炎、结膜炎、哮喘性支气管炎以及一些变应性疾病。家具表面还会根据需要涂刷各种油漆，而油漆中含有聚氨醛、铅、锰等。油漆稀释剂含甲苯、二甲苯、醛类等。这些化学物质会在家具的使用过程中不断散发出来，刺激人体的呼吸道黏膜和皮肤，出现流泪、流鼻涕、咳嗽、头痛，甚至引发过敏症、脑功能障碍等疾病。有些人造板家具中还会添加有防腐、防蛀剂如五氯苯酚等，在使用过程中这些物质也可释放到室内空气中，造成室内空气的污染。

装修中采用的水泥、大理石、瓷砖及陶瓷卫浴等无机材料中，有可能含有高本底的镭，镭可蜕变成氡，造成室内空气氡的污染。氡是一种放射性很强的元素，长期接触氡，即使是很低浓度也可使室内人群患肺癌的危险增加。

新建成或新装修的客房内整个房间从地面、墙壁、天花板到陈设的家具都使用化学制品和塑料制品，包装起来形成一个"化学匣"。身处"匣"中，长期接触由"匣"内的装饰材料和家具中释放出的多种有毒、有害物质会影响身体健康。

（3）人员活动产生的污染物　客房作为人们外出活动的临时住所，是人们逗留时间最长的公共场所之一，人们长时间在客房内活动，会产生多种二次污染物，包括一氧化碳、二氧化碳、可吸入颗粒物、细菌总数等。

①一氧化碳　主要来源于客人的吸烟。另外，锅炉房、餐厅位置不当，也能造成一氧化碳进入室内。室外汽车尾气放出的一氧化碳也可通过通风系统进入室内。

②二氧化碳　主要来源于人的呼吸和吸烟。成人每小时呼出二氧化碳 20～40L，吸一

支香烟可产生二氧化碳 2L 左右。空气中二氧化碳含量高低同人均占有房间容积有关，客房内居住密度过大和人员活动频繁时，二氧化碳含量会明显增加。

③ 可吸入颗粒物　来源于人员的进出和室内人员频繁活动以及衣服、卧具、鞋、烟灰、灰尘等。可吸入颗粒物是指直径小于 $10\mu m$ 的尘埃，它可长期飘浮在空气中而不沉降，通过人的呼吸进入人体肺部和支气管深部。尘埃中还含有致病菌和有害物质。空气中含有可吸入颗粒物高低与卫生条件、房屋结构、通风方式及居住旅客多少等都有密切关系。

④ 细菌总数　主要来源于人们进出带入室内的细菌和旅客本身的污染。带入室内空气的微生物多属非致病菌。而旅客的健康状况有很大差别，有的人可能是健康者，有的人可能是带菌者，有的人则患有传染性疾病。后两者都是传染源，都可能将体内的病原体传染给其他客人。来自旅客身体的致病菌及病毒主要有：结核杆菌、白喉杆菌、溶血性链球菌、金黄色葡萄球菌、脑膜炎双球菌、流感病毒、麻疹病毒等。在一般情况下，空气中细菌总数愈高，存在致病微生物（细菌和病毒）的可能性愈大。

(4) 内部设备引起的影响因素　适度的照明常常使旅客感到亲切、温暖，对保护视力，减少疲劳，提高工作效率及杀灭室内微生物都有重要作用。而采光和照明过于强烈和昏暗，不仅对全身一般生理状况有不良影响，同时可因视神经及调节肌过度紧张，而致全身疲劳，使视力减退，发生近视。

客房噪声的主要来源有：外环境的传入和空调器、吸尘器、音响、上下水道流动、人们走动、谈话等。噪声直接影响旅客的休息、睡眠和工作，过强的噪声往往会使旅客失去安全感，对人体神经系统、血管和消化系统产生不良影响。

现在的客房内通常采用集中空调通风系统，由于客房内通常紧闭门窗，不能自由通风，如果新风量不足，室内污染的空气就不能充分排放，而污染的空气在室内闭路循环，污染物越积越多，对人体的危害就越来越大。因此，客房内新风量不足以成为影响人体健康的重要因素，必须引入足够的新风量以改善室内空气质量，切实保障人体健康。

(5) 公共用具卫生状况　客房内设有卧具、茶具、漱口杯、毛巾、浴缸、洗脸盆、拖鞋、马桶等多种公共用具。这些公共用具与客人直接接触，如果清洗消毒措施不到位，病原体就有可能在旅客之间相互传播，对客人健康造成危害。

2. 美容美发场所

美容场所，是指根据宾客的脸形、皮肤特点和要求，运用手法技术、器械设备并借助化妆、美容护肤等产品，为其提供非创伤性和非侵入性的皮肤清洁、护理、保养、修饰等服务的场所。美发场所，是指根据宾客的头形、脸形、发质和要求，运用手法技艺、器械设备并借助洗发、护发、染发、烫发等产品，为其提供发型设计、修剪造型、发质养护和烫染等服务的场所。现在大型商务中心类建设项目内通常设有美容美发场所为人们提供服务，满足人们美的要求。其主要存在的健康影响因素为：微小气候（温度、相对湿度、风速）；人类活动产生的污染物（可吸入颗粒物、病原微生物、二氧化碳等）；内部设备引起的影响因素（照度、新风量）；公共用品用具卫生状况；美容美发产品卫生安全。

(1) 微小气候　室内微小气候的适宜程度和空气质量，不可避免地对人体健康产生长期、慢性的影响。微小气候好坏是人体健康的重要影响因素。

(2) 人员活动产生的污染物　由于人们的呼吸、吸烟等产生二氧化碳、一氧化碳；有些烫发剂、染发剂、化妆品还会释放出多种有害的挥发性有机化合物，例如氨、甲醛等；剪掉的头发、洗头的污水亦成为环境的污染物；并且理发美容店内大量发屑直接散落在地面和椅子等用具上．可直接造成生物性污染。这些物质有可能污染室内空气和作业环境，危害顾客及从业人员的身体健康。

（3）内部设备引起的影响因素 美容美发作业大多为精细作业，室内需要足够明亮，因此采光照明与顾客和从业人员的健康状况密切相关。

室内良好的通风换气，不但对顾客及从业人员生理上有良好作用，而且还可满足顾客追求美的心理享受。由于现在美容美发场所内多使用集中空调通风系统，室内环境密闭，各功能房间分隔较多，人员流动频繁，特别是因毛发碎屑和洗涤剂、染发剂、烫发剂、护肤剂、香水等挥发，往往造成室内空气污浊，悬浮性颗粒物增加，一氧化碳、二氧化碳、氨等成分增多，因此合理的通风换气，足够的新风量对降低室内污染物浓度，以保持适宜的微小气候和空气质量，保障人体健康有十分重要的意义。

（4）公共用品用具卫生状况 公共用品用具是指美容美发场所和美容美发操作过程中使用的，与顾客密切接触的物品。美容用品用具包括美容棉（纸）、倒膜用具、修手工具、眉钳、刷子、梳子、美容盆、美容仪器等物品；美发用品用具包括围布、毛巾、刀剪、梳子、推子、发刷、胡刷等物品。这些物品与从业人员及顾客直接接触。美容美发从业人员流动极大，有的顾客可能患有传染病或携带病原体，如消毒措施不到位，极有可能将病原微生物传染给从业人员和其他的顾客，甚至造成某种传染病的流行。

（5）美容美发产品卫生安全 美容美发业使用的化妆品卫生问题十分突出。有的化妆品质量不合格；有的化妆品在使用过程中受到生物性污染。使用受到污染的化妆品或劣质化妆品将会引起过敏性皮炎、头痛、失眠等症状；并且化妆品中的重金属例如汞、砷、铅等能通过皮肤进入体内，在体内蓄积，引起远期危害。因此，美容美发产品卫生安全与人们的健康密切相关。

3. 餐厅

餐厅是人们就餐活动的公共场所，餐厅具有人群流动性大、密切接触，就餐时间集中等特点，其主要存在的健康影响因素为：微小气候（温度、相对湿度、风速等）；建筑装饰材料产生的有害物质（甲醛、苯、甲苯、乙醇、氯仿、氡等）；人员活动产生的污染物（可吸入颗粒物、病原微生物、二氧化碳等）；内部设备引起的影响因素（噪声、照度、新风量等）；食品卫生安全。

（1）微小气候 餐厅中的微小气候包括气温、气流等因素，除受自然气候条件的影响而发生变化外，还有以下特殊问题：如制作间烹调蒸煮可产生大量水蒸气，当餐厅与制作间连通时，水蒸气可扩散到餐厅中，使餐厅中相对湿度增加，夏季可使人体蒸发散热困难；制作间烹调加热、燃料燃烧可产生大量热量，对餐厅辐射加热，使气温升高。不良的微小气候使人体感觉闷热不适，影响食欲；适宜的微小气候不仅使人感到舒适，便于消除疲劳，还能增进食欲，有助于食物的消化吸收，可减少顾客和相关从业人员在就餐和工作环境中受到不利于健康的影响。

（2）建筑装饰材料引起的污染 餐厅装潢时地面一般使用花岗岩或防滑地砖，当这些材料中镭、钍等氡的母元素较高时，室内放射性物质的浓度会明显增高，放射性污染对人体所造成的危害具有长效性、潜在性、严重性、不可逆性等特点。

同时餐厅装潢一般会使用大量的人造板材、黏合剂、涂料、油漆等，室内布置大量的桌椅等家具，这些室内的装饰材料和家具均会释放出甲醛、苯、二甲苯等有毒有害物质，影响人体健康。

（3）人员活动产生的污染物　中国人有一日三餐的习惯，因此就餐时间集中在早、中、晚三个时间，由于就餐时人员集中，会在短时间内改变室内环境，人类的活动引起的污染主要体现在：二氧化碳、一氧化碳、可吸入颗粒物等污染物含量的增加。

餐厅空气中二氧化碳来源于就餐人员的呼吸、吸烟以及厨房空气扩散等。一个人在安静状况下每小时约呼出二氧化碳 22L。就餐时间人员集中，加上吸烟活动，在通风不良的情况下，可使餐厅二氧化碳浓度升高。当室内空气二氧化碳含量达到 0.07% 时，敏感的人会感到不适。含量达到 0.1% 空气质量开始恶化，产生异味，多数人感到不适。

餐厅空气中一氧化碳来源于就餐人员吸烟。一些餐厅经营烧烤、火锅等，需直接在餐桌上燃炭、烧煤气或固体酒精加热，都可使餐厅空气受到一氧化碳污染，增加室内环境中一氧化碳含量，对就餐人员和从业人员健康造成危害。

室外空气渗透，餐厅内就餐人员活动、吸烟，服务人员清扫等服务活动可扬起地面尘埃，烹调过程的油烟、蒸煮时产生的水蒸气可扩散至餐厅，使餐厅内可吸入颗粒物浓度增加。

餐厅内人们相互之间对话、谈笑，使上呼吸道病原微生物随飞沫排入空气中；就餐及服务人员的活动、清扫时的扬尘上也会附着病原微生物；餐厅中如人员拥挤，通风不良，空气质量差，病原微生物就会随之而增加。这些情况都会增加人们在就餐环境中感染呼吸道疾病的机会。

（4）内部设备引起的影响因素　现今有些餐厅为了营造独特的就餐气氛，吸引顾客，采用昏暗的照明。而餐厅光线暗淡，食物、菜肴不能反映其本来色泽，就可能影响顾客情绪和食欲。并且工作人员在光线不足的环境中工作，易疲劳，差错事故率增加。餐厅中合理采光和照明，可使食物、菜肴反映其固有色泽，加之香、味刺激，可增加消化液分泌，增进食欲。

餐厅通常设在较醒目、繁华的位置，易受到外界噪声污染。餐厅作为人们聚餐交友联络感情的场所，人们在吃饭过程中的大声谈笑、饮酒猜拳、服务人员叫号以及烹调间烹调及排风设备的噪声，都将构成餐厅内源性噪声污染。餐厅环境中的噪声刺激，可使人交感神经紧张增加，导致唾液腺、胃液分泌减少，胃蠕动受到抑制，以致影响食欲和影响进食后的消化与吸收。因而在餐厅小环境中控制噪声污染实属必要。

餐厅具有人群流动性大，人员复杂，就餐人员相互之间接触密切的特点，并且就餐人员中可能有某些传染性疾病患者或病原携带者。现在餐厅大多使用集中空调通风系统，餐厅为封闭的空间，依靠新风系统补给新风，就餐时人们相互接触，包括空气飞沫接触和日常生活接触，如新风补给不足，餐厅中微小气候、空气质量就很容易恶化，可能造成呼吸道传染病的传播，使餐厅成为疾病传播的场所。因此，充足的新风补给对室内有充足的新鲜空气，维持室内适宜的微小气候，保障室内空气质量具有十分重要的作用。

（5）食品卫生安全　食品卫生安全是一类十分重要的健康影响因素。就餐时，餐具相互转换使用，如没有严格的消毒处理设施或措施，就会为病毒性肝炎、痢疾等肠道传染病传播创造条件。销售的饭菜若受到污染，就餐者就有可能发生食物中毒。因此切实加强食品卫生安全，落实餐饮用房合理的内部设置，是保障人体健康的重要一环。

4. 游泳场所

游泳场所包括人工室内游泳池和天然游泳池场所两大类。本节重点介绍人工室内游泳池。人工室内游泳池的一切条件都是人为创造的，其附属设施较完备，也较完全，能根据要求对用水进行处理和净化消毒。在建筑方面都有较规范、较明确的功能分区，一般布局合理，使用方便。其主要存在的健康影响因素为：微小气候（温度、相对湿度、风速）；人类活动产生的污染物（可吸入颗粒物、病原微生物、二氧化碳、氯气等）；通风设备引起的新风量不足；池水过滤消毒设备引起的水质卫生。

（1）微小气候 游泳馆内的气温是构成室内的微小气候的重要因素，如果室温很低，不仅会给游泳者一种寒冷的刺激，而且会使池水温度下降，池水也会因此而产生大量的水蒸气并遇冷很快凝集，从而恶化室内的微小气候，使室内可见度下降。

游泳馆是一个高湿的场所，高湿除使人感到不适外，对人体的热平衡和温热感也有很大影响。在温度较低时，若空气湿度增高，可加速机体散热，使人感到更冷。在温度高时，若空气湿度增高，会使人感到闷热不适。

室内空气的过度流通会使人感到寒冷，特别是在游泳馆这样一个高湿环境中，如果风速过大，往往由于过多的散热而损害身体健康．且易发生运动伤害事故。

（2）人员活动产生的污染物 游泳是人们喜爱的一种体育活动，人工游泳池游泳人数多、场次密集，当室内游泳的人员过多，尤其是有人抽烟时，就有可能造成室内空气中二氧化碳、一氧化碳含量过高，并且人体活动会带入室内大量的细菌等微生物及人体代谢产物。如有带菌者或传染病患者混入时，会带来大量的致病微生物，造成疾病的流行。

浸脚消毒池及游泳池中一般采用氯化消毒，当人们走过浸脚消毒池或在游泳池中游泳时，氯化消毒的氯气味以及氯在水中与有机物生成的三氯甲烷等化合物．可借助于人体对水的搅拌向空气中扩散，形成氯、氯甲烷、氯乙烷等污染物，对人的呼吸系统产生不良影响。

（3）通风设备引起的新风量不足 游泳馆为封闭的室内建筑，由于池内氯气的挥发以及高温和相对高湿带来的特殊污染，室内游泳池的空气质量往往很差，如馆内通风不良，就会造成空气污浊，微小气候恶化，氯气、二氧化碳等污染物浓度增加，人体感觉湿热不适。良好的通风设备能排出污浊空气，引入清洁的空气，去除过量的湿气，稀释室内污染物，调节良好的微小气候，给人们以舒适的室内游泳环境。

（4）池水过滤消毒设备引起的水质卫生 游泳和其他运动不同之处，还有水的作用。在运动过程中，质地良好的水对皮肤、肌肉、新陈代谢等均产生良好的作用。反之，质地不良的水对人体也将造成危害。

感官性状不良的水，能对人体产生不良的精神刺激。如在游泳时，水温是否适宜，对游泳者的心理、生理及技术发挥有很大影响。当水温为 24℃ 时，在水中停留 1h 体温无明显下降；当水温低于 20℃ 时，体温则急剧下降。水温偏低时，可使冷水过敏体质的人过敏、肌肉痉挛等；相反，水温偏高时，在夏季非但达不到降温消暑的目的，还给游泳者一种不良的刺激。

受化学物质污染的水，可通过皮肤吸收对人体造成损害。如水中氯含量过高会对人体皮肤黏膜及人的眼结膜产生刺激，并易使毛发退色。

受病源微生物污染的水可成为传染病的传播媒介。人们在水中游泳会将人体分泌物及所携带的细菌、病菌等带入游泳池水中，这些人如混有传染病患者或携带者，则有可能将病原微生物引入水中，引起介水传染病的传播。

5. 沐浴场所

沐浴场所是以清洁身体、舒展肌肤、清除疲劳、增进健康的公共场所，其卫生条件和环境质量优劣与人体健康密切相关，其主要存在的健康影响因素为：微小气候（温度、相对湿度、风速等）；人类活动产生的污染物（可吸入颗粒物、病原微生物、二氧化碳等）；公共用品用具卫生状况。

（1）微小气候　室温是构成浴室微小气候的主要因素，与人体健康关系密切。因为室温过高或过低将使体温调节机制出现障碍，不利于人体健康。

浴室各部功能不同，人体对室温的要求也不相同，洗浴室是人们活动的主要场所，当室温为30℃以上时，人体出汗开始显著增加，当室温在33℃以上时，人体不能以传导、对流和辐射的方式散热，出汗几乎成为唯一的散热方式。在（33±2）℃的环境中沐浴，多数人不会感到寒冷，加之水温和搓洗的作用，还可适当出汗，达到改善外周血循环，解除疲劳的目的。

等候室及更衣室作为缓冲间，适宜的室温对人体的影响就更有意义。当人们出入浴室时，有一个冷热适应过程，不致因室内外温差太大而出现体温调节障碍。并且人体在沐浴后，全身表皮血管扩张，在通过走道进入休息室，搓干身体，穿衣走向室外这段过程中，若环境温度变化剧烈将容易受凉感冒。

桑拿浴的室内温度是为了满足特殊的洗浴效果而制定的。在一定的沐浴时间内，温度在60～80℃之间，湿度不大于60％，机体不仅不会受辐射热的不良影响，而且能使局部温度升高，血管扩张，汗液蒸发，促进新陈代谢和细胞的增生，并可伴有消炎镇痛的功效。

湿度作为构成微小气候的一种要素，与其他要素间有着加强或减弱的作用。如高温高湿将妨碍汗液的蒸发，使人感觉更热；低温高湿将加速机体散热，使人感觉更冷；在温度适中时，相对湿度的影响则不显著。因此，适宜的湿度对于维持良好的微小气候也很重要。

浴室（盆浴、淋浴、池浴）为高湿的特殊环境，在淋浴过程中，除由于水本身形成的湿度增高以外，还由于水温高于室温，形成大量的水蒸气，使浴室内湿度增高，当湿度达到100％时。空气质量往往很差，此时的通风换气往往也不够，因为湿度的增高不能为通风换气所抵消。高湿的环境往往使人产生不适感。而更衣室和休息室则接近其他公共场所，在室温分别为25℃和18℃时，相对湿度变动范围在40％～80％，对人们的温热感觉影响不大。

（2）人员活动产生的污染物　浴室作为一种特殊的公共场所，人群密集、换气较差，人们呼吸及在浴室内抽烟会引起空气中二氧化碳、一氧化碳含量增高，而二氧化碳、一氧化碳浓度增高往往使人感到不适。并且浴室作为清洗全身和毛发的公共场所，人们易将细菌、真菌、致病病原体带入室内，在入浴者之间引起交叉感染。

（3）公共用品用具卫生状况　公共用品用具是指沐浴场所提供顾客使用的、与顾客密切接触的物品。包括浴巾、毛巾、垫巾、浴衣裤、拖鞋、修脚工具等物品。由于这些物品与人体直接接触，如果没有做好清洗消毒工作，易造成污染，引起皮肤癣、阴道滴虫病、肠道传染病、寄生虫病和性病的传播和流行。

6. 办公会议用房

大型商务中心类建设项目内的办公会议用房一般是供出租使用的办公场所，相较于企事业单位内的内部管理办公用房更具有公共场所的特征——涉及的人员多，人口密度大，工作人员逗留时间长的特点。其主要存在的健康影响因素为：微小气候（温度、相对湿度、风速等）；建筑装饰材料产生的有害物质（甲醛、苯、甲苯、氡等）；人类活动产生的污染物（可吸入颗粒物、病原微生物、二氧化碳等）；办公设备产生的有害物质（臭氧、射频辐射、噪声等）；内部设备引起的影响因素（照度、噪声、新风量等）。

（1）微小气候　办公人员平均每天1/3的时间是在办公室内度过的，许多职员整天都待在办公室内，有的甚至固定在一个座位上，活动范围很小，连午餐、午休也"足不出户"。适宜的小气候可以保证大多数职员机体的热平衡，有良好的温热感觉，各项生理指标在正常范围以内以及有正常的工作效率。

办公室内气温高时，使人体代谢过程中产生的热量不能向体外发散。如果同时相对湿度也较高，气流小，热辐射强，会加剧体内的热蓄积，使体温调节失控，产生汗腺分泌增强，汗液大量分泌，使体内的水分、盐分大量丧失，引起水盐代谢紊乱。机体的体温调节失控，还可使体温升高，影响循环系统的功能，使血管扩张，脉搏加快，导致头昏、中暑。高气温的室内环境，还对人体消化系统的功能有影响，抑制胃腺的分泌，抑制胰腺和肠腺的活动，改变机体物质代谢的生化过程，使肌肉的活动功能减弱，引起人体疲乏，工作效率下降。

办公室内气温低时，使人体向周围环境大量散热，降低人体的代谢功能，引起体温下降。神经系统和其他系统的功能下降，呼吸和脉搏减弱，皮肤紧张，皮下血管收缩，呼吸道的抵抗力下降，易患感冒、咽炎、风湿病和心血管系统疾病。如果同时相对湿度也很大，可加剧上述情况。

（2）建筑装饰材料产生的有害物质　大型商务中心项目内的办公会议用房通常装修较为豪华，装修中使用大量建筑装饰材料、办公室内设置大量的办公家具已成为空气污染的主要来源。如油漆、涂料、胶合板、刨花板、泡沫填料、塑料贴面等材料中均含有甲醛、苯、甲苯、乙醇、氯仿等挥发性有机物；大理石、地砖等本身成分中含有放射性物质的材料会释放出氡。

室内铺设地毯，悬挂窗帘，如小气候长期处于温和、湿润、微风或无风的状态，很容易滋生螨虫、真菌等过敏源。

（3）人员活动产生的污染物　人们在室内活动会通过人体呼出气、汗液等排出二氧化碳、氨类化合物、硫化氢等内源性化学污染物；人们由于说话、咳嗽、打喷嚏等活动，能将口腔、咽喉、气管、肺部的病原微生物通过飞沫喷入空气，传播给他人；人们在室内吸烟会产生一氧化碳、烟尘等污染物。

（4）办公设备产生的有害物质　现代化办公设备，如复印机、打印机、传真机、电脑等产生臭氧、噪声、射频辐射等污染。臭氧是一种强氧化剂，有净化空气的作用，但是室内臭氧的浓度超过每立方米 0.3mg 时，可刺激呼吸道造成呼吸困难，引起支气管炎和中毒性肺气肿等。长期暴露在射频电磁场下对人体眼睛、生殖系统、神经系统、内分泌系统均会产生不良影响，影响视机能、造成内分泌紊乱。

（5）内部设备引起的影响因素　人们在办公会议场所办公时，往往会阅读大量的文件、书籍，长时间地观看电脑显示屏，如果采光和照明过于强烈和昏暗，不仅对全身一般生理状况有不良影响，同时可因视神经及调节肌过度紧张，而致全身疲劳，使视力减退，发生近视。

办公设备如计算机、复印机、打印机等会发出单频噪声，加上通风换气设备长时间的开启，都会直接造成室内噪声污染。长期噪声暴露可以引起听力障碍，使人们感觉烦躁，影响人们相互交流工作，降低工作效率。

工作人员每天有 8h 左右的时间是在办公室内度过的，所呼吸的空气主要来自于室内，与室内污染物接触的机会和时间均多于室外。室内污染物的来源和种类日趋增多，造成室内空气污染程度在室外空气污染的基础上更加重了一层。为了节约能源，现代建筑物密闭化程度增加，若空调换气设施不完善，则可导致室内污染物不能及时排出室外，造成室内空气质量的恶化。

7. 地下车库

随着经济发展和物质生活水平的提高，汽车已经开始大量进入中国家庭，停车难也随之成为一种社会现象。大型商务中心类建设项目为了节约用地、解决停车难的问题通常会设置地下车库。由于地下车库是都市人群日常出入活动的场所，因此地下车库内的空气质量问题受到普遍关注。其主要存在的健康影响因素为：汽车尾气产生的污染物（一氧化碳、氮氧化物等）；照度及新风量。

（1）汽车尾气产生的污染物　汽车尾气中的有害物主要有一氧化碳、氮氧化物、烃类化合物、颗粒物等。由于汽车尾气排放高度距人体呼吸带近，人体呼吸系统成为其主要危害的器官。汽车尾气可直接刺激人体呼吸道，使呼吸系统的免疫力下降，导致人群慢性支气管炎及呼吸困难的发病率升高。特别当汽车在车库低速行驶时，汽车尾气中含有大量直径小于 $2\mu m$ 的颗粒物，能吸附众多化合物，随着呼吸运动进入肺组织深处，加剧有机物对人体的危害。汽车在发动时燃料不完全燃烧，会在瞬间产生大量的烃类化合物，许多烃类化合物具有致癌作用。

（2）照度　汽车库内照明要求亮度均匀，避免眩晕，库内适宜的照明将会帮助人们快速停好车辆，缩短人们在车库内的逗留时间，减少废气对人体健康的影响。应引起注意的是，车库内的照明应有一个渐变的过程，这对于人体眼睛的暗适应具有十分重要的卫生学意义。良好的过渡照明是人员安全的保证。

（3）新风量　由于地下车库位于地下，属于密闭空间，为了保证地下车库内的空气质量，设计时均配备了机械送排风系统，如果送排风系统运行状况不良，将会造成地下车库内污染物浓度明显增高，危害人体健康。

8. 二次供水系统

二次供水是一种"水厂→市政管网→二次供水设施→用户"的供水方式。相对于市政管网直接供水而言，这种供水除经过封闭的市政管网外，还要经过二次供水设施（高、中、低位蓄水池、水箱、管道、阀门、水泵机组）这一环节。

大型商务中心类建设项目一般为高层建筑，设有二次加压供水系统。二次加压供水是指将市政供水经储水池、水箱、气压罐、泵和管网等二次供水设施向用户提供的生活饮用水。二次加压供水解决了高层建筑供水压力不足的问题，但同时它也带来了水质二次污染的卫生问题。二次供水污染的原因是多方面的，既与水质本身的性质有关，又与同水接触的截面性质有关，也与外界许多条件相联系。造成二次供水污染的原因主要有：水设备内表面涂层渗出有害物质；储水设备的设计大小不合理，使水在设备中的停留时间过长，影响饮用水水质；泄水管与下水管连接不合理，溢、泄水管与下水或雨水管线直接联通；储水设备的配套不完善，如通气孔无防污染措施、盖板密封不严密、埋地部分无防渗漏措施、溢泄水管出口无网罩等；二次供水系统管理不善，未定期进行水质检验，按规范进行清洗、消毒，致使水质逐步恶化。

二次供水系统主要存在的健康影响因素为：微生物指标（总大肠菌群、菌落总数等）；毒理指标（砷、镉等）；感官性状和一般化学指标（色度、浑浊度等）；放射性指标（总 α 放射性、总 β 放射性等）及涉水产品（管材、管件、水箱等）的卫生安全。

（三）作业场所存在的职业危害因素

1. 变电所

变电所主要存在的职业危害因素为电磁辐射。

大型商务中心类建设项目内一般均设有变电所，变电所内高压设备的上层有相互交叉的带电导线，下层有各种形状高压带电的电气设备以及设备连接导线，电极形状复杂，数量很多，在它们周围空间形成了一个比较复杂的高交变工频电磁场。这种高电场的影响之一是对周围地区的静电感应问题，即变电所周围存在一定的电磁辐射场。若防护措施不当，将会对其周围环境产生一定的电磁辐射。此类电磁辐射会对人体健康产生危害。

2. 设备机房产生的噪声

设备机房主要存在的职业危害因素为噪声。

设备机房包括通风机房、空调机房、冷冻机房、水泵房等。通风机、空调机、冷冻机、水泵运行时均会产生噪声。

3. 锅炉房

锅炉房主要存在的职业危害因素为噪声、一氧化碳、高温。

锅炉烧制热水会向周围空间散发大量的热，造成室内温度较高。锅炉设备运转过程中会产生噪声及泄漏产生的一氧化碳。

4. 洗衣房

洗衣房主要存在的职业危害因素为高温、四氯化碳、三氯乙烯、四氯乙烯。

洗衣房常采用蒸汽熨烫，造成室内高温高湿。干洗时会使用四氯化碳、三氯乙烯、四氯乙烯等干洗剂，干洗剂在使用过程中会挥发到室内空间，会危害相关人员身体健康。经常接触四氯化碳、三氯乙烯、四氯乙烯，会引起慢性神经系统损害，表现出头晕、头痛、记忆力减退、手指麻木、皮肤干燥和脱皮。若大剂量吸入，会表现出眼、鼻、喉、咽刺激性症状，如口干、流涕、眼灼痛、口内金属甜味等，甚至会眩晕、运动失调、意志不清。

5. 柴油发电机房

柴油发电机房主要存在的职业危害因素为高温、一氧化碳、氮氧化物。

柴油机组柴油燃烧时会产生高温、一氧化碳、碳氢化合物及氮氧化物等有害物质。一氧化碳浓度过高时会引起中毒，破坏人的中枢神经系统，浓度极高时，可迅速使人昏迷，甚至发生死亡。氮氧化物对人体健康的危害也是不容忽视的，研究表明相同浓度的氮氧化物和一氧化碳相比，前者的毒性远远大于后者。当氮氧化物浓度大于 $200 \times 10^6 \, mg/m^3$ 时，瞬间接触就会致人死亡。

6. 游泳池水水质净化设备

游泳池水水质净化设备主要存在的职业危害因素为氯、碳酸钠及粉尘。

因游泳池的人员流动性大、对象广泛，加上水源水质有时会发生变化，特别是气温较高时，可导致池水中悬浮物质增加，使水质恶化。这时就需要投加絮凝剂去除水中悬浮物。常用的絮凝剂有明矾，因其效果差又有酸涩味，已很少用于水处理；聚合氯化铝，因其是明矾效果的五倍，目前使用较普遍。

炎热的夏季是细菌繁殖的良好时机，池水中存在的病原微生物可不断繁殖，严重者可导致肝炎、霍乱、伤寒、痢疾及沙眼、中耳炎等传染病的流行。为防止上述疾病的传播，需要向水体中投加消毒剂。现在使用的消毒剂主要有：漂白粉、漂水（次氯酸钠）、液氯、三氯异氰尿酸等几种。

游泳池水 pH 值偏高时，可能会导致游泳者皮肤受刺激；pH 值偏低时，则影响消毒的效果。平衡游泳池水质 pH 值需投加酸碱平衡物质，目前多采用碳酸钠。

由于在游泳池水的消毒净化过程中需要使用消毒剂、絮凝剂等化学物质，人工投加或为自动投加装置加药时，有可能会对操作人员产生粉尘、氯气、碳酸钠等危害因素。粉尘可对机体引起各种损害，硬质粉尘可损伤角膜及结膜，引起角膜混浊和结膜炎等；氯气对人体有严重危害，它能刺激眼、鼻、喉以及上呼吸道等。

四、评价因子的选择

在充分识别大型商务中心类建设项目相关场所可能存在的健康影响因素的基础上，通过分析筛选出主要健康影响因素作为评价因子，然后根据国家现行有效的标准和技术规范，确定这些评价因子的卫生指标。

（一）住宿场所

根据识别出的客房内可能存在的健康影响因素，一般将温度、相对湿度、风速、一氧化碳、二氧化碳、甲醛、可吸入颗粒物、空气细菌总数、台面照度、噪声、新风量、床位占地面积、采光系数作为主要评价因子。

客房内温度、相对湿度、风速、一氧化碳、二氧化碳、甲醛、可吸入颗粒物、空气细菌总数、台面照度、噪声、新风量、床位占地面积、采光系数的评价标准按照《旅店业卫生标准》（GB 9663—1996），具体要求见表 6-46。

表 6-46　住宿场所客房卫生标准

项　目		3～5 星级饭店、宾馆	1～2 星级饭店、宾馆和非星级带空调的饭店、宾馆	普通旅店招待所
温度/℃	冬季	＞20	＞20	≥16（采暖地区）
	夏季	＜26	＜28	—
相对湿度/%		40～65	—	—
风速/(m/s)		≤0.3	≤0.3	—
二氧化碳/%		≤0.07	≤0.10	≤0.10
一氧化碳/(mg/m³)		≤5	≤5	≤10
甲醛/(mg/m³)		≤0.12	≤0.12	≤0.12
可吸入颗粒物/(mg/m³)		≤0.15	≤0.15	≤0.20
空气细菌总数	撞击法/(cfu/m³)	≤1000	≤1500	≤2500
	沉降法/(个/皿)	≤10	≤10	≤30
台面照度/Lx		≥100	≥100	≥100
噪声/dB(A)		≤45	≤55	—
新风量/[m³/(h·人)]		≥30	≥20	—
床位占地面积/(m²/人)		≥7	≥7	≥4
采光系数		1/5～1/8	1/5～1/8	1/5～1/8

（二）美容美发用房

根据识别出的美容美发用房内可能存在的健康影响因素，一般将一氧化碳、二氧化碳、甲醛、可吸入颗粒物、空气细菌总数、氨、照度作为主要评价因子。

美容美发用房内一氧化碳、二氧化碳、甲醛、可吸入颗粒物、空气细菌总数、氨的评价标准按照《理发店、美容店卫生标准》（GB 9666—1996），具体要求见表6-47。

表 6-47 美容美发用房卫生标准

项 目	标准值	项 目		标准值
二氧化碳/%	≤0.07	氨/(mg/m³)		≤0.5
一氧化碳/(mg/m³)	≤5	空气细菌总数	撞击法/(cfu/m³)	≤4000
甲醛/(mg/m³)	≤0.12		沉降法/(个/皿)	≤40
可吸入颗粒物/(mg/m³)	≤0.15(美容院)			
	≤0.20(理发店)			

台面照度的评价标准按照《美容美发业卫生规范》（卫监督发［2007］第221号），要求美容美发用房照度≥150Lx。

（三）餐厅

根据识别出的餐厅可能存在的健康影响因素，一般将温度、相对湿度、风速、一氧化碳、二氧化碳、甲醛、可吸入颗粒物、空气细菌数、照度、新风量作为主要评价因子。

温度的评价标准参照《饮食建筑设计规范》（JGJ 64—89），要求餐厅温度夏季为24～26℃，冬季为18～20℃。

相对湿度、风速、一氧化碳、二氧化碳、甲醛、可吸入颗粒物、空气细菌数、照度、新风量的评价标准按照《饭馆（餐厅）卫生标准》（GB 16153—1996），具体要求见表6-48。

表 6-48 餐厅卫生标准

项 目	标准值	项 目		标准值
相对湿度/%	40～80	可吸入颗粒物/(mg/m³)		≤0.15
风速/(m/s)	≤0.15	空气细菌数	撞击法/(cfu/m³)	≤4000
二氧化碳/%	≤0.15		沉降法/(个/皿)	≤40
一氧化碳/(mg/m³)	≤5	照度/Lx		≥50
甲醛/(mg/m³)	≤0.12	新风量/[m³/(h·人)]		≥20

（四）游泳场所

根据识别出的游泳场所内可能存在的健康影响因素，一般将冬季室温、相对湿度、风速、二氧化碳、空气细菌数作为游泳馆室内空气评价的主要评价因子，将池水温度、pH值、浑浊度、尿素、游离性余氯、细菌总数、大肠杆菌作为人工游泳池水质的主要评价因子。

游泳馆内冬季室温、相对湿度、风速、二氧化碳、空气细菌数；人工游泳池内池水温度、pH值、浑浊度、尿素、游离性余氯、细菌总数、大肠杆菌的评价标准按照《游泳场所卫生标准》（GB 9667—1996），具体要求见表6-49、表6-50。

表 6-49 游泳场所室内空气质量卫生标准

项 目	标准值	项 目		标准值
冬季室温/℃	高于水温度1～2	二氧化碳/%		≤0.15
相对湿度/%	≤80	空气细菌总数	撞击法/(cfu/m³)	≤4000
风速/(m/s)	≤0.5		沉降法/(个/皿)	≤40

表 6-50　游泳场所人工游泳池水质卫生标准

项　目	标准值	项　目	标准值
池水温度/℃	22～26	游离性余氯/(mg/L)	0.3～0.5
pH 值	6.5～8.5	细菌总数/(个/ml)	≤1000
浑浊度/度	≤5	大肠菌群/(个/L)	≤18
尿素/(mg/L)	≤3.5		

（五）沐浴场所

根据识别出的沐浴场所内可能存在的健康影响因素，一般将室温、一氧化碳、二氧化碳、照度作为主要评价因子。

沐浴场所内室温、一氧化碳、二氧化碳、照度的评价标准按照《公共浴室卫生标准》（GB 9665—1996），具体要求见表 6-51。

表 6-51　沐浴场所卫生标准

项　目	更衣室	浴室（淋浴）	项　目	更衣室	浴室（淋浴）
室温/℃	25	30～50	一氧化碳/%	≤10	—
二氧化碳/%	0.15	≤0.10	照度/Lx	≥50	≥30

（六）办公会议用房

根据识别出的办公会议用房内可能存在的健康影响因素，一般将温度、相对湿度、风速、一氧化碳、二氧化碳、甲醛、可吸入颗粒物、空气细菌数、新风量、臭氧、苯、氨、总挥发性有机物（TVOC）、氡、噪声、照度、噪声作为主要评价因子。

温度、相对湿度、风速、一氧化碳、二氧化碳、可吸入颗粒物、空气细菌数、新风量、甲醛、苯、氨、TVOC、氡、臭氧的评价标准按照《室内空气质量标准》（GB/T 18883—2002），具体要求见表 6-52。

表 6-52　办公会议用房室内空气质量卫生标准

项　目	标准值	项　目	标准值
夏季温度/℃	22～28	氨/(mg/m³)	0.20
冬季温度/℃	16～24	甲醛/(mg/m³)	0.10
夏季相对湿度/%	40～80	苯/(mg/m³)	0.11
冬季相对湿度/%	30～60	总挥发性有机物/(mg/m³)	0.60
夏季空气流速/(m/s)	0.3	氡/(Bq/m³)	400
冬季空气流速/(m/s)	0.2	可吸入颗粒/(mg/m³)	0.15
新风量/[m³/(h·人)]	30	菌落总数/(cfu/m³)	2500
一氧化碳/(mg/m³)	10	臭氧/(mg/m³)	0.16
二氧化碳/%	0.10		

噪声限值的评价标准参照《办公建筑设计规范》（JGJ 67—2006）中一类办公建筑中的办公室，具体要求见表 6-53。

照度的评价标准参照《建筑照明设计标准》（GB 50034—2004），具体要求见表 6-54。

表 6-53 办公会议用房噪声评价标准

房间类别	允许噪声级/dB（A）		
	一类办公建筑	二类办公建筑	三类办公建筑
办公室	≤45	≤50	≤55

注：一类为特别重要的办公建筑。

表 6-54 办公会议用房照度评价标准

房间或场所	参考平面及其高度	照度标准值/Lx
高档办公室	0.75 水平面	500
普通办公室	0.75 水平面	300

（七）地下车库

我国目前尚无专门针对地下车库的卫生标准，根据识别出的地下车库内可能存在的健康影响因素，一般将照度、换气次数、一氧化碳、氮氧化物（二氧化氮）作为主要评价因子。

照度的评价标准参照《建筑照明设计标准》（GB 50034—2004），具体要求见表 6-55。

表 6-55 地下车库照度评价标准

房间或场所	参考平面及其高度	照度标准值/Lx
车库停车间	地面	75

换气次数的评价标准参照《汽车库建筑设计规范》（JGJ 100—98），具体要求见表 6-56。

表 6-56 地下车库换气次数评价标准

项 目	标 准 值
换气次数/（次/h）	≥6

一氧化碳、氮氧化物（二氧化氮）限值的评价标准参照《工作场所有害因素职业接触限值 第一部分：化学有害因素》（GBZ 2.1—2007），具体要求见表 6-57。

表 6-57 地下车库有害气体评价标准

项 目	时间加权平均容许浓度	短时间接触容许浓度
一氧化碳/（mg/m³）	20	30
氮氧化物（二氧化氮）/（mg/m³）	5	10

（八）二次供水系统

根据之前识别出的二次供水系统可能存在的健康影响因素，一般将色度、浑浊度、臭和味等作为主要评价因子。

水质的色度、浑浊度、臭和味等的评价标准按照《生活饮用水卫生标准》（GB 5749—2006），具体要求见表 6-58。

表 6-58　二次供水系统水质评价标准

指　标	限　值	指　标	限　值
色度(铂钴色度单位)	15	锰/(mg/L)	0.1
臭和味	无异臭、异味	铜/(mg/L)	1.0
肉眼可见物	无	锌/(mg/L)	1.0
浑浊度/NTU①	1	铝/(mg/L)	0.2
阴离子合成洗涤剂/(mg/L)	0.3	铅/(mg/L)	0.01
溶解性总固体/(mg/L)	1000	镉/(mg/L)	0.005
pH(pH 单位)	不小于 6.5 且 不大于 8.5	砷/(mg/L)	0.01
		汞/(mg/L)	0.001
耗氧量(COD$_{Mn}$法,以 O$_2$ 计)/(mg/L)	3,特殊情况 下不超过 5	硒/(mg/L)	0.01
		挥发酚类(以苯酚计)/(mg/L)	0.002
总硬度(以 CaCO$_3$ 计)/(mg/L)	450	铬(六价)/(mg/L)	0.05
余氯/(mg/L)	不低于 0.05	氰化物/(mg/L)	0.05
氟化物/(mg/L)	1.0	三氯甲烷/(mg/L)	0.06
氯化物/(mg/L)	250	四氯化碳/(mg/L)	0.002
硝酸盐(以 N 计)/(mg/L)	10	菌落总数/(cfu/ml)	100
硫酸盐/(mg/L)	250	总大肠菌群/(MPN/100mL)或(cfu/100ml)	不得检出
铁/(mg/L)	0.3		

① NTU 为散射浊度单位。

(九) 设备管理用房

根据识别出的设备管理用房可能存在的健康影响因素,一般将噪声、工频电场、高温、一氧化碳、氮氧化物、四氯化碳、四氯乙烯、三氯化碳、氯、碳酸钠作为评价因子。

工作场所噪声、工频电场限值的评价标准按照《工作场所有害因素职业接触限值　第二部分:物理因素》(GBZ 2.2—2007),具体要求见表 6-20、表 6-22;一氧化碳、二氧化碳、四氯化碳、四氯乙烯、三氯乙烯、氯、碳酸钠限值的接触限值按照《工作场所有害因素职业接触限值　第一部分:化学有害因素》(GBZ 2.1—2007),高温限值的评价标准按照《工作场所有害因素职业接触限值　第二部分:物理因素》(GBZ 2.2—2007);一氧化碳、二氧化氮具体要求见表 6-57,四氯化碳、四氯乙烯、三氯乙烯、氯、碳酸钠、粉尘、高温的具体要求见表 6-59～表 6-61。

表 6-59　设备管理用房有害气体评价标准

	最高容许浓度/(mg/m³)	时间加权平均容许浓度/(mg/m³)	短时间接触容许浓度/(mg/m³)		最高容许浓度/(mg/m³)	时间加权平均容许浓度/(mg/m³)	短时间接触容许浓度/(mg/m³)
四氯化碳	—	15	25	氯	1	—	—
四氯乙烯		200	—	碳酸钠	—	3	6
三氯乙烯	—	30	—				

表 6-60　设备管理用房 WBGT 限值/℃

接触时间率	体力劳动强度				接触时间率	体力劳动强度			
	$n \leqslant 15$	$15 < n \leqslant 20$	$20 < n \leqslant 25$	$n > 25$		$n \leqslant 15$	$15 < n \leqslant 20$	$20 < n \leqslant 25$	$n > 25$
100%	30	28	26	25	50%	32	30	29	28
75%	31	29	28	26	25%	33	32	31	30

注:1. 本地区室外通风设计温度≥30℃的地区,WBGT 指数相应增加 1℃。

2. n 为劳动强度指数。

作业地点夏季空气温度，应按车间内外温差计算。其室内外温差的限度，应根据实际出现的本地区夏季通风室外计算温度确定。

表 6-61 设备管理用房温度评价标准

夏季通风室外计算温度/℃	22及以下	23	24	25	26	27	28	29～32	33及以上
工作地点与室外温差/℃	10	9	8	7	6	5	4	3	2

注：上海地区夏季通风室外计算温度为32℃。

五、关键控制点

大型商务中心类建设项目关键控制点主要包括选址、平面布局、卫生防护设施、运营管理等几方面内容，抓好这些环节，对可能发生的健康危害因素进行控制，对保障人体健康有事半功倍的作用。

(一) 正确的选址

对大型商务中心类建设项目来讲，选址工作是必须首先考虑的，它是搞好其他工作的基础和条件。其选址适当与否，至关重要，如选址不好既可能造成经济损失，又影响公众利益和社会效益，导致不应有的危害后果。因此其地址选择应遵循以下原则：符合城市总体规划，既要避免受到周围环境的影响，又要防止项目本身对外部环境的污染；住宿场所建设宜选择在环境安静，且不受粉尘、有害气体、放射性物质和其他扩散性污染源影响的区域；美容美发、沐浴场所宜选择在环境洁净区域，场所周围25m范围内应无粉尘、有害气体、放射性物质和其他扩散性污染源。

现在兴建的大型商务中心类建设项目通常为高层建筑，由于城市规划的需要，有些项目设于居民区附近，如果其与居民楼距离过近就有可能会遮挡部分层面的居民楼的采光、通风，使其采光不足、通风不良，选址时应控制与敏感建筑的距离，防止对其产生危害。建筑物之间要有足够的距离，一般要求至少应为对面建筑物高度的1.5～2倍，合理的朝向和适当的间距是保证室内获得充分日照、采光和通风的必要条件。同时，大型商务中心类建设项目宜选择在易产生噪声、粉尘、有毒有害气体等污染源的上风向，并应有一定的卫生防护距离。

随着经济的发展、城市化进程的加快、城市规划的调整，一些污染土壤的产、排污项目纷纷外迁，在其原址上就有可能建造大型商务中心类建设项目，这是就需要对土壤的污染情况或无害化处理效果作出评价，在不影响人体健康的情况下才可以建造项目。如某项目建造在某化工厂原址上，需要对该地块土壤中重金属、有机物污染量进行检测分析，在与清洁对照点比较差异无统计学意义的情况下，才能允许该项目的建造。

(二) 合理的平面布局

建筑的内部结构布局应当合理。根据不同场所的特点，进行平面配置，既要满足业务经营的需要，又要考虑建筑物内部的使用程序，使功能分区、交通流线、朝向、采光和通风等符合卫生学要求。

1. 住宿场所

客房主体建筑应放在环境最佳区域，主楼与辅助建筑物应有一定距离，锅炉房、厨房、洗衣房、车库等辅助建筑应放置在客房的下风向。烟尘应高空排放，场所25m范围内不得有有毒有害气体排放或噪声等污染源。客房与厨房、餐厅等用房要分开设置，并保持适当距离。同时应设置与接待能力相适应的消毒间、储藏间、员工工作间、更衣和清洁间等。

客房宜有较好的朝向，室内应尽量利用自然采光。自然采光的客房，其采光窗口面积与地面面积之比不小于1：8；不宜将暗室作为客房；客房净高不低于2.4m；客房床位占室内面积每床不低于4m²。

2. 美容美发场所

美容美发场所内应由等候室、理发室、美容室以及工作人员更衣室、休息室组成。较大型的美容美发场所应分设男部和女部。男女部和各室要合理安排，尽量减少人员穿插和各室之间的交叉。

美容场所经营面积应不小于30m²，美发场所经营面积应不小于10m²。兼有美容和美发服务的场所，美容、美发操作区域应当分隔设置。经营面积在50m²以上的美发场所，应当设有单独的染发、烫发间；经营面积小于50m²的美发场所，应当设有烫、染工作间（区）。美容场所和经营面积在50m²以上的美发场所，应当设立单独的清洗消毒间；50m²以下的美发场所应当设置消毒设备。美容美发场所应当设置从业人员更衣间或更衣柜，根据需要设置顾客更衣间或更衣柜。

3. 游泳场所

游泳场所的布局应根据进场→更衣→冲洗淋浴→浸脚消毒→入池的程序要求来合理安排配置更衣室、厕所、浸脚消毒池等辅助设施。

人工游泳池内设置儿童涉水池时不应与成人游泳池连通，并应有连续供水系统。

淋浴室与浸脚消毒池之间应当设置强制通过式淋浴装置，淋浴室每20～30人设一个淋浴喷头。

淋浴室通往游泳池通道上应设强制通过式浸脚消毒池，池长不小于2m，宽度应与走道相同，深度20cm。

4. 沐浴场所

沐浴场所应设有休息室、更衣室、沐浴区、公共卫生间、清洗消毒间、锅炉房或暖通设施控制室等房间。更衣室、沐浴区、公共卫生间分设男女区域，休息室单独设在堂口、大厅、房间等或与更衣室兼用。

沐浴场所地面应采用防滑、防水、易于清洗的材料建造，墙壁和天顶应采用防水、无毒材料涂覆。

更衣室应与浴区相通，配备与设计接待量相匹配的密闭更衣柜、鞋架、坐椅等更衣设施，设置流动水洗手及消毒设施，更衣柜应一客一柜。更衣柜宜采用光滑、防水材料制造。休息室或兼做休息室的更衣室，每个席位不小于0.125m²，走道宽度不小于1.5m。

5. 二次供水系统

平面布局不合理是二次供水系统产生二次污染问题的重要原因，而合理的平面布局对消除污染保证二次供水系统水质卫生安全有重要的作用，其平面布局应做到以下几方面：饮用水箱或蓄水池应专用，不得渗漏，设置在建筑物内的水箱其顶部与屋顶的距离应大于80cm，水箱应有相应的透气管和罩，入孔位置和大小要满足水箱内部清洗消毒工作的需要，入孔或水箱入口应有盖（或门），并高出水箱面5cm以上，并有上锁装置，水箱内外应设有爬梯。

蓄水池周围 10m 以内不得有渗水坑和堆放垃圾等污染源，水箱周围 2m 内不应有污水管线及污染物，蓄水池及水箱需远离厕所。生活水箱与消防水箱需分开设置。

（三）卫生防护设施

大型商务中心类建设项目除了具有良好的平面配置外，还必须配以完善的卫生防护设施才能起到应有的功效，更好地保障人体健康，提高各相关场所内的卫生品质。

1. 住宿场所

住宿场所卫生防护设施的设置以消除健康隐患、保障旅客的身体健康为目的，因该场所具有旅客滞留与公用物品接触时间长的特点，其卫生防护设施主要涉及以下内容。

住宿场所宜设立一定数量的独立清洗消毒间、储藏间。清洗消毒间地面与墙面应使用防水、防霉、可洗刷的材料，墙裙高度不得低于 1.5m，地面坡度不小于 2%，并设有机械通风装置。饮具宜用热力法消毒。采用化学法消毒饮具的住宿场所，消毒间内至少应设有 3 个饮具专用清洗消毒池，并有相应的消毒剂配比容器。应配备已消毒饮具（茶杯、口杯、酒杯等）专用存放保洁设施，其结构应密闭并易于清洁。各类水池应使用不锈钢或陶瓷等防渗水、不易积垢、易于清洗的材料制成，并设置标识明示用途。储藏间内应设置数量足够的物品存放柜或货架，并应有良好的通风设施及防鼠、防潮、防虫、防蟑螂等预防控制病媒生物设施。

客房、卫生间、公共用房（接待室、餐厅、门厅等）及辅助用房（厨房、洗衣房、储藏间等）应设机械通风或排风装置。机械通风或排风装置的设计和安装应能防止异味交叉传导。住宿场所的机械通风装置（非集中空调通风系统），其进风口、排气口应安装易清洗、耐腐蚀并可防止病媒生物侵入的防护网罩。

住宿场所内如设置洗衣房应分设工作人员出入口、待洗棉织品入口及洁净棉织品出口，并避开主要客流通道。洗衣房应依次分设棉织品分拣区、清洗干燥区、整烫折叠区、存放区、发放区。棉织品分拣、清洗、干燥、修补、熨平、分类、暂存、发放等工序应做到洁污分开，防止交叉污染。

住宿场所室内应设有废弃物收集容器，有条件的场所宜设置废弃物分类收集容器。废弃物收集容器应使用坚固、防水防火材料制成，内壁光滑易于清洗，应密闭加盖。宜在室外适当地点设置废弃物临时集中存放设施，其结构应密闭。

2. 美容美发场所

美容美发场所是为了满足人们美的需求而设立的场所，该场所具有生物危害因素较多的特点，其卫生防护设施应满足以下要求。

美容美发场所的地面、墙面、天花板应当使用无毒、无异味、防水、不易积垢的材料铺设，并且平整、无裂缝、易于清扫；美发场所应当设置流水式洗发设施，且洗发设施和座位比不小于 1∶5。

清洗消毒间面积应不小于 3m²，墙裙用瓷砖等防水材料贴面，高度不低于 1.5m，清洗池应使用不锈钢或陶瓷等防透水材料制成，易于清洁，容量满足清洗需要。消毒保洁设施应为密闭结构，容积满足用品用具消毒和保洁储存要求，并易于清洁。清洗、消毒和保洁设施应当有明显标识。

公共卫生间应设置水冲式便器，便器宜为蹲式，配置坐式便器宜提供一次性卫生坐垫。卫生间应有流动水洗手设备和盥洗池。卫生间应设有照明和机械通风设施，机械通风设施不得与集中空调通风系统相通。

储藏间或储藏柜应有足够的储藏空间，门窗装配严密，有良好的通风、照明、防潮和防病媒生物侵入设施。物品分类存放、离地、离墙并明显标识。

应有机械通风设备，空气流向合理，使用燃煤或液化气供应热水的，应使用强排式通风装置。场所应当设有加盖密闭的废弃物盛放容器。

美容美发场所应配有数量充足的毛巾、美容美发工具，美容场所毛巾与顾客床位比大于10：1，美发场所毛巾与座位比大于3：1，公共用品用具配备的数量应当满足消毒周转的要求。美发场所应配备皮肤病患者专用工具箱，设有明显标识，一客一消毒。美容美发场所应配备专门摆放美容美发用品、器械、工具的工作台、物品柜或器械车。

3. 游泳场所

游泳场所其健康危害因素主要为水质不符合相关卫生要求及室内环境污浊，其卫生设施主要用于保证水质卫生及室内环境，其具体内容如下。

设有深、浅不同分区的游泳池应有明显的水深度、深浅水区警示标识，或者在游泳池池内设置标志明显的深、浅水隔离带。游泳池壁及池底应光洁不渗水，呈浅色，池角及底角呈圆角。游泳池外四周应采用防滑易于冲刷的材料铺设走道，走道有一定的向外倾斜度并设排水设施，排水设施应当设置水封等防空气污染隔离装置。

更衣室地面应使用防滑、防渗水、易于清洗的材料建造，地面坡度应满足建筑规范要求并设有排水设施。墙壁及内顶用防水、防霉、无毒材料涂覆。更衣室应配备与设计接待量相匹配的密闭更衣柜、鞋架等更衣设施，并设置流动水洗手及消毒设施。更衣柜宜采用光滑、防透水材料制造并应按一客一用的标准设置。更衣室通道宽敞，保持空气流通。

游泳池应当具有池水循环净化和消毒设施设备，设计参数应能满足水质处理的要求。采用液氯消毒的应有防止泄漏措施，水处理机房不得与游泳池直接相通，机房内应设置紧急报警装置。放置、加注液氯区域应设置在游泳池下风侧并设置警示标志，加药间门口应设置有效的防毒面具，使用液氯的在安全方面应符合有关部门的要求。

游泳场所应配备余氯、pH 值、水温度计等水质检测设备。室内游泳池应有符合国家有关标准的人员出入口及疏散通道，设有机械通风设施。

在游泳场所淋浴室的区域内应配备相应的水冲式公共卫生间。公共卫生间地面应低于淋浴室，地面与墙壁应选择耐水易洗刷材料铺设。男卫生间每 60 人设一个大便池和二个小便池，女卫生间每 40 人设一个便池。公共卫生间内便池宜为蹲式，采用座式便池的宜提供一次性卫生坐垫。卫生间内应设置流动水洗手设施，卫生器具宜采用感应式水龙头和冲洗阀。卫生间应有独立的排风设施，机械通风设施不得与集中空调管道相通。

4. 沐浴场所

沐浴场所与人们的日常生活密切相关，尤其是其卫生状况直接关系着人们的身体健康，搞好其卫生管理工作十分重要，其卫生设施设置应满足如下要求。

使用燃气或存在其他可能产生一氧化碳气体的沐浴场所应配备一氧化碳报警装置。沐浴场所安装在室内的燃气热水器应当有强排风装置。池浴应配备池水循环净化消毒装置。

浴区地面应防渗、防滑、无毒、耐酸、耐碱，便于清洁消毒和污水排放，地面坡度应不小于 2%，地面最低处应设置地漏，地漏应当有盖子。浴区内应设置足够的淋浴喷头，相邻淋浴喷头间距不小于 0.9m，每十个喷头设一个洗脸盆。

在浴区内应当设置公共卫生间。应配备相应的水冲式便器，便器宜为蹲式，采用座式的宜提供一次性卫生坐垫。卫生间内应有独立的排风设施，排风设施不得与集中空调管道相通。卫生间内应设置流动水洗手设施。

提供公用饮具的沐浴场所应设置专用的饮具清洗消毒间，专间内应有上下水，设有 3 个以上标记明显的水池，配备足够的消毒设备或消毒药物及容器，配备密闭饮具保洁柜并标记明显。对浴巾、毛巾、浴衣裤等公用棉织品自行清洗消毒的沐浴场所应设置专用的清洗消毒间，专间内应有上下水，设有足够的清洗、消毒水池且标记明显，配备足够的清洗消毒设施或消毒药物及容器，配备毛巾、浴巾、垫巾、浴衣裤等专用密闭保洁柜且标记明显。提倡使用一次性浴巾、毛巾、浴衣裤等一次性用品。在沐浴场所适宜地点设置公用拖鞋清洗消毒处，配备足够的拖鞋清洗消毒设施或消毒药物及容器。在沐浴场所适宜地点设置修脚工具消毒点，配置专用的紫外线消毒箱或高压消毒装置对修脚工具进行消毒。

沐浴场所应有良好的通风设施（新风、排风、除湿等），排气口应设置在主导风向的下风向。如使用自然通风，应设有排气窗，排气窗面积为地面面积的 5%。

沐浴场所应有足够的照明，灯具需安装安全防护罩。桑拿房应安装防爆灯具，使用安全电压。

沐浴场所应在适宜位置设置废弃物盛放容器，容器应密闭加盖，便于清理，能够有效预防控制病媒虫害滋生。

5. 二次供水系统

二次供水系统的卫生防护以避免二次污染，保障二次供水水质卫生为目的，应满足如下要求：

水箱必须安装在有排水条件的底盘上，泄水管应设在水箱的底部，溢水管与泄水管均不得与下水管道直接连通，水箱的材质和内壁涂料应无毒无害，不影响水的感观性状。水箱的容积设计不得超过用户 48h 的用水量。

设施不得与市政供水管道直接连通，有特殊情况下需要连通时必须设置不承压水箱。设施管道不得与非饮用水管道连接，如必须连接时，应采取防污染的措施。设施管道不得与大便口（槽）、小便斗直接连接，须用冲洗水箱或用空气隔断冲洗阀。设施须有安装消毒器的位置，有条件的单位设施应设有消毒器。

（四）运营管理

至此，我们已经先后提及了"正确的选址"、"合理的平面布局"和"卫生防护设施"三个关键控制点。这些关键控制点，如果我们把它们看作硬件条件，那么，接下来要进行描述的是控制大型商务中心类建设项目的健康影响因素的软件条件——运营管理。

1. 住宿场所

住宿场所供顾客使用的公共用品用具应严格做到一客一换一消毒。禁止重复使用一次性用品用具。清洗消毒应按规程操作，做到先清洗后消毒，使用的消毒剂应在有效期内，消毒设备（消毒柜）应运转正常。清洗饮具、盆桶、拖鞋的设施应分开，清洁工具应专用，防止交叉传染。清洗消毒后的茶具应当表面光洁，无油渍、无水渍、无异味，符合《食（饮）具消毒卫生标准》规定。洁净物品保洁柜应定期清洗消毒，不得存放杂物。

客房应做到通风换气，保证室内空气质量符合卫生标准。床上用品应做到一客一换，长住客一周至少更换一次。清洁客房、卫生间的工具应分开，面盆、浴缸、坐便器、地面、台面等清洁用抹布或清洗刷应分设。卫生间内面盆、浴缸、坐便器应每客一消毒，长住客人每日一消毒。补充杯具、食具应注意手部卫生，防止污染。清洁坐便器（便池）的清洁工具应专用。每日应对卫生间进行一次消毒。

棉织品清洗消毒前后应分设存放容器。客用棉织品、客人送洗衣物、清洁用抹布应分类清洗。清洗程序应设有高温或化学消毒过程。棉织品经烘干后应在洁净处整烫折叠，使用专用运输工具及时运送至储藏间保存。

机械通风装置应运转正常，过滤网应定期清洗、消毒。集中空调通风系统应定期进行清洗消毒。集中空调机房应整齐、清洁，无易燃易爆物品及杂物堆放。风机过滤网应清洁无积尘。

室内公共区域地面、墙面、门窗、桌椅、地毯、台面、镜面等应保持清洁、无异味。废弃物应每天清除一次，废弃物收集容器应及时清洗，必要时进行消毒。洗衣房的洁净区与污染区应分开，室内物品摆放整齐，设施设备日常保养及运行状态良好。

2. 美容美发场所

毛巾、面巾、床单、被罩、按摩服、美容用具等公共用品用具应一客一换一消毒，清洗消毒后分类存放；直接接触顾客毛发、皮肤的美容美发器械应一客一消毒。公共用品用具如需外洗的，应选择清洗消毒条件合格的承洗单位，做好物品送洗与接收记录，并索要承洗单位物品清洗消毒记录。美发用围布每天应清洗消毒，提倡使用一次性护颈纸。

从业人员操作前应认真检查待用化妆品，感官异常、超过保质期以及标识标签不符合规定的化妆品不得使用。不得自制或分装外卖化妆品。从业人员操作时应着洁净工作服，工作期间不得吸烟。美容从业人员应在操作前清洗、消毒双手，工作期间戴口罩，并使用经消毒的工具取用美容用品；理（美）发从业人员应在修面操作时戴口罩，对患有头癣等皮肤病的顾客，使用专用工具。不得使用未经消毒的公共用品用具。美容用唇膏、唇笔等应专人专用，美容棉（纸）等应一次性使用，胡刷、剃刀宜一次性使用。美容、美发、烫发、染发所需毛巾和工具应分开使用，使用后分类收集、清洗和消毒。烫发、染发操作应在专门工作区域进行。美容用盆（袋）应一客一用一换，美容用化妆品应一客一套。

从业人员应保持良好的个人卫生，不留长指甲，勤剪发、勤修甲、勤洗澡、勤换衣，饭前便后、工作前后洗手。工作时不得涂指甲油及佩戴饰物，操作过程中严格洗手消毒，保持工作服整齐干净。从业人员不宜在工作区域内食、宿，不宜在工作场所摆放私人物品。

3. 游泳场所

游泳场所提供游泳者使用的公共用品用具（包括拖鞋、茶具等）应一客一换一消毒。消毒后的饮用具应存放于保洁柜。

经净化消毒的游泳池水质应符合相关国家卫生标准的要求。采用臭氧、紫外线或其他消毒方法消毒时，还应辅助氯消毒。游泳池水（包括儿童涉水池连续供给的新水）应保持游离余氯浓度为 $0.3\sim0.5mg/L$。浸脚消毒池池水余氯含量应保持 $5\sim10mg/L$，应当每 4h 更换一次。游泳池水循环过滤净化设备每日应进行反冲洗，反冲洗水应排入下水道。池水水质消毒液投入口位置应设置在游泳池水水质净化过滤装置出水口与游泳池给水口之间。

人工游泳场所每班开场前和散场后均应对游泳池外沿、池边走道及卫生设施进行清扫、擦洗或冲洗一次。发现有污染时，用含氯消毒液喷洒消毒后再进行擦洗。淋浴室应经常刷洗，地面要定期消毒。更衣柜应于每日开放结束后做好清洁消毒工作。公共卫生间和垃圾箱（桶）应每天及时清洗消毒，防止孳生蚊蝇。饮水、消毒、抢救等设施设备以及急救室应定期做好清洁消毒。

人工游泳场所水质循环净化消毒、补水、保暖通风等设备设施应齐备完好，应建立并执行定期检查和维修制度，做好相应记录。设施设备发生故障时应及时检修，采取应急处理措施，确保设施设备正常运行。水循环设备检修超过一个循环周期时，不得对外开放。

患有痢疾、伤寒、甲型病毒性肝炎等消化道疾病（包括病原携带者）、活动性肺结核、化脓性或者渗出性皮肤病以及其他有碍公共卫生的疾病，治愈前不得从事直接为顾客服务的工作。

场所入口处应有明显"严禁肝炎、重症沙眼、急性出血性结膜炎、中耳炎、肠道传染病、精神病、性病等患者和酗酒者进入"的标志。

4. 沐浴场所

对供顾客使用的浴巾、毛巾、浴衣裤等棉织品、公共饮具、公用拖鞋、修脚工具应有严格的更换、清洗、消毒、保洁制度，严格做到一客一换一消毒，其中对浴巾、毛巾、浴衣裤等棉织品和公共饮具应在不同清洗消毒专间内清洗消毒，经清洗消毒后的各类用品用具应达到公共场所用品卫生标准的规定并保洁存放备用。禁止重复使用一次性用品用具。

沐浴场所应根据循环净化消毒装置、客流量等状况定期对浴池进行清洗、消毒、换水。浴池水每日必须经循环净化消毒装置处理，营业期间池水应定期补充新水，水质符合卫生要求。沐浴场所的地面、墙面、水龙头、坐椅、茶几等应经常清扫或擦洗。

沐浴场所应当定期对清洗消毒、保暖通风、冷热水供应等设备设施进行检查和维修，做好检查、保养和维修的记录。发现问题及时检修，发生故障时应采取应急处理措施，确保各类设施设备正常运行，保持良好状态。

沐浴场所应建立室内外环境清洁制度，定期清洁室内外环境，保持经营场所内外环境卫生、舒适。配备充足干净的清扫工具，定期做好卫生清扫工作，及时清运废弃物并统一定点处理。公共卫生间和废弃物容器无病媒虫害滋生，无积水、无异味。沐浴场所内应放置安全套或者设置安全套发售设施，应当提供艾滋病防治宣传资料。

从业人员患有有碍公众健康疾病，治愈之前不得从事直接为顾客服务的工作。可疑传染病患者须立即停止工作并及时进行健康检查，明确诊断。

沐浴场所从业人员工作时应穿着统一整洁的工作服，为顾客进行修脚、擦背等操作前后双手均应清洗消毒。从业人员应保持良好的个人卫生，勤洗澡、勤换衣、勤理发，不得留长指甲和涂指甲油。与沐浴无关的个人用品不得带入沐浴区域。

5. 二次供水系统

水泵房、蓄水池、水箱应加盖加锁，蓄水池盖密封、牢固，并有专人负责具体管理；保持二次供水设施周围环境的清洁；至少每半年对蓄水池、水箱进行一次清洗和消毒工作，并建立档案。二次供水管理人员和清洗消毒人员应当经过健康检查、卫生知识培训后方可上岗操作。

管理单位对设施的卫生管理必须制定设施的卫生制度并予以实施，管理人员每年进行一次健康检查和卫生知识培训，合格上岗。

管理单位每年应对设施进行一次全面清洗、消毒，并对水质进行检验，及时发现和消除污染隐患，保证居民饮水的卫生安全。

发生供水事故时，设施和管理单位必须立即采取应急措施，保证居民日常生活用水，同时报告当地卫生部门并协助卫生部门进行调查处理。

第五节　公共场所卫生学检测

在公共场所类建设项目竣工验收卫生学评价中，公共场所以及位于公共场所内的办公用房的卫生学检测是其主要内容之一。检测结果是否达到相关的卫生标准，是衡量该建设项目是否符合卫生要求的重要指标。因此，科学、规范、全面地进行卫生学检测，是保证公共场所类建设项目竣工验收卫生学评价质量的基本要素。

公共场所的检测对象除具体的污染物外，主要还是根据公共场所卫生标准，对特定的场所或空间的空气质量进行检测，其目的是全面了解和掌握各项空气质量指标，是否达到相关的卫生标准，以便对公共场所的总体空气质量状况作出卫生学评估。

本节主要阐述公共场所建设项目卫生学检测的现场采样和测定，不包括实验室样品检验的内容。

一、空气品质的评价方法

公共场所空气品质评价方法有两种：客观评价和主观评价。

1. 客观评价

客观评价是通过检测技术来确认公共场所空气中的健康影响因素是否超标，直接用公共场所健康影响因素的浓度来评价公共场所空气品质。客观评价一般先确定评价指标，再进行现场采样及实验室分析测定，实验室分析来取得检测数据，并检测数据进行分析，求得具有科学性和代表性的统计值。

由于涉及空气品质的低浓度有害物质比较多，不可能对每种有害物质的浓度都进行检测，因此需要选择具有代表性的有害物质，作为全面评价公共场所空气质量的指标。目前许多国家都有相应的卫生标准，对公共场所设定了一些有害物质的限值，但这些标准只是针对单一的有害物质，不能对多种有害物质的综合效应进行评价。

2. 主观评价

主观评价即利用人自身的感觉器官对空气品质进行描述和评判，常用方法有培养专人进行感官分析，也有对大量人群进行调查的方法。一般都依靠某方面具有敏感器官及常年经验积累的专家，或者通过对一定背景和场合的人员进行问卷调查，调查表采用选择法对各种感觉程度进行量化，提高置信度，并采用统计分析等方法对所处空气环境进行评价。有时还对被调查人背景资料进行调查以排除影响因素。人的嗅觉综合感觉能力有时要比仪器灵敏；其次是目前没有反映多种低浓度有害物质共同作用的卫生标准，而众多微量有害物质与其他环境因素共同作用有时仍会让人感觉不适，因此，采用主观评价对空气品质进行描述和评判有时是有一定意义的。

二、现场采样与测定的要求

公共场所卫生学现场采样与测定的要求可大致概括为以下几个方面：

① 代表性　采样时间、采样地点及采样方法等必须符合有关规定，使采集的样品能够反映整体真实情况。

② 完整性 检测计划的制订及实施应当完整，即必须按要求制订计划、按计划实施现场采样和检测，保证检测点、检测项目、检测样品、检测频次的完整性，系统性和连续性。

③ 准确性 通过现场采样与测定所得到的测定值应当与真实值相符合。

④ 再现性 通过现场采样与测定所得到的测定值应当具有良好的可重复性和再现性。

三、现场采样与检测的依据

① 《民用建筑工程室内环境污染控制规范》（2006 版）GB 50325—2001。

② 《医院洁净手术部建筑技术规范》GB 50333—2002。

③ 《洁净厂房设计规范》GB 50073—2001。

④ 《作业场所工频电场卫生标准》GB 16203—1996。

⑤ 《环境电磁波卫生标准》GB 9175—1988。

⑥ 《电磁辐射防护规定》GB 8702—88。

⑦ 《生活饮用水卫生标准》GB 5749—2006。

⑧ 《室内空气质量标准》GB/T 18883—2002。

⑨ 《公共场所卫生监测技术规范》GB/T 17220—1998。

⑩ 《公共场所卫生标准检验方法》GB/T 18204—2000。

⑪ 《医药工业洁净室（区）悬浮粒子的测试方法》GB/T 16292—1996。

⑫ 《医药工业洁净室（区）沉降菌的测试方法》GB/T 16294—1996。

⑬ 《空气中氡浓度的闪烁瓶测定方法》GBZ/T 155—2002。

⑭ 《公共场所空气中可吸入颗粒物（PM10）测定方法 光散射法》WS/T 206—2001。

⑮ 《公共场所集中空调通风系统卫生规范》卫监督发 [2006] 第 58 号。

⑯ 《环境空气质量监测检验方法》（中国科学技术出版社）。

⑰ 《上海市生活饮用水二次供水卫生管理办法》上海市人民政府令第 12 号。

四、检测点的设置

公共场所涉及许多不同类别的场所，不单单是卫生标准规定的 7 大类 28 种公共场所，本部分讲述的原则，除卫生标准规定的外，还涉及商务楼办公室、医院洁净手术部、变电站等场所。

（一）检测点的抽样原则

检测点的设置应考虑现场的平面布局和立体布局。高层建筑物的立体布点应有上、中、下三个检测平面，并分别在三个平面上布点。抽样应具有随机性、代表性和可行性。

由于公共场所内的健康影响因素随时间及温度的变化而变化，时空分布不均匀，故在同一地点不同时段的浓度变化可能较大，故现场采样与测定时应注意最高时均浓度与相应的出现时间。

商务楼办公室应当抽取有代表性的房间，抽取数量不得小于房间数的 5%，并不得小于 3 间。房间总数小于 3 间时，全部抽取。

（二）检测点的设置方法

1. 旅店客房

旅客业客房的抽样及布点见表 6-62。

表 6-62　旅店业客房的抽样及布点

客房数/间	≤100	>100
抽样客房数/间	5%～10%	1%～5%

注：采样的客房数量最少不小于 3 间，每间客房布一个点。

2. 文化娱乐场所

影剧院、音乐厅、录像厅（室）的布点见表 6-63。舞厅、游艺厅、茶座、酒吧、咖啡厅的布点见表 6-64。

表 6-63　影剧院、音乐厅、录像厅（室）的布点

座位数/个	≤300	≤500	≤1000	>1000
采样点数/个	1～2	2～3	3～4	5

表 6-64　舞厅、游艺厅、茶座、酒吧、咖啡厅的布点

面积/m²	≤50	≤100	≤200	>200
采样点数/个	1	2	3	3～5

3. 浴室场所

更衣室（包括休息室）的布点见表 6-65。

表 6-65　更衣室（包括休息室）的布点

床（铺）位数/个	≤100	>100
采样点数/个	1	2

4. 理发美容场所

理发店、美容店的布点见表 6-66。

表 6-66　理发店、美容店的布点

座位数/个	≤10	≤30	>30
采样点数/个	1	2	3

5. 运动场所

游泳馆、体育馆的布点见表 6-67。游泳池水样的布点见表 6-68。

表 6-67　游泳馆、体育馆的布点

观众座位数/个	<1000	1000～5000	>5000
采样点数/个	3	5	8

表 6-68　游泳池水样的布点

面积/m²	儿童游泳池	成人游泳池		天然游泳场	
		≤1000	>1000	≤2500	>2500
采样点数/个	1～2	2	3	5	>5

6. 其他场所

其他场所的布点见表 6-69。

表 6-69 其他场所的布点

面积/m²	200～1000	1001～5000	>5000
采样点数/个	2	4	6

注：其他场所指展览馆、图书馆、美术馆、博物馆、商场、书店、医院候诊室、就餐场所、公共交通等候室等。

7. 商务楼办公室

商务楼等民用建筑工程卫生检测分为竣工验收（即在工程完工至少 7 天之后，工程交付使用前）卫生学检测和运行期间卫生学检测。

民用建筑工程竣工验收时，抽检有代表性的房间室内环境污染物浓度，抽检数量不得小于 5%，并不得小于 3 间。房间总数小于 3 间时，全部监测。室内环境污染物浓度监测点应按房间面积设置，具体见表 6-70 和表 6-71。

表 6-70 竣工验收商务楼办公室的布点

房间使用面积/m²	检测点数/个	房间使用面积/m²	检测点数/个
<50	1	500～1000	≥5
50～100	2	1000～3000	≥6
100～500	≥3	≥3000	≥9

表 6-71 运行期间竣工验收商务楼办公室的布点

房间使用面积/m²	检测点数/个
<50	1～3
50～100	3～5
≥100	≥5

8. 医院洁净手术部

手术部是由若干间手术室及为手术室服务的洁净辅助用房组成的辅助区组建而成。辅助区内的用房又可分为直接或间接为手术室服务。直接为手术室服务的功能用房，包括无菌敷料存放室、麻醉室、泡刷手间、机械储存室（消毒后的）、准备室和护士站等；间接为手术室服务的用房包括办公室、会议室、教学观摩室、值班室等。医院洁净手术部的监测范围包括手术室和直接为手术室服务洁净辅助用房的洁净手术部。

洁净手术室与辅助用房分开设置净化空调系统。洁净手术室分为Ⅰ级、Ⅱ级、Ⅲ级和Ⅳ级手术室，Ⅰ级、Ⅱ级每间洁净手术室采用独立净化空调系统，Ⅲ级、Ⅳ级洁净手术室可2～3 间合用一个净化空调系统。

洁净手术室和洁净辅助用房均为检测对象，抽样为 100%。

9. 变电站

变电站检测点的设置主要考虑电磁辐射对周围环境的影响，分为平面布点和立体布点。

（1）平面布点

与变电站同一平面的检测点布设应以变电站为中心，将待测区按 45°划分，呈扇形展开。随此划线，根据现场情况每隔一定距离布设检测点。其中距离变电站 10m 之内，按1m，2m，4m，6m，8m，10m 处各布设 1 个检测点。10m 距离以外，至少布设 2 个检测点，检测点应在 10m 线和目标点连线的均分点上。

（2）立体布点

与变电站不同平面的检测点布设应以变电站为中心，将待测区按 1~2m 距离间隔网格划分。在网格中央处，布设监测点。

10. 二次供水

即集中式供水在入户之前经再度储存、加压和消毒或深度处理，通过管道或容器输出给用户的供水方式称为二次供水。二次供水设施的抽样为 100%。

（三）检测点的设置要求

旅店客房、视听场所、运动场所、理发美容店、商场就餐场所检测点应选择在人群经常活动，且停留时间较长的地点，但又不能影响人群的正常活动。同时，检测点应避开通风道和通风口，离墙壁距离应大于 0.5m。采样点的高度原则上与人的呼吸带高度相一致。相对高度保持在 0.8~1.5m 之间。具体设置要求见表 6-72。

表 6-72　不同公共场所检测点的设置要求

检测场所	采样高度/m
旅店业客房、更衣室、休息室	0.8~1.2
影剧院、音乐厅、录像厅(室)、游艺厅、茶座、酒吧、咖啡厅、游泳馆、体育馆	1.2
理发店、美容店、展览馆、图书馆、美术馆、博物馆、商场、书店；医院候诊室、就餐场所、公共交通等候室	1.2~1.5
舞厅	1.5
游泳池	在水面下 30cm 处取水样

商务楼办公室检测点距内墙面不小于 0.5m、检测点的高度原则上与人的呼吸带高度相一致，相对高度 0.8~1.5m 之间。检测点应均匀分布，避开通风道和通风口。具体设置要求见表 6-73。

表 6-73　商务楼办公室检测点的设置要求

监测点数/个	分布形状	监测点数/个	分布形状
1	中心布点	3	斜线布点
2、4、6、9	网格布点	5	梅花布点

医院洁净手术部的卫生学检测主要考虑综合性能的评定，因此，不同的检测项目，其检测点的设置要求也不一样。医院洁净手术部检测项目包括：Ⅰ级洁净手术室手术区和Ⅰ级洁净辅助用房局部 100 级区的工作面的截面风速；其他各级洁净手术室和洁净辅助用房的换气次数；静压差；所有集中送风口高效过滤器抽查检漏，Ⅰ级洁净用房抽查比例应大于 50%，其他洁净用房应大于 20%；洁净度级别；温湿度；噪声；照度；新风量；细菌浓度。具体要求如下。

（1）截面风速　测点范围为送风口正投影区边界 0.12m 内的面积，均匀布点，测点平面布置见图 6-2。测点高度距地 0.8m，无手术台或工作面阻隔，测点间距不应大于 0.3m。当有不能移动的阻隔时，测点可抬高至阻隔面之上 0.25m。

（2）换气次数　测送风面平均风速时，测点高度在送风面下方 0.1m 以内，测点之间距离不应超过 0.3m。测点范围为送风口边界内 0.05m 以内的面积，均匀布点，测点断面布置见图 6-3。

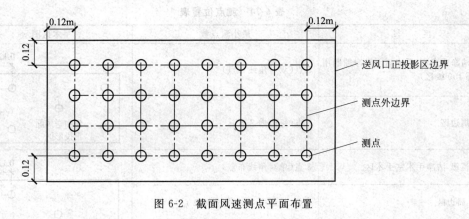

图 6-2　截面风速测点平面布置

图 6-3　送风面速度测点断面布置

（3）静压差　在洁净区所有门都关闭的条件下，从平面上最里面的房间依次向外或从空气洁净度级别最高的房间依次向低级别的房间，测出有孔洞相通的相邻两间洁净用房的静压差。测定高度距地面 0.8m，测孔截面平行于气流方向，测点选在无涡流无回风的位置。

（4）含尘浓度　测点布置在距地面 0.8m 高的平面上，在手术区监测时应无手术台。当手术台已固定时，测点高度在台面之上 0.25m。在 100 级区域监测时，采样口应对着气流方向；其他级别区域监测时，采样口均向上。检测人员不得多于 2 人，检测人员应穿洁净工作服，处于测点下风向的位置，尽量少动作。手术室照明等应全部打开。当送风口集中布置时，应对手术区和周边区分别监测，测点数和位置应符合表 6-74 的规定，当附近有显著障碍物时，可适当避开。当送风口分散布置时，按全室统一布点监测，测点可均布，但不应布置在送风口正下方。每次采样 100 级区域的最小采样量为 5.66L，以下各级区域为 2.83L。

（5）温湿度　测点设置在距地面 0.8m 高的中心点，同时测定室外温湿度。夏季工况应在当地每年最热月的条件下监测，冬季工况应在当地每年最冷月的条件下监测。

（6）噪声　噪声监测宜在外界干扰较小的晚间进行，以 A 声级为准。不足 15m² 的房间在室中心 1.1m 高处测一点，超过 15m² 的房间在室中心和四角共测 5 点。全部噪声测定之后，应关闭净化空调系统测定背景噪声，当背景噪声与室内噪声之差小于 10dB 时，室内噪声应按常规予以修正。

（7）照度　照度监测应在光源输出趋于稳定（新日光灯和新白炽灯必须已使用超过 10h，旧日光灯已点燃 15min，旧白炽灯已点燃 5min），不开无影灯，无自然采光条件下进行。测点距地面 0.8m，离墙面 0.5m，按间距不超过 2m 均匀布点，不刻意在灯下或避开灯下选点。

（8）新风量　新风量的检测应在新风机正常开启，室外无风或微风的条件下进行，且新风机组正常开启。

表 6-74　测点位置表

区　　域	最小测点数	手术区图示
Ⅰ级洁净手术室（手术区和洁净辅助用房、局部 100 级区）	5 点（双对角线布点）	
Ⅰ级周边区	8 点（每边内 2 点）	
Ⅱ～Ⅲ级 洁净手术室手术区	3 点（单对角线布点）	
Ⅱ级 周边区	6 点（长边内 2 点，短边内 1 点）	
Ⅲ级 周边区	4 点（每边内 1 点）	
Ⅳ级洁净手术室及分散布置送风口的洁净室		
面积＞30m²	4 点（避开送风口正下方）	
面积≤30m²	2 点（避开送风口正下方）	

（9）细菌浓度　细菌浓度宜在其他项目监测完毕，对全室表面进行常规消毒之后进行。可以采用浮游法或沉降法测定。采样点可布置在地面上或不高于地面 0.8m 的任意高度上。采用浮游法测定浮游菌浓度时，细菌浓度测定点与被测区域的含尘浓度测点数相同，且宜在同一位置上。每次采样应满足表 6-75 规定的最小采样量的要求，每次采样时间不应超过 30min。采用沉降法测定沉降菌浓度时，细菌浓度测点数既要不少于被测区域含尘浓度测点数，又要满足表 6-76 规定的最少培养皿（不含对照皿）数的要求。

表 6-75　浮游菌最小采样量

洁净度级别/级	最小采样量/m³(L)	洁净度级别/级	最小采样量/m³(L)
100	0.6(600)	100000	0.006(6)
1000	0.06(60)	300000	0.006(6)
10000	0.03(30)		

表 6-76　沉降菌最少培养皿数

洁净度级别/级	最少培养皿数	洁净度级别/级	最少培养皿数
100	13	100000	2
1000	5	300000	2
10000	3		

变电所检测点的设置要求距地 1.5m。

五、现场采样技术

（一）现场采样项目

一般情况下，化学污染物和生物污染物采用现场采样法。具体需要现场采样的公共场所检测项目见表 6-77。

表 6-77 需要现场采样的检测项目

项 目	检测标准	采样方法	检验方法
公共场所空气细菌总数	GB/T 18204.1—2000	撞击法 自然沉降法	恒温箱培养法 恒温箱培养法
公共场所茶具细菌总数	GB/T 18204.2—2000	涂抹法	稀释培养法
公共场所茶具大肠菌群	GB/T 18204.3—2000	涂抹法 纸片法	发酵法 纸片培养法
公共场所毛巾、床上卧具细菌总数	GB/T 18204.4—2000	涂抹法	稀释培养法 戳印法
公共场所毛巾、床上卧具大肠菌群	GB/T 18204.5—2000	涂抹法 纸片法	发酵法 纸片培养法
理发用具大肠菌群	GB/T 18204.6—2000	涂抹法	发酵法
理发用具金黄色葡萄球菌	GB/T 18204.7—2000	涂抹法	玻片法 试管法
公共场所拖鞋霉菌和酵母菌	GB/T 18204.8—2000	涂抹法	稀释培养法
游泳池水细菌总数	GB/T 18204.9—2000	采样瓶法	稀释培养法
游泳池水大肠菌群	GB/T 18204.10—2000	采样瓶法 采样瓶法	多管发酵法 滤膜法
公共场所浴盆、脸(脚)盆细菌总数	GB/T 18204.11—2000	涂抹法 斑贴法	稀释培养法 稀释培养法
公共场所浴盆、脸(脚)盆大肠菌群	GB/T 18204.12—2000	涂抹法 斑贴法 纸片法	稀释培养法 稀释培养法 纸片培养法
一氧化碳	GB/T 18204.23—2000	采气袋法 采气袋法	气相色谱法 汞置换法
二氧化碳	GB/T 18204.24—2000	采气袋法 采气袋法	气相色谱法 容量滴定法
氨	GB/T 18204.25	有泵型采样法 (液体吸收法) 有泵型采样法 (液体吸收法)	靛酚蓝分光光度法 纳氏试剂分光光度法
甲醛	GB/T 18204.26	有泵型采样法 (液体吸收法) 有泵型采样法 (液体吸收法)	酚试剂分光光度法 气相色谱法
臭氧	GB/T 18204.27—2000	有泵型采样法 (液体吸收法)	靛蓝二磺酸钠分光光度法
游泳水中尿素	GB/T 18204.29—2000	采样瓶法	二乙酰一肟分光光度法
苯、甲苯、二甲苯	GB 11737—1989	有泵型采样法 (固体吸附剂管法)	气相色谱法
总挥发性有机物(TVOC)	GB 50325—2001	有泵型采样法 (固体吸附剂管法)	气相色谱法
细菌浓度(沉降菌)	GB/T 16294—1996	自然沉降法	恒温箱培养法
氮氧化物	《环境空气质量监测检验方法》 (中国科学技术出版社—1991)	有泵型采样法 (液体吸收法)	盐酸萘乙二胺分光光度法

（二）现场采样方法

1. 撞击法

撞击法采用撞击式空气微生物采样器采样，通过抽气动力作用，使空气通过狭缝或小孔而产生高速气流，使悬浮在空气中的带菌粒子撞击到营养琼脂平板上，经若干时间，在适宜的条件下让其繁殖到可见的菌落进行计数，以平板培养皿中的菌落数来判定环境内的活微生物数，并以此来评定环境中的细菌数。

2. 自然沉降法

自然沉降法，即通过自然沉降原理收集在空气中的生物粒子于培养皿中，经若干时间，在适宜的条件下让其繁殖到可见的菌落进行计数，以平板培养皿中的菌落数来判定环境内的活微生物数，并以此来评定环境中的细菌数。

3. 涂抹法

用无菌生理盐水湿润的灭菌棉拭纸，涂抹规定面积的被测物的采样部位，将采好样的棉拭纸通过无菌操作放入生理盐水内，4h内送检。

4. 纸片法

用无菌生理盐水湿润的大肠菌群检测纸片贴于被测物的采样部位，30s后取下，置于无菌塑料袋内，将采样后的大肠菌群纸片置37℃24h后进行观察，并判断结果。

5. 斑贴法

用无菌生理盐水湿润的无菌滤纸片贴到被测物的采样部位，1min后取下滤纸片，放入规定数量的生理盐水瓶中送检。

6. 采气袋法

将空气样品抽入采气袋内，封好进气口，带回实验室测定。

7. 有泵型采样法

有泵型采样法也叫动力采样法。有泵型采样法根据使用的样品收集器不同，有液体吸收法、固体吸附剂管法和扩散吸收法等。

液体吸收法常用的吸收管有大型气泡吸收管和小型气泡吸收管、多孔玻板吸收管和冲击式吸收管。大型气泡吸收管和小型气泡吸收管只能采集气态和蒸气态样品，不能采集气溶胶态样品。多孔玻板吸收管能采集气态、蒸气态和气溶态样品。采样流量对吸收管的采样效率有很大的影响，不同的待测物需要不同的采样流量。

固体吸附剂法根据采样后处理方法不同而分为构造不同的两类：溶剂解吸型和热解型固体吸附剂管。根据使用的吸附剂不同，固体吸附剂管分为活性炭管、硅胶管、分子筛管和高分子多孔微球管等。固体吸附剂的吸附作用分为物理性吸附和化学性吸附。选择标准的采样流量对空气中的健康影响因素进行吸附。

六、现场测定技术

（一）现场测定项目

一般情况下，物理因素采用仪器直读法，具体可以采用仪器直读的公共场所检测项目见表 6-78。

表 6-78　需要现场测定的检测项目

项　　目	监测标准	现场采样仪器
温度	GB/T 18204.13—2000	玻璃液体温度计
		数显式温度计
相对湿度	GB/T 18204.14—2000	通风干湿表
		毛发湿度表
		氯化锂湿度计
风速（截面风速）	GB/T 18204.15—2000	热球式电风速计
		数字风速表
气压	GB/T 18204.16—2000	空盒气压表
新风量	GB/T 18204.18—2000	气体浓度测定仪
	公共场所集中空调通风系统卫生规范	皮托管、补偿式微压计、热球式电风速计
		风速计
照度	GB/T 18204.21—2000	照度计
噪声	GB/T 18204.22—2000	声级计
一氧化碳	GB/T 18204.23—2000	CO 红外线气体分析器
二氧化碳	GB/T 18204.24—2000	CO_2 检测报警器
游泳水温度	GB/T 18204.28—2000	水银温度计
		热变电阻温度计
氡	GBZ/T 155—2002	连续测氡仪
静压差	GB 50073—2001	补偿式微压计
含尘浓度	GB/T 16292—1996	尘埃粒子计数器
可吸入颗粒物	WS/T 206—2001	微电脑激光粉尘仪
工频电场	GB 16203—1996	工频电磁场探测仪

（二）现场测定方法

仪器直读法由持有上岗证的操作人员根据相关标准，通过现场直读仪器对现场的健康影响因素进行检测，仪器可直接读取检测点现场的健康影响因素的浓度或强度。

在现场测定时，仪器的使用不当会引起一定的误差，因此测定时应注意规范操作。

（1）温湿度　仪器需在采样点设置一定时间后再读数，读数应快速准确，以免人的呼吸气和人体的热辐射影响读数的准确性；读数的时候手不要碰到感温部位。

（2）风速　开机校准的时候测杆要垂直，探头不可拉出；仪器探头上的红点要对准风向；读取的数据是指示值，并不是实际值，需要查仪器每次的检定证书上的校正公式，求出实际风速。

（3）二氧化碳、一氧化碳　每次检测前需要校准零点终点，一氧化碳体积浓度（ppm）换算成标准状态下质量浓度（mg/m^3）；二氧化碳读数时应注意，不要离采气口太近，采样者的呼吸会影响读数。

（4）可吸入颗粒物　每次检测时需用内装标准散射板对散射光进行测定，使显示值调整到检验表记载的内装散射板值，以消除系统误差；现场测定时须将旋钮指向"测量"位置。

（5）照度　现场的灯要打开一段时间后再测现场照度，白炽灯至少开 5min，气体放电灯至少开 30min，受光器在测量前要至少曝光 5min，测定时受光器水平放置在测定面上，测定者的位置和服装不应该影响测定结果。

（6）噪声　公共场所多为无规则变化噪声，要用满挡，每隔 5s 读一个瞬时 A 声级，每个测量点要连续读取 100 个数据代替该测点的噪声分布；等效连续声级公式：

$$L_{\mathrm{Aeq,T}} = 10\lg\left(\frac{1}{T}\sum_{i=1}^{n}T_i10^{0.1L_{\mathrm{Aeq},T_i}}\right)$$

式中　$L_{\mathrm{Aeq,T}}$——等效连续 A 声级；

　　　L_{Aeq,T_i}——i 时刻的瞬量声级；

　　　　T——规定的测量时间。

（7）气压　需要查仪器每次的检定证书上的校正公式，求出实际气压。

（8）水温　要等读数恒定后测定；测定时应避开直射热源或日光。

（9）静压差　测量时应确保压力接嘴与微压计接嘴的橡皮导管气密良好；仪器做密封性检查时，切不可超过测量上限的压力 1500Pa，否则会发生仪器卡紧情况；拨动微调盘，使观测筒反光镜面上的水准头影与倒影影头相接；在使用时不应有任何震动现象，虽是轻微震动，也能使液面产生波动，影响示值读数；在正常使用情况下，不允许旋转各连接部分紧固螺钉，防止发生漏气现象。

（10）含尘浓度　检测之前先自检；根据手术室内净化级别调节流量；测量时采样管尽量伸直，避免曲折，并应避免吸入油污及腐蚀性气体；检测结束后把采样管仍插到过滤器的接嘴上，自净 5min。

七、现场采样和测定的注意事项

公共场所建设项目竣工验收卫生学检测一般应当在工程完工后 7d，至工程交付使用前期间实施。

进行甲醛、苯、氨、总挥发性有机物（TVOC）现场采样和检测时，采用集中空调通风系统的公共场所，集中空调通风系统应当处于正常运行状态；采用自然通风的公共场所，应关闭门窗 1h 后进行。进行氡现场测定时，采用集中空调通风系统的公共场所，集中空调通风系统应当处于正常运行状态；采用自然通风的公共场所，应关闭门窗 24h 后进行。

不同类别的公共场所，其检测频率也不一样，具体见表 6-79。

表 6-79　不同类别公共场所的检测频率

场所类别	检测频率
旅店客房	1 天；3 次（上午、下午、晚上各一次）
视听场所	1 天；测 1~2 场，每场 3 次（开映前 10min，开映后 10min，结束前 15min）
理发美容店	1 天；2~3 次
商场及就餐场所	1 天；客流高峰时 2~3 次
运动场所	1 天；营业高峰时 2 次
游泳池水样	游泳池开放季节，每周 1 天；高峰时 1~2 次。天然游泳场，开放季节内采样 1~2 次

公共场所化学因素和物理因素的现场采样和检测与职业场所现场采样和检测注意事项基本相同，包括采样前的准备、采样的现场组织、样品的管理与送检等内容可以参见第三章相关内容。

公共场所生物因素的现场采样的应当注意以下几个事项：生物因素的采样应做到无菌操作；避免人员的频繁流动造成室内空气质量的变化；人员远离平皿，以免人员的呼吸等人为活动影响检测结果；检测洁净手术室等有净化级别的房间时，检测人员必须穿戴符合环境洁净度级别的工作服，且室内检测人员不得超过 2 人。

甲醛、氨、苯、TVOC（总挥发性有机物）采样时应注意：仪器采样前要经过流量校正（皂膜流量计或转子流量计），采样器连接要注意方向性，不要接反造成试剂倒吸，损伤采样器，要注意仪器是否电量充足，否则会影响流量稳定。

二次供水采样时应注意：采样前需在瓶身上贴上标签；取样前先放水一段时间，以免管道中残留的杂质影响检测结果的准确性；先采集做金属的大塑料瓶和采集其他（色、混浊度、耗氧量、硒、砷、镉、盐类等）的大玻璃瓶在采集前先用水样清洗两次再采集；采集做挥发酚类的玻璃瓶内需加氢氧化钠；采集做汞的玻璃瓶需烘干；采集氯仿、四氯化碳的带塞玻璃瓶采样时，应将水沿着内壁缓慢流入，防止产生气泡，玻璃瓶内需将水灌满；采集细菌总数、总大肠菌群、粪大肠菌群的高压消毒灭菌瓶采样前需用酒精棉球将出水口外沿消毒后再采样，采样时瓶口不得接触出水口，采样后盖上瓶盖，用牛皮纸包好。

八、现场卫生学调查

对同一个场所，不同的现场情况会造成不同的检测结果，故现场调查对今后的评价是重要的依据。现场调查的内容包括：空调通风系统运行情况、卫生设施的设置及运行情况、客流量、自然通风、室内装修情况等。

空调通风系统的新风量、自然通风室内的客流量直接对室内 CO、CO_2、可吸入颗粒物和空气细菌数等健康影响因素的浓度会有影响。

空调通风系统新风口周围是否有污染源、空调箱内是否装设空调过滤器，都会影响室内空气中可吸入颗粒物等污染物的浓度。室内装修的繁简程度会影响室内空气中甲醛、氨、苯、TVOC 等化学物质的浓度。

九、检验报告的编制

（一）原始记录

现场采样和测定的原始记录填写必须及时、真实、完整、清晰、规范。原始记录中应当包含可能影响检测结果的任何情况，如仪器型号及其校准情况、气象条件、样品的处理过程、操作人员、所用试剂和器皿等。

车厢环境原始记录表头示例见表 6-80。

表 6-80 车厢环境原始记录表头

样品名称		数量	点	样品编号	
检测项目					
收样日期					
检测日期					
检测地点及环境条件	×号线×号列车×号车厢				
测试方法和仪器					
测试方法：					
仪器：					

车厢环境原始记录正文示例见表 6-81。

表 6-81　车厢环境原始记录正文

检测结果与记录

现场气压/kPa

测试人　　　　　　　　　　　　　　　　　　　　　　复核人

×号列车×号车厢检测结果

	第一次	第二次	第三次
培养皿编号	，	，	，
温度/℃	，	，	，
相对湿度/%	，	，	，
风速　指示风速/(m/s)			
风速　实际风速/(m/s)			
一氧化碳/ppm	，	，	，
(mg/m³)			
二氧化碳/ppm	，	，	，
(%)			
可吸入颗粒物/(mg/m³)	，	，	，
照度/Lx	，	，	，
噪声(L_{Aeq})/dB(A)			

×号列车×号车厢检测结果汇总：

	检测结果范围	检测结果均值
温度/℃		
相对湿度/%		
实际风速/(m/s)		
一氧化碳/(mg/m³)		
二氧化碳/%		
可吸入颗粒/(mg/m³)		
照度/Lx		
噪声(L_{Aeq})/dB(A)		

布点图：

换算公式：

（二）检验报告

检验报告是对检测结果的整理和汇总。检测报告应包括下列内容：检测范围、检测依据、样品采集与现场测定情况及样品检测结果。数据处理可以参见第三章职业病危害因素检测数据处理相关内容。

公共场所检测资料的汇总分析，一般通过计算平均值、检出最高值和最低值范围，并与卫生标准比较，以合格率的方式描述。商务楼办公室有 2 个以上检测点时，应取各点检测结果的平均值作为该房间的检测值。

车厢环境检验报告表头示例见表 6-82。

表 6-82　车厢环境检验报告表头

样品编号：

样品名称	车厢环境		
样品标记			
样品性状		样品数量	点
样品来源		检验类别	委托
委托单位		收样日期	
委托单位地址		检验完成日期	
技术依据			
检验项目			
检验结果与评价			

车厢环境检验报告正文示例见表 6-83。

表 6-83　×号线×号列车×号车厢内空气质量测定结果

项目名称	样品数量	结果范围	均值	合格数	合格率/%	卫生标准
温度/℃						
相对湿度/%						
风速/(m/s)						
二氧化碳/%						
一氧化碳/(mg/m³)						
可吸入颗粒物/(mg/m³)						
空气细菌总数/(cfu/皿)						
噪声/dB(A)						
照度/Lx						

办公用房环境检验报告正文示例见表 6-84。

表 6-84　×楼×办公室内空气质量测定结果

项　　目	甲醛均值/(mg/m³)	苯均值/(mg/m³)	氨均值/(mg/m³)	TVOC 均值/(mg/m³)
检测值				
标准值				

第七章　公共场所集中空调通风系统卫生学评价

第一节　集中空调通风系统卫生学评价概述

一、集中空调通风系统的卫生现状

近年来，随着我国经济的不断发展，各地公共场所数量不断增加，至 2001 年全国公共场所的总数已达到 56.8 万个，其中大型公共场所占 30%～40%。由于公共场所分布广、人群密集且流动性大，因此公共场所的卫生安全性直接关系到社会安定与人民群众的身体健康。鉴于目前公共场所建筑的规模越来越大，空间密闭性也越来越好，这些场所（尤其是三星级以上的宾馆饭店、大型商厦、超市、影剧院、室内体育馆以及大型室内娱乐场所等）的室内环境微小气候都需要通过集中空调通风系统来进行调节。集中空调通风系统已成为建筑中必不可少的设施。

然而，集中空调通风系统对于室内空气品质是一把双刃剑：一方面，集中空调通风系统以其制冷/热快速、使用方便、无噪声等优点被广泛使用，它以机械的方式创建了适宜的人工环境，满足了人们对室内环境的舒适性需求；另一方面，由于集中空调通风系统本身设计、施工安装、运行管理等各环节存在不合理因素，可能产生和加重室内空气污染，尤其是可能受到病原微生物污染而引发呼吸道传染，损害人体健康。由于集中空调通风系统的卫生质量关系到室内环境的卫生质量与公众的身体健康，这一问题已引起人们的关注。

美国、欧洲等国家曾对集中空调通风系统造成的室内空气污染进行了大量的调查研究。美国在 20 世纪 90 年代对 450 座办公楼进行过调查，结果显示，50% 的空调房间室内空气质量恶化，其中一半以上的污染来自集中空调通风系统；1992 年对欧洲国家室内空气质量调查结果显示，其中在带有集中空调通风系统的环境中，有 42% 的污染来自集中空调通风系统。

我国从 20 世纪 80 年代才开始普遍使用集中空调通风系统。目前已有 500 多万个使用单位，而且正以每年 10% 的速度递增。但是我国目前大部分集中空调通风系统从未清洗过，有些甚至已经运行了 20 多年。2004 年，我国卫生部就曾对全国 30 个省、自治区、直辖市的 937 家宾馆饭店、大型商场、超市的集中空调通风系统的卫生状况进行了抽检，其中近 50% 的集中空调通风系统属于严重污染程度，合格的仅占抽检总数的 6%。集中空调通风系统的风管内的积尘量达到 20g/m² 以上的占 90%、50g/m² 以上的占 57%，最高达到 486g/m²；每克积尘中细菌总数 10 万个以上占 80%，最高达到 277 万个；每克积尘中真菌总数 10 万个以上占 73%，最高达到 480 万个。1997～1999 年间，北京市对 14 家四星及五星级饭店的冷却水进行了军团菌抽查，其中 12 家饭店的冷却水检出军团菌，检出率为 85.7%；上海市对 10 家公共场所的冷却水进行了军团菌抽查，检出率为 49.9%，其中地铁车站军团菌检出率为 69.4%。由此可见，我国各公共场所集中空调的污染已经十分严重。

美国国家职业安全与卫生研究所（NIOSH）曾对 529 个建筑的集中空调通风系统的卫生问题进行过评估，并发现：其中 280 座建筑物通风不合格，占调查总数的 53%，而建材污染仅为 21 座，占调查总数的 4%。NIOSH 根据评估报告得出的结论见表 7-1。

表 7-1 集中空调通风系统的存在的问题

原 因	百分比	原 因	百分比
新风量不足	84%	新风入口位置不当	20%
建筑维护结构漏水	57%	送风风道和空气处理机脏污	18%
空气分布无效	45%	过滤器效率低下	22%
集中空调通风系统维护不良	39%	冷凝水排放不利	12%

我国尚无这方面的统计，但是通过调查发现，目前集中空调通风系统主要污染原因大致也集中在以下几方面：首先是空调设计不合理，包括新风量不足、风口位置不合理等；其次是因为施工不当而引起的污染，包括大量建筑垃圾遗留风管、未预留风管检修等；最后是不科学的维护、管理所造成的污染，包括减少或不送新风、新风机房堆放杂物等。

由于上述种种原因，使得集中空调通风系统往往成为病原微生物滋生与繁殖的温床，传染病交叉感染与传播的渠道。根据调查，目前集中空调通风系统所产生的污染对人体健康的损害和疾病种类已多达几十种。根据其对人体的危害、疾病的性质，致病的病源等，大致可分为三大类：即急性传染病（如军团菌病）、过敏性疾病（包括过敏性肺炎、加湿器热病等）以及病态建筑物综合征（SBS）。在上述疾病中，尤以呼吸道传染病为甚。如 1976 年 7 月在美国费城的退伍军人会议期间，182 名军人突然出现发热、胸痛及呼吸困难等，附近 39 例居民也有类似症状，共计 221 例，其中死亡 34 例，占 15.4%，此病即为"退伍军人病"或"军团菌病"。我国自 1982 年在南京发现首例病人以来，也有多起军团菌病散发和暴发的流行报道。

另据报道，中国每年因室内空气污染所致的死亡达人数 11.1 万人，因室内空气污染所致的呼吸系统疾病入院人数达 22 万人。据世界银行估计，中国每年因室内空气污染所致健康危害的经济损失高达 32 亿元左右。

二、集中空调通风系统的卫生管理

从卫生学的角度来说，集中空调通风系统不仅要保证室内的热舒适性，更重要的是要保证人体健康。但是鉴于集中空调通风系统的两面性，集中空调通风系统的污染对人体健康的损害效应已引起全球普遍注意。2003 年全球性 SARS 的流行，更是受到政府和社会公众对集中空调通风系统生物污染严重性的关注。国外早在 20 世纪 70 年代末就开始重视集中空调通风系统的污染问题了，并制定了较为完善和严密的使用管理规定。如美国国家风管清洗协会制定的行业标准《暖道集中空调通风系统的评估、清洗和修复标准》、日本制定的《日本风道清洗协会技术标准》、英国和瑞典等都相继制定了相应的标准，芬兰新颁布的法律要求宾馆、饭店、洗衣房、工业加工产生粉尘的通风系统，每年清洗 1 次；医院、学校等每 5 年清洗 1 次等。

我国建设部、卫生部和科技部三个部委也曾在 SARS 流行期间发布过"应急管理措施"，对集中空调通风系统的运行管理提出了一系列的卫生要求。虽然这些应急措施在当时起到了很大的作用，但还不是很完善，且只适用于"应急"状况，并不是预防控制集中空调通风系统传播传染病的长期措施。为此，卫生部于 2006 年 3 月 1 日起实施了《公共场所集中空调通风系统卫生管理办法》以及相配套的技术规范《公共场所集中空调通风系统卫生规范》、《公共场所集中空调通风系统卫生学评价规范》和《公共场所集中空调通风系统清洗规范》。

第二节　集中空调通风系统基础知识

一、空气调节的意义

空气调节简称空调，它是使房间或封闭空间的空气温度、湿度、洁净度和气流速度等参数，达到给定要求的技术。根据空调系统服务的对象不同，一般可分为舒适性空调和工艺性空调。前者是指为满足人的舒适性要求而设置的空气调节，后者是指为满足生产工艺过程对空气参数的要求而设置的空气调节。

空调的目的是要保持房间内的温度和湿度在一定范围内。对于建筑物来说，客观上总存在一些内部和外部两方面的干扰因素（室内各种设备、人的活动、气候变化等）。内部的干扰来自各种生产工艺设备、办公设备、电气照明设备以及人体等产生的热、湿和其他有害物；外部的干扰来自太阳辐射进入的热量、气候变化和室内外温差经维护结构传入的热量。这些因素有些是稳定的，有些是不稳定的，有些随季节而变化。房间内的温度和湿度也随之发生变化。

为了实现空气调节这一目的，目前它所依靠的技术手段主要是通风换气，具体地说，就是将经处理过的空气送入室内，使它在吸热（放热）、吸湿（放湿）后再从室内排出，并稀释室内污染物，从而使室内空气环境满足要求。

二、空调主要设备与部件

集中空调通风系统对室内空气的调节主要是由空气处理设备、空气输送设备和空气分配设备三个部分来完成的。此外，还有空调冷、热源和冷却水及其输送系统等部件和自动控制设备等，构成一个集中空调通风系统整体。

（一）空气处理设备

空气处理设备是指对空气进行各种热、湿处理和净化处理的设备，常用的空气处理设备包括空气过滤器、空气冷却器、空气加湿器、空气加热器以及空气净化消毒装置等。

1. 空气过滤器

将空气中的灰尘及其杂质等微粒分离出来的设备，称为空气过滤器。目前，常用空气过滤器的种类、形式及主要特性见表 7-2。

表 7-2　空气过滤器的形式及主要特性

分类	过滤器形式	有效的捕集尘粒直径/μm	压力损失/Pa	除尘效率/%		容尘量/(g/m²)①	用　途
				质量法	大气尘计数效率或钠焰效率		
初效过滤器	块式玻璃纤维过滤器（干式或浸油）；自净油过滤器、网状过滤器（干式或浸油）；粗、中孔泡沫塑料块状过滤器；滤材自动卷绕过滤器	≥5	30～200	70～90	大气尘计数效率：80%＞η≥20%（尘粒直径≥5μm）	500～2000	作更高级过滤器的前级保护；作一般集中空调通风系统的进风过滤器用
中效过滤器	滤材折叠（或袋式）的中细孔泡沫塑料、无纺布、玻璃纤维过滤器	＞1	80～250	90～96	大气尘计数效率：70%≥η≥20%（尘粒直径≥1μm）	300～800	在净化集中空调通风系统中作为高效过滤器的前级保护
亚高效过滤器	超细玻璃纤维滤纸（或合成纤维滤布）过滤材料做成多折型	＜1	150～350	＞99	大气尘计数效率：99.9%＞η≥95%（尘粒直径≥0.5μm）钠焰效率90%～99%	70～250	作净化集中空调通风系统的中间过滤器；作低级净化集中空调通风系统的终端过滤器
高效过滤器	超细、玻璃纤维滤纸类过滤材料做成多折型	≥0.5	250～490	无法鉴别	钠焰效率≥99.97%	50～70	作为净化集中空调通风系统的终端过滤器；用于生物净化室

　　① 过滤器容尘量是指当过滤器的阻力（额定风量下）达到终阻力时，过滤器所容纳的尘粒质量；过滤器刚装上时的阻力为初阻力，过滤器使用一段时间后的阻力为终阻力，一般当终阻力是初阻力 2～3 倍时，就应该清洗或更换过滤器。

2. 空气净化消毒装置

　　去除集中空调通风系统送风中微粒物、气态污染物和微生物的装置即为空气净化消毒装置。目前，空气净化消毒装置所采用的杀菌技术有生物高效过滤、光催化、臭氧、紫外线等。

3. 空气冷却器

　　对空气进行冷却去湿处理的设备，称为空气冷却器。常用的空气冷却器有表面式空气冷却器（简称表冷器，通常采用制冷设备提供的冷媒水）、直接蒸发式空气冷却器（采用制冷剂作为冷媒）等。

4. 空气加湿器

　　对空气进行加湿处理的设备，称为空气加湿器。常用的空气加湿器有蒸气喷管加湿器、电加湿器、湿膜加湿装置等。

5. 空气加热器

　　对空气进行加热处理的设备，称为空气加热器。常用的加热装置有表面空气加热器（以热水或蒸气作为热媒，如热水盘管、蒸汽盘管等）以及电加热器。

（二）空气输送设备

　　空气输送设备的作用是将处理后的空气沿风道送到房间，并从房间内抽回或排出一定量的室内空气，以保证能够送入一定量的新风，保持室内空气平衡，并使室内空气品质达到卫生要求。输送设备包括通风机（风机和排风机）和风管系统。排风机并不是每个系统都存在。

　　风机为风管内输送空气提供动力，有送风机与回风机之分。集中空调通风系统设有送风机和回风机时，称为双风机系统；只设送风机时，称作单风机系统。目前，常用的风机有离心式风机、轴流式风机和贯流式风机三大类。其中贯流式风机主要用于各种机组中，如风机盘管、风幕、挂壁式空调室内机等。在工程上大量使用的是离心式风机和轴流式风机。前者的风压较高，风量较小，相对噪声较低，可将空气进行远距离输送，在一般集中空调通风系统中应用较广；后者的风压较小，风量大，噪声比离心式风机大，但耗电小。

　　风管主要用于空气的输送，一般分为送风风管和回风风管两种。空调风管多采用薄钢板（镀锌或不镀锌）或铝合金板制作，现在也有采用塑料板、玻璃钢板等材料制作的。

　　一般送风管外还需设有保温材料，以避免低温风管外表面结露，并减少空气在输送过程中的冷热损失。同时，为了避免风机产生的噪声传入室内，常在送风和回风干管上设消声器。

（三）空气分配设备

　　空气分配设备是指安排在不同位置的各种类型的送风末端设备与排风设备（送风口和回风口），它们起合理组织分配室内气流的作用，是将空气均匀地送入空调房间，使室内的空气温度及速度满足要求。目前，公共场所集中空调通风系统常见送风方式可分为侧送风、散流器送风、喷口送风、条形送风和孔板送风。以上五种送风类型及适用范围见表7-3。

表 7-3　送风口类型及适用范围

送风类型	送风口名称	适用范围
侧送风	格栅送风口	要求不高的一般空调工程
	单层百叶送风口	用于一般精度空调工程
	双层百叶送风口	公共建筑的舒适性空调,精度较高的工艺性空调
	条缝形百叶送风口	风机盘管出风口,一般空调工程
散流器送风	圆(方)形直片式	公共建筑的舒适性空调,工艺性空调
	圆盘型	公共建筑的舒适性空调,工艺性空调
	流线型	净化空调
	方(矩)形	公共建筑舒适性空调
	条缝(线)形	公共建筑舒适性空调
喷口送风	圆形喷口	公共建筑和高大厂房的一般空调
	矩形喷口	公共建筑和高大厂房的一般空调
条形送风	活叶条形散流器	公共建筑的舒适性空调
孔板送风	孔板送风口	乱流洁净室的末端送风装置,净化系统送风口

　　此外，按照送、回风口布置位置和形式的不同也可以形成各种各样的气流组织形式，一般有侧送侧回、上送下回、中送上下回、下送上回、上送上回。

（四）空调冷、热源设备

　　集中空调系统的空气处理设备以及风机盘管机组都是靠冷、热水源来完成空气处理过程的。

一般空调工程中使用的冷源分为天然冷源和人工冷源两种。天然冷源可分为：地下水、地道风、天然冰等。目前，人工冷源以水冷式制冷机组（简称冷水机组）应用最为广泛，常用的有活塞式冷水机组、螺杆式冷水机组、离心式冷水机组和溴化锂吸收式冷水机组四种。

常用的热源设备有蒸气锅炉、热水锅炉、各种电加热设备等。

另外，有一种热源设备需要强调的是空气源风冷热泵机组。这类机组通常夏季由蒸发器提供冷量，构成冷媒系统；冬季由冷凝器提供热量，成为热媒系统。由于这种热泵机组具有集热效率高，运行能耗低等特点，目前得到广泛应用。

（五）空调水系统

空调水系统分为冷媒水和冷却水两类。冷媒水作为传递冷量的介质，在制冷机的蒸发器中与制冷剂进行热交换，向制冷剂放出热量后，通过水泵和管道输送到各种空气调节处理装置中与被处理的空气进行热交换后，又经过回水管道返回到制冷机的蒸发器中，如此循环，构成一个冷却水系统。

冷却水系统的作用是将水冷式制冷机组吸收的热量散发出去，并使冷却水循环使用，节约用水，减少空调系统的运行费用。目前，常用的机械水冷却设备大都为开放式冷却塔，根据水与空气在填料层中的流动方式不同可分为横流式和逆流式冷却塔两种。

三、空调通风系统的分类

（一）按空气处理设备的设置分类

1. 集中式空调系统

将主要空气处理设备（如冷却器、过滤器、加湿器等）和风机集中在空调机房内，并由风机把处理后的空气（包括新风和回风）输送至空调房间。其特点是处理空气量大，有集中的冷源和热源，设备运行可靠，室内参数稳定，但机房占地面积较大。比较适用于大型商场、体育场馆、会议中心等场所。

2. 半集中式空调系统

除了安装在集中的空调机房内的空气处理设备可以处理一部分空气外，在各空调房间内还设有二次处理设备（也称为末端处理设备），可以对室内空气进行就地处理或对来自集中处理设备的空气再进行补充处理，如诱导器系统和风机盘管系统等。其特点是由于风机盘管等末端处理设备布置灵活，各房间可独立调节室温（其他房间不受影响），从而可减轻空调系统的负担。比较适用于宾馆客房等空调房间较多且各房间要求单独调节的建筑物。

3. 局部式空调系统

这是一种小型集中空调通风系统，它将空调设备直接或就近安装在需要空调的房间内，就地处理空气。空调设备包括制冷机、空气处理设备、风机、自动控制设备等，如窗式空调器和分体式空调机组等。其特点是结构紧凑，安装方便，使用灵活。适用于家庭等小环境场所。

（二）按处理空气的方式分类

1. 全新风式空调系统

空调系统全部使用室外新鲜空气（简称新风），新风经处理后送入房间，与室内空气进行热湿交换后，全部排出室外，不再循环使用。其特点是卫生条件好，但空调系统能耗大，运行费用高，主要用于在生产过程中产生有害物质的场合。

2. 全封闭式空调系统

空调系统全部使用室内的再循环空气（即室内回风），不补充室外新风。其特点是空调系统能耗最小，但卫生条件也最差，主要用于只有温湿度要求而无新风要求，且无人操作的环境。

3. 回风式空调系统

空调系统送入房间的空气是室外新风和室内回风的混合空气。该系统介于上述两种空调系统之间。其特点是既能满足卫生要求，又经济合理。

根据回风情况，室内回风系统又可分为一次回风系统和二次回风系统。

（1）一次回风系统　室内的回风与新风在表冷器（或喷淋室）前混合，混合后的空气经处理后通过风机及风管送入房间内，吸收室内多余的热湿之后，由回风管再送一部分空气回空气处理器，这样完成一个空气循环，在这个系统中，只有一次回风，所以称之为一次回风系统，如图 7-1 所示。

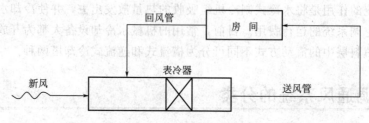

图 7-1　一次回风系统

（2）二次回风系统　室外新风与室内部分回风（一次回风）在表冷器（或喷淋室）前混合，混合后的空气经过处理后再与室内部分回风（二次回风）相混合，然后送入室内，吸收室内多余的热、湿量，然后排出。此类系统即称为二次回风系统，如图 7-2 所示。

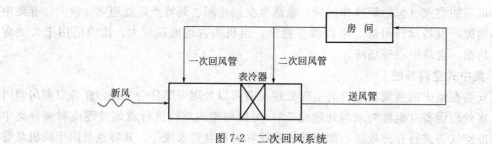

图 7-2　二次回风系统

（三）按热湿负荷处理介质分类

1. 全空气系统

全空气系统是指空调房间的室内热、湿负荷全部由经过处理的空气来承担的空调系统。由于空气的比热较小，一般需要用较多的空气量才能达到消除余热、余湿的目的，因此这种系统要求风道截面积大，占用的空间较多。

2. 全水系统

全水系统是指空调房间的热、湿负荷全部由经过处理的水来承担的空调系统。由于水的比热比空气大得多，在相同条件下所需水量较小，占的空间较小，因而能够节省建筑物空间，但不能够解决房间通风换气的问题。通常，空调系统设计中不单独采用此类系统。

3. 空气-水系统

空气-水系统是指空调房间的热湿负荷由经过处理的空气和水来共同承担的空调系统。其性能介于全空气系统和全水系统之间。它不仅有效地解决了全空气系统占用建筑空间多的问题，也解决了全水系统中空调房间通风换气的问题，因此该类系统应用较为广泛。带新风的风机盘管系统就属于典型的空气-水系统。带新风的风机盘管系统就属于典型的空气-水系统。

室外新风由新风机组进行处理之后，由新风管道送入空调房间，设置在室内的风机盘管对室内回风进行热、湿处理，然后将处理之后的空气与新风一起送入空调房间。根据空调风系统的不同，新风可以直接送入空调房间，也可以由风机盘管的风机提供动力送入空调房间。

4. 制冷剂系统

制冷剂系统是指空调房间的热、湿负荷直接由制冷系统的制冷剂来承担的空调系统。由于制冷剂比热要比水和空气大得多，并且存在着潜热交换，因此不仅其尺寸小，更节能，同时也节省建筑空间。局部式空调系统就属于此类系统。

这里需要重点介绍的是直接蒸发式变制冷剂流量空调系统，即我们常说的 VRV 空调系统（Varied Refrigerant Volume）。这类变制冷剂空调系统，是以制冷剂为输送介质，室外主机由室外侧换热器、压缩机和其他制冷附件组成，末端装置是由直接蒸发式换热器和风机组成的室内机。一台室外机通过管路能够向若干个室内机输送制冷剂。通过控制压缩机的制冷剂循环量和进入室内各换热器的制冷剂流量，可以适时地满足室内冷、热负荷要求。

按负担室内热湿负荷所用的工作介质分类的集中空调通风系统见图 7-3。

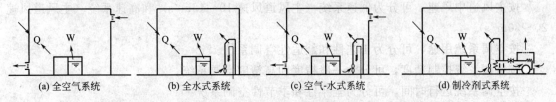

图 7-3　按负担室内热湿负荷所用的工作介质分类的集中空调通风系统

由于 VRV 空调具有节能、运转平稳等诸多优点，而且各房间可独立调节，能满足不同房间、不同空调负荷的需求，因此一些小型的公共场所常采用设置带新风的 VRV 空调。

上述 4 种集中空调通风系统的工作方式及功能说明见表 7-4。

表 7-4　按负担室内热湿负荷所用的工作截至分类的集中空调通风系统

方 式 名 称	功 能 说 明
全空气方式	只用空气作冷媒
（1）单风管式	只供选一种风（冷或热）
（2）多区方式	按区域供选不同温度的风
（3）双风管式	向不同的空调区分送冷风或热风
空气-水方式	同时向室内送作为冷媒的水和空气
（1）风机盘管式	每室至少有一个风机盘管机组就地回风
（2）诱导方式	利用高压空气诱导室内空气
全水方式	用水作冷媒
风机盘管式	无新风系统，新风可直接从外墙进入风机盘管机组
制冷剂方式（自带冷源机组式）	内装制冷机的空调器
	可以直接安装在室内，亦可接少量风管

（四）按系统风量调节方式分类

1. 定风量系统

空调系统的送风量是全年不变的，并且按房间最大热湿负荷确定送风量。其特点是由于系统一直处于房间热、湿负荷最大值的工况运行，故其能耗较大，造成能源浪费。

2. 变风量系统

靠减少风量的办法来适应负荷的降低，保持室内温度不变。其特点是节约了提高送风温度所需的热量，而且还因处理风量的减少，降低了风机电耗和制冷机的冷量。

（五）按风道设置分类

1. 单风道系统

由一条送风管道和一条回风管道组成。

2. 双风道系统

由两条送风管道（一条送冷风、一条送热风）和一条回风管道组成，两种状态的空气在每个空调房间或每个区的双风道混合箱中混合变成送风状态。根据各房间或各区域的负荷以及对送风状态的要求不同，在混合箱中冷、热风可以采用不同的比例。

（六）其他

按主风道中风速，可分为低速系统（主风道风速 $10\sim15m/s$）和高速系统（主风道风速 $20\sim30m/s$）。

按空调系统用途，可分为工艺性和舒适性空调系统。

按空调系统控制精度，可分为一般精度和高精度空调系统。

按空调系统运行时间，可分为全年性和季节性空调系统。

四、集中空调通风系统运行原理

虽然用于集中空调通风系统的新技术和新设备不断出现，但基本还是由空气循环、冷冻水循环、制冷剂循环、冷却水循环等四个系统组成。只有这四个系统有机结合，才能有效运行集中空调通风系统。

1. 空气循环系统

集中空调通风系统对空气所进行的加热、加湿、冷却、去湿和过滤等都有相应的空气处理设备来实现，这些设备由风管连接起来，并通过送/回风口把处理好的空气送入空调房间以及把房间内的空气取回来。这样，送/回风口、风管、空气处理设备和提供空气流动动力的风机以及风阀等附件就形成了一个空气循环系统，这是集中空调通风系统中的第一个循环系统。

2. 冷冻水循环系统

对空气进行加热、冷却或去湿的设备通常是指加热盘管或冷却盘管，有冷、热源设备给这些盘管提供处理空气的热量或冷量。热源设备主要有锅炉，也有采用电加热器等，冷源设备主要是各种冷水机组。如夏季供冷时，冷水机组的蒸发器（一种热交换器）、处理空气的冷却盘管和提供水流动力的水泵以及它们之间的连接水管和附件组成了集中空调通风系统中的另一个环路，称之为冷冻水循环系统，一般这是一个密闭循环系统，即它不与大气直接连通。这个循环系统通过冷冻水源源不断地把制冷机产生的冷量送到冷却盘管去处理空气。

3. 制冷剂循环系统

冷水机组的主要部件除了蒸发器之外还有压缩机、冷凝器和膨胀阀，它们之间由专门的管路连接起来，其内部流动着制冷剂。这是一个有压密闭循环系统。

4. 冷却水循环系统

制冷机在蒸发器那里吸热制冷，吸收的热量到冷凝器那里冷凝放热，因此为了维持压缩机正常工作，必须把冷凝器里制冷剂释放的热量排除掉，这个任务由冷却水循环系统来完成的。冷却水循环系统由冷凝器、冷却水泵、冷却塔和连接水管及附件组成。冷却水从冷凝器里带走的热量，在冷却塔中直接释放给大气。

第三节　集中空调通风系统卫生评价

集中空调通风系统通常比较复杂，不同功能的公共场所、同一场所中不同功能区域都可能采用不同的空调方式，同一功能区域（如客房、不同楼层等）还可能分为多个空调服务区。不同空调方式的通风系统可能存在相同的或不同的生物性、化学性和物理性污染，同一空调通风系统的不同部位污染程度也可能不同。这些污染所引起的诸多卫生问题，无论其影响范围是公共场所内的所有区域，还是个别功能区；导致的健康损害是急性的或是慢性的，都将贯穿于空调通风系统使用的全过程。

依据卫生部颁布的《公共场所集中空调通风系统卫生学评价规范》的规定，公共场所集中空调通风系统卫生学评价主要分为预防性卫生学评价和经常性卫生学评价。

预防性卫生学评价是对新建、改建和扩建集中空调通风系统进行的评价。一般建设项目的建设包括选址、设计、施工、竣工验收四个阶段，集中空调通风系统预防性卫生学评价只包括设计阶段的设计评价以及竣工验收阶段的竣工验收评价。

经常性卫生学评价是对已投入运行的集中空调通风系统卫生状况进行的评价。

一、资料收集

公共场所因规模、功能的不同，使用的空调方式也不同。因此，集中空调通风系统卫生学评价应注重收集与集中空调通风系统特性密切关联的资料。设计评价由于项目尚处于设计阶段，因此，收集的基础技术资料主要是初步设计文本或扩初文本说明等；竣工验收评价由于项目已经完工，因此，收集的基础技术资料除初步设计文本或扩初文本说明外，还应收集竣工验收资料，包括设计变更书、竣工验收书、竣工图纸等，以全面了解建筑物的集中空调通风系统是否发生变化。

（一）基础技术资料

集中空调通风系统所需的基础技术资料与公共场所评价项目基本相同，相同部分可参考第六章相关内容。根据集中空调通风系统卫生学评价的要求，集中空调通风系统的初步设计应当包含以下内容：

- 建设项目的工程概况与设计内容；
- 暖通空调设计资料；
- 总平面图纸；
- 暖通设计图纸。

竣工验收的评价项目，除上述基础技术资料外，还需补充暖通施工图纸、集中空调通风系统卫生学设计评价报告、卫生行政部门的审核意见单等资料；在运期间的评价项目，需补充竣工验收的评价报告、空调清洗管理维护档案等相关资料。

（二）标准、技术规范

① 《公共场所集中空调通风系统卫生规范》（卫监督发[2006]第 58 号）。
② 《公共场所集中空调通风系统卫生学评价规范》（卫监督发[2006]第 58 号）。
③ 《公共场所集中空调通风系统清洗规范》（卫监督发[2006]第 58 号）。
④ 《空调通风系统运行管理规范》（GB 50365—2005）。
⑤ 《采暖通风与空气调节设计规范》（GB 50019—2003）。
⑥ 《公共建筑节能设计标准》（GB 50189—2005）。

二、工程分析

工程分析是对集中空调通风系统以及与其相关的公共场所的基础技术资料进行详细的研读和分析，为健康危害因素的识别、评价因子的选择、设计参数的分析和防护措施的评价做好准备。

（一）建设项目基本情况分析

与集中空调通风系统关联的建设项目基本情况分析应包括以下几方面的内容：
① 建设地点、投资规模、项目性质。
② 平面布局、建筑面积。
③ 建筑功能、服务人数。
建设项目基本情况分析示例如下。

1. 项目概况

某商业综合楼项目位于××新城××地块。基地东临××路，南侧为××地块，西接××地块，北侧为××河。该项目总用地面积为 4253m²。基地总建筑面积约为 11602m²，其中地上建筑面积为 8614m²，地下建筑面积为 2988m²。

该项目为新建商业用房。

2. 平面布局

该项目为一幢低层建筑，由地上 3～5 层和地下一层构成。建筑主体采用半围合形式，分为北侧 3 层高的建筑和南侧 5 层高 L 形建筑，两者以底层架空的三层建筑相连。综合楼的主出入口设于东南角。建筑西北角同时设有一个室外休闲广场。

3. 建筑项目用途

该项目各类场所的建筑用途如表 7-5 所示。

表 7-5 建筑用途一览

楼 层	建 筑 用 途	建 筑 面 积/m²	层 高/m
一层商业区	商业为主,东北角为特色餐饮	1700	5.1
二层餐饮区	餐厅、餐厅包房及厨房区域	2000	4.2
三层娱乐区	KTV 包房	1600	4.2
四层娱乐区	KTV 包房	1000	4.2
五层娱乐区	KTV 包房	1000	4.2

4. 服务人数

该项目各场所服务人数如表 7-6 所示。

表 7-6 服务人数一览

房间名称	设计最大人数/人	使用面积/m²	房间名称	设计最大人数/人	使用面积/m²
一层商业区	260	886	三层 KTV 包房	420	1423.5
一层特色餐饮区	160	335.7	四层 KTV 包房	240	789
二层餐饮区及包间	350	700.8	五层 KTV 包房	260	860
二层特色餐饮区	160	345.5			

(二) 集中空调通风系统设计分析

集中空调通风系统设计概况应包括以下几方面的内容:

- 空调类型、气流形式、系统设计参数;
- 空调冷、热源设备介绍;
- 空调冷却、冷凝水系统介绍以及冷却塔的类型和位置;
- 空调卫生防护措施的设置（包括：空气净化消毒装置种类、安装部位等）。

集中空调通风系统设计工程分析示例如下。

1. 空调通风系统设置

医院综合楼区域集中空调通风系统设置情况:诊区、病房区均采用风机盘管加新风（空气-水）系统,办公区、餐厅等均采用全空气空调系统。1～2 层各区域分设独立的空调（新风）机房,3～4 层空调机房集中设于屋顶。各区域集中空调通风系统的室内设计参数与空调系统设计如表 7-7 和表 7-8 所示。

表 7-7 各区域空调室内设计参数一览表

房间名称	夏 季		冬 季		新风量 /[m³/(h·人)]	噪 声 /dB(A)
	干球温度/℃	相对湿度/%	干球温度/℃	相对湿度/%		
病房	25～27	50～60	20～22	自然	35	≤45
诊室	25～27	50～60	18～20	自然	35	≤50
办公室	25～27	50～60	18～20	自然	30	≤50
餐厅	24～26	55～65	18～20	自然	20	≤50

表 7-8 各区域空调通风设计一览表

服务区域	设备数量/套	设备额定新风量/(m³/h)	空调类型	气流组织
1 层诊区	6	6×5000	风机盘管加新风系统	上送上回
1 层餐厅	1	20000(新风量占 25%)	全空气空调系统	上送上回
2 层办公区	2	2×16000(新风量占 20%)	全空气空调系统	上送上回
3 层病房区	4	4×3000	风机盘管加新风系统	上送上回
4 层病房区	6	6×3000	风机盘管加新风系统	上送上回

2. 空调冷、热源设备

本项目夏季空调设计冷负荷约为 5070kW，采用二台 2110kW/台离心式机组和一台 1044kW/台螺杆式机组，提供 7～12℃ 的冷冻水供夏季制冷。冷水机组设置于综合楼地下室的辅助用房内。

冬季空调设计热负荷约为 4540kW，采用蒸气加热。蒸气热源由该地区某能源公司供应。

3. 冷却塔及冷凝水管路设置

本项目空调冷水机组采用冷却水系统冷却，设有 2 组开放式冷却塔，冷却塔位于综合楼屋顶东北侧。冷却水系统设有除垢处理装置，并采用自动智能控制加药。冷冻机与冷冻、冷却水泵、冷却塔采用连锁控制。

空调机组均设有冷凝水收集管网，冷凝水经排水管排入各层地漏，并统一排入医院内的污水处理站处理。排水管均设有水封组件。冷凝水排水管外均设有橡塑保温材料，保温厚度为 25mm。

4. 空调卫生防护装置的设置

集中空调的新风口设有金属防护网，用于防鼠；空调机组内设有初效过滤装置，部分机组内还设有中效过滤装置，可对室外空气（或混合空气）进行过滤，装置的具体性能参见表；集中空调通风系统设有手动应急关闭新风和回风的装置；送风主管和支管设有手动风量调节阀，可调节区域送风；送风主管设有消声装置；空调送风末端采用格栅风口送风，送风口处同时设有金属防鼠装置，见表 7-9。

表 7-9　过滤装置性能参数一览

装置名称	过滤效率	初阻力	终阻力	过滤材质
初效过滤器	20%～80%（粒径≥5.0μm）	≤50Pa	≤100Pa	无纺布
中效过滤器	20%～70%（粒径≥1.0μm）	≤80Pa	≤160Pa	玻璃纤维或泡沫塑料

三、健康影响因素的识别

集中空调通风系统卫生学评价中，健康影响因素的识别应包括集中空调通风系统产生的健康影响因素以及因使用集中空调通风系统可能引起室内空气质量变化的健康影响因素。

集中空调通风系统产生的健康影响因素主要包括：新风量、粉尘、细菌、真菌、微型动物、螨虫、生物性可挥发性有机化合物（TVOCs）、致病微生物等，如设有空气净化消毒装置的系统，还产生臭氧、紫外线、总挥发性有机化合物（TVOC）和可吸入颗粒物 PM_{10} 等。

可能引起室内空气质量变化的健康影响因素主要包括：室内温度、相对湿度、室内噪声、新风量、风速、一氧化碳、二氧化碳、甲醛、氨、空气细菌总数等。

依据《公共场所集中空调通风系统卫生规范》的规定，集中空调通风系统卫生学评价选取的评价因子主要为：新风量、风管内表面积尘量、细菌总数、真菌总数、送风中可吸入颗粒物、细菌总数、真菌总数、β-溶血性链球菌和冷凝水、冷却水中嗜肺军团菌等。具体卫生要求如表 7-10～表 7-12 所示。

表 7-10　新风量卫生要求

场　　　所		新风量/[m³/(h·人)]
饭店、宾馆	3～5 星级	≥30
	1～2 星级	≥20
	非星级	≥20
饭馆(餐厅)		≥20
影剧院、音乐厅、录像厅(室)		≥20
游艺厅、舞厅		≥30
酒吧、茶座、咖啡厅		≥10
体育馆		≥20
商场(店)、书店		≥20
旅客列车车厢、轮船客舱		≥20
飞机客舱		≥25

表 7-11　送风卫生要求

项　　目	要　求	项　　目	要　求
送风中 PM10	≤0.08mg/m³	送风中真菌总数	≤500cfu/m³
送风中细菌总数	≤500cfu/m³	送风中 β-溶血性链球菌等致病微生物	不得检出

表 7-12　风管内表面卫生要求

项　　目	要　求	项　　目	要　求
风管内表面积尘量	≤20g/m²	风管内表面细菌总数	≤100cfu/cm²
风管内表面致病微生物	不得检出	风管内表面真菌总数	≤100cfu/cm²

　　此外，集中空调通风系统冷却水和冷凝水中不得检出嗜肺军团菌。

　　在识别集中空调通风系统健康影响因素的同时，还应当识别各类公共场所室内环境中与空气调节密切相关的健康影响因素，这其中还包括空调通风系统的正常运行与否，时时刻刻影响着这些影响因素的变化——良好的通风换气可以降低有害化学物质；而合适的温、湿度与室内风速的调节则能使人们感到舒适。因此，这些卫生指标也从另一个角度反映出集中空调通风系统对室内环境舒适度和空气品质好坏的影响。

四、现场卫生学调查

　　集中空调通风系统竣工验收评价需要通过现场卫生学调查来全面了解和掌握有关情况。现场卫生学调查主要包括卫生防护措施落实情况、集中空调通风系统运行卫生状况、集中空调通风系统管理情况、来自周边环境及建筑物自身的污染情况四个部分。

(一)卫生防护措施落实情况

　　集中空调通风系统设计中，在卫生防护设计方面可能存在某些不合理的地方，在设计评价会对此提出相应的建议。在竣工验收评价时，通过现场卫生学调查，需要核实这些卫生防护措施的落实情况。一般可采用检查表的方法，事先根据标准、技术规范的各项规定设计相应的检查表，在现场逐一核查，并记录在表上。

在评价报告中，评价人员可采用设计，结合集中空调管理办法中对应的条款逐项调查分析，并真实、客观地反映其中仍然存在的问题或卫生安全隐患。

卫生防护措施落实情况调查示例见表 7-13。

表 7-13　卫生防护措施落实情况现场检查表

序号	检查内容	检查结果	结果判断
1	集中空调通风系统的新风量应当直接来自室外	从室外直接吸取新风	合格
2	新风口应远离建筑物的排风口和其他污染源	新风口距离建筑排风口、冷却塔 10～15m,与这些污染源间距较近	不合格
3	新风口并设置防护网和初效过滤器	设置了防虫网和初效、中效过滤器装置	合格
4	应设置空气净化消毒装置	未设置空气净化消毒装置	不合格
5	送、回风口应设置防鼠装置,保持风口表面清洁	送风口设有金属网格,具有防鼠功能,风口表面较清洁	合格
6	应当具备应急关闭回风和新风的装置	设置了应急关闭装置	合格
7	应当具备控制空调系统分区域运行的装置	各风管设有手动风阀,可控制区域送风	合格
8	空调机房内应保持清洁、干燥	干净,机房内无垃圾堆放	合格
9	应当具备供风管系统清洗、消毒用的可开闭窗口	没有预留可开闭窗口	不合格

（二）集中空调通风系统运行卫生状况

集中空调通风系统运行卫生状况是指集中空调通风系统运行或试运行过程中的污染状况，这里既包括了空调通风系统自身的污染程度，也包括运行中可能存在的卫生安全隐患。

竣工验收评价除进行卫生学检测外，还应对集中空调通风系统运行（或试运行）的状况进行客观描述。如新风口是否有积尘；新风口设置的防护装置是否完好；空调风管调节阀是否完好；风管内部是否存在积尘或建筑垃圾，风管末端装置是否存在大量积尘，空调机房是否保持清洁、干燥，冷凝水系统排水是否正常；排水管道有无渗漏现象；开放式冷却塔是否有存在藻类或淤泥、或水生生物等；循环冷却水管道是否存在渗漏现象等。

由于此调查以目测观察为主，缺乏量化指标，因此，只能进行状况描述分析，调查结果可作为检测结果分析的佐证。

（三）集中空调通风系统管理情况

集中空调通风系统管理情况，主要是指是否建立了集中空调通风系统的维护、清洗、应急措施、档案管理等制度以及制度执行情况。

如对某医院集中空调通风系统管理情况调查中，发现医院物业方已建立集中空调清洗维护管理档案，但尚未制订应急预案措施。根据物业提供的空调清洗维护记录，医院内开放式冷却塔每年定期清洗、消毒 2 次，时间分别为每年的 6 月和 12 月；冷却塔所用消毒药剂由相关专业清洗公司提供，并由专业公司进行清洗、消毒；空调末端风口、过滤装置每两个月定期清洗 1 次，但物业管理方尚未对风管系统制定清洗消毒规定。

（四）来自周边环境及建筑物的污染情况

集中空调通风系统产生的健康危害因素除系统本身的原因外，还受周边环境及建筑物自身的影响。如周边设有化工厂或其他容易产生有害气体、粉尘的场所；新风口设于厨房排烟口、垃圾堆放点；空调室内回风口设于卫生间旁边等。这些来自周边环境及建筑物的污染物在通过集中空调通风系统时，并不能完全被集中空调通风系统的处理装置截留。

来自周边环境及建筑物的污染情况调查示例见表7-14。

表 7-14 来自周边环境及建筑物的污染情况检查表

检查内容	检查结果
与周边重要建筑物或居民区位置关系描述	基地东、南面为大型公共绿地，距建筑距离为20m；西面为建筑物主出入口，周围设有绿化带；北侧为绿化带，绿化带宽度约20m。绿地和绿化带外侧均为交通道路。基地距离周边建筑物间距约为100～150m
环境污染源或有害环境因素描述	基地周边均为商业用房，周边未设有化工厂等易产生有害气体、粉尘的场所
建筑自身污染状况描述	餐厅排油烟风口集中设置于裙房屋顶，排油烟风口50m范围内周围无空调新风口 车库区域的排风风口集中设置于一层南侧车库旁，周围30m范围内无空调新风口 垃圾临时堆放点集中设置于一层南侧车库旁，周围30m范围内无空调新风口

五、空调室内设计参数分析

根据工程分析得到集中空调通风系统设计参数的技术资料，按照国家的有关标准、技术规范的规定，进行分析比较，了解设计参数是否能够满足卫生要求。

空调室内设计参数的分析主要包括：新风量、温度、相对湿度、噪声等。

空调室内设计参数分析实例见表7-15。

表 7-15 室内新风量设计比较分析

场所名称	卫生标准/[m³/(h·人)]	设计参数/[m³/(h·人)]	区域设计新风量/(m³/h)	最大设计人数[①]	依据	判断结果
宾馆客房（3星级）	≥30	30	3000	90人	《旅店业卫生标准》	在额定设计人数条件下，符合卫生要求
中餐厅	≥20	20	5000	240人	《饭馆（餐厅）卫生标准》	在额定设计人数条件下，符合卫生要求
咖啡厅	≥10	20	1000	约45人	《文化娱乐场所卫生标准》	在额定设计人数条件下，符合卫生要求

① 通过对项目室内新风量设计的比较分析，可以判断上述场所在额定设计人数的条件下，其室内新风量的设计均符合卫生标准的要求。

六、空调通风系统分析

通风换气是确保室内空气品质良好的重要指标之一。要确保公共场所正常的通风换气，需要空调通风系统来实现。通常，一套完善的集中空调通风系统由新风、送风、回风系统组成，有时还包括排风系统。

1. 新风系统

新风系统中最为关键的是新风口的设置，也是评价新风系统的重点所在。新风口是建筑物的鼻子，因此，合理地设计新风口将直接关系到室内空气的品质。

新风口的设置应遵照以下几个原则：新风应当直接来自室外，严禁从机房、楼道及天棚吊顶等处间接吸取新风；新风口应设在室外空气较清洁的地点，远离建筑物的排风口和其他污染源，并设置防护网和初效过滤器；应设置应急关闭回风和新风的装置，避免进风、排风短路；进风口应低于排风口，进风口的下缘距室外地坪不宜小于 2m，当设在绿化地带时，不宜小于 1m。

2. 送、回风系统

送、回风系统分析重点是风管系统和风管末端卫生防护装置，主要包括送风口和回风口是否设置防鼠装置；回风口是否设置过滤装置；风管系统是否设置供清洗、消毒用的可开闭窗口等。这些装置的设置有助于控制送风质量。

3. 排风系统

某些人群密集的公共场所需设置空调排风系统，而排风系统的设计将直接影响到室内送风和气流组织形式。因此，排风系统的分析应注意排风量是否随新风量变化而变化；室内正压是否过大，影响新风的正常送入等。

空调通风系统分析示例如下。

某项目办公用房的通风系统设置如下：办公室为大开间区域，采用全空气空调系统调节室内空气，区域内的气流组织为上送上回。根据暖通工程图纸资料分析，该处设有一套集中空调系统，空调机组设置于办公室旁的空调机房内，空调机组的新风口设置于室外空气较清洁处，周围为小型绿化带，无排风口等污染源。进风口下缘距室外地坪 2.5m。

根据图纸分析，空气经处理后通过送风总管送至办公区，再由 4 组支管引出，每组支管末端分设 2 个 VAV 风量控制器，每个控制器引出 4 根风管接至散流器。室内送风口集中设置于办公区中部、人员活动频繁、且停留时间较长的区域。集中空调送风采用方形散流器送风，风口布局呈矩形列阵布置，风口间距为 3～4m。各办公区域设有集中回风口，回风口设置于办公区边缘处。室内回风部分回至空调箱循环处理，部分则由排风机排至室外。该区域的集中空调通风系统的气流组织设置较为合理。

七、空调卫生防护措施分析

1. 空调机房

空调机房卫生防护措施分析中，最主要的内容是了解空调机房内能否保持清洁、干燥。有些空气处理机直接从机房内抽取空气，机房位置的设置、机房的其他用途以及机房与其他区域的压力关系，都会不同程度地影响到室内空气品质。如机房位置设在垃圾存放处等污染源附近、机房内堆放易挥发性化学物品等，这些情况都会污染被抽取的新风。

2. 冷却塔

冷却塔是军团菌等微生物最适宜滋生的环境。冷却水系统在运行过程中，循环冷却水会有各种物质沉积在换热器的表面（如水垢、淤泥、腐蚀产物和生物沉淀物等），再加上冷却塔适宜的温度、湿度，给微生物（尤其是军团菌和霉菌）提供了理想的生存环境。而冷却塔又是唯一与外界相通的部件，一旦冷却塔中的循环水被军团菌污染，那么军团菌就可通过集中空调进风口、门窗和通风管被抽入室内，或在冷却塔周围一定范围形成气溶胶，并散播至周围空气中而造成环境污染。

由于冷却塔水已成为军团菌的潜在传播源，因此，对冷却塔卫生防护措施应着重分析预防和控制军团菌的措施是否得当。预防和控制军团菌的主要措施还是加强水质监控，定期对冷却塔及相关组件进行全面清洗。对检测出军团菌或存在卫生隐患（如水质含有水垢、淤泥、腐蚀产物和生物沉淀物等）的冷却塔，应当依据相关卫生要求立即关闭空调冷却系统，并进行彻底消毒、清洗。消毒、清洗完毕后应进行必要的检测，检测合格后方可继续运行。

八、空调防护装置效能分析

空调防护装置主要是指集中空调通风系统的过滤装置、净化消毒装置、风口及风管调节阀（用于调节区域控制或作为应急关闭装置）等设施。集中空调通风系统设计中不仅要考虑设置合适的卫生防护装置，还应当考虑这些装置在使用过程中的安全有效性。

1. 空气过滤装置

空气过滤装置主要用于分离空气中的灰尘及其杂质等微粒。因此，集中空调通风系统新风和回风应设有过滤处理，其过滤处理效率和出口空气的清洁度应符合国家现行的有关室内空气质量、污染物浓度控制等卫生标准的有关要求。

空气过滤装置应满足这几个方面的要求：当采用初效空气过滤器不能满足要求时，应设置中效空气过滤器；初效过滤器的初阻力$\leq$50Pa（粒径大于或等于$5.0\mu m$，效率：80%>$E\geq$20%）；终阻力$\leq$100Pa；中效过滤器的初阻力$\leq$80Pa（粒径大于或等于$1.0\mu m$，效率：70%>$E\geq$20%）；终阻力$\leq$160Pa；全空气调节系统的过滤器，应能满足全新风运行的需要。

在分析空气过滤装置性能时，除了要分析空气过滤装置是否符合卫生要求外，还应当分析该装置是否能够满足工程方面的设计要求。因为如果空气过滤装置的设计不合理，将会导致空气动力学阻力增加，造成集中空调通风系统送风量不足，从而无法满足卫生要求。此外，如果过滤装置不定期清洗、更换，不仅会导致集中空调通风系统送风量不足，还会囤积大量积尘导致微生物滋生，引起集中空调通风系统的二次污染。

空气过滤装置性能分析示例如下。

某大型综合商务楼为全封闭结构建筑，建筑功能均为商务办公用房。根据设计要求，该综合商务楼各办公用房均采用全空气空调系统进行空气调节。为了提高其室内空气品质，设计方根据相关要求，在空调机组内采用设置初效、中效过滤装置以及压差报警装置。过滤装置的性能参数如表7-16所示。

表7-16 过滤装置性能参数一览

装置名称	过滤级别	初阻力	终阻力	过滤材质
初效过滤器	G4 级	$\leq$45Pa	$\leq$90Pa	粗效无纺布
中效过滤器	F6 级	$\leq$80Pa	$\leq$160Pa	玻璃纤维

依据《公共场所集中空调通风系统卫生管理办法》的相关要求，空调机组已设置初效、中效过滤装置。此外，通过对过滤装置性能参数的分析，装置的选配也符合《公共建筑节能设计标准》的相关要求。

2. 空气净化消毒装置效能分析

空气净化消毒装置主要采用物理、化学的方法来去除有机化合物、病原微生物和其他物质。因此，该装置一方面能去除空气中的有害物质，改善室内空气品质；另一方面也可能因使用造成新的污染（如空气净化消毒装置运行过程中释放出的臭氧等有害物质），影响室内空气品质。

分析空气净化消毒装置效能时，应满足表 7-17 和表 7-18 的要求。

表 7-17　空气净化消毒装置的卫生安全性要求

项　目	允许增加量	项　目	允许增加量
臭氧	$\leqslant 0.10\text{mg/m}^3$	TVOC	$\leqslant 0.06\text{mg/m}^3$
紫外线（装置周边 30cm 处）	$\leqslant 5\mu\text{W/cm}^2$	PM_{10}	$\leqslant 0.02\text{mg/m}^3$

表 7-18　空气净化消毒装置性能的卫生要求

项　目	条　件	要　求
装置阻力	正常送排风量	$\leqslant 50\text{Pa}$
颗粒物净化效率	一次通过	$\geqslant 50\%$
微生物净化效率	一次通过	$\geqslant 50\%$
连续运行效果	24h 运行前后净化效率比较	效率下降 $<10\%$
消毒效果	一次通过	除菌率 $\geqslant 90\%$

3. 新风口及风管调节阀效能分析

新风口及风管调节阀的主要作用是为了保证提供室内足够通风，以及在突发事件下能立即关闭以确保室内送风安全。因此，新风口及风管调节阀效能分析应着重分析这些调节阀门是否设置合理，能否起到上述应急关闭或对区域进行分区控制的作用。

新风口及风管调节阀性能分析示例如下。

某项目集中空调通风系统采用全空气空调系统。根据现场调查：集中空调通风系统的新风口、送风总管、各支管和回风口处均设有风量调节阀，调节阀均为手动控制。集中空调系统的调节阀设置完好，无损坏现象，且阀门开度处于全开状态（回风口处阀门设为半开状态）。此外，根据物业管理部门建立的管理制度，当发生空气传播性疾病等突发事件时，相关人员将立即关闭回风伐，并将其余阀门设置为全开，以确保集中空调通风系统处于全新风运行状态。

九、检测结果的分析

1. 新风量检测结果的分析

根据《公共场所集中空调通风系统卫生规范》要求，如果新风量的实测结果小于卫生要求，即可判定该空调通风系统的新风量不合格。

2. 风管内表面污染检测结果分析

风管内表面的积尘量是以各个检测断面积尘量的平均值作为系统的检测结果，如果该检测结果大于卫生要求，即可判定风管系统的积尘量不合格。

目前，我国尚未对风管内表面细菌、真菌总数的检测结果作出明确的判定方法，但是根据工作经验，对微生物检测结果的判定大致分为 2 类，即选取最大值判断和取平均值判断。

① 选取最大值判断　该方法能反映出空调通风系统某处所受的最严重污染状况。但是该法不能真实地反映出该系统受到污染的真实情况，甚至有可能扩大了系统的实际污染程度。

而且由于微生物的采样、检测过程中不确定因素较多，故检测结果产生的误差较大。

② 取平均值判断　该方法能体现某空调通风系统的总体污染水平，但无法表现个体之间的差异，特别是不能反映出某检测断面的真实污染状况。而且该法受两端极端值的影响较大，如果某个检测断面的检测结果明显低于其他的检测结果，则取平均值后，整体的污染水平将低于空调系统真实的污染状况。

根据《公共场所集中空调通风系统卫生规范》要求，集中空调系统风管内表面不得检出致病微生物，如果检测报告显示检出致病微生物，即可判定检测结果不合格。

3. 集中空调送风中污染物检测结果分析

目前，我国尚未对集中空调系统送风中可吸入颗粒物、细菌总数、真菌总数检测结果作出明确的判定方法。但根据工作经验，可参照上述对风管内表面微生物检测结果的判定方法，结合实际情况进行分析。

根据《公共场所集中空调通风系统卫生规范》要求，集中空调系统送风中不得检出 β-溶血性链球菌等致病微生物，如果检测报告显示检出该类致病微生物，即可判定检测结果不合格。

4. 冷却水、冷凝水中嗜肺军团菌检测结果分析

由于对嗜肺军团菌的检测只是做定性分析，因此当检测报告显示水样中检测出嗜肺军团菌，即可判定检测水样不合格。

十、评价结论及建议

评价结论是在全面总结评价内容和结果的基础上，论证集中空调通风系统是否达到了国家有关法律、法规、标准、规范的卫生要求，确定在卫生方面是否可行。评价结论要符合有关文件的精神，文字条理清晰、表达内容准确。

评价结论示例 1 如下。

通过对某项目集中空调通风系统设计方案的评估，认为本项目初步设计能考虑集中空调通风系统投入使用后可能产生的部分卫生学问题，并提出了一些防护、控制措施，但设计仍有不足之处。如果相关单位在施工过程中能切实落实本次评价中提出的建议和各项卫生防护措施，采取相应的管理、补偿措施，那么本项目在投入使用后，其集中空调通风系统卫生质量预计基本能符合有关的卫生要求。

评价结论示例 2 如下。

通过对某项目集中空调通风系统的现场调查及分析，该项目集中空调通风系统的设置、采取的卫生防护措施、建立的卫生管理档案等内容基本符合《公共场所集中空调通风系统卫生管理办法》的有关规定。

通过对本项目集中空调通风系统的抽查检测、分析，集中空调通风系统卫生质量基本符合《公共场所集中空调通风系统卫生规范》等相关卫生要求。

评价建议主要是在分析评价的基础上，根据集中空调通风系统设计中或运行管理中存在的卫生方面的问题，有针对性地，以简洁、概括性的语言提出旨在改善上述不足和问题，能满足集中空调通风系统卫生要求技术和管理措施，供建设单位参考。

在设计评价中，对于一些不符合集中空调通风系统卫生要求的设计方案，应当建议改进优化设计方案，如集中空调通风系统设计中未设置空气净化消毒装置的，应建议增设空气净化消毒装置，且装置的选型应满足《公共场所集中空调通风系统卫生规范》的卫生安全性要求，并确保该装置在使用过程中的有效性；依据《公共场所集中空调通风系统卫生管理办法》的要求，未设置供风管系统清洗、消毒用的可开闭窗口，应建议在施工过程中增设此类窗口，以便于今后空调风管的清洗、消毒。同时，为了确保集中空调设施、设备在施工阶段避免受到污染而影响日后的正常使用，评价单位应在设计评价中建议设计施工单位在建设施工过程中应采取相应的防护措施，例如：空调通风系统的安装，应在建筑物围护结构施工完毕、障碍物已清理、地面无杂物的条件下进行，确保风管内部不受污染；采用建筑风井送风的，应予留检修口，并在施工完毕后应对风井进行全面清理，避免风井内部残留建筑垃圾等污染物；空调安装完毕后，应进行调试检查，防止送风系统漏风、阀门未开启等原因而引起室内送风量不足；同时，对排水管做检漏检查，避免水管渗漏或产生死水，防止军团菌等微生物滋生等。

通过完善设计方案，并于施工中采取相应的防护补救措施，可在一定程度上使建筑物内的污染物降低到一定水平。然而在日常运行中，如果没有严格的管理控制措施，集中空调系统产生的种种污染问题，依旧会影响室内空气环境，危害人体健康。所以依据《公共场所集中空调通风系统卫生管理办法》中相关要求，针对空调运行过程中存在的卫生问题，需要通过经常性卫生学评价来解决。例如：增大室内新风量，通过通风稀释等方法来降低室内污染物的浓度；加强空调卫生管理，落实空调维护保养工作；建立完善的集中空调管理档案、应急预案；对集中空调系统运行中发现的问题，应当及时维修处理；为避免细菌等微生物于空调系统内滋生，应定期清洗风管系统、冷却塔、表冷器等设备，保持送风末端、风口表面清洁，必要时应采取消毒处理。

十一、评价报告的编制

集中空调通风系统评价报告书是实施评价后的最终成果，也是卫生技术服务的产品，因此，预评价报告书的编制是有一定格式和内容要求的，必须符合卫生部文件精神，并符合有关国家卫生标准的要求。评价报告书内容可根据项目特点灵活增加或缩减，但主要内容不可缺失。报告书应表述简洁、用语规范、结论明确，需以数字或图片表达的内容，尽可能采用图表和照片，以利于阅读和审查。原始资料及数据计算过程等不必在报告书中列出，必要时可编入附件。

预评价报告书一般应当包括以下几方面的内容。

（1）总论部分　一般包括项目背景；评价任务由来；评价依据和技术资料；评价目和范围；评价内容和方法；评价程序和质量控制等。

（2）工程分析　一般包括建设项目地点、平面布局、建筑面积、项目用途、服务人数；空调类型、气流形式、系统设计参数、空调冷热源设备、空调通风系统设置、冷却水、冷凝水系统设置（包括冷却塔的类型和位置）、空调风管材质与保温措施、卫生防护措施设置（包括过滤装置、空气净化消毒装置种类、用途及安装部位）等内容。

（3）健康危害因素识别与分析　一般包括健康危害因素的种类及时空分布；评价因子的选择；评价因子的卫生标准等内容。

（4）空调设计参数分析　一般包括室内新风量、温度、相对湿度、噪声等内容。

（5）空调设施分析　一般包括空调通风系统（包括气流组织的设计、新风、回风、排风的设置）、空调冷凝水、冷却水系统、空调机房等内容。

（6）空调卫生措施分析 一般包括新风口、过滤装置、空气净化消毒装置、防鼠装置设置等内容。

（7）评价结论和建议 一般包括项目评价的总体结论和改进建议等内容。

（8）附件 一般包括评价委托书、立项批文、区域位置图和总平面布置图等内容。也可以附录健康危害因素对人体健康影响的资料。

竣工验收除上述内容外，还需增加检测结果分析、现场卫生学调查等内容。

第四节 集中空调通风系统卫生检测

在集中空调通风系统竣工验收评价中，集中空调通风系统卫生学检测是其主要内容之一。检测结果是否达到相关的卫生标准，是衡量该集中空调通风系统是否符合卫生要求的重要指标。同样，由于集中空调通风系统与公共场所有着千丝万缕的联系，在公共场所类建设项目竣工验收卫生学评价中，集中空调通风系统卫生学检测指标也是其重要的评价指标之一。因此，科学、规范、全面地进行卫生学检测，是保证集中空调通风系统或公共场所类建设项目竣工验收评价质量的基础。

集中空调通风系统的检测对象主要是根据《公共场所集中空调通风系统卫生规范》设定的卫生指标进行检测，其目的是了解集中空调通风系统的设计参数和运行效果是否符合卫生要求。

本节主要阐述集中空调通风系统卫生检测的现场采样和测定，不包括实验室样品检验的内容。

一、现场采样与测定的技术依据

①《公共场所集中空调通风系统卫生规范》附录 A～附录 I，（卫监督发［2006］第58号）。

②《公共场所集中空调通风系统卫生学评价规范》（卫监督发［2006］第58号）。

③《公共场所空调通风系统运行卫生要求》（GB 31/405—2008）。

二、现场采样与测定的现场调查

为正确选择检测采样点，必须在检测前对公共场所的集中空调通风系统进行现场调查。

开展现场调查前，应当先熟悉暖通工程图纸，以便于正确无误地了解现场集中空调系统的设置情况。开展现场调查时，则应与暖通设备相关负责人员进行详细沟通，确定各套集中空调系统的设置及变动情况。

根据《公共场所集中空调通风系统卫生学评价规范》等要求，现场调查内容主要包括：

① 对项目所设置的集中空调通风系统的类型进行合理分类，即按全空气系统、空气-水系统和空气-冷剂系统分类，并在此基础上，确认各种空调类型的空调数量（或套数）。

② 了解项目中各集中空调通风系统所服务的区域，并以此作为系统抽样的基本依据。

③ 了解集中空调通风系统风管、风口、冷却塔、空气净化消毒装置等的设置情况，并以此作为空调系统现场采样、检测的可行性依据。

④ 根据调查情况明确检测空调的类型和检测的套数及检测内容，并经委托方确认后，准备实施现场检测或采样。

三、现场采样与测定方案的制订

根据空调图纸及现场调查的分析，制订集中空调通风系统的检测采样方案。该方案应当包括集中空调通风系统的检测数量、空调系统的类型及服务区域、检测项目、检测时间、现场测定方法、样品采集方式、测定条件、样品数量等内容。

四、检测点的设置

（一）检测指标的确定

公共场所集中空调通风系统卫生学检测指标为：集中空调通风系统冷却水和冷凝水中嗜肺军团菌；新风量；集中空调风管内表面积尘量、细菌总数、真菌总数和致病微生物；集中空调送风中可吸入颗粒物（PM_{10}）、细菌总数、真菌总数、β-溶血性链球菌等致病微生物。对设有空气净化消毒装置的集中空调通风系统，还应检测其净化消毒装置本身释放的臭氧、紫外线、TVOC 和 PM_{10} 等。

（二）抽样原则

公共场所集中空调通风系统的卫生抽样检测应具有随机性、代表性和可行性。

（三）抽样量的确定

集中空调通风系统（机组）的抽样量为：类型相同系统，30 套以下的抽样比例为 20%～30%，30 套以上的抽样比例为 10%～20%；类型不同系统，每类至少抽 1 套（所谓一套系统是指一台新风处理机组或空气处理机组和与之配套的风管、附件的总和）。

每套系统抽样量如下。

（1）冷却水　不少于 1 个冷却塔。

（2）冷凝水　不少于 1 个冷凝部位。

（3）新风　每个进风管不少于 1 个部位。

（4）送风口　抽取风口总数的 5%～10%，且不少于 5 个。

（5）风管　主风管（如送风管、回风管、新风管）中至少选择 3～5 个代表性断面。

检测点的设置示例如下。

某大型综合商务酒店集中空调通风系统设置简述：酒店各区域集中空调通风系统设置如表 7-19。

表 7-19　酒店各区域空调通风系统设置一览

楼层	服务区域	空调系统类型	空调机组数	备　注
B1 层	办公区	全空气空调系统	1	大开间办公室
B1 层	自助海鲜餐厅	全空气空调系统	1	—
1 层	宴会大厅	全空气空调系统	1	—
2 层	办公会议区	全空气空调系统	2	东、西区各一套
3 层	中餐厅	全空气空调系统	2	东、西区各一套
4-5 层	休闲健身房	风机盘管加新风系统	2	各层一套
6-48 层	客房区	风机盘管加新风系统	39	18、30、42、48 层为设备避难层,其余各层一套
49-50 层	西餐厅	风机盘管加新风系统	2	各层一套

此外,该酒店设有开放式冷却塔 3 座,位于建筑物裙房屋顶。

依据《公共场所集中空调通风系统卫生学评价规范》中的抽样原则,结合酒店空调通风系统设置情况,对其集中空调系统按比例抽取 9 套集中空调通风系统、9 套系统的冷凝水和 1 个冷却塔的冷却水进行检测。具体抽取的检测区域如表 7-20。

表 7-20　集中空调检测区域设置一览

检测楼层	检测区域	空调系统类型	检测空调数
B1 层	办公区	全空气空调系统	抽取 1 套
B1 层	自助海鲜餐厅	全空气空调系统	抽取 1 套
3 层	中餐厅	全空气空调系统	抽取 1 套
5 层	休闲健身房	风机盘管加新风系统	抽取 1 套
10、25、35、45 层	客房区	风机盘管加新风系统	各层抽取 1 套
49 层	西餐厅	风机盘管加新风系统	抽取 1 套

(四) 检测点的设置要求

1. 新风量

新风量检测点的设置,应遵循以下几点。

(1) 确定测量断面的位置　测量断面应选在气流平稳的直管段,避开弯头和断面急剧变化的部位。测量断面的下游方向距离 (L_d) 大于 6 倍当量直径 D,上游方向距离 (L_u) 大于 $3D$。如无法实现,也应尽量达到 L_d 大于等于 $2D$,L_u 大于等于 $D/2$,并相应增加断面上的测点数。对矩形风管,其当量直径 $D=2AB/(A+B)$,式中 A、B 为边长。

(2) 测孔的设置　对圆形管道,测孔的位置应设在包括各测定点在内的互相垂直的直径线上 (如图 7-4 所示);对矩形管道,测孔的位置应设在包括各测定点在内的延长线上 (如图 7-5 所示)。在选定的断面上开设测孔,测孔内径应不小于 32mm。

(3) 确定测点位置和数目　对于圆形风管,通常将风管分成适当数量的等面积同心环,测点选在各环面积中心线与垂直的两条直径线的交点上,同心环数及测点数的确定见表 7-21。

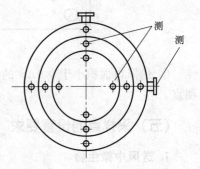

图 7-4　圆形断面测孔的位置

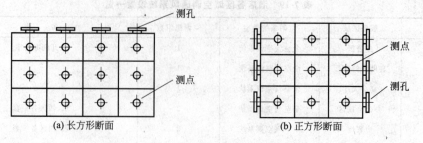

图 7-5　矩形断面测孔的位置

表 7-21　圆形管道的分环及测点数的确定

管道直径/m	环数/个	测点数（两孔共计）	管道直径/m	环数/个	测点数（两孔共计）
≤1	1～2	4～8	>2～3	3～4	12～16
>1～2	2～3	8～12			

注：对直径小于 0.3m、流速分布比较均匀的管道，可取管道中心作为测点。对于气流分布对称和比较均匀的管道，可只取一个方向的测点进行测量。

对于矩形管道，通常将管道断面分成适当数量的等面积小块，各块中心即为测点。小块的数量按表 7-22 的规定选取。

表 7-22　矩（方）形管道的分块和测点数

风管断面面积/m²	等面积小块数/个	测点数/个	风管断面面积/m²	等面积小块数/个	测点数/个
≤1	2×2	4	4～9	3×4	12
1～4	3×3	9	9～16	4×4	16

（4）新风温度（t）的测量　一般情况下可在风管中心的一点测量。将水银玻璃温度计或电阻温度计插入风管中心测点处，封闭测孔，待温度稳定后读数。

2. 送风中可吸入颗粒物

① 检测点应设在送风口下风方向 15～20cm 处，并根据检测点数量采用对角线或梅花式均匀布置。具体如图 7-6 所示。

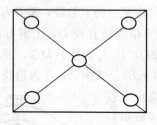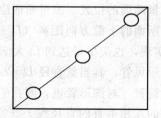

图 7-6　检测点布置

② 送风口面积小于 0.1m² 的设置 3 个检测点，送风口面积在 0.1m² 以上的设置 5 个检测点。

（五）采样点的设置要求

1. 送风中微生物

送风中微生物包括送风中细菌总数、送风中真菌总数、送风中 β-溶血性链球菌。

抽取被测空调通风系统风口总数的 5％～10％，且不少于 5 个送风口作为采样点；每个采样点的采样位子应设在送风口下风方向 15～20cm 处。

2. 风管内表面污染物

在抽取检测的每套空调通风系统的主风管（新风管、送风管、回风管）中至少选取 3～5 个代表性检测断面，并于每个检测断面的底面设置 1～2 个采样点，采样点的总数不少于 5 个。如果检测断面无法在风管中设置，可按规定抽取全部送风口的 5％～10％，且不少于 5 个风口作为采样点。

3. 冷凝水、冷却水中嗜肺军团菌

冷凝水采样点应设置在所抽取的集中空调通风系统的冷凝排水管口；冷却水采样点应设置在冷却塔的放空管口或冷却塔内。

五、现场检测与采样技术

（一）现场检测、采样常用方法

集中空调通风系统卫生学检测所用的方法是依据《公共场所集中空调通风系统卫生规范》附录 A～附录 I 的要求执行的。根据该附录的要求规定，新风量的检测方法采用风管法（即直接在新风管上测定新风量）。

（二）现场检测、采样常用仪器

集中空调通风系统现场检测、采样所用仪器及仪器要求如表 7-23 所示。

表 7-23　现场检测、采样所用仪器及要求

检测、采样项目	检测所用仪器	仪器要求
新风量	皮托管法：标准（或 S 型）皮托管 微压计 水银玻璃温度计或电阻温度计	$K_p = 0.99 \pm 0.01$，或 S 形 $K_p = 0.84 \pm 0.01$； 精确度应不低于 2％，最小读数应不大于 1Pa； 最小读数应不大于 1℃
	风速计法：热电风速仪 水银玻璃温度计或电阻温度计	最小读数不小于 0.1m/s； 最小读数应不大于 1℃
送风中可吸入颗粒	便携式直读仪器	仪器测定范围为 0.01～10mg/m³； 颗粒物捕集特性应满足 $D_a 50 = (10 \pm 0.5)\mu m$，$\sigma_g = 1.5 \pm 0.1$ 的要求； 检验仪器测定的重现性误差：平均相对标准差小于 7％
送风中微生物	六级筛孔空气撞击式采样器及配套采样泵	对空气中细菌的捕获率应大于 95％；采样泵流量能满足 28.3L/min
风管内表面污染物	机器人采样：定量采样机器人	
	人工采样：无专用采样仪器	对所用取样框有尺寸要求
冷却水、冷凝水中嗜肺军团菌	无采样仪器，但所用采用容器应选择玻璃瓶或聚乙烯瓶	容器瓶口应为螺口或磨口；若水样中含有沉积物与软泥的需用广口瓶

（三）现场检测、采样时的注意事项

检测、采样条件：检测风管内表面积尘量、细菌总数、真菌总数与积尘中致病微生物

时，集中空调通风系统应处于非运转状态；检测送风中细菌总数、真菌总数、β-溶血性链球菌与PM_{10}时，集中空调通风系统应处于正常运转状态。

1. 新风量

如果一套系统设有多个新风管，则每个新风管均要测定风量，全部新风管风量之和即为该套系统的总新风量（m^3/h）。当风管内的动压值P_d小于4Pa时，可用热电风速仪测量风速。每个检测点应检测2次数值，并取平均数作为该点的检测结果。

2. 送风中可吸入颗粒物

检测时，仪器应放置送风口下风方向15～20cm处进行检测。每个检测点应检测3次数值，并取平均值作为该点的检测结果。

3. 送风中微生物

注意采样环境条件：采集送风中微生物样品前，应关闭采样区域的门窗1h以上，并尽量减少人员活动幅度与频率。

采样时，采样器应放置送风口下风方向15～20cm处进行采样。采样流量设为28.3L/min，采样时间为5～15min。

4. 风管内表面污染物

（1）使用人工采集样品时的注意事项如下。

① 采集风管内表面积尘量时，应根据风管断面的大小选取合适的取样框，并将取样框放在风管的采样位置上。取用2片已经秤过重的无纺布将取样框内风管内壁上的灰尘擦拭干净，如果需要再用2片，直到擦拭干净为止。当风管内积尘较多时，可先用已消毒的铲具将取样框内的大量积尘取到密封袋中，然后再用无纺布擦拭。

② 在采集风管内表面微生物过程中，当积尘量较多时，采用刮拭法采样（使用采样面积为$100cm^2$的采样框，并用已消毒的铲具将采样框内灰尘铲至无菌容器中）；当积尘量少（无法用铲具收集）时，采用擦拭法采样（使用采样面积为$50cm^2$的采样框，并用沾有适量无菌生理盐水的无菌棉签进行擦拭采样）。

（2）使用采样机器人采集样品时的注意事项如下。

① 使用采用机器人采样时，应注意采样风管的宽度和高度，如RRK-SR-I型定量取样检测机器人外形尺寸为300mm×190mm×160mm，其适用于宽＞250mm，高＞180mm的矩形风管中进行检测取样。

② 采样点的设置距风管开孔处的距离宜由近及远，以避免采样机器人在风管内行驶时污染设定的采样区域。

③ 为避免人工采样对采样环境的影响，宜采用机器人采样。

5. 冷凝水、冷却水水中嗜肺军团菌

冷凝水、冷却水水样采集时，应注意：采样前容器应进行消毒；水样采集量简场为200ml；对于经氯或臭氧等消毒的样品，需在采样容器灭菌前加入硫代硫酸钠溶液以中和样品中的氧化物；样品最好2天内送达实验室，不必冷冻，但要避光和防止受热，室温下储存不得超过15天。

此外，在检测或采样过程中，检测人员还应当注意以下几点：

① 检测或采样时，监测人员应注意个体卫生防护；

② 检测采样过程中应保持采样仪器或检测仪器工作稳定性；

③ 采样时，应使用专用的检测、采样记录表单，做好现场检测、采样记录；

④ 采集的样品应及时进行编号，以避免样品之间发生混淆；

⑤ 在样品采集、运输和保存的过程中，应注意防止样品的污染，特别是涉及集中空调微生物采样时，应选择在现场较为干净、清洁、人员流动较少的区域进行样品放置等作业，从而确保采样过程无菌操作。

六、检测数据的处理

由于检测过程中记录的数据或通过实验室检验的数据并非检测的最终数据，通常需要进行数据处理，才能准确地表达检测的结果。以下列举了部分检测指标的数据处理。

1. 新风量的数据计算

① 当采用皮托管法测定风量时，新风管某一断面的新风量按下式计算。

$$\bar{v} = 0.076 K_p \sqrt{273+t} \times \sqrt{\overline{p_d}} \tag{7-1}$$

$$Q = 3600 \times A \times \bar{v} \tag{7-2}$$

式中　$\bar{v}$——风管断面的平均风速，m/s；

$\quad p_d$——各测点动压平均值，Pa；

$\sqrt{\overline{p_d}}$——各测点动压平方根平均值；

$\quad t$——新风管道中空气温度，℃；

$\quad K_p$——皮托管系数；

$\quad Q$——新风管道中某一断面的新风量，m³/h；

$\quad A$——风管断面面积，m²。

② 当采用风速计法测定风速与风量时，新风管某一断面的新风量按下式计算。

$$Q = 3600 \times A \times \bar{v} \tag{7-3}$$

式中　Q——新风管道中某一断面的新风量，m³/h；

$\quad A$——风管断面面积，m²；

$\quad \bar{v}$——风管中空气的平均风速，m/s。

2. 送风中可吸入颗粒物（PM_{10}）的数据计算

① 对于非质量浓度示值的测定值，按仪器说明书的要求将每次检测示值转换为质量浓度。

$$\rho = R \times K \tag{7-4}$$

式中　ρ——质量浓度，mg/m³；

$\quad R$——仪器有效示值（扣除本底值、基底值等后的示值）；

$\quad K$——仪器的质量浓度转换系数。

② 送风中 PM_{10} 质量浓度（ρ_a）的计算。

$$\rho_a = \frac{1}{g} \sum_{l=1}^{g} \frac{1}{m} \sum_{k=1}^{m} \frac{1}{n} \sum_{j=1}^{n} \frac{1}{3} \sum_{i=1}^{3} \rho_{ijkl} \tag{7-5}$$

式中　ρ_{ijkl}——第 l 个房间、第 k 个风口、第 j 个测点、第 i 次检测值；

$\quad n$——测点个数；

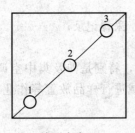

检测点布置

m——测定的风口个数；

g——测定的房间个数。

检测数据的处理示例如下。

某宾馆 6 层客房区设有一套集中空调通风系统，系统类型为新风加风机盘管系统。该系统服务于该楼层的 20 个客房，每间客房设有 1 个新风送风口，送风口的大小为 200mm×200mm。根据要求，抽取 5 间客房的送风口测定其送风中的可吸入颗粒物（PM$_{10}$）。每个送风口检测点设置如左图。具体的检测结果如表 7-24 所示。

表 7-24 空调系统送风中可吸入颗粒物（PM$_{10}$）检测原始记录

房间号	测点	PM$_{10}$质量浓度/(mg/m³)			测点 PM$_{10}$平均质量浓度/(mg/m³)	送风口 PM$_{10}$平均质量浓度/(mg/m³)	PM$_{10}$平均质量浓度/(mg/m³)	风口尺寸/m
		Ⅰ	Ⅱ	Ⅲ				
8001 室	1	0.039	0.039	0.039	0.039	0.039		0.20×0.20
	2	0.040	0.041	0.041	0.041			
	3	0.038	0.038	0.037	0.038			
8005 室	1	0.040	0.040	0.042	0.041	0.041		0.20×0.20
	2	0.040	0.041	0.041	0.041			
	3	0.041	0.042	0.040	0.041			
8009 室	1	0.040	0.040	0.041	0.040	0.040	0.040	0.20×0.20
	2	0.039	0.039	0.040	0.039			
	3	0.040	0.040	0.042	0.040			
8013 室	1	0.040	0.040	0.041	0.041	0.041		0.20×0.20
	2	0.041	0.040	0.042	0.041			
	3	0.042	0.042	0.042	0.042			
8017 室	1	0.041	0.040	0.041	0.041	0.040		0.20×0.20
	2	0.040	0.039	0.040	0.040			
	3	0.039	0.040	0.041	0.040			

3. 送风中微生物

送风中微生物按下式计算。

$$平均菌落数＝（菌落总数/V_0）×1000 \qquad (7\text{-}6)$$

$$菌落总数＝\sum 平皿菌落计数结果$$

$$V_0=\frac{V_1×P_1×273}{1013.25×(273+T_1)} \qquad (7\text{-}7)$$

式中 V_0——标准状态采样体积，m³；

V_1——现场采样体积，m³；

P_1——采样现场气压，Pa；

T_1——采样现场温度，℃。

4. 风管内表面积尘量

根据每个采样点的残留灰尘质量和采样面积换算成每平方米风管内表面的残留灰尘量，将各个检测断面积尘量的平均值作为风管积尘量的检测结果，以 g/m² 表示。

5. 风管内表面微生物

将求的平均菌落数（cfu/皿）乘以稀释倍数再除以采样面积即为检测结果，以 cfu/cm²

表示。

菌落数在 100 以内时按实有数报告；大于 100 时，采用两位有效数字，在两位有效数字后面的数值，以四舍五入方法计算。

七、检验报告的编制

（一）原始记录

现场采样和检测的原始记录填写必须及时、真实、完整、清晰、规范。原始记录中应当包含检测时可能影响检测结果的任何情况，如仪器型号及其校准情况、气象条件、样品的处理过程、操作人员、所用试剂和器皿等。

原始记录表头示例见表 7-25。

表 7-25　集中空调通风系统原始记录表头

		附件	件
			共　页，第　页

样品名称		数量		样品编号	
检测项目					
收样日期		检测日期			
检测地点及环境条件					
测试方法和仪器					
仪器：					

风管内表面污染物原始记录正文示例见表 7-26。

表 7-26　集中空调通风系统风管内表面污染物原始记录正文

检测结果与记录

采样方法：人工采样/机器人采样

　　　　刮拭法/擦拭法

定点号	采样时室内温度和相对湿度	采样时室内人数	风管内表面积尘量		风管内表面细菌总数、风管内表面真菌总数	
			无纺布编号	采样面积/cm²	采样瓶编号或棉拭子（10ml 生理盐水采样管）编号	采样面积/cm²

（二）检验报告

检验报告是对检测结果的整理和汇总。检测报告应包括：检测项目、检测依据及样品检测结果等内容。

检验报告正文示例见表 7-27。

表 7-27　送风中微生物检测结果

定点号	检测区域	采样地点	送风中细菌总数 /(cfu/m³)	送风中真菌总数 /(cfu/m³)	送风中 β-溶血性链球菌 /(cfu/m³)

第八章 建设项目卫生学评价质量管理

　　建设项目卫生学评价是基于卫生审批需要而开展的一项技术服务，主要目的是从公共卫生的角度来审视建设项目的可行性和安全性。评价机构出具的评价报告具有法律文件的严肃性，必须符合公共卫生法律、法规、规范和标准的要求。因此，不同的评价机构应当根据相同的标准和技术规范，按照一定的程序和方法进行评价，以满足用户对评价报告的质量要求以及卫生行政部门审批的需要。要实现这一目标，评价机构必须建立与此相适应的质量管理体系。

　　职业与公共场所卫生学评价是公共卫生领域新兴的学科，公共卫生领域以往比较注重实验室质量管理体系建设，但如何鉴定评价机构及其活动是否符合相关要求，目前缺乏比较规范、系统的体系，而仅仅依靠实验室质量管理体系是不够的。

　　在评价活动中，引进相应的国际标准或国家标准，在统一的标准框架下，探索评价质量管理的结构和内涵，推动评价质量管理体系的建立和完善，是提高职业与公共场所卫生学评价质量的治本之策。其中，ISO/IEC17020：1998《各类检查机构运作的基本准则》是比较符合职业与公共场所卫生学评价机构实际情况的。

　　评价机构在获得 ISO/IEC17025：2005《检测和校准实验室能力的通用要求》认证，解决了实验室质量管理体系建设的基础上，进一步吸取 ISO/IEC17020：1998 的精华，建立符合职业与公共场所卫生学评价特性的质量管理体系，不仅是对其业务能力和水平的一种证明，也是向管理者和客户提供信心的一种手段。如果评价机构能够进一步通过 CNAS 的 ISO/IEC17020：1998 的认证，与国际接轨，则更容易获得国内外大企业的青睐和信任，提高其市场竞争力。

第一节 质量管理的基本概念

1. 质量管理

　　质量管理是指在质量方面指挥和控制组织的协调活动。因此，质量管理是各级管理者的职责，但必须由最高管理者领导。评价质量管理一般要通过确定质量方针、目标和职责，并在质量管理体系中实施一系列的管理活动，以达到和保持评价质量符合国家法律、法规、规范和标准的要求，并取得客户的满意和信任。

2. 质量控制

　　质量控制是指为达到质量要求所采取的作业技术和活动，其目的在于监视过程并排除质量环中任何一环导致不满意的因素。质量控制和质量保证的某些活动是相互关联的。

3. 质量保证

　　质量保证是质量管理的一部分，着力于提供质量要求会得到满足的信任。质量保证有两种：内部质量保证和外部质量保证。内部质量保证是向管理者提供信任；外部质量保证是向用户或他方提供信任。只有质量要求全面反映了用户的要求，质量保证才能提供足够的信任。

4. 质量体系

质量体系是为实施质量管理的组织机构、程序、职责和资源。质量体系的内容以满足质量目标的需求为准。质量体系的设计应当根据组织内部管理的需要设计，并根据内部管理的需要不断完善。

5. 标准

标准是指为促进最佳的共同利益，在科学、技术、经验成果的基础上，由各有关方面合作起草并协商一致或基本同意，并经标准化机构批准，适于公用的技术规范和其他文件。

第二节 评价质量管理的特点

作为提供职业与公共场所卫生学评价报告的机构，必须根据法律法规的要求，按照相同的标准和技术规范对评价过程进行规范，出具公正、科学、有效和准确的评价报告，以满足用户和卫生行政部门对评价报告的质量要求。要实现这一目标，仅仅依靠少数人对评价报告的最终审核是不够的。评价机构应当按照质量管理的要求进行全过程管理，研究评价过程的运行规律，分析运行过程中出现的问题，并解决内外环境变化时评价机构的适应性问题，不断地提高评价报告的技术含量，增强评价人员的服务意识，促进评价机构的可持续发展。

职业与公共场所卫生学评价主要通过健康危害因素的识别、健康危害程度的分析以及健康危害防护措施的评估等方法，来评价建设项目在公共卫生方面的可行性。因此，评价质量的管理与实验室质量的管理虽然有一定的联系，但本质上还是不同的。实验室质量的标准化管理依据的标准一般是国际标准 ISO/IEC17025：2005《检测和校准实验室能力的通用要求》；而评价质量的标准化管理目前还没有统一的、公认的标准，可以参考的国际标准有《各类检查机构运作的基本准则》ISO/IEC17020：1998，目前已转化为国家标准《各类检查机构的通用要求》(GB/T 18346—2001)。

评价质量标准化管理与实验室质量标准化管理之间的差别之一是人员能力的要求有所不同，对实验室人员能力的要求比较容易确定，只要具备一定的专业背景和实验室操作经验，一般可以胜任相应的工作；通过系统的专业技能培训，可以有效地提高实验室人员的能力。对评价人员能力的要求就较难确定，因为评价工作涉及的专业知识比较多，如职业卫生、化学毒理、卫生工程、通风采暖、职业病临床等学科，同时每一个具体的评价项目涉及的行业也不同，如石化、造船、发电、纺织、制药、电子等，多达100多种行业。不同的行业需要不同的知识背景，评价人员除了需要一定的专业教育背景外，还需要具备在实践工作中不断积累的工业生产方面的工艺知识。因此，对评价人员的能力要求是综合的，除了需要专业教育背景外，也需要专业工作背景，更需要具有良好的分析问题能力和文字表达能力。

在编制评价质量手册、程序文件和作业指导书的时候，与实验室相关的内容应当与实验室的质量体系保持一致，其余部分应当根据评价的特点以及评价报告的质量要求，重点突出评价准备、评价实施、报告编制过程、报告审查等过程以及评价人员能力建设等方面的内容。

第三节　ISO/IEC17020简介

一、ISO/IEC17020来源

欧洲标准化委员会（CEN）和欧洲电工标准化委员会（CENELEC）在总结欧洲检查机构依据欧洲和国际有关文件，例如 ISO 9000（EN/ISO 9000）标准系列和 ISO/IEC 指南 39 的要求和建议，实施检查活动的经验基础上，起草了 EN45004 标准，旨在促进检查机构的信任度。为满足市场对检查机构国际协调一致的规范性文件的需要，ISO 合格评定委员会（ISO/CASCO）经授权制定国际标准，选择 EN45004 标准取代 ISO/IEC 指南 39：1988《检查机构认可的通用要求》和 ISO/IEC 指南 57：1991《检查结果表述的指南》。EN45004 标准通过 ISO 合格评定委员会（ISO/CASCO）的一个特殊的"快速通道程序"被采纳，并获得 ISO 成员机构和 IEC 各国家委员会批准，成为 ISO/IEC 17020：1998。

二、检查和检查机构的定义

检查（inspection）是对产品设计、产品、服务、过程或工厂的核查，并确定其相对于特定要求的符合性，或在专业判断的基础上，确定相对于通用要求的符合性。过程检查包括人员、设施、技术和方法。检查结果可用于支持认证。

检查机构（inspection body）代表私人客户、其母体组织和（或）官方机构实施评审，并向这些机构提供对法规、标准或规范符合性的信息。检查参数可包括数量、质量、安全性、适用性和运行中的工厂或体系的持续安全要求。为了使他们的服务被客户、监督机构所接受，有必要将这些检查机构应遵守的要求统一成一个通用准则。

三、检查机构的职能

检查机构职能含检查材料、产品、安装、工厂、过程、工作程序或服务，并确定其对于有关要求的符合性，以及随后向客户报告这些活动的结果；需要时，向监督机构报告。产品、安装或工厂的检查会涉及检查项目周期中的所有阶段，包括设计阶段。在提供检查服务，尤其是进行合格评定时，通常要求提供服务的人员具有专业判断经验。

四、检查机构的基本准则

ISO/IEC17020 规定了公正的检查机构能力的通用要求，而不考虑其所涉及的行业。ISO/IEC17020 对检查机构运作的基本准则作了非常详细的规定，包括管理要求；独立性、公正性和诚实性；保密性；组织和管理；质量体系；人员；设施和设备；检查方法和程序；检查样品和项目的处置；记录；检查报告和检查证书；分包；申诉和投诉；合作等各方面内容。如对 A 类检查机构的独立性作了这样的规定："检查机构应独立于所涉及的各方，检查机构和负责实施检查的人员，不应是其检查项目的设计人员、制造商、供应商、安装者、采购者、所有人、用户或维修者，也不应是上述任何一方的授权代表；检查机构及其人员不应从事任何可能违背检查判断的独立性和诚实性的活动。尤其不得直接参与检查项目或类似的竞争性项目的设计、生产、供应、安装、使用或维护；所有相关方都应能获得检查机构服务，不应有不正当的财务或其他条件。检查机构运作的程序应以非歧视的方式进行管理。"

第四节　评价质量管理的基本准则

一、评价质量管理的基本要求

（一）质量方针

质量方针按照 ISO9000：2000（3.2.4）的定义"由组织的最高管理者正式发布的该组织总的质量宗旨和方向"。质量方针由最高管理者批准发布。一般在发布质量方针时有一个质量方针的说明。

如某评价机构发布的评价质量方针是"行为公正、方法科学、数据准确、服务规范"。其质量方针的说明是这样描述的，"本机构所出具的评价报告是为卫生行政部门实施行政管理提供技术依据，所以评价工作质量关系到本机构的声誉，关系到行政管理的严肃性和权威性，关系到劳动者和公众的身体健康和生命安全。因此，本机构按照有关法律、法规、标准、规章、规范，不偏袒任何部门和委托方，确保评价工作的公正性；对质量体系运行实行有效的质量控制，以严密科学的评价方法，确保评价结果的准确、可靠，更好地为社会提供优质服务。"

（二）质量目标

质量方针作为评价机构总的质量宗旨和方向，那么质量目标就是评价机构现阶段要求达到也应当达到的目标。

如某评价机构发布的质量目标是：①本机构根据有关法律法规、技术规范、标准及相关文件的要求，不断完善评价质量体系，并始终保持其现时有效性；②本机构全体评价人员应将全员质量控制的理念贯彻于评价工作的全过程，严格按照有关的标准、规范、规章开展工作，确保评价报告的真实、准确、规范；③加强评价人员的素质培训，不断提高评价技术水平，使本机构的评价能力及管理和服务水平到达国内一流水准。也有的评价机构发布的质量目标中包含了具体的质量指标，如合同履约率、评价报告合格率、客户满意率等。

（三）质量保证体系

质量保证体系是实现质量方针和质量目标的保障，评价机构为了证明其质量保证能力，可以选用不同的质量保证模式，但必须具备关键的质量保证要素。一般来说，质量保证体系应当具有有效运行的质量管理网络结构以及相当比例的质管人员；高要求、高标准的质量体系文件，包括各级各类人员的职责和权限以及对所有与评价有关的过程和活动制定的工作程序；为每一个过程和活动配备充分的资源，包括机构的资质认证、人员的培训、资格考核以及硬件保证。

质量保证体系中还有一个重要的要素，就是使评价人员具有正确的质量态度。态度通过言语和举止反映出来。态度不仅反映在言语上，更主要反映在行动上。行动上反映出来的态度往往是真正的态度。态度具有稳定性，态度一旦形成，在类似的甚至不同的情境中都会表现出来，而且将持续一段时间不会轻易改变。质量态度是评价人员对评价质量、服务质量的心理倾向。评价人员的质量态度积极时，就会乐意参加质量工作，重视质量工作；相反质量态度消极时，就会反感质量工作，忽视质量工作。质量态度是一种习惯的心理倾向，不是生来就有的，而是通过后天环境，特别是工作环境的影响下逐渐形成的。质量态度一旦形成，又反过来对评价质量、服务质量的形成过程产生相一致的反应。

(四) 独立性

独立性是评价机构保持公正性的基础，也是保证评价结果真实、准确、规范的基本要素。

评价机构应独立于所涉及的评价项目的任何一方；评价机构应严格执行程序，确保评价结果不受评价机构以外的人员或组织的影响；评价机构及其人员不应从事任何可能违背评价结果独立性和诚实性的活动；评价人员应不受可能影响其判断的来自商业、财务和其他压力的影响；所有相关方应都能获得评价机构服务，不应有不正当的财务或其他条件；评价机构应以非歧视的方式管理运作程序。

(五) 公正性

建设项目卫生学评价是卫生行政部门审核建设项目可行性的重要技术文件，具有不可替代的法律地位。因此，评价机构在充分保证独立性的基础上，还要保持公正性，对所有的委托方都要提供相同的优质服务，并确保评价人员在任何时候保证其评价结果的诚实性。因此，在评价质量体系中，评价机构一般都会公布其公正性声明。

某评价机构的公正性声明如下。

本机构开展的建设项目卫生学评价工作具有独立性。本机构和其他部门的负责人不得干预评价部门的正常业务活动。本机构要求评价部门在评价活动中坚持"行为公正、方法科学、评价准确、服务规范"的质量方针，以高质量的评价水准，服务于社会。本机构与评价有关的全体人员对所有委托方都要提供相同的优质服务；对委托方提供的技术资料做好保密工作，不得将这些技术资料用于本单位的技术开发和技术合作；评价人员不受理业务，业务受理人员不从事评价工作；评价人员和其他有关人员不得从事与委托方有利益冲突的商业性开发活动；评价工作不受来自商业、财务或其他方面对其工作质量的不良影响，以确保评价人员在任何时候保证其评价结果的独立性、诚实性。本机构为评价部门开展评价业务活动提供必要的资源保证，并承担相应的法律责任。

二、评价机构的组织和管理

(一) 评价机构的组织要求

① 评价机构应有明确的法律地位，应具有法人资格或法人授权资格。

② 评价机构应有固定的办公场所和从事评价活动的工作场所。

③ 评价机构应具有一定的组织结构，规定其组织内部的职责和隶属关系，并形成文件。

④ 评价机构应任命一名评价技术负责人，全面负责评价活动，其在评价机构运作方面应具有相应的资格和经历，并且是一位在职人员。

⑤ 评价机构应任命一名评价质量负责人，全面负责评价保证工作，其应当熟悉评价目的、方法和程序，并能对结果进行评价。

（二）评价机构的管理要求

① 评价机构应有完善的评价质量保证体系，并有文件描述从事评价活动的能力和条件。

② 评价机构岗位设置合理、职责明确，并对任何影响评价质量的岗位进行描述，包括对教育、培训、技术知识和经验的要求。

③ 评价机构应有适当的责任保险，除非评价机构的责任由其母体组织承担或依据国家法律规定由国家承担。

④ 评价机构或其母体组织，应有经过审计的独立的账目。

三、评价人员的管理

（一）人员的基本要求

① 评价机构应有足够的专职人员，这些人员应具备正常实施评价职能所需的专业技能，并能形成多学科、多层次的团队。

② 评价人员应具有一定的专业背景和经验，并经过系统的培训，具备相应的资格，熟知评价的要求，并有根据评价结果对项目的符合性做出专业判断和出具相应报告的能力。

③ 评价机构应建立文件化的培训体系，以确保评价人员在专业技术和管理方面得到足够的培训，并能按质量方针不断更新。

④ 评价机构应保存每个评价人员的学历或其他资格、培训和经历的记录。

⑤ 评价机构应为评价人员提供行为指导。

（二）评价人员的培训考核

为了保证评价人员具有开展评价工作的足够能力，在评价质量体系中必须建立培训考核制度。评价人员培训考核制度可以分为目的、内容、培训、考核和记录和档案。某评价机构评价人员培训考核制度是这样规定的，"目的：通过培训考核，使评价人员能掌握相应的法律、法规、规范、标准和业务技能，严格按照规定的方法和程序开展评价工作，以保证评价的质量。内容：①评价质量管理手册；②有关的法律、法规、规范、标准；③主要的卫生学评价方法；④公共卫生进展情况；⑤工业的发展状况。培训：①按照资质认证部门的要求，参加评价资格的培训；②根据科教部门制订的总体培训计划，评价部门制订评价人员年度培训计划，并组织实施；③根据评价报告质量信息反馈的有关情况，定期组织有针对性的培训。考核：①按照资质认证部门的要求，应当参加评价资格考核的人员，应参加考核并取得评价资格证书；②科教部门牵头组织考核小组对评价人员进行上岗考核。合格者由科教科发给上岗证书；③按照年度培训计划，评价部门对评价人员各阶段培训内容进行内部笔试或口试。记录和档案：记录和档案按照本机构质量体系的有关规定执行"。

（三）技术负责人职责

① 项目评价技术负责人职责　负责评价的业务管理；根据《评价质量手册》的要求，负责评价过程的质量控制；负责《评价质量手册》及有关评价质量管理文件初稿的起草，并参与《评价质量手册》及有关评价质量管理文件修改；负责评价人员的技术培训和考核。

② 质量控制技术负责人职责　负责评价质量控制的业务管理；根据《评价质量手册》、《程序文件》以及《作业指导书》等质量管理文件，负责项目评价报告书、项目检测报告的质量抽查；参与《评价质量手册》及有关评价质量管理文件初稿的起草，并参与《评价质量手册》及有关评价质量管理文件修改。

③ 卫生检测技术负责人职责　负责评价项目检测部分的业务管理；根据《实验室质量手册》等质量管理文件，负责评价项目检测部分的质量控制；参与《实验室质量手册》及有关检测质量管理文件初稿的起草，并参与《实验室质量手册》及有关检测质量管理文件修改；负责检测检验人员的技术培训和考核。

（四）项目评价人员职责

① 项目负责人职责　根据评价项目的需要、项目的技术特点，提出项目参加人员的人选名单以及实施周期，经评价技术负责人批准后实施；主持项目评价工作，负责具体项目评价全过程的质量控制，确保评价的科学性、公正性和准确性；负责项目评价进度的制定和过程的实施，对项目参加人员实施项目周期内的技术指导和工作安排；接受项目评价技术负责人、质量控制技术负责人的指导和监督。

② 评价人员职责　热爱本职工作，钻研技术业务，严格遵守纪律和职业道德，保持认真、科学的工作态度；严格执行各项规章制度，按照评价质量管理的规定进行自我控制，自觉接受机构关于质量控制的考核与检查；熟练掌握本岗位的评价分析技术，熟悉有关的公共卫生法律、法规和标准，对所承担的项目能够做到原理清楚、方法熟悉、操作正确、严守规程、公正无私，科学准确；认真完成项目负责人分配的工作，认真做好评价前的各项技术技能训练与准备工作；认真执行评价质量管理的规章制度，确保评价工作的质量；努力学习、研究新的评价方法，积极参与各类学术活动，为提高评价业务、技术水平，独立完成与自己专业业务相应的评价工作打下良好的基础。

（五）资料管理人员职责

做好文件资料管理工作，文件资料归档管理有序、内容完整、查阅方便；负责评价技术规范、分析方法、技术标准、操作规程、管理规定等技术与管理文件的收集、整理、保管，为评价人员提供资料、文件服务；负责评价全过程相关文件、原始记录、报告的分类汇总、归档等工作；保守本机构和委托方的技术秘密。

四、机构认证的人员要求

卫生部文件《建设项目职业病危害评价机构资质（甲级）审定标准》，对甲级职业病危害评价机构的人员有相应的要求。评价、检测、质量控制技术负责人必须具备相关专业的高级技术职称、从事相关专业工作 5 年以上；评价、检测技术负责人必须经过培训。专业技术人员中，具有高级技术职称的不少于 5 人（公共卫生 2 人以上、检测 1 人以上、卫生工程 1 人以上）；中级以上技术职称的不少于专业人员总数的 40％；公共卫生人员不少于 5 人；检测人员不少于 5 人；公共卫生人员不少于 2 人；经卫生部指定单位组织培训的（包括评价、检测）10 人以上。

第五节　评价准备过程的质量控制

一、评价合同洽谈评审的质量控制

在评价准备过程中，评价项目的合同评审是质量控制的重要一环。如果建设单位委托了一家不具有相应资质的评价机构承担评价工作；或者不具有相应资质的评价机构接受了不应承担的评价项目，其结果，因为评价机构出具的建设项目卫生学评价报告不具备法律效力，可能会导致建设项目不能如期上马，或顺利投产，引发建设单位与评价机构之间的法律纠纷。另外，即使具备相应的资质，评价机构也要有规避风险的意识，不是任何评价项目都能承担的。特别是工业企业的建设项目涉及各行各业，既有传统工业的技术，也有新兴的高新技术；既有简单的工艺过程，也有复杂的工艺过程，产生的职业病危害也不尽相同，有些建设项目的职业病危害评价，如果评价机构不具有结构合理、人员充足的技术团队，或者评价人员不具备与委托的评价项目相关的工业生产知识，容易出现出具的评价报告不符合要求的情况。

通过合同评审的质量控制，评价机构能够避免因为不具备相应的资质，致使出具的评价报告不合法；或者虽然具备相应的资质，但是因为自身的技术力量薄弱，致使出具的评价报告不符合要求；或者因为自身人员不足、管理不善，致使不能按期出具评价报告。上述结果均可影响了建设单位的建设项目的正常施工和投入使用，招致巨额经济索赔的风险。

通过合同评审的质量控制，建设单位能够避免因为得到的评价报告不合法；或者因为评价机构的技术能力欠缺，致使出具的评价报告不符合要求；或者因为评价机构的人员不足，致使不能按期出具评价报告。上述结果均可导致建设项目不能及时得到卫生行政部门审核、审查和验收，影响了建设项目的正常施工和投入使用，存在招导巨大经济损失的风险。

因此，在进入合同洽谈评审阶段评价机构要做好以下几方面工作。

① 评价机构应当在接待部门醒目处悬挂有效的资质证书，并准备一些本机构的介绍资料，以便客户翻阅。接待人员在与建设单位进行初步洽谈时，主要了解评价项目的规模、行业、性质等基本情况，并介绍本机构的资质、能力、特长以及收费标准等基本情况，使彼此有初步的了解，建立相互信任的关系。

② 建设单位有委托意向时，应向评价机构送交有关的建设项目卫生学评价委托书，委托书应注明委托单位、委托单位法定代表人、被委托单位、项目名称、投资金额、委托事项等基本情况，并盖上委托单位的公章。评价机构接受委托后，具体承办评价项目的业务部门应当与建设单位进行技术交流。技术交流的目的是了解项目的可行性和技术难度，并对评价项目是否可以接受并签订合同作出技术评估。如果通过技术交流，业务部门认为该评价项目可以接受时，应当向委托方提交需提供的技术资料的详细清单，以便建设单位及早准备。

③ 有一定规模的评价机构，有时会承接一些大型综合性的建设项目，可能涉及的场所

比较多，包括职业场所、放射场所、公共场所、办公场所等。因此，应当统筹考虑这些场所的卫生学评价问题以及综合评估承担这些项目的能力。在此基础上，明确项目负责人，并明确各学科的匹配人员。

④ 通过技术交流认为评价项目能够承接后，开始与建设单位商谈合同条款，并草拟合同文本。合同文本可以按照标准合同文本格式或根据双方的要求协商拟订。按照权威部门制定的标准文本格式拟订合同可以减少争议。

⑤ 委托方为了保护商业利益，有时会要求在合同文本中增加保密条款，甚至要求另行拟定保密协议，作为合同文本的附件。评价机构在拟定保密条款或保密协议时，在保护委托方商业利益的同时，也要注意维护自身的利益。如有的委托方在保密协议中要求评价机构今后不得从事与委托方相同产品的建设项目卫生学评价工作，对委托方来说，主要怕先进的生产工艺泄漏给同行，以保护自身的商业利益，但对评价机构显失公平，限制了评价机构的业务发展和市场拓展。评价机构一般不应签订此类保密协议。因此，评价机构在严格执行质量体系中保密程序，确保委托方商业机密的基础上，应当与委托方讲清道理，以求得委托方的理解。

⑥ 合同文本拟订后，应当由具有法律专业背景的人负责合同审核工作，合同审核应当包括这些内容：承接的评价项目是否符合本机构资质认定的范围；合同条款是否符合法律法规的规定；合同条款是否存在明显不利于本机构的内容。

二、资料审核的质量控制

建设单位提供的技术资料，是开展建设项目卫生学评价的主要依据之一。因此，建设单位提供的技术资料是否真实、可靠和翔实，直接影响到评价机构出具的评价报告的真实性。如果建设单位提供的技术资料内容错误，可能会导致评价报告的失实。特别是卫生学预评价中，如果建设单位提供的涉及健康危害因素识别、控制的技术资料错误，可能直接影响评价结论，埋下引发职业病危害事故或公共卫生事件的隐患。因此，对建设单位提供的技术资料进行认真的审核是不可缺少的程序。

项目组成员应当结合文献资料和以往的工作经验，对建设单位提供的技术资料进行认真的解读和分析，遇到疑问不能轻易放过，及时与建设单位的相关技术人员进行沟通、了解，应当不嫌其烦，同时也可以向本机构的专家库成员请教。必要时，应当召开技术交流会，邀请建设单位的资深技术人员进行面对面的交流。负责任的建设单位一般都愿意派与评价有关的专业技术人员参加技术交流会，对评价人员提出的技术问题，均能作出详细的解答，即使会上一时解答不了的问题，会后也会通过不同的方式给予满意的解答。有的跨国公司还会从海外派资深专业人员飞赴技术交流会，合作互动的愿望非常强烈。

为了防止因为建设单位对技术资料的恶意隐瞒，导致评价报告失实，引发法律纠纷的情况发生，评价机构除了应当对建设单位提供的技术资料建立审核程序外，还应当建立技术资料承诺制度，要求建设单位书面承诺提供的技术资料是真实、齐全的。同时评价机构还应当建立技术资料和文件立档保存制度，以便一旦出现法律纠纷，可以立即调出相关技术资料和文件，进行查阅。

建立技术资料承诺制对技术资料审核的质量控制非常重要的，有的投资金额较小、技术含量较低建设项目，建设单位开展职业病危害评价工作，只是慑于法律的威严，因此，委托方提供的技术资料往往是错误的，或者是残缺的。有的建设项目因为存在严重的职业病危害，建设单位为了能够通过卫生行政部门的审核，故意隐瞒、篡改技术资料。因此，让委托方出具书面的技术资料承诺书，能够最大限度地降低评价机构的风险。技术资料承诺书一般应包括这些内容：委托单位、项目名称、送交的技术资料清单、承诺事项，并由委托单位法定代表人签字，盖上委托单位的公章。

三、国家有关的产业政策

（一）国家明文规定淘汰的落后生产能力、工艺和产品

国家为了制止低水平重复建设，加快结构调整步伐，促进生产工艺、装备和产品的升级换代，制定了《淘汰落后生产能力、工艺和产品的目录》，对违反国家法律法规、生产方式落后、产品质量低劣、环境污染严重、原材料和能源消耗高的落后生产能力、工艺和产品予以淘汰，目前已发布了三批。因此在开展建设项目职业病危害评价的时候，应当对照《淘汰落后生产能力、工艺和产品的目录》认真核实，如属于目录范围内的应当在评价报告中予以指出。

1999 年经国务院批准，原国家经济贸易委员会第 6 号令发布了《淘汰落后生产能力、工艺和产品的目录》（第一批），涉及 10 个行业，114 个项目。

1999 年 12 月经国务院批准，原国家经济贸易委员会第 16 号令又发布了《淘汰落后生产能力、工艺和产品的目录》（第二批），涉及 8 个行业，119 个项目。

2002 年 6 月经国务院批准，原国家经济贸易委员会第 32 号令再次发布了《淘汰落后生产能力、工艺和产品的目录》（第三批），涉及 15 个行业，120 个项目。

（二）国家明文规定禁止或严格限制的有毒化学品

为了保护人体健康和生态环境，加强化学品进出口环境管理和执行联合国《关于化学品国际贸易资料交流的伦敦准则》，1994 年，国家环境保护局、海关总署、对外贸易经济合作部发布了《化学品首次进口及有毒化学品进出口环境管理规定》，同时发布了《中国禁止或严格限制的有毒化学品名录（第一批）》。

禁止的有毒化学品：青石棉；汞化合物；艾氏剂；狄氏剂；异狄氏剂；滴滴涕（二氯二苯三氯乙烷）；六六六·混合异构体；七氯；六氯苯；三环锡·普特丹；1,2-二溴乙烷；氟乙酰胺·敌蚜胺；2,4,5-涕（2,4,5-三氯苯氧乙酸）；二溴氯丙烷（1,2-二溴-3-氯丙烷）；内吸磷；氰化合物。

严格限制的有毒化学品：多氯联苯（PCBs）；多溴联苯；三（2,3-二丙基）磷酸酯；三氮丙啶基氧化磷；丙烯腈；氯丹（八氯化甲桥茚）；杀虫脒；氯化苦；砷化合物；五氯酚（五氯苯酚）；地乐酚。

2003 年，国家环境保护总局、海关总署环发［2003］166 号文，发布了关于将硫化汞列入《中国禁止或严格限制的有毒化学品名录》的公告，将硫化汞、朱砂（辰砂）列入了《中国禁止或严格限制的有毒化学品名录》（第一批）汞及汞化合物一类中。

2005 年，国家环境保护总局第 29 号公告，为履行《关于在国际贸易中对某些危险化学品和农药采用事先知情同意程序的鹿特丹公约》和《关于持久性有机污染物的斯德哥尔摩公

约》，将两公约管制的有毒化学品纳入国家监管范围，根据我国作为缔约方所承担的义务，在执行《中国禁止或严格限制的有毒化学品目录（第一批）》的基础上，增补发布了《中国禁止或严格限制的有毒化学品目录（第二批)》：多氯三联苯（PCT）；二氯乙烯；环氧乙烷（非农药用）；角闪石石棉；四乙基铅；四甲基铅；灭蚁灵。

第六节　评价实施过程的质量控制

一、工程分析的质量控制

工程分析是进入实质性评价工作的第一步，工程分析内容比较多，职业病危害评价包括的选址、总平面布置、生产工艺流程、技术路线、使用的原辅材料及其数量、生产过程中产生的中间品及其数量、产品及其数量、生产设备及其自动化和密闭化程度、职业病危害因素种类及其产生的部位和存在形态，采取的职业病防护设备、配置的个人防护用品、应急救援设施等；不同的公共场所评价包括的内容更是不同。

工程分析是否透彻、全面、翔实，关系到整个评价过程的质量，因此，项目组成员可以分工合作，根据个人的特长，各自承担一部分工程分析。完成初步分析后，项目组应当把各个部分分析内容汇总成一份完整的工程分析资料，并组织讨论，充分发挥集体的智慧，进一步补充、完善、细化工程分析内容。工程分析的质量好坏，关键在于资料收集是否完整、真实、可靠；分析研究是否透彻、仔细、全面，这是工程分析质量控制的要点。工程分析是选用评价方法的基础之一，项目组根据工程分析的结果，选择比较符合该建设项目特性的评价方法。

二、确定评价单元的质量控制

在完成建设项目工程分析后，对一些大型或比较复杂的项目，项目组应当确定评价单元。评价单元一般根据健康危害因素的类别；或者工艺流程、工艺特征、工艺条件；或者场所的功能区域来划分。因此项目组在确定评价单元时，应当根据评价项目的性质、范围、规模以及准备选用的评价方法，划分确定评价单元。确定评价单元后，应当注意评价单元是否能够覆盖评价项目范围，有无遗漏的地方，特别是有无与健康危害有密切关联的场所没有纳入评价单元内的现象。

确定评价单元时应当注意，由于目前没有明确权威的"规则"来规范评价单元的划分，也难以制定详细的指导书来指导评价单元的划分，因此，可能会出现项目组成员对同一评价项目评价单元划分意见不一的现象，这时项目负责人应当在充分听取项目组成员意见的基础上，决定评价单元的划分方法。项目组成员即使有不同意见，也应当根据项目负责人的意见确定评价单元并进行分析评价，以保证评价结果的统一性。

在大型建设项目职业病危害预评价中选用定量分级法时，除总体评价、补偿措施评价外，单元评价是极其重要的内容，是决定项目危害等级的主要依据。这时评价单元的划分一般选择职业病危害因素较集中、固有危害性较大或接触人数较多的岗位或工序的方法来进行的。遗漏职业病危害因素，或者涉及职业病危害因素的原材料使用量、产量有误，以及接触职业病危害因素人数错误，将影响这一评价单元的划分或系数的确定，并可能对项目危害等级的分析产生影响。因此，在大型建设项目划分评价单元时，应当注意职业病危害因素种类、原材料使用量、产量、接触职业病危害因素人数的准确，这也是确定评价单元的质量控制的重要内容。

三、卫生学调查的质量控制

职业卫生调查主要分为类比调查和现场调查。类比调查是通过取得与建设项目相同或相似的企业的资料来推测、论证建设项目竣工投产后职业卫生状况的一种评价方法，在预评价中经常使用。现场调查主要是通过现场勘察和询问，来了解掌握建设项目运行时的职业卫生状况，主要用于控制效果评价。因此，职业卫生调查的质量控制要点如下。

① 造就企业职业卫生状况的因素是多元的，从理论上讲，各方面状况完全一样的类比企业是没有的，各方面状况比较相似的类比企业也是比较少的。因此，类比调查的方案设计再全面、调查过程再认真，类比调查取得的资料也不能完全表达拟建项目建成运行时的职业卫生状况，为此，我们不能完全依靠类比调查资料对拟建项目进行评价，只能把类比调查资料作为评价的佐证，可信度低的类比资料宁可放弃，也不要随意应用。

② 引用类比调查资料时，应当在评价报告中详细描述类比企业与评价项目之间存在的异同点。特别要强调的是除了详细描述相同点外，也要详细说明不同点，并加以分析，这不同点是否会对评价项目的职业病危害程度产生影响，以及影响程度有多大。

③ 现场调查一般运用调查表的方法，将需要调查了解的内容先制定成表格，然后下现场一一核对记录。因此，作为质量体系中的一部分，应当将现场调查表的基本内容及调查方法，制定成作业指导书，指导、规范评价人员开展现场调查的行为，以保证现场调查结果的真实性和完整性。

④ 现场调查另一重要内容是了解建设项目在项目设计任务书、预评价报告、卫生审批中确定的内容是否发生变化，如果内容发生了变化，是否会引起职业卫生方面的不良变化；其次是要了解项目设计任务书、预评价报告、卫生审批中提出的职业卫生方面的措施及意见是否得到落实。对此也应当制定相应的作业指导书，以规范这方面的现场调查。

四、评价方法的质量控制

卫生部颁布的《建设项目职业病危害评价规范》中认定的评价方法有三种：检查表法、类比法、定量分级法；国家职业卫生标准《建设项目职业病危害预评价技术导则》（GBZ/T 196—2007）中增加了风险评估法。但上述技术规范或标准中均没有对相应的评价方法作出具体的、可操作的规定，目前也尚未出台相应的专项标准或技术规范。因此，评价机构在评价质量体系中应当就评价方法具体的使用制定比较详细的、操作性强的作业指导书，规范评价人员在评价方法的选择及应用方面的活动。

另外评价机构可以结合国内外现有的评价技术，在实践中探索建立自己的评价方法，作为评价规范认定的评价方法的补充。但在评价报告中使用自己建立的评价方法时，必须按照评价质量体系的规定，制定技术规程，并通过必要的程序进行确认，将该技术规程纳入评价质量体系中并运行。

第七节 现场采样与测定的质量控制

卫生学检测是职业或公共场所控制效果评价的主要内容之一，也是预评价中类比分析的一种手段。特别是控制效果评价中，检测结果将直接影响到评价结论。现场检测与采样是实验室质量控制与评价质量控制之间的交叉点，因此，现场检测与采样中属于实验室质量控制的内容，按照现行的实验室质量体系进行管理；现场检测与采样中检测项目的确定、检测点的设置以及现场检测或采样时的生产负荷、防护设施的运行状况、劳动者的作业方式等因素的调查，则应当纳入评价质量控制体系。

一、检测项目选择的质量控制

职业场所检测对象涉及的职业病危害因素，原则上只要有国家职业卫生标准的，都应当列入检测项目中，如果因为技术原因不能检测的，应在评价方案中阐明原因，并在评价报告中如实说明。没有相应国家职业卫生标准的，但列入卫生部颁布的《职业病危害因素分类目录》中的职业病危害因素，以及使用量较大，有一定危害性的化学物质，并且具备检测条件的，也可以根据国际标准或发达国家的标准，确定为检测项目。

公共场所、集中空调通风系统的检测项目主要根据有关的技术规范、标准进行选择。不同类别的公共场所检测项目有所不同，但相对还是比较固定的。如何通过科学的验证，对公共场所检测项目进行筛选和优化，这是确定公共场所检测项目时可以考虑的问题。

二、检测点设置的质量控制

检测点的设置应当严格按照国家有关的规范、标准执行，并通过《检测点设定细则》一类的作业指导书来实施质量控制。选择检测点时应当由评价机构的评价人员和检测人员，会同建设单位技术人员共同勘察确定。评价机构应当将共同确定的检测点的具体位置、检测项目制成表格，双方签字确认。确认后，检测人员就应当严格按照确定的检测点检测、采样，不得随意增减。

职业场所主要按照国家职业卫生标准《工作场所空气中有毒物质监测的采样规范》（GBZ 159—2004）的要求进行。检测点设置原则：①作业场所必须存在有害因素；②作业场所必须有接触工人；③生产应处于正常状态。具体实施应当根据检测对象的工艺流程、工作状况、生产方式、有害因素逸散情况、职业卫生防护设施运作情况以及原料投入和产品包装方式。

公共场所主要按照国家标准《公共场所卫生监测技术规范》（GB/T 17220—1998）的要求进行。具体实施应当根据公共场所的平面布置、房间面积确定。检测点的位置应当精确至所需评价的单元，如房间号、区域名称等，并明确该单元的布点数。

三、现场采样的质量控制

现场采集空气样品时，容易受到周边环境、气象条件、人为干扰等因素的影响，因此，为了使采取的样品具有代表性、有效性和完整性，确保检测结果的准确性，必须对采样过程实施有效的质量控制。现场采样的质量控制可以通过系列的程序文件来和作业指导书来实施。

现场采样的质量控制的要点在于以下几个方面。

① 职业场所现场采样必须根据《工作场所空气中有害物质监测的采样规范》（GBZ 159—2004）规定的采样条件、采样方法、采样位置及运输、保存方法等内容进行，并选用适宜的采样设备；公共场所也必须按照相关的标准进行。

② 采样人员必须要严格执行采样规范的要求、坚持原则，在采样过程中如发现被采样单位或人员弄虚作假，采样人员应当拒绝采样，并记录在相关的表单上。

③ 采样仪器的气路连接必须稳固，避免出现漏气现象，采样夹安装不妥、连接管老化都会导致漏气。出现漏气问题会导致采样体积不准，直接影响检测结果的准确性。

④ 现场采样前，应当在现场抽取采样仪器进行流量校准。所有的空气采样器和收集器应具有唯一性编号。流量测定应在相对洁净的环境中进行。具有流量指示的采样器，经负载校准可以作为流量测定的依据；没有流量指示的采样器，应进行一对一的测定流量，并在采样记录单上记录采样仪器编号、空气收集器编号和流量。

⑤ 应当注意采样仪器动力对采样流量的影响。采样器的交流电压变动或直流电源电压下降会造成流量的变化，采样前应保证采样器电源的充足，采样过程中应注意调节流量。

⑥ 应当注意采样时的污染，包括采样用具放置不当、采样前后收集器密闭不好、样品运输保存不恰当等造成的污染。

⑦ 职业场所有时需采用个体采样。个体采样对象应当在现场调查的基础上，根据检测目的和要求进行选择。在工作过程中，凡接触和可能接触有害物质的劳动者都可以作为个体采样对象。个体采样对象中必须包括不同工作岗位的、接触有害物质浓度最高和接触时间最长的劳动者，其余的采样对象应随机选择。确定个体采样对象人数时，应当根据接触有害物质浓度最高和接触时间最长的劳动者的情况。

四、现场测定的质量控制

现场检测时，现场检测人员的职业操守非常重要。特别是一些数字直读式的检测方法，除了现场检测人员记录的数值以外，没有任何可以验证的材料。因此，为了使现场检测的结果具有代表性、有效性、完整性和准确性，必须对现场检测实施有效的质量控制。

现场检测的质量控制的要点在于以下几个方面。

① 现场检测时，必须要有两位检测人员同时在场，并有被检测单位人员陪同。

② 检测人员必须要严格执行检测标准的要求、坚持原则，在检测过程中如发现被检测单位或人员弄虚作假，检测人员可以拒绝检测。

③ 现场检测必须根据《工作场所物理因素测量》（GBZ/T 189）等标准和技术规范的要求进行。

④ 检测时要根据相关标准的内容进行，并选用适宜的检测设备。检测仪器要满足标准中量程和精度的要求。检测前应作现场调查，避免检测仪器的使用范围与检测对象不符。

五、记录的质量控制

完整、规范的现场检测或采样记录，是现场采样和检测质量控制的重要内容。记录的质量控制的要点在于以下几个方面。

① 要使用符合质量控制体系规定的统一格式的表单。填写时要做到字迹清楚，书写规范，不漏项。

② 记录表单的内容，应当满足相关标准的要求。如职业病危害因素的采样记录表单可以参照《工作场所空气中有害物质监测的采样规范》（GBZ 159—2004）的要求，设置仪器型号、检测（采样）人员、检测（采样）地点、采样持续时间、采样流量、采样时段、气象条件、流动作业、流动地点、有害因素接触状况、防护用品使用情况等内容。当然，检测记录还必须包括测量数据。

③ 记录表单由于填写人的笔误需要更改时，应按照规定要求进行涂改。记录保存要注意防火、防盗、防潮、防霉变等，并按规定交给档案室归档保存。

六、检验报告编制的质量控制

检验报告是对检测结果的整理。检验报告的格式应能满足卫生标准的要求，并通过质量体系文件加以规范。检验报告的编制包括底稿编制、审核、打印、校对、签发等过程。

在检测报告编制过程中需要进行质量控制的关键点包括以下几方面。

① 检验报告内容与原始记录的一致性。检验报告中的样品名称、样品标记、样品来源、委托单位、检测项目、检测依据等应与委托单内容一致；样品采集和现场检测情况的描述应与现场记录一致。

② 检验报告的数据来源于检验的原始记录数据。测定的数据与检测仪器灵敏度和分辨率有关，一般应保留两位有效数字。测定结果低于检出限的数值，应记录为小于检出限的数值或未检出并同时记录方法的检出限。对测定结果进行统计计算时，低于检出限的数值应当取检出限的数值的半数参加计算。

③ 在使用计量认证和实验室认可标识时，应注意检测项目/参数名称、检验标准/技术依据的一致性。少量项目或标准未经认证或认可时应注明。

④ 原始记录中的修改、签字应符合质量体系的要求。

第八节 评价报告编制过程的质量控制

一、评价报告编制的质量控制

评价报告的编制包括评价报告初稿编制、评价报告技术审核、评价报告专家评审、评价报告报批稿编制、评价报告签发等过程。

评价报告初稿由项目负责人编制。项目负责人应当将评价过程中得到的资料、数据分析的材料综合起来，起草评价报告草稿，然后组织项目组成员讨论修改，编制完成评价报告初稿。大型复杂的项目，可以由项目组成员分章编制，然后由项目负责人统稿。

评价报告初稿完成后，项目组可以将评价报告初稿连同评价技术资料送交资深专家进行评价报告技术审核。技术审核专家应当根据评价质量控制的要求，结合技术资料，着重对以下几个方面进行审核：评价报告格式是否规范，文字是否通顺；评价目的、评价范围是否明确；评价依据是否现行有效；工程分析是否清晰；健康危害因素的识别是否准确；健康危害评价是否科学、正确；卫生防护措施是否合理、可行等。另外，对控制效果评价报告的技术审核中，还应当注意着重以下几个方面：报告中确定的检测范围是否全面；报告中引用的检测数据是否正确。

项目负责人应当组织项目组成员根据审核意见，对评价报告进行修改完善，完成评价报告报批稿编制。如项目组对某一审核意见有不同看法，应当与技术审核专家进行沟通，统一认识，并将沟通结果记录在审核单上。评价报告报批稿完成后，由评价机构负责人签发。

对重大评价项目或疑难评价项目，在评价报告报批稿送领导审核前，项目负责人可以提出申请，启动机构内专家审核程序，召开评价报告内部专家审核会，对评价报告进行会审。

二、评价报告引用资料的质量控制

编制评价报告时引用的资料，不管是建设方提供的技术资料、建筑图纸、证明文件，还是评价方自己收集的文献资料、现场调查资料、类比资料以及现场检测和实验室数据，都应当具有有效性和可溯源性。

在有效性方面，要注意建设方提供的设计任务书，是否是最新版本；建设方提供的职业健康检查资料是否是具有资质的医疗机构出具的；评价方收集的类比资料中，涉及的检测数据是否是具有资质的检测机构出具的；评价报告引用的标准是否现行有效。

在可溯源性方面，要注意评价报告中工艺流程、原辅材料、设备布局等的描述，是否与委托方提供的，或通过现场调查取得的原始材料相一致；在评价报告中出现的检查表的内容，都应当有相应的原始检查记录表，并且检查记录表上应当有评价方调查人员的签字，以及委托方陪同人员的签字，必要时应当加盖委托方的公章。

三、评价报告技术审查的质量控制

项目组完成评价报告完成后，职业病危害评价报告必须根据卫生部 49 号令《建设项目职业病危害分类管理办法》的有关规定，由技术服务机构组织专家对职业病危害评价报告进行技术审查。专家技术审查是报告编制过程的必备的程序，因此其质量控制必须按照卫生部的有关文件精神执行。

卫生部和省级卫生行政部门应当分别建立国家和省级专家库。对评价报告进行技术审查应当有 5 名以上专家，其中从专家库抽取的专家数不少于参加审查专家总数的 3/5。卫生部审批的项目，应当从国家专家库抽取专家。参加评价报告编制、审核人员不得作为审查专家。

专家审查意见应当由专家组全体人员签字。专家审查意见、专家组名单、意见采纳情况说明、专家组组长复审签字应当作为评价报告的附件。

对建设项目有管辖权的卫生行政部门，必要时可以指派人员参加审查会，并监督审查过程。

公共场所、集中空调通风系统卫生学评价报告，虽然目前没有明确的规定，但参照职业病危害评价报告技术审查的有关规定，组织专家对评价报告进行技术审查也是实施评价报告编制质量控制的有效手段。

四、评价报告申诉的质量控制

建设单位对评价报告质量持有异议时，由评价机构质量管理部门负责接待。质量管理部门在接待中，应具体了解建设单位的申诉理由，并做好记录。质量管理部门向评价业务部门反馈信息后，评价业务部门应当及时对评价报告进行分析、复查，确认申诉的理由是否成立，判断评价质量是否存在问题，并做好分析、复查记录。评价业务部门经过分析讨论，认为评价质量没有问题，申诉的理由不能成立，评价机构应当及时通过质量管理部门向建设单位陈述说明；认为评价质量存在问题，评价机构应当启动评价报告重做、修改、补充程序进行纠正，对评价报告予以重做或修改或补充。纠正方式为重做评价报告的，可以由原项目组负责，也可以另外组成项目组负责；纠正方式为修改报告或补充报告的，由原评价组负责完成。

综上所述，开展职业病危害评价必须实施全过程的质量管理，注重评价准备、评价实施和报告编制过程中每一个环节的质量控制，这是保证职业病危害评价报告书不出现质量问题的基本条件。

第九节　文件资料管理的质量控制

评价相关文件资料的管理与评价报告的可溯源性、完整性和准确性密切相关，也是避免法律纠纷有效措施，因此，规范评价报告档案管理的行为，并使之文件化，是评价质量管理体系的重要内容。

一、文件资料的管理范围

列入管理的文件资料范围，一般包括以下方面。
① 上级部门下发的与评价工作相关的文件。
② 评价质量管理手册及资料。
③ 与评价相关的法律、法规、规范、标准等技术资料。
④ 评价方案、评价报告书、补充报告等。
⑤ 评价方案、评价报告内部审核过程的原始记录。
⑥ 评价方案、评价报告专家审查的资料。
⑦ 评价过程中涉及的资料，如建设单位送交的用于评价的技术资料。
⑧ 评价过程中产生的资料，如与建设单位之间的行文、原始表格、数据资料等。
⑨ 卫生审核部门、建设单位反馈的信息资料。

二、文件资料的分类管理

应当对资料的分类编号进行了规范，可以用两个英文字母标识，如 SC：评价质量管理手册等质量体系文件；BZ：与评价相关的法律、法规、规范、标准等资料；JS：建设项目的技术资料，如建设单位送交的用于评价的文本、资料等。

文件资料的管理期限，一般上级部门下发的与评价工作相关的文件、评价方案、卫生审核部门、建设单位反馈的信息资料，应保存 5 年以上；其他文件资料应永久性保存；评价质量体系文件被修改、修订并重新颁行时，应将被替代的、停止使用的或失效的文件收回；与评价相关的法律、法规、规范、标准发生变更时，应及时换上现行有效的文本。

文件资料应当有专人管理，3 月底前应当完成前一年的文件资料归案工作。

三、文件资料的借阅

为了保护委托方的知识产权或商业秘密，以及评价机构的自身的权益，一般对文件资料的借阅有一定的规定。如非本机构评价部门的人员不能查阅列入本制度管理的文件、资料。如确实需要，须经主管批准；评价部门的人员需要查阅文件资料的，须办理相应手续，资料管理员必须做好登记，并督促借阅者按期借阅归还，保证这些资料处于受控状态。

第十节　评价质量体系文件

评价质量管理体系文件是质量管理体系有效运行存在的体现，也是质量管理体系有效运行的基础和保证。评价质量管理体系的文件结构一般由评价质量手册、程序文件、作业指导书和质量、技术记录等四各层次组成。

一、评价质量管理文件编制原则

（1）符合性　应当满足与体现现行有效的法律、法规、规章的要求，以及评价机构资质认证的要求。

（2）可行性　在满足符合性的前提下，要根据机构的实际评价能力和专业特点，制定切实可行的质量管理文件。

（3）协调性　各层次文件的体例格式、内容要求应当统一。各层次文件间的衔接关系应当明确，保证整个体系文件的协调一致。

二、评价质量手册编制要点

评价质量手册应当包含一下内容：一般信息（名称、地址、电话号码等以及法律地位）；管理层就质量方针、目标、承诺的陈述；管理层指定质量保证负责人员的声明；评价机构活动与能力范围的描述；检查机构与其母体组织关系的信息；组织机构图；相关工作描述；人员资格与培训的方针说明；相关人员的职责与权限；相关的工作制度等。

内部审核的程序；反馈与纠正措施的程序；质量体系管理评审的程序。

三、评价程序文件编制要点

程序文件是质量管理的核心文件，它的优劣直接影响质量管理体系的正常展开与发展。评价质量管理程序文件主要包括以下内容：①保护客户的机密信息和所有权的程序；②合同评审程序；③评价过程质量控制程序；④质量记录和技术记录的控制程序；⑤评价报告编制程序；⑥评价报告内部审核程序；⑦评价报告专家评审程序；⑧实施纠正措施的程序；⑨开展新方法的评审程序；⑩文件控制程序等。

四、评价作业指导书编制要点

作业指导书是质量管理体系技术文件中必不可少的一个组成部分，同时也是确保质量目标实现的一个关键控制环节。它是质量手册与程序文件的支持性文件，又是组成质量管理体系文件的基础层次，对质量管理体系的完善、有效运行起到关键性的作用；它是根据技术标准、规范规程、专业技术人员的操作经验进行编写的。

作业指导书按其用途主要分为 6 类，即评价方法实施细则、非标准评价方法、现场检测或采样设备操作规程、现场检测或采样规定、现场调查实施细则、其他有关管理办法或规定。

1. 评价方法实施细则

当某技术标准或技术规范对某一评价方法的描述不够完善或者说操作性不强时，必须根据此标准或技术规范编制相应的评价方法实施细则，作为标准或技术规范的补充和细化。其内容主要包括：名称、目的、适用范围、职责、步骤、引用文件等。

2. 非标准评价方法

采用标准或技术规范规定的评价方法以外的其他方法时，要制定专门的作业指导书，此类作业指导书要经过论证、学术委员会鉴定等程序并经技术管理层负责人批准发布后方可实施。其内容主要包括：目的、适用范围、职责、方法原理、实施步骤、所需的参考标准，操作时应特别注意的事项（适用时）、引用文件（该非标准评价方法来源于何种参考书、杂志等）、质量记录和附录（包括使用表格格式的设计）等。

3. 现场检测或采样设备操作规程

通过编制此类作业指导书，规范仪器操作与维护，保证现场检测或采样工作顺利进行、保证操作和仪器设备的安全。其内容主要包括：设备名称、目的、适用范围、职责、操作规程、引用文件和有关质量记录表格。

4. 现场检测或采样规定

通过编制此类作业指导书，规范现场检测或采样行为，保证现场检测或采样能够按照有关标准或技术规范开展。其内容主要包括：名称、目的、适用范围、适用设备、工作步骤、结果计算、注意事项、引用文件及有关现场记录表格。

5. 现场调查实施细则

6. 其他有关管理办法或规定

对评价过程中的某些工作制度、工作方法编制作业指导书，保证评价工作紧张有序进行。其内容包括：名称、目的、适用范围、职责、工作程序、引用文件及有关质量记录表格。

五、评价质量管理文件举例

（一）评价质量手册举例

1. 质量方针

本机构的评价质量方针：行为公正、方法科学、数据准确、服务规范。

2. 职业病危害评价部门职责、权限

①负责建设项目职业病危害预评价；②负责建设项目职业病危害控制效果评价；③开展职业病危害评价技术研究，参与制定国家及地方职业病危害评价的规范文件、标准和技术规范；④负责评价工作的质量控制，对评价报告的真实性、准确性负责；⑤负责实施评价人员的培训和考核；⑥负责评价项目的可行性评估。

3. 评价人员行为准则

为保证评价工作的公正性，全体工作人员应遵守以下准则：①认真学习卫生法律、法规、规章、标准及其他有关法律、法规，提高法制意识，遵纪守法，秉公办事，自觉抵制来自商务、财务和其他影响公正性的压力；②努力学习专业知识，提高技术素质，在评价工作中严格按照《评价手册》的规定，实施管理、评价和服务，做到评价报告真实、准确、规范；③评价活动严格按程序进行，未经许可，不得偏离规定和程序；④不从事与委托方（建设单位）建设项目有关的开发、研制、生产、经营和咨询等商业性活动；⑤不在委托方（建设单位）的企业内兼职；⑥不接受委托方（建设单位）的礼品、礼金和谋取其他个人私利；⑦在与委托方（建设单位）交往中，做到热情、诚恳、谦虚、谨慎，认真听取委托方（建设单位）的要求、意见和建议；⑧自觉遵守评价工作的有关保密规定，不向外界泄漏委托方（建设单位）和评价科室的机密信息；⑨评价人员不受理业务，业务受理人员不从事评价。

4. 质量控制制度

评价质量申诉处理制度：①建设单位对收到的评价报告有异议而提出质量申诉时，由质量管理科负责受理，质量管理科在受理过程中，应具体了解建设单位申诉的理由，并做好记录；②质量管理科受理建设单位的申诉后，应会同评价部门对评价报告进行分析、复查，确认质量申诉的理由是否成立，并做好分析处理记录；③质量申诉成立时，评价部门负责人应召集评价项目组成员对评价报告进行深入的复审、校核或重复验证，必要时聘请有关专家咨询，确认失误原因、关键的失误内容，以采取必要的补救措施；④质量申诉不成立时，由质量管理科负责向申诉单位进行解释、说明，并做好相应的记录；⑤如质量问题为责任事故，按照本机构的有关规定，给予事故责任相应的处理。

保密制度：①严格遵守国家有关保密的制度；②属于本机构质量体系规定的文件资料，严格按照《保密和保护所有权的程序》执行；③涉及评价的文件、资料不对外公开，外单位人员不得查阅这些文件、资料，合作单位人员须查阅时，经分管领导批准后方可办理查阅手续，但不得复制；④与建设单位订有保密协议的，必须严格按照保密协议的条款执行；⑤项目负责人及评价参加人员负责正在使用中的文件、资料的保密，资料管理人员负责已归档的文件、资料的保密；⑥评价人员工作室和资料保管室禁止非评价人员进入。

（二）程序文件举例

1. 评价项目的合同评审程序

评价合同评审程序要点如下。

① 洽谈项目时双方应确认身份，委托方出具代表建设单位的有效证明文件，评价单位出具有效的资质文件；

② 内部会商是指讨论项目的可行性、技术难度、工作进度以及项目的费用；

③ 根据内部会商结果，洽谈合同条款和合同签订。

评价合同评审程序见图 8-1。

2. 危害因素检测程序

危害因素检测程序要点如下。

① 检测现场调查、定点和检测项目的确定，由评价和检测人员共同商定；

② 现场检测、采样由现场检测人员实施，样品检验由检验人员实施；

③ 检测现场定点、现场检测、采样、样品检验的质量控制按照机构的质量控制体系执行。

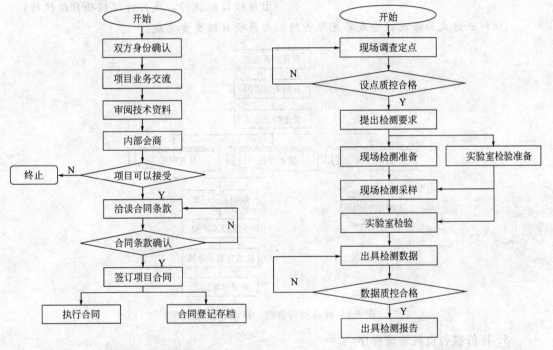

图 8-1 评价合同评审程序框图　　　　　图 8-2 危害因素检测程序框图

危害因素检测程序见图 8-2。

3. 评价质量跟踪程序

评价质量跟踪程序要点如下。

① 建设单位对评价报告质量持有异议时，由质量管理部门负责接待；

② 质量管理部门向评价部门反馈信息，评价部门组织项目组成员进行原因分析，判断评价质量是否存在问题、评价结论是否正确；

③ 如果判断结果评价质量没有问题、评价结论正确，评价部门及时向质量管理部门反馈信息，质量管理部门负责向建设单位陈述说明；

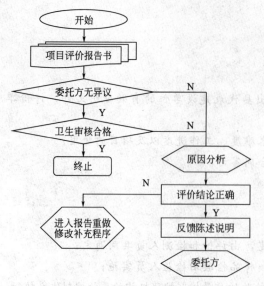

图 8-3　评价质量跟踪程序框图

④ 如果判断结果认为评价质量存在问题、评价结论不正确，按评价报告重做、修改、补充程序执行。

评价质量跟踪程序见图 8-3。

4. 评价报告重做、修改、补充程序（见图 8-4）

评价报告重做、修改、补充程序要点如下。

① 申诉成立后，评价项目负责人负责召集项目组成员讨论分析原因，并提出纠正方式，报技术负责人批准后，将信息反馈给质量管理部门；

② 纠正方式为重做报告的，按照预评价报告编制程序或控制效果报告编制程序执行；由原项目组执行，或另行组织项目组执行；

③ 纠正方式为修改报告或补充报告的，由原项目组负责完成。

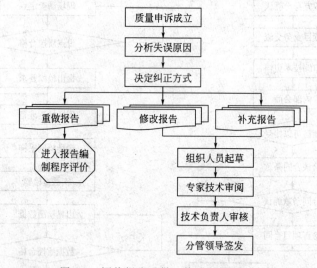

图 8-4　评价报告重做、修改、补充程序

5. 评价报告资料管理程序

评价报告资料管理程序要点如下。

① 同一建设项目的评价资料和评价报告同一编号分类存放；

② 重做、修改、补充的评价报告与原报告同一编号共同存放。

评价报告资料管理程序见图 8-5。

（三）作业指导书举例

1. 建设项目职业病危害评价检查表法技术规范

建设项目职业病危害评价检查表法技术规范

为了规范职业病危害评价检查表法在职业病危害评价中的应用，保证评价工作的质

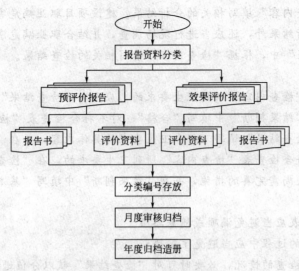

图 8-5　评价报告资料管理程序

量，根据卫生部《建设项目职业病危害评价规范》（卫法监发［2002］63 号）及相应的标准，制定本规范。

1　适用范围

本规范适用于职业病危害评价中检查表法的实施。

2　检查表编制

2.1　编制依据

2.1.1　《中华人民共和国职业病防治法》，中华人民共和国主席令第 60 号

2.1.2　《使用有毒物品作业场所劳动保护条例》国务院令第 352 号

2.1.3　《工业企业设计卫生标准》GBZ 1—2002

2.1.4　《工作场所职业病危害警示标识》GBZ 158—2003

2.2　编制方法

2.2.1　资料收集

收集评价项目的技术资料，技术资料包括建设情况、生产工艺情况、生产设备情况、使用的原辅料、中间品、产品情况以及职业病危害防护措施等情况。收集的技术资料应当准确，并经建设单位确认。

建设项目职业病危害控制效果评价还应当收集建设项目职业病危害预评价报告、卫生审核意见资料以及职业病危害因素检测数据。

2.2.2　资料分析

对收集的技术资料进行分析，资料分析应当包括选址、总体布局、职业病危害防护设施、工作场所职业病危害警示标识设置、主要生产工艺和生产设备及其布局、生产过程使用的原辅料以及中间品和产品、辅助用室、职业卫生管理等内容。

2.2.3　编制表格

根据附件中参考表的内容，并结合评价项目的特点进行编制。如果因评价需要可以根据法律法规的规定以及国家标准和行业标准，另行制定检查表内容。

3　检查表应用

3.1　实施检查

建设项目职业病危害预评价，可以根据技术资料分析的结果，在检查表的"检查结

果"中，根据"检查内容"填写相关的分析结果。建设项目职业病危害控制效果评价，除了根据技术资料分析结果外，还应当进行现场调查，并结合职业病危害因素检测数据，在检查表的"检查结果"中，根据"检查内容"填写相关的检查结果。

3.2 结果判断

对符合检查表"检查内容"所列卫生要求的，应当在"检查结果"填写符合卫生要求的具体内容，并在"结果判断"中填写"合格"；对不符合检查表"检查内容"所列卫生要求的，应当在"检查结果"填写不符合卫生要求的具体内容，并在"结果判断"中填写"不合格"；对基本符合检查表"检查内容"所列卫生要求的，在"检查结果"填写符合卫生要求的具体内容及尚需完善的措施，并在"结果判断"中填写"基本合格"。

4 质量控制

4.1 编制检查表应当避免漏项或随意添项。

4.2 实施检查的过程中应当避免主观臆断。

4.3 根据实施检查的情况，必要时可对"检查结果"赋以分值进行量化分析。

4.4 实施检查的过程中发现的问题，应当反映在评价报告中，必要时应当在评价报告的建议中体现。

附件：

表 1 选址检查参考表（略）

表 2 总体布局检查参考表（略）

表 3 工作场所防尘、防毒检查参考表（略）

表 4 工作场所防暑检查参考表（略）

表 5 工作场所防噪声与振动检查参考表（略）

表 6 工作场所其他项目检查参考表（略）

表 7 辅助用室基本卫生要求检查参考表（略）

表 8 工作场所职业病危害警示标识检查参考表（略）

表 9 设计、评价、审核结果落实情况检查表（略）

表 10 职业卫生管理检查表（略）

2. 医院类建设项目卫生学评价报告书格式规范

医院类建设项目卫生学评价报告书格式规范

为了规范医院类建设项目卫生学评价报告书的编制，保证评价工作的质量，参照国务院发布的《公共场所卫生管理条例》和卫生部《公共场所卫生管理条例实施细则》及相应的标准，制定本规范。

1 适用范围

本规范适用于医院类建设项目卫生学评价报告书的撰写。

2 编制依据

2.1 《公共场所卫生管理条例》，国务院令第 24 号，1987 年

2.2 《公共场所卫生管理条例实施细则》，卫生部令第 11 号，1991 年

2.3 《医院候诊室卫生标准》，GB 9671—1996

2.4 《医院洁净手术部建设标准》，GB 50333—2002

3 报告编制

3.1 本规范规定了医院类建设项目卫生学评价报告书的总体格式，编制人应当按照

总体格式的要求编制评价报告书。

3.2 本规范规定了医院类建设项目卫生学评价报告书的目录格式，编制人应当尽可能按照目录格式的内容编制评价报告书。

3.3 由于评价项目的不同，以及资料收集的齐全程度不一，在编制评价报告书的过程中有些内容无法满足目录格式的要求或超出目录格式的要求时，编制人可以根据实际情况，适当调整评价报告书的目录内容，以满足评价的要求。

附录一：医院类建设项目卫生学评价报告书总体格式（略）

附录二：医院类建设项目卫生学预评价报告书目录格式（略）

附录三：医院类建设项目卫生学控制效果评价报告书目录格式（略）

3. 公共场所现场采样（检测）设点、检测和数据计算细则

公共场所现场采样（检测）和数据计算细则

1 适用范围

本规范适用于公共场所［包括旅店业、文化娱乐场所、公共浴室、理发店、美容店、游泳场所、体育馆、图书馆、博物馆、美术馆、展览馆、商场（店）、书店、医院候诊室、公共交通工具等候室、公共交通工具、饭馆、餐厅等］卫生评价的调查设点和检测数据的使用。

2 现场调查

2.1 公共场所和集中空调的调查设点由评价人员组织进行，现场检测人员参与。

2.2 开展公共场所卫生学评价时，要连续检测3天，每次检测必须采集平行样品。

2.3 评价人员应收集公共场所的平面布置、房间面积资料，现场调查确认后按《公共场所卫生监测技术规范（GB/T 17220—1998）》的要求明确检测地点的位置（精确至所需评价的单元，如房间号、区域名称等）和该单元的布点数。

2.4 评价人员按《公共场所卫生标准（GB 9663～9673、GB 16153）》的要求明确各检测地点的检测项目参数。

2.5 评价人员按《公共场所卫生标准检验方法（GB/T 18204.1、13～27）》和《公共场所卫生监测技术规范（GB/T 17220—1998）》的要求明确各参数的数量。

2.6 评价人员应编制任务单和定点表（或定点图）交于检测负责人确认。任务单中应明确联系人和联系方式、检测参数名称和各参数的样品总量；图表中应具体描述各检测单元名称（或位置）、检测点次数、参数和样品数量，确定的检测位置应具有可操作性。表格格式见表8-1举例：

表 8-1 某医院建设项目检测一览表

序号	场所名称	点次数	检测项目
1	裙房 F1 报告厅	1 点 3 次	温度、二氧化碳、可吸入颗粒物、新风量
2	裙房 F4 阅览室	2 点 2 次	相对湿度、风速、甲醛、沉降菌、噪声

3 各单元内采样位置和检测方法按 GB/T 18204.1、13～27—2000 执行。

4 检测数据计算和表达

4.1 数据的表达：报告该单元的各点次数的检测值（或平行样品的均值）和均值，数据的单位使用相应卫生标准中单位。均值小于100的数值最多保留二位有效数字，大于100的数值取整数；细菌检测的均值应报告整数，在0～1之间的数字以1报告。表格格式见表8-2：

表 8-2　裙房 F4 阅览室检测结果

项目	1号点		2号点		均值
	第一次	第二次	第一次	第二次	
相对湿度/%	53	52	53	49	52
风速/(m/s)	0.02	0.08	0.07	0.06	0.06
甲醛/(mg/m³)	0.16	0.066	0.072	0.099	0.099
沉降菌/(个/皿)	0	0	0	1	1
噪声/dB(A)	31.2	31.5	31.4	31.4	31.4

4.2　测定结果均低于检出限数据时，应记录为低于该检出限并同时记录方法检出限或以"<X"表示。

4.3　测定结果存在部分低于检出限数据时，低于检出限数据以该检出限值的一半参加计算，计算值小于检出限时应记录为低于该检出限并同时记录方法检出限或以"<X"表示。

4.4　异常值的去舍：在测试分析中一旦发现明显的过失误差，应随时删除由此产生的数据，以便测定结果更符合客观实际。但在未确定其是否为技术性失误所致之前，不可随意取舍。

5　现场采样操作的质量控制

5.1　每次监测前应对现场监测人员进行工作培训，其内容包括监测目的，计划安排，监测技术的具体指导和要求，记录填写以及工作责任感等，以确保工作质量。

5.2　现场采样前，必须详细阅读仪器的使用说明，熟悉仪器性能及适用范围，能正确使用监测仪器。

5.3　每件仪器应按计量规定定期进行检定。修理后的仪器应重新进行计量检定。每次连续监测前应对仪器进行常规检查。

5.4　采样器的流量于每次采样之前进行流量校正。校正流量时必须使用现场采样的吸收管。

5.5　微生物采样必须在无菌条件下操作。

6　制定依据

《公共场所卫生监测技术规范》，GB/T 17220—1998。

4. 作业场所风速测定方法实施细则

作业场所风速测定方法实施细则

1　适用范围

本方法仅适用于作业场所控制风速和罩口风速的测定。

2　原理

为使从有害物质发生源逸出的有害气体或粉尘能被排风罩吸走，要求流向罩口的气流不能低于某一速度。在操作位呼吸带的气流速度为控制风速，排风罩口的气流速度为罩口风速。风速的测量使用风速仪（热球式电风速计或转杯式风速计）。

3　仪器

3.1　风速仪（热球式电风速计或转杯式风速计）

3.2　卷尺

4　测定步骤

4.1　测定点的分布

4.1.1 密闭吸风罩

将操作口处截面分为若干个小矩形（最好是正方形，每边长为150mm），每个小矩形在中央部测一点。

4.1.2 侧吸罩

在操作位呼吸带（最远零点或最危险点）测定

4.1.3 下吸罩和伞形罩

将罩口处截面分为若干个小矩形（最好是正方形，每边长为150mm），每个小矩形在中央部测一点。

4.2 风速的测定按风速仪的操作规程执行

5 结果计算

5.1 所用的风速仪有校正系数，则应对每个测量结果进行校正后求均值。

5.2 用下式计算抽风量：

5.2.1 密闭吸风罩

$$L = 3600Fv$$

式中 L——抽风量，m^3/h；

$\qquad F$——密闭罩上孔洞的总面积，m^2；

$\qquad v$——通过孔洞的平均吸气速度，m/s。

5.2.2 侧吸罩

5.2.2.1 平口罩

$$L = 3600(10X^2 + A_f)v_0$$

式中 L——抽风量，m^3/h；

$\qquad X$——最远零点至罩口的距离，m；

$\qquad A_f$——罩口面积 $w \times l$，m^2；w 为罩口宽度，l 为罩口长度；

$\qquad v_0$——最远零点的控制风速（m/s）。

罩口尺寸比 w/l 应大于 0.2；

X 的值原则上不能大于当量直径 D，$D = w \times \dfrac{l}{2(w+l)}$。

5.2.2.2 平台上平口罩

$$L = 3600 (5X^2 + A_f) v_0$$

式中 L——抽风量，m^3/h；

$\qquad X$——最远零点至罩口的距离，m；

$\qquad A_f$——罩口面积 $w \times l$，m^2，w 单口宽度，l 为罩口长度；

$\qquad v_0$——最远零点的控制风速，m/s。

罩口尺寸比 w/l 应大于 0.2；

X 值原则上不能大于当量直径 D，$D = w \times \dfrac{l}{2(w+l)}$

5.2.3 下吸罩

$$L = 3600Fv$$

式中 L——抽风量，m^3/h；

F——罩口有效截面积，m^2；

v——通过罩口有效截面积的平均吸气速度，m/s。

5.2.4 伞形罩

$$L = 5000PHv$$

式中　L——抽风量，m^3/h；

P——工作台或槽子的周长，m；

H——工作台或槽子的距罩口的距离，m；

v——通过罩口的平均吸气速度，m/s。

6　注意事项

6.1　测定时注意身体位置不要妨碍气流。

6.2　测定风速前必须了解通风系统结构，以保证测定的准确性。

7　制定依据

7.1　建设项目职业病危害评价（苏志主编，中国人口出版社，2003）

7.2　公共场所卫生标准检验方法（GB/T 18204.18—2000）

7.3　高温作业环境气象条件测定方法（GB/T 934—1989）

7.4　QDF-3型热球式风速仪操作规程

附 录

职业与公共场所建设项目卫生学评价相关的文件、标准目录

文件(标准)名称	文件(标准)号
一、法律、法规	
1. 法律	
中华人民共和国职业病防治法	中华人民共和国主席令[2001]第 60 号
中华人民共和国传染病防治法	中华人民共和国主席令[2004]第 17 号
中华人民共和国食品卫生法	中华人民共和国主席令[1995]第 59 号
2. 法规	
使用有毒物质作业场所劳动保护条例	中华人民共和国国务院令[2002]第 352 号
危险化学品安全管理条例	中华人民共和国国务院令[2002]第 344 号
病原微生物实验室生物安全管理条例	中华人民共和国国务院令[2004]第 424 号
公共场所卫生管理条例	中华人民共和国国务院令[1987]第 24 号
突发公共卫生事件应急条例	中华人民共和国国务院令[2003]第 376 号
医疗机构管理条例	中华人民共和国国务院令[1994]第 149 号
二、规章	
1. 职业卫生	
建设项目职业病危害分类管理办法	卫生部令[2006]第 49 号
职业健康监护管理办法	卫生部令[2002]第 23 号
职业卫生技术服务机构管理管理办法	卫生部令[2002]第 31 号
2. 公共场所	
中华人民共和国传染病防治法实施办法	卫生部令[1991]第 17 号
餐饮业食品卫生管理办法	卫生部令[2000]第 10 号
公共场所卫生管理条例实施细则	卫生部令[1991]第 11 号
生活饮用水卫生监督管理办法	建设部、卫生部令[1997]第 53 号
消毒管理办法	卫生部令[2002]第 27 号
医疗机构管理条例实施细则	卫生部令[1994]第 35 号
传染性非典型肺炎防治管理办法	卫生部令[2003]第 35 号
中国医学微生物菌种管理保藏办法	卫生部令[2006]第 48 号
医院感染管理办法	卫生部令[2003]第 44 号
血站管理办法	卫生部令[1991]第 17 号
流通领域食品安全管理办法	商务部令[2007]第 1 号

续表

文件(标准)名称	文件(标准)号
三、规范性文件	
1. 职业卫生	
工业企业建设项目卫生预评价规范	卫生部卫监发[1994]28 号
建设项目职业病危害评价规范	卫生部卫法监发[2002]63 号
职业病危害因素分类目录	卫生部卫法监发[2002]63 号
高毒物品目录	卫生部卫法监发[2003]142 号
工业企业职工听力保护规范	卫生部卫法监发[1999]620 号
卫生部关于印发《卫生部职业卫生技术服务机构资质审定工作程序》等文件的通知	卫生部卫监督发[2005]318 号
卫生部关于印发《建设项目职业卫生审查规定》的通知	卫生部卫监督发[2006]375 号
卫生部关于实施《建设项目职业病危害分类管理办法》有关问题的通知	卫生部卫监督发[2006]415 号
2. 公共场所	
医疗机构口腔诊疗器械消毒技术操作规范	卫生部卫医发[2005]第 73 号
医院发热门诊工作规范	卫生部卫法监发[2002]第 282 号
消毒技术规范	卫生部卫监督发[2005]第 260 号
内镜清洗消毒技术操作规范	卫生部卫法监发[2003]第 180 号
餐饮业和集体用餐配送单位卫生规范	卫生部卫法监发[2002]第 159 号
散装食品卫生管理规范	卫生部卫法监发[1998]第 19 号
食品添加剂生产企业卫生规范	卫生部卫法监发[1998]第 19 号
传染性非典型肺炎医院感染控制指导原则	卫生部卫法监发[2001]第 161 号
传染性非典型肺炎病毒研究实验室暂行管理办法	卫生部卫监督发[2007]第 221 号
传染性非典型肺炎病毒菌种保存、使用和感染动物模型的暂行的管理办法	卫生部卫监督发[2007]第 221 号
生活饮用水输配水设备及防护材料卫生安全评价规范	卫生部卫监督发[2007]第 205 号
生活饮用水水质处理器卫生安全与功能评价规范	卫生部卫监督发[2007]第 221 号
生活饮用水集中式供水单位卫生规范	卫生部卫医发[2005]第 73 号
美容美发场所卫生规范	卫生部卫法监发[2002]第 282 号
沐浴场所卫生规范	卫生部卫监督发[2005]第 260 号
游泳场所卫生规范	卫生部卫法监发[2003]第 180 号
住宿业卫生规范	卫生部卫法监发[2002]第 159 号
流通领域食品安全管理办法	卫生部卫法监发[1998]第 19 号
医院消毒供应室验收标准(试行)	卫生部卫法监发[1998]第 19 号
3. 集中空调	
公共场所集中空调通风系统卫生管理办法	卫生部卫监督发[2006]第 53 号
公共场所集中空调通风系统卫生规范	卫生部卫监督发[2006]第 58 号
公共场所集中空调通风系统清洗规范	卫生部卫监督发[2006]第 58 号
公共场所集中空调通风系统卫生学评价规范	卫生部卫监督发[2006]第 58 号

文件(标准)名称	文件(标准)号
四、卫生标准	
1. 职业卫生	
密闭空气直读式仪器气体检测规范	GBZ/T 206—2008
密闭空间作业职业危害防护规范	GBZ/T 205—2007
高毒物品作业岗位职业病危害告知规范	GBZ/T 203—2007
服装干洗业职业卫生管理规范	GBZ/T 199—2007
使用人造矿物纤维绝热棉职业病危害防护规程	GBZ/T 198—2007
建设项目职业病危害控制效果评价技术导则	GBZ/T 197—2007
建设项目职业病危害预评价技术导则	GBZ/T 196—2007
有机溶剂作业场所个人职业病防护用品使用规范	GBZ/T 195—2007
工作场所防止职业中毒卫生工程防护措施规范	GBZ/T 194—2007
石棉作业职业卫生管理规范	GBZ/T 193—2007
工作场所有害因素职业接触限值	GBZ 2.1/2.2—2007
职业健康监护技术规范	GBZ 188—2007
职业卫生生物监测质量保证规范	GBZ 173—2006
工作场所空气有毒物质测定	GBZ 160—2004
工作场所空气中有害物质监测的采样规范	GBZ 159—2004
工作场所职业病危害警示标识	GBZ 158—2003
工业企业设计卫生标准	GBZ 1—2002
工业企业卫生防护距离标准	GB 11654～11666—89,GB 18068～18082—2000
2. 公共场所	
生活饮用水卫生标准	GB 5749—2006
环境电磁波卫生标准	GB 9175—1988
公共场所卫生监测技术规范	GB/T 17220—1998
二次供水设施卫生规范	GB 17051—1997
旅店业卫生标准	GB 9663—1996
饭馆(餐厅)卫生标准	GB 16153—1996
文化娱乐场所卫生标准	GB 9664—1996
公共浴室卫生标准	GB 9665—1996
理发店、美容店卫生标准	GB 9666—1996
游泳场所卫生标准	GB 9667—1996
体育馆卫生标准	GB 9668—1996
图书馆、博物馆、美术馆、展览馆卫生标准	GB 9669—1996
商场(店)、书店卫生标准	GB 9670—1996
医院候诊室卫生标准	GB 9671—1996
公共交通等候室卫生标准	GB 9672—1996
公共交通工具卫生标准	GB 9673—1996
医院消毒卫生标准	GB 15982—1995
食品企业通用卫生规范	GB 14881—1994

文件(标准)名称	文件(标准)号
五、其他标准	
1. 职业卫生	
生活垃圾填埋污染控制标准	GB 16889—2008
危险废物鉴别标准 腐蚀性鉴别	GB 5085.1—2007
危险废物鉴别标准 急性毒性初筛	GB 5085.2—2007
危险废物鉴别标准 浸出毒性鉴别	GB 5085.3—2007
危险废物鉴别标准 易燃性鉴别	GB 5085.4—2007
危险废物鉴别标准 反应性鉴别	GB 5085.5—2007
危险废物鉴别标准 毒性物质含量鉴别	GB 5085.6—2007
危险废物鉴别标准 通则	GB 5085.7—2007
集装箱港口装卸作业安全规程	GB 11602—2007
塔式起重机安全规程	GB 5144—2016
消毒剂生产环境卫生要求	DB 31354—2005
实验室生物安全通用要求	GB 19489—2004
建筑照明设计标准	GB 50034—2004
洁净厂房设计规范	GB 50073—2001
建筑采光设计标准	GB 50033—2001
重大危险源辨别	GB 18218—2000
生产设备安全卫生设计总则	GB 5083—1999
小型工业企业建厂劳动卫生基本技术条件	GB 16910—1997
高温作业分级	GB/T 4200—1997
金属热处理 生产过程安全卫生要求	GB 15735—1995
10kV 及以下变电所设计规范	GB 50053—94
工业企业总平面设计规范	GB 50187—1993
35~110kV 变电所设计规范	GB 50059—92
生产过程安全卫生要求总则	GB 12801—91
有毒作业分级	GB 12331—1990
氯气安全规程	GB 11984—89
高温作业环境气象条件测定方法	GB/T 934—1989
电磁辐射防护规定	GB 8702—88
生产性粉尘作业危害程度分级	GB 5817—1986
职业性接触毒物危害程度分级	GB 5044—85
工业企业噪声控制设计规范	GBJ 87—1985
城镇供水厂运行、维护及安全技术规程	CJJ 58—2007
生活垃圾卫生填埋技术规范	CJJ 17—2004
生活垃圾卫生填埋场封场技术规程	CJJ 112—2007
微生物和生物医学实验室生物安全通用准则	WS 233—2002

文件(标准)名称	文件(标准)号
作业场所噪声测量规范	WS/T 69—1996
噪声作业分级	LD 80—1995
海港总平面设计规范	JTJ 211—1999
港口工程劳动安全卫生设计规定	JT 320—1997
洁净室施工及验收规范	JGJ 71—1990
2. 公共场所	
城市轨道交通车站站台声学要求和测量方法	GB 14227—2006
城市轨道交通列车噪声限值和测量方法	GB 14892—2006
建筑设计防火规范	GB 50016—2006
医疗机构水污染物排放标准	GB 18466—2005
人民防空地下室设计规范	GB 50038—2005
公共建筑节能设计标准	GB 50189—2005
住宅建筑规范	GB 50368—2005
民用建筑设计通则	GB/T 50352—2005
实验室生物安全通用要求	GB 19489—2004
建筑照明设计标准	GB 50034—2004
医疗废物焚烧炉技术要求(试行)	GB 19218—2003
紫外线杀菌灯	GB 19258—2003
建筑给水排水设计规范	GB 50015—2003
地铁设计规范	GB 50157—2003
城市环境卫生设施规划规范	GB 50337—2003
地铁车辆通用技术条件	GB 7928—2003
地表水环境质量标准	GB 3838—2002
医院洁净手术部建筑技术规范	GB 50333—2002
室内空气质量标准	GB/T 18883—2002
城市污水再生利用、景观环境用水水质	GB/T 18927—2002
实验动物环境及设施	GB 14925—2001
室内装饰装修材料	GB 18580~18587—2001
混凝土外加剂中释放氨的限量	GB 18588—2001
冷库设计规范	GB 50072—2001
建筑装饰装修工程质量验收规范	GB 50210—2001
民用建筑工程室内环境污染控制规范	JGJ 50325—2001
住宅装饰装修工程施工规范	GB 50327—2001
建筑材料放射性核素限量	GB 6566—2001
建筑采光设计标准	GB/T 50033—2001
公共场所卫生标准检验方法	GB/T 18204—2000
环境空气质量标准	GB 3095—1996

文件(标准)名称	文件(标准)号
污水综合排放标准	GB 8978—1996
医药工业洁净室(区)悬浮粒子的测试方法	GB/T 16292—1996
医药工业洁净室(区)浮游菌的测试方法	GB/T 16293—1996
医药工业洁净室(区)沉降菌的测试方法	GB/T 16294—1996
消毒与灭菌效果的评价方法与标准	GB 15981—1995
10kV 及以下变电所设计规范	GB 50053—94
城市区域环境噪声适用区划分技术规范	GB/T 15190—94
声学　环境噪声测量方法	GB/T 3222—94
城市区域环境噪声标准	GB 3096—93
城市区域环境噪声测量方法	GB/T 14623—93
35～110kV 变电所设计规范	GB 50059—92
景观娱乐用水水质标准	GB 12941—91
城市区域环境振动标准	GB 10070—88
城市区域环境振动测量方法	GB 10071—88
人防工程平时使用环境卫生标准	GB/T 17216—1998
城市供水水质标准	CJ/T 206—2005
城市公共厕所设计标准	CJJ 14—2005
城镇供水厂运行、维护及安全技术规程	CJJ 58—94
公园设计规范	CJJ 48—92
城市轨道交通设计规范	DGJ 08—109—2004
办公建筑设计规范	JGJ 67—2006
宿舍建筑设计规范	JGJ 36—2005
汽车库建筑设计规范	JGJ 100—98
旅馆建筑设计规范	JGJ 62—90
饮食建筑设计规范	JGJ 64-89
综合医院建筑设计规范	JGJ 49—88
商店建筑设计规范	JGJ 48—88
洁净室施工及验收规范	JGJ 71—90
公路隧道通风照明设计规范	JTJ 026.1—1999
风量测定方法	SCDC/FBH 78—2002
微生物和生物医学实验室生物安全通用准则	WS 233—2002
00kV 超高压送变电工程电磁辐射环境影响评价技术规范	HJ/T 24—1998
3. 集中空调	
空调通风系统运行管理规范	GB 50365—2005
采暖通风与空气调节设计规范	GB 50019—2003

参 考 文 献

[1] 苏志主编.建设项目职业病危害评价.北京：中国人口出版社，2003.

[2] 卫生部卫生法制与监督司，中国疾病预防控制中心环境与健康相关产品安全所编.集中空调污染与健康危害控制.北京：中国标准出版社，2006.

[3] 金腊华等主编.环境评价方法与实践.北京：化学工业出版社，2005.

[4] 金泰廙主编.职业卫生与职业医学.第五版.北京：人民卫生出版社，2003.

[5] 卫生部卫生法制与监督司编.中华人民共和国职业卫生法规汇编.北京：中国人口出版社，2002.

[6] 蒋军成，郭振龙主编.工业装置安全卫生预评价方法.第二版.北京：化学工业出版社，2004.

[7] 刘铁民等编.安全评价方法应用指南.北京：化学工业出版社，2005.

[8] 赵铁锤主编.安全评价.北京：煤炭工业出版社，2004.

[9] 范晓晔等.检查表法在职业病危害预评价中的应用.上海预防医学杂志，2005，17（9）：444-445.

[10] 黄德寅等.检查表法在建设项目职业病危害评价工作中的应用.中华劳动卫生职业病杂志，2004，22（3）：237-238.

[11] 朱彩菊等.大型化工建设项目职业病危害预评价定量方法的探讨.工业卫生与职业病，2004，30（4）：197-201.

[12] 黄德寅等.定量分级法在建设项目职业病危害预评价工作中的应用.职业卫生与应急救援，2004，22（2）：97-99.

[13] 刘武忠等.建设项目职业病危害评价方法探讨.职业卫生与应急救援，2006，24（3）：153-154.

[14] 吴世达等.建设项目职业病危害评价中有毒物质控制效果评价方法探讨.环境与职业医学，2004，21（6）：453-455.

[15] 赵淑岚.建设项目职业病危害预评价工作中定量评价方法探讨.中国工业医学杂志，2002，15（3）：185-186.

[16] 孙金艳等.建设项目职业病危害预评价中应用数学模型方法的探讨.中华劳动卫生职业病杂志，2005，23（4）：304-306.

[17] 陈伯良等.某建设项目职业病危害预评价中蒙德（Mond）法的应用探索.实用预防医学，2006，13（4）：1071-1073.

[18] 闫艳等.应用模糊数学方法对某铁合金厂职业病危害因素的综合评价.职业与健康，2003，19（10）：23-24.

[19] 国家质量技术监督局.技术制图图纸幅面和格式.北京：中国标准出版社，1993.

[20] 中华人民共和国国家质量监督检验检疫总局.机械制图图线.北京：中国标准出版社，1984.

[21] 中华人民共和国建设部.暖通空调制图标准.北京：中国计划出版社，2001.

[22] 中华人民共和国卫生部卫生监督司.预防性卫生监督建筑识图.北京：中国环境科学出版社，1997.

[23] 李峥嵘等编.空调通风工程识图与施工.安徽：安徽科学技术出版社，1999.

[24] 聂幼平等编.个人防护装备基础知识.北京：化学工业出版社，2004.

[25] 樊运晓主编.应急救援预案编制实务——理论·实践·实例.北京：化学工业出版社，2006.

[26] 杨乐华主编.建设项目职业病危害因素识别.北京：化学工业出版社，2006.

[27] 陈卫红等编.职业危害与职业健康安全管理.北京：化学工业出版社，2006.

[28] 吴执中主编.职业病.北京：人民卫生出版社，1982.

[29] 曹炳炎主编.石油化工毒物手册.北京：中国劳动出版社，1992.

[30] 张忠彬等.我国职业危害分类与分级监管法规标准与研究现状.中国安全生产科学技术，2007，3（6）：104-108.

[31] 吴世达等.小工业职业病危害分级标准及方法的研究.中华劳动卫生职业病杂志，2008，26（4）：33-35.

[32] 李新海，冀占领.应用模糊数学的方法综合评价职业危害因素.中国公共卫生，2002，18（7）：889-890.

[33] 戴俊.运用模糊数学方法对纺织行业危害因素的综合评价.数理医药学杂志，2001，14（6）：555-556.

[34] 闫艳，张士强，李文卿.应用模糊数学方法对某铁合金厂职业病危害因素的综合评价，职业与健康，2003，19（10）：23-24.

[35] 孙一坚主编.工业通风.第三版.北京：中国建筑工业出版社，1994.

[36] 茅清希主编.工业通风.上海：同济大学出版社，1998.

[37] 王汉青主编.通风工程.北京：机械工业出版社，2005.

[38] 邵强，胡伟江，张东普主编.职业病危害卫生工程控制技术.北京：化学工业出版社，2005.

[39] 张殿印，王纯主编.除尘器手册.北京：化学工业出版社，2005.

[40] 郝吉明，马广大主编．大气污染控制工程．第二版．北京：高等教育出版社，1988．

[41] 刘景良主编．大气污染控制工程．北京：中国轻工业出版社，2002．

[42] 张殿印，王纯主编．除尘器手册．北京：化学工业出版社，2005．

[43] 余云进主编．除尘技术问答．北京：化学工业出版社，2006．

[44] 蒋文举主编．大气污染控制工程．北京：高等教育出版社，2006．

[45] 金文，刘国华主编．大气污染控制与设备运行．北京：高等教育出版社，2007．

[46] 卫生部卫生监督局，中国疾病预防控制中心环境与健康相关产品安全所编．集中空调污染与健康危害控制．北京：中国标准出版社，2006．

[47] 崔九思主编．室内空气污染监测方法．北京：化学工业出版社，2002．

[48] 吕琳，刘和平，赵容．局部排风系统在职业病危害评价中的作用．中国卫生工程学，2007，6（4）：210-211．

[49] 赵容．常用局部排风罩设计要求．劳动保护，2005．

[50] 赵容，赵宇，高虹．常用局部排风罩调查及卫生学评价．中国卫生工程学，2005，（5）：11-13．

[51] 雷玲．微电子工业的职业卫生．劳动医学，2001，18（2）：113-116．

[52] 林世雄主编．石油炼制工程．北京：石油工业出版社，2000．

[53] 董华模主编．化学物的毒性及其环境保护参数手册．北京：人民卫生出版社，1988．

[54] ［日］万谷志郎著．钢铁冶炼．李宏译．北京：冶金工业出版社，2001．

[55] 杨泽云等．造船业建设项目职业病危害控制效果综合评价指标研究．上海预防医学，2006，18（11）：580-583．

[56] 庄惠民等．某大型造船厂职业病防治工作调查．环境与职业医学，2002，19（3）：171．

[57] 蔡小平．16000总吨级客滚船滚装设备制造安装工艺．造船技术，2007，（1）：29-33．

[58] 徐阳等．北京地铁八通线电磁辐射污染的调查及控制．都市快轨交通，2006，19（4）：90-92．

[59] 张振森．城市轨道交通环境噪声的评价与控制以及衰减噪声的途径．地铁与轻轨，2001，（2）：20-23．

[60] 江泳等．地铁车站公共区冬季温度设计标准探讨．暖通空调 HV& AC，2002，32（4）：20-22．

[61] 王聪．地铁车站建筑设计的不足与创新．城市轨道交通研究，2006，（10）：24-28．

[62] 翁树波等．广州地铁1号线地下空间环境噪声分析及降低噪声的方法．地铁与轻轨，2002，（1）：29-33．

[63] 胡建国等．广州地铁5号线火车站站方案设计．隧道建设，2007，27（1）：34-36．

[64] 江思力等．广州市部分地铁站空调冷却塔水军团菌污染状况调查．热带医学杂志，2006，5（3）：321-323．

[65] 张泽．会诊地铁空气．每日聚焦，2005：46-48．

[66] 张育明．轮轨系统与磁悬浮系统电磁影响的比较分析．电气化铁道，客运专线技术研讨会论文集：298-288．

[67] 曹贵宝．上海地铁九号线环控系统消声方案．山西建筑，2007，33（7）：348-349．

[68] 王兰等．站台屏蔽门系统在地铁环控中的技术经济分析．铁道标准设计，2002，（2）：47-48．

[69] 陈娟．地铁地下车站环控设计问题分析．暖通空调 HV& AC，2006，36（2）：76-78．

[70] 孙宝鑫．地铁环境控制系统之浅谈．现代城市轨道交通，2005，（3）：43-46．

[71] 郑徐滨．地铁客车空调系统设计参数分析．铁道车辆，2000，38：54-56．

[72] 杨晖．地铁列车活塞风对站台空气环境影响的数值模拟．北京建筑工程学院学报，2007，23（2）：8-13．

[73] 孟晓冬．地铁振动对周围环境的影响．上海铁道科技，2004，（6）：33-34．

[74] 谈春江等．地下轨道交通大系统风机的消声方法．建筑施工，2006，28（9）：744-745．

[75] 龙静等．关于地铁车辆空调设计中几个问题的探讨．中国铁路，2003：60-62．

[76] 吴忠标等编．室内空气污染净化技术．北京：化学工业出版社，2005．

[77] 崔九思主编．室内空气污染监测方法．北京：化学工业出版社，2005．

[78] 袁国良主编．公共场所卫生．北京：中国建材工业出版社，1997．

[79] 龙德环主编．公共场所卫生管理（修订版）．北京：中国医药科技出版社，1997．

[80] 霍启泉主编．实用公共场所卫生管理教程．天津：天津科学技术出版社，1995．

[81] 龙德环主编．公共场所卫生培训．北京：北京科学技术出版社，1992．

[82] 王卫中主编．公共场所卫生指南．山东：山东人民出版社，1994．

[83] 刘君卓主编．居住环境和公共场所有害因素及其防治．北京：化学工业出版社，2003．

[84] 陆骏骥等．现代医疗建筑主要特性探讨．中国医院，2008，12（6）：45-48．

[85] 沈学平．综合性医院门诊楼设计浅议．江苏建筑，1999，（2）：12-14．

[86] 叶庆临等．医院感染控制与医院建筑．中国消毒学杂志，2008，25（3）：288-290.

[87] 戴俭等．医院建筑改扩建规划设计初探．建筑学报，2004，（1）：72-74.

[88] 徐昂．浅析室内环境空气污染的危害与治理．硅谷，2008，（10）：162-140.

[89] 李伦．室内空气污染现状分析与对策思考．中国建材科技，2008，（1）：50-51.

[90] 秦泽英．医院内医疗废物的处理流程．中华医院感染学杂志，2008，18（6）：842.

[91] 应晓军等．医疗废物监管工作中存在问题的探讨．中国医院管理，2008，28（6）：59.

[92] 龚著革等编．室内建筑装饰材料与健康．北京：化学工业出版社，2004.

[93] 陈志莉等编．医院污水处理技术及工程实例．北京：化学工业出版社，2003.

[94] 王爱孙等．门诊手术室医院感染的危险因素分析．浙江预防医学，2008，20（1）：31-50.

[95] 徐洁．门诊输液室存在的安全隐患及对策．齐鲁护理杂志，2008，14（3）：92.

[96] 沈江霞．浅议基层医院门诊输液的安全隐患与防范．中国实用医药，2008，8（15）：213.

[97] 金毅等．综合医院空气消毒监测结果分析．中华医院感染学杂志，2008，18（5）：618.

[98] 张宏英等．普通手术室空气消毒的方法及监测．中国社区医师（医学专业半月刊），2008，10（11）：154.

[99] 唐会杰等．医院洁净手术室的室内空调参数分析．洁净与空调技术，2002，（2）：24-33.

[100] 瞿巍．城市基层医疗机构医院感染监测结果．中国消毒学杂志，2008，25（2）：221-222.

[101] 胡忠兵．医院暖通空调与净化系统方案的探讨．建材与装饰（下旬刊），2008，（4）：284-286.

[102] 杨克敌主编．环境卫生学，第五版．北京：人民卫生出版社，2003.

[103] 戴自祝等．公共场所集中空调系统卫生状况的初步调查及其思考．中国环境卫生，2004，7（3）：122-126.

[104] 王金木．集中空调系统与室内污染．中国卫生工程学，2004，3（4）：252-254.

[105] 韩树青等．天津市大型公共场所集中空调通风系统污染调查．预防医学情报杂志，2004，20（6）：709-710.

[106] 陈焰华主编．高层建筑空调设计实例．北京：机械工业出版社，2004.

[107] 徐勇主编．通风与空气调节工程．北京：机械工业出版社，2005.

[108] 王汉青主编．通风工程．北京：机械工业出版社，2005.

[109] 吴萱主编．供暖通风与空气调节．北京：北方交通大学出版社，2006.

[110] 中华人民共和国建设部、中华人民共和国国家质量监督检验检疫总局联合发布．采暖通风与空气调节设计规范．北京：中国计划出版社出版，2004.

[111] 郭常义等．军团菌对人工水环境污染及预防的研究进展．上海预防医学，2003，15（4）：181-182.

[112] 彭晓文等．北京市饭店空调冷却塔军团菌污染现状及人群感染水平研究．中华流行病学杂志，2000，21（4）：289-291.

[113] 朱佩云等．上海部分地铁站空调冷却塔水军团菌污染状况调查．环境与职业医学，2002，19（5）：313-314.

[114] 徐瑛．军团菌感染的流行病研究进展．预防医学情报杂志，2000，16（4）：29-30.

[115] 匡国正等．集中空调系统污染和预防措施探讨．江苏预防医学，2005，16（2）：39-40.

[116] 赵荣义等主编．空气调节（第三版）．北京：中国建筑工业出版社，1994.

[117] 郑爱平主编．空气调节工程．北京：科学出版社，2002.

[118] 陆亚俊等主编．暖通空调．北京：中国建筑工业出版社，2002.

[119] 卞耀武等主编．《中华人民共和国职业病防治法》条文释义．北京：人民卫生出版社，2002.

[120] 唐涛等．建设项目职业病危害评价中常见问题的探讨．现代预防医学，2006，33（7）：1265-1266.

[121] 刘静等．建设项目职业病危害评价的质量控制．中华劳动卫生职业病杂志，2006，24（7）：442-444.

[122] 赵容．建设项目职业病危害评价工作质量管理措施．中国卫生工程学，2005，4（4）：248-250.

[123] 陈升平等．试论建设项目职业病危害评价的质量控制．中国医学理论与实践，2006，16（11）：1367-1368.

[124] 倪金玲等．应用类比法进行职业病危害预评价的适用性探讨．中国工业医学杂志，2006，19（4）：246-247.

[125] 罗云等编．风险分析与安全评价．北京：化学工业出版社，2004.

[126] 王陇德主编．实验室建设与管理．北京：人民卫生出版社，2005.